历史诗学

Historical Poetics

［俄］维谢洛夫斯基 —— 著
Alexander Veselovsk

刘宁 —— 译

人民文学出版社

图书在版编目（CIP）数据

历史诗学 /（俄罗斯）维谢洛夫斯基著；刘宁译.
—北京：人民文学出版社，2018
（二十世纪欧美文论丛书）
ISBN 978-7-02-014577-5

Ⅰ.①历… Ⅱ.①维…②刘… Ⅲ.①文艺理论 Ⅳ.① I0

中国版本图书馆 CIP 数据核字（2018）第 204540 号

出版统筹	仝保民
责任编辑	陈　黎
特约策划	李江华
特约编辑	耿媛媛
装帧设计	刘　远

出版发行	人民文学出版社
社　　址	北京市朝内大街 166 号
邮政编码	100705
网　　址	http://www.rw-cn.com

| 印　　刷 | 三河市祥宏印务有限公司 |
| 经　　销 | 全国新华书店等 |

字　　数	420 千字
开　　本	710 毫米 ×1000 毫米　1/16
印　　张	33.75
印　　数	1—6000
版　　次	2019 年 11 月北京第 1 版
印　　次	2019 年 11 月第 1 次印刷

| 书　　号 | 978-7-02-014577-5 |
| 定　　价 | 78.00 元 |

如有印装质量问题，请与本社图书销售中心调换。电话：010-65233595

二十世纪欧美文论丛书编辑委员会

顾　问：冯　至　叶水夫　王佐良　陆梅林
主　编：陈　燊
副主编：郭家申　谭立德
编　委：王道乾　王逢振　邓光东　白　烨
　　　　朱　虹　刘　宁　刘硕良　吕同六
　　　　吴元迈　李光鉴　李辉凡　张　羽
　　　　张　玲　张　捷　张　黎　余顺尧
　　　　陈　燊　胡其鼎　陆建德　郭宏安
　　　　郭家申　闻树国　袁可嘉　夏　玟
　　　　夏仲翼　钱中文　黄宝生　章国锋
　　　　董衡巽　韩耀成　谭立德

（以姓氏笔划为序）

目　　录

简介 ………………………………………………………… 1
译者前言 …………………………………………………… 1

文学史作为一门学科的方法与任务 ……………………… 1
历史诗学导论(问题与答案) ……………………………… 24
修饰语史 …………………………………………………… 54
作为时间因素的叙事重叠 ………………………………… 83
心理对比法及其在诗歌文体中的反映形式 ……………… 123
历史诗学三章
　　单行本序言 …………………………………………… 217
　　第一章　远古时代的诗歌的混合性与
　　　　　　诗歌种类分化的开端 ……………………… 218
　　第二章　从歌手到诗人。诗歌概念的分化。………… 341
　　第三章　诗歌的语言与散文的语言 ………………… 376

附录

历史诗学的任务 …………………………………………… 479
情节诗学 …………………………………………………… 481

简　介

　　亚·尼·维谢洛夫斯基(1838—1906)院士是俄国历史比较文艺学的创始人,其代表作《历史诗学》(1870—1906),集中体现了他的美学思想、文艺观和方法论。他对文艺的起源、文学的样式和体裁的形成和演变、情节史、修饰语史,以及诗歌语言风格、对比手法等一系列诗学基本问题的范畴进行了追根溯源、鞭辟入里的系统分析研究,提出了一系列富于开拓性的创见,开辟了一条"从诗的历史中阐明诗的本质",从而把文学史的研究和诗学理论的研究有机地结合起来的文艺学研究的新方向、新道路。近几十年来,随着比较文学研究在东西方的复兴和推进,维谢洛夫斯基的历史诗学的理论和方法越来越引起了国际学术界的重视和探讨。以多卷本《近代文学批评史》著名的美国批评家韦勒克认为:"维谢洛夫斯基是俄国比较文学的庇护者和俄国形式主义的一位首倡者",他"为文学理论所做的重要贡献直至二十世纪才引起重视"。俄国二十世纪以来,许多不同倾向的文艺学流派,包括马克思主义文艺学派在内,都从他的学术遗产中获得营养和启迪。

　　维谢洛夫斯基生前只发表了《历史诗学》的部分章节。全书直至一九四〇年才在苏联列宁格勒出了第一版,由日尔蒙斯基编注并作序。由于该书包括了大量作者生前未发表的讲稿、笔记、提纲、学术考察报告等,篇幅浩繁,内容艰深,不适于一般读者阅读,此后一直未能再版。苏联高等教育出版社于一九八九年推出了《历史诗学》的新版,作为向高校学生推荐的"文学学术名著丛书"之一。该书依据一九四〇年的初版,删繁就简,以作者生前发表过的历史诗学章节为主,作为附录收入了部分手稿,并附有比较详尽的注释。我们就是根据这一新版本,将维谢洛夫斯基这一经典学术著作译介给我国读者的。

译者前言
——亚·尼·维谢洛夫斯基的历史诗学研究述评

亚历山大·尼古拉耶维奇·维谢洛夫斯基(1838—1906)是俄国历史比较文艺学和历史诗学研究的创始人,被公认为"俄国比较文学之父"。他把这门学说的研究推进到了马克思主义以前所能达到的最高水平,在近现代美学和文学批评史上占有一席重要地位。维谢洛夫斯基的代表作《历史诗学》(1870—1906)集中体现了他的美学思想、文艺观和方法论,确定了世界文学发展的统一性和规律性的思想,提出了以历史比较方法为依据,在广泛比较分析和综合研究世界各民族文学和文化史料的基础上,建立科学的总体文学史和历史诗学体系的任务。虽然他毕生研究也未能完成这一宏伟任务,但他提出的历史诗学理论和方法却对二十世纪以来的东西方现代文艺学和诗学研究产生了深远的影响。

维谢洛夫斯基逝世近一个世纪以来,他的学说虽一再遭到曲解和磨难,却在国内外产生了越来越广泛而深远的影响。许多不同倾向的文艺学流派,包括马克思主义文艺学派在内,都从他的学术遗产中获得营养和启迪。正如苏联科学院院士弗·费·希什马辽夫所说,"我们经常运用现成的思想和原理,有时甚至完全不了解或者忘记了这些思想和原理都源自维谢洛夫斯基"。[①] 日尔蒙斯基、普洛普、巴赫金、

[①] 见《苏联科学院社会科学分部通报》,1938年,第4期,第39页。

利哈乔夫、康拉德、洛特曼、梅列金斯基等俄苏文艺学家继承和发展了维谢洛夫斯基的学说，在历史诗学各个领域的研究中取得了举世瞩目的新成就。其中如巴赫金提出的"复调小说"、"狂欢化"、对话性等诗学理论更成为了东西方学术界常说常新、争论不休的热门话题。维谢洛夫斯基提出的建立历史诗学的任务和方法受到了俄苏文艺学界的高度重视，从二十世纪六十年代以来已成为苏联科学院下设的高尔基世界文学研究所、俄罗斯文学研究所（普希金之家）等研究机构的"最主要、最有价值的科研方向之一"。①

为了使读者了解这位跨世纪的文化巨人在沟通十九世纪与二十世纪之间的文化传统、促进东西方文化交流、建构科学的世界文学史的宏伟蓝图方面所做出的杰出贡献，本文拟对维谢洛夫斯基的历史诗学研究作一简要评述。

一、维谢洛夫斯基的学术生涯

维谢洛夫斯基的世界观、文艺观形成于十九世纪中叶，而他的学术活动则贯穿于整个十九世纪下半期至二十世纪初。这一时期俄国文艺学中新兴的学院派十分活跃，取得了一系列引起西欧学术界注目的富于开拓性的学术成果。这一学派的代表人物（如神话学派的布斯拉耶夫，文化历史学派的贝平、吉洪拉沃夫，比较历史学派的维谢洛夫斯基，心理学派的波捷勃尼亚、奥夫相尼科-库里科夫斯基等）大都在俄国一些著名大学执掌语文学、文艺学和文学史等课程的教席，并先后当选为俄国科学院院士。他们学识渊博，站在俄国和西欧人文科学发展的前沿，在不同程度上继承和发扬了俄国革命民主主义美学和文学批评的优良传统，同时又批判地吸收了西欧以实证主义为基础的文艺学、文化学的研究成果。他们力求把文艺学的研究和文学史、文化

---

① 格·别尔德尼科夫：《荣获各民族友谊勋章的苏联科学院高尔基世界文学研究所》，载北京师范大学苏联文学研究所主办的《苏联文学》，1985年，第4期。

史的研究结合起来，革新文学观念和文艺学的方法论，从不同视角探讨文艺发展和文学创作的规律。为此，他们都很重视民间文学、神话传说、古代文学，以及人种学、民俗学、文化史等方面的文献资料的发掘、整理、考证等实证性的研究。

维谢洛夫斯基被公认为俄国学院派最杰出的代表人物，在他身上集中体现了俄国文艺学派的典型特征和优良传统。他学贯东西，视野开阔，既具有深厚的俄罗斯和斯拉夫民族文化的底蕴，又对西欧哲学美学和语文学各派的学说有精深的研究，并能博采众说，熔于一炉。他在莫斯科大学语文系学习的年代(1855—1859)，正值以车尔尼雪夫斯基、杜勃罗留波夫为代表的革命民主派同"纯艺术论"者和斯拉夫主义者在报刊杂志上就俄国社会和文学发展的方向和道路问题展开激烈论战的时候，年轻学者深受这场探索科学的、革命的真理的"杂志气氛"的熏陶。他参加了当时的一个进步学生小组，如饥似渴地阅读和研讨赫尔岑、别林斯基、车尔尼雪夫斯基、杜勃罗留波夫、黑格尔、费尔巴哈等人的著作。维谢洛夫斯基日后回忆起六十年代的杂志论战对于像贝平等他们这一代学院派学者的世界观形成所起的深刻影响时，曾说："这是一个充满不安的期待和玫瑰色的希望，又过渡到各种要求的年代；在旧事物的间断之中产生着新事物；四十年代的人们期待着让位于更深刻、更热忱地看待社会革新问题的六十年代的年轻人。"[①]维谢洛夫斯基的同情显然是在"同自由主义的唯美派老爷们组成的旧党"展开不调和斗争的六十年代的平民知识分子一边。尽管他和贝平等其他学院派的进步学者一样，在政治上从未属于激进的革命民主派阵营。

维谢洛夫斯基的学术思想的形成有赖于他对俄国和西欧以实证主义为基础的神话学派、历史文化学派等在文艺学、文学史等领域的研究成果的深入研究和批判吸收。他在大学学习期间，直接师承俄国

[①] 转引自《俄国文艺学中的学院派》，莫斯科，科学出版社，1975年，第205页。

神话学派的创始人布斯拉耶夫教授,培养了比较研究各民族神话传说和俄国民间文学、古代文学的浓厚兴趣和注重史料收集、考证的严谨学风。但他对于德国学者格林兄弟的神话学理论持批判态度,拒不接受关于诗歌的永恒不变的雅利安起源的假说,认为文学"首先要表现民族的内容",但民族性并不是亘古不变的东西,而是在各民族交往的过程中历史地发生和发展着的现象。因此,他一开始从事学术活动,就认为历史文化学派的理论和方法有不少优于神话学派之处,应兼收并蓄两派之所长。

大学毕业之后,维谢洛夫斯基数次赴西欧各国考察,极大地扩大了学术文化视野。他在德国考察期间,深入钻研了德国古代和中世纪文学以及拉丁语系语言学,成为了俄国这方面首屈一指的专家。日后在他的倡议和指导下,在彼得堡大学历史语文系首次创立了拉丁—日耳曼语文专业。他在布拉格等地考察期间,又深入地研究了斯拉夫各族的民间文学、古代文学和斯拉夫语系的语言、文化史,成为了国际公认的第一流斯拉夫学专家。他在意大利考察期间,深入研究了意大利的语言文学,尤其是以意大利为发源地的中世纪至文艺复兴时期的全欧文化运动,运用历史文化学的观点方法写出了关于文艺复兴起源研究的专著《阿尔贝蒂的别墅》(1870年作为硕士学位论文在莫斯科大学答辩通过),使他赢得了全欧的学术声誉。

维谢洛夫斯基于一八七〇年结束了在国外的长期考察,回国后应聘在彼得堡大学首次开出了总体文学史课程,随后又陆续开出了西欧文学史、拉丁—日耳曼语文学、历史诗学等课程。一八七二年他通过了博士学位论文《斯拉夫人关于所罗门和基托弗拉斯的故事与西方关于莫罗利甫和马林的传奇》,成为彼得堡大学教授。一八九六年他当选为俄国科学院通讯院士,一八八一年当选为院士,一九〇一年起担任俄国科学院俄罗斯语言文学分部的主席。维谢洛夫斯基在科学院的研究工作侧重于俄罗斯与斯拉夫语文学方面的研究,而他在大学的教学工作则侧重于西欧文学,尤其是拉丁—日耳曼语文学方面的研究。他在这两方面的学识和研究都堪称博大精深,达到了很高的学术水平。这就为他在广泛比较分析和综合研究东西方文学和文化,批判吸收各文艺学派学说的合理因素的基础上,提出建立历史诗学理论体系和总体文学史的任务和方法奠定了坚实的基础。

二、作为一门科学的总体文学史的任务与方法的提出

维谢洛夫斯基毕生孜孜不倦地研究的目的,是建立科学的总体文学史。他于一八七〇年在彼得堡大学开出总体文学史课程时,开宗明义第一讲,就系统论证了"文学史作为一门学科的方法与任务",提出了作为科学的文学史的理论基础与方法论原则,即历史诗学的理论与方法。维谢洛夫斯基是在批判地总结以往俄国和西欧关于文学史研究的理论观念和方法的基础上,提出自己关于总体文学史的构想的。在十九世纪上半期,严格地说来,俄国文学史作为系统化的学科尚不存在。在俄国大学里,俄罗斯语文课和俄国文学史课是合在一起开设的。直至一八六三年,才把总体文学教研室同俄罗斯语言文学教研室分开。随着俄国学院派的代表人物布斯拉耶夫、贝平、吉洪拉沃夫等主持大学的文学史讲座,把神话学和历史文化学的方法论引入文学史,才发展和加强了这门学科的科学性与系统性。十九世纪下半期,法、德、意等国先后在大学里开设了总体文学课程。但是,正如维谢洛夫斯基根据他多年在西欧考察的体会所指出的,这类课程无论在理论观念还是方法论上都还存在不少局限和缺陷。总体文学在德国是作为一门拉丁—日耳曼语文课开设的,局限于诠释和解读古代文本,很少涉及文学史方面的概括性的研究。在法、意等国则由于引进了泰纳等文化历史学派的方法论原则,增强了总体文学史的科学性与系统性,具有了"诸如开阔的历史视野、文化特点的评述,历史发展的哲学概括"等优点。① 但是,由于西欧以实证主义为基础的文化历史学派

---

① 维谢洛夫斯基:《历史诗学》,莫斯科,高等教育出版社,1989年,第35页。以下关于《历史诗学》一书的注释,凡未注明出处的,均引自这个版本。

的文学观念和方法论本身存在一些严重缺陷,如机械搬用自然科学方法于文学和文化史研究,突出杰出人物、作家个人在文学、文化史上的作用,把种族、民族的因素的差异强调到不适当的程度,以致模糊和抹杀了人类文化历史的统一性和规律性等等,令人"对于这些概括的科学可靠性仍会产生一些怀疑"。①

维谢洛夫斯基认为,要建立科学的文学史,就必须革新陈腐的、片面的文学观念,明确文学史的范围与任务,遵循科学的方法论原则。他遵循俄国革命民主主义者的唯物主义美学观和历史的、审美的批评方法,批判地吸取西欧和俄国神话学派和文化历史学派学说中的合理因素,肯定艺术是人类历史地变化着的社会文化生活的反映,因此,必须到社会文化史中去寻找理解文学史的钥匙。早在一八六二年的一篇学术报告中,他就明确地指出:"各种生活事实由于相互制约而联系在一起,经济条件引起一定的历史制度,它们在一起制约着某种文学活动,而且无法把一个同另一个分开。"②但是,他对西欧文化历史学派固有的否定矛盾斗争的历史渐进论和把自然规律同社会历史规律混为一谈的实证主义历史观却持明确的批判态度。他强调指出:"整个历史都是'矛盾的解决',因为整个历史都是斗争。试着把人民孤立起来,把他们从斗争中排除出去,那时再来试着写他们的历史吧,如果还有什么历史的话。至今我们都无法相信历史现象的自然结构的可能性。历史并不是生理学。"③

维谢洛夫斯基的文艺史观具有鲜明的人民性和民主性。他坚信人民是历史的动力,也是文化的创造者。早在六十年代开始独立学术活动时,他就明确宣告:"请告诉我,人民是怎样生活的,我就告诉你,人民是怎样写作的……"④他在《文学史作为一门学科的方法与任务》

---

① 《历史诗学》,第35页。
② 转引自日尔蒙斯基:《比较文艺学·东方与西方》,列宁格勒,科学出版社,1979年,第107页。
③ 维谢洛夫斯基:《历史诗学》,列宁格勒,1940年,第392—393页。
④ 同上,第390页。

一文中,尖锐地批判了以卡莱尔、爱默生的"英雄崇拜论"为代表的唯心主义文化史观,指出真正科学的文化史观决不迷信任何"独来独往的豪杰",而"敢于窥探那些至今仍站在他们身后,没有发言权的群众"。他强调说:正是"在这里应当探索历史进程的隐秘动因",而"如今伟大人物成为了群众中所孕育的某一运动的或明或暗的反光,其亮度取决于他们对待这一运动的自觉程度,或者取决于他们付出多大精力来帮助这一运动得到表现"。① 在这里,维谢洛夫斯基不仅指出了现代历史文化学所应遵循的方向——把重心转向人民生活,从中揭示历史进程的隐秘动因,而且明确提出了科学地评价文学艺术家、杰出人物在历史上的地位与作用的尺度,即看他们对待人民群众在历史上的进步要求和进步运动的态度如何,以及他们在多大程度上表现了人民群众的生活和愿望。这也就构成了维谢洛夫斯基所构筑的总体文学史和历史诗学理论体系的方法论原则之一。

维谢洛夫斯基的文艺史观的另一显著特点是,它以人类社会文化发展的统一性和规律性为前提,具有面向世界、兼容东西方文化的开阔视野和与此相适应的历史比较的研究方法。他反对把文学的地域性与世界性、民族性与全人类性割裂和对立起来,认为既然人类社会文化的历史发展有其共同的规律性可循,那么作为各民族社会生活的反映的文学艺术也必然有其共同的规律性。随着统一的世界文学的逐步形成,各民族文学之间的相互影响和交流起着越来越重要的作用。任何一个民族的文化艺术及其传统都不可能脱离其他民族的文化艺术的影响而孤立地形成和发展起来。因此,在维谢洛夫斯基看来,作为科学的总体文学史不应当局限于某一个或几个民族文学的研究,而应当运用历史的比较的观点去研究各民族文学在统一的世界文学形成过程中相同或相似的东西,从而揭示出世界文学形成和发展的某些共同规律性。

---

① 《历史诗学》,第34页。

总体文学史的科学概念必然要求与它相适应的科学的研究方法。这就是维谢洛夫斯基大力倡导和论证的在一般社会文化历史背景的制约下,以实证为基础的研究文学过程的历史比较方法。这种方法是同唯心主义美学的抽象理论和先验方法相对立的。它重事实,重实证,重归纳,着重考虑各种事实系列的连续性、重复性,从大量事实的比较分析中归纳和概括出某种因果性、规律性,并反复用新的可比系列来加以验证,而"这样的重复验证越多,则所获得的概括便越有可能接近规律的准确性"。①

运用比较法研究文学现象,通常把注意力集中于文学过程中出现的雷同现象,因为在这些重复出现的雷同现象中可能具有某种规律性。但是,鉴于各民族文学形成和发展的社会历史条件各不相同,在雷同现象背后可能掩盖着不同的因果关系。维谢洛夫斯基综合各派有关观点,指出出现雷同现象大致有三种情况:(1)作品起源于同一个祖先(神话说),神话学派大多持这一观点,但往往把诗歌的神话起源视为永恒不变的,从而排斥其他起源和相互影响的可能;(2)一些作品受另一些作品的影响或受同一类作品的变异形态的影响所致(移植说),但移植说的信奉者却往往排斥神话说,看不到不同民族文学之间出现雷同现象,并不表明它们之间必然存在直接移植或相互影响;(3)作品之间的雷同可能是由不同民族、不同地域之间历史地形成的相似的生活方式、社会模式和心理结构所制约的类型学特征(自生说)。维谢洛夫斯基认为这三种学说并不相互排斥,应当加以综合利用,使其"相互补充,携手并进",从而为他的历史诗学研究奠定了坚实的方法论基础。

维谢洛夫斯基依据上述社会的历史的文艺观和历史比较研究方法,明确地提出了关于作为科学的文学史的概念,规定了历史诗学研究的任务。他首先从文学内容来源于社会现实生活的角度,指出:"文

---

① 《历史诗学》,第37页。

学史,就这个词的广义而言——这是一种社会思想史,即体现于哲学、宗教和诗歌的运动之中,并用语言固定下来的社会思想史。"①这就同那种把美视为艺术的必然特殊内容的先验的、唯美的文艺史观划清了界限。他接着又从文学作为一种诗歌(指艺术)形式的演变的角度,进一步指出:"如果在文学史中应当特别关注诗歌的话,那么比较研究的方法就会在这一较狭窄的范围内为文学史揭示出一个崭新的任务——考察生活的新内容,这一随着每一代新人而涌现的自由因素,怎样渗透到旧的形象之中,渗透到这些必然会体现出以往任何一种发展的必不可少的形式中去。"②在这里,维谢洛夫斯基克服了文化历史学派片面强调文学史与社会思想史、文化史的同一性而忽视文学的特性和艺术的特殊规律的缺陷,明确地提出文学史应着重研究文学形象的诗意体验及其艺术表现形式在历史发展过程中的辩证统一关系,把揭示艺术形式、艺术语言风格形成与演变的规律性作为总体文学史和历史诗学研究的首要任务。这样就把文学史的研究同诗学理论的研究有机地统一起来了。

三、历史诗学的理论体系与诗学范畴

西方诗学自亚里士多德起,就一直是一种规范化的诗学。它依据古典文学范本推导出一系列文学创作所应遵循的规则和评价文学作品的标准模式,而并不对文学样式的起源和演变作历史的考察和评价。维谢洛夫斯基所构想的历史诗学则是对这种传统的规范化诗学的一种反拨。它"不去规范我们的趣味,而将把我们信奉的那些陈旧的诸神遗弃在奥林匹斯山上,却在广泛的历史综合中使高乃依同莎士比亚和解"。③ 这是一种在广泛比较分析各民族自古至今的文学现象

---

① 《历史诗学》,第41页。
② 同上。
③ 转引自日尔蒙斯基:《比较文艺学·东方与西方》,第117页。

和过程的基础上,力求揭示人类文学艺术形成与发展的共同规律的历史的、归纳的诗学。它的任务在于"为文学史的研究方法,为归纳的诗学收集材料,这种诗学将清除文学史的各种思辨理论,为的是从诗歌的历史中阐明它的本质"。① 这就突破了传统的规范化的思辨诗学体系的模式,开辟了一条运用历史比较的方法,从总体文学的历史研究中揭示出文学样式及其语言风格形成和演变的规律,从而阐明艺术的本质及各种诗学范畴的内涵的广阔道路。

在维谢洛夫斯基看来,历史诗学研究的中心课题就在于阐明"诗的意识及其形式的演变"。② 他依据大量文学史料的历史比较研究,提出在人类历史上形成了一些"稳定的诗歌格式",诸如史诗、抒情诗、戏剧等文学样式,以及情节、修饰语、韵律等艺术手段。每一代新人都用对生活的新的体验来充实和丰富这些形象和格式,对它们做出新的组合和加工。这也就是文学语言、形式的"内在含义的丰富过程",即"在稳定的诗歌格式的界限以内的社会思想的进步"。维谢洛夫斯基注意到了文学艺术发展规律的特殊性,认为艺术形式的演变并不是简单地随着新的思想内容而不断地创造新的形式,而是对传统的形象和样式加以利用、改造,在继承中推陈出新,就像代代相传的稳定的语言符号的内在含义不断得到充实、丰富和发掘一样。他强调说:"无论在文化领域,还是在更特殊一些的艺术领域,我们都被传说所束缚,并在其中得到扩展,我们没有创造新的形式,而是对它们采取了新的态度。"③维谢洛夫斯基的这一天才论断对于后来俄苏形式主义学派和巴赫金等学者的诗学研究有极大的启迪作用。巴赫金一再指出,"文学在其发展阶段上是有备而来的:现成的语言,现成的观察与思维的基本方式。但是,它们继续向前发展,尽管相当缓慢(在一个世纪的范围内,无法观察到)",并强调说:"维谢洛夫斯基的长处就在于此",即

---

① 《历史诗学》,第42页。
② 转引自日尔蒙斯基:《比较文艺学·东方与西方》,第109页。
③ 《历史诗学》,第20页。

发现了"文艺学与文化史的联系",揭示了艺术形式、艺术语言的"符号学含义"。①

按照维谢洛夫斯基的构想,历史诗学体系应当包括以下一些诗学范畴和课题的研究:(1)原始混合艺术与文学体裁的演变;(2)情节诗学;(3)诗歌语言风格的形成与发展;(4)诗人在文学继承与革新中的地位与作用等。自八十年代起,维谢洛夫斯基陆续在大学开出了一系列历史诗学方面的课程,包括"叙事诗史""抒情诗与戏剧史""长篇小说、短篇小说和民间故事史"九十年代又开出了"诗学导论""历史诗学"等综合性课程,并陆续整理发表了其中一些章节。

维谢洛夫斯基的历史诗学研究首先是一种文学样式的起源学研究。他在《历史诗学三章》(1899)中,依据民间文学、民俗学、人类文化学以及考古学方面积累和发现的大量史料,系统深入地研究了文艺及其样式的起源问题。他提出在人类原始文化初期,存在着各种不同艺术混为一体的现象,即所谓"混合艺术"(синкретизм),而诗歌及其样式则是随着社会文化的历史发展逐步从混合艺术中演化出来的。混合艺术是有节奏的表演、歌舞和语言因素的结合,起初歌词只是偶然的即兴之作,其作用微不足道。这样的歌舞是集体进行的,任何个人的悲欢都消融在集体的合唱之中。随着礼仪和祭祀活动的出现,即兴的歌曲变成了某种比较稳定、完整、更富有意义的东西,这实际上就是古代诗歌的萌芽。关键性的进步是随之出现的领唱。他处于"活动的中心,引导主要的声部,指挥其他的表演者"。主题和故事由领唱者吟诵和演唱,而合唱队则进行伴唱,轮唱,形成某种对话,于是相互补充的诗节交替编织成一种抒情叙事诗歌。在此基础上逐步演化出专门的叙事诗。由于后代对神话传说和祖辈英雄业绩的兴趣日渐增长,代代相传的各种抒情叙事歌曲按照传说的年代顺序或根据故事的内在结构而编织在一起,形成人们喜闻乐见的比较稳定的叙事格式和风

---

① 巴赫金:《话语创作美学》,莫斯科,艺术出版社,1979年,第344页。

格。这样就出现了叙事诗体裁。

抒情诗的胚芽也来自原始的混合艺术，主要来自合唱歌曲中情感激昂的因素，如合唱中的呼喊，作为"集体情绪"的表达的欢呼和悲叹等。抒情诗的最简朴的形式是即兴的两句诗或四句诗。随着原始氏族、村社的瓦解和阶层、集团的分化，个人意识逐渐苏醒和发展起来，在这一基础上以表达个人主观情感为特征的抒情诗开始形成。在维谢洛夫斯基看来，抒情诗是在一定文化历史阶段上继叙事诗之后形成和发展起来的文学样式，因为"它要求个人意识和社会关系更深刻的分化"。①

维谢洛夫斯基认为，戏剧体的起源最为复杂，决非黑格尔的所谓戏剧是"史诗的客观性与抒情诗的主观性的相互渗透"的产物这一先验图式所能解释的。经他研究判明，戏剧由于它的复杂混合性质，可以从不同的礼仪和祭祀中成长起来，于是形成了几个系列的演化类型。如果戏剧演出是从礼仪的合唱中演化出来的，那么它往往受到神话传说的限制，形成对白与歌舞交织的戏剧类型，如载歌载舞的印度戏剧。如果戏剧演出是在祭祀的基础上发展起来的，它便逐步同祭祀分开，显示出较鲜明的戏剧品格，即"由神话的人化的和人道的内容滋生出各种精神兴趣，提出道德秩序、内部斗争、命运和责任等问题"②，从而构成富于悲剧意蕴的戏剧冲突。希腊悲剧就是体现了这一戏剧诞生的理想的古典类型。可是，希腊喜剧则是从农村祭祀酒神所唱的生殖器崇拜歌曲，即模仿礼仪的合唱中产生的。其中既没有某些神话的情节，也没有理想化的形象，只有来自世俗生活的人物性格和情势，随后被从现实生活中提炼出来的统一主题串联在一起，从而构成了富于喜剧性的戏剧冲突和狂欢式的风格特征。此外，还有其他一些戏剧诞生的方式和途径。各民族社会风尚、文化习俗的不同，也给予戏剧形成的方式以深刻的影响。例如，在古希腊，由于戏剧演出与祭祀的

---

① 转引自日尔蒙斯基：《比较文艺学·东方与西方》，第129页。
② 转引自《俄国文艺学中的学院派》，第250页。

密切联系,在民众中形成了对戏剧演员的崇敬心态,而在中国和印度,脱胎于民间说唱的戏曲则往往不入大雅之堂,戏子的社会地位极低。

维谢洛夫斯基十分重视叙事文学作品中母题和情节的研究,力图通过情节史的研究,揭示出"情节与思想潮流之间的内在联系"。① 他认为,构成文学作品的叙事基础的情节具有一定的模式,这些模式大都形成于原始社会,反映了远古时代人们的生活方式与文化习俗,诸如图腾信仰、母权制与父权制的习俗等。这些模式在各民族文学中经常重复出现,可以运用比较法分析归纳出其发展、演变的某些规律性。维谢洛夫斯基把文学作品的叙事模式区分为"母题"(мотив)与"情节"(сюжет)两个基本因素,并把两者之间对立统一、相互渗透的结构功能作为构筑"情节诗学"的基础。他解释说:"我把母题理解为最简单的叙事单位,它形象地回答了原始思维或日常生活观察所提出的各种不同问题。在人类发展的最初阶段,在人们生活习俗的和心理的条件相似或相同的情况下,这些母题能够自主地产生,并表现出相似的特点。"②诸如,某人偷走了太阳(日食),某个恶毒的老太婆折磨美女等,都属于各民族民间故事中常见的母题。至于更复杂的母题组合,则形成了情节。"情节——这是一些复杂的模式,在其形象性中,通过日常生活交替出现的形式,概括了人类生活和心理的某些活动。"③维谢洛夫斯基认为,这一区分具有原则意义,因为从文学作品的起源上看,母题是第一性的,它直接源于原始的混合艺术,而情节则已是对各种母题进行艺术加工和重新组合的结果。在这个意义上,情节"已经是创作活动了"。因此,追根溯源地研究一部作品的情节结构,力求揭示其情节起源于哪些母题,以及这些母题经历了哪些变异和迁徙,最后形成作家创作构思的基础,无疑有助于从情节诗学的角度探讨从民间故事、神话传说到现代小说的演变、发展的规律。维谢洛夫斯基的

---

① 转引自日尔蒙斯基:《比较文艺学·东方与西方》,第132页。
② 《历史诗学》,第305页。
③ 同上,第302页。

情节诗学研究对于后来俄苏形式主义学派什克洛夫斯基、艾亨鲍姆等的散文理论，普罗普的民间故事叙事结构分析，以及巴赫金的复调小说理论的研究都产生过深远影响，可谓开了二十世纪小说诗学和叙事学理论之先河。

历史诗学研究的另一个重要课题是诗歌语言风格的研究。传统的诗学理论已判明，诗歌语言与散文（非艺术的）语言的区别，就在于前者更富于形象性、韵律感和表现力。但是，正如维谢洛夫斯基所指出的，诗歌语言与散文语言的区分是相对的，其界限是历史地形成和变化着的。其实，"每个词都曾在某个时期是比喻，都曾从某个侧面形象地表现客体的某个方面或特征"。① 随着词汇所表示的概念的发展，它原有表象的生动性消退了。因此，诗歌语言为了保持自己具有具体感性的诗意特征，就需要借助于各种修辞手段来更新其形象因素。维谢洛夫斯基指出："修饰语是对词汇的一种片面的鉴定，它或者使词汇的一般含义得到更新，或者强调事物的某种富于代表性的突出特征。"② 当词汇面临着变成抽象概念的时候，便需要用别的、在内容上和它相同的词汇来修复它的形象性，这样便产生了同义反复的修饰语（如红日、白光等）。如果是用强调事物特性的其他词汇同这个词汇相结合来恢复它的形象性，那么便形成了各种解释性的修饰语（如梣木长矛、白橡木桌子等）。由于不同民族在不同文化历史发展阶段上判断事物性质与价值的尺度不同，便能大致测定出各种修饰语出现的文化历史背景和民族的、地域的差异。例如，古希腊人认为梣木做的长矛最结实，所以在荷马史诗中长矛的修饰语大都是"梣木的"，而在俄国勇士歌中凡是提及桌子，则总是用"白橡木的"作修饰语，因为在古代俄罗斯人们认为这样的桌子才最耐用，最气派。维谢洛夫斯基由此得出结论说："修饰语的历史就是一部缩写版的诗歌风格史。"③ 历

---

① 《历史诗学》，第 276 页。
② 同上，第 59 页。
③ 同上，第 59 页。

史诗学的任务就在于通过各民族文学中修饰语演变的历史比较研究,揭示出诗歌风格形成和发展的历史规律。

维谢洛夫斯基还在《心理对比法及其在诗歌文体中的反映形式》(1898)一文中,对建立在心理对比基础上的复杂词组的形象性问题进行了专门的分析研究。所谓诗歌中的心理对比法,实质上就是诗歌中情意与形象之间互相引发、相互结合、彼此衬托的各种不同的修辞手段。各国民间诗歌中早有大量这类修辞手段,并引起了东西方文艺学家的关注和研究。如中国古代文论中,早就提出了"赋、比、兴"的美学概念来概括和分析这类诗歌修辞手段。维谢洛夫斯基的贡献在于他首次运用历史诗学的理论与方法,从两个方面深化了对诗歌中心理对比法的探讨。首先,他揭示了心理对比法的认识内容及其历史文化根源——原始社会的万物有灵论;其次,他把心理对比法看作民间诗歌形象性的源泉,系统地分析了它的外形构造和历史演变,并力求从中揭示出人类审美心理及其诗歌表现形式形成和发展的规律性。维谢洛夫斯基关于诗歌语言风格的研究对于后来俄苏各派学者托马舍夫斯基、迪尼亚诺夫、维诺格拉多夫、洛特曼等人的诗学理论、文学风格论的研究都产生了持续的、深远的影响。

维谢洛夫斯基还运用历史比较的方法,深入地研究了欧洲文学史和俄罗斯文学史上一些重要作家、诗人的历史地位和作用问题。他的论著《阿尔贝蒂的别墅》(1870)、《意大利小说与马基雅维利》(1864)、《布鲁诺传》(1871)、《英国文学史》(1888)、《薄伽丘,他的环境和同龄人》(1893—1894)、《诗体自白——〈歌集〉中的彼特拉克》(1905)等,都是围绕着建立科学的总体文学史和历史诗学体系这个总前提而展开研究的。维谢洛夫斯基从不孤立地研究作家、诗人的创作,而总是把他们的创作同各自所属的时代、社会文化环境及其先驱者所代表的思潮和传统联系起来进行比较分析,从而确定其创作个性和思想倾向,并从他的艺术把握世界的独特方式中揭示出对于广阔的社会文化思潮的反映。在研究作家的语言风格特征时,他与信奉康德的天才论的唯美派截然不同,不是把作家在艺术上的创新单纯归功于他个人的天才或灵感,而是着重比较研究他在创作中如何运用历史上重复出现的主题、形象、情节、修辞手段等所谓"稳定的诗歌格式",并依据他对时代和生活的新的体验和理解来充实和革新这些形象和格式。例如,按照维谢洛夫斯基的研究,但丁与文艺复兴运动是密不可分的。但丁站在这一运动的源头,在他身上不仅预示了新世纪的人的觉醒,而且首次明晰地展示了新世纪的艺术家的风采和特征。但丁"在中世纪诗人之中,也许是仅有的一位诗人,他不是为了外在的文学目的,而是为了表达自己个人的内容,才去掌握各种现成的情节"。[①] 为此,但丁从根本上改造了传统的地狱游历体裁的形式,把它同民间创作、中世纪诗歌等其他体裁形式结合起来,在《神曲》中达到了人类文学在由集体创作过渡到个人创作的新阶段上的最高艺术综合。薄伽丘、彼特拉克、拉伯雷、莎士比亚等文艺复兴的巨匠们正是沿着但丁所开辟的道路,把诗歌、小说、戏剧等文学样式的创作推进到了一个绚丽多姿的新境界。

维谢洛夫斯基还以历史诗学的观点和方法研究了站在十八至十九世纪之交俄国感伤主义、浪漫主义诗歌运动源头的茹科夫斯基的创作。他在《瓦·安·茹科夫斯基·感情和"心灵想象"的诗歌》(1904)一书中,不仅深入揭示了茹科夫斯基的审美观念和创作个性形成的个人生活基础和历史文化背景,阐明了这种审美观念和个人感情、想象力在其诗歌风格特征上的表现,而且通过历史比较分析确定了茹科夫斯基作为俄国感伤主义、前浪漫主义诗歌的创始人,作为一种特殊的"社会心理类型"在俄国文学史和社会文化史上的地位与作用。维谢洛夫斯基还准备进一步运用历史比较的方法研究普希金的创作,为此搜集了大量资料,但是这一专著未能完成。维谢洛夫斯基的呕心沥血之作《历史诗学》也终究未能完成。直到一九四○年,该书经苏联学者

---

① 转引自《俄国文艺学中的学院派》,第275页。

日尔蒙斯基的整理、编辑和注释,才得以问世。

维谢洛夫斯基未能完成他构筑历史诗学体系的宏伟设想,固然有其客观原因(研究规模过于庞大,即使像维谢洛夫斯基这样学识渊博的学者也难以胜任),但究其主观原因,则在于他的历史比较研究在方法论上存在严重缺陷。由于受西方实证主义哲学的影响,维谢洛夫斯基认为,只有现象或事实是"实证的东西",通过对现象的归纳就可以得到科学的定律,强调"只要经常用事实来加以检验","就会达到最终的、最充分的概括"。① 因此,他企图在排斥任何哲学和美学的理论指导的前提下,单凭对各种文学现象、经验事实的对比和归纳,揭示出社会历史和文学发展的共同规律。而这是根本违背"从生动的直观到抽象的思维,并从抽象的思维到实践"②这一认识真理、认识客观实在的辩证的途径的。由于维谢洛夫斯基的文艺观和方法论仍带有旧唯物主义的形而上学的直观性,因而他不能真正科学地揭示艺术反映现实的能动的辩证关系,在研究诗歌起源时,也就不能真正科学地阐明从非审美现象过渡到审美现象的复杂原因。

四、维谢洛夫斯基开创的历史诗学研究的历史命运

回顾一个多世纪以来,维谢洛夫斯基所开创的历史诗学研究历经各种曲解和磨难,却始终保持着旺盛生命力的历史命运,对于我国文艺学和诗学的研究是不无重大理论意义和现实意义的。

(一)早期马克思主义者的评价

十月革命以来,苏联文艺学界在如何评价俄国学院派的美学和文艺学遗产,尤其是维谢洛夫斯基创立的历史比较文艺学、历史诗学方

---

① 《历史诗学》,第35页。
② 《列宁论文学与艺术》,人民文学出版社,1983年,第45页。

面,经历了一个相当复杂曲折的过程。其实,早在十九世纪末至二十世纪初以普列汉诺夫、沃罗夫斯基、卢那察尔斯基、高尔基为代表的俄国早期马克思主义者就对俄国学院派在美学和文艺学研究方面的卓越成就给予了高度评价,并注意在创建俄国马克思主义美学和文艺学的过程中加以批判地吸取和改造。

普列汉诺夫在俄国首次把历史唯物主义运用于美学和文学批评领域,深入探讨和揭示了劳动在美感和艺术起源中的地位和作用,论证了艺术和社会生活,艺术的内容与形式的辩证关系,揭示了阶级和阶级斗争在文艺思潮、文艺流派形成、发展和更迭中的地位与作用等一系列重大课题。普列汉诺夫十分重视美学与文艺学研究的方法论问题,他强调指出,"从今以后,批评(更确切些说,美学的科学理论)只有依据唯物史观,才能够向前迈进。"①他在运用唯物史观探讨人类艺术形成和发展的客观规律时,一方面批判地继承了俄国革命民主派和俄国学院派的美学和文学批评的优良传统,另一方面,深入分析批判了西欧以泰纳、朗松等为代表的以实证主义为基础的社会文化学派的美学和文艺批评论著,从中吸取有益的成分。普列汉诺夫肯定泰纳等历史文化学派从文学与社会生活的历史因果关系中探讨文学形成和发展的规律性,使文学史研究"获得了科学的性质"。同时,他又严肃地批评了泰纳的艺术哲学是建立在唯心史观的基础上的,因为泰纳的文艺史观最终还是以人的意识、文化心理因素来解释文艺和社会生活的深层动因,因此它只是"半截子历史的"。② 普列汉诺夫认为,俄国学院派的文艺学虽深受西欧实证主义方法论的影响,但在一些方面又突破了它的局限,尤其是在贝平、吉洪拉沃夫、维谢洛夫斯基等文化历史学派和波捷勃尼亚、奥夫相尼科-库里科夫斯基等心理学派的论著中提出了不少极有价值的创见。其中有一些见解为普列汉诺夫一再引用,甚至与他研究所得的一些结论有相通之处。例如,普列汉诺

---

① 《普列汉诺夫美学论文集》,第 1 卷,人民出版社,1983 年,第 344 页。
② 《普列汉诺夫文集》,第 8 卷,莫斯科—列宁格勒,1925 年,第 165 页。

夫对维谢洛夫斯基倡导的历史比较文艺学的方法论相当赞赏,认为孤立地研究西欧文学与俄罗斯文学是不可思议的,而各国之间的文学影响往往是相互的,"一国的文学对另一国文学的影响同这两国的社会关系之相似成正比。"①他又说:"为了使一定国家的艺术家或作家对其他国家的居民的头脑发生影响,必须使这个作家或艺术家的情绪是符合读他的作品的外国人的情绪的。"②这显然是与维谢洛夫斯基的"对流说"所强调的各民族文学之间的"借用,对接受一方来说,不是以空白,而是以对流,以思维的共同方向、幻想的类似形象为前提"③这一论点是一脉相承的。总之,俄国早期马克思主义者是把俄国学院派的文艺学遗产作为接近马克思主义的优秀文化传统之一来批判地吸收和继承的。

(二)二十年代至三十年代苏联文艺学界的评价与研究

在十月革命以后的苏联,马克思主义在美学和文艺学领域,也像在其他社会学科一样,逐步占据了主导地位。在二十年代至三十年代,俄国学院派的遗产和学术传统基本上还受到尊重和研究,学院派的后继者们还能享受一定的学术研究自由。其中有相当一部分学者开始接受马克思主义,力求在唯物史观的基础上,综合运用和改造以往学院派所取得的研究成果,克服以实证为基础的方法论所固有的矛盾和局限。例如,历史文化学派学者,继维谢洛夫斯基之后担任俄国语文爱好者协会主席的俄国科学院院士巴·尼·萨库林(1868—1930),一直专心致力于研究文学史的社会学方法,不断探索在马克思主义方法论的基础上,把各种文艺学方法的合理因素综合在一起。他企图在此基础上建立"社会学的美学和诗学",作为维谢洛夫斯基的

---

① 《普列汉诺夫文集》,第7卷,莫斯科—列宁格勒,1925年,第210页。
② 《普列汉诺夫美学论文集》,第2卷,人民出版社,1983年,第581页。
③ 转引自《俄国文艺学史》,三联书店,1987年,第189页。

《历史诗学》的续篇。卢那察尔斯基高度评价了萨库林"在使学院派的文艺学接近马克思主义世界观方面"的"巨大功绩",认为他对文学作品的文体风格所做的社会学分类的尝试,比"到目前为此所做过的刻画得更加深刻,对于未来的马克思主义文学史来说,它至少给了我国全部文学史一件十分精致的半成品"。①

维谢洛夫斯基的学生和追随者弗·费·希什马辽夫(1874—1957)院士、维·马·日尔蒙斯基(1891—1971)通讯院士等学者,更在继承和推进维谢洛夫斯基的未竟之业,整理出版和发掘、诠释维谢洛夫斯基的文学遗产方面做了大量艰辛细致的工作,取得了卓越的成就。希什马辽夫早期致力于历史诗学的研究,写有《诗歌风格与形式史研究》(1901—1908)、《法国与普罗旺斯的诗歌史纲》(1911)等。二十年代至三十年代他又深入研究了法国与意大利的文艺复兴运动,还运用历史诗学的理论与方法研究了叙事诗的起源等问题。日尔蒙斯基在二十年代致力于诗歌格律、语言和风格等诗学理论的研究,写有《抒情诗的结构》(1921)、《韵律,它的历史与理论》(1923)、《韵律学导论,诗歌理论》(1925)、《文学理论问题》(1928)等论著。这一时期,他一度加入俄国形式主义学派的"诗语研究会"(ОПОЯЗ),成为形式主义诗学学派的同路人。但是,日尔蒙斯基虽主张诗学应侧重研究诗歌语言,研究艺术形式的规律问题,但他并不同意形式主义者把艺术等同于手法、纯形式的观点,认为"任何形式上的变化都已是新内容的发掘……既然形式是一定内容的表达程序,那么空洞的形式就是不可思议的"。② 他明确地指出,"对诗的艺术的研究,是历史的和理论的诗学",而"在俄国,历史诗学的问题是由院士亚·尼·维谢洛夫斯基在自己著作中提出的,不过,他没能完成根据各种诗体勾画文学史的宏伟设想"。③ 日尔蒙斯基是维谢洛夫斯基开创的历史比较文艺学和

---

① 参见《俄国文艺学史》,三联书店,1987年,第290页。
② 《俄国形式主义文论选》,三联书店,1989年,第211页。
③ 同上,第209页。

历史诗学在苏联时代的主要继承者和开拓者。早在二十年代至三十年代,他在俄罗斯文学与西欧文学的历史比较研究中就取得了一系列卓越成就,写出了《拜伦与普希金》(1924)、《歌德在俄国文学中的影响》(1934)等力作。经过一段复杂的思想探索,日尔蒙斯基于一九三五年接受了马克思主义。他在学术报告《比较文艺学与文学影响问题》(1936)中,提出了"人类的社会历史发展的共同过程具有一致性和规律性的思想是历史比较地研究各民族文学的基本前提",而比较文艺学的任务就在于依据马克思主义关于全世界历史发展过程的理论建立科学的总体文学史。他还明确地指出,在历史比较文学研究的领域,维谢洛夫斯基是苏联历史比较文学学派的直接先驱。他花了大量精力整理、发掘和研究维谢洛夫斯基的学术遗产,于一九四〇年经他编辑、注释并作序的维谢洛夫斯基的《历史诗学》终于出版了。他在该书序言中对维谢洛夫斯基的学术思想、历史诗学的理论与方法的意义和局限做了全面的、科学的评价。他明确地指出:"苏联文艺学的任务就在于举起从伟大学者手中掉下的旗帜,在对整个历史过程和艺术的特点作马克思列宁主义的理解的基础上,把他所开创的工作继续下去。"[①]

俄国形式主义诗学学派对维谢洛夫斯基的历史诗学采取了一种矛盾的双重态度。他们一方面对维谢洛夫斯基强调历史诗学的任务在于研究艺术形式、诗歌语言、修辞手段的演变和更新十分赞赏,并从历史诗学中关于母题与情节、诗歌语言与非诗歌语言等诗学范畴的论述中得到了莫大启发,并在自己的诗学体系中加以改造和利用;另一方面,他们又对维谢洛夫斯基强调联系不同民族、不同社会历史发展阶段上人们的生活方式和思维方式来比较分析文学形式风格的异同,揭示其起源与演变的社会历史的和文化心理的动因感到不满,认为艺术手法、语言的不断更新与时代变迁、社会文化环境无关,完全是文学

---

① 日尔蒙斯基:《比较文艺学·东方与西方》,列宁格勒,科学出版社,1979年,第136页。

本身内部规律决定的。诗语研究会于一九一九年发表的一篇纲领性文章中,甚至把维谢洛夫斯基视为形式主义学派的先驱者,尊称他为"伟大学者",说他拒绝把文学史看作社会思想史,"达到了对文学的独立自主性的认识",并表示对他的历史诗学的构想"未能得到发展",反而"被公式化了"感到遗憾。[①] 当然,这显然是对维谢洛夫斯基的学说的一种曲解,但足可见出他的历史诗学研究对俄国形式主义学派影响之大,启迪之深。这一学派的代表人物什克洛夫斯基、迪尼亚诺夫、艾亨鲍姆等在他们的诗学研究和散文理论研究中一再引用维谢洛夫斯基的有关论述,同时又同他争鸣,力求为诗学研究开拓新的途径。什克洛夫斯基曾明确指出:"诗学研究会学派同亚历山大·维谢洛夫斯基学派的分歧就在于,维谢洛夫斯基认为文学演变是各种缓慢变化着的现象的不易察觉的积累过程……而我则认为,情节是辩证地发展的,它自我否定,就好似自我嘲弄一般。"[②]但是,什克洛夫斯基经过长期的思想探索,后来不得不承认把艺术与社会环境、历史文化、思想情绪等所谓"非审美序列"因素完全割离开,是无法揭示艺术创作和艺术发展的规律的,因为这样就等于"放弃了对形式的认识,放弃了认识的目的,放弃了通过感受去触摸世界的途径"。[③]

从二十年代开始,形式主义学派的诗学理论就受到了多方面的批评。虽然卢那察尔斯基在这场论战中曾要求把形式主义理论与对艺术形式的研究区别开来,明确宣布:"我们不反对形式艺术和形式美,却坚决反对资产阶级的形式主义",但由于评论界对形式主义学派的诗学研究缺乏一分为二的具体分析,往往从政治倾向、意识形态的角度对形式主义学派及其诗学研究持全盘否定的态度。另一方面,二十年代以来一度盛行的庸俗社会学倾向也给苏联的理论诗学和历史诗

---

① 参见《亚历山大·维谢洛夫斯基的遗产——研究与资料》,圣彼得堡,1992年,第103—104页。
② 同上,第104页。
③ 什克洛夫斯基:《散文理论》,百花洲文艺出版社,1994年,第6页。

学的研究造成了严重危害。弗·马·弗里契(1870—1929)主要依据普列汉诺夫的美学观点,着力于揭示文学艺术的社会历史根源及其发展过程的"社会经济的决定因素"。但是,由于他把文艺的风格形式与社会的、阶级的风格简单地等同起来,强调每一种"艺术风格都可以从社会得到说明",并把艺术风格、艺术样式的更替与经济、生产方式的更迭、阶级统治的兴衰直接相联系,因而在方法论上陷入了庸俗社会学观点。彼·瓦·彼列威尔泽夫(1882—1968)同样主张依据社会学的观点来探讨文艺发展的规律性,并据以建立一种能够用"社会存在"直接阐明体裁、结构、人物肖像、风景描写、艺术语言等各种风格因素的诗学体系。他反对形式主义学派和传记研究方法,但又简单地主张直接用作者的阶级地位、生活方式来解释文艺作品及其风格特征,从而陷入了庸俗社会学观点。这种对艺术发展和艺术创作规律的狭隘、片面观点不仅违背了马克思主义的历史唯物史观和列宁的反映论的基本原理,而且也背离了俄国文化历史学派,尤其是维谢洛夫斯基的历史诗学研究的优良传统。

(三) 三十年代至四十年代苏联文艺学界的评论、研究与批判

虽然形式主义和庸俗社会学这两种错误倾向在三十年代先后受到了苏联学术界、文艺界的批判和清算,但由于没能从方法论的高度进行认真、深入的分析总结,因而使苏联的诗学研究(无论是理论诗学,还是历史诗学)都走入了越来越窄的死胡同。在一九三四年第一次全苏作家代表大会召开前后,社会主义现实主义成为了苏联文艺思潮和理论探索的中心。虽然在通过的作协章程中,只规定社会主义现实主义是苏联文学的"基本方法",而不是它的唯一方法,但后来在它的理论阐述和创作实践中仍然出现了过分强调社会主义文学的教育和改造功能,而忽视了审美的特征和艺术形式的特殊规律,独尊现实主义,排斥其他创作方法和文艺流派、文艺风格的教条化、庸俗化和简

单化的倾向。在这种情况下,苏联文艺界、评论界被一种愈来愈浓烈的所谓"形式恐惧症"(老作家科·伊·楚科夫斯基语)所笼罩着,"形式的"与"形式主义的"似乎成了同义词,诗学研究、艺术形式的历史比较研究也越来越成为令人生畏或令人生疑的领域了。在这种气氛下,维谢洛夫斯基的遗产越来越受到冷落和曲解,他的历史诗学开始被视为"资产阶级的形式主义"的渊源之一,受到各种责难。有的评论认为,历史诗学"只是一般诗学的代用品",是西方实证美学的"翻版",其学术价值"十分可疑",已被苏联学者"尊敬而冷淡地抛在了一边"。有的评论则指责维谢洛夫斯基非但没有接受革命民主派的思想影响,而且一直没有突破"资产阶级自由派的局限",其哲学方法论完全来自西方泰纳等人的实证主义、自然主义的观念,等等。

在三十年代至四十年代,只有巴赫金、弗列登别尔格、普洛普等屈指可数的学者坚持维谢洛夫斯基所开创的历史诗学研究,并取得了可喜的成果。早在二十年代,巴赫金就批评了当时流行的形式主义和庸俗社会学两种文艺思潮,反对把文学的内容与形式割裂和对立起来,强调文学不是什么"社会存在""阶级意识"的"等价物",而是一种历史上形成的、具有相对稳定样式的社会审美文化现象,应当从文学的内部结构、语言功能来揭示它的社会审美特性和历史演变的规律。他提出在批判吸收和综合俄国和西方文化历史学派、文艺心理学派,包括形式主义学派的合理因素以及语言学、符号学、人类文化学等学科领域的研究新成果的基础上,建立真正科学的诗学,"研究话语创作美学"的任务。正是在这一哲学方法论的基础上,巴赫金撰写和出版了他的第一部专著《陀思妥耶夫斯基的创作问题》(1929),提出了他的极富独创性的"复调小说"理论。在三十年代,巴赫金尽管受到迫害,流放外地,仍从历史诗学的角度,进一步探讨了话语创作的美学,尤其是小说的诗学理论问题。一九四〇年,他完成了学位论文《现实主义历史中的弗朗索瓦·拉伯雷》(1965年经修订后出版),在批判继承维谢洛夫斯基的历史诗学的理论和方法的基础上,系统地论证并提出了"狂欢化"和"民间笑文化"的概念。

奥·米·弗列登别尔格①(1890—1955)则运用现代语义学、符号学和人类文化学的新概念、新方法丰富和发展了维谢洛夫斯基历史诗学的理论与方法,特别是他关于体裁与情节的诗学研究。在此基础上,她写出了极富独创性和学术价值的专著《情节与体裁的诗学》(1936)。她明确指出:"与维谢洛夫斯基的名字相联系的是对于旧美学的第一道系统的屏障。他运用了英国人类学派的资料和全部辅助手段来建立历史诗学,他把这一理论提高到了一个绝无仅有的高度,尽管还具有个别失误和缺陷;他指出,诗学范畴是历史范畴,这也就是他的主要贡献。他对一切诗歌种类(体裁)、情节、风格、形象性都进行起源分析,并指出它们是统一的文学过程的组成部分。在维谢洛夫斯基之后,已不可能再提问:为什么文艺学要研究起源?这等于提问:为什么文艺学需要历史方法?这种观点是旧美学的遗产。"她认为维谢洛夫斯基的局限在于他的理论"作为文化历史学派的类型学产儿"具有一定形而上学的直观性,实证主义的"机械性","他的历史主义还渗透着平淡无味的渐进的实证主义","维谢洛夫斯基完全不提语义学问题,这一点特别使他同我们格格不入"。②

弗列登别尔格主张用马尔的语言学理论来弥补和克服维谢洛夫斯基的历史诗学的局限与不足。她强调指出:"马尔关于语言的学说不仅摧毁了旧语言学的传统与标准,而且为各种不同意识形态的历史研究开拓了新的前景。""马尔理论中最重要的贡献,就是它在对形式问题的形式主义态度和语义学态度之间划清了界限。"弗列登别尔格的贡献就在于把历史诗学的理论与方法与语义学的理论与方法有机

---

① 奥·米·弗列登别尔格(1890—1955),俄苏文艺学家,古典语文学家,毕业于彼得堡大学(1923),学位论文《希腊小说的起源》(1923),1932年在列宁格勒大学建立第一个古典语文学教研室。博士学位论文《情节与体裁的诗学(古代文学时期)》(1936年发表);列大教授。
② 奥·米·弗列登别尔格:《情节与体裁的诗学》,莫斯科,1997年,第20—21页。

地结合起来,系统地探讨和研究了文学样式(体裁)和情节的起源和发展的规律性,指出在文学史前期文学和语言怎样从原始世界观的诸因素的语义中逐渐分化和形成起来,而到了文学独立形成后又怎样分化成叙事体、抒情体和小说等体裁,并揭示了古代喜剧的粗俗现实主义的特征(讽刺、怪诞、反讽、冒险、口语化等)。弗列登别尔格的体裁与情节诗学研究在许多方面同巴赫金的复调小说理论、"狂欢化"诗学相呼应(如对笑文化、笑的习俗礼仪、讽刺模拟的本质的阐释和探讨,对中世纪、文艺复兴小说体裁与情节的民间文化的深层意蕴、语义的揭示,对现实主义粗俗性、夸张、反讽等特征的强调等),同时也与民俗学家、语义学家列维-斯特劳斯的理论有联系。遗憾的是弗列登别尔格的大部分研究成果在当时还只是手稿,未能得到发表。其时巴赫金也被判处流放,两人未能进行学术上的交流与对话。

弗·雅·普洛普(1895—1970)从叙事学、文艺形态学的角度继承和发展了维谢洛夫斯基的历史诗学的许多重要诗学观念和方法论原则。他在《故事形态学》(1928—1969)中,根据维谢洛夫斯基关于母题与情节的区分与联系的叙事诗学观念,创造性地提出了叙事功能的概念,并依据这一概念对大量俄国童话故事的功能结构进行科学分类,从而形成了他的神话故事诗学形态学的理论体系。他继承和发扬了维谢洛夫斯基的历史比较和归纳的诗学研究方法,把结构功能研究与历史起源研究,共时研究与历时研究有机地结合起来。他的这种贯穿历史主义的结构功能分析方法对于后来苏联形成的"梅列金斯基学派"与"洛特曼学派"都产生了深远影响。

但是,无论日尔蒙斯基的整理、出版和评介维谢洛夫斯基的《历史诗学》,还是巴赫金等学者继续推进维谢洛夫斯基的未竟之业的孤军奋战,都已无法扭转当时苏联学术界愈演愈烈的批判浪潮。在战后一九四六至一九四九年掀起的一系列文艺思想批判运动中,一批勇于探索和革新的作家、艺术家被指责为"反人民的形式主义流派"而横遭否定和迫害。像日尔蒙斯基、艾亨鲍姆、托马舍夫斯基等一批富于学术探索勇气和创新精神的学者也被指责为"一直站在形式主义和唯美主义的立场上"而再次受到批判和迫害。在四十年代末开展的所谓"反世界主义运动"中，被誉为"俄苏比较文学之父"的维谢洛夫斯基竟被视为"崇拜西方资本主义文化""数典忘祖"的"反爱国主义的世界主义思潮"的思想渊源和鼻祖而遭到全盘否定。他所开创的历史比较文艺学和历史诗学的研究也就成了"禁区"。

（四）五十年代中期以来苏联历史诗学与历史比较文艺学研究的复兴

直到五十年代下半期，苏联学术界在对俄国学院派及维谢洛夫斯基开创的历史比较文学研究的评价方面开始出现了松动。著名文学史专家尼·卡·古济在《论俄国文艺学遗产》(1957)一文中，明确地指出："如果我们背弃维谢洛夫斯基，一股脑地否定他的论著，就像不久前某些他的狂热揭露者所做的那样，那么我们就应全盘否定我们革命前的学院派文艺科学，况且不仅是我国的，而且包括外国的，因为维谢洛夫斯基不仅在俄国，而且在西方，都是它的先驱者和同时代的文艺学家中的佼佼者"。① 紧接着，维谢洛夫斯基和日尔蒙斯基获得平反昭雪，尽管对他们的学说的评价仍存在着一些争议。一九五八年日尔蒙斯基复出后，在莫斯科召开的第四届国际斯拉夫学者会议上作了关于历史比较文学研究的理论与方法的学术报告，奠定了苏联比较文学学派研究的方法论基础。一九六〇年高尔基世界文学研究所召开了有关各民族文学的相互联系和相互影响的学术讨论会，接着又在布达佩斯召开了斯拉夫各国文学比较研究的大规模讨论会，并邀请了一些西方学者与会。一九六七年在贝尔格莱德召开了第五届国际比较文学大会，苏联派出以日尔蒙斯基、阿列克谢耶夫院士为首的大型代

---

① 尼·卡·古济:《论俄国文艺学遗产》，载《莫斯科大学学报》（语文版），1957年，第1期，第139页。

表团,并由日尔蒙斯基在会上做了题为《作为国际现象的文学流派》的报告。这是一件促进东西方学术和文化广泛交流的大事,也标志着苏联历史比较文学研究的复兴和重新登上国际舞台。

随着比较文学研究在苏联的重新崛起和对艺术的审美本质、文学风格语言问题的日益重视,苏联文艺学界对于理论诗学和历史诗学的研究兴趣日趋浓厚。在扭转忽视艺术形式、艺术文本的诗学研究的风气方面,巴赫金被埋没几十年之久的诗学和美学研究论著在苏联的问世(尤其是一九六三年出版的《陀思妥耶夫斯基诗学问题》和一九六五年出版的《弗朗索瓦·拉伯雷的创作和中世纪及文艺复兴时期的民间文化》)起了令人耳目一新的关键作用。巴赫金以《更大胆地利用各种潜力》为题在《新世界》一九七〇年第十一期上发表的答编辑部的文章,更针对苏联文艺界积重难返的一些弊病,如思想僵化、视野狭窄、缺乏学术争鸣、科学创新和开拓精神等,提出文艺学应当更新观念和研究方法,既要继承和发扬以维谢洛夫斯基、波捷勃尼亚等为代表的俄国文艺学派注重人文精神和人类历史文化的比较、综合研究的优良传统,又要批判吸收西方现代人文学科和自然科学的新观念、新方法,加强国际间的学术文化交流和对话,以开拓文艺学和诗学研究的广阔新天地。这实际上已是对俄苏文艺学自十九世纪的学院派到二十世纪苏联文艺学诸流派走过的曲折的历史道路的一个相当全面的、高屋建瓴的历史总结。

(五)七十年代以来俄苏文艺学界在历史诗学研究方面的新成就

近几十年来,俄苏文艺学和诗学的研究取得了长足的进步和令人瞩目的成就。这些进步和成就无不是在继承和发扬了俄国革命民主派和学院派所开创的美学和文艺批评的优良传统的基础上取得的。仅以历史诗学方面的研究为例,我们可以举出弗列登别尔格的《神话与古代文学》(1978);普洛普的《俄国英雄史诗》(1955)、《民间文艺学与现实》(1976);梅列金斯基的《神话诗学》(1976)、《中世纪的长篇小说》(1983)、《史诗与长篇小说的历史诗学导论》(1986)、《美文文学的历史诗学》(1989);康拉德与阿历克谢耶夫院士关于东西方文学与诗学的历史比较研究,等等。在古代和中世纪的历史诗学研究方面,利哈乔夫院士的《古俄罗斯文学的诗学》(1967);阿韦林采夫院士的《早期拜占庭文学的诗学》(1977)、《古希腊的诗学与世界文化》(1981);加斯巴洛夫的《古代文学寓言》(1971)、《现代俄国诗歌·韵脚与格律》(1974)等取得了一系列卓越的成就。在赫拉普钦科院士的倡导下,高尔基世界文学研究所于一九七四年召开了关于历史诗学研究的历史总结和前景的专门研讨会。赫拉普钦科在《历史诗学:研究的基本走向》(1986)、《历史诗学及其对象》(1985)等论文中,总结了苏联文艺学在诗学研究领域的历史经验教训,明确提出了今后研究的方向、任务、步骤和方法。笔者有幸于一九八五年就当代苏联文艺学的现状与发展趋势问题采访过赫拉普钦科院士。他认为,马克思主义文艺学以及自法国的泰纳开始的、一般的社会学文艺学一直从事阐明文学与产生它的时代之间的联系这样一种"历史起源的研究"。这种研究是完全必要的,并取得了许多重大成果,但却是不够的,从方法论上看,是不完备的。因此,在他看来,苏联文艺学研究要走继承和发扬维谢洛夫斯基的《历史诗学》的**优良**传统,在马克思主义统一的哲学美学方法论的基础上,广泛地综合吸收现代各文艺学派的新成果、新方法,把传统的方法与新的研究方法有机结合起来的革新道路。他强调说:"在我看来,如果把文学的历史起源研究和它的历史职能研究有机结合起来,再加上深入到作品内部结构的诗学研究,那将是真正具有发展前途的文艺科学。"①

六十年代于苏联崛起的以洛特曼为代表的"塔尔图—莫斯科学

---

① 参见拙文:《当代苏联文艺学发展趋势——访苏联文艺学家米·鲍·赫拉普钦科院士》,《文艺研究》,1987年,第1期。

派"，别具一格地开拓着当代苏联文艺学和诗学理论的研究。洛特曼在他的《艺术文本的结构》(1970)、《诗歌文本的分析》(1972)、《俄国文化的符号学》(1984)等一系列论著中，首先把文学的文本看作一个完整的文化符号系统，然后再对这个文本的功能作结构层次上的、语义综合学的审视和阐释，力求把结构主义的、符号学的共时性研究同历史文化学的历时性研究有机地结合起来。这正是这一学派从维谢洛夫斯基的历史诗学、形式主义学派的诗学和巴赫金的话语创作美学中得到的方法论上的启示。洛特曼在谈到自己对于情节问题的研究时，就说过："维谢洛夫斯基的深刻的作为出发点的原则在他的著作中并没有得到完全实现。但是，维谢洛夫斯基关于作为情节的原始因素的符号——母题的思想，就像普洛普的意群分析(Синтатматический анализ)和什克洛夫斯基的意群——功能分析一样，从不同的侧面准备了对于这一问题的现代意义的解决。"①

"沉舟侧畔千帆过，病树前头万木春"。回顾维谢洛夫斯基的历史诗学跨两个世纪的历史命运，我们从中可以获得不少有益的启示。从十九世纪到二十世纪，有多少标新立异、轰动一时的新流派、新学说已成为昙花一现的过眼烟云，唯独像维谢洛夫斯基的历史诗学这样深深扎根于人民生活，扎根于民族深厚文化传统，而又面向世界、面向全人类的文化交流和综合的宏伟前景的学说却永葆青春，生气勃勃。这里难道没有值得我们借鉴、研究和深思的东西吗！？让我们也进一步打开眼界，"更大胆地利用各种潜力吧！"

(六)译者的话

本书是根据苏联"高等学校"出版社一九八九年的版本译出的。该书由 И. К. 戈尔斯基作序，В. В. 马恰洛娃编注。据编者前言介绍，

---

① 尤·米·洛特曼：《艺术文本的结构》，莫斯科，艺术出版社，1970年，第282页。

译者前言

该书是依据 B. M. 日尔蒙斯基所编注并作序的《历史诗学》的初版（1940）重新编辑加工而成的一个普及本，其目的在于"使当代大学生语文工作者有可能了解祖国文艺科学最杰出的成就之———亚·尼·维谢洛夫斯基的《历史诗学》"①。鉴于日尔蒙斯基编辑的《历史诗学》初版篇幅浩繁，内容庞杂，不仅包括维谢洛夫斯基生前发表过的一些有关篇章，而且收入了由学者的学生记录、整理的一些讲稿、提纲、手稿，以及学者出国考察的一些学术报告等，其中引用了大量外文资料，夹杂着各种外语的专有名词、术语，为一般读者所难以理解和接受，所以新版编者在重新编辑加工中做了不少删繁就简和转译注释的工作。首先，新版在内容上严格限制于只收录维谢洛夫斯基生前审订和发表过的《历史诗学》的一些篇章，此外作为附录收入了维谢洛夫斯基逝世后由他的学生 B. Ф. 希什马辽夫院士整理出版的《历史诗学的任务》的提纲和《情节诗学》的片段，因为这些部分对于完整地理解和把握维谢洛夫斯基关于历史诗学的总体构思和体系来说，是必不可少的。编者对所收录的篇章中一些过于烦琐、冗长的引文、例证也作了一些删节，删节处用省略号标明。其次，为了便于读者阅读、理解，编者对原作所引用的大量各种外文资料作了一些转译和注解，并对一些专有名词、术语，以及学界有关的评论、争议和有关参考书目等，都做了相当详尽的注释。

正因为新版有以上一些优点，我们这个中译本才以它为依据。尽管如此，译者在翻译中还是感到困难重重，力不胜任。维谢洛夫斯基学识十分渊博，精通和掌握十几种语言，他的著作采用历史比较的、实证的、史论结合的方法，所引证的史料、作品、论著几乎遍及古今东西方各国、涉及各个学科领域，其阅读理解的难度即使在他本国知识界也是出了名的。他同时代的一位学者就说过："阅读维谢洛夫斯基的著作所获得的第一印象，便是由于不熟悉许多古老的欧洲语言，以及

---

① 亚·维谢洛夫斯基：《历史诗学》，苏联"高等学校"出版社，1989 年，莫斯科，第5页。

还不习惯于追随学术思想的大胆飞跃而产生的理解它们的难度。"①

　　为了便于我国读者对于《历史诗学》的阅读和理解,译者除全部译出原作者和编者所做的注释外,又根据所能查阅到的资料、辞书,尽可能增补了一些必要的注释。原作者的注释加上"＊"标记,放在正文的脚注中;编者和译者所做的注释则统一按阿拉伯数字顺序编排,放在每篇正文的后面。

　　译者在翻译过程中,虽经多方求教,仍有不少地方未能弄懂,只能按字面硬译或按字音音译,并在括号内注明原文。因此,错译、误译,以及注释的疏漏不当之处,一定不少。敬请读者、方家批评、指正。

　　译稿中某些英、法文的译法和德文的译法曾分别得到北师大外语系周流溪、赵太和教授和社科院世界史研究所杜文堂研究员的赐教,在此表示衷心的谢意。原书中还大量引用了各斯拉夫民族的民歌、民谣、传说故事进行比较分析,这些引文大多未转译成俄文或加俄文注释,因而翻译成中文成了一大难题。幸而我得到了北师大外语系陆桂荣教授的鼎力相助,她同所结识的一些移居加拿大的俄罗斯、乌克兰、白俄罗斯的侨民朋友就这些作品反复进行了探讨和咨询,并逐行转译成俄文。这样就使我一度为此中断的本书翻译得以较顺利地完成。在此我要对她们一并致以深切的谢意。

　　本书的翻译出版是我承担的一项得到国家社会科学研究基金会资助的课题研究:《维谢洛夫斯基历史诗学研究》的必要步骤和阶段性成果。本书得以列入《二十世纪欧美文论丛书》,要衷心感谢该丛书的主编陈燊同志的热情关注和出版社的大力支持。

刘　宁

2000 年夏于北师大

俄罗斯文学研究所

---

① B. M. 伊斯特林:《维谢洛夫斯基的著作的方法论意义》,见《亚·尼·维谢洛夫斯基纪念文集》,第 13 页。

文学史作为一门学科的方法与任务

（1870年10月5日在圣彼得堡
大学讲授的总体文学史课程的导论）

女士们，先生们！对于每一位初次登上讲台的人，你们都期待，并有权要求他向你们阐述自己的纲领[1]。如果他所代表的课程是新开设的，是俄国大学课程表中从未有过的，那么你们的要求就更有充分理由了。我兼备这两种处境，然而我代替纲领给诸位奉献的只是某种承诺，是学科所制定的某些一般论纲，是我个人的某些见解，这些见解的科学价值也许还有待于证实。现在我不想许诺更多的东西，因为不愿言过其实。况且我开设的这门不久前才成为一门特殊学科[2]的课程的性质本身，以及它在俄国大学课程中尚未明确的地位，都同样使我持谨慎态度。俄国大学学科对于总体文学课程提出什么要求？它在其他课程中占有什么地位？它将服务于通常所说的普通教育呢，还是将致力于更专门的学术目的？所有这些问题还有待于实践来解决，而只有在课程结束时依据经验提示，才能形成完整的教学大纲。

大家知道，总体文学在德国是作为一门拉丁与日耳曼语言文学课程开设的[3]这门课程的特点可从"语文学"这一名称本身得到说明。教授讲解某篇古代法语、古代德语或布罗温斯语课文（请注意，主要讲授的是古代文本），事先提出简要的文法规则，口述变位和变格表，如果课文是诗歌，还讲明韵律特点，然后才是对作者作品的阅读，辅之以语文的和文学的注释。《埃达》[4]、《贝奥武甫》[5]、《尼伯龙根之歌》[6]和《罗兰之歌》[7]就是这样讲解的。这样的专业化至少在初期还是我们所无法企及的，无论如何也找不到足够的效仿者。尽管俄罗斯古文化的研究者可以从更直接地解读盎格鲁-撒克逊和斯堪的纳维亚文学典籍中得到确实无疑的益处，这就能轻易地排除对于这类课堂作业的效益或直接适用性的怀疑[8]。

德国教学大纲有时扩展到本义的文学注释方面：例如，在涉及《尼伯龙根之歌》时，没有一位教授会忘记谈到在关于保存这部德国古代诗歌文献的各种手稿的问题上，至今仍使德国学者们众说纷纭的争执[9]。他还会进一步谈到这一文献与以往各种民间的和文学的同一史诗的传说的关系，它在后来的歌谣和各种地名中的反映，以及它在一般德国英雄传说范围内的地位，等等。因此，起初在狭小的语文学基础上提出的任务，可能扩展为关于一般德国民间叙事诗的更为广泛的课题。同样，关于法国的 *Chansons de geste*[10]的分析也很容易引起一系列这样的研究，诸如加斯通·帕瑞斯[11]的《查理大帝的诗体历史》和容克布洛特的《吉约姆·奥兰日斯基》[12]；或者关于古代上德国文字文献的解读导致了少量的系列概括，并且提出了不久前引起舍列尔[13]关注的关于相对不太久远的德国文学的问题。

因此，一旦超越局限于分析和注释古代文本的狭隘专业性，我们便转入更卓有成效的分析。但是，这里重又提出这类课程的可行性问题。当然，谈不上这类探讨在普通教育方面有何益处，但是关于它们在学术上的可行性（我指的是在俄国学术方面的可行性）问题至少是值得怀疑的。古代上德国文献昏暗不明的命运很难引起我们特别的兴趣，我们不妨了解这方面的研究成果，但未必会亲自去从事这种研究。另一方面，无可置疑，关于德国史诗和法国"英雄叙事诗"的问题可以使我们弄清楚俄国歌谣创作的许多特征；如果不很好了解英国和法国的当代思潮运动，就无法理解十八世纪的俄国文学；但是所有这一切还只是向俄国文学史家所提出的任务，或者还有待于引起他的关注。总体文学史家可能为他准备材料,但他未必会亲自着手去解决在这方面的应用问题,因为担心分析的工具在他的手中会扩展到同他着手阐明的现象的含义极不相称的可笑地步。

在法国和近来在意大利的大学讲坛上开设的总体文学史则具有完全不同的性质。如果这一名称本身不需要解释的话,我将称之为普通教育的特性[14]。通常选择在文化领域某一著名的时代,诸如十六世纪的意大利文艺复兴、英国戏剧等,作为研究的对象;然而更经常的情况则是以某个伟大人物来负责观点的统一和概括的完整性:如彼特拉克[15]、塞万提斯、但丁和他的时代,莎士比亚和他的同时代人。时代、同时代人并不总是充当画蛇添足,为伟大人物的宝座当垫脚石的可怜角色;可以说恰好相反,近年来这种充当主要角色的背景的地位显著地提升了,不仅衬托伟大人物,而且解释他,并在很大程度上自身由他来解释。然而伟大人物仍然处于一切的中心,成为显眼的纽带,虽然把他置于这一地位的并不是他那荟萃了现代发展的全部光辉的活动的内容,而经常是现代研究者追求统一的表面印象的修辞方面的考虑。显赫的名望、遐迩闻名的事迹使我们产生了这种印象,以致我们把它看作是内在的统一了。

其他一些修辞方面的手腕也都是为了加强这种人为的印象:条条发展途径都通向伟大人物,汇集于他,并由他散发出种种影响,就像一座按照十八世纪的趣味布局的园林一样,所有的林荫道都排成扇形或半圆形通向宫殿或某座仿古典主义的纪念像,然而往往会发现并不是从四面八方都能望见纪念像,或是由于采光不佳,或是由于它不适宜于耸立在可以鸟瞰四周的精心设计的园林中心广场上。不难理解,为什么像卡莱尔[16]和爱默生[17]所描述的那些英雄、领袖、人类活动家们的理论,只有当它的神圣不可侵犯性达到登峰造极的地步时,才是美妙动听的。从这一观点看,他们的确能显得像是天之骄子,只是偶尔降临尘世,他们高高在上,是一些独来独往的豪杰;他们不需要环境和远景。但是,现代科学敢于窥探那些至今仍站在他们身后,没有发言权的群众；它在他们之中发现了生命，发现了一般人视而不见的运动，就像所有那些在极度广泛的空间和时间范围内完成的事物不为人们所注意一样。应当在这里探寻历史进程的隐秘动因，随着历史考察的物质水平的降低，重心转向了人民生活。如今伟大人物成为了群众中所孕育的某一运动的或明或暗的反光，其亮度取决于他们对待这一运动的自觉程度，或依照他们付出多大精力来帮助这一运动得到表现而定。把他们说成是整个时代的体现者，同时用说明群众运动的文化素材来装扮他们——这就意味着把旧体系与新体系混淆起来，而不注意这一混合物的全部不合理性。或者是伟大人物引导着时代前进——在这种情况下，一些随笔作家所乐意渲染的他们所处的环境和当时日常生活的各种细节便成为一种点缀而丧失了严肃意义。或者所有这一切蕴含着意义，那么在这种情况下，历史的作为是从下面实现的，伟大人物自动接受这一作为，自觉地进行体验；而这时把英雄人物作为**整个**时代的体现者来谈论，就意味着赋予他以巨人卡冈都亚[18]那样超自然的伟岸，忘记了历史思想的丰富多彩，而一个人是无力实现这样的思想的。不论是旧观点与新观点的混合，还是简单的复归，只有在以人民的和日常生活的各种色彩所绘制的底色之上，才能更鲜明地勾勒出英雄人物的伟岸身影。但在这幅构图中却含有某种虚假的成分，我想究其原因，就在于追求华而不实的修辞效果。

尽管法国学派所特有的这类文学史的描述有其种种缺陷，但仍具有巨大的优越性。

正是这种叙述为我们可以称作普通教育的材料，诸如开阔的历史视野，文化的评述，历史发展的哲学概括，提供了更多的地位。我们只是对于这些概括的科学可靠性有时会产生怀疑。

我们习惯于把"概括"一词理解为一些相差甚远、含义悬殊的概念。这在实践中也许并无多大差错，可是在科学中却要求把习以为常的事与切实可行的事区别开来。例如，你研究某个时代，如果想形成自己对这一时代的独立见解，就必须不仅了解它的各种重大现象，而且要熟悉那些制约这些现象的日常琐事。你要力求考察它们之间的因果关系，为了工作方便起见，你可以把对象分成各个部分来研究，从某一方面来考察，每次你都能取得某种结论，或获得一系列局部性的结论。

你可以重复运用这一工序来考察各种不同类型的事实，于是你获得了几组结论，并有可能使它们相互验证，有可能像你至今研究单纯的事实那样研究它们，把在它们之中遇到的共同的、类似的东西提升为更广泛的原则，并在逻辑推理的基础上达到第二层次的概括，不过需要经常用事实来加以检验。

这样，步步深入，你就会达到最终的、最充分的概括，这实际上也就表达了你对所研究的领域的最终的观点。如果你想描述这一领域，那么这一观点就会赋予它以天然的本色和机体的完整性。这种概括可以称作科学的[19]，当然，这要看它在多大程度上遵循了循序渐进的工作程序，是否经常以事实来验证，并在你的概括中是否忽略了任何一个比较的成分而定。依据研究对象的广泛程度，这项工作是相当旷日持久的。吉本[20]写他的书，花了整整二十年之久；巴克尔则用了毕生的精力才写完他的书[21]。

也可以为自己减轻这一任务。例如，十六世纪的法国思想史吸引了你的注意力。你研究了它的主要代表人物——拉伯雷、蒙田[22]、龙萨[23]、马罗[24]。你这样考虑：如果这些人物脱颖而出，如果他们的著作比别人更能持久地引人注目，那么显然是由于他们具有更多的才华，而作为才华出众的人物，他们更有力地接受和反映了他们同时代的历史思想运动。拉伯雷与马罗是古老法国，那个"Esprit gaulois"[25]的代表人物，这种精神注定要在法兰西斯一世[26]与纳瓦拉的玛格丽特的宫廷中再次大放异彩。龙萨出现较晚，他已经成为向后期文学君主主义的过渡。蒙田——这是一个永恒的怀疑论者的典型，当狂风暴雨前后肆虐的时候，他却安然自得地隐居在岛屿上。如果愿意的话，依据这三种小观念便可以构筑整个法国文艺复兴时代的纲要，所有一切中间现象则可以分门别类地同它们相衔接,不合适的则归入过渡现象;由此构成的图景将会是相当圆满的。

人们也曾同样尝试过用盎格鲁-撒克逊因素与诺尔曼因素之间的更迭,它们之间的斗争与妥协来解释英国的文学和生活的历史,而这些概括似乎能容纳下各种事实[27]。可是,这些概括并**不充分**,因为它们并不是在遵循前面所提到的循序渐进的条件下所取得的。它们也许并不违背科学条件,但两者之间的相符将是偶然的。有相当一大批小册子属于这类概括,它们的标题大都是:某某人与他的时代。法国文学充斥着这类书籍。

还有更糟的情况,概括不是来自这种对现象的片面的、不充分的研究,而是由于来自其他渊源的信仰而被接受的,不论这是先入为主的偏见,还是政论家的信念,等等。譬如,我认为,对现实的感性的现实主义的观点是古俄罗斯世界观的典型特征。我便着手搜集事实来证实我的见解:有些事实用来得心应手,而其他一些事实则未免有些牵强附会。事实搜集起来了,用一个观点来加以梳理归纳,于是书籍问世了。书籍很像样,观点在很大程度上也是正确的,但是两者都是非科学的,因为证据不足。主要的论点没有得到证实,也许它根本无法得到证实。人们可能注意到,被视为典型的俄罗斯世界观对于俄罗斯而言根本就不典型,曾经有一个时期,它在西方也占有主导地位。如果说它表明了某种特征的话,那么不是种族的,不是民族的,也不是特定文明的,而是某种文化时期的特征,而这种时期只要具备相应的条件,就会在不同民族那里重复出现。因此,要么概括是不充分的,即没有足够的材料进行比较分析;要么它是依据信仰而接受的,不是从事实中得出的,而是使事实迁就它,在这种情况下,概括便是**不科学的**。

当然,我将力所能及地避免不科学的和不充分的概括。我在这一方法论课程的开始向诸位提出的若干假定的真理,可能会显得偏离这一原则,缺乏足够的事实作为论据。但是,它们更大程度上是作为对于科学和诗歌的起源的个人见解而提出的，还需要随后用事实来加以验证。我认为，它们作为一种出发点是必不可少的，其假定性或可靠性应当在由结论追溯到前提的相反过程中显露出来。至于说到我们在今后几讲中将进行的事实性的论述，那么这方面的大纲将动摇于充分的概括（我们准备称之为历史科学的理想）和狭隘的专业性研究（我们在德国讲座中已见识到它的范例）之间。但是，适用于广泛的文学时代（这可能最吸引你们的注意力）的科学概括则是通过分析一系列局部事实，而将获得的局部概括作大量综合的结果，因而只有经过持久不懈的学术活动最终才能获得。你们可以理解，我不可能认真许诺取得这类成果。另一方面，俄国讲座的特殊要求又迫使我极力避免局限于比较狭窄的、实际领域的概括，这种概括很容易流于专业化。因此，在这里必须做出选择，找到两全其美的最佳方案。

我并不以此作为自己的理想，我不过说出了自己大纲的消极方面。我更感兴趣的则是它的积极方面，这就是它的方法，我愿意教会你们，并同你们一起来学习这一方法。我指的是比较的方法。我想以后再向你们讲述，这一方法如何在文学史研究工作中取代了美学的、哲学的，也可以说，历史的方法。在这里我只想指出这样一个事实：这完全不是什么新的方法，它并不提出任何特殊的研究原则，因为它不过是历史方法的发展，即在各种可比较的类似系列中更经常地重复使用，并作为可能达到充分概括的历史方法[28]。我现在讲的是这种方法在历史的和社会的生活事实方面的应用。在研究各种事实的系列时，我们注意到它们的连续性，它们之间承前启后的关系；如果这种关系一再重复，我们开始猜测其中具有某种规律性；如果它经常重复，我们便不再谈论谁先谁后，而是代之以因果关系的说法。我们甚至倾向于更进一步，并且乐意于把这一狭义的因果性概念转用于相近的各种事实中的最接近者：它们或是引起原因，或是成为结果的反响。我们且以相近事实的可比系列来加以验证：在这里某种先后关系可能并不重复，或者如果出现的话，那么同它们接近的成分也将是各式各样的，相反,在相差甚远的不同层次系列中却会出现相似之处。我们与此相应地限制或扩大我们关于因果性的概念;每一个新的可比系列都可能带来概念的新变化,这样的重复验证越多,则所获得的概括便越有可能接近规律的准确性。

众所周知,在语言学领域运用比较的方法在研究和评估所取得的成果的价值方面引起了怎样的转折[29]。近来这一方法被移植到神话学、民间诗歌、所谓迁徙传说的领域,而另一方面,则被运用于地理学和法律习俗的研究。由于迷恋任何一种新体系而暴露出在应用上的极端性,不应使我们对于方法本身的可靠性丧失信心,因为语言学在这条道路上所获得的成就使我们有希望在历史的和文学的现象领域内也将取得即使不是同样的,也是相近的精确成果。这些成果局部地已经取得,或有望在近期内取得。例如,在文学基地上,历史比较方法在许多方面改变了诗歌的流行定义,动摇了德国美学。德国美学是依靠经典作家哺育成长的;它曾经相信,一部分人还继续相信荷马实有其人[30]。荷马的史诗对于它来说,就是史诗的理想,由此也就产生了关于个人创作的假设。它同温克尔曼[31]一起向希腊造型的美和古代诗歌的造型性顶礼膜拜,由此而产生把美看作是艺术的必不可少的内容的假设。希腊文学发展的明晰性体现于史诗、抒情诗与戏剧的序列,这也就被当作一种规范,甚至得到了哲学的阐释。按照这种阐释,例如,戏剧不仅是人民的文学生活的必然终结,而且是史诗的客观性与抒情诗的主观性的相互渗透,等等。

当沃尔夫[32]胆敢怀疑荷马是否实有其人时,他是从批判荷马的文本出发的,换言之,他进行比较的材料还是从前专门的希腊文本,而他研究的则是同一系列的事实。可是,出现了赫尔德[33]和他的《诗歌中各族人民的声音》,这是一些英国人,随后又有一些德国人,他们发现了印度;浪漫主义学派则把自己的爱好由印度扩展到了整个东方,而且深入到西方,深入到卡尔德隆[34]和德国中世纪古老诗歌。因此,有可能研究在几个并列的系列事实中的类似现象;与此同时,以往各种概括的性质不仅应当更加充分,而且在许多情况下还会发生急剧变化。与荷马的个人史诗并列,出现了好几部没有个人作者的史诗;个人创作的理论被动摇了,德国美学至今尚不知如何看待诸如《卡勒瓦拉》[35]、法国的《英雄叙事诗》。与矫揉造作的抒情诗相比,民歌展示出它的丰富多彩,而把美看作艺术的特殊任务的理论却难以与此相谐调。最后,人们发现,戏剧早在史诗之前就存在了,而且具有完全叙事的内容,像中世纪的宗教传奇剧和逢年过节演出,并具有十足戏剧性质的民间游艺便是这方面的例证。可是,关于抒情诗也可以说同样的话,吠陀颂诗[36]和那些组成了伟大人民史诗的那些短歌、歌谣,都具有抒情性的音律特色[37]。德国美学排斥宗教传奇剧,而在抒情诗门类也只赋予民歌以微不足道的辅助地位。但是,这种排斥不会有什么结果,美学仍然需要改造,需要严格区分形式的问题和世界观的问题。我们或许可以称之为史诗的、抒情诗的、戏剧的世界观的东西,实际上应当处于一定的先后序列之中,而这一序列取决于个性越来越大的发展,虽然我敢于认定,德国美学并未完全猜测到这种序列。至于说到史诗、抒情诗和戏剧的形式(众所周知的诗歌种类和诗歌时代的名称即由此而来),那么它们早在这些世界观的特征(我们把史诗的、抒情诗的等等定义转移到这些特征上)在历史上表现出来之前就存在了。这些形式是思想的自然表现,它们为了表现出来,无须等待载入史册。早在《吠陀》和《旧埃达》的诸神对话中,即可见出戏剧形式。在这些形式与变化着的世界观内容之间,逐步建立起一种由生活习俗条件和历史偶然事件所决定的类似自然选择的关系。例如,在阿尔基诺斯[38]的宫殿或在中世纪骑士的城堡中的宗法贵族酒宴和晚间聚会应当唤起关于英雄业绩的回忆,引起古希腊歌手[39]和法国行吟诗人[40]的吟唱。吠陀颂诗与德尔斐抒情诗[41]是由于同祭祀和赞美诸神,以及祭司阶层的发展直接相联系而发展起来的,而希腊戏剧则是以雅典的街道生活、人民会议的社会活动,以及狄俄倪索斯[42]节的庆典惯例作为前提条件的。当然,也可能没有这样的搭配,一定的世界观可能并不是由于目前赋予它以名称的这种形式而趋于复杂化的。正如亚里士多德把荷马树为希腊悲剧作家之冠一样,我们至今仍谈论长篇小说中某一情势的戏剧性,并为另一种戏剧的冗长叙事而感到枯燥乏味。

　　从这一切之中并不仅仅见出陈腐观念的瓦解,而且蕴含着新的理论体系的萌芽。如果我没有看错的话,诗歌的比较研究应当在许多方面改变关于创作的流行观念。你们可以亲自验证这一点。让我们假设,诸位对于中世纪浪漫精神的奇妙,圆桌骑士团的奥秘,圣洁的格拉亚里的探索和术士墨林的狡黠一无所知。你们在丁尼生[43]的《国王叙事诗》中第一次见识到这个世界。它以自己的幻想性、诗意吸引了你们。你们喜爱它的英雄人物;他们的希望与痛苦,他们的爱与恨,你们把这一切都归功于诗人,他善于在你们面前体现出这一或许从未在尘世上存在过的现实。你们根据不久前的经验,根据某一部小说进行判断,这部小说显示出它无非是作者个人的虚构臆想。随后你们打开哈特曼·冯·奥埃[44],戈特弗里德·斯特拉斯堡[45],沃尔夫拉姆·冯·埃申巴赫[46]的旧叙事长诗,你们在其中遇到了同样的内容,熟悉的人物与惊险情节——埃列克与埃尼塔饱经忧患的形象,迷住了墨林的维维安娜,朗斯洛与圭尼维尔的爱情。只是这里的故事情节别具一格,感情与性格显得更为陈旧,适合于远古时代。你们得出结论:这里发生了新作者向旧作者的借鉴,并且发现在诗意方面有进步,表现在以往的人物形象中倾注了更多的人性动机,具有更能为我们所理解的心理,更现代的内心反省。当然,你们会把那种对于生活的佛来米人方面[47]的喜爱(它往往专注于生活有时完全枯燥乏味的一些细节)归咎于十九世纪,而把那种对于自然的矫揉造作的态度归咎于十八世纪,这种态度喜欢把任何情节都嵌入风景的框架内,并用它那种灰暗而模棱两可的格调来表现自己对于人类事业的同情。中世纪诗人会叙述埃列克的功绩,可是决不会想到去讲述他怎样驰入伊涅奥利城堡的庭院,他的坐骑又怎样践踏着山岩裂缝中长出来的带刺的星状荆棘,他自己又怎样回顾身后,发现四周一片废墟……

这些现实的细节显示出新的时代:这是环绕着古老传说的拱门的常春藤的嫩枝翠叶,然而你们认出了传说本身,于是继续谈到借鉴。因此,你们正确地解决了问题的一个方面,而它仅有待于你们加以总结。

可是你们还不能停留在比较的这一阶段上,因为从中世纪德国浪漫精神开始进一步追溯,你们就会在关于圆桌骑士团的法国小说中,在克尔特人[48]的民间传说中发现同样的故事,再进一步,就会在印度人和蒙古人的叙事文学中,在东方与西方的神话故事中发现同样的东西。你们就会提出关于创作的界限和条件的问题。

洛采[49]称伟大诗人们对于经过一次诗歌加工的情节进行再加工的偏爱是天才的诗歌本能。众所周知,莎士比亚的手法就是如此:他的戏剧大部分是根据意大利故事改编的,而历史剧则是取材于霍林舍德[50]的编年史。洛采还把歌德也视为莎士比亚的同类作家。诸如上述例子还可以找出许多,只是它们可能显得太专门化,是特意挑选的,因而论据不足。日常经验足以证明:没有一部中篇或长篇小说,其中的一些情境不使我们联想起我们在别的情况下曾遇到过的类似情境,尽管其中也许有某些更改,人物的姓名也不一样。在小说家笔下流传的有趣情节为数并不多,它们可以轻易地归结为更少的比较一般的类型:我们在长篇小说和短篇小说,在传说和故事中遇到的爱情与仇恨,格斗与追踪的场面都是千篇一律的,或者说得更确切些,这些场面万变不离其宗地伴随着我们从神话故事到短篇小说和传说,直到现代长篇小说。关于浮士德的传说以各种不同的名字周游遍了古老的和现代的欧洲[51];可以从施皮尔哈根[52]笔下的列奥,印度叙事诗中的普拉马特哈[53],关于盗取天火给大地的神话中推测到埃斯库罗斯笔下的普罗米修斯[54]。对于所提问题的答复仍然可能是以一种假设性的问题方式做出的:诗歌创作是否受到某些固定的格式、稳定的主题的限制,这些主题由一代传给另一代,再传给第三代,而我们必然会在古老的叙事诗,进一步在神话阶段,在原始记述的具体含义中遇到它们的原型?每个新的诗歌时代是否都在探究历来流传的形象,必然要在它们的界限之内周转,只允许自己对各种旧的形象做出新的组合,仅仅用对生活的新的理解来充实它们,其实这也就构成了这一时代对于旧时代的进步[55]?至少语言史为我们提供了类似的现象。我们并不创造新的语言,我们接受的完全是与生俱来、未经变更的语言,而历史上形成的一些实际变化并不能掩盖语言的最初的形式,或者逐渐加以掩盖,对于随后相继的两代人而言,都是难以察觉的。新的组合是在预定的界限之内,由风尘仆仆的材料组成的,我可以举出拉丁语系的动词的组成为例。但是,每一个文化时代都用新的知识成就、新的人性概念来丰富词的内在含义。只要追溯任何一个抽象的词的历史,就可以确信这一点:从精神(дух)一词的具体含义到它的现代的运用,就像从印度神话中的普拉马特哈到埃斯库罗斯悲剧中的普罗米修斯一样遥远。

这一内在含义的丰富,这一社会思想在词汇或稳定的诗歌格式的界限以内的进步应当引起心理学家、哲学家、美学家的关注,因为它属于思想史。可是与这一事实并列,比较研究揭示了其重要意义并不稍逊的另一个事实:这一系列不变的格式在历史领域延伸甚远,从现代诗歌到古代诗歌,到史诗与神话。[56]这种材料就像语言材料一样稳定,对它的分析将带来同样稳定的成果。

其中一些成果正在由现代科学研究取得,而另一些成果则表现得更早,虽然还只是作为一种推测。瓦尔特·司各特在《湖上夫人》的一个注释中说:"可以编写一部关于民间诗歌的起源和关于各种相似的传说由一个世纪流传到另一个世纪,由一个国家传播到另一个国家的极其有趣的著作。那样就会发现,在一个时期还是神话的东西,到下一个世纪却转变成了长篇小说,而更晚一些又变成了儿童故事。这种研究将显著地缩小我们关于人类丰富的发明创造力的观念。"[57]

在结尾,我愿意用几句话对文学史的概念下一定义。文学史,就这个词的广义而言——这是一种社会思想史,即体现于哲学、宗教和诗歌的运动之中,并用语言固定下来的社会思想史。据我看来,如果在文学史中应当特别关注诗歌的话,那么比较研究的方法就会在这个较为狭窄的范围内为文学史揭示出一个崭新的任务——考察生活的新内容,这一随着新的每一代人而涌现的自由因素,怎样渗透到各种旧的形象这些必然的形式中去,而任何一种以往的发展都必然会体现在这些形式之中[58]。然而,这还是文学史的一个理想的任务,而我只能向你们指出,在目前学术水平的条件下,沿着这一途径究竟能做些什么。

注 释

本文首次发表于《国民教育部杂志》,1870 年 11 月,第 152 辑,第 1—14 页。以后多次发表于:亚·尼·维谢洛夫斯基:《文集》,圣彼得堡,1913 年,第 1 卷:《诗学》,第 1—17 页;《历史诗学》,B. M. 日尔蒙斯基编注并作序,列宁格勒,1940 年,第 41—52 页。本文按上书付印,略有删节。

早在亚·尼·维谢洛夫斯基首次于圣彼得堡大学宣讲的课程的导言中,就显示出了他的学术追求的广泛理论激情。看来学者在十九世纪二十年代就产生了建立科学的文学史的思想,并反映在他关于国外考察的报告(1862—1863)中。参看《国民教育部杂志》,1863 年 2 月,第 117 辑,第 2 分册,第 152—160 页;5 月,第 118 辑,第 216—223 页;11 月,第 119 辑,第 440—448 页;12 月,第 120 辑,第 557—560 页;1864 年 3 月,第 121 辑,第 395—401 页。

年轻学者十分明确地提出了科学地研究文学,在其中明确地规定和区分历史的(起源学的)和理论的角度。在形成关于对象的起源学观念之前,理论途径曾是必要的(换句话说,在问"为什么?"之前,先应提出"是什么？"的问题。参看 А. П. 斯卡夫特莫夫：《关于文学史中理论的与历史的考察的相互关系问题》，《萨拉托夫大学学报》，1923年，第1卷，第3辑，第54—68页）。但是，在维谢洛夫斯基的研究中，历史的、起源学的研究方法占了优势。当亚·尼·维谢洛夫斯基还是莫斯科大学的学生时，这一方法的权威性已在俄国学术界引起了争论。他的大学教授 С. П. 舍维廖夫在所开设的诗歌的历史与理论的课程中，肯定了研究文学现象的历史方法，认为诗歌的历史应当先于它的理论（参看这些课程出版的教材：С. П. 舍维廖夫：《诗歌史》，莫斯科，1835—1892年，第1—2卷；《古代与近代各民族的诗歌历史发展的理论》，莫斯科，1836年，第1—4辑；参看普希金的书评："舍维廖夫……许诺既不追随法国批评的经验体系，也不追随德国人的抽象哲学。他选择历史的叙述方法——也是理应如此。"——А. С. 普希金：《舍维廖夫的〈诗歌史〉》，《普希金全集》十卷本，第4版，列宁格勒，1978年，第7卷，第272页）。维谢洛夫斯基在其研究中首先转向文学形式的本体论问题——"存在形式"与"发展形式"，从社会的和历史的心理学角度来研究语言思维。同时重要的是估计到，在维谢洛夫斯基以前的一些诗学论著中（例如，在费奥凡·普罗科波维奇、罗蒙诺索夫、特列季亚科夫斯基的论著中），还没有形成对文学现象的逻辑的与历史的，共时的与历时的研究方法之间的区分。在俄国的，同时也在欧洲的文艺学中，它首次在亚·尼·维谢洛夫斯基的历史诗学体系的框架之中被引用（参看《诗学：俄国与苏联诗学学派的论著》，Д. 基拉伊·А. 科瓦什，布达佩斯，1982年，第12—13页；Ю. В. 曼恩：《俄国哲学美学：1820—1830年》，莫斯科，1969年；《俄国文艺学的形成》，莫斯科，1975年；《十九至二十世纪外国美学与文学理论》，Г. К. 柯西科夫编，莫斯科，1987年）。

〔1〕亚·尼·维谢洛夫斯基的第一讲成为了他以后科学探索发展的纲领。他从文化历史学派的立场出发，首次在这里把文学阐释为思想的载体，世界观的表达者，社会思想的凝聚反映（参看《十九世纪末至二十世纪初的俄国文艺学》，莫斯科，1982年，第175页）；在把

历史主义原则运用于文学研究的同时,他指出了文学与社会生活之间的辩证联系。

〔2〕世界的、全世界的或总体的文学这一概念的内涵本身是历史的、变化的和有争议的。"世界文学"这一术语是歌德于 1827 年,仅在亚·尼·维谢洛夫斯基着手研究这一问题四十年之前提出的:"民族文学在现代算不了很大的一回事,世界文学的时代已快来临了。现在每个人都应该出力促使它早日来临。"(艾克曼辑录:《歌德谈话录》,朱光潜译,人民文学出版社,1978 年,第 113 页)在学术史上把世界文学作为具有世界意义的文学现象的综合同作为各民族文学的总和的总体文学这两个概念加以区分(参看韦勒克、沃伦:《文学理论》,莫斯科,1978 年;Г. 马尔凯维奇:《文艺学的基本问题》,莫斯科,1980 年,第 25 页)。苏联学术界对于这一问题的态度反映于《世界文学史》的编写原则:"'世界文学'理解为一个系统的统一体,从远古时期直至我们今天的世界各民族文学的综合体,处于内在的相互关系和相互联系之中,并处于合乎规律的变化和发展的不间断的过程之中的某种整体。"(参看《世界文学史》,莫斯科,1983 年,第 1 卷,第 6—10 页)

〔3〕亚·尼·维谢洛夫斯基于 1862 年作为获得教授称号的候选人有机会赴国外考察。他在一年间于柏林大学听了德语和罗曼语系的语文学课,T. 施坦塔尔(1823—1899,德国语言学家,语言学中心理学派和"民族心理学"奠基人之一)的文学史导论课。以施坦塔尔为首的文艺学中的民族心理学派立足于语言学、文学史、民间文学和人种学的资料的比较研究。维谢洛夫斯基第二年在布拉格度过,研究斯拉夫语文学。Ф. И. 布斯拉耶夫在这一时期对于年轻学者的学术兴趣产生了显著影响(早在莫斯科大学求学期间,亚·尼·维谢洛夫斯基就被 Ф. И. 布斯拉耶夫的讲课和著作所吸引,而这些课程构成了他的两卷本巨著《俄国民间文学与艺术史纲》,1861 年),并形成了他对于民间艺术,对于以欧洲和斯拉夫—俄罗斯的材料为依据的民族性的深层渊源的兴趣(参看 В. Ф. 希什马辽夫:《亚历山大·维谢洛夫斯基与俄罗斯文学》,列宁格勒,1946 年,第 18—22 页)。

〔4〕《埃达》系古代斯堪的纳维亚神话传说的记述作品。流传至今的埃达有两部:一为大约写作于九至十三世纪之间的旧埃达,或称诗体埃达,其体裁形式多样,一部分诗采用戏剧对话体。二是新埃达,或称散文体埃达,由冰岛诗人斯图鲁松于十三世纪初记述。

〔5〕《贝奥武甫》,古代盎格鲁-撒克逊的英雄史诗,是继古希腊、罗马史诗之后欧洲最早的一部用本民族语言写成的史诗。

〔6〕《尼伯龙根之歌》,德国十三世纪用中古高地德语写成的英雄史诗,大约产生于 1198 至 1204 年间,作者不详。共有 32 种手抄本,其中 10 种完整地保存至今。

〔7〕《罗兰之歌》,法国中世纪英雄史诗"武功歌"的代表作品。流传有许多抄本,其中以牛津大学收藏的抄本最为完善。

〔8〕亚·尼·维谢洛夫斯基在这里力求把建立总体文学史的理论任务同比较历史文艺学的实践结合起来,而他正是比较历史文艺学在俄国的奠基人和最鲜明的代表人物(参看

15

И. К. 戈尔斯基：《亚历山大·维谢洛夫斯基与现代》，莫斯科，1975 年，第 141 页；B. M. 日尔蒙斯基：《比较文艺学·东方与西方》，列宁格勒，1979 年，第 84—85，157，192—195 页，等等）。当代学者承认，就其纲领的全球性——文学的历史的和理论的研究方法的内在的一体化——而言，维谢洛夫斯基在全欧范围内，即使不是独一无二的，也确实是罕见的现象（参看 Д. 久里申：《文学比较研究理论》，莫斯科，1979 年，第 38 页）。

〔9〕学者们关于这部十三世纪德国英雄史诗的意见分歧，是由于该文本经过三种不同的编辑处理而流传下来多种抄本所引起的（参看 A. 霍斯列尔：《德国英雄史诗与尼伯龙根传说》，B. M. 日尔蒙斯基作序，莫斯科，1960 年）。

〔10〕*Chansons de geste*，十一至十三世纪的法国英雄叙事诗，其内容是叙述历史人物或传奇人物的功勋事迹，往往集结成为组诗。表达的形式是由歌手——行吟诗人依据书面唱本，在乐器伴奏下叙说（或演唱）。在作者进行文学加工的基础上创造了这一体裁的经典文献，属于所谓系列化时期（十二世纪末至十三世纪初）（参看《世界文学史》，莫斯科，1984 年，第 2 卷，第 516—522 页）。

〔11〕加斯通·帕瑞斯（1839—1903），法国语文学家，最早研究中世纪文学的学者之一。亚·尼·维谢洛夫斯基所提及的他的著作《查理大帝的诗体历史》（1865），体现了语文学中浪漫主义学派把英雄史诗看作"民族精神"的表现的研究方法。帕瑞斯认为，史诗系列是作为对所歌颂的事件的直接反响而创作的单个歌谣的汇编。

〔12〕容克布洛特（1817—1885），荷兰学者，于 1854 年首次出版了关于吉约姆·奥兰日斯基伯爵的功绩的传说——著名的英雄史诗系列《吉约姆的武功歌》（十一至十三世纪）中的三部（参看《吉约姆·奥兰日斯基之歌》，Ю. Б. 舒尔涅耶夫、А. Д. 米哈伊洛夫编，莫斯科，1985 年）。系列武功歌还有另一个名称——《加林·德·蒙格兰的武功歌》，但现代研究者认为，把这一名字作为武功歌的标题是任意的，并不符合它在系列中的地位（参看 А. Д. 米哈伊洛夫：《吉约姆的武功歌》/《吉约姆·奥兰日斯基之歌》，第 481 页）。

〔13〕舍列尔（1841—1886），德国语文学家，文艺学中的文化历史学派的代表人物，亚·尼·维谢洛夫斯基曾接近这一学派。舍列尔作为实证主义者，力求运用精密科学的方法于文学研究，以揭示文学史实的因果性。他关于德国文学史的主要著作（1880—1883）曾译为俄文。参看 B. 舍列尔：《德国文学史》，圣彼得堡，1893 年，第 1—2 册。

〔14〕维谢洛夫斯基在这里引证了法国哲学家与美学、文化历史学派的奠基人泰纳（1823—1893）的《英国文学史》（1863）一书。泰纳力图在实证论观点的基础上建立科学的文学史和文学理论，他在上述一书中提出了文学发展的规律性及其受"种族、环境和时代"制约的原则。

〔15〕彼特拉克（1304—1374），意大利诗人，欧洲文艺复兴运动的先驱。详见第 2 篇注〔68〕。

〔16〕卡莱尔(1795—1881),英国作家、政论家、历史学家、哲学家。在他的《英雄,英雄崇拜和历史上的英雄精神》(1841;俄译本1891)一书中提出"英雄崇拜"的理论,认为历史的创造者是少数杰出人物,而不是人民群众。

〔17〕爱默生(1803—1882),美国作家、哲学家,先验主义学派的奠基人。他在《人类的代表人物》(1850)一书中,创造了杰出人物的传记肖像的画廊,把他们描述成各自时代的精神、思想的体现者。

〔18〕卡冈都亚系拉伯雷的小说《巨人传》中的主人公,他身躯高大,食量过人,智慧超群。

〔19〕关于文艺学中科学概括的类型和原则的概况,可参看Г.马尔凯维奇:《文艺学的基本问题》,第286—341页。

〔20〕吉本(1737—1794),英国历史学家,著有叙述二世纪末至1453年罗马和拜占庭历史的《罗马帝国的衰亡史》(1776—1778;俄译本1883—1886)。

〔21〕巴克尔(1821—1862),英国历史学家,实证主义社会学家,社会学中的地理学派的代表人物。他构思撰写一部多卷本的自然科学的人类历史,但只来得及出版了头两卷《英国文明史》(1857—1861;俄译本1863—1864)。从机械的决定论和进化论的立场出发,巴克尔在社会的和自然的发展规律之间进行类比。

〔22〕蒙田(1533—1592),法国人文主义哲学家。

〔23〕龙萨(1524—1585),法国诗人,"七星诗社"发起人。

〔24〕马罗(1496—1544),法国人文主义诗人。

〔25〕"高卢人精神",原文为法文,法国人的民族特征的体现者。

〔26〕法兰西斯一世(1494—1547),1515年起为法国瓦罗亚王朝国王。

〔27〕指泰纳在《英国文学史》一书中所表达的观点。亚·尼·维谢洛夫斯基虽然受到泰纳思想的影响,但未放弃对这些思想观点的批判性评论。他指出在泰纳的另一部著作《艺术哲学》(1865—1869;俄译本1899)中的一些概括缺乏充分根据。关于泰纳的实证主义对十九世纪俄国文化历史学派的影响及对这一影响的克服,可参看《俄国文艺学的形成》,莫斯科,1975年,第454—455页。

〔28〕维谢洛夫斯基在这里提出了在一般文化历史背景制约下研究文学进程的历史比较方法(参看Н.К.古济:《俄国革命前和苏联学术界的文学比较研究》,《苏联科学院通讯》,文学语言版,1960年,第19卷,第1—2辑;И.К.戈尔斯基:《亚历山大·维谢洛夫斯基与现代》,第138—169页;А.基马:《比较文艺学的原则》,莫斯科,1977年;В.М.日尔蒙斯基:《比较文艺学》,列宁格勒,1979年)。

〔29〕在十八至十九世纪之交,由于历史主义原则的传播而在语言学领域形成了从历史起源和演变的角度分析各种语言的比较方法。在语言学领域的比较历史方法的代表人物有

德国的雅·格林(1785—1863)和俄国的亚·沃斯托科夫(1781—1864)。学者们的努力集中于建立语言系谱(族谱)分类,语言的家族和趋异(参看 A. 梅耶:《印欧系语言的比较研究导论》,莫斯科,1938 年)。正如 B. B. 维诺格拉多夫所指出的,"亚·尼·维谢洛夫斯基在他的关于历史诗学的论著中所运用的方法,是与青年语法学派所制定的历史的和历史比较的语言学的研究方法相近的"(B. B. 维诺格拉多夫:《文体学·诗语理论·诗学》,莫斯科,1963 年,第 172 页)。应该指出,把语言学和文艺学中的历史比较方法相类比是有其局限的:如果说在语言学中它运用于研究形式体系,这种体系可以进行历时的演变,同时又保持作为一个体系的话,那么在文艺学中,研究各种相比的因素时,关于它们是否形成一个结构的问题,则仍然悬而未决。

〔30〕十七世纪末以来,关于荷马是否实有其人,他的叙事诗是否只是许多无名的民间歌手们传唱的结果,学界一直众说纷纭。第二种观点是由 Ф. 欧比纳克(1604—1676)提出的,后来意大利哲学家维柯(1668—1744)在《新科学》(1725—1744;俄译本 1940)中支持了这一看法。应当指出,维柯的思想,包括他的历史主义,对于古老文化的阐释,对于亚·尼·维谢洛夫斯基的观点体系产生了一定的影响;但只是到了十九世纪,由于对于"民族精神"的浪漫主义的探索,对于民间诗歌的兴趣日增,维柯的观点才得到了许多支持者。亚·尼·维谢洛夫斯基在这里指的是那些不相信这一观点的德国美学家(例如,T. B. 尼奇)(参看 И. M. 特隆斯基:《荷马史诗问题》/荷马:《伊利昂纪》,莫斯科,列宁格勒,1935 年;A. Ф. 洛谢夫:《荷马》,莫斯科,1960 年;《世界文学史》,第 1 卷,第 325—327 页;C. И. 拉德齐格:《古希腊文学史》,第 5 版,莫斯科,1982 年,第 79—93 页)。

〔31〕温克尔曼(1717—1768),德国古代艺术史家,《古代艺术史》(1763;俄译本 1933)一书的作者。他曾对德国和法国的古典主义及其关于和谐与美的理想产生重大影响。温克尔曼以及追随他之后的"魏玛古典主义者"和德国古典唯心主义者都把希腊艺术的庄严朴素和肃穆宏伟视为这种和谐与美的原型。温克尔曼所提出的古代艺术历史发展的观点倾向于肯定古代审美理想的典范性。对于亚·尼·维谢洛夫斯基所用来建立他的历史诗学的广泛博大的材料而言,这种典范性必然显得有局限和不能令人满意——这部分地解释了他对温克尔曼和德国古典美学所持的批判态度。

〔32〕沃尔夫(1759—1824),德国语文学家,1795 年出版荷马史诗的希腊文本,在所附的《关于荷马的序言》中依据对保留下来的各种手稿及其不同诠释,提出荷马史诗实际上有许多作者。沃尔夫的这一论著——是把文学作品看作"民族精神"的表现的浪漫主义态度的鲜明例证。

〔33〕赫尔德(1744—1803),德国哲学家、文艺学家、作家。他坚持从历史的角度研究文学现象,是历史比较研究方法的先驱。他的"人民的无意识创作"的思想鼓舞了浪漫主义者。他提出了"狂飙突进"运动的文学宣言,标志着同古典主义的规范化美学的决裂。遵循

民族自主艺术思想的精神,赫尔德是于十八世纪七十年代最早从事收集各民族诗歌(出版于1778—1779年与1807年)的作者之一。亚·尼·维谢洛夫斯基在这里引证赫尔德旨在通过每个民族的诗歌了解他的精神活动的成果,为的是通过对比突出古典美学所利用的材料的局限性,从而论证理论建构有必要依据尽可能广泛的现存的文学史实和现象,而这也是符合他本人的理论观点的精神的。关于亚·尼·维谢洛夫斯基的同时代人对赫尔德所持的态度,可参看 A. H. 佩平的文章(载《欧洲导报》,1890年,第3—4期)。还可参看 И. Т. 赫尔德:《选集》,B. M. 日尔蒙斯基作序,莫斯科,列宁格勒,1959年;赫尔德:《关于人类史的哲学的思想》,A. Д. 米哈伊洛夫译注,莫斯科,1977年。

〔34〕卡尔德隆(1600—1681),巴洛克时代的西班牙戏剧家,著有大量袍剑剧、荣誉剧、象征宗教剧、道德哲理剧等,由于巴洛克与浪漫主义的美学原则相接近而深受德国浪漫派的推崇。在他的剧作中反映了对于文艺复兴时期的人文主义的破灭的巴洛克式的体验,这体现于"人生如梦""人世如舞台"的隐喻形象之中(参看卡尔德隆:《戏剧集》,H. Б. 托马舍夫斯基作序,莫斯科,第1—2卷)。

〔35〕芬兰民族史诗《卡勒瓦拉》,由芬兰学者、民间文学研究者兰罗特(1802—1884)根据所记录的不同说唱者演唱的各种不同的叙事的、抒情的和仪式的歌谣润色汇编而成(第一版1835年,第2版1849年)。俄译本《卡勒瓦拉》,莫斯科,1956年,新版1977年。参看《民族史诗的分类》,莫斯科,1975年,第304—315页;B. Я. 普罗普:《民间文学与现实生活》,莫斯科,1976年,第303—317页。

〔36〕《吠陀》,印度上古时期一些文献的总称,在印度历来被认为是圣典。"吠陀"的本义是"知""知识"。四部《本集》可上溯到公元前约1500年前,其中最古老的诗集《梨俱吠陀》包括1028首颂神用的诗歌(参看《梨俱吠陀·颂诗集》,T. Я. 叶利扎林科娃译注,莫斯科,1972年;B. T. 埃尔曼:《吠陀文学史略》,莫斯科,1980年)。

〔37〕亚·尼·维谢洛夫斯基的这一论断引起了现代学术界的异议。例如,E. M. 梅列金斯基认为,故事、传说先行于史诗,因此"把抒情——叙事歌谣视为史诗发展的必然阶段的假说是极其有争议的"(参看 E. M. 梅列金斯基:《亚·尼·维谢洛夫斯基的〈历史诗学〉与叙事文学的起源问题》/《历史诗学:研究的总结与前景》,莫斯科,1986年,第35—38页)。

〔38〕据荷马史诗《奥德修纪》,奥德修斯回乡途中漂泊十年,曾到达菲埃克人的国土,受到国王阿尔基诺斯的友好接待,并派船送他回故乡。

〔39〕古希腊用弦乐器伴奏的吟唱叙事诗的歌手,荷马即这样的歌手(参看 C. И. 拉德齐格:《古希腊文学史》,第37—40页;И. И. 托尔斯泰:《希腊歌手》,莫斯科,1958年)。

〔40〕指十二至十三世纪的法国行吟诗人,叙事诗、戏剧作品、歌谣的编著者和演唱者。他们的创作受到普罗旺斯游吟诗人的诗歌的影响。

〔41〕德尔斐抒情诗,歌颂在德尔斐战役中获得的胜利的诗歌作品,一般以事件发生的地

点为名。

〔42〕狄俄倪索斯，古希腊神话中的酒神，又称巴克科斯。纪念他的节日又称酒神节。对于他的崇拜起源于遥远的古代，其祭祀仪式是和古代的魔法化装仪式相联系的，由此产生希腊的戏剧：悲剧和喜剧（参看 ВЯЧ. ВС. 伊凡诺夫：《狄俄倪索斯与古老狄俄倪索斯仪式》，巴库，1923 年，ВЯЧ. ВС. 伊凡诺夫的这一学位论文中的《悲剧的起源》一章，参看《民间文学和早期文学典籍中的古老仪式》，Л. Ш. 罗让斯基，莫斯科，1988 年，第 237—293 页）。

〔43〕丁尼生（1809—1892），英国诗人，维谢洛夫斯基提及的他的系列组诗《国王叙事诗》（1859）以六世纪英国历史上传奇式的亚瑟王及其圆桌骑士的故事为题材，流传颇广（俄译本，圣彼得堡，1903—1904 年，第 1—2 卷）。

〔44〕哈特曼·冯·奥埃（约 1168—约 1210），德国抒情诗人，德国文学中诗体骑士小说的创始人。维谢洛夫斯基在这里显然指的是他对于十二世纪法国行吟诗人克雷蒂安·德·特罗亚取材亚瑟王传奇的小说《埃雷克与埃尼达》（约 1170）和《伊万，或带狮子的骑士》（约 1180）的改编。哈特曼在遵循原作的基本情节线索的前提下，创作了完全独立的和杰出的作品《埃雷克》（约 1185）和《伊万》（1200 后）。

〔45〕戈特弗里德·斯特拉斯堡（约 1150—约 1220），德国叙事诗人，诗体小说《特里斯坦与伊佐里达》（1207—1210）的作者，据十二世纪盎格鲁-撒克逊行吟诗人托马斯·勃里坦斯基（约 1170）的小说改编。

〔46〕沃尔夫拉姆·冯·埃申巴赫（约 1170—约 1220），德国行吟诗人，著有长篇诗体骑士小说《帕尔齐法尔》（1198—1210），其渊源包括克雷蒂安未完成的小说《伯斯华，或圣杯的故事》（约 1182—1190）。埃申巴赫成为霍夫曼的短篇小说《歌手的竞赛》和瓦格纳的歌剧《汤豪舍》中人物之一的原型（参看本书第 5 篇注〔40〕）。

〔47〕佛来米人，居住于法国、比利时、荷兰的日耳曼语系民族。

〔48〕克尔特人，亦称高卢人，系古代印欧语系的部落集团。

〔49〕洛采（1817—1881），德国哲学家、医生、自然科学家。他发挥了接近莱布尼茨单子论的思想，认为机械原则不仅在无机体领域，而且在有机体领域都发挥作用，不过在世界观的形成过程中只占次要地位。

〔50〕霍林舍德（？—1580），英国编年史家，《英格兰、苏格兰、爱尔兰编年史》（1578）的作者之一。第一版的《编年史》是莎士比亚历史剧的背景材料之一。

〔51〕参看 В. М. 日尔蒙斯基：《浮士德传说的历史》，莫斯科，1978 年，第 257—362 页。

〔52〕施皮尔哈根（1829—1911），德国作家。著有《寡不敌众》（1866；俄译本 1867—1868）等长篇小说，其中主人公列奥的遭遇表明伟大人物为了实现自己的构想，需要得到群众的支持。维谢洛夫斯基把列奥同普罗米修斯相比较，这看法在学术界是有争议的。В. М. 日尔蒙斯基为此指出："……对于中世纪文学来说，翻译和改编传统的（所谓'迁徙'的）叙事

情节成为了文学相互影响的一种特殊形式,这种对于中世纪文学文献的工作实践也就促使维谢洛夫斯基固执于不正确的方法论结论,似乎文学的一切发展都归结为传统形象和情节模式的变形,它们作为现成的格式而代代相传,并能充实新的内容而复活。关于薄伽丘、萨克斯,甚至莎士比亚创作中的传统情节的问题——这是文学中的传统与革新的问题的不同形态之一,而维谢洛夫斯基所建议的把施皮尔哈根的小说《寡不敌众》中的列奥同普罗米修斯,或者把丹麦女作家玛尔丽特笔下的女主人公同灰姑娘比较,则不过是一种智力游戏,一种徒劳无益的类比而已。众所周知,对于施皮尔哈根的主人公来说,原型并不是埃斯库罗斯或拜伦笔下的普罗米修斯,而是拉萨尔,也就是说采用的是对于所处时代的社会生活的直接观察,对于社会经验的典型概括和思考,而这正是现代现实主义作家的创作方法的特征。"(B. M. 日尔蒙斯基:《文学的历史比较研究》/《比较文艺学》,第79页)

在现代文艺学中,与这种尖锐批判意见同时并存的,还有另一种相反的,接近于"原型"批评的观点,这种批评从每一个情节中寻找某种古代的根基(参看 H. 弗赖伊的著作,如《批评的原型》,普林斯顿,1957年)。在俄国学术界 O. M. 弗列登尔格正是依据维谢洛夫斯基而运用这一方法(参看 O. M. 弗列登尔格:《情节与体裁的诗学》,列宁格勒,1936年)。

〔53〕普拉马特哈,古印度神话中大神湿婆的侍卫。

〔54〕埃斯库罗斯(约前525—前456),古希腊悲剧诗人,他的著名悲剧《被缚的普罗米修斯》描写普罗米修斯盗取天上火种送给人类,为此受宙斯惩罚,被钉在悬崖之上。马克思曾称普罗米修斯为"最高尚的圣者和殉道者"。

〔55〕这一假说后来被一些其他学者所修正。例如 H. И. 卡列耶夫(1850—1931)像亚·尼·维谢洛夫斯基一样,是一位支持在研究文学过程时采取进化方法的学者,但在他的《西方的文学演变》一书中却针对维谢洛夫斯基所提出的"假说问题"提出了另一些问题:难道在古代创造了原型、格式和母题的能力,如今衰竭了?难道创作只能围绕着远古遗留下来的史实打转吗?难道生活的运动反映在文学中,只限于用对于生活的新理解来充实旧的形象,而并不为创作新的形象而创造材料吗?关于列奥与普罗米修斯的形象这一例证,卡列耶夫指出,它与其说是旧瓶装新酒,不如说是新瓶装旧酒(参看 H. И. 卡列耶夫:《西方的文学演变》,沃龙涅什,1886年,第45—63页)。B. H. 彼列特茨关于维谢洛夫斯基的这一论点曾指出:"如此说来,在文学中只有内容在发生变化,而形式则保持牢不可破的传统形式。显然,维谢洛夫斯基当时还只是把形式理解为公式化形态的**情节**,而不是理解为作为诗歌创作的必不可少的形式的诗歌语言,甚至不是理解为结构。"(参看 B. H. 彼列特茨:《关于俄国文学史的方法论的教程》,基辅,1912年,第260页)

进化方法在文艺学中的代表人物在法国是伯吕纳吉埃尔(1849—1906),他在其著名论著《文学史上的体裁演变》(1890)、《法国抒情诗歌在十九世纪的演变》(1894—1895)中运用了这一方法,而它在俄国的代表人物则是 H. И. 卡列耶夫和亚·尼·维谢洛夫斯基。这一

21

方法在总体上致力于确立文学现象之间的渊源关系，揭示它们本身的发展过程，而这就要求最广泛地运用历史比较的方法。后来的学术界在肯定维谢洛夫斯基的贡献的同时，对他的理论体系做了必要的修正。例如，O. M. 弗列登利尔格写道："他的历史主义还渗透着平淡无味的渐进的实证主义，他的'形式'与'内容'，两个相互对立的因素，单一地相互对立着，他的比较方法不可救药地静止不动，尽管在他看来，情节和形象是'迁徙的'……维谢洛夫斯基完全不提语义学问题，这一点特别使他同我们格格不入；他感兴趣的是文学过程在整体上的一般机制，而不是这一机制的动因；在他那里既没有社会制约性、没有思维研究，也缺乏揭示文学事实的意义内涵的兴趣。"（O. M. 弗列登利尔格：《情节与体裁的诗学》，第 20 页）1910 至 1920 年间诗歌语言研究会的成员们在他们的论著中重新思考和运用了维谢洛夫斯基的思想观点，同样转向了文学史及其演变的问题（参看 Ю. Н. 特尼亚诺夫：《文学事实》/《诗学·文学史·电影》，莫斯科，1977 年，第 255—270 页；《论文学的演变》/同上书，第 270—281 页；还可参看 Б. 卡赞斯基：《历史诗学的思想》/《诗学·学报》，艺术史研究所语言艺术分部，列宁格勒，1926 年，第 1 辑；В. Б. 什克洛夫斯基：《散文理论》，莫斯科，列宁格勒，1925 年）。

〔56〕参看 M. M. 巴赫金的论述："文学在其发展阶段上是有备而来的；现成的语言，现成的观察和思维的基本方式。但是，它们继续向前发展，尽管相当缓慢（在一个世纪的范围内无法观察到）。文艺学同文化史（文化不是作为各种现象的总和，而是作为整体）的联系。维谢洛夫斯基的长处就在于此（符号学）。"（M. M. 巴赫金：《话语创作美学》，莫斯科，1979 年，第 344 页）提出"稳定的诗歌格式"的概念——这是亚·尼·维谢洛夫斯基的理论体系中的一个重要方面，这在他本人后来的学术探索，以及后来时期学术界的研究中，都得到了广泛的发展。维谢洛夫斯基在文学的广泛的时间和地域分布范围内考察了"陈词俗语"，专有名称，不变的格式的重复性（参看克尔蒂乌斯：《欧罗巴文学和拉丁中世纪》，伯尔尼，1948 年）。

〔57〕司各特（1771—1832），英国作家。他的长诗《湖上夫人》（1810）叙述中世纪苏格兰国王和骑士冒险的事迹（参看 B. 司各特：《湖上夫人》/《司各特文集》二十卷本，莫斯科，列宁格勒，1965 年，第 19 卷）。

〔58〕正如 B. H. 彼列特茨于 1907 年所指出的，"不久前关于什么是'文学史'和什么是文学曾展开了一场热烈的争论。在 1871 年……并未阐明，怎样理解文学一词，由此也不清楚，'文学史'应当研究什么"（B. H. 彼列特茨：《关于俄国文学史的方法论的教程》，第 35 页）。俄国学院派认为，关于过去各种现象的知识是一种历史知识，它同固定不变的、抽象的、教条的知识是相对立的。历史学的任务是研究各种现象的起源（渊源），它们的演变（变形）或发展（进化）（参看上书，第 37 页）。维谢洛夫斯基关于内容的自由和形式的必然构成文学发展的本质这一论断受到了重视。O. M. 弗列登利尔格写道："毫无疑问，维谢洛夫斯基所探讨的中心问题是形式与内容的相互关系问题……维谢洛夫斯基是同生活事实打交

道,并认为它们在文学因素的建构上可以超越意识而发挥直接作用;他是按照文化历史的精神来理解这些事实的;它们构成了形式的,包括情节的起源,整个文学都同它们处于因果相互关系之中。"(О. М. 弗列登别尔格:《情节与体裁的诗学》,第14,17页)在Ю. Н. 特尼亚诺夫的著作《论文学的演变》中也可以感到同维谢洛夫斯基的这一论断的呼应:"作品内部诸因素的结构功能,相互关系使'作者意图'转化为酵母,但仅限于此。'创作自由'只是一种乐观的口号,而并不符合实际,并让位于'创作的必然性'。"(Ю. Н. 特尼亚诺夫:《论文学的演变》,第278页)

历史诗学导论

（问题与答案）

文学史就像是国际法称之为 res nullius（拉丁文——无主之物）的地带，文化史家和美学家，博学之士和社会思想研究者都可以进去涉猎一番。每个人都根据其能力和观点，尽可能地从中攫取一些东西，这些货色或猎物虽然贴着同样的标签，但其内容却大相径庭。人们关于标准没有达成一致见解，否则就不会如此固执地一再提出这一问题：什么是文学史？[1]关于文学史的最受青睐的见解之一，也许可以归结为大致如下的定义：体现于形象—诗意体验及其表现形式之中的社会思想史。[2]思想史是一个比较宽泛的概念，文学只是它的局部表现；要使文学分化出来，就必须对于什么是诗歌，什么是诗意意识及其形式的演变具有明确的理解，否则我们就无从谈论历史。可是，这样的定义需要具有符合所提出的目标的分析。

几年前，我在大学和高等女子学校所讲授的与诗歌风格的发展有关的叙事诗与抒情诗，戏剧与小说等课程[3]，都具有为文学史的研究方法，为归纳的诗学收集材料的用意，这种诗学能够排除它的思辨体系，为的是从诗歌的历史中阐明它的本质[4]。我的女听众从我提出的一些概括中，了解到许多虽是老生常谈，却表达得并不那么斩钉截铁的论述，其中疑问多于论断，更多的是各种探索，因为有求知的欲望，并不是什么坏事，不幸的是提出了一些论点，却缺乏事实依据。

从那时以来，舍列尔的诗学[5]问世了，这是具有同样一些宗旨，构思广泛而富于才气的某种未成形的著作片段；顺便说一下，某些研究诗学具体问题的德国论著所表现的潮流也显示出对于这类研究的生动兴趣。显然，出现了对于这类研究的需求，随之而来的则是勃留涅季耶尔[6]的论著。他按趣味来说是一位古典派，渐进主义的头号新手，就像任何一位刚具有新见解的人一样，旧的神灵还在他的思想意识的某个角落里静悄悄地主宰着。他的这部书就像但丁笔下的罪人一样，是面孔朝后，倒着走的[7]。

有关这门课程的文献资料就是这种状况：探索多于定律。比如说，关于如何理解诗歌，难道我们事先已经达成了共识？不久前勃留涅季耶尔提出的一个相当含混的公式：诗歌——是表现于形象之中，并以同样的方式清晰地呈现于心灵的形而上学……能使谁感到满意呢？

让我们把这个一般性的问题留待将来去探讨吧；它的解决取决于同一领域的一系列局部课题的系统研究和解决。我愿意提请诸位注意其中的某些课题。

在有关民间诗歌和古代风尚的法国杂志上设有一个引人入胜的栏目：Les pourquoi？（为什么？）孩子们会向你提出这类问题，人们在最原始的发展阶段曾提出过这类问题，提出了并给予了这类问题以表面的，有时相当富于幻想力的回答，这些答案以其明确性而使人们感到安慰：诸如为何乌鸦发黑？为何太阳落山时变得血红，夜间它到哪里去了？又如为什么狗熊长着短尾巴？这类答案构成了古代神话的基础，历史的发展使它们形成体系，构成系谱联系，于是产生了神话学。在现代迷信中对于这类答案的体验表明，它们在某个时候曾成为信仰和想象知识的对象。

在文学史上也有一系列这类 Les pourquoi？（为什么？）它们在某个时候被人们提出，并对它们做了回答，这些答案至今仍存在于人们的体验之中，成为某些文学史观念的依据。最好重新审视这些观念，以免陷于无知愚民的处境,他们深信太阳在兜圈子,并在伊凡节[8]嬉戏玩乐。最好开辟一些新的"为什么"栏目,因为有许多尚未探明的东西,往往被认为已经有了答案,成为不言自明的定论,似乎我们对于诸如什么是浪漫主义和古典主义,什么是自然主义与现实主义,什么是文艺复兴等等,都事先达成了共识一样。

我想探讨这些问题。我并不举现代的例证,虽然一切都归结于现代。古代对我们来说,被作为一种前景而搁置起来,在那里许多细节被掩盖了,而一些直线式的思维占了上风,于是我们倾向于把它们当作结论,视为对于进化的最简明的轮廓。我们在某种程度上是对的,因为历史记忆总是忽略那些琐细事实,而只是保留那些举足轻重的、孕育着未来发展的事实。但是,历史记忆也可能出错;在这种情况下,有待观察的新事物就成为了衡量古老的、处于我们经验之外的事物的尺度。在社会的,也是文学历史的现象的领域内,正是通过这样的途径,才能取得坚实的研究成果。现代生活太紊乱,太令我们激动,以致我们无法完整地和冷静地加以研究,探索它的规律;我们对待古代则比较冷静,不由自主地在其中寻找我们所未汲取的教训,由于受古代表面上的完整性的诱惑而去寻求某些概括,尽管我们自身只有一半生活于其中。这也就使我们获得了选择和检验的权利。不久前,关于宗教意识和语言的发展问题还只是依据古代文献来研究解决的。我们曾经迷恋《吠陀》和梵文,并建构了比较神话学和语言学的大厦,建构了一些相对严整的体系,其中一切都各就各位,还有许多假定性的因素。如果没有这些体系,就不会有批评,也不会用现在来检验过去。我们构筑了原始人的宗教世界观,却没有征询与我们相近的经验,而我们的平民百姓、我们自己都是这种经验的对象。人们为一些语言构筑了语音规则,它们的发音从未流传到我们这一代,可是在我们毗邻一带却十分活跃地盛行着一些方言,而这些方言正是按照我们祖先阿利安人所遵循的那些生理的和心理的法则发展起来的。在神话学和语言学领域内的进步取决于依据对各种现代迷信和方言土语的生存的考察而对建立在过去历史事实基础上的各种体系所进行的检验。在文学史中也是如此：我们对于文学演变的观点是建立在历史远景之上的，而每一代人都依据自己的经验和所积累的比较分析对这一远景进行修正。我们不承认荷马史诗有个人（在我们所说的这个词的含义上）作者，因为对于民间诗歌状况的考察（人们往往从外表上把民间诗歌同它的远古表现的条件混为一谈）揭示出了至今不为人知的群众性的非个人的创作过程。随后我们又拒不承认这些散发着浪漫主义气息的观点的极端性，不承认这种无法实现的人民——诗人，因为个人因素在民间诗歌中的出现要比人们以往所认为的多得多。关于荷马的批评也从自己方面做出了让步，于是荷马史诗的个人作者或作者们的问题重又提到了我们面前，虽然提法已不同于过去[9]。

我谈到了浪漫主义，我想以它为例来说明旧的公式怎样经常地为新的公式所修正和阐释，反之亦然。从歌德开始，浪漫主义的定义层出不穷，对于歌德来说，古典的相当于健康的，而浪漫的则相当于病态的；浪漫主义者在无节制的主观主义中，在"用表现性格来实现美"中找到了浪漫主义的定义……对于勃留涅季耶尔来说，浪漫主义、个人主义与抒情性在本质上是一回事，从这端开始，在那端结束，等等。但是，无论在北欧浪漫主义这一现象中，还是在关于它的定义之中，都可以强调指出一个共同的特征：个人力求摆脱束缚他的社会的和文学的条件和形式的沉重枷锁的愿望，渴望更为自由的另一种条件和形式，以及以古老传说为依据来加以论证的愿望。由此而来的是对于民间古老风尚或者看来似乎是人民性的事物的理想化，诸如对于中世纪的迷恋，夹杂着对于具有各种幻想色彩的天主教，以及骑士精神：moeurs chevaleresque（法文——骑士风尚）（斯塔尔夫人）[10]的迷恋，对于民间诗歌（其中有如此多的非本民族的东西）和对于大自然的热爱（个人在其中可以自私地得到发展，在激情和幼稚的自我崇拜中得到满足，以致忘掉了社会利益，有时甚至反其道而行之）。这些一般潮流难道不能说明意大利人文主义的某些方面吗？拉丁文化与世界观的基础长期以来在意大利就隐藏在中世纪的教会思想和建制这一非固有的土壤之中,在它没有公开地、自觉地表露出来之前,是不会脱颖而出的,而这是符合在民间根基(这次是非虚构的和非幻想的)的土壤之中得到复兴的同一要求的。人文主义——这是最纯粹的拉丁族的浪漫主义。由此形成了与浪漫主义公式的模糊不清形成对照的人文主义公式的明确性与明晰性;可是无论在哪里,都是在个人主义领域内的同类构成物,都是在文学和世界观中一味回顾过去的同一倾向。这一类对比就是我在以下讲述中将予以关注的课题。

让我们从叙事诗开始。在民族发展的一定阶段上,诗歌产品表现为半抒情、半叙事性质的诗歌,或是纯粹叙事的诗歌*。它们由当时一些鲜明的事件,氏族、部族的战斗业绩所引起,歌颂英雄们、全族荣誉的体现者,并围绕着某几个名字组合起来[11]。在另一些情况下,创作进一步发展,于是一些史诗流传了下来,在其中可以感到集体的民间歌谣、叙事诗,显示出个人构思和结构的完整性,同时也显示出非个人的风格,不具有作者姓名,或具有虚拟的作者姓名。我们指的是荷马史诗或法国古代英雄叙事诗,其代表作是《罗兰之歌》[12],两者都具有历史传说的内容。这一特殊的诗歌演变是由什么引起的,**为什么**其他一些民族只产生了壮士歌呢?首先是个人创举[13]。在缺乏关于这一点的声明的情况下,它指明了这样一种发展阶段,当个人的诗歌创作活动已经成为可能,可是还未被人们所意识到,因为个人的东西还没有在人们意识中客观化为一种使诗人与群众分离开的个人过程[14]。诗歌的才能并非来自诗人,而是外来的赏赐,在饮了神奇的玉液琼浆之后,他才思横溢,或者这是缪斯女神的魔力所致,从希腊关于居住在山林、河上的仙女(nympholeptos)的观点来看,诗人与神鬼附体的狂人是一回事。这是在诗歌与造型艺术的领域内的伟大匿名创举的时期。民间史诗就像中世纪的寺院一样,都是匿名的。

---

* 这类具有地方历史内容的抒情兼叙事的短歌的典范之作是卡尔特韦尔人的歌曲(见《描叙高加索的地域与氏族的资料文献集》,第19卷,第2部)。

与此相关的还有另一种民间心理因素。构成法国英雄叙事诗的基础的是关于查理大帝[15]及其同龄人的古老壮士歌，它们掩盖和吞没了墨洛温王朝[16]更为古老的歌谣传说。它们生存过，也许像我们的壮士歌一样，曾经组合在一起，被遗忘和概括起来，因为这是民间理想化的习以为常的机械式的过程。过了二百年，民间英雄叙事诗使这些情节得到更新，同样的人名和相似的功绩，但是情绪却焕然一新：我们处于鼎盛的封建朝代，处处刀光剑影，充满着在统一的政治力量感的支配下而焕发的民间英雄主义、朝气蓬勃的自我意识；亲爱的法兰西[17]响彻四面八方。作为个人的诗人为了表达这种民族自我意识可能选择虚构的类型或者仿照类型风格加以改编的现代历史人物。对于我们以上描述过的古老史诗的作为半个个人的歌手来说，这在心理上是不可思议的，而且他也不可能被人们所理解，于是他不自觉地取材于古老的传说和歌谣中的类型，而代代相传的歌手和听众则逐渐使这些传说和类型接近自己的理解，接近时代的水准。查理大帝按照同一途径被奉为法国的人民主宰者，就像伊利亚·穆洛梅茨[18]被奉为农民勇士一样；萨拉秦人[19]、萨克斯人[20]成为了法国的一般敌人，诗人只好掌握虽没有他参与，但在他身上所完成的这一理想化，于是出现了法国历史叙事诗；所谓历史的，其含义并不在于其中描写了真实的历史人物，而在于它通过过去的形式表达了现今人民的情绪。

因此，出现大型人民史诗的条件大致如下：缺乏个人创作意识的个人诗歌活动，要求在诗歌中得到表现的民间诗意的自我意识的高昂；以往诗歌传统以及类型形象的延续性，这些类型能够按照社会发展的要求而在内容上发生变化[21]。无论什么原因，只要这些条件不相符，民间史诗的产生就是不可思议的。让我们设想，在民族自我意识，历史的祖国与民族自豪感成熟之前，个性就发展起来。在这种情况下，按照不同的个性，对于当代的评价将是各式各样的，他们对于往事回忆的态度也将是各不相同的，将不会有热情与理想的共同土壤，在这一土壤中诗人的鉴赏力、才能同群众的爱好趋于一致。德国文学史就指明了这类现象。德国人和罗马化的法兰克人[22]都同样有过回忆历史的史诗;查理大帝在这里和那里的传说和诗歌中都留下了回响,然而当法国形成为国家,并确立了它的民族目标和以民间语言为基础的文学的时候,奥托皇朝[23]的政策却把德国再一次转向世界帝国的非民族目标,德国文学的初次兴起便在奥托皇朝的"拉丁族"复兴的高潮中被遗忘了。查理大帝的侍宴诗人们可能迷恋于帝国及其抽象的世界与文化的理想,就像后来理论家们曾经迷恋过一样,但他们对于人民却毫无提示。对于人民来说,帝国就像起初的教会一样,只是一种抽象概念,但教会掌握了人民的意识,掌握了人民信仰的各种应对形式,而帝国却永远只是一种公式。帝国而不是德国人民发动了意大利远征,而这些远征并没有铭刻在叙事诗的记忆之中;同匈牙利人的战斗似乎是人民的业绩,但是它只在历史歌谣中得到表现,而并没有把情感提升到叙事诗的理想化高度,因为政治上获得自决的民族感情并没有得到发展,同法兰西王国的众志成城比较而言,德意志帝国无非是一个酣睡的巨人……骑士爱情歌手[24]具有爱国主义主题,可以听到抒情的呼喊:德国至上![25]但是,个人意识并没有在史诗的情绪中得到反映。它的体现者是民间游历艺人[26],云游僧侣[27],vagi(拉丁文——流浪汉),诸如拉姆普列赫特[28]、康拉德[29]等人。他们的题材是从各处移植来的:有法国小说,有渗透着伪经的幻想诗意的东方传说,还有法兰克人、朗哥巴尔德人[30]、哥特人[31]的古老传说。他们的地域要比政治实体的德国更宽广:意大利与巴里,伊斯坦布尔与巴勒斯坦及耶路撒冷;这并不是事实上把东方与西方联结起来的十字军远征的地域,而是帝国的理论视野,在其中不仅各个民族消失了,而且实际上德国民族也消失了。在像尼伯龙根人这样一部鲜明的叙事长诗中,关于勃艮第人[32]和匈奴人[33]的历史回忆由于出现新的匈奴——马扎尔人[34]而得到更新,以及关于齐格弗里德[35]的神话故事,都没有引导到那样一种能同罗兰之歌中的"心爱的法兰西"相呼应的战斗意识。德国史诗是浪漫主义的,而不是民间历史的。

我们既无前者,也无后者,虽然有过叙事歌曲,这些歌曲甚至已经围绕着弗拉季米尔大公这个人物组合起来了。为什么？以上的比较回答了这一问题。看来,缺乏人民的政治完整性的意识,而这并非宗教完整性的意识所能填补的。《伊戈尔远征记》并非民间叙事长诗,而是一首关于东正教罗斯的命运的出色的抒情哀歌。当鞑靼人的时代已经过去,政治统一成为了民族自我意识的支柱的时候,史诗的时代被错过了,因为个人意识已开始充分显示其力量,即使不是像在西方那样表现于诗歌创作领域。

具有民族历史情节的民间史诗的形成及其作为一种民族自我意识的表现,还说明了另外一个问题:为什么动物长篇故事诗正好出现于封建的法国,因为德国的列那狐[36]无非是法国原版的改编。这部叙事长诗的基础是流传甚广的具有各种典型人物——野兽的动物故事;拉丁语的颂词、寓言和《生理学家》[37]中的奇迹,在深入到中世纪寺院的修道小室的同时,使北方居民见识到了闻所未闻的各种野兽和狮王;也许正是它们为改编和加工这些至今尚未接触过文学的外来的、迁徙的故事提供了最初的缘由。这些动物故事就像壮士歌一样,围绕着各自的主人公组成不同系列;一个故事补充说完另一个故事,虽然没有形成像古老的卡尔罗文格那样完整的叙事诗,却成为了某种具有统一的内容和阐述的作品。所谓 *Romans du Renart*(《列那狐的故事》)[38]是一部反面的英雄史诗,它具有同样一些典型,却是从反面加以描述的,诸如封建领主、狮王,以及野蛮而愚蠢的权贵雄狼,快活而恶毒的骗子列那狐,瓦解腐蚀英雄主义世界观的完整性的资产者和律师。动物故事诗正需要以这种得到诗歌表现的完整性作为前提,故事是它的素材,文学寓言是它的缘由,而英雄叙事诗则提供了图式;只是晚些时候才出现讽刺的目的。

顺便说一下,这也就是我们为什么无法具有动物叙事诗的缘故,虽然我们具有的动物故事并不比其他民族少,如果不是更多的话。而关于这一问题的欧洲最新研究者则为了资料和阐释而向我们求教。

动物叙事长诗应当更接近英雄史诗，但它没有来得及形成。以野兽作为主角的讽刺故事，如关于叶尔什·叶尔绍维奇的故事，则已经处于叙事诗发展的区域之外。

我说过，文学寓言可能是记录民间动物故事的最初缘由之一。这一论断可以予以普遍化，以便解答各个新欧洲文学的发展所引起的一系列问题。

很难在理论上弄清楚，以在诗歌活动的意识中呈现出个人因素为标志的过程是在什么条件下和怎样实现的。各国古代文学在这里说明不了什么，我们不知道，它们是在什么条件下产生的，有什么外在因素参与了它们的创建，而我们对于民间心理过程又了解甚少，以致我们难以依据现代民间心理现象得出关于过去的结论。具有仪式和叙事性质的远古歌谣属于一般祭祀和传说，从中并未删去一个词；我们可以想象，智力和教育的演进把它们抛在了后面，人们在重复它们的时候，似懂非懂，边实现边歪曲，但都是无意识地，并没有认定这是个人的创举或功劳，没有感觉到正在产生的自我。而这正是全部问题之所在。

在欧洲文化及其特有的双重教育因素的基础上，这一问题解决得比较容易和显而易见。当北方半商半匪的航海者在某座爱尔兰教堂中看到奇妙的罗马式的十字架绘图，看到那些揭示出背后所隐藏的传说背景的各种象征特征的时候，他开始面对他所不熟悉的传说，这种传说不像他本民族的传说那样属于信仰而来的义务，于是他不由自主地耽溺于幻想的自由驰骋。他解释和说明，他按照自己的方式进行创作。俄国圣诗就是这样想象活生生的勇士耶高利的，他就像在圣像上所画的那样，双手直到胳膊肘都涂着金。

欧洲诗歌正是沿着这条途径发展起来的：诗歌鉴赏力并不是由于民间诗歌根基的内在演进，而是由于同它不相干的文学典范而激发起个人创作的意识的。

海涅曾偶然回忆起威廉·马利姆斯别里斯基[39]于十二世纪讲叙

的一个富于阴森悲凉诗意的传说:某个显贵的年轻罗马人邀请了一些亲朋好友来参加自己的婚礼。婚宴之后,宾主们兴致勃勃,一起来到草坪跳舞和玩球。年轻主人是玩球的好手;在准备玩球时,他脱下了结婚戒指,并把它套在耸立在那里的一座古代铜像的手指上。这是一座爱神像。当他玩完球戏,走过去取自己的戒指的时候,却发现塑像那只套上戒指的手指弯向了掌心。年轻人白费了好大劲也无法取下戒指,于是离去了,并没有对任何人说起此事,以免被人耻笑和乘他不在时盗走戒指。当晚他由仆人陪同回到这里时,令他大吃一惊的是塑像的手指已经伸开,而戒指却不翼而飞了。从此以后,在年轻人与他的妻子之间经常有某个幻影般的东西出现,它无影无踪,却又可以感觉得到。可以听到这样的声音:"你同我结了婚,我是爱神,你的戒指在我这里,我永远不会交出它。"这种磨难延续了好长时间,不得不求助于神甫帕鲁姆博念咒语,以便驱魔消灾。

西方教会同样竭力回避古典诗歌的魔力,这种魔力会迷惑中世纪的人们,但是咒语并没有起作用,结盟还是实现了。西方各国文学都起源于这种结合;所谓伪古典主义不是别的,而是它所固有的诸因素之一的片面发展,这些因素既相互矛盾,又由于起初通文识理的需要而联结在一起。

人民唱着自己古老的歌曲,如带有多神教遗迹的仪式歌曲,爱情(winiliod)歌曲,妇女(puellarum cantica)歌曲,并天真地把这些歌曲带进了神殿庙宇。他们或是继承这些歌曲,或是按照以往的类型不自觉地进行创作,但并不把它们同创作,同个人价值的思想观念联系在一起。而教会则在他们眼中贬低这些歌曲,议论它们的多神教内容与罪孽的迷惑力。同一个教会又按照拉丁文书籍教人们看书识字,为了修辞练习的目的,不时翻看为数不多允许阅读的古典诗人的作品,教人们欣赏它们的美,用寓意解释来回避迷惑力;可是好奇心激发起来了,人们悄悄地阅读那些不是专门特许的学校通用的诗人作品,并依据外来的典范作品培养了按照民间心理发展途径所未能弄明白的意识。

人们开始边模仿,边创作;为此应当学习语言,掌握诗歌词汇,深刻体验即使不是作家的精神,也是作家的风格——这难道不是个人的功绩吗? 在宗教学校中,在一般练习、写作含义上的概念 dictare 发展起来了,只是后来其含义才缩小为诗意虚构:dichten。人们从少数人才能适应的劳动的概念过渡到了创作的概念,起初自然是用典范作品的语言,小心翼翼地模仿它们的手法,同时个人的和现代的主题逐步渗透进来。当民间语言稳固壮大起来,变得适合于诗歌表现(拉丁语学校在这方面也起了作用),而个人意识的发展又在寻找这种表现时,动机便已经具备了。骑士抒情诗及其个体诗人和个人倾向只是本国的、民间的因素同外来的和文明的因素相结合的一种新的体现而已。这加速了民间诗歌的演变,并对它提出了重大的任务[40]。

在西方就是如此,它的拉丁语学校不知不觉地散发着古典文化的光辉,它的圣经顽强地抵御着民间语言的入侵。基督教思想也许因此而未能取胜,人民凑合着满足于忏悔牧师的教义问答、布道传说和圣经解说,可是当人民停滞于双重信仰的状态时,围绕着拉丁文圣经而创立并支撑住了拉丁语学校,随之而来的则是对于古代诗歌的微弱的、随后又变得鲜明的启示。当十三至十四世纪出现了圣经的民族语言译本时,拉丁语学校已经完成了自己的任务。

为什么斯拉夫的东方没有在中世纪产生自己的优美文学,自己的个人诗歌,没有创造文学传统*呢? 许多事情可以从斯拉夫民族比较晚才登上文化史的基地,以及使斯拉夫族有责任同异族东方开展斗争的地理位置等情况中得到解释。我们只详细谈谈学校,谈谈教育因素的双重性,这些因素在这里也像在西方一样,决定着与古代的完整性相区别的(至少是表面上的)新的发展的性质。在这里,从一方面看,是民间的、多神教的、仪式的或壮士的诗歌,我们至今仍在它的塞尔维

---

* И. И. 斯列兹涅夫斯基在《关于俄语史的思考》(1848 年,第 115—116 页)一书中持另一种观点,认为斯拉夫人之所以缺乏诗歌创作,可以由对于拜占庭文学的特殊需求来解释,而在拜占庭文学中并没有艺术诗歌创作。

亚的和俄罗斯的典范作品中为其丰富多彩而惊叹不已。它的色彩和韵律之别具一格,在欧洲诗歌的共同谐音之中也是令人难以忘怀的。另一方面是教会,在背后支持它的则是富于教育作用的希腊传统,诗歌的与哲学的传统。教会是在斯拉夫土壤上向它们做出让步的,民族教会的原则适应于传教的目的和功能。它们在教诲用语和对圣经的教会斯拉夫语的翻译方面都是民族的,这比之拉丁文圣经更容易为信徒们所接受。这在基督教学说的领会和繁荣的意义上是前进了一步。虽然民间斯拉夫诗歌的信仰比之西方的类似现象毫不逊色,甚至也许更坦诚一些。斯拉夫语圣经在一定程度上还决定了学校活动的性质,因为缺乏促使西方人学习多纳特[41]语言的动机,而这是圣经和弥撒的语言,也是维吉尔[42]的语言;也因为缺乏典范作品,缺乏外来的范例,它们引诱人们去模仿,试图以此来提高本民族的民间诗歌宝库。如果可以把西方文学视为民族因素和古典拉丁文因素相结合的产物的话,那么这种结合在斯拉夫的东方却是在更狭窄的意义上发生的,即受到读书识字和教会教育的目的制约。这也就是为什么会缺少诗歌的原因所在。

　　欧洲文学的发展似乎为本民族基础的演变提供了可能,这一问题看来未必有结果,却引起了某些理论上的思考,而这些思考又有一些真实事实与之相符。显然,在不超越循序渐进的各个阶段的情况下,有机的演变会实现得比较缓慢,而在外来文化的影响下,这种超越阶段的情况是经常发生的,外来文化有时促使尚未成熟的东西不合时宜地提前成熟,而这是不利于内在进步的[43]。希腊戏剧的基础是类似我国的春季轮舞[44]的仪式合唱歌曲;它们的十分简朴的宗教内容得到概括集中,并作为酒神祭祀中更为广泛的人类思想而展现出来;艺术戏剧也归入民间农事游乐活动的这一变形。让我们转向西方。这里也有过民间轮舞,戏剧演出的最简单的基础,但我们没有见到在此基础上的进一步发展;如果曾经有过相应的、概括集中的祭祀的萌芽的话,那么它们枯萎了,没有结出果实。教会出现了,并从通行的弥撒中创造了宗教剧的类型——宗教奇迹剧。它缺乏民间基础,这一基础可以滋养它,使它变化,并同教义一起发展,从中摆脱出来,因为教会基础是从另一方面出现的,它坚不可摧,不应当发展。这一宗教戏剧后来转移到广场舞台,这种舞台可能给它带来若干日常生活场景和喜剧典型,而不是心理分析,也不是对于内心冲突的理解。学校在这里也为进步带来了多余的东西,养成了运用借喻、维吉尔的寓意化的习惯,使人们习惯于概括,并把这些概括作为生动的人物来使用,如习惯于各种罪恶和善行,语文学与人的形象,Every man(每个人)。这些概括同宗教奇迹剧的史诗式的定型人物的融合指明了进一步发展的可能性,展示了戏剧生命的萌芽。而其实早在中世纪,甚至在修女寺院里都在阅读太伦斯[45]的喜剧,还记得塞涅卡[46],同他一起古代戏剧的传统又重新流行起来。在十四世纪出现了第一次对于他的公开模仿。从十六世纪起,戏剧已作为一种喜闻乐见的公认的文学体裁而确立了自己的地位,在莎士比亚背后耸立着塞涅卡类型的英国戏剧。

戏剧的这种提升、普及**从何而来**?如果文学反映了生活的需求,那么可以设想在这些需求与一定的诗歌形式之间存在着某种协调一致,即使这两者并不是同时发展起来的;只有在意识之中,在精神的内在要求中有信号发出的东西,才能被掌握吸收。

戏剧,也就是个性的内在冲突,这不仅是自我觉醒的,也是被分析所瓦解的个性。这一冲突可能表现于外部形式,这些形式使心理力量和信仰通过神话中的生动人物,通过神灵而得到客观体现,而这些神灵决定着同个性自我觉醒相敌对的命运;但是,当信仰削弱或变形为外在统治力量的时候,这一冲突也可能在人的内部展现出来。这就是从埃斯库罗斯到欧里庇得斯[47]的希腊戏剧的实质。

让我们用欧洲戏剧在其艺术形成时期的命运来验证这些论断。

个性的发展:在迷恋于人文主义的民间之路的意大利,个性比在任何其他地方表现得更早,更鲜明,既表现在个体方面,也表现于政治生活的新形式,表现于文学与艺术的兴旺。与此同时,正是意大利戏剧局限于对于古典范本的外在模仿,并没有产生任何足以表明个性发扬的高度的独立自主的作品。

这是为什么呢?我们着手考察希腊情况,考察雅典的政治条件,把个性的发展同自由社会制度的要求联系起来,并把这些结论移植到伊丽莎白戏剧的光辉时期[48],看来双方的条件在这里为了一个目标而结合起来了。但是,我们无法使这一结论同并列的西班牙戏剧的兴起相协调,那里在令人窒息的政治气氛之中,在束缚个性自由的宗教压迫之下,把个性自由驱入了狂热和堕落的狭窄道路。很清楚,不是社会环境的品质,而是下列因素唤起了戏剧:对未来充满信心的新近的胜利所培育起来的人民自觉的骤然高涨,以及由于给民族发展提出了新的全人类目标和激发个性潜力的新任务而具有的广阔的历史的和地理的视野。支撑希腊、英国和西班牙的戏剧的是:希腊化时代[49]对于波斯东方的胜利,民间新教意识的胜利,充满着同样乐观情绪的伊丽莎白时代的英国社会,称霸全球的日不落西班牙王国的梦想。在个性不留痕迹地消融于千篇一律的群众之中的环境中,胜利的欢呼会在民间叙事诗歌中得到表现,在这种诗歌中共同的情绪,对于所经历的事件的共同评价将通过对于典型英雄人物的颂扬而表露出来;在孑然一身的个人身上,鲜明的历史时局,在他四周的庞大事件都会激起进行分析、以清算自己和生活的指导原则的需要,并作为一种行动的要求,促使这一内心冲突趋于激化,以致成为个性化的条件和结果。戏剧形式作为一种外在的表演,一种舞台演出,早已存在;如今它适应时代的要求而宣告它已成为了戏剧。在我看来,它的艺术分化和普及的条件是:个性的发展与具有人民历史性意义的声势浩大的事件,这些事件为人民揭示了新的道路与远大前景。

如果说意大利没有产生戏剧的话,那么其原因就在于它没有经历过这样一些事件。它奉献给欧洲的人文主义现象并非事件,并非转折或突然的发现,而是被遗忘的人民因素的缓慢前进的运动。它在社会的知识阶层中培育了文化统一的意识,这种意识并没有导致人民政治的繁荣。意大利作为一个整体,只是一种抽象的东西,而实际存在的则是大量零散的共和体和暴政,各种地方利益与纷争,以及各种悲剧性的宫廷笑料,这些奇闻逸事既是人性的,也是狭隘地方性的;它们缺乏广阔的人民背景。只有在我们这个资产阶级时代,而不是在艺术的欧洲戏剧诞生的时期,才可能有无条件的人性的理想化。然而可以自问:在弱小民族置身于广泛的全人类的任务之外,并受到坐井观天的狭隘兴趣局限的条件下,是否可能有一般戏剧的发展?自然,这并不排除书本气的、不切实际的戏剧。

在谈到戏剧的诞生时,我把作为舞台演出的戏剧同作为某种世界观、作为对于行动和冲突的要求的戏剧区分开来。这一论断使我们面对一系列尚未解决、也许难以解决的其他问题。

希腊文学发展史向我们提供了一幅文学种类逐步分化出来的近似图景,我们不由自主地乐于把这幅图景加以普遍化,从历史舞台上出现的每一个种类中看出一定社会的和艺术的要求的反映,它们在叙事诗、抒情诗、戏剧和小说中寻找,并找到了相应的表现。看来近代欧洲各国的文学也提供了同样的顺序,但是否是有机的顺序,则尚属疑问。我们已经知道,我国各族文学是在外来的、古典的文学影响之下形成的。例如,近代欧洲戏剧渊源于非民间的基础,是在古代文学影响下才发育起来的。在这里不可能有固定的结论,何况对于民间诗歌的研究向我们揭示了一些新的观点,使可能有的结论也发生了动摇。原来在仪式诗歌这——一般诗歌发展的最古老的标志中,所有诗歌种类都汇集在朴素的混合艺术之中。它们可以依据其形式的外在特征来加以确认:情节中的戏剧,轮舞中的对白,叙事故事,以及抒情歌曲,而且所有这些都同音乐结合在一起[50],而音乐将长久地伴随着这种或那种诗歌形式的作品。这种诗歌形式循序渐进地从无差别的仪式诗歌中分化出来:人们唱叙事诗,唱抒情诗,在戏剧中也会出现音乐因素;音乐从抒情歌词中分化出来,以及诗词的片面发展,都是在希腊后亚历山大时期[51]实现的。我们不准备探讨这种分化是按照什么原则实现的,起源的问题从来都是模糊不清的,还是留待建立在理性历史基础上的未来诗学去解决为好。让我们转向近代欧洲,它的教育的和诗歌的因素具有双重性:这里自中世纪起,早就具有叙事诗和抒情诗;戏剧也得到了发展,它从十四世纪起就受到古典戏剧的影响;从十四世纪起,我们的长篇小说的雏形——艺术故事也确立了自己的地位。从那时起我们掌握了诗歌所有主要的形式,而历史经验继续使我们相信,在它们之间有某种更替,就好像按照意识内容的水平所进行的自然选择一样。这也许是一种虚假的印象,却是水到渠成的结果。**为什么戏剧成为十六至十七世纪占主导地位的诗歌形式? 为什么故事——长篇小说从十六世纪末开始逐步发展起来,以致成为我们时代占统治地位的文学表现?** 人们不止一次地提出后一问题,期待得到答复? 而我们无法做出答复。我只限于作一比较,它也许不能向我们解释小说的起源,却能说明可以培育出小说的社会环境的性质。在希腊戏剧还处于民族历史发展的时期,而小说则属于亚历山大大帝[52]的征服摧毁了这一发展的时期。当时独立自主的希腊已消失在这一把东方与西方混合起来的全世界性帝国之中,政治自由的传统已随同公民理想黯然失色了,而个人由于在世界主义的广阔领域内感到自己孤独无援而埋头于自身,由于缺乏公共社会兴趣而耽溺于内心生活的问题,由于缺乏历史传统而建构乌托邦。这就是希腊小说的主要主题:其中没有任何传统的东西,一切都是隐秘的资产阶级式的;这是从舞台转移到家园,置于日常家庭生活条件下的戏剧;然而它仍然是戏剧,是情节;这实际上也就是希腊小说的名称。古代希腊人过着公共社会生活:待在民众广场比待在家室里更多,那时家居的生活很简朴,而寺院却是艺术的奇迹,剧院则是全民的设施。中世纪的佛罗伦萨人喜爱社会公共节日的富丽堂皇,喜气洋洋地举着契马部埃[53]画的圣母像沿街游行,因为把它看作美的理想,可是在家里却严守但丁所歌颂的祖传伦理:男人很少洗澡,用餐时不用刀叉。我们用黑色常礼服取代了古代服装的绚丽多姿,我们的公共建筑的华丽气派显得有些匠气,但小型的艺术和诗歌却降低到了家庭日用的地步,于是我们在舒适的家庭环境中也能通过阅读小说的方式体验到戏剧的情趣。

这也许不是对于上述关于一定文学形式与社会理想的需求之间协调一致的问题的答复。这种协调一致大概是存在的,虽然我们还无法确定其相互关系的规律性。毫无疑问,通过观察证实了一件事:当一定的文学形式衰落时,另一些文学形式便会应运而生,以便某个时候重新让位于以前的形式。

不仅是形式,还有诗的情节与典型也在衰落与产生。关于查理大帝的德国歌谣再一次以封建史诗的形式兴起;在人民受苦受难或者发生民主主义的或神秘主义的骚乱的时期,人们看到同样的恐惧,而希望也化作同样的或近似的形象:人们期待着最后的时刻或最后的战斗,那时将出现救世主,无论他是谁,是拜占庭的皇帝,还是但丁笔下的菲尔特罗[54],是腓特烈一世、巴巴罗萨[55],还是拿破仑三世[56]。一六八六年夏季预示着丰收和富足生活,而格劳勃比尤登的居民们对于三十年战争的惨景还记忆犹新,路易十四[57]的宗教政策引起了他们的严重忧虑;是否将大祸临头?一天有两个旅行者赶路去杜尔,发现在灌木丛中躺着一个裹在襁褓里的婴儿。他们可怜他,便吩咐仆人把婴儿抱起带走,可是无论他怎样使劲,无论一个人还是两个人,都无法把婴儿抬起。于是听到婴儿发话:"别碰我,你们无法抬动我(请想想我国的壮士歌中所说的无法抬动的小包),而我可以告诉你们:今年会有大丰收和好运道,可是没有多少人能活到那个时候。"一八三二年把我们带到七月革命[58],"青年德意志派"[59]和宾德斯达塔时代;霍乱猖獗,在人民中又产生了同样惊慌不安的期待;在卡尔斯鲁厄附近的加尔特瓦里德,有个猎人在夕阳西下的傍晚遇见了三个白衣妇人。她们中间的一个说:"谁将吃今年成熟的粮食?"另一个问道:"谁将喝今年十分充裕的葡萄酒?"第三个在结束时,说:"谁来埋葬所有那些将被死神带走的亡灵?"一八四八年在安加利特有过同样的情绪和类似的传说:克伦-科登的看守一连几夜在原来没有任何建筑物的旷野上看到了一幢有三个窗户亮着灯的房子。他对此情景大吃一惊,便将此事报告了神甫,于是他们一起前往查看究竟发生了什么事。在房子里有一个矮小的人正坐在桌旁书写,他朝窗外的神甫点了点头,当神甫进屋后,便沉默地领着他挨个地去观看那三扇窗户。神甫朝第一扇窗户望去,只见一片富饶的田野,浓密的麦子长得足有一人高,被沉重的麦穗压弯了腰。第二扇窗户展示出另一幅景象:尸横遍野的战场,血流成河;第三扇窗户显露出原先的田野,有一半庄稼已经收割,可是在整块田地上仅剩下孤零零一个人*。

我认为,任何理论上的考虑都不能妨碍我们把民间传说的这种重复性列入自觉的文艺现象。自觉性并不排除法则,就像统计上的曲线不排除自觉的意识一样。我只指出几件事实。在中世纪的故事中反映了关于识别善恶的古老的规模宏大的传说,而我们在十六至十七世纪诸如马尔罗的《浮士德》[60]和卡尔德隆[61]的《富有的魔法师》中,则遇到了这种传说的富于诗意的赞颂。它们反映了时代的情绪,在时代面前展示出空前的智力视野,而时代企图以富于青春活力的自信心来掌握这种视野。浮士德——这是人文主义时代善于思索的人的典型,他同陈腐的世界观展开斗争,这种世界观只赋予个人以循规蹈矩的执行者的可怜角色。有过这样的人,他们或是成功,或是毁灭,却从不退让;他们的胜利不在于成就,而在于斗争的目标,在于对解放的内在渴求(Wer immer strebend sich bemüht, den können wir erlösen——德文:谁在追求中度过一生,我们就能拯救谁)。另一些人则忙于赶新浪潮,迷恋到堕落的地步,感到自己的软弱无力和希望的不可实现,于是倒退到原先的信仰,回到它的直率的布尔乔亚式的心安理得状态。这也正是为什么十六世纪在文学中进行了革新的缘故,这往往反映个人生活方面的事迹,如圣经中关于迷途知返的浪子的传说,他寻找某种

---

* 还可参看斯摩棱斯克和叶卡捷琳诺斯拉夫地区的类似传说,载《民族志学评论》,第6卷,第212页;第13—14卷,第250页;第15卷,第189页;第16卷,批评,第193页(摘自科夫罗夫省公报);第17卷,第188页。

更美好的东西,后来终于重新回到了父辈的家园。人人都在寻找着什么:更美好的社会制度,对于个人发展更自由的条件,以及新的理想。历来(从季昂·赫里佐斯托姆[62]起)人们就熟知关于某个虚幻的乌托邦的故事,那里人人幸福美满,丰衣足食,牛奶流淌成河,果羹筑成河岸,烤好的野禽自己飞入口中。这种现实的幻想如今成了理想的精神需求的体现:产生了各种社会乌托邦,从拉伯雷的德廉美修道院[63]和托马斯·莫尔的乌托邦[64]到西拉诺·德·贝尔热拉克[65],十八世纪的鲁滨孙式的游记[66],以及各种关于几千年之后将会出现什么情景的善意的梦想。社会厌倦的时代来临了,田园曲[67]的情节得到了更新,人们向往直接的大自然,追求平民化,即使是学村姑小姐的风格,迷恋民歌和古老民风:这是取材于农民生活和具有考古趣味的中篇小说的时代。

  这一次照例的情节更新看来并不总是对于社会诗歌发展的有机需求的回应。有才华的诗人可能偶然发现这个或那个母题,迷恋于模仿,创造出按照他的轨道前进的流派,但并不对那些需求做出回应,甚至有时反其道而行之。封建叙事诗,彼得拉克[68]风格就这样度过了自己的时代,落后的古典主义者和浪漫主义者也莫不如此。但是,如果从远处,在历史的背景上来观察这些现象,那么所有那些细枝末节、时尚与学派、个人流派都会在各种社会诗歌需求和倡议的广泛更替之下黯然失色。

  情节在更新,但在那样一些变形的条件下,致使诸如阿·托尔斯泰笔下的唐璜区别于他的无数先驱者[69],使关于骄横的沙皇的禁欲主义传说区别于加尔洵对它的改编[70],以及父与子的主题在屠格涅夫小说之前的各种不同表现。

  且从遥远的过去举一例说明:阿普列尤斯[71]听到某一个米列济故事,于是在一篇关于阿摩尔与普叙赫[72]的美妙动人的中篇小说中向我们转述了这个故事,其中现实的成分被诗意化和灵性化到了这种境地,以致在早期基督教时期普叙赫成为了灵魂的象征,它同自己的神灵起源分离了,并惊慌不安地寻找同其相结合。这是怎样一个米列济故事,我们已无从知晓,但是它的情节在各个不同民族中传播,其中所增添的各种细节表明它是在怎样一些极简单的生活关系中形成的。过去和现在都有过同族禁婚[73]的部落,他们把各自的起源归结为某一种自然对象:植物或者动物;每个这样的部族都把这个始祖奉为圣物,视为自己的图腾[74]。在崇拜同一个图腾、具有同一个体现图腾的象征特征的人们之间是禁止通婚的。这类婚姻被设置了种种障碍,各种清规戒律,我们从阿摩尔为普叙赫所提出的条件中可以看到这些清规戒律的反映;对于清规戒律的破坏导致波澜起伏。

这就是同族禁婚故事的内容,在阿普列尤斯那里却无法了解它的生活背景。或许我们还可以提及一些母题:关于拐走妻子,抢新娘,关于近亲之间,父子、兄妹之间的相认,以及往往是敌意的或犯罪的相遇。他们在中世纪小说中的相逢已成为一种引人入胜的图式,成为诗歌发展的一种条件,然而在根本上它们反映了实际事实:或许是大规模的各民族混居和迁移的时代的抢婚习俗[75],这种迁移使亲人们生死离别,相距天涯海角。由此也就产生了希腊小说中在亚历山大王朝的广阔前景下的各种相认的因素,以及众所周知的关于父子兵戎相见的传说故事。

在这些实际图式和它们后来的诗歌再现之间,在米列济故事和普叙赫的中篇小说之间相隔有数世纪的发展,它丰富了社会的和个人的理想的内涵;由此而形成了在阐释方面如此大的差异。难道不正是这些理想的演变制约着对于某个文学情节、对于推陈出新的需求?

我们感到这种演变就像是某种满足人类发展目标的有机的、完整的东西,然而不应忘记,它改造吸收了一系列的影响和国际交往。例如,我们的欧洲文化便充满了这类影响和国际交往。在我们关于伦理与家庭,美与责任,尊严与英雄主义等的概念中,具有大量外来的因素,因为在我们的爱情观念中,在本地的生活条件之上积淀了基督教的唯灵论,其中渗透了古典风尚。于是形成了这样一种特殊的概念组合,它不仅规范了情感生活,而且规范了整个伦理领域,我们可以从骑士抒情诗和小说直至阿马迪斯仿作[76]和十七世纪的沙龙追踪考察这种组合。我们关于人和自然的美的观念也是如此的自由,以致种族的和文化的杂交对于它们的发展所起的促进作用并不比对于文学的发展所起的促进作用少。当直接的人民英雄主义类型以及他那实际的力量和狡黠的熟练技能(就像乌利斯[77]那样不知良心的折磨)同基督教的自我牺牲、受苦受难的英雄主义类型首次相遇时,这是如此的南辕北辙,就像但丁的"爱的精灵"和不开化的民族的素朴观念——爱的源泉在于肝脏一样。然而这两种理解却和睦共处,相互渗透,而社会意识的发展又为自我牺牲的功勋提出了为思想、人民、社会服务的新目标。

　　但是,我们且搁下创始和混杂的时期。请设想,社会的和个人的理想的演变在平稳地实现,其中具有新旧交替的因素,而这种新因素要求通过科学反思或诗意概括的形式得到表现,这也正是我们感兴趣之处。在人民的记忆中铭刻着一些形象、情节和类型,它们在某个时候曾经是栩栩如生的,是由于某个人物的活动,某一事件,某一引起兴趣、充满情感和幻想的奇闻逸事所激发的。这些情节和类型被普遍化了,关于人物和事实的表象可能黯然失色,只剩下了一般的公式和轮廓。它们潜藏在我们意识的某个隐秘阴暗之处,就像许多经历和体验过的事似乎被遗忘了,却蓦然使我们震惊。这恰似某种不可理喻的启示,某种既新鲜又古老的体悟一样,我们无法认清它们,因为往往不能确定那种出乎意料地重新唤起我们古老记忆的心理活动的本质。在民间的和艺术自觉的文学生活中也是如此:一旦对于旧的形象,对于形象的余波产生了民间诗歌的需求,形成时代的要求,那么它们便会突然出现。民间传说便是这样反复流传,文学中某些情节的更新便是这样得到诠释,而其他一些情节则看来已被遗忘。

　　如何解释这种需求,还有这种遗忘呢?也许不仅是遗忘,而且是衰亡。我们的诗歌风格史中的类似现象也许可以提供解答,如果这一历史写出来的话。在我们的诗歌语言中,不仅在短语中,而且在形象中,都有一系列逐步衰亡的现象,而与此同时又有许多东西为了新的应用而复活:始于赫尔德[78]和浪漫主义者时代的对于民间的和中世纪的诗歌的迷恋就表明了这种趣味的更迭间歇。且不说与我们相距较近的现代生活(我们已经开始感到它的陈腐气息),我们并不认为荷马把英雄比作驴子,把攻击他的敌人比作令人不快的苍蝇这类比喻是富于诗意的,可是另一些形象和比喻却至今仍在运用。它们虽显陈腐,却清晰可辨,看来就像是把我们联结起来的那些铭记在心的片段乐句,那些熟悉的韵律,同时又像是常说常新的提示,激起我们思维的活动。某个德国博学的人写了一部论述一个诗歌格式的特殊专著。对这一格式:Wennich ein Vöglein wär!(德文——啊! 如果我是一只小鸟!)从民歌直到它在美文学中的新表现进行了跟踪考察。这样的格式为数甚多。

提示——如果我没有记错的话,这是英国美学称之为暗示性(суггестивность)的性能。那些在当前不能为我们提示任何东西,不能回应我们对于形象理想化的要求的格式、形象、情节都提前衰亡或被遗忘了,而那些暗示性更充分、更丰富多样、更持久的格式、形象、情节却铭记在心,并得到了更新。我们日益增长的需求与丰富的暗示性的协调一致形成了一种习惯,一种自信,认为正是这一事物而非其他事物才成为我们的趣味、我们的诗意激情的真实体现,于是我们称这些情节和形象是富于诗意的。形而上学者用美的抽象概念来回应这种历史比较的定义,甚至力图加以概括化,使之同我们从其他艺术所获得的印象相比较。他使我们相信,如果他对于它们提出同样的稳定性和暗示性的问题,这既规定了优美的标准,也规定了它们在通往science des rythmes supérieurs〔法文——完美节奏的知识(科学)〕的途径上趋于内在的充实,而这就使我们的趣味区别于野蛮人的趣味(Jean Lahor)。只要这一工作尚未完成,这样一些人就会是正确的,他们力求不仅从感受和再现富于诗意的事物的过程中,而且从研究诗歌具备的那些特殊手段中吸取特殊的诗的概念。这些手段在历史上逐步积累起来，使我们负有责任，并为个人的象征主义和印象主义指定规范。我们曾说过，感受和再现的过程，这两者实质上是一回事，其差异只在于产生创作印象的强度不同。我们所有的人或多或少地都对形象和印象的暗示性敞开心扉，而诗人则对它们的细微色调及搭配更为敏感，具有更充分的统觉。于是他就向我们揭示出我们自己，通过我们的理解来更新陈旧的情节，使熟悉的词汇和形象富于新的力度，从而使我们一度陶醉于自我统一之中，就像无个性的诗人生活于无意识的诗歌时代一样。然而我们分散的体验太多，我们对于暗示性的要求增强了，而且更富于个性，更丰富多样；联合的因素只有随同安定的时代才能来临，它沉淀于生活综合的共同意识之中。

如果杰出的诗人越来越犹如凤毛麟角的话，那么我们也就对于不止一次地提出的问题之一："**为什么？**"做出了回答。

注　释

本文初次发表于《国民教育部杂志》，1893年5月，第293期，第1—22页。

[1] 关于这一问题，可参看 Г. 马尔凯维奇：《文艺学的基本问题》，第286—341页。

[2] 对于文学的这种宽泛理解使亚·尼·维谢洛夫斯基的立场同规范化美学，以及德国唯心主义美学尖锐地相对立（参看 E. M. 梅列金斯基：《亚·尼·维谢洛夫斯基的〈历史诗学〉与叙事文学的起源问题》，第25页）。

[3] 这些课程保留于听课者 M. И. 库德里亚晓夫的笔记中，由 B. M. 日尔蒙斯基编辑整理，部分发表于《历史诗学》（1940）中。同时可参看《亚·尼·维谢洛夫斯基关于叙事诗史的讲稿》，B. M. 加查克整理发表，载《民间叙事诗的分类》，莫斯科，1975年，第287—319页。

[4] 为了这一目的，"研究者着手积累事实材料，主要是文学史前时期的材料，以便这些经过严格客观梳理的事实本身导致严谨而无可辩驳的科学结论。当然，这种对于事实的奢望，以及以直线式的渐进主义为定向方针，都反映了十九世纪下半期的实证主义的强烈影响。但是维谢洛夫斯基的长处在于善于收集浩繁的事实材料，并加以系统化，然后利用和综

合十九世纪各主要学科学派所形成的各种不同的分析的方法手段"(E. M. 梅列金斯基:《亚·尼·维谢洛夫斯基的〈历史诗学〉与叙事文学的起源问题》,第25页)。

〔5〕维·舍列尔(1841—1886),德国语文学家,他的《诗学》(1888)反对浪漫主义审美标准的先验性,主张冷静、客观的语文科学。他把文学作品看作受社会的、政治的与经济的诸因素制约的社会历史事实,看作"被继承的、研究的、体验的"一种综合体。这里指的是他逝世后由P. M.迈伊耶尔出版的《诗学》一书(维·舍列尔:《诗学》,迈耶尔编,柏林,1888年。参看本书第1篇注释〔13〕)。

〔6〕勃留涅季耶尔(1849—1906),法国文艺学家。他的论著《文学史上的体裁演变》从达尔文的进化论出发,把文学体裁的发展看作是一种生物有机体的发育进化过程。

〔7〕参看但丁:《神曲》,M. 洛津斯基的俄译本,莫斯科,1968年,第88页;亦可参看中译本但丁:《神曲·地狱篇》,第20章,田德望译,人民文学出版社,1994年,第149页。

〔8〕伊凡节,又称伊凡·库巴拉节。东斯拉夫人古老的夏至节(俄历6月24日)。伊凡·库巴拉是施洗约翰的绰号,教会把关于他的传说与民间农作风习结合起来,作为祈求丰收、健康和幸福的节日。这一天人们采集药草、野花,举行仪式,载歌载舞,做各种游戏,占卜凶吉祸福。参看 ВЯЧ. ВС. 伊凡诺夫、В. Н. 托波罗夫:《斯拉夫民族古代习尚领域中的研究》,莫斯科,1974年,第221—222页。

〔9〕十七世纪末以来,关于荷马是否实有其人,他的史诗是否只是许多无名的民间歌手传唱的结果,学界一直众说纷纭。意大利哲学家维柯支持后一种看法。德国语文学家沃尔夫(1759—1824)于1795年出版荷马史诗的希腊文本,在《序言》中依据对各种手稿的比较分析,提出荷马史诗实际上有许多作者。维谢洛夫斯基也持类似观点。

〔10〕亚·尼·维谢洛夫斯基在这里提到斯塔尔夫人(1766—1817),法国女作家、文学理论家,显然是作为《论文学与社会建制的关系》(1800)一书的作者,该书标志着文艺学发展中的浪漫主义阶段。对于不同时代的兴趣,对于中世纪的钟爱,对于文学的历史观点及对它与生活的联系的理解——所有这一切都同文艺学中的古典主义法则相对立,并促进了转向比较文学的研究。

〔11〕E. M.梅列金斯基对于这一问题所持的观点有所不同:"亚·尼·维谢洛夫斯基正确地把古典英雄史诗同'政治上团结一致的民族意识'联系在一起,看来这些史诗是在古老的神话叙事诗的传统与历史传说交叉的道路上创造出来的,后者由于古老叙事传统所形成的诗歌模式的帮助而得到诠释。应当强调指出,即使历史情节本身也是来自传说,而不是对于事件的直接反响;即使颂辞是史诗形成的渊源,那也完全是辅助性的、边缘性的。从以上所述可见,亚·尼·维谢洛夫斯基所建构的抒情——叙事的坎蒂列那曲的形象破灭了,这种坎蒂列那本来由于它的抒情调,可以生动地对历史事件做出反应,以便随后丧失它的抒情因素。"(E. M.梅列金斯基:《亚·尼·维谢洛夫斯基的〈历史诗学〉和叙事文学的起源问

题》,第37—38页)坎蒂列那(源于拉丁文,意为歌曲,旋律)——一种由乐器伴唱的中世纪欧洲诗歌中的抒情—叙事诗作品。

〔12〕《罗兰之歌》,法国最著名的英雄叙事长诗,属于歌颂查理大帝丰功伟绩的系列《武功歌》,最早的抄本见于十二世纪。俄文译本《罗兰之歌。路易的加冕。尼姆的四轮车。熙德之歌。罗马赛洛》,H. Б. 托马舍夫斯基作序,莫斯科,1976年,第27—44页。参看第1篇注〔7〕。

〔13〕B. H. 彼列特茨认为,在同 H. И. 卡列耶夫进行论战的影响下,亚·尼·维谢洛夫斯基已经不再坚持形式的不可动摇性,并引进了新的文学演变的原则——个人创举对于传统的影响作用(参看 B. H. 彼列特茨:《俄国文学史的方法论教程》,第261页)。

〔14〕参看柏拉图把诗人视为神赐的灵感,天父、智慧的领袖的体现者的见解(《伊安篇》)。

〔15〕查理大帝(742—814),法兰克国王(768年起),加洛林王朝皇帝(800年起)。773—774年征服意大利的伦巴第王国,772—804年征服撒克逊人,建立一个幅员广大的帝国。

〔16〕墨洛温王朝,法兰克王国第一个王朝(5世纪末—751年)。由近似传奇式的氏族酋长墨洛温而得名,其主要代表人物是克洛维一世。

〔17〕亲爱的法兰西(法文 Douce France),固定修辞语,连法国的敌人也运用这一词组。在这里重要的是估计到在史诗本身的发展中阶段性的、类型学的区别的重大意义:"不估计到这一发展前景,我们就会有可能把实际上属于历史的和文学的发展的不同阶段上的现象加以等量齐观。"在民间叙事诗创作的古老阶段上,"缺乏古典英雄史诗的广泛民间的与国家的前景,以及与此相联系的更为具体的历史定位。英雄人物在这里是作为家庭和氏族,而不是人民和国家的代表而出现的"(B. M. 日尔蒙斯基:《民间英雄史诗》,莫斯科,列宁格勒,1962年,第44页;参看 A. 霍伊斯列尔:《德国英雄史诗与尼伯龙根的传说故事》,第351页)。

〔18〕伊利亚·穆洛梅茨,俄国民间壮士歌中的主要英雄人物。

〔19〕萨拉森人,阿拉伯游牧民族,伊斯兰教徒。

〔20〕萨克斯人,中世纪早期居住于中部日耳曼的若干古代日耳曼部族的总称。

〔21〕参看 E. M. 梅列金斯基:《英雄史诗的起源:早期形态与古代文献》,莫斯科,1963年。

〔22〕法兰克人,公元最初几世纪居住在莱茵河上游的西部日耳曼民族,五世纪成立法兰克国,后分散成为法兰西、荷兰、德意志民族的成员。

〔23〕奥托皇朝,九至十二世纪由奥托皇室统治的德国王朝。奥托一世(912—973)在占领意大利北部和中部以后,建立了神圣罗马帝国,征服了许多公国,依靠主教和神甫的支持,加强了国王权力。

〔24〕骑士爱情歌手（德文 Minnesang, Minne——爱情与——Singer 歌手），十二至十四世纪的中世纪德国诗人，吟咏骑士效忠于心爱贵夫人的爱情，借鉴十一世纪末产生于普罗旺斯行吟诗人的诗歌的抒情传统，成为欧洲诗人效仿的典范。惯用的诗歌形式有短歌（两行诗及结尾）、组歌（一系列诗节的比较自由的组合）与格言诗（一个诗节，一般具有教诲性内容）。

〔25〕原文为德文：Deutschland über Alles！（参看俄译本：《行吟诗人的诗歌·骑士爱情歌手的诗歌·流浪艺人的诗歌》，Б. Н. 普里舍夫作序，莫斯科，1974 年）

〔26〕民间游历艺人，中世纪德国巡回演出的艺人，叙事歌谣的创作者和演唱者，其创作繁荣时期为十二世纪下半期。

〔27〕云游僧侣，低级神职人员，也可以是流浪艺人，拉丁语抒情诗的创作者。参看《流浪艺人的诗歌》，М. Л. 加斯帕洛夫编，莫斯科，1975 年。

〔28〕拉姆普列赫特，德国人，或称来自特里尔的拉姆普列赫特，以《亚历山大大帝之歌》的作者而闻名，该作品歌颂了马其顿王亚历山大（约 1130 年）。

〔29〕康拉德，雷根斯堡人，教士，《罗兰之歌》的德文自由译者（约 1133 年）。

〔30〕朗哥巴尔德人，古日耳曼民族的一个部族。

〔31〕哥特人，古日耳曼民族之一。

〔32〕勃艮第人，日耳曼部落，于五世纪中期占据罗纳流域，并建立早期封建王国，公元 534 年被法兰克人所灭。

〔33〕匈奴人，游牧民族，二至四世纪形成于乌拉尔地区。匈奴人的大规模西迁（始于四世纪七十年代）推动了欧洲历史上的"民族大迁移"。

〔34〕马扎尔人，匈奴人的自称。

〔35〕齐格弗里德，德国英雄史诗《尼伯龙根之歌》中的主要英雄人物。

〔36〕列那狐（德文：Reinnart），动物故事诗的主人公的德文名字，具有印欧语系渊源。约 1148 年产生了关于这一列那狐的拉丁语长诗；1175 年产生了由列那狐形象联结起来的法国组诗。德文的编译本出自亨利·里采梅尔的手笔，创作于约 1180 年。

〔37〕《生理学家》，公元二至三世纪源于古代和东方传说的自然科学知识的汇编，其中包括关于动物世界的代表、幻想虚构的生物以及各种童话现象的描述。

〔38〕《列那狐的故事》（十二至十三世纪），古代法国诗体小说，属于中世纪欧洲文学的瑰宝，由诙谐的和讽刺性质的中篇诗体故事（30 个分支或部分）组成，第一部收入的中篇故事的作者是皮埃尔·德·圣克鲁（1175 年），该故事的篇名也就成为了整部小说的名称（参看俄译本《列那狐的故事》，А. 纳依曼译，А. Д. 米哈伊洛夫作序和注释，莫斯科，1987 年）。

〔39〕威廉·马利姆斯别里斯基（约 1090—1142 以后），英国编年史家。

〔40〕在这里可以感同 Н. И. 卡列耶夫关于文学演变的观点的相似之处，其基础是创作与传统的相互作用。参看 Н. И. 卡列耶夫：《西方的文学演变》，第 24 页。

〔41〕多纳特·埃里,四世纪的罗马语法家,两部教科书的作者。这两部教科书成为了中世纪学校教学过程中的基本指南。因此,拉丁文基础语法的教学被冠之以"多纳特"的名字。

〔42〕维吉尔(前70—前19),古罗马诗人,著有诗集《牧歌》(前42—前38),劝业长诗《农事诗》(前36—前29),描绘特洛伊人埃涅阿斯漫游的英雄史诗《埃涅阿斯纪》等。

〔43〕古代斯堪的纳维亚是这种有机发展的一个范例,"每一种体裁在这里都臻于成熟,从而向我们展示出各个体裁特征的全部确定性"(参看 O. A. 斯米尔尼茨卡娅:《盎格鲁-撒克逊人的诗歌艺术》,莫斯科,1982年,第210页)。

〔44〕轮舞,一种最古老的民间舞蹈艺术形式,将舞蹈艺术与戏剧动作、竞演舞、歌曲结合在一起,见于许多民族。

〔45〕太伦斯(约前195—前159),古罗马喜剧作家。这里指的是修女,女诗人赫罗斯维达·甘德尔斯盖姆斯卡娅(约935—1002),她在创作其教诲喜剧时,曾借鉴太伦斯的喜剧传统。

〔46〕塞涅卡(约前4—65),罗马政治活动家、哲学家、作家。斯多葛派的代表,他的哲学道德著作《致卢齐利乌斯的书信》,悲剧《俄狄浦斯》《美狄亚》以及其他戏剧,藐视死亡,鼓吹摆脱各种欲念。他用梅尼普体的讽刺手法描述了克劳狄皇帝之死。

〔47〕埃斯库罗斯(约前525—前456),古希腊悲剧诗人,著有悲剧《被缚的普罗米修斯》等。欧里庇得斯(约前480—前406),古希腊诗人、剧作家。古希腊三大悲剧作家(埃斯库罗斯、索福克勒斯)中年纪最轻者。

〔48〕伊丽莎白时期,十六世纪末至十七世纪初,即都铎王朝末代女王伊丽莎白一世在位最后二十年和斯图亚特王朝詹姆斯一世临朝最初十年期间英国文学的统称,这一时期戏剧的顶峰是莎士比亚的剧作。

〔49〕希腊化时代,泛指包括近东一带被马其顿征服之后,约在公元前四世纪末期到一世纪末期的希腊文化。

〔50〕这是维谢洛夫斯基的《历史诗学》的中心思想,一些学者在这一领域中继续发展这一学术研究时,并不对其提出异议,但在一些方面做了补充修正。参看 O. M. 弗列登别尔格:《神话与古代文学》,莫斯科,1978年,第76页;《情节与体裁的诗学》,第18,134页;E. M. 梅列金斯基:《神话诗学》,莫斯科,1976年,第138页;《亚·尼·维谢洛夫斯基的〈历史诗学〉与叙事文学的起源问题》,第30—38页;ВЯЧ. ВС. 伊凡诺夫:《苏联符号学的史纲》,莫斯科,1976年,第6—9页。

〔51〕亚历山大时期,公元前334—前323年间,马其顿王亚历山大统治全希腊,东征波斯、印度等地,并建亚历山大城,成为希腊化时期的文化中心,直到公元四世纪东罗马以君士坦丁堡为政治文化中心后,亚历山大城才失去其重要地位。

〔52〕亚历山大大帝(前356—前323),公元前336年起为马其顿国王,在侵占波斯帝国

领土之后,建立了庞大的帝国,公元前 323 年病死后,帝国分裂瓦解。

〔53〕契马部埃(约 1240—约 1302),原名琴尼·迪·佩波,意大利画家。前文艺复兴时期守旧画派的代表人物,代表作《基督受难》(约 1280)。

〔54〕菲尔特罗系指但丁的《神曲》地狱篇中古罗马诗人维吉尔的预言中的人物,意大利的拯救者,据但丁学的学者考证,暗指皇帝亨利七世。但诠释者还有种种不同的猜测,迄无定论。详见田德望译的但丁的《神曲·地狱篇》,人民文学出版社,1994 年,第 8 页。

〔55〕腓特烈一世(约 1125—1190),德意志国王,1152 年起为"神圣罗马帝国"皇帝,曾试图征服北意大利诸城邦,但被伦巴第联盟军队打败。

〔56〕拿破仑三世(1808—1873),1852—1870 年为法国皇帝,拿破仑一世的侄子。

〔57〕路易十四(1638—1715),1643 年起为法国国王,在他执政期间法国封建专制制度达到顶峰,多次进行战争,其穷兵黩武政策激起多次人民起义。

〔58〕七月革命(1830),法国资产阶级革命,结束了波旁王朝,建立了七月王朝。

〔59〕"青年德意志派",十九世纪三十至四十年代初德国文学中的一个流派。一批作家如 K. 古茨科、R. 温巴尔格、H. 劳伯、T. 蒙特等,深受 1830 年法国七月革命的鼓舞,在 L. 伯尔纳思想的影响下,主张用文艺批评改造社会,要求政治自由和公民自由等,并力求重新审视浪漫主义美学观点。

〔60〕马尔罗·克里斯托菲尔(1564—1593),英国剧作家。这里提及的作品指他写于 1588—1589 年的《浮士德博士的悲剧史》(另据史料,该作品写于 1592 年,1604 年出版)。马尔罗把浮士德面临的知识与信仰的冲突这一问题纳入他所固有的人文主义的抗神精神的角度来加以表现(参看 K. 马尔罗:《浮士德博士的悲剧史》,Л. 平斯基作序,第 2 版,莫斯科,1959 年)。

〔61〕卡尔德隆(1600—1681),西班牙戏剧家,著有袍剑剧、荣誉剧、宗教剧、道德哲理剧等,深受德国浪漫派的推崇。

〔62〕季昂·赫里佐斯托姆(约 40—112),古希腊演说家、哲学家。

〔63〕拉伯雷(1494—1553),法国作家。德廉美修道院是他的小说《巨人传》(1533—1552)中以幻想怪诞手法描述的社会乌托邦。亚·尼·维谢洛夫斯基曾写了关于这部小说的专门论著:《拉伯雷及其长篇小说》,见维谢洛夫斯基的《论文集》,第 398—463 页。还可参看 M. M. 巴赫金:《拉伯雷的创作和中世纪及文艺复兴时期的民间文化》,莫斯科,1965 年。

〔64〕托马斯·莫尔(1478—1535),英国人文主义者、作家、空想社会主义的创始人之一。著有《乌托邦》对话集(1516),描绘了幻想的乌托邦岛的理想社会。

〔65〕西拉诺·德·贝尔热拉克(1619—1655),法国作家。著有幻想小说《月球上的国家和帝国的趣史》(1657)和《太阳上的国家和帝国的趣史》。(1662)。参看《十六至十七世

纪的乌托邦小说》，莫斯科，1971年。

〔66〕十八世纪出现的鲁滨孙式的游记是在笛福的小说《鲁滨孙漂流记》(1719)的影响下流行起来的一种幻想历险小说。

〔67〕田园曲，十四至十七世纪新欧洲文学(牧歌、史诗、诗剧)体裁的变体，其题材描述田园诗意的理想化生活。

〔68〕彼特拉克(1304—1374)，意大利诗人，文艺复兴时期人文主义文化的先驱。他的《抒情诗集》(生前最后一版,1366年)收入十四行诗、抒情诗、六行诗、叙事诗、短诗，是奉献给他倾心的少女劳拉的。这是一部抒发个人情感的诗集，充满了中世纪禁欲主义思想与对新世界幻想之间的矛盾。他用拉丁文写的叙事诗《阿非利加》(1339—1342)描写了第二次布匿战争；还写有寓意深远的牧歌(《牧歌》,1346—1357年)、《给后代的一封信》。彼特拉克对欧洲诗歌的发展有很大影响。

〔69〕A.K.托尔斯泰(1817—1875)，伯爵，俄国作家。彼得堡科学院通讯院士(1873)。作品有叙事谣曲、讽刺诗、历史长篇小说《谢列勃良内公爵》(1863年出版)；历史剧三部曲《伊凡雷帝之死》(1866)、《沙皇费尔多·伊凡诺维奇》(1868)和《沙皇鲍里斯》(1870)。托尔斯泰是写抒情诗的大师；还和热姆丘日尼科夫兄弟合作，用科济马·普鲁特科夫的笔名发表讽刺模拟作品。

唐璜的传说形象为欧洲许多作家所采用，在蒂尔索·德·莫利纳(约1583—1648)、莫里哀、霍夫曼、拜伦、普希金等人的笔下，得到了各具特色的诠释。

〔70〕弗·米·加尔洵(1855—1888)，俄国作家。他在写中篇小说《骄傲的阿格格亚的故事》(1886)时，利用了关于沙皇阿格格亚的传说。参看 A.H.阿凡纳西耶夫：《俄国民间传说》，莫斯科，1860年；亚·尼·维谢洛夫斯基：《俄国宗教诗歌领域的研究》，《笔记》，科学院出版，圣彼得堡，1881年，第38卷，3—5辑，第147—150页。

〔71〕阿普列尤斯(约124—?)，古罗马作家，哲人。著有神话惊险小说《变形记》(即《金驴记》)，全书共十一卷。

〔72〕阿摩尔，爱神，希腊神话中最古老的神祇之一。普叙赫，希腊神话中人类灵魂的化身，以蝴蝶或少女的形象出现。普叙赫与阿摩尔的爱情是文学和造型艺术中常见的题材，最初见于公元二世纪阿普列尤斯的长篇小说《变形记》或《金驴记》。

〔73〕同族禁婚，原始公社所特有的一种婚姻制度，禁止同一氏族内部通婚。在维谢洛夫斯基的这篇论著中已可明显看出他力求综合思考文学与人种学的资料，这种倾向最充分而深刻地体现于他关于情节诗学的研究。他在探讨情节的根基时，依据了英国人类学派的研究资料。参看 E.M.梅列金斯基：《神话诗学》，第123页；A.朗格：《习俗与神话》，伦敦，1884年。

〔74〕图腾，氏族群体中宗教崇拜的对象(动物、植物等)，与早期社会组织因素相对应的

象征。图腾被作为氏族共同始祖而受到崇拜,因而有不得伤害和食用本氏族的图腾的禁忌。参看弗洛伊德:《图腾与禁忌:原始文化与宗教的心理学》,М. В. 沃尔弗译,莫斯科,1922 年;К. 列维-斯特劳斯:《结构人类学》,莫斯科,1985 年;А. Ф. 洛谢夫:《符号·象征·神话》,《语言学论文集》,莫斯科,1982 年。

〔75〕抢婚习俗,亦称掠夺婚。抢夺新娘的娶妻习俗。产生于原始公社制解体时期,旨在逃避婚姻的清规戒律。非洲、中亚、高加索、大洋洲的许多民族都有抢婚习俗。

〔76〕阿马迪斯仿作,对于著名的西班牙骑士小说《阿马迪斯·德·高拉》(1508)的大量仿作,其中包含有布列塔尼和加罗林格地区的系列传说故事。

〔77〕奥德赛的古代别名之一。

〔78〕赫尔德(1744—1803),德国哲学家、文艺学家、作家。他于十八世纪七十年代最早收集整理各国民歌,坚持从历史的角度研究文艺现象。

修饰语史

如果我说,修饰语的历史就是一部缩写版的诗歌风格史[1],那么这并非夸大其词。不仅是风格史,而且是诗的意识史,从它的生理学的和人类学的根基及其语言表现直至它们被固定于一系列格式的历史,而这些格式则为各种现行的社会世界观的内容所充实[2]。我们对有的修饰语无动于衷,我们对它实在太熟悉了,可是在它的背后却有着悠久的历史心理远景,有着借喻[3]、比喻和抽象观念的积累,这是整个一部从有益的和心愿的观念直到分化出美的概念的趣味和风格的演变史。如果这部历史写出来的话,它会给我们阐明修饰语的发展;目前修饰语的编年史还只能作为未来的、更广泛的概括的材料。这种编年史的效益直接取决于收集者所掌握的资料的丰富性和多样性。我既不能以前者,也不能以后者自夸,因而只能提供一个概要,提出问题,并请予以补正。

修饰语既是诗歌的,也是散文的话语所固有的,由于同高昂的语调相适应,它在诗歌中更为常见和突出。

赫尔基高出其他勇士一头,就像**高贵的**椴树高耸于乌荆子灌木之上——就像被**露水湿润的**牛犊昂首跑在牛群之前一样(《关于洪金格的杀手赫尔基的第二首歌》,36);西古尔德则比喻为**高贵的**或**绿油油**的韭菜,**亮晶晶的**(昂贵的)宝石,**高脚的**鹿,**赤**金(《关于古德隆的第一首歌》,18;《关于古德隆的第二首歌》,2)[4]。这是一般类型的修饰语。

　　修饰语是对词的一种片面的鉴定,它或者使词的一般含义得到更新,或者强调事物的某种富于代表性的突出的特征[5]。第一类修饰语可以称之为**同义词反复**:例如,красна девица(漂亮姑娘),实质上是同义语,因为形容词和名词表达的是同一个свет(亮光)、влеск(明亮)的意思,况且在它们的对比中可能并不表达出关于它们古代含义相同的意识[6]。还可参看:солнче красное(红日),жγто злато(塞尔维亚语:黄金),белый свет(光天化日),грязи топγчие(陷脚的泥泞)等。

　　第二类是**解释性的**修饰语:其基础是某一个特征,或者是对象中受重视的特征,或者是从实用的目的和理想的完善方面对它进行的说明。这些修饰语按照内容又分解为一系列不同组合的差别;其中有丰富的体验,反映出某些民间心理观念、地方历史因素、不同程度的自觉性与抽象化,以及与日俱增的丰富类比。

　　在谈到把对象的重要特征作为解释性的修饰语的内容上的特点时,我们应当注意到这一重要性的相对性。

　　我们可以从民歌中举例说明。例如,天鹅的白色可能被视为它的重要特征,就像"流动的水"(希腊文,见《奥德修纪》,第4卷,458行)在我们看来似乎是多余的赘语一样。但是,古法语的escut bucler(中央呈球形凸出状的盾)(见《罗兰之歌》,第458页)对于盾不是从它的坚固性或形状方面,而是从其隆起的、通常饰有花纹的中央部位予以描述;塞尔维亚民歌中的"руйно вино"(红酒)带有偶然搭配的味道(荷马用的是"火辣辣的",较少用"黑的""红的",意大利的vino nero(黑酒)),塞尔维亚民歌中的"Честити цар"("尊敬的皇帝"),"Бјели двори"("白色宫殿"),"вода ладна"("甘泉"),"ситна мрежа"("富饶的田野");我国壮士歌中的"ступистая лошадушка"("迈步扬蹄的马儿"),"тихомерные беседушки"("悄悄话")(见巴尔索夫编著的《哀歌》[7]),"столы белодубове("白橡木桌子"),"ножкн резвый"

("跑得飞快的小脚"),"ествушка сахарная"("美味佳肴")等等,指出所期望的理想:既然是沙皇,就应值得尊敬,白橡木的桌子,就是说优良的,坚固的。

由此而来的是对于"黄金的"这一修饰语的偏爱:阿湿波兄弟的战车,连车轴、坐垫、车轮和缰绳都是金的,瓦鲁纳身披金铠甲,因陀罗的弓箭和住宅也是黄金制造的[8];在《伊戈尔远征记》中谈到"金桌子",金马鞍,等等;在小俄罗斯民歌中出现金桌子、金刀、金舟、金桨、金犁、金镰刀,等等;在立陶宛民歌中有金的戒指、马刺、马蹄铁、马镫、马鞍、钥匙。* 在古代德国人眼里,金器是诸神的用具,银器是英雄们的用具,而铁器则出现在盎格鲁-撒克逊和北方较晚的诗歌作品中。

作为遗迹流传下来的日常生活的或民俗学的传说往往成为这类形容词的尺度[9]。梣木被认为是做矛杆的最好材料,荷马史诗和古代法国叙事诗中的梣木长矛便由此而来;与它们一起提到的还有山毛榉长矛,虽然用得不太多(山毛榉的,或者锐利的? 荷马较少用),baston pommerin(古法文——苹果树棒)、espiel de cornier(角制长矛)、lance sapine(云杉木长矛)。我国叙事诗中的鞑靼贵族的长矛(如契尔克斯人的马鞍)表明了一种历史关系,就好像古法语的 arabi(阿拉伯的)一词用来形容马一样:两者属于好矛(塞尔维亚语:вито копje)、好马(塞尔维亚语:добар конь)的类型。也许,古代法国叙事诗中的"绿色"盾牌也是由这样的关系来解释的;我们的绿酒不适宜作为形容词,因为把酒(вино)与葡萄(виноград)混淆在一起,人们越少熟悉葡萄藤,就越容易把后者的修饰语移植给前者;绿酒还会进一步引起"青蓝色"瓦罐形象的联想。北方和盎格鲁-撒克逊诗歌中的**绿路**(groenir brautir, grēne straeta)则是另一回事:没有大路可走,只有通过绿色田野间的小径;在保加利亚诗歌中,这些小径、丘陵小道(друмы)则是**白色的**;在古代法国叙事诗中它们的修饰语是 anti = antigue = 古老的罗马

---

* 我感谢 Э.А.沃利捷尔的好意,为我指出了立陶宛和拉脱维亚民间诗歌中的修饰语。在修饰语方面的其他信息由 Л.Н.迈科夫、В.Е.叶尔恩什捷德和 Ф.巴尔特向我提供。

道路。修饰语说明了三种文化前景。

　　头发的颜色是人种的特征。无论希腊的,还是中世纪的勇士们,都是头发浓密的,荷马史诗中的亚该亚人[10]被称作头发鬈松的,而妇女则被称作美发如云的;淡褐色的头发;这就是希腊人和罗马人所喜爱的颜色;荷马史诗中所有的英雄人物都长着淡褐色头发,除了赫克托耳[11]一人例外。较少见的是黑发带些蓝色色调,在荷马史诗中这是钢铁、龙皮、战舰的颜色,还是头发的修饰语(如海神波塞冬),也是雷电乌云的修饰语;在柏拉图笔下这相当于黑蓝色,在吉济希的笔下则是天空的颜色。这种掺有蓝色色调的黑色的混合概念包含在吉尔吉斯叙事诗的修饰语之中,如黑色钢剑,古代法语中的 acier brun,也作为北方修饰语 blár 的基础;德语的 blau = blàmadr = 黑人。在古俄罗斯文本中魔鬼被描绘成埃塞俄比亚人——синьцы;在保加利亚歌曲和高卢人圣诞节祝歌中蓝色是石头的修饰语,《罗兰之歌》中的"天蓝色的大理石"(古法语)也许属于此类修饰语。

　　无论在塞尔维亚的叙事诗(淡褐色的头发),还是俄罗斯的叙事诗中,最喜爱的头发颜色是淡褐色;在西方中世纪诗歌中则是金黄色……西方美的鉴赏家的这种抉择既是人种学性质的,也是历史文化性质的,在某种程度上是罗马风尚的遗风;在另一些情况下,对于某些颜色,连带也对于某些修饰语的偏爱会引起这样的疑问:我们涉及的究竟是对于远古时代的生理印象的一种漠然体验,还是人种的特征。众所周知,婴儿比其他颜色更早识别红色与黄色,生理学也揭示了其原因;红色、黄色、橙黄色是野蛮人最喜爱的颜色,他们还停留于孩童般的素朴世界观的阶段。如果荷马史诗也显示出对于红色的喜爱而我们并不为此感到惊奇的话,那么当格兰特·艾伦谈到英国诗人们一般都具有这种禀赋时,关于审美印象的民族特征的问题便自然产生了。我们的"高大善良的棒小伙子"(дородный добрый молодец)和罗马尼亚民间诗歌中的"漂亮的年轻人"("парень красавец")属于两种不同的概括。

有两组阐释性的修饰语值得特别注意:隐喻修饰语和混合修饰语,它们对于我们来说是联结为一个整体的,而在两者之间却有一个发展阶段:从不加区分的各种印象到对它们的自觉划分。

隐喻修饰语(эпитет—метафора,在这个词的广义的,按亚里士多德阐释的含义上说,这是转义语[12])要求各种印象的对比,由它们之间的比较和相等而得出的合乎逻辑的结论。例如,**阴暗的忧郁**(черная тоска)表明(1)黑暗与光明(白昼与黑夜)——愉快与忧愁的心情的对照;(2)确立它们之间的对应关系:光明与愉快,等等;(3)在心理学含义上概括光照范畴的修饰语:阴暗的作为忧愁的特征。或者例如,**死一样的寂静**(мертвая тишина)要求一系列的对比与概括:(1)死人沉默不语;(2)沉默是死亡的特征;(3)把现实的特征(沉默)转义为抽象:寂静。

这样一些情况可以由借喻修辞语的发展得到解释。例如,(1)在同一概念的范围之内,某一对象所完成的,或伴随它而发生的行为被转移到它身上,在或多或少拟人化发展的条件下,被看成是它本身所固有的行为。闭目塞听的窗户(глухое окно)——这是从外面既望不进去,从里面也听不见的窗户;又如法语 lanterne sourde(глухая башня,无门无窗的塔楼);寂静的山林(лес глухой,普希金语);又如拉丁语 vada caeca(слепые отмели,盲滩,暗滩,见《埃涅达》,第 1 卷,第 536 页)。莱瑙[13]谈到喧闹的、响亮的清晨(звучащее, звучное утро),在普希金笔下可以遇见"饥饿的波浪"("голодная волна"),"苍白的冬天"("зима седая"),还有"贪婪的罪孽"("грех алчный")。属于此类的还有荷马和埃斯库罗斯作品中的"金色的谷神星"("золотая черера")和"惨白的恐惧"("бледный страх",《伊利昂纪》,第 7 卷,479 行,第 8 卷,159 行……);还有"平淡的嫉妒"("бледная зависть"),法语的"发青的愤怒"("colère bleue"),拉丁语的"蔚蓝的爱情"("голобой Амур"),还有莎士比亚的"绯红的羞愧"

("розовый стыд");塞尔维亚语的 ujaha = корчма(小酒店,小旅店);оружие плашиво = страшное(可怕的武器);立陶宛语的"青春岁月"("молодые дни");"致命的疾病"("мертые болезни"),"白色死亡的王国"("царство белой смерти",巴尔蒙特的修饰语)。或者,(2)说明对象的修饰语也应用到它的组成部分:如蓝色由形容海洋转移到形容阿列杜扎的汗珠(见奥维德的《变形记》,第 5 卷,第 633 页);海中仙女,海洋居民的头发是绿色的(海洋或是海草的颜色?),而莱瑙笔下的转义语("绿色的")则拟人化了:关于昔日的爱情她已无话可说,于是她忧郁地闭上了自己**绿色的嘴**……又如涅克拉索夫的用语:绿色的喧哗(зеленый шум),意大利语:"绿色的寂静"(卡尔杜齐[14])……

看来,与以上类似的其他一些修饰语可以由生理的混合性和我们感觉印象的联想而得到解释,我们习惯于分析性思维,一般并不意识到这种联想的作用,而我们的眼睛却得到听觉、触觉等的支持,或者相反,我们经常接受融合性质的印象,我们或者偶然地,或者在科学考察之下,才得以揭示。例如,光感可以人为地由音响感觉引起,盲人在表达对阳光的感觉时,说他听到了这种感受;我们还谈到"音响的色彩"(原文为德语、法语)。我称之为混合性的修饰语是符合于这种感觉印象的融合性的,原始人往往用同一类语言标志来表达这些印象;一系列印欧语系的词根是同剧烈**运动**,**穿透**(弓箭)相适应的,也是同音响(звук)和光亮(свет)、燃烧〔德文:singen(歌唱),sengen(烧净)〕等概念相符合的,并进一步加以概括,用来表达一些抽象关系:如希腊语的"尖锐",拉丁文的"尖锐的,炎热的",教会斯拉夫语的"остр"("尖锐的"),用以表明音响和光照的印象;德语 hell(明亮的)既适用于音响,也适用于色调(见《罗兰之歌》,第 1159,1002 页,1974 年)。我们说明朗的(ясное),即明亮的(светлое)太阳,也说矫健的(ясный),即神速的(стремительный),飞快的(быстрый)鹰,但对于第二种用法中的修饰语的最初含义却不甚了然:如法语的"阴郁的嗓音"("темный голос"),德语的"明快的声调"("светлый тон"),静夜(глухая ночь),犀利的言语(острое слово),拉丁语的"絮絮细语的沉默"("шепчущее молчание")(见奥维德的《变形记》,第 6 卷,第 208 页),并不使我们困惑不解,而法语的"苍白的嗓音""阴暗的寒冷"("белый голос""черный холод"),"黑色旋风"("вихорь черный",普希金语),"沉静的蓝色"(龚古尔兄弟《日记》),"形形色色的忧虑"("пестрая тревога",普希金语)等词组搭配则产生了不同的效果。当诗人以非凡的诗情画意来发挥这些词组搭配时,我们便会思考它们各自的特色,诸如雨果笔下的"由阴影构成的胆怯的、阴郁的喧闹"("пугвый,мемный шум,сделанный иэ теней"),或是但丁笔下的"我来到一切光全都喑哑的地方"(但丁:《神曲·地狱篇》,第 5 章,见田德望译《神曲》,人民文学出版社,1994 年,第 31 页),"太阳沉寂"(《地狱篇》,第 1 章,见田德望译《神曲》,第 2 页),以及"在月亮友善的沉寂中"(维吉尔:《埃涅达》,第 2 章,第 255 行)。

  如果我允许自己不是把借喻,而是把混合性词组和以下一些例句(其中光照和音响的印象同非感觉系列的另一类表象融合在一起)列入用语的话,那么仅仅是因为这种融合已经在语言的基础上产生了,而且仅凭语音的组合就表达了这种融合。在《梨俱吠陀》中,闪电在发笑……在《伊利昂纪》中,"在黄铜灿烂的光照下,周围的土地在欢笑"……在瓦尔特·封·德尔·福格威德[15]的笔下,花儿在微笑,就像在但丁的笔下一样(《天堂篇》,第 30 章,第 65,70 行);"唤醒爱情(爱神之星)的美丽天体促使东方微笑"(《地狱篇》,第 1 章,第 19—20 行)。如果希腊文的"笑"是同词根(光亮,发光)相联系的话,我们也就能理解修饰语的混合基础。或者如但丁谈到维吉尔时所说:"他似乎由于长久沉默而声音沙哑了。"[16]关于此句诗的解释众说纷纭:fioco 按照意大利语的本义是微弱,衰弱;沉默则是软弱的特征,精疲力竭;语言就是这样理解的……格鲁吉亚语的词根 кдм,由此而来的кдома,кудома = умирать(死亡),可是 кдома = молчать(沉默)(据马尔教授的通报)。

在这类双重性的基础上,不可能具有以一定的自觉性为前提的借喻,而中性的定语或是我们的感性知觉所固有的定语的混杂性则大概在它们被语言格式固定下来的时候,给人的印象更为强烈。

我将要转入讲述的修饰语史会表明,修饰语的内涵的演变是在哪些因素的影响下完成和怎样完成的。

由于修饰语的使命在于指出对象中对于它看来最富于特征性、重要性和典型性的特点,因而形成了它与一定词汇搭配的固定用法。希腊、斯拉夫与中世纪欧洲的叙事诗提供了丰富的例证。在荷马笔下,海是幽暗的(темное)或灰色的(серое),雪是寒冷的(холодный),疾病是凶恶的(злая),酒是深色的、红色的,天空是星光灿烂的(звездное),青铜色的(медное)……俄语的 поле чистое(空旷的田野),ветры буйные(暴风),буйная головушка(非常勇敢的人,奋不顾身的人),пески сыпуие(流沙),лес дремучий(茂密的森林),лес стоячий(静寂的山林),камешки катучие(翻滚的小石子),сабля острая(锋利的马刀),калена стрела(带钢尖的箭),тугой лук(拉紧的弓),крутые бедра(拱起的胯股),касата ластушка(娇小的燕子),сизый орел(灰蓝色的鹰),серый волк(灰狼),ясный сокол(雄健的鹰=好男儿),ретиво сердце(振奋的心,心花怒放),палаты белокаменные(白色的石宫),окошечко косящатое(用雕花侧框装饰的小窗),высок терем(高高的阁楼)……在小俄罗斯民歌中:ветры буйны(狂风),степи широки(辽阔的草原),туманы сизы(灰蒙蒙的雾),волк серый(灰色的狼),байраки зелены(绿油油的小沟谷)……在北方的叙事诗和传说中:土地、道路是绿色的,森林是幽暗的,波浪是寒冷的,海洋是蓝色的、深蓝的(也有碧绿的,灰蓝的,红色的)。在古代德国诗歌中,颜色修饰语表现出固定连接的倾向,而其他修饰语的用法则比较自由。

如何同风格的年代顺序联系起来解释这种固定性呢?一般把它

归之于远古时代,并从中看到史诗的一般史诗世界观的属性。但未必如此。关于修饰语可以说是同关于仪式、典礼、礼节所想象的一贯不变如出一辙的。斯宾塞[17]认为这种一贯不变是原始社会所谓礼仪统治的特征:它随着时间的推移而瓦解,并让位于多样化。可是礼仪统治已经是进化的产物,它们的固定不变经历了几千年的锤炼和选择。修饰语也是如此:它实质上就像作为对象的标志的词汇一样片面[18],它把对象所引起的某种印象概括为本质性的,但并不排斥其他类似的定语。例如,对于形容一个光彩照人的姑娘,可能适用不止一个,而是好几个修饰语,以便多方面地补充词汇的主要含义;从这种多样性走向固定性的出路在于在较晚时期强化了的诗歌传统、歌谣的程式、培训的基础上所进行的选择:有些修饰语之所以受到喜爱,是由于这首或那首歌谣风行一时或旧调重弹,而它的形象和词汇也随之流行起来;例如,印度的阿耆尼[19]从火的其他一些标志中选拔出来作为神的标志〔辉煌的,闪光的一词[20](原文为希腊文),起初是作为赫利奥斯的修饰语,而后转为个别人物,赫利奥斯的儿子的标志〕。历史传说也参与了这类选择,与此相适应的是民间诗歌象征的选择。我们已列举过这类例子,诸如"鞑靼贵族的标枪"等等。很可能在我们称之为抒情叙事的或混合的远古诗歌发展的时期,还没有建立起这种固定性,只是在较晚的时期它才成为那种类型程式化的和等级森严的世界观和风格(这也反映在关于美、英雄主义等程式化的类型之中)的特征。我们具有某种片面性,以致把这种风格视为史诗和民间诗歌所特有的了。

在这里也呈现出差别:民族的或者历史的——只有涉及尚处于文化低级阶段的各民族的叙事体的或叙事抒情体的歌谣的局部性研究才能解释这一点。我觉得,在这些歌谣中我们找不到诸如俄罗斯和塞尔维亚史诗所特有的那样丰富多样的重复使用的修饰语;而后一种现象如同诗句和整组诗句的重复,以及大量陈词俗套一样,无非是史诗增加记忆的一种方法。这种史诗已不是创作,而是复述,或是旧瓶装新酒而已。吉尔吉斯的歌手们就是这样吟唱的,他们的创造就在于把现成的诗歌格式组合起来;江湖艺人和民间游历艺人也是这样吟唱的[21]……

这也许会引起年代学的问题[22]。例如,在荷马史诗中修饰语表现出比在法国英雄叙事诗中更多的固定性,这难道不是由于前者有古老的,具有形式上稳定风格的歌谣作为后盾,而后者所接触的却是抒情叙事性质的更为新鲜的歌曲传说,这种传统歌曲还没有传唱到陈词滥调为主的地步。

我并无意于依据修饰语来建立叙事诗叙述的年代表,但我认为把修饰语的固定性看作是古风遗迹的特征这一看法却并非我的什么无稽之谈。民间歌手过去和现在是否把这一固定的修饰语理解为某种鲜明的,每次都能使形象增辉的东西,或者只是把它当作一种古老的风气和业绩而重复使用呢?我们也许无权在这个问题上把民间诗歌同在个人诗歌基础上形成的众所周知的现象区分开来。从布罗温斯抒情诗到雨果相当平淡无味的色调修饰语,某些定语一再与某些词汇反复搭配,只要一般状态或者图景的基调与此不相抵触的话。这是涉及经验阅历,涉及无意识地运作的记忆力的事;例子不胜枚举:对于诸如绿色草地和蓝色天空一类的词组搭配连诗人自己也并非自觉对待的,我们也是如此;修饰语丧失了它的具体性,而只是加重了词汇的负担。

修饰语进一步的整个发展就在于个性主义对于这种定型性的瓦解。

我们将指出这一发展史的某些方面。

其中之一是修饰语的实际含义的**遗忘**及其后果:漠不关心地用一个修饰语代替另一个修饰语,例如,法国行吟诗人并不在乎用阿拉伯的、阿拉贡地区[23]的、加斯科涅[24]地区的各种名称来称呼同一匹马,或者在某些情况和处境下不自觉地使用某一修饰语,尽管这些情

63

况和处境并不要求,甚至否定这一用法。我们也许可以称这种现象为僵化(окаменение)[25];在俄罗斯、希腊和古代法国的史诗中,它已超越了修饰语本身的界限,对于某一系列现象的评价被转移到相敌对或相对立的另一类现象上。例如,卡林皇帝不仅被他的敌人骂作狗,而且他的使节在向弗拉季米尔大公致辞时也这样称呼他,海伦称自己是不知羞耻的(《伊利昂纪》,第3卷,180行;《奥德修纪》,第4卷,145行),在罗兰之歌中萨拉秦人[26]竟习惯于采用查理大帝军队的呼喊:"Monjoie!",等等。在法国史诗中与此相适应的是历史类型的僵化。关于查理大帝有一系列传说,涉及他的青年和老年时期,虽然当时他已是一位老朽昏庸的君王,但是人们却特别看中了他作为一个成熟的、头发斑白、留着灰白胡须的丈夫的类型。虽然并不排除其他一些用语,但上述这些修饰语却更为固定地用于他身上,尽管这同他的地位并不相称。

我们可以从修饰语领域举出若干相应的例证。手的流行定语是**洁白的**(белая),而塞尔维亚歌谣在提到黑人的手时,也用这一定语[27]。在古代英国叙事诗中,"**我的(或他的)忠贞爱情**"这一用语不加任何区别地随意运用,无论所描述的是忠贞的还是不忠贞的爱情。"**可爱的漫漫长夜**"(原文为德语)是流行修饰语,它在德国歌谣中却是由年轻的妻子口中说出的,她期盼着长夜快些过去,因为年迈的丈夫使她感到恶心……

又如在塞尔维亚歌谣中,刽子手在呼唤囚犯赴刑场时,称牢房为可诅咒的;在俄罗斯民歌中唱道:

请别点燃**油脂蜡烛**,(ты не жги свечу сальную),油脂蜡烛,发出**耀眼的烛火**。(свечу сальную,воску ярого)

如果在《伊利昂纪》(第22卷,154—155行)中,特洛伊人的妻子们和女儿们在**洗闪闪发亮的衣服**的话(моют блестящие одежды),那么在这里也许并没有矛盾,因为闪闪发光的(блестящие) = 五颜六色的(разноцветные)、绣花的(расшивные)(见《伊利昂纪》,第10卷,258行,第18卷,319行),虽然定语中的这类矛盾不可能有别的解释。例如,这类矛盾可以在保加利亚歌谣中遇到,那里**锋利的**马刀应当**磨快**(наострена)*;可是当埃丽菲拉背叛自己亲爱的丈夫(《奥德修纪》,第11卷,327行),在《伊利昂纪》(第15卷,377行=《奥德修纪》,第9卷,527行)中,涅斯托耳[28](在《奥德修纪》中的波里菲姆)在白天向星光灿烂的天空举起双手的时候,显然修饰语僵化到了不自觉的地步,完全凭习惯运作,就像轮船必然是"飞快的",阿喀琉斯总是"行走如飞的"一样,尽管这时轮船停泊在岸边,而阿喀琉斯则正在母亲身旁痛哭,因为修饰语所重视的并非时间状态,而是人物或对象的重要特征、品质,而这似乎正强化了矛盾;我们可能说:健步如飞的,而实际上却站着不动。这种用法的进一步发展可以解释:在保加利亚语的灰白的老鹰、白鸽、蓝色的马鞍、蓝灰色的马、暗红的酒等词组中,修饰语已不再感到其形容颜色的含义,以致形容词和名词混为一体,具有普通名词的意义,而它又要求新的定语,或者更新原来的定语,有时甚至同它相矛盾:如暗红的酒发黑,蓝灰色的马显得乌黑,又如灰白发白的老鹰,灰白的白鸽,蓝色的马鞍泛红等等。

在另外一些情况下,可能会犹疑不定,问题究竟在于修饰语的僵化还是概括化,关于这一点下面再谈。"小的"("малый"),"小巧的"("маленький")可能并不引起关于数量大小的准确概念,而是具有表达爱意的某种自家人的、亲密的含义。

在这种情况下,以下一首英国叙事诗的用语并没有矛盾:肤色黝黑的姑娘抽出一把**小刀**,一把铁打的、**长长的**和锋利的刀,用它刺死了埃琳诺拉。可是彼德纳·阿利宾诺万[29]的"赛过雪的紫红色的手"却有一种令人想起某种新奇的、颓废派风格的故意混淆的味道。玫瑰

---

* 如在塞尔维亚歌谣中:杀死自己亲爱的儿子(М. Г. 哈兰斯基:《关于克拉列维奇·马尔克的南斯拉夫传说与俄罗斯壮士歌叙事诗的关系》,华沙,1893年,第1卷,第143,152页)。

色的雪——这已经是各种形象的人为的混淆,它们分别为民间语言所熟知(如血与奶的混淆),巴尔西瓦里看到雪地上洒的血滴,就想起了自己心上人的美貌,就像吉尔吉斯歌手提起姑娘的面容时,就说它比鲜血染红的白雪更美一样。

  我们在修饰语史中所注意到的另一种现象是修饰语的**内在的和外在的发展**。前者涉及现实的定语的**概括化**,这提供了通过它而把一系列对象联系起来的可能性。我指的并不是语言史上习以为常的过程。例如,由于这一过程古代法语中的 chétif(= captivus〈拉丁文——пленный,被俘的〉)过渡到它的现代含义(жалкий 可怜的, хилый 虚弱的),希腊文的"多弦的"("многострунный")概括为"声音洪亮的"("полнозвучный"),并用来形容笛声和夜莺的歌声。我所举的例子涉及诗歌和民间诗歌中的用词。白昼,白天鹅是现实的,可是亮光、光明(свет)的概念却作为某种期望的东西而概括化了:在塞尔维亚民间诗歌中,一切值得夸耀、自豪、尊敬、热爱的事物都是白色的;如在俄罗斯和小俄罗斯歌谣中:白色帝王,白小伙子,白儿子,白姑娘,白孩子,我的白嫩女邻居,保加利亚语的"白媒婆""白铜钱"(即黑铜钱),这或者是受到了白色"打赌"("пари")的用语影响,或者是用于概括的含义,其中也包括立陶宛语的 battas(白色的),它在歌谣中也呈现僵化状态,如说大桥由"白色兄弟们"("белые братцы")所铺设;又如拉丁文的白色的(亲爱的)妈妈,女儿,姐妹,白色夫兄夫弟——还有白色的,即幸福的日子。白色在这里显然被概括化了:光线和色彩所产生的现实的、生理上的印象成为它们所引起的心理感觉的一种表现,并在这一含义上被转移到不受感性评判的对象上。**各种颜色的象征意义**(символика цветов)在某种程度上就建立在这种借喻的基础上,我指的是民间的象征意义。在北方文学中,例如,绿色是希望与欢乐之色,与表示愤恨的灰色形成对照;**黑色**引起同样否定的印象,棕黄色则是阴险的标志。概括的特性取决于审美的和有时难以捉摸的其他原因:例如,为什么楚瓦什人往往把黑色视为好的、可敬的意思?——又如金色的齐墩果，月桂树，智慧的忒弥斯[30]的金子般的女儿们，金色的尼刻[31]，缪斯，品达罗斯[32]笔下的海洋神女……显然涉及的并不是对象的颜色或物质的质地，而是用来表现关于珍奇贵重的一般思想，如德国歌谣中所说的黄金般的姑娘，金山谷。也许《梨俱吠陀》中的一些修饰语也应如此理解，其中一些修饰语所涉及的并非黄金制成的手工艺品，而是金手，金色胡须（可与小俄罗斯歌谣中的金发，金鬓相比较），黄金路，传给阿耆尼的"金子般的、响亮的歌声"*，便是如此。

绿色概括为新鲜的、年轻的、强壮的、明朗的等含义，便属于流传甚广的修饰语之一。诸如拉丁文的"嫩绿的、新鲜的暮年"（维吉尔），拉丁文的"声音更翠绿，更坚强"（格利语）……德文的嫩绿的（意为新鲜的）肉，绿色的鱼，意指生肉，未用盐腌的鱼；"生活的黄金树常青"（原为德文，歌德语）；而普希金则反其意用之："死寂的绿茵"（"мертвая зелень"）。如果在塞尔维亚诗歌中绿色可用作马、鹰、剑、河流、湖泊的修饰语，那么显然并不是由于词源学的影响（绿的与黄的，金子），而是由于上述概念的概括化，但这并不排除在另一些情况下具有色调方面的细微差别，如我们在前面指出过的一些用法。相反，歌德则谈到灰色的眼泪：

> 我的双颊消瘦而苍白，
> 我的心淌着灰色眼泪。**

无法在绘画中表现这些灰色的眼泪和金黄色的林中草地，因为修饰语具有暗示感受的情调、亮度，以及对象的非物质性品质的意义。希腊的众神并非经常被描写成像在绘画中所描绘的那样；长着玫瑰色纤指的厄俄斯[33]属于诗歌而不属于绘画，就像莎士比亚笔下破晓的

---

* 衰落时期的古罗马诗人们也有类似的概括用法，如玫瑰色用作灿烂的、金子般的、漂亮的含义，如瓦列里·弗拉克的《阿尔戈船英雄颂》，第5章第366行。

** 他的另一种用法是"灰色的妇女（=忧虑）"。

67

清晨的形象一样,它披着棕褐色的斗篷在东方布满露水的山岗上漫游(《哈姆莱特》,第一幕)。

　　修饰语的**外在**发展,例如,在古代法国和希腊叙事诗中,这显然不属于史前的抒情叙事体序列,而是处于"固定性"这一边:固定的修饰语消磨失色了,不再能唤起富于形象性的印象,不再能满足它的需求;在它们的界限内创造着新的修饰语,修饰语**日积月累**,定语由于借鉴了萨迦[34]素材或传说中的**描写**而日趋多样化。我所说的修饰语的积累并非指一个词具有好几个相互补充的定语这种情况〔如俄语中的 удалый добрый молодец(英雄好汉),перелетные серые малые уточки(飞迁的灰色小鸭)……〕,而是指同义的或意义相近的修饰语的积累。例如,在希腊史诗中关于男子汉的描述是"英勇的和伟岸的"(原文为希腊文);关于佩涅洛佩的描述则是"不吃不喝,忍饥挨饿"(原文为希腊文,见《奥德修纪》,第4卷,788行),"看不见的,不知道的";俄语中的:сыт—питанен(吃饱的——保养好的)。属于这一类的还有古代法国和德国叙事诗中的**对偶**修饰语(парные эпитеты),诸如:朝气蓬勃的与欢快的,热烈的和愉悦的,勇敢的与大胆的,悲伤的与忧郁的,真实的与忠实的,愚蠢的与疯狂的;惊心动魄的与沉重的(或巨大的)战役;好的与宝贵的,迅速的与轻快的;静悄悄的与柔和的,飞快的与灵巧的(形容马);光荣的与强大的,英勇的与强壮的,黑暗的与阴暗的……如果我把这些修饰叠语(эпитеты—дублеты,)归结为固定修饰语的发展与分化,那么只是由于在德国或法国的书面史诗的基础上,它们往往是由于诗律要求而增补的多余词。但是,也许这类叠语是同义词叠用[35]的古老的、最素朴的一种表现,因为积累应当能够提高语调,强化情绪。例如,荷马史诗中的"狡黠聪明的"("хитроумный"),我国哀歌中的"古老陈旧的"("стародревний");"你可是个老朽的糟老头儿"(《伏利加与米库拉》);漆黑漆黑的(壮士歌)和法语中的"惊人的(代替惊奇地)和沉重的战役"如出一辙。印度教徒的多手偶像和百眼巨人阿耳戈斯[36]便以此来表现威力、强大、警惕的概念*。

可以指出,在修饰语之外,似乎还有类似的史诗对偶格式:如沙土与灰尘;既非身姿,又非体态;话说了,言表了(原文为希腊语),此外还会感到语义上的细微差别……[37](形容斯摩罗京河)说你宽,不够宽,说你深,不够深("широким ты не широкая, глубоким ты не глубокая");说宽够宽,说深够深("широким широкая, А глубоким глубокая");宴谈(пир—беседа);不幸来临,就像大祸临头("за беду стало, за великое горе показалось")……至于这一现象在多大程度上同古代德国、法国、斯拉夫和芬兰的史诗叙述中的语法对比法有关,我不准备在此涉及这一问题。

与较晚时期相适应的是**复杂修饰语**(сложные эпитеты)。它们由一些定语和比喻压缩而成,如荷马的"大眼睛的,玫瑰纤指的"("волоокая, розоперстая"),《梨俱吠陀》中的"像牛一样健壮的"("сильный—как—бык"),德语中的"像闪电一样迅速的"(原文为德文)[38]……还有法国叙事诗中的**描述性定语**(описателъные определения),例如,形容英勇的壮士:"非常出色的骑士,英勇的骑士,他是盖世无双的"……主宰一切的神,万能的主,等等——这些用语发展成为一整套成语:在福音书资料和关于神的宗教观念所提示的描述之下,修饰语被遗忘了,但是个人因素不仅受它们的节制,而且受古代修饰语界限的节制。又如古代法语中形容上帝和基督的定语:主啊上帝,三位一体的至尊,伟大万能的善人……真正伟大的圣父,救世主……

用以形容法国的("可爱的法兰西""仁慈的、可敬的国家""美丽的,值得称赞的,欢快的,美妙的"等等),形容皇帝的("高贵的""忠诚的"),形容查理大帝的("佩平的儿子"……"我们的保护者……意志

---

* 在塞尔维亚歌谣中的同义词叠用:穆莎有三颗心脏,钦纳有十颗;维吉尔赋予赫剌克勒斯三个灵魂(《埃涅达》,第8章第563行)。——在塞尔维亚歌谣中的三只眼睛的黑人(М. Г. 哈兰斯基:第1卷,第266,269页)。

坚强,心地高尚的……""值得颂扬的武士"……"蓄着白胡须的……"等等)修饰语和定语可谓五花八门。

我是以叙事诗创作的个人时机的来临来解释修饰语的积累,以及由于各种定语而使其获得发展的。有些形容查理大帝的修饰语属于古代形容勇士、英雄的固定修饰语(如强壮的,高尚的等等);"蓄着灰白胡须的皇帝,老头"则更确切地描述了他的特征;描写发展了这种印象,并往往转化为老一套格式,用以弥补诗句的欠缺。在发展中间,在固定的、所谓类型性的修饰语和纷至沓来的各种描写之间,是对于个性因素的特别关注,它对于在民间诗歌记忆中流传的历史人物进行了描述。如"蓄着灰白胡须的"查理大帝与"和善可亲的"弗拉基米尔大公并不雷同,在后者身上有一种合乎愿望的因素,一种对于沙皇的理想要求,就好像在塞尔维亚语中的"可敬的";而在前者身上则是肖像的残迹。在形形色色的选择的条件下,荷马笔下的英雄形象便这样铭记在传说之中,伊利亚[39]显得永远年老,就像韦涅梅宁、伊利玛里宁显得永远年轻一样,就像我们的多勃雷尼亚[40]等一样。

可以想象,修饰语分解成若干描述性的格式,而其中一个格式显得很有特色,于是被看中了,并被经常运用——我们就是这样来解释荷马的语言和北方诗歌语言的某些现象的。在荷马笔下,船舰同海马相比较(见《伊利昂纪》,第4卷,708行),簸谷机或者扬簸谷物的铲子被称作麦芒的清除器……(《奥德修纪》,第11卷,128行;第23卷,275行);希腊语中形容皇帝的定语,如"各民族的牧人""天生的神""舵手"等等;埃斯库罗斯笔下的船舰被描述成在海上漂浮的带有亚麻布翅膀的航海战车;蜗牛——居房携带者;水螅虫——没有骨头的(赫西奥德)[41];外套——防御寒风之物(品达罗斯)[42]。属于此类的还有所谓北方的Kenningar(肯宁格)这一最纯朴的组合[43];区别则在于北方诗歌始终一贯地对于在希腊诗歌中只是作为局部现象而保存下来的东西进行提炼加工,而且是作为一种修辞手段予以加工,把定语或同格名词[44]区分出来,而同格名词则被视为人物或它所属的对象

70

的一种独立标志,但人物和对象却被省略不提。例如,人们把风暴形容为"摧树折枝的",而定语("摧树折枝的"……)却取代了"风暴"这一名词;或者一个国王,一个酋长,很慷慨好施,而他的慷慨好施则表现在他分赐手镯,把它们折断,而手镯在北方则是富贵有钱的体现;如果他没有这么做,就意味着他不是慷慨好施的,不是折断手镯的人。于是便出现了一系列相当于普通名词含义的用语——修饰语:"折断手镯的"(在盎格鲁-撒克逊语中的"分赐它们的"),仇视手镯,即仇视黄金的;在所有这些情况下,都意指国王。以类似的方式还创造出了这样一些修饰语形象:风云的高脚杯=天空,鸥鸟之路=海洋,麋鹿之路=群山,等等……它们的丰富多彩和繁复组合使得北欧吟唱诗人[45]的诗歌难以解读,这是其矫揉造作的方面;在修饰语的基础上,形象属于民间叙事诗风格的自然发展;与希腊的对比法和法国叙事诗的描叙手法的比较证实了民间诗歌向个体诗人或诗歌流派的首创性演变的一般关系。

对于修饰语的片面定义并不总是表现为形容词或相应的名词的形式;为了代替"这是某个强壮的军人所完成的"这一说法,可以说:军人的力量、威力;威力=筋肉,体魄;这两者都概括在英雄人物自身的定语之中。如希腊史诗中的用语:……赫剌克勒斯的威力=威力无比的赫剌克勒斯……罗兰的体魄=罗兰(《罗兰之歌》,第 613 行)……又如上部德语的"齐格弗利达的体魄如此豪迈"(《尼伯龙根之歌》),用意类似的还有小俄罗斯语的"我的可怜的当家人","我的哈萨克首领!你到过土耳其人的领土,信仰过伊斯兰教",等等(伊拉里昂:《关于旧约和新约的讲话》:站起来,公正的首领)……这并非抽象化,而是以部分代替整体(原文为拉丁文);修饰语取代普通名词的位置,就像古代北方的肯宁格诗体中的"手镯的分赐者"……塞尔维亚的一些用语,如力量代替有力的,奇迹代替神奇的,则表明了另一种心理活动;威力、奇迹表明概括化和另一种发展程序。

把这一手法移植到另一块土壤上,便会达到罗马的抽象化:如德行,胜利(原文为拉丁文),以及整整一连串寓意形象,它们继承了中世纪的和稍晚时期的欧洲讽喻体。再迈进几步,我们虽处于十七世纪,可是已经站在了新诗学的大道之上。它向我们提示某种类似荷马的"威力"(原文为希腊文)的东西,然而却具有某种个性色彩和另一种理解。"赫剌克勒斯的威力"——这不过是指筋肉,指筋肉的强壮有力而已;梅纳尔[46]在献给黎塞留[47]的第二首颂歌中谈到的并不是"金黄色丰收的美景",而是"丰收的金黄色美景"(原文为法文)。使他首先感到惊奇的并不是**金色丰收**的现实景色,而是**美景**,它遮蔽了其他一切,而实在的修饰语:黄色的、金黄的也就转移到美景上。这恰似在个人情怀的基础上对于古代诗歌或修辞的手法的一种体验……

赫剌克勒斯的威力——这是以名词形式出现的造型修饰语;virtus(珍品)——这是披着形象外衣的理性的抽象;美丽、欢乐与永恒——对于客体的主要印象的一种概括,似乎为了强调感受的一般基调而排除了它的形式。

最新诗歌的混合的和比喻的修饰语提供了讨论这一相同的体验的依据,这种体验可以用来衡量在话语创作的一些相似形式中的思维的历史发展。当以往创造出这样一些修饰语:ясен сокол(好男儿)和ясен месяц(明月)的时候,它们之间的相同并不是来源于对于感性印象之间的相符之处的自觉的诗意**探索**,而是来源于我们在生理上的模糊不清,更不用说渊源于原始心理了。自那时起,我们学会了分别享受和分别理解我们周围的现象,例如我们觉得,不再把声音和光亮现象混淆在一起,但是整体观念,那些环绕着和影响着我们的"自我"的一连串神秘的相互应和却比以往更令我们迷惑不解,于是我们随着波德莱尔吟诵道:"声音、芳香、形态和颜色在互相应和,/在汇合之中获得一种深邃混沌的含义"。[48]诗歌语言和我们的组合印象在一定程度上证实了这一论断。雨果看见了"由长笛裁剪下来的声音所织成的花边",在左拉笔下我们读到"像水晶一样玉碎的音乐"(原文均为法文),艾兴多尔夫[49]曾谈到"傍晚紫红色的潮气"。又如巴尔蒙特的《死寂的船》:……雪花**无声地**飘落,"寂静无声的宠儿";由此出现梦的观念,而雪花是**毛茸茸**的,于是这一修饰语便转移到梦的概念上:"我们毛茸茸的,纯净的梦"。海涅在《佛罗伦萨之夜》中谈到一种形象地,所谓亲眼目睹地感受音乐印象的能力:帕格尼尼[50]在演奏,他的弓弦的每一下弹奏都在想象中唤起一系列可触摸到的、神奇的图景和意境,音乐在奏鸣着的象形文字中叙述和描绘着:"这些音符,时而融合在热吻中,时而调皮地争吵,各奔东西,时而又重新拥抱在一起,欢笑不已,终于又连结为一体,在陶醉于结合之中悄然逝去。"当年轻的门德尔松[51]为歌德演奏巴赫的序曲时,歌德也有过类似的体验:他觉得,他看到一群衣冠楚楚的达官贵人排成隆重的行列,正沿着宽阔的阶梯鱼贯而下。阿·托尔斯泰笔下的另一些修饰语也可由这种对于相近的、无意识地交织在一起的诸印象的感受力而得到解释:"小提琴的乐声如此奇妙地奏响,//在万籁俱寂的夜幕中回荡。//在琴声中叙说着亦真亦幻的故事//展示出不可能的纪事//而蛇一般变幻的色调//迷惑和折磨着良心"[52]。奥托·路德维希[53]说:"如果我沉浸在歌德的诗歌所产生的情绪之中,我就会清晰地感受到一种由金黄色转变为赤红色的印象。"阿列[54]也证实了画家、音乐家各种内心感受之间的这种相通性,对于他们来说,莫扎特是蓝色的,而贝多芬则是红色的;努丽[55]在谈到一位意大利歌手时,说他只掌握两种色调:白色与黑色,等等。

在这类心理互感基础上形成了最新诗歌的混合修饰语:它的不寻常的借喻修饰语也以这类无意识的逻辑游戏为前提,诸如我们所熟悉的流行格式:黑色忧郁(черная тоска),死寂(мертвая тишина),只是这种游戏更加复杂化了,因为历史经验和分析的需求都复杂化了。蔚蓝色的远方由空间概念转移到时间,于是就有了凯列尔·戈特弗里德[56]笔下的"在那蔚蓝色的远方,浮生若梦";于是出现了海涅笔下的"喃喃细语,互相诉说着**芬芳的故事**的"花卉:其基础是最简单的对

73

比法(花儿——人)和万物有灵论——花儿像人一样生活着;花卉有自己的语言——芳香;当它们挺立着,相互低垂着头,恰似在窃窃私语,倾诉着彼此的故事,而这些故事是**芳香的**。在福法诺夫[57]笔下,星星向花儿低声诉说着"奇妙的故事",而花儿又把这些故事向风儿诉说,风则把它们传遍了大地、波涛、悬崖峭壁。"于是在盎然春意的爱抚下,大地披上了绿装",使诗人爱得发狂的心灵充盈着"星星的故事",而他在多灾多难的日子里,在阴雨连绵的黑夜里,向星星(在阴雨连绵的夜晚!?)奉献它们深思熟虑的美妙故事。形象还是那个形象,可是已经发展到丧失现实主义的地步。

让我们再回到混合修饰语。在它们之中把那些由于各种感性印象在生理上的混合而形成的修饰语同其他那些更多地是来自各种色调的**自觉地混合**的修饰语区别开来,绝非易事:应当掌握大量各式各样的和不同时期的例证,以便弄清楚它们的年代顺序。诸如塔西佗[58]的"广阔的寂静"(《年代记》,第三、四册中用语稍有不同:"在深沉的静默中度过的日子"原文为拉丁文),维吉尔的"阴暗的(多阴的)寒冷"(与法语的"黑色的寒冷",塞尔维亚语的"幽暗的寒冷"相比较),在上述两类修饰语中,究竟属于哪一类呢?确实无疑的是,随着我们对于自然和生活的了解越来越详尽和细致,心理应和力的变幻和修饰语的丰富多样的暗示性也变得越来越宽广;如果说在神话创作之中,人(把自己投影在自然之上)使自然由于人自身而活跃起来,那么随着个性的日趋独立,个人开始在摆脱了拟人说的自然之中寻找自我分析的因素,把自然转移到自身内部,而这种探索也就在新的修饰语系列之中反映出来。在这两方面,象征派诗人所走的都是诗歌早就驾轻就熟的途径;全部问题在于掌握分寸和得到承认。如果象征主义者有时不被人们所理解,那么他们也要负部分责任。当代俄国象征主义的代表人物之一笔下的"**紫红色的思想,蔚蓝色的思想**"令我们惊讶不已,虽然其基础是同一种心理活动,它使我们能够谈论海涅的"**明晰的思想**",虽然他笔下的"浅蓝色的思想"并未使我们发窘……区别在于把紫红色与蔚蓝色,鲜明与热烈,或者柔和与安详的印象转移到思想情绪上所具有的特殊性质。这类个人情绪可以体现在修饰语中,表现于通过一系列相等而得出的结论,它们之间的相互依赖性并不总是明确的,使人感到好像是某种未知的、捉摸不定的东西,它勾起某种心情:如象征主义者所说的灰色曲调,其中不明确的和明确的东西交融在一起(原文为法文)。只有杰出天才的能量和艺术家的分寸感才能使这类个人的修饰语成为大家通常使用的修饰语。在《战争与和平》中关于鲍里斯和彼埃尔的评语可以作为例证;娜塔莎在同母亲谈心:"非常可爱,非常、非常可爱!——娜塔莎在谈到鲍里斯时说——就是有点不合我的口味——他是那么**窄**,窄得像饭厅里的钟……您明白吗?……**太窄**,您知道吧,就是**颜色发灰,太浅**……""你瞎说什么!"伯爵夫人说。娜塔莎继续说:"您真的不懂吗?要是尼古林卡就会懂的……别祖霍夫——他是**蓝的,深蓝中带红的颜色**,而且**他是四方形的**。"(《战争与和平》,第 2 册,第 3 部,第 13 章)海涅的浅蓝色的思想、幻想之所以不使人感到惊讶,而是令人喜爱,正是因为在其周围安排了一系列形象,从而使它们具有了相应的色调:"浅蓝色的眼睛,浅蓝色思想的海洋……"(原文为德文)这些修饰语一旦脱离了浅蓝色的氛围,只会十分刺耳。

但是,除了个人的阅历,还有历史的阅历:它为我们选择我们诗歌语言的素材、格式与色调的储备;它在浪漫主义诗歌的修饰语及其对于"浅蓝色"的偏爱上打下了自己的烙印,就好像促使我们相信"浅蓝色的故事"(原文为法文),"浅蓝色的奇迹,浅蓝色的奥秘"(原文为德文)一样……至于基督教的世界观又给我们带来了多么丰富多彩的新观念以及与其相适应的形象,人们已从各种不同观点涉及过这一问题,但是从风格方面来说,它仍是有待探讨的空白。

在我国文化历史学的和民俗学的词汇中流行过"遗风、残存物"(переживание,survivals),甚至"遗迹"("пережиток")这个词;其实并没有什么残存物,因为所有事物都符合于生活的某种需要,适应思维的某种过渡性特色,任何事物都不是被强制地活着[59]。现代迷信把多神教的神话或仪式看作过去或现在的诗歌格式,因为这是一些框架[60],思维已习惯于借此进行工作,而且非有不可。

这些框架日趋陈腐;它们的生命力取决于我们为它们提示新内容的能力,也取决于它们的容量。希腊神殿和中世纪寺院一度显得金碧辉煌,而且这种色彩效果成为了它们所产生的总体印象的组成部分;虽然在我们看来,它们已经黯然失色了,但其线条美却令我们神往,它们开始从其他方面激起我们的联想,而我们也不得不被迫接受希腊彩绘雕塑所产生的印象。这种领会是否具有生命力,这是一个不仅是文学史家值得深思的问题。我们反复强调中世纪爱情诗歌的平庸无味和形式主义,但这只是**我们的**评价,因为那些流传给我们的格式,虽然已引不起任何想象,它们却在某个时候曾经是新鲜生动的,并引起过一系列热情的联想。

修饰语正在受到冷落,就像夸张手法早就被冷落了一样。有些诗人热衷于纯正的形式和优美的幻想,他们并不探求在这一领域内的革新;而另一些诗人则在探索新的色彩和情调。这里可能性的界限将由历史来划定;人类话语表达情感的部分已分化为音乐的特殊的领域,在这里探索感染力的革新,难道不意味着逆潮流而动吗?

注　释

本文初次发表于《国民教育部杂志》,1895 年 12 月,第 302 辑,第 179—199 页。

〔1〕亚·尼·维谢洛夫斯基提出的这一论断为现代科学所接受,并反映在《简明文学百科全书》中:"文学历史发展过程(风格与流派的更迭)的每一阶段都在修饰语中得到反映。"(见该书第 8 卷,莫斯科,1975 年,第 923 页)

〔2〕现代研究者从这一论断出发,指出亚·尼·维谢洛夫斯基在本文中所提及的研究民间文学中的修饰语问题至今仍是纲领性的(参看 И. В. 什达里:荷马的修饰语作为艺术体系

的因素,《古希腊文学的诗学》,莫斯科,1981年,第331—365页)。

〔3〕奥·米·弗列登别尔格的提法有所不同:"借喻并不是现成因素,也不是一蹴而就的……它的转义性在古希腊时期就始于具体含义向抽象含义的转移,而它完成于新时期概念的'借喻性'……在获得借喻性之前,借喻作为形象的概念性形式是在修饰语中培育起来的。"参见奥·米·弗列登别尔格:形象与概念,《神话与古代文学》,第182,197页。

〔4〕参看《旧埃达:关于神和英雄的古代冰岛歌谣》,第90,117,127页。

〔5〕可与Б.В.托马舍夫斯基关于修饰语的论述相比较:诗意形容词"不具有把现象从与它相似的一组现象中挑选出来的功能,也不引入在被形容的词汇中所不包含的新的特征。诗意形容词重复被形容的词汇本身所包含的特征,其目的在于把注意力转向该特征,或者表现说话者对于对象的情感态度"(Б.В.托马舍夫斯基:《诗学》,第5版,莫斯科;列宁格勒,1930年,第34页)。

〔6〕显然,亚·尼·维谢洛夫斯基在词源学上有误。如果"красна"("红的""美的")还可以引导到"火热""火"的含义,那么"дивица"("姑娘")一词则追溯到印欧语系的字根dhēi——吸吮,哺乳。参看A.普列奥勃拉任斯基:《俄语词源辞典》,莫斯科,1910—1914年,第1卷,第207—378页;M.法斯梅尔:《俄语词源辞典》,莫斯科,1967年,第1卷,第491页,第2卷,第367页;《斯拉夫语词源辞典》,O.H.特鲁巴丘夫主编,莫斯科,1978年,第5卷,第18页;莫斯科,1985年,第12卷,第95—97页。

〔7〕巴尔索夫(1836—1917),俄国民间创作研究家,研究古代俄罗斯文献。著作有:《北疆哀歌》(1—3卷,1872—1886),《伊戈尔远征记——基辅罗斯军队的文献》(1—3卷,1887—1889,未完成)。他收集了大量古代手稿。

〔8〕阿湿波,印度神话中的神圣孪生兄弟,天国骑士,是晨曦和黄昏的化身,众神的医生;瓦鲁纳,吠陀神祇的伟大神灵之一;因陀罗,印度神话中的天神之王,能随意变形。通常手执金刚杵乘车作战,有时也使用弓箭或钩。他又是雷雨之神,能降雨除旱,使大地丰收,又能制造暴风雨,使人恐惧。吠陀中家喻户晓的人物之一。

〔9〕"переживание"在这儿的意思是:遗迹,残余,痕迹,遗种。可参看"如果索福克勒斯笔下可遇到'金光闪闪的番红花',那么这种番红花是确定的,生长在科隆神国的林木禁区内,富于诗意地歌颂自己家乡科隆的合唱队描绘了这种植物:这是科隆的,科隆丛林中的番红花,那里的一切都洋溢着神圣的美。在荷马笔下的盾牌上刻画着'金色的人物',在赫菲斯托斯(希腊神话中的火神,锻造的庇护神)的手下服役的是'金色的仆人',赫西奥德(前8—前7世纪,古希腊第一个有名有姓的诗人,著有长诗《神谱》等)提到'黄金的一代',但这是指所有的人,而不是人们的品质。至于说到古代修饰语'金色太阳',则它已具有概念的含义,但其概念是同金轮太阳的神话形象联系在一起的。然而我们时代的借喻修饰语'金子般的心灵''金子般的巧手'则既与神话形象无关,也与从客体到主体的'移植'毫无共同之

77

处,因为两个抽象概念之间的联系在这里纯属传统性的(黄金作为某种珍贵之物)。"(参见奥·米·弗列登别尔格:形象与概念,《神话与古代文学》,第199—200页)

〔10〕亚该亚人,居住在帖萨里亚的古希腊主要部落之一。亚该亚人的国家有:迈锡尼、皮洛斯等国,参与了特洛伊战争。在荷马笔下,泛指希腊人。

〔11〕赫克托耳,荷马史诗《伊利昂纪》中特洛伊主要英雄之一,特洛伊王普里安和海丘巴的长子。

〔12〕指亚里士多德关于隐喻的阐释:"隐喻字是属于别的事物的字,借来作隐喻,或借'属'作'种',或借'种'作'属',或借'种'作'种',或借用类同字。"(见亚里士多德:《诗学》,罗念生译,人民文学出版社,1962年,第73页)

〔13〕莱瑙(1802—1850),奥地利浪漫派诗人,著有浪漫主义抒情诗和长诗,如《萨沃纳罗拉》(1837)、《约翰尼斯·齐斯卡》(1837—1842)、《阿尔比派教徒》(1842)等。

〔14〕卡尔杜齐(1835—1907),意大利诗人,诺贝尔奖获得者(1906),历史学派的语文学家,主要研究中世纪和文艺复兴时期的文学。作品有长诗《撒旦颂》(1863),描写理智战胜宗教,诗集有《有韵的诗与有节奏的诗》(1867—1879)、《野蛮颂歌》(1877—1889)。

〔15〕瓦尔特·封·德尔·福格威德(约1170—约1230),奥地利—德国游吟诗人,他的诗歌代表德国中世纪抒情诗的高峰。他的风景诗、爱情诗、讽刺性格言诗抨击了封建主的内讧和罗马教皇。

〔16〕意大利原文直译为:他由于长久沉默而说话有些沙哑(无力);М. 洛津斯基的俄译本译作"от долгого безмолвья слобно томный"("由于长久沉默而显得懒洋洋的");田德望的中译本对此句有如下注释:"注释家关于此句众说纷纭,莫衷一是。维吉尔尚未开口,但丁怎么会觉得他声音沙哑?按照常情,说话太多,声音才会沙哑,怎么会由于长久沉默而声音沙哑?寓意讲得通:维吉尔象征理性,理性的声音在迷失正路的人心中久已沉默,在他刚觉悟时,还难以听得清楚,就觉得沙哑。字面上的意义,虽有种种解释,但多失之牵强附会。这句话的寓意和字面上的意义虽然不相吻合,我们须要从诗的角度去领会,不要从逻辑上去理解。"(见田德望中译本《神曲》,人民文学出版社,1994年,第6页)

〔17〕斯宾塞(1820—1903),英国哲学家与社会学家,实证主义的奠基人之一。十九世纪末斯宾塞的思想相当普及,曾对亚·尼·维谢洛夫斯基的学说产生影响(例如,在人种学中的历史主义,把艺术理解为游戏等)(参见《斯宾塞文集》,第7卷,1898—1900年)。

〔18〕可参照希腊文学作比较:"对象最初的概念特征是从同义字反复的形象语义中提取的;在主体与客体的融合被解除,同一性被破坏的情况下,诸形象之一开始传达对象的总体特征,并在语义上标志着这一对象本身……最初的概念特征按其本性来说,还是具体的和总和性的,这种限制创造一定范围的修饰语,并同它们所规定的对象紧密衔接。"(奥·米·弗列登别尔格:形象与概念,参见《神话与古代文学》一书,第198—199页)

〔19〕阿耆尼(古印度语 Agni)字义为火,在吠陀教和印度神话中的火神,灶神和祭祀篝火之神,圣火之人格化(参看 B. H. 托波罗夫:阿耆尼:《世界各民族神话》,第 1 卷,第 35—36 页)。

〔20〕原为希腊文:辉煌的,闪光的;法厄同系希腊神话中赫利奥斯之子。法厄同为其父赶车,驾驭不住喷火的神马,致使神马接近地球,几乎将地上万物焚烧光。为了制止这场灾难,宙斯用闪电击毙法厄同。法厄同燃烧着掉进河中。关于古代人把帝王、神、太阳、苍天等概念混为一谈的现象,可参看奥·米·弗列登别尔格:《神话与古代文学》,第 528 页。

〔21〕江湖艺人,古代俄罗斯流浪江湖的歌手、说噱艺人、器乐师、杂耍演员、驯兽人和技巧表演者等的统称。十一世纪起就出现在各地,十五至十七世纪尤常见。民间游历艺人,中世纪德国巡回演出的艺人,叙事歌曲的创作者和演唱者。

〔22〕正如 B. M. 日尔蒙斯基所指出的,年代学在这里并不理解为对各种文学现象做纯粹年代日期的考证,而是考察它们相对的阶段性的顺序。

〔23〕阿拉贡,西班牙东北部的历史地区,位于埃布罗河流域。

〔24〕加斯科涅,法国西南部历史区。602 年起为公国,1036 年并入阿基泰纳。1337—1453 年百年战争后并入法国吉恩省。

〔25〕一些研究工作者注意到,在同义字反复的修饰语与同义字反复的对比法、反常的修饰语、反意词组之间并无原则性区别。这里发生的是在描述结构界限内含义的抽象化"摇摆",当几个修饰语(有时具有相反的含义)或者似乎自由地相互替代,或者聚集于同一个名词,并由此而扩大了"摇摆"的幅度,或者相反,促进了一定内在品质的压缩和增强。在维谢洛夫斯基看来,修饰语—复本正服务于这一目的。参见 C. Ю. 聂克留多夫:文学之前的叙述艺术中的描叙体系的特征,《艺术的早期样式》,莫斯科,1972 年,第 209—210 页。

〔26〕萨拉秦人,古历史学家对阿拉伯游牧民族的称呼。

〔27〕Ф. 米克罗希奇指出,固定修饰语可能同所描述的情景没有任何关系,同它相矛盾,甚至按照含义同其名词是水火不相容的:"在塞尔维亚人的用语中,甚至摩尔人都长着洁白的手,可见修饰语'洁白的'同'手'一词是如何联结在一起了。"(Ф. 米克罗希奇:斯拉夫叙事诗的描写手法,《论文集》,莫斯科考古协会斯拉夫委员会,莫斯科,1895 年,第 1 卷,第 219 页)

〔28〕涅斯托耳,希腊神话中的皮罗斯之王,特洛伊战争的参加者之一。在《伊利昂纪》中被描绘成聪明睿智、阅历丰富的老人。

〔29〕彼德纳·阿利赛诺万,公元一世纪的罗马诗人,关于忒修斯与盖尔马尼库斯的叙事长诗的作者。

〔30〕忒弥斯,希腊神话中的司法女神。她的形象是:眼睛蒙着布(象征不偏不袒),手执天平,象征公正无私,фемида 比喻作公正裁判、法律。

〔31〕尼刻，古希腊人对胜利的人格化，常用作女神雅典娜的修饰语，雅典卫城为她建有尼刻庙。尼刻的雕像是一个从天而降的诸神信使。建她的雕像用来庆祝战争、竞技比赛或文艺比赛的胜利。相当于罗马神话中的维多利亚。

〔32〕品达罗斯(约前 518—前 442 或 438)，古希腊抒情诗人。著有庄严的合唱琴歌、祭祀赞歌、竞技胜利者颂——对奥林匹亚、德尔斐以及其他体育竞技获胜者的颂歌。他的诗歌的特点是结构复杂，辞藻庄重华丽，联想之间的衔接奇巧。参看 В. Н. 雅尔霍、К. П. 波隆斯卡娅：《古代抒情诗》，莫斯科，1967 年。

〔33〕厄俄斯，希腊神话中的黎明女神，相当于罗马神话中的奥罗拉。希腊人用富有诗意的想象力把厄俄斯设想成为一位年轻女郎，有着波浪式的长发，玫瑰色的肤体，穿着玫瑰色的衣裳。诗人们称厄俄斯为"漂亮卷发""玫瑰色纤手""紫红色纤指的年轻的"女神。

〔34〕萨迦，古代冰岛的散文叙事作品。所谓家族(或冰岛人)萨迦，作者已无从查考，反映了一定的史实和生活习俗，注重心理描写，叙事朴实无华。还有描写挪威国王的萨迦和描写冰岛主教和英雄的萨迦。

〔35〕同义词叠用，又称赘语叠句，意义相同或相近的词重叠运用，从叙述逻辑的观点看似乎是多余的。参看本书第 5 篇注〔47〕。

〔36〕阿耳戈斯，希腊神话中的百眼巨人，奉天后赫拉之命看守宙斯的情人伊奥，转意为"警惕的守卫者"。

〔37〕亚·尼·维谢洛夫斯基在这里列举了大量为各民族史诗所熟悉的对偶格式，引自格·盖尔伯尔：《语言与艺术》两卷本，勃伦姆堡，1871—1879 年，第 1 卷，第 324，445 页。

〔38〕在俄语中没有用一个词表达的相应的词，其含义可由词组"быстрый как молния"("像闪电一样迅速的")来表达。这一修饰语的"复杂性"也许可以用并不存在的组合形容词"молниеноснобыстрый"(相当中文的"风驰电掣")来更好地表达，这也适用于维谢洛夫斯基在此列举的海涅的其他一些例子："贪婪地折磨人的"("жадноубивающие")"忧郁执拗的"("мрачноупрямые")。

〔39〕伊利亚·穆洛梅茨，俄国民间壮士歌中的主要英雄人物。

〔40〕多勃雷尼亚·尼基季奇，俄罗斯壮士歌中的勇士。《多勃雷尼亚和蛇》《多勃雷尼亚做媒》《多勃雷尼亚和弗拉基米尔吵架》等壮士歌的主人公。

〔41〕赫西奥德(前 8—前 7 世纪)，古希腊第一个有名有姓的诗人，著有醒世叙事长诗《工作与时日》和将古希腊神话系统化的长诗《神谱》。参看《古希腊诗人》，莫斯科，1963 年。

〔42〕见注〔32〕。

〔43〕肯宁格(Kenningar，斯堪的纳维亚语)，直译意为：标志，符号。肯宁格，指用两个名词代替一个名词，其中第二个名词形容第一个名词(例如，船——海马)。这在伊达和北欧

吟唱诗人诗歌中是一种主要修辞因素。据维谢洛夫斯基在此考察的这一命题的上下文来看,重要的在于指出北欧吟唱诗人的诗歌是诗歌中自觉的作者意识发展的初始阶段,维谢洛夫斯基称这一阶段为"由歌手向诗人的过渡"。由不自觉的向自觉的作者意识的过渡一般是不易观察到的,只有北欧吟唱诗人的诗歌才提供了这种可能。参看 М. И. 斯捷勃林-卡缅斯基:《北欧吟唱诗人的诗歌》,列宁格勒,1979 年,第 78,79 页;М. И. 斯捷勃林-卡缅斯基:《历史诗学》,列宁格勒,1978 年,第 40—64 页。

〔44〕同格名词,以名词形式出现的附加语。

〔45〕北欧吟唱诗人,书面文学以前阶段九至十三世纪的挪威和冰岛诗人。他们的诗歌在形式上的复杂化在欧洲文学中是史无前例的。参看 О. А. 斯米尔尼茨卡娅、М. И. 斯捷勃林-卡缅斯基选:《新埃达》,列宁格勒,1970 年;С. В. 彼特罗夫、М. И. 斯捷勃林-卡缅斯基编:《北欧吟唱诗人的诗歌》,莫斯科,1979 年。

〔46〕梅纳尔·路易(1822—1901),法国诗人。参看《1848 年法国革命的诗歌》(Ю. 丹尼林的序言),莫斯科,1948 年。

〔47〕黎塞留(1766—1822)公爵,法国大革命时侨居俄国。1805—1814 年任新罗西亚总督,促进了边区的经济开放和敖德萨的发展。1814 年起在法国担任路易十八的内阁大臣。

〔48〕引自波德莱尔的十四行诗《应和》。俄译文见波德莱尔:《恶之花》,Н. И. 巴拉晓夫、И. С. 波斯杜巴里斯基编,莫斯科,1970 年,第 20 页。这首诗(1857)反映了关于隐藏在事物表面背后的感性现实的各种不同外在表现之间的"应和"关系的印象主义观念。这些思想可上溯至东方哲学,在欧洲可上溯至柏拉图,浪漫主义者对此甚感兴趣,而象征主义者则集其大成(参见波德莱尔:《恶之花》,第 303—305 页)。兰波于 1883 年曾写了一首十四行诗《元音》来应和波德莱尔的这首诗,其中发展了他关于颜色、声音、芳香之间相互联系的相似之处的思想:

A 是黑,E 是白,И 是红,y 是绿,

O 是蓝……元音,你们的生日,

我还要揭示……A 是黑色的和毛茸茸的,

嗡嗡叫的苍蝇紧紧围绕着一堆臭烘烘的污物……

(А. 兰波:《诗选·最后的诗篇·照耀·地狱中的一个夏天》,莫斯科,1982 年,第 82,392—396 页)。波德莱尔的《应和》一诗的中译文和有关评注可参看郭宏安的译本评述:夏尔·波德莱尔的《恶之花》,漓江出版社,1992 年,第 101—120 页。

〔49〕艾兴多尔夫(1788—1857),德国作家、浪漫主义诗人。作品表现了争取同自然和谐的"精神自由"(如由 F. 舒伯特、F. 门德尔松等人谱曲的抒情诗和歌谣),摒弃资产者庸俗生活,遁入梦幻世界(中篇小说《一个无用人的生涯》,1826 年)。

〔50〕帕格尼尼(1782—1840),意大利小提琴家和作曲家,浪漫主义音乐奠基人之一,开

创了小提琴艺术史上的新时代。作有二十四首"随想曲"、五部小提琴协奏曲等。

〔51〕门德尔松(1809—1847),德国作曲家、指挥家、钢琴家和管风琴家。第一所德国音乐学院的创建者(1843年于莱比锡),作有交响曲、交响序曲、《仲夏夜之梦》配乐,小提琴协奏曲、钢琴协奏曲等。

〔52〕A. K. 托尔斯泰:《诗歌全集》两卷本,列宁格勒,1984年,第1卷,第73,535页。在这首作于1857年的诗歌中,可能传达了听德国小提琴家格奥尔格·基泽韦特捷尔演奏的印象,就像列夫·托尔斯泰在短篇小说《阿尔伯特》中所描写的那样。

〔53〕奥托·路德维希(1813—1865),德国作家,"地域"文学的代表,著有一系列反映图林根小市民和手工业者的风土人情的短篇小说,以及悲剧《世袭的林务官》(1849;1853年发表),中篇小说《天地间》(1856)等。

〔54〕阿列(Arréat L.) psychologie du peintre, 巴黎,1892年;Memoire et imagination. 巴黎,1895年。

〔55〕努丽(1802—1829),法国歌唱家。

〔56〕凯列尔·戈特弗里德(1819—1890),瑞士作家。参看凯列尔·戈特弗里德:《短篇小说集》,莫斯科—列宁格勒,1952年。

〔57〕福法诺夫(1862—1911),俄国诗人。他的诗歌具有颓废派的特点,回避黑暗的社会现实,遁入虚无缥缈的世界,但其中也含有反映现实生活的成分,如诗集《阴沉的人》(1889)、《春天的诗》(1892)等。

〔58〕塔西佗(约56—约120),古罗马历史学家。其著作记述了罗马城和罗马帝国公元14—68年间的历史(《年代记》)、公元69—96年间的历史(《历史》,共十四册,流传下来的有第1—4册和第5册的开头部分),以及古代日耳曼人的宗教、社会制度和风俗习惯(《日耳曼尼亚志》)。

〔59〕参照 П. Г. 鲍加特廖夫所说:"不应当把民间信仰仅仅看作是古代的遗迹。"(参见鲍加特廖夫:《民间创作理论问题》,莫斯科,1971年,第181—184页)

〔60〕кадры(画面、镜头),在这里作框架、格局(рамки)解。

作为时间因素的叙事重叠

关于法国叙事诗的类型化重叠以及有关它们的几个假说的阐释已经写了不少论著,提出了许多见解[1]。我曾在《关于法国叙事诗的新研究成果》*一文中涉及这一问题[2];从那时起,有关的文献资料增加了……不久前在圣彼得堡大学下设的新语文学学会中**,季安德尔先生和德·拉·巴尔特伯爵做了两个有关叙事重叠的报告***;在从不同侧面着手分析研究同一现象时,他们提出了它的发展中的这个或那个方面;我则在关于历史诗学的教程的以下片段中,力求加以概括,同时把这一问题单独提出来探讨。

一

在以下概述中,我只是从一个侧面涉及这样一些民间诗歌手法,诸如从一行诗的末尾逐字截取一部分,转移到下一行诗的开端,又如接连几行诗的类似开端和某一行诗在整首诗歌中的重复出现,类似于某种内在的副歌(原文为法文)。我指的是另一类叠句。

---

* 《国民教育部杂志》,1885 年,238 辑,第 2 册,第 295 页起。
** 1895 年 3 月 24 日与 11 月 20 日。
*** K. 季安德尔:《关于民间叙事文体的比较研究的札记:论民间史诗中的重叠》,《富于活力的古风》,第 6 卷,第 2 辑,第 202 页起。

我区别**叠句——模式**,这在希腊史诗中是众所周知的,在法国叙事诗中也常见,而在斯拉夫族和俄罗斯族的叙事诗中则大为发达:适用于一定情境的固定模式,同情境不可分割,就像修饰语同被形容的词紧贴在一起一样。随着在故事叙述过程中一定情境的重复出现,也重新运用相应的模式:主人公整装待发,骑马出征,战斗,发表演说,就像所谓按照一个圣像模本画出来的一样;例如使者逐字重复授予他的口信。在罗兰之歌中,男爵们商议好了,去请求查理大帝宽恕加涅龙;在相关的诗节里,他们用几乎逐字不差的同样措辞向皇帝求情。

为法国专有的叠句类型则别具一格:**不是相似的几个情境,而是同一情境**在我们面前拖延到两个、三个、五个以至更多的诗节,而这一持续的长度则由于一个或几个诗句的重复出现而得到强调。

请允许我引用以上所提到的我的那篇文章中关于这一问题所说过的话*。叠句一般在连续几节诗中遇到。"一般构造如下:诗节由某一情景、场面开始,它们在以后的诗句中得到展示。下一诗节的开端重新把我们带回到那一情景,有时(带有一些微小的变化)则回到第一诗节的引子,于是同一情境几乎同样地展示出来,只有某一特点、某一细节是新的,不知不觉地推动着情节的发展。同样的情况也可能在第三诗节中重复出现"。

我引用了罗兰之歌的第 135—137 诗节作为例证,我现在把它们同第 84—86 诗节**联系起来进行分析。

萨拉秦人包围了查理大帝的后卫军;奥利维耶对副手罗兰说,敌人势众;让他吹响自己的号角,查理大帝听到号角声,就会赶来援救。可是罗兰却推辞不吹,而这一情境展示了三次如下:

第 84 节:"副手罗兰,吹响你的号角!查理大帝一听到它,就会命令军队回援。罗兰答道:我这么做莫不是发了疯,我会在心爱的法兰西面前玷污自己光荣的名声。我将用迪朗达尔剑给予这样有力的打

---

* 参看亚·尼·维谢洛夫斯基:《关于法国史诗的新研究成果》,第 247 页。
** 以下罗兰之歌的引文均引自 T. 缪列尔出版的《牛津大学手抄本》。

击,血染刀刃直至剑锋。可恶的异教徒在不祥的时刻逼近了山谷;我向你保证,他们所有的人都将有来无回。"

第85节:"副手罗兰,吹响奥里凡号角,查理大帝一听到它,就会命令军队回援……罗兰答道:上帝不允许这样做,以致父母为我而蒙受耻辱,使心爱的法兰西遭到蔑视,如果我由于异教徒而吹响自己的号角的话!相反,我将用迪朗达尔剑奋力拼杀……你们所有的人都会看到它那鲜血染红的锋刃。可恶的异教徒在不祥的时刻聚集到这里;我向你保证,他们统统注定灭亡……"

第36节:"副手罗兰,吹响你的奥里凡号角,查理大帝一听到它,如今就会通过峡谷。我向你们保证,法兰西人会回来的。——上帝不允许这样做,不允许任何一个生还的人说,我由于异教徒而吹响了号角;我的父母不至于为此而受到责备。当我投入火热的战斗,我将给敌人成百上千次的打击,你们将看到迪朗达尔的剑刃染满鲜血……"

只是在经过残酷的搏斗之后,当危险和死亡都迫在眉睫之际,而且罗兰自身也血流如注,这时他才决定吹响号角,但为时已晚。

第135节:"罗兰把号角放在嘴边,紧紧地握住它,用力地吹响。号声越过高山峻岭,远远地飞扬着,在三十里之外,都能听到它的响声……查理大帝及侍卫们都听到了号声。皇帝说:我们的人在厮杀!而加涅龙回答他说:如果另一个人这样说,会被当作弥天大谎。"

第136节:"罗兰伯爵艰难地吹响了号角,费了很大劲,忍着剧痛……鲜红的血从他的口中流出,太阳穴的血管都要胀裂了……他的号角声很远都能听到,查理大帝正在通过峡谷,听到了这号声……涅蒙公爵听到了这号声,法兰西人都听到了这号声。皇帝说:我听到了罗兰的号声。加涅龙回答说:没有任何战斗发生!"——于是他揭露年迈的皇帝陷入了孩子般的轻信:难道他不知道,罗兰有多么高傲?这是他在贵族们面前吹奏取乐。前进吧,到法兰西还远着呢!

第137节:"罗兰伯爵满嘴是血,太阳穴的血管胀破了,他忍着痛,费劲地吹着号角。查理大帝听到了他的号声,法兰西人听到了……皇帝说:这号角的声音好响！涅蒙公爵答道:贵族们,一位忠心的臣仆在那里工作,我看那儿正在进行战斗。他把怀疑的目光转向加涅龙;应当给自己人以援助。"

　　这些别具一格的叠句,从一个诗节摘取几句诗,转移到另一诗节,引起了各种不同的阐释。一些人在其中发现了最简单的叙事歌谣的遗迹,这些歌谣后来综合成为完整的叙事诗,而且意义相同的诗节有时并列在一起。另一些人则谈到某一首诗歌的不同版本,这些异文是在流浪歌手[3]的演唱中形成的,他们有时把它们抄录在自己的小册子上,在吟唱的时候,从中挑选出所喜爱的某一异文;此后出现了抄录者,并把所有这些异文都连篇累牍地抄录下来。第三种阐释仍然从抄录的观念出发:相似的诗节——只是抄写时加入了原来所没有的词句的结果[4],是后期的传唱者,在歌谣传统的基础上编写大型史诗的编撰者所采取的一种手法。如果说,第二种假说说明了由于抄录者的机械性的工作,多少有可能造成在同样的诗节中出现某些矛盾(有时只是看起来有矛盾)的话,那么有意识地编纂和在文内增添原来没有的词句的设想则排除了这些矛盾的可能性。如今占据优势的观点则似乎认为法国史诗的叠句应当解释为法国民间诗歌的纯朴的文体学的特征。然而这并不是对问题的解答,而是问题的新提法。把大型叙事诗看作是民间歌谣的汇编的陈旧观点(沃尔夫-拉赫曼恩),没有经得住批判;异文和文内增加词句的理论立足于抄录文本的假说,却没有估计到这样一个事实,即在民间没有抄本的诗歌中也会遇到同样一些叠句和摘句的范例。法罗人的歌谣[5]和小俄罗斯人的民歌可以作为例证,我已经有机会加以引用比较:

　　　　在贝斯基德山上的卡林诺瓦
　　　　有个新的驿站,
　　　　在这个驿站里,有个土耳其人在饮酒,
　　　　一个姑娘在他面前俯首下拜:

> "土耳其人,土耳其人,亲爱的土耳其人,
> 别伤害我年轻的生命。"

我的父亲已经带来了我的赎金。可是父亲没有出现,于是姑娘痛哭起来。下一节诗重复同一情景:贝斯基德山与土耳其人,以及姑娘的哀求;而这一次似乎是她的母亲带来了赎金。在第三次同样的重复中——出现了带来赎金的"心上人"。俄罗斯民歌也有类似的手法:通过重叠来延缓情节的某一片刻:

> 当当地敲响了钟声,
> 贵族纷纷骑上了马,
> 出发吧,贵族们,去一座新城。
> 在新城里,会赠送我们马匹,
> 不论哪儿,赠送马匹,
> 送给我们万尼卡的都是最好的那匹。

这一情景又重复了两遍,区别在于在新的城市里赠送的礼物已不是马,而是麻织头巾,而最后送的,则是姑娘;最漂亮的姑娘属于未婚夫[*]。

我曾企图从心理学的角度对这类叠句进行阐释,并以罗兰之歌中关于他怎样吹号角的几个片段为例[**]。"某些场面,形象如此激发人们的诗情画意,如此引人入胜,以致无法转移对它们的视线和记忆力,不论这种印象多么令人痛苦,多么令人心烦意乱,也许正因为如此,因为它使人心烦意乱,令人心碎,人们才百读不厌。生活的愉快时刻往

---

[*] 参看《斯摩棱斯克民俗学文集》,В. Н. 多勃罗沃利斯基编,莫斯科,1894 年,第 2 卷,第 89,223,231,270,296,303,404 号;《大俄罗斯民歌集》,А. И. 索波列夫斯基编,圣彼得堡,1895 年,第 2 卷,第 649 号,第 552—553 页……А. А. 波捷勃尼亚:《关于小俄罗斯和相似的民歌的阐释》,华沙,1883 年,第 2 卷,第 575 页起。

[**] А. Н. 维谢洛夫斯基:《关于法国史诗的新研究成果》,第 249—250 页。

往转眼即逝。在看到罗兰竭尽全力,吹响号角,通知自己人而精疲力竭这一形象时,现代诗人也许会把他整个地刻画出来,一挥而就地表现出他所具有的或同他相联系的全部诗意内涵。民间诗歌和仍处于它的影响之下的诗歌,则更贴近于再现心理活动的真实过程。在主要是由充满激情的回忆所组成的每个复合体中,总有一个印象占据上风,似乎笼罩了其他印象,给所有这一切定下了基调。浮想联翩,引起各种不同联想,神游四方,然后又重新回到——精疲力竭的罗兰吹着号角——这一基调和形象上来。"

对于我所想象的罗兰之歌的作者这样的诗人来说,而且正是在我们所分析的这一片段中,我准备坚持我的心理学的阐释,这一阐释是以艺术分寸感和对于文体手段的自觉态度为前提的。但是,这些手段显然是早已形成的,只是可能被运用于新的目的。我们所面对的事实是更为古老的程序,而且是句法式的程序:按时间顺序连续产生的各种印象之间的**并列从属关系**还没有找到相应的模式,于是表现为民间诗歌文体所固有的**协调一致**。例如,我们会说:当罗兰吹号角(垂死,刺杀,等等)的时候,实现了这件或那件事,等等;当古代歌手重复数遍:罗兰吹响号角时,于是新的细节便同任何一次回忆联系在一起,而这一细节又是与整个单一行动同时发生的。就像老式画师缺乏空间透视法,远近都被画在同一个平面上一样;在中世纪的舞台上,也往往把相距甚远的地点,哪怕是罗马与耶路撒冷,拉扯到一起。由观众提示远景,就像由歌曲的听众来提示它一样。

格廖别尔(继他之后是巴克舍尔)称这一现象为双向扩展,同样把它解释为一种句法现象[6];这就排除了审美的目的。审美印象则是另一回事,这些别具一格的叠句有时会使**我们产生这样的审美印象**:在扩展主要情节的各种插曲相互更替的情况下,主要的行动得到了**延长**。壮士歌则另辟蹊径来达到这一效果;取代关于壮士们牵马、备马鞍、上马等等叙说的,却是如下的吟唱:

他们**拉来了**年轻的骏马，

拿来了切尔克斯人的马鞍，

于是他们给年轻的骏马**备上马鞍**；

他们拿来了丝织的缨络，

他们又把丝织的缨络**扔下**，

手里拿起了橡木的手杖，

他们跨上了矫健的骏马。

（《雷布尼科夫采集的歌曲集》，第3卷，第3首）

有人可能会指出（这类指责已经出现），无论在以上所列举的一系列诗节中，还是在其他类似的诗节中，所涉及的都不是由叠句所发展的某一个方面，而是涉及几个方面：歌手真的想叙说，罗兰三次着手吹号角，他三次吹响了号角，就像在另一地方说他三次企图把自己的剑在石头上摔碎一样。只有这样一些人才会认同这种阐释，他们即使在俄罗斯史诗的类似手法中（重复打击，重复询问，等等），也会看到真正重复行动的表现，而不是对于同一个行动的修辞上的强调，不是为了突出印象而采用的赘语[7]。例如，在"机智的"（"хитроумный"），"古老的"（"стародребний"）等修饰语中那样*，又如在塞尔维亚民歌中，勇士拥有三颗心，或者甚至拥有十颗心，意思是说，他有一颗宽广的壮士心。这只是前面说过的相互协调的一种特殊形态而已。

值得注意的是，同这种看来允许做出现实的阐释的叠句相并列的，在法国叙事诗中还有另一种叠句，其中重复的显然是单一的动作（罗兰的悔恨与死亡），却一分为三，分解成不同的方面。无论哪一种重叠，对其评价都是一致的。

自然会提出这样的问题：如果法国类型的重叠是民间句法所固有的相互协调的事实的话，那么如何解释它只是在法国叙事诗中才发展

---

* 参看 А. Н. 维谢洛夫斯基：《修饰语史》，第69页。

到具有修辞手段意义的地步,而在其他民族的诗歌中则仅出现个别的例证呢?

我试图从我所认定的古代叙事诗的演奏方法来解释这一现象的起源。

二

同音乐和表演结合在一起的最古老的诗歌演唱是由合唱队演出的,它在现代诗学的若干现象中留下了深远的痕迹[8]。这是一些仪式的、农事的、习俗的和英雄的歌谣。古希腊的酒神颂歌[9],直到它在公元前五世纪至前四世纪改变形态之前,一直是由合唱队演唱的:歌手叙述神祇或英雄人物的劫难或功绩,合唱队进行伴唱,对唱。根据十二世纪初《圣徒威廉传》的作者所说的威廉之歌的情况,十分可能在哥特人和法兰克人那里,葬礼曲和英雄颂歌都是由合唱队演唱的。对于歌唱圣徒法龙的[10]坎蒂列那曲调来说,这或者是一首记述克罗塔里的胜利的战斗歌曲,或者是类似宗教诗的歌曲,据记载它所采取的也是同样的演唱方式……

至今还有一些古老的叙事歌曲和具有抒情叙事内容的表演节目是采取合唱的方式演唱的。它们的特征是**副歌**(叠句),以及从一个诗节中**应和**一句诗,再转入另一个诗节。古代的法国回旋诗[11]就属于这一类型:独唱者(领唱者)以引子起唱,合唱队随着和唱;随后歌曲由独唱者演唱,而随着每一句诗,合唱队都同样参与和唱,这种和唱如今已具有副歌的意义。而独唱者则引导歌曲由一节诗到另一节诗,在每一节诗的开头重复前一节诗的最后一句诗。在布列塔尼人的即兴合唱中重叠扩展到若干诗句。丹麦人的维赛曲[12]也同样表明了这样一种副歌与和唱诗句的搭配方式。

有时由两个合唱队代替一个合唱队演出,它们在自然地强化对话因素的情况下相互对唱。例如,在小俄罗斯的春季歌曲中,在春季德国举行的夏天与冬天的对歌赛唱[13]中就是如此;反映在卡图卢斯[14]的出色的婚礼赞歌中的萨福[15]的婚礼曲,也是采取少女和少年合唱队的形式。男子和妇女的合唱队也出现在法国和爱沙尼亚的婚礼仪式中*,古代阿基克喜剧[16]在初期大概也具有类似的双重合唱形式。

  无论在哪一种演出方式下,随着时间的推移,都可能发生抒情—叙事歌谣模式脱离合唱队而独立演唱的变化。促进这一演变的既有仪式因素的被淡忘,而合唱诗歌正是同仪式相联系而发展起来的,也有对于诗歌的客观内容的兴趣。丧宴仪式包括了哀泣词和诀别曲[17],抒情的哭诉与追述死者及其业绩和高尚品质交替进行;两者都时而伴随着表演、舞蹈。例如,在亚美尼亚人那里就是如此。当事情涉及氏族的知名成员、勇士、首领时,叙事性的回忆便压倒了抒情性哭诉的因素,因为激情会随着时间的消逝而淡化。新的一代人对死者已不再怀有以往那样的热情,而关于建功立业的个人记忆却继续保持和巩固下来。历史歌谣从丧宴中分离了出来,荷马史诗中的哭诉已经在仪式之外演唱,而法国的哀歌则泛指一般具有悲剧性结局的歌谣。

  从仪式诗歌中还分离出了其他一些诗歌,如果它们的内容在合唱表演之外还能引人入胜的话。在春季和六月系列的民间诗歌中有许多素朴的情欲宣泄,可以从中感到早已过时的社会秩序的反响[18]。它们是通过类型化的情景来表达的:或者姑娘哀求母亲让她出嫁,或者妻子嘲弄年迈的丈夫,弃他而逃走,因为她想跳舞,寻欢作乐,等等。在明斯克省,姑娘们组成环舞,其中一个姑娘站在中间;合唱队唱道:

   我骑在老头子身上,边骂,边涂脂抹粉!
   嗨,老头子,可恶的高利贷者,
   哦,可恶并不要紧,但可恨的却是独守空房,

---

 * A. H. 维谢洛夫斯基:《民间文学研究的新书》/《国民教育部杂志》,1886 年,第 244 期,第 2 辑,第 180 页。

> 叫我祈祷神灵,超度灵魂,
> 而我年纪轻轻,不愿虚度青春,
> 趁我还年轻,还可尽情游玩,
> 我愿开诚布公地,欢畅地,玩个痛快。

这时站在中央的姑娘问道:"老头子住得远吗?"合唱队答唱时,指着村庄。于是她重新唱道:"我骑在老头子身上",等等;最后一次合唱队答道,老头子"就住在对面街上"。这时出现了一位装扮成老头子的姑娘。轮舞静止了下来,那个在中央尽情歌舞的姑娘登时呆若木鸡。老头子走进圈子,严厉地谴责妻子。剧情结尾是:老头子举着棍子追赶妻子,但有人给他使了绊脚,于是他摔倒了*。

以下普罗旺斯舞曲只有在同样的合唱演出的基础上,才能理解;至于它属于伴随春季节日的歌曲,我们已从普罗旺斯的故事《弗拉明卡》[19]中知道了这一点**。其基础是具有与俄罗斯环舞同样内容的春季环舞,只是对话看来压缩了,转为完整的歌曲,只有副歌才属于合唱队演唱;人物有国王和"四月"王后[20]。***……

"一年最明媚的季节来临啦——嗳,好极啦;为了开始欢乐——嗳,好极啦,为了捉弄好嫉妒的人——嗳,好极啦,王后想显示她充满了爱。(副歌):滚开,滚开,好嫉妒的人,别打搅我,别打搅,让我们彼此共舞,彼此共舞。

她下令宣告四方,直至大海,以便不剩下一个姑娘和小伙子,都前来参加春季舞蹈(副歌)。

国王从另一边来到这里,为了阻挠舞蹈,因为他担心有人会从他

---

* 参看 A. E. 格鲁津斯基:《在明斯克省列齐茨基县的民俗考察》/《民俗概观》,第 11 卷,第 144—145 页。

** A. 吉安卢:《中世纪法国诗歌的起源》,1889 年,第 88—89 页;同一情节的副歌可参看第 179,395 页。

*** La regine avrillouse. Romer 把 aurillouse 念成这样的含义:munter——愉快的。这并不改变情况。

身边拐走四月王后(副歌)。

而这并不合她的心意,她同老头子无事可干,她乐意找一个灵活的小伙子,他知道怎样使一位漂亮的夫人开心(副歌)。

如果谁见到她在舞蹈,见到她在那里寻欢作乐,就会直言不讳:世上没有人能同四月王后媲美(副歌)。"*

从合唱组合中分离出来的这类歌谣不仅在副歌中,而且在诗句重叠中,都带有它的起源的痕迹。例如,丹麦关于米梅林格的抒情叙事诗的结构便是如此:它由两行诗开始,好似引子,之后是副歌,在以后的每一四行诗的诗节中都重复一遍;第一节诗重复开头的两行诗的一又二分之一诗句,并续上两句新诗;下一节诗接着和唱前一节诗的最后一又二分之一诗句,并重新按这一次序把歌曲进行下去:

1、"米梅林格是在查理大帝的国度里出生的最矮小的人物"。副歌"我的美丽的姑娘们"。

2、"在查理大帝的国度里所出生的最矮小的人物。在他出生之前已为他缝好了衣服"(副歌)。

3、"在他出生之前为他缝好了",等等。

副歌声部由合唱队演唱,而带叠句的歌曲则由一个或几个歌手来演唱呢?斯登斯特鲁普认为丹麦的维赛曲属于后一种情况,维格福斯松则认为对于英国抒情叙事诗来说,先是采用合唱队加两个轮唱歌手的方式,只是后来,当抒情叙事诗逐渐丧失了抒情的性质时,才出现了一个歌手演唱。我对这一看法附加上另一种考虑:在一个合唱队同两名歌手,或者两个合唱队相互对唱的体制之下,独唱歌手们不由自主地突出出来;即使为他们取消合唱队的话,歌曲仍然会同它那从一个

---

* 类似内容的春季游乐歌曲可参看 П. П. 丘赛斯基:《西部俄国边疆民俗统计考察论著:西南部分》,圣彼得堡,1873 年,第 3 卷,第 69 页起,第 13 首;第 141—142 页,第 46 首。……《大俄罗斯民歌集》,А. И. 索波列夫斯基收集出版,圣彼得堡,1896 年,第 2 卷,第 362 页起,第 430—438 号,第 505,589,615 号。大俄罗斯人在自己的歌谣、仪式、习俗、信仰、故事、传说等之中//П. В. 舍恩所收集的资料专集,圣彼得堡,1898 年,第 1 卷,第 1 辑,第 453—457,639 号。

诗节过渡到另一个诗节的和唱与叠句一起保留下来,只是副歌的因素消失了。

在合唱因素得到发展,同时也趋于瓦解的阶段上,出现了轮唱结构[21],应答对唱[22]的演唱方式,由两个或更多的人争先恐后地轮唱。这种演唱方式不仅见诸于古代,也见诸于中世纪,而且至今仍广泛流传于民间。我可以举出丰收曲[23]……举出贺拉斯[24]笔下船夫们在争先恐后的轮唱中度过夜晚的情景*,即兴祝酒歌[25],以及中世纪的田园诗[26]的对话原则等等为例。也许,应当考虑在矫揉造作的论辩诗[27]和辩论中,在诗体《埃达》的神话诗歌中关于智慧之物的论争,在《福音诗》及其同类作品中,在关于"变形"的诗歌中**,在德国某些地方两个演出圣诞节宗教剧的[28]民间剧团的领队之间具有猜谜性质的问答中,都可能有学派答辩的影响;但是,在所有这些方式中,就像中世纪拉丁语诗人对于维吉尔的牧歌[29]的迷恋一样,可能也反映出民间的一种潮流,对于应答对歌的习尚。

在目前情况下,我仅举少量例证。

首先从早在十六世纪就遐迩闻名的德国民间习俗开始:关于伊凡节,或者在夏季另一时节,姑娘们晚上跳起载歌载舞的环舞,小伙子们也簇拥而至,**争先恐后**地唱起了**花环之歌**:谁唱得最动听,花环也就属于谁。在一五七〇年于斯特拉斯堡印刷的一份传单上,保留下了一首具有这一竞赛主题的歌曲。一名歌手来自遥远的国度,带来了许多消息;那边已经是夏天,盛开着鲜红的和雪白的花卉,姑娘们用花朵编成了花环,为了带着它去参加舞蹈,让小伙子们有什么可唱,直到他们中间的一个赢得花环为止。一个年轻人愉快地走到跳环舞的人们面前,向所有的人,富人和穷人,大人和小孩,鞠躬致敬,并召唤另一名歌手

---

* 贺拉斯在《布伦基济游记》(《讽刺诗》,第 1 卷,第 5 首)中,叙述了两个插科打诨的江湖艺人之间的可笑辩论。

** 参看 A. H. 维谢洛夫斯基:《俄国宗教诗歌领域的研究》,圣彼得堡,1883 年,第 45 卷,第 4 辑,第 67 页起。

出来解答他提出的谜语,从而赢得花环。谜语如下:什么比神更高,什么比嘲笑更有力?什么比雪更白?什么比三叶草更绿?另一个答道:花环比神更高(戴在圣像上),羞耻比嘲笑更有力,白昼比雪更白,三月的蔬菜比三叶草更绿。猜中的人并未得到花环,于是歌手得出结论,还是向漂亮的姑娘提一个问题,如果答对了,她便可以把花环保留得更久一些。他说道:花环无头又无尾,花朵的数目是偶数,究竟哪朵花处在中间呢?谁也答不出来,年轻人自己解答了这个谜:中间的那朵花,就是漂亮姑娘本人;于是他再次请求姑娘:用自己雪白的纤手拿起花环,把它戴在他的浅色头发上。胜利者赢得了花环,游戏以他的致敬和感谢结束。在十五世纪手稿中记录的一首歌谣中,姑娘亲自向过路的年轻人提出谜语:我父亲的屋顶上栖息着七只小鸟;用什么喂养它们呢?要是答对了,花环就属于你。一只靠你的青春养活,另一只靠你的美德,第三只靠你的亲切的目光,第四只靠你的善良,第五只靠你的英勇,第六只靠你的美貌,第七只靠你的纯洁的心灵。把你的玫瑰色花环送给我吧,亲爱的!——接着是这样一个谜语:说吧,这是一块什么石头,没有一座钟在它上面敲响,没有一只狗对它狂吠,风儿也不吹拂,雨水也未曾淋湿?——那块石头躺在地狱的深渊,名叫狄勒斯廷(Dillestein),大地安息在它之上,而一旦传来召唤的呼声,它便分崩离析,那时亡灵们都会复活。

俄国民间诗歌也熟悉花环和猜谜竞赛的主题:我可以指出编织春季的和伊凡节的花环的活动,以及同这类活动相联系的人鱼节、播种节、圣诞节的祝歌中的猜谜习俗。在一首人鱼节歌谣中,美人鱼向姑娘提出三个谜语,如果猜对了,就放她走,如果猜不对,就拖她下水:

  什么东西无根也生长,
  什么东西无故奔跑,
  什么东西生长不开花?
  石头无根也生长,

水流无故也奔跑，
蕨类植物生长不开花。
潘诺奇卡没有猜对谜语，
美人鱼把潘诺言奇卡啪的一声锁上啦。*

在圣诞节祝歌中，向姑娘出谜语的是她的心上人：如果猜对了，姑娘就属于他，如果猜不着——就去"当仆人"：什么东西不用煤也能燃烧？姑娘的回答是：石头，蕨草，火焰**。

德国的花环仪式以及它的对歌更接近于亚美尼亚在瓦尔达瓦尔节（8月6日：基督变容节）前夕的习俗，这一习俗替代了古代祭祀阿佛洛狄忒的庆典……

在其他情况下，民间应答歌唱的仪式性质表现得不那么鲜明，但也发现了一些新的材料，说明从轮流应答中形成完整的歌谣。例如，在德国南部：以一首即兴四行诗（四句头短歌）召唤另一位歌手，而他加以应答，部分重复前首诗的模式，和唱其中最后一行诗；这样便在歌手轮换应答中形成了一系列四行诗，而它们后来却作为某种完整的歌谣来演唱。四句头短歌——民间创作的生动形式；在巴伐利亚州和奥地利的阿尔卑斯山区，它回荡在情人的窗下，响彻在教堂仪式和婚礼上，尤其是在舞蹈之际。当挽着自己的情人翩翩起舞时，小伙子扔给乐师们一枚钱币，并哼出一个曲调，乐队立即和着曲调演奏起来；一首接一首，一曲接一曲，跳舞者唱着四句头短歌，全都按照一个曲调，歌词通常是向他们的情人倾诉心曲，而她们则予以应答对唱。这令人想起在冰岛男女共舞时所交换的情歌，早在十二世纪约翰·奥格蒙达尔松主教（1106—1121）就挺身而出加以反对，因为男女成对成双地唱

---

* П. П. 丘赛斯基：《西部俄国边疆民俗统计考察论著》，圣彼得堡，1874年，第3卷，第190页，第7号，显然，谜语的答案不属于姑娘，而是歌手的阐释。

** 同上书，第314—315页，第44号，参看 A. A. 波捷勃尼亚：《小俄罗斯及相近的民歌的阐释》，第2卷，第595页。

歌,手挽着手,前后摇摆,用右腿支撑着,却寸步不移*。

撒丁岛的四句头短歌——往往带有副歌,重复开头的一句或两句诗,它们是即兴创作的或在歌手的生动轮换中所掌握的;有时它们形成了完整的坎佐纳[30]……

在西西里岛,在田间作业时,某个人编唱一首两行诗,或三行诗,而且第一行诗起引子的作用,而在内容上同后面的诗句并无联系;有时这是被称作"小花"的半行诗。另一个歌手应答两行诗,有时接受它的韵脚,并引入新的韵脚,而该韵脚又可能为下一应答所采用。这类诗歌竞赛在整个意大利广为流传,在那里盛行各种形式和各种含义上的两行诗。丹康纳从四行诗的解体中引出他的节律形式,第二行同第四行诗押韵:这大概是西西里岛的 strambottu, strammottu 的一种古老形式。……strambotto 的通行词源学解释是源于古典拉丁语的 strambus——歪斜的,而粗俗的拉丁语 strambus——瘸腿的;由此而来的 strambotto, strammottu, estribot。对其含义的依据作何解释,则众说纷纭……

如果设想具有爱情的(如在意大利)或讽刺的内容的 strambotto-estribot 就像两行诗那样,用应答方式演唱,那么只有在轮流对唱中,当一个诗节应答另一个诗节,并加以补充时,它们中间的一首才会获得完整的含义;一旦脱离这一序列,它就会成为不连贯的,瘸腿的:strambotto?

不应在这种转义的含义上来解释即兴祝酒歌的名称,希腊文的 сколии,意思是歪斜的? 在酒宴和婚礼上唱这些歌曲;领唱人撑臂半躺在第一桌的首席上,把香桃木树枝传给第二桌占据同样位置的人。随后树枝又传给第一桌的第二位宾客,他再顺序把它传给第二桌的第二位宾客,等等。接受树枝的人也就截住了祝酒歌,或是把它唱完,或是接着唱下去;这就称作(接受 сколии)(原文为希腊文)。它们的名

---

* A. H. 维谢洛夫斯基:《民间文学研究的新书》/《国民教育部杂志》,1886 年,第 244 卷,第 2 辑,第 193—195 页。

称"歪斜"也许可以解释为这种从一桌到另一桌的传递歌曲,走的正是斜线;但是,也许这里的"歪斜"应当解释为未完成的、不完满的、需要补充完善的。短歌的内容是箴言式的[31]、调侃的、带有寓言和个人讽刺的因素,但也有叙事的、爱国主义的回忆:如关于阿德墨托斯[32],忒拉蒙与埃阿斯[33],哈耳摩尼亚与阿尔克迈翁[34]的故事。某些祝酒歌的对偶性由歌唱的应答得到解释;在下列例子中,由四名歌手分别轮唱的两对祝酒歌展示了同一内容:歌颂争取雅典自由的英雄,哈尔摩尼亚与阿尔克迈翁。第一首祝酒歌从引子起唱:"像哈尔摩尼亚与阿尔克迈翁一样,我用香桃木树枝传送宝剑"……接着赞扬他们的功绩,"因为他们杀死了暴君,使雅典人成为自由人"……第二首祝酒歌进行应答,谈到他们生活在古代英雄们居住的福岛上。第三首祝酒歌又从第一首的引子开始,接着赞颂哈尔摩尼亚与阿尔克迈翁,"因为在祭祀雅典娜的时候,他们杀死了暴君吉普帕尔赫"……第四首祝酒歌是应答性的,谈到英雄们的永垂不朽,并以第一首的结尾诗句结束……

这种诗节的首尾呼应可以从轮唱演出方式中得到解释。在加勃里的完整的(文学的)祝酒歌中,这些叠句已经僵化,成为文体的手段:"这是巨大的财富——给我**标枪,还有利剑,还有漂亮的盾牌,护身的用器**。我用它们来耕种与收割,并从葡萄中榨酒,为此**奴仆称我为老爷主子**。在我这个不敢拥有**标枪,还有利剑,还有漂亮的盾牌,护身的用器**的人这里,所有的人都鞠躬致敬,吻膝,称呼老爷,伟大的君王……"

副歌,插入诗行(stef)[35],时而正确地分段划界,时而分裂为各部分,在古代北方的吟唱赞歌中[36],也同样是一些矫揉造作的文体手法;它可以像法国的回旋诗,丹麦的维赛曲一样,从合唱队演出方式中,或者从轮唱结构中得到解释吗?在挪威如今把那些在问答轮换中争先恐后演唱的诗节都称作插入诗行(stef)。

三

　　这类轮唱歌曲的内容是抒情性的,但在一定的发展阶段上,我们有理由推测它是抒情—叙事的或叙事的。遗憾的是,我们所掌握的有关古代歌手,即使有关中世纪的歌手的资料大都只涉及他们的生活习俗、乐器和情节,以及法律关系等方面,却很少涉及他们演唱歌曲的方法。从教会通过的反对模拟笑剧演员、杂技演员以及他们装神弄鬼的表演的有关决议中,别希望能弄到这方面的资料;当后来这些资料变得比较详尽时,大型叙事诗统治的朝代已经来临,它们掩盖了有关在它们之前的叙事诗歌——坎蒂列纳及其演唱者的记忆。歌手们已经根据书本来演唱了。

　　但是,让我们设想,那些后来为英雄叙事诗提供了素材,并决定它们的文体特征的坎蒂列纳——壮士歌是采取应答方式演唱的。在它们之中会有叠句,但是副歌却同合唱队一起消失了,也许在令人费解的 Aoi(啊哦唉)中做出应答,罗兰之歌的某些诗节* 就是以此结尾的。一名歌手唱道,罗兰怎样吹响了求援的号角:"罗兰**把号角靠近嘴,握得稳稳地,用力地吹响**。丛山峻岭高耸入云,号角声远远飘扬,三十多里外都能听到它的声音。查理大帝及其同伴都听到了它。"另一名歌手也进入同一情景:"**罗兰伯爵**艰难而费力地,忍着剧痛**吹响了他的号角**;从他的口中流出鲜红的血,太阳穴的血管就要胀裂了。**很远就能听到他的号角声,查理大帝听到了它……**"随后第一名歌手进一步展开故事的叙述,而第二名歌手则介入其内容,并在新的列萨诗节(лecca)[37]中加以变形,增添一些细节。这是以前诗节中所没有的,而且有时会使我们产生前后矛盾的**印象**。其中有些矛盾在连贯起来读的时候,就消除了:例如,当在第二节诗中马尔西里抱怨说他手下没

---

　　* 《罗兰之歌》牛津大学手抄本的 198 节诗中的 173 节诗如此结尾。

99

有军队，而在第44节诗中却说，他手下有四千骑士，但在第一种情况下，他是在对自己人说话，而在第二种情况下，他则是在来使加涅龙面前吹嘘。在英雄叙事诗中确实存在事实上的矛盾，但是并不是在所有类似的情况下，都可以说是由后人增添的词句和不熟练的异文所造成的。这些异文是在记录原来的文本或进行文学加工时被引进的。歌手们置身于生动的传说之中，一个歌手可以补充另一个歌手遗漏的事，有时矛盾不过属于我们的印象，而听众却没有这种印象，因为传说为他们把这些矛盾编排连贯了起来，而他们也从自己记忆的提示中弥补了许多东西。哪怕是关于科索沃战役[38]一系列事件中的某一个事件的歌谣，对于他们来说，插入某个与其他事件有关的情节是很自然的事，而我们却需要加以注释才能明白。

让我们从上述观点来分析一下罗兰之歌中的某些重叠。

第9诗节的最后一行诗句（描述查理大帝："在沉思中把额头垂向山谷"），在内容上重复下一节诗的开端（第10节诗："查理大帝在沉思中没有抬起额头。"参看第150节的结尾和151节的开端相同的重叠诗句；第79与75节诗）

在第11节诗的结尾唱道，查理大帝坐在松树下，命令召集他的男爵们开会商议。

> 随后在花园里他坐在一株松树的树荫下，吩咐把男爵们召集来开会。[39]

在第13节（列萨诗节）中向召集来的男爵们讲话本来是符合情节的逻辑发展的；但第12节诗却用逐一介绍应召前来出席会议的人物的描述打断了情节的发展，在合唱以上所引诗句时，又添加了各种异文：

> 查理皇帝庄严地坐在松树下，

男爵们聚集在他身边开会。[40]

(第 5 与第 6 诗节的开头)

以下第59—63节诗表现出的特点与其说是重叠,不如说是矛盾,这些矛盾也就导致了关于文内增补词句的理论。

在叙事诗的开头,查理大帝同男爵们商议:他该派谁作为使者去见马尔西里;这一使命凶多吉少;罗兰向皇帝提出他的继父加涅龙是最合适的人选。加涅龙对养子十分生气:这是他玩弄的把戏——他对查理大帝说——我终生都不会同他,同他的同伴奥里维,同那么宠爱他的十二位贵族和好了。我当众公开说明这一点。皇帝答道:你未免太狠毒啦!你出发吧,因为这是我的命令(第 21 节)。他把自己的手套交给他(转交权力,予以信任的标志),然而加涅龙却把手套丢在地上,于是所有的人都为这一凶兆而大惊失色(第 26 节);随后加涅龙接受了权杖和证书(第 28 节)。——我引述这一场景,是为了阐释以下一些列萨诗节。

查理大帝从西班牙凯旋班师,军队前行(第 59 节),于是提出了问题:谁来担任后卫的统领。加涅龙推荐自己的养子罗兰。"皇帝一听此言,向他愤怒地瞧了一眼,说道:你这个货真价实的魔鬼,你心中怀着刻骨仇恨!"(第 50 节)当罗兰听到,决定让他留守时,就像一个真正的骑士那样说道,**感谢**继父推荐的正是他;他不会辱没自己。我深信这是真话——加涅龙答道。——在以下第 61 节(列萨诗节)中,罗兰的反应却迥然不同:当罗兰一听到把他留在后卫部队时,**愤怒地**对继父说:胆小鬼和无赖!……你以为我会像你在查理大帝面前丢下权杖那样*,丢下手套吗(第 62 节)。他请求皇帝授予他手套和权杖:查理大帝捋了捋胡须,哭了起来(第 63 节),而内曼对他说:你听到了吗?

---

* 在第 26 节诗中,加涅龙不是丢下使节权杖,而是手套。在这一矛盾中看到另一种假说的痕迹是没有根据的:在歌手或编者的观念中,"恶兆"(不祥的丢失)这一事实掩盖了臣仆忠诚的物化象征:手套或权杖。

101

罗兰冲动起来,他注定要留在后卫部队,如今谁也无法劝阻他。

人们在罗兰的两种答复中发现了矛盾,认为其中之一是文本后来增加的词句,可是传说和听众却把一个同另一个结合了起来。罗兰感到满意的是他被委派担任后卫这一艰巨的重任,并为此而感谢加涅龙,但同时他又深信,继父居心叵测,因而对他怒斥。这是通过协调一致的形式来表达的,令人想起在卡林的俄国壮士歌中的修饰语:沙皇——与狗*,或者萨拉秦人所说的"可爱的"法国(《罗兰之歌》,第2节);而艺术家—编写者是后来才出现的,由他把零散的心理因素拼接成一个整体。有些人(如狄特瑞克——Dietrich)在罗兰的第一个回答中看出了嘲讽的意味,以便有可能使明显的感谢同后来爆发的愤怒协调起来,他们有道理吗?我们难道不是在为古代叙事诗画蛇添足吗?

罗兰垂死的时候,(1)企图把他的宝剑(久兰达利)摔碎,以免它落入不怀好意的人手中;(2)忏悔自己的罪过。其中每一个因素都在连续三节列萨诗中得到了发挥。

第173节:**罗兰**感到,死亡已经临近;在他面前有一块**乌黑的石头;他怀着忧伤**和悲愤**在石头上摔打了十次;钢剑轧轧作响,却未折断,也未缺口**……随后是对宝剑的诉说,勇士靠它在多次战斗中屡战屡胜。

第174节:**罗兰在坚硬的石头上摔剑;钢剑轧轧作响,却未折断和缺口**……接着是诉怨,穿插着种种叙事的回忆:上帝亲自把久兰达利剑赠给了查理大帝,大帝把它佩在罗兰的腰带上;他用它征服了昂茹、布列塔尼等地。

第175节:**罗兰在灰白的石头上摔剑**;砍劈的次数比我能向你们叙说的多得多。**宝剑轧轧作响,既未折断,也未缺口**……——接着是有关久兰达利剑的新的诉说,在它的剑头上蕴含着神圣的力量;罗兰用它征服了许多国家。

---

* 参看 A. H. 维谢洛夫斯基:《修辞语史》,第66页。

罗兰三次在石头上摔打,一会儿是乌黑的,一会儿是坚硬的,一会儿是灰白的;如果理解为三块石头,那矛盾也就消除了;史诗的牛津大学手抄本的编者可能是这样理解的,该版本说查理大帝来到战场,从三块石头上认出了罗兰的摔打(第208节)。但是其他手抄本却不知道这一诗句;普谢夫多-杜尔平的编年史[41]谈到三次摔打……而我们可以提出问题:这里是否意味着同一块石头,但具有不同的非专有的修饰语,而歌手们则把它们视为并不具有明显的现实含义,也不引起他们矛盾感受*的习惯套语,自由地加以运用。顺便指出,修辞语之一brune(黑色的)与bise(灰色的)可能是由元音迭韵所提示的。有人(如巴克舍尔)还从中发现了矛盾和有意改动的迹象,如在173节中,罗兰回忆起他以往借助久兰达利剑所完成的一系列功绩,而在175节中却谈到宝剑所具有的神力,而他认为这一细节似乎揭露了这是出于一位神职人员的手笔,故而是手抄本的一种变文。但是要知道英雄叙事诗的英雄们既是骁勇善战的,又是笃信宗教的人物,在歌手们的理解中两者并不相互排斥。久兰达利被称作神剑,可是靠它却征服了许多国家;况且在174节中谈到上帝本人把它送给了查理大帝。这一切都符合时代风尚,一名歌手宁愿从征战的回忆唱起,而另一名歌手则增添上神圣的事迹,而两者增补了新的细节之后,又都在第三诗节中衔接起来。

  第176节从描述久兰达利的三节诗中的第一节(第173节)的同一形象开始:罗兰感到,死神已抓住了他……这在下一列萨诗节(第177节)中又重复了一次;罗兰感到,他活不长了……在描述罗兰濒临死亡的所有三节诗中(第176—178节),贯穿着同一些形象:罗兰躺在松树下,面朝西班牙,忏悔自己的罪过,向苍天伸出自己的手套(勇士的忠诚和对神的虔诚的象征)。在第2节诗中情节有所发展:天使们降临到垂死者的身边,而最后一节诗补充说,这是大天使加百列,他从

---

* A. H. 维谢洛夫斯基:《修辞语史》,第65页起。

垂死的人的手中接受了手套。

　　查理大帝赶来救援为时已晚，他在罗兰面前哭诉说（第211节）：罗兰挚友，当我回到法国，来到拉翁，住进内宫时，来自许多王国的外宾前来问我，伯爵——统领在哪里？……第212节：罗兰挚友，英俊青年，当我在埃克斯宫，在小教堂里时，人们前来打听消息……埃克斯是查理大帝的行宫，拉翁则是从查理三世（昏庸者）时期开始的加洛林王朝末世的皇宫；这两个名称的交替使用，只表明了在孕育了罗兰之歌的诗歌传统中，两个城市都概括为首都的含义；不论在哪座城市里，查理大帝都可能遇到同样的询问。

　　在以下两节列萨诗节（第278—279）中，加涅龙在他的审判官面前所做的各种不同申诉可以从一般叙事诗的丰富经验中得到解释。罗兰之死，是我的责任——他在第278节中说道——因为罗兰以他的财富得罪了我……我寻找机会置他于死地，但其中并没有背叛……法国人回答说：正是为了讨论此事，我们如今才开庭审议……在第279列萨诗节中，加涅龙仍然在法庭上申诉：罗兰敌视我……——他辩解道——使我处于死亡和不幸的威胁之下（指派他出使去见马尔西里）；我公开宣布对他，对奥里维和所有他的同伴的敌意；我报了仇，但并没有出卖……法国人回答说：让我们去开会审议……——两种解释可以相互沟通，也可以在传说中结合起来。

　　我并没有断定，所有上述这类重叠的列萨诗句都起源于古代的诗歌轮唱结构，而这种结构往往反映在后来的英雄叙事诗中。其中有些重叠可以从叙事诗编撰者后来在文本中附加的诗句得到解释，也可以从手抄者增补的文句，以及游吟诗人被记录下来的诗歌异文中得到解释。罗兰之歌的第42—43节，每一节由十三行诗组成，每节诗几乎逐字逐句地彼此重复，只是元音迭韵各不相同，而两者都是第41节中所提出的问题的发展。我所提出的假说是建立在同那些抒情诗节的比较研究的基础上的。这些抒情诗节产生于即兴创作，由两名或几名歌手轮流演唱，也可能是连贯演唱，这就把它们的轮唱起源的因素排除在外了。我只是把这一方法移用于叙事诗歌;当应答唱法让位于独唱演出,或许更早一些,当歌手有机会独自一人演唱时,他有时重复在对唱演出中形成的典型的对偶列萨诗节,也可能增添一些合适的新诗句——而这正是轮唱结构的重叠由自然形态转化为矫揉造作的陈词俗语的途径,而富于才华的编撰者可能为了心理分析或延缓叙事的目的而利用这些陈词俗语。

　　副歌(即在普罗旺斯舞曲中的应答),头语重复[42],演替顶级[43],联珠格[44],从诗节到诗节的和唱与重叠等现象——所有这些现象都可以从古代的合唱与轮唱原则中得到解释,都是在民间抒情诗的基础上早已形成的一种强化情绪的手段。北方抒情叙事诗和法国民歌中的副歌所产生的印象就是如此,正是在诗歌与副歌(有时是从别的诗歌中移植来的)之间经常缺乏内容上的联系这一情况,指出了它的概括意义。在这里并非多余地提醒一句,**我们**的审美印象经常容易使人产生错觉,而我们往往会引起不合时宜的心情。基尔沙·丹尼洛夫[45]所收集的关于索洛维伊·布季米罗维奇的壮士歌完全不能引起与其美妙的引子的内容相适应的情绪,而在其引子中能使人感到一种如此辽阔和自由自在的意境:

　　　　高远,高不过蓝天,
　　　　深邃,深不过海洋;
　　　　连绵的山川大地,辽阔无际,
　　　　第聂伯河的旋涡激流啊,深不见底。

　　这一引子的基础——是民歌中习以为常的对比法的充分发展的模式:索洛维伊沿着第聂伯河去基辅;由此而来的是:第聂伯河的旋涡激流深不见底,形成对比的是:深邃,深不过海洋。在雷布尼科夫收集的壮士歌集第一卷,第五十四首即吉尔弗尔丁格记录的壮士歌集第五十三首中,引子保留了下来,但令人费解的是用沿海国家别洛奥泽罗取代了第聂伯河;于是一切出现了喜剧性的转变。这有助于阐明在民歌中出现至少几段与其内容没有联系的副歌的原因;起初问题可能涉及同样的对比法模式。在乌克兰歌谣中,水的象征还是清澈透明的,它被鹅群搅浑了,鸽子也在里面洗澡;十七世纪法国民歌的副歌表现了同样的内容:"我看到,一头鹿从森林里跑出来,在小溪里饮水。"* 后来模式的含义被遗忘了,而对于这一模式的喜爱或习惯却保留了下来,并且与情绪相适应,偶尔填补其含义。

在个人的、艺术的抒情诗兴起的时期,这一切都成为了与音乐主题相适应的手法。举例是多余的;只要回想一下海涅的诗句:是的,你很不幸,但我并不抱怨(原为德文——《诗歌集》),或者费特的诗句:你不忧伤吗?你不苦闷吗?……你不苦闷吗?你不痛心吗?——在散文中,在都德、邓南遮[46]等人的短篇小说中,也是如此。我只想指出,由于同心理活动最简单的表现(表现惊叹、拟声、句法的协调一致的最初副歌)和歌曲演唱机制(合唱队,轮唱结构)相联系而产生的形式,怎样循序渐进地过渡到艺术的意义。

四

我是用同抒情诗相类比的方法来推测古代轮唱演出方式或叙事诗的构成的;这一假说的事实根据并不多,而且它们分布于相距甚远的地域。因此我不按照时间的顺序来引用它们,而是适应我的构想,按其内容来加以分类;新的资料和专家们的意见可能使这一构想改变,或者甚至取消。

由两人合唱的叙事诗歌。梵文中的库莎-拉瓦,意指行吟诗人、演员;以及梵文中的行吟诗人、演员的职业;这在梵文里同时也意味着库莎与拉瓦是一对孪生兄弟,悉多与罗摩的儿子,瓦尔米基的学生。在

---

* A.吉安卢:《中世纪法国诗歌的起源》,第162页。

《罗摩衍那》的开卷谈到,当瓦尔米基写完这部长诗时,开始思索,由谁来把它吟唱、传播于世呢;这时两个身着隐士服装的英俊、高尚的青年库莎与拉瓦来到他面前,抱着他的双膝;他于是把自己的史诗转交给他们,以便他俩一起吟唱这部史诗。

按照同一情节编写,并由几名歌手接连吟唱的诗歌。卡巴尔达族的格乌阿科(reryaĸo)——流浪歌手们,不久前还常出席各种民众集会、庆典、丧宴,不仅歌颂现代的英雄人物,也歌颂古代传奇人物。如果一位在才智和勇气方面都值得尊敬的人物逝世了,民众聚集在他的坟前,请几名格乌阿科来编唱关于死者的诗歌,使之流芳后世。在这种情况下,一名歌手吟唱有关死者某一方面的事迹,而另一名歌手则吟唱他另一方面的事迹,等等。此后格乌阿科便在一段时间内远离尘世,隐居到渺无人烟的僻静地方,在那里过着最宁静淡泊的生活,编写着自己的诗歌。经过一段时间,他们宣布完成了自己的工作,于是人们从四面八方聚集到格乌阿科出场的某一地点。其中一名歌手登上人群围绕的高处,起初只用嗓音唱出了歌曲的曲调,并击打哈尔斯鼓伴奏;依照鼓声调试好嗓音后,他便唱起了他编的诗歌,然后由另一名歌手接着吟唱,直到最后一名歌手[*]。

按照应答对唱方式演唱(和编写)的叙事诗歌。这意味着:随唱之后,从歌手接过诗歌,以便继续唱下去(埃斯库罗斯:《女请愿者》,1023行)。可参看前面有关传递祝酒歌的描述。在这一意义上,可以理解《伊利昂纪》第九卷第一八九行以下所述:阿喀琉斯弹起七弦琴,唱道:"他用里拉琴声来愉悦心灵,歌颂英雄们的光荣事迹/帕特洛克罗斯面对他坐着,静默无言。/等待埃阿科斯的孙子把歌曲唱完。"也就是说,帕特洛克罗斯等待着阿喀琉斯唱完后,以便接着吟唱关于光荣的勇士们的歌曲。

---

[*] 《记述高加索地区和种族的资料汇编》,第2辑,第2册,乌苏尔比耶夫:《捷列克州皮亚季戈尔斯克区鞑靼山民关于纳尔特的壮士们的传说》,第4—6页;A. H. 维谢洛夫斯基:《俄国宗教诗歌领域的研究》,第7卷,第218—219页。

阿尔贝利科·达·罗奇阿捷在他关于《神曲》的注释*中所提供的资料，尽管只是片段性的，但在我们所说的意义上，却是值得重视的。他在解释 comedia（喜剧）一词时，谈到了喜剧，也就谈到流浪歌手：他们至今还在我们这里，尤其在伦巴第区献艺，**合乎韵律地吟唱伟大的君主们的丰功伟绩**，而且一个人吟唱（提出问题？），另一个人则应答……"伟大人物的丰功伟绩"，看来排除了歌曲的抒情内容；也许，所谈论的是关于现代政治事件的对谈诗——或者指的是那些法兰西—意大利歌手，他们在广场上轮流吟唱法国史诗的情节？他们唱的是同一个题材，歌曲在事实方面是共同的，但是展示同一情景的细节和修辞花絮，却可能各不相同；一名歌手补充另一名歌手，从他所吟唱的情景或诗句出发，按照自己的方式唱完歌曲。我们又回到了以上在探讨法国的相似诗节的问题时所提出的假说。

这次是在芬兰的陇歌中[47]，保留着流传下来的叙事诗歌的轮唱演出方式，但只是作为古老遗迹的一些特征。有两名歌手：领唱者和配合他演唱的歌手，他把第一名歌手所唱的歌曲的弦音加以渲染和编织……两名歌手并排或面对面坐着；他们膝盖碰着膝盖，手拉着手，轻轻地摇摆着，唱着歌曲；领唱者唱了第一句诗和大半行第二句诗；这时配合他的歌手立即随着唱起来，接着又重复唱第一行诗，这时已是一个人唱了。萨莫耶德人的萨满教巫师也是这样唱的：第一个巫师敲着鼓，唱几句诗，大部分是即兴创作的，旋律低沉而忧伤；第二个巫师随着和唱，他们齐声合唱，然后第二个巫师已是独自重复唱第一个巫师唱过的诗句。芬兰的陇歌由歌手们争先恐后地竞唱，为的是考验谁的记忆力更好；第一个唱完了自己记得的全部陇歌的歌手，便放下所握住的同伴的手；在史诗《卡勒瓦拉》中说，没有人有本事握住魏涅梅茵[48]的手不放。

在这样的轮唱结构中，诗歌不仅可以吟唱，而且在英雄时代的生

---

* 费亚马佐：《阿尔贝利科·达·罗奇阿捷关于但丁作品的注释》，贝尔加莫，1895年。

活习俗所可能具有的特殊情况下,也可以编造。战火连绵不断,经常发生边界冲突,各族之间既相互敌视,又握手言欢,民族自我意识的情感随着对于英雄人物、勇士的崇拜(不论他是本族人,还是异族人)而日趋高涨。同一事件在不同阵营之中引起不同的评价,失败往往被视为胜利。俄国驻黑山的军事全权代表博戈留波夫上校在夜巡采蒂涅时,听到一名古斯里琴歌手在捷尔比什的黑山前沿壁垒中吟唱关于黑山人围攻尼克希奇战役的事件的歌谣。与此同时,从土耳其人的壁垒中却听到尼克希奇的古斯里琴歌手在吟唱几乎同样的一些事件。一名歌手理解另一名歌手,他们还不时在各自的歌谣中相互应答*。从这种"古斯里琴歌手之战"中,可能形成和流传一首具有不同变文和叠句的诗歌,其中相互矛盾的解说变得不明显或缓解了。

唱与说(singsen und sagen)。我们也许有理由引用诗体《埃达》中的几首诗歌来说明问题。我指的不是那样一些诗歌,其中的对话原则取决于内容:智力竞赛。这令人想起民歌中的应答对唱,以及有时如出一辙的猜谜素材,而叙事诗歌则不同,那里叙事的基本线索是通过人物对话来表达的。这些声部难道不是在各个歌手之间进行分配的吗?在丹麦的 stef 中(以上已指出其轮唱结构的特点),有时会遇到古老叙事诗歌,例如,关于西古尔德的萨迦(史诗)的母题。

诗体《埃达》的某些诗歌的叙事特点为另一个相近的问题提供了依据。例如,《斯基尔尼尔的出差》《格里姆尼尔的讲话》《维奥纽恩德之歌》等;它们由散文中的短小声部组成,插入诗体对话或者把它重新分段。在《斯基尔尼尔的出差》的开头用散文体叙述,有一天弗雷坐上了奥丁的宝座,环顾整个世界,在约束人的领域发现了美女格尔达,为她而神魂颠倒。他的父亲尼奥尔德派他的侍从斯基尔尼尔去问他发生了什么事。接着已经是用诗体形式:斯卡基(弗雷的母亲)同斯基尔尼的谈话,弗雷同他的谈话;我们了解到,斯基尔尼准备动身去约东格

---

*　参看《莫斯科公报》,1877 年 8 月 13 日,第 201 期。

伊姆。用几行散文告诉我们,他怎样抵达了吉米(格尔达的父亲)的府邸,遇到木桩栅栏,那里拴着两条恶犬,他同牧羊人交谈。这一对话和斯基尔尼接着同格尔达的谈话则已是用诗体来叙述,等等[49]。

米勒恩戈弗提出了这样的见解*,认为那些连续采用诗体形式的《埃达》诗歌不过是把更为古老的散文体部分改写成诗节而已;施罗德**则认为诗体与散文体的混合是远古的、史前期的文体的特征,它早在史诗出现之前就形成了;克格尔***则把它视为一种原始日耳曼的,甚至是阿利安人的文体特征:奥登堡对《梨俱吠陀》****的某些被认为只是片段的赞歌的观察,证实它们曾经用散文体的叙述来补充。克格尔概括这是一种同祭祀有关的现象:只有对话和某些杰出的情节片段才通过诗体形式来表现,而其余的部分则由祭司用散文体来补充叙述。

这种更替令人想起在古代希腊酒神颂中的司祭长[50]和合唱队之间同样的更替,它即使同仪式和祭祀无关,也可能作为后来叙事诗的叙述形式而保留下来。什廖杰尔正是在这一含义上来理解叙事诗叙述方式——说与唱的中世纪德国模式的意义的。基奥格尔则持另一种意见:古代法兰克人的民间诗歌——他说道——曾经是分诗节的,并由散文体叙述来加以补充;哥特人的歌手吟唱一种连贯的、不分诗节的叙事诗歌;它们的叙述特征可以用唱(singen)吟诵(siggwan),不是手舞足蹈(canere),而是长篇叙述(recitare),拖长声调的说唱这样的概念来形容。但是如何处置叙说(sagen)呢?这是唱(singen)的同义语反复,还只是在模式中保留下来的古老的诗体与散文体的相互交替的遗迹呢?

---

* 《德国古代》杂志,第 23 期,第 151 页起。
** E. 施罗德:《论咒语》,《德国古代》杂志,第 37 期,第 241 页起。
*** R. 克格尔:《至中世纪终结时的德意志文学史》,斯特拉斯堡,1894 年,第 1 卷,第 1 册,第 97 页起。
**** H. 奥登堡:《论古印度的薄伽梵歌》,《德国东方社会》杂志,第 27 期,第 54 页;《摩诃波罗多颂歌》,同上书,第 39 期,第 52 页。

无论如何,这一为古代罗马的萨图拉[51]所证实的更替,是叙事诗叙述的一种相当广泛流传的形式,虽然归入这一类的每一组事实都需要单独加以分析和阐释,因为有时表面上相似的现象却具有完全不同的渊源。古代布列塔尼歌手在吟唱他们的爱情抒情诗[52]之前,先讲述一段解释其内容的故事*;在法国民间婚礼上,每一节歌都先有这样一段解释。另一方面,所谓俄罗斯的旧闻佚事,其中诗体部分被散文体的转述分割成不同段落,则是前者瓦解或被遗忘的结果,况且歌手往往是以自己的名义来叙说所记住的旧事,有时掺杂着诗歌片段,在其结构中还反映出韵律和壮士歌格调的模式。我们是否可以假设诗体《埃达》的某些诗篇也经历了类似的过程,尽管这也许会同有关它们的原始日耳曼的古老渊源的假说相距甚远?爱尔兰史诗,欧洲记录下来的最古老的史诗之一,看来也属于类似现象:在散文体的故事叙述中掺杂着诗体片段;这或者是对话,或者是单独的诗篇,或者是主人公的言谈,通过"那时说道"或者"那时唱道"某件事这样的模式引入故事叙述。温基什说,用诗体叙述的主要是传说的富于抒情性和戏剧性的因素,我们所面对的似乎是对于它的诗歌加工的开端**。如果我正确地理解了作者的话,那么诗体部分并不是相应的散文体部分的转述,而是两者同时产生的,其形式上的差异则是由内容决定的。卡拉吉尔吉斯的歌手用两种不同的曲调来表现这一差异:故事的叙述采用快节拍的曲调,而对话则采用另一种徐缓而庄重的宣叙调。

在其他一些爱尔兰文本中,这一程序则产生了另一种印象:诗歌部分只是转述前面散文部分的内容。爱尔兰谚语:"只说不唱"——可以从这种习以为常的更替中得到解释。这使乌伊特里·斯托乌克斯想起了在波利尼西亚民间故事和佛教文学经典中的类似程序。旁遮普的民间传说……同样表现出散文体与诗体的更替,而且对于某些传

---

* Г. 帕瑞斯:《历代法国文学史》,1888 年,第 91 页。
** 《克尔特语评论》,第 5 卷,第 70 页起,参看有关同一类文体现象的论述:同上书,第 364 页;第 9 卷,第 14,448 页;第 12 卷,第 318—319 页;第 13 卷,第 32 页。

说（例如，拉杰·拉萨鲁的奇遇）来说，还存在两种说法：一种是混合体，另一种是诗体；散文部分是用共同的标准语（乌尔都语）叙述的，而诗体部分则大部分是用各种方言和古老的形式来叙述的。如果说，在论及《埃达》中的类似现象时，米勒恩戈弗倾向于第一种，更为古老的说法的话，那么捷姆普利则得出了相反的结论，认为散文体部分来自诗体部分。此外，他还认为可能有另一种解决方案，我在谈到我国的民间旧闻佚事时已涉及这一点：歌手（经常引导记录）并不是都记得一样清楚，当他对于诗歌的记忆力模糊不清时，便改用散文体来叙述。诗体部分有时通过"他如此说"的模式来引入；通报某一道德格言，或者逗人发笑；它们的内容往往同散文中所叙述的没有什么差别，但有时它们又同散文体所叙说的背道而驰，然而却一代又一代地重复传说*。

这使我们对于评价《奥卡森与尼科列特》[53]这部十三世纪初古代法国的诗体故事的独特形式有所准备。它的故事发生的地点——南部法国与非洲（迦太基），还有某个极其遥远的国家（托尔洛尔），该国的国王还保持着伴产的仪式[54]。皇后去参加战争，在那里用新鲜的乳酪、烤苹果和蘑菇协助作战。主要人物的姓名奥卡森令人想起阿拉伯的 al‐kâsim；是否可以推测这篇故事曾受到拜占庭的影响呢——我对此尚持怀疑态度。

故事由诗体引言开始：

（1）谁想听首好歌，就像年老的囚徒一样喜爱它？这是关于两个俊美的孩子，尼科列特与奥卡森的歌曲。他经受了多么巨大的袭击，为了面容洁白姣好的心上人完成了多么英勇的功勋。**这首歌甜蜜动人，这个故事扣人心弦……**

最后一句诗指出了叙述的程序：冠以"如今话说"的标题的散

---

* 在鞑靼人的民间故事《莫拉—卡苏姆》中，按照说唱歌手所具有的风格讲述的散文故事同短小的诗歌交替吟唱（《记述高加索地区与种族的资料汇编》，第19卷，第2辑）。

文体故事和标明"如今歌唱"的诗体部分相互更替;由此形成叙事体的名称:"诗歌—故事"(结尾:"我们在此结束故事—歌曲。我全部说完了。")。

在散文体的第一部分中,(2)讲述瓦伦西亚伯爵布加尔如何同加林,波凯尔伯爵作战。加林年迈体衰,他有一个儿子美男子奥卡森;他各方面都很出色,只是坠入了情网而不能自拔,因而既不想当骑士,也不愿拿起武器。父母劝他挺身而出,捍卫自己的国土,援助自己人。说这些有什么用呢?——他回答父亲说——当我成为骑士,跨上战马,投入战斗或者参加战役,在那里我将打败骑士们,他们也会打败我,但愿上帝不接受我的祈祷,如果你们不把尼科列特,我如此热恋的心上人嫁给我的话。——这不是一回事——父亲说道——放弃尼科列特吧,这是一个从异国掠来的女俘虏。这座城市的子爵从萨拉秦人手里买下了她,把她收养,施了洗礼,收为养女,而且很快就会给她找一个能诚实地赚钱养活她的人做丈夫。这里没有你的什么事;如果你想结婚,我会给你找一位国王或伯爵的女儿做妻子的。唉,我的父亲!——奥卡森答道——世上的一切荣耀对于尼科列特都嫌少:她的高尚品德,她的和蔼可亲,还有善良,还有任何一种美德,在她身上都绰绰有余。

与这一情节有内在联系的诗体片段(3)总结了前面的主要内容:奥卡森来自波凯尔,来自一座漂亮的城堡,谁也不能使他同美女尼科列特分手。可是父亲不放他去,母亲威胁他:傻瓜,你究竟要什么!尼科列特,虽然美貌,欢快,但她是从卡尔法根抢来的,又从萨克森人手中赎买下来。你要想结婚的话,就从高贵门第娶个妻子吧。——可是奥卡森不能同尼科列特分手,她的美貌照亮了他的心灵;他这样回答母亲。——萨克森人在这里取代了萨拉秦人;这种混淆在法国史诗中是司空见惯的;在故事结尾尼科列特原来却真正是卡尔法根国王的女儿。

在散文体片段 No.4 中情节有所发展;加林为儿子担忧,把此事告知尼科列特的养父,并威胁要烧死她。养父用以下言辞 No. 2 回答说:我用自己的钱赎买了她,给她洗礼,收养她做义女,准备给她找个能诚实赚钱养活她的丈夫。但他还是把她关在府邸里,锁在房间里,门上贴了封条。随后的诗体部分,(5)从同样的提醒开始:尼科列特被关在牢房里,在一间带拱顶的房间里;她在抱怨。No. 6 以同样的情景开始:尼科列特关在牢房、房间里,就像你们已听到和了解到的那样。奥卡森来见尼科列特的养父,问道:你对她做了什么?那人就像在 No. 2 和 No. 4 中一样,回答说:她是个女俘虏,我从异国他乡把她带来;用自己的钱把她从萨拉秦人手中赎买出来,收养了她,等等。奥卡森永不会见到她——于是青年人忧伤地从副伯爵那里离去了。"奥卡森回来了,忧心忡忡,垂头丧气"——No. 7 诗体部分这样开始;接着是恋人的抱怨……在 No. 11 中又重复一遍,略有改动——No. 8:布加尔伯爵的新的侵犯和父亲两次请求奥卡森参加战斗。儿子像在 No. 2 中一样回答(当我成为骑士,跨上战马,出征或参战,等等),他只有在以下条件下才会同意出征:如果上帝让我活着,健康地归来,你们让我去看望尼科列特,我心爱的姑娘,以便我能同她说几句话,吻她一次。父亲同意了:No. 9(诗体)继续叙述故事:奥卡森武装起来,在第 10 节(散文体)中扼要地指出这一点;奥卡森取得了胜利,提醒父亲记住他在 No. 8 的言辞中所做的许诺。

下列更替的特点各不相同:诗体部分用于表达脱离情节的抒情性倾诉,或者继续情节的叙述(No. 15,17);散文体应和诗歌,例如在 No. 19(结尾)和 20(开头:尼科列特给自己用花、草、树枝搭了一个棚子);或者,相反,例如在描述神奇的战役的 No. 30(散文体)中:国王跨上战马,奥卡森也跨上他的战马;他们骑马前进,直至来到王后所在的地方,于是看到了战役——一场借助烤苹果、鸡蛋、鲜奶酪进行的战斗。奥卡森瞅着那伙人,吃惊不已。——No. 31(诗体):奥卡森停住了,倚着马鞍的鞍鞒,开始观察战斗的全景:他们运来了许多新鲜的奶酪,烤熟的山苹果和硕大的草原蘑菇。谁比别人更善于捣乱,混战一场,他便被宣布为胜利者。英勇善战的奥卡森瞅着他们,不禁哈哈大笑。

除去那些习以为常的叙事重叠(它们在故事的**不同**地方适应于同一情节的重复)之外,还剩下另一种重叠,它令人想起相似诗节之间相互应答唱和的手法,其区别则在于所涉及的是诗体与散文体的更替。令人感兴趣的问题是:同样一些人在说和唱,还是一个人唱,另一个人说;标题——"如今话说"(теперь сказывают—рассказывают)——未必是代表许多说书人在说,而"如今歌唱"(теперь поется)也可以理解为既是单数,又是复数。以上所举的散文体与诗体更替的例子,在这方面并不能说明什么问题,就像在古代法国文学中常遇到的"说与唱"的提法一样。

如果能证实巴尔鲁阿所指出的下列事实,那是很有意义的:在十世纪的《埃涅阿斯纪》[55]的手稿中,人物的话语是标注了乐谱记号的。人们推测,也许这些部分是歌唱的,而第三人称的故事叙述则是吟诵的,还是叙说的呢?*

我们为叙事重叠的时间顺序指出了几个界定因素:古代合唱队的演出,以及合唱队与领唱人或几个领唱人之间的更替;两个合唱队的更替;两个或几个歌手之间的应答对唱;个人演出。法国类型的重叠是在应答对唱的阶段上发展起来的,正是在这一阶段上遇到了对于它们的记录和对古代英雄叙事诗的加工,在《罗兰之歌》中,还突出强调了抒情性因素。在个人演出的时代,这类重叠已成为多余的,在适应这一发展时期的叙事诗中,零散的重叠偶尔占了上风,就像例如在希腊和斯拉夫史诗中,陈词俗套取代了轮唱结构和对偶法一样。

这一时间顺序的排列,自然只是一个大概的估计,并没有考虑到各种历史影响的可能性。例如,处于比较先进的发展阶段的诗歌被移植到还停滞于古代诗歌演出形式的环境之中。

古代的手稿或说法,语言和节律的证据,文本的历史的和生活习

---

* 《丹麦的奥吉尔骑士》,巴鲁瓦主编,Ⅰ·前言,第51页(据图书馆所藏手稿)。

俗的细节——这就是对中世纪叙事诗和一般诗歌的文本进行考证的手段。按照我的看法,在文体史方面的考察也不失为一种标准,何况这方面的研究范围还可能扩大,而记录的或文学加工的诗歌的发展则可以同在其他更为自由的条件下发展起来的民间诗歌进行对比验证。我认为,不仅修辞语史*,而且尽可能广泛地提出的重叠语史,都有助于确定诗歌创作的时间顺序,而其他一些标准在这方面则可能是不完备的,或者可能带来可疑的结果。

注　释

首次发表于《国民教育部杂志》,1897年,第4期,第310卷,第2册,第271—305页。随后发表的版本有:《维谢洛夫斯基文集》,第1卷,第86—129页;《历史诗学》,第93—124页。本版本依据《历史诗学》,略有删节。

〔1〕叙事诗歌中重叠的存在激起学者们去探讨这一现象的各种不同依据,并把它同英雄史诗的起源问题联系在一起。在十八世纪末至十九世纪初所提出的各种假说,最著名的是所谓沃尔夫-拉赫曼恩的理论。按照这一理论,史诗是由各个匿名作者的个别诗歌组合而成的。如果说Φ.A.沃尔夫是依据荷马史诗(见第1篇注〔32〕)的资料来建立自己的理论的话,那么K.拉赫曼恩(1793—1851)则继续这一工作,把该观点推广运用于《尼伯龙根之歌》,而Γ.帕瑞斯则推广运用于法国史诗(见第1篇注〔11〕)。按照Γ.帕瑞斯的见解,大型叙事长诗是组合小型的抒情-叙事诗歌,或者坎蒂列那(抒情叙事短歌)而成。由此产生沃尔夫-拉赫曼恩的理论的另一名称:"短歌理论";而Γ.帕瑞斯及其学派的假说则被称作"坎蒂列那论",或者"传统论"(在这一定义中强调重视民族传统在创造坎蒂列那中的作用和文学传统在史诗形成过程中的作用)。二十世纪权威的语文学家拉蒙·梅嫩德斯·皮达利(参看梅嫩德斯·皮达利:《选集》,莫斯科,1961年)则代表关于史诗起源的"新传统派"的阐释。对于亚·尼·维谢洛夫斯基来说,最重要的是探索叙事诗中的民间创作传统,这使他既同梅嫩德斯·皮达利的研究角度,又同帕里-洛尔德的理论相接近(但他们只承认史诗具有民间创

---

* A. H. 维谢洛夫斯基:《修辞语史》,第59页。

作的渊源,而不承认书面文学具有这样的渊源)。后者从史诗的口头流传方式及其即兴诗歌创作的技巧出发,提出了关于重复出现的叙事"模式"的理论体系(参看 A. B. 洛尔德:《叙事歌手》,剑桥,1968 年)。同"传统理论"相对立的是约·贝迪耶(1864—1938)所提出的"个人创作论"(参看约·贝迪耶:《史诗传说》,巴黎,1907—1913 年,第 1—4 卷)。他坚持史诗的个人著作权,认为史诗是自觉地和一次性地创作出来的,从而回避了匿名的坎蒂列那阶段。参看 П. А. 格林采尔:《古代世界的史诗》/《古代世界文学的分类和相互联系》,莫斯科,1971 年。

〔2〕在这里包含着亚·尼·维谢洛夫斯基对于 П. 莱伊恩关于法国史诗的起源的论著的反应,这位法国学者首次站出来反驳"坎蒂列那论"。维谢洛夫斯基承认在史诗形成的过程中存在"坎蒂列那阶段",但拒绝把史诗看作坎蒂列那的机械组合。参看 E. M. 梅列金斯基:《英雄史诗的产生。早期形态与古代文献》,莫斯科,1963 年;B. M. 日尔蒙斯基:《安德列阿斯·霍斯列尔的著作中的德国英雄史诗》/《比较文艺学》,第 281—313 页。

〔3〕流浪歌手,十至十三世纪法国的流浪歌手,类似德国的流浪艺人和俄国的江湖艺人,民间传统的保持者,促进了英雄叙事诗的发展。

〔4〕文内后来增补的词句,文本在编辑或抄录过程中被任意增添的词句。

〔5〕法罗人的歌谣,带有副歌叠句,由合唱队演唱的中世纪叙事短歌,产生于法罗岛(丹麦),以后很晚才被记录下来。参看 E. M. 梅列金斯基:《史诗与长篇小说的历史诗学导论》,莫斯科,1986 年,第 7 页。

〔6〕格廖别尔·马克斯·古斯塔夫,德国语文学家、小说家,《罗曼哲学》杂志的创办人,著有关于中世纪拉丁语文学的论著。格廖别尔以及在该杂志撰稿的另一位德国语文学家巴克舍尔,在刊物上发表文章,阐述重叠是缺乏更复杂的形式的结果。

双向扩展,句法的串联、联结;上述学者认为这是一种比等级从属关系更原始的句法关系,反映了作者更简单化的思维方式。

〔7〕赘语,为使话语的意思更加完满,有时也为了更富于表现力而使用多余的词汇。

〔8〕按照维谢洛夫斯基的看法,艺术的最初的不可分割性,各种艺术种类的统一存在——所谓原始混合艺术——可以解释叙事诗的艺术特征。现代研究者也倾向于把英雄史诗的歌曲形式追溯到"原始的仪式抒情诗歌"(E. M. 梅列金斯基:《语言艺术的原始渊源》/《早期艺术形态》,莫斯科,1972 年,第 158 页)。

〔9〕酒神颂歌,古希腊文学中奉献给狄俄倪索斯的祭祀歌曲,由一个合唱队或几个合唱队演出。后来唱酒神颂歌的合唱队不仅演唱赞颂酒神的歌曲,也演唱赞颂其他神祇和英雄的歌曲,并成为悲剧的基础。"就像喜剧起初从即兴演出中产生一样,悲剧由酒神颂歌的领唱人……逐渐形成"(亚里士多德:《诗学》/《亚里士多德与古代文学》,第 117—118 页)。参看 С. И. 拉德齐格:《古希腊文学史》,第 162—165 页。

〔10〕正如 B. M. 日尔蒙斯基所指出的,这一例证引起了一些学者的质疑:关于圣徒法龙(七世纪)的"民间"坎蒂列那的拉丁语译文收录在主教希利杰加尔基所撰写的该圣徒的列传之中。包括维谢洛夫斯基在内的一些学者,不止一次地引用这一坎蒂列那作为代表英雄史诗发展的第一阶段上的民间叙事诗歌的例证。但是,对于它的真实性却存在疑问,一些研究者(Ф. А. 贝克尔)倾向于认为它是希利杰加尔基本人于 869 年的伪作。参看《历史诗学》,第 622—623 页。

〔11〕回旋诗,十四至十五世纪流行于法国的一种固定诗歌形式。十三行诗的头两行诗在第二节诗的结尾重复出现(ABBa + aBAB),最后的第三节重新以开头的一行诗结束(aBBaA)。

〔12〕维赛曲,古代北欧吟唱诗人所唱的一种民间抒情叙事诗,作为术语难以翻译,在俄文中音译作 виса。参看《斯堪的纳维亚抒情叙事诗》,Г. В. 伏隆科娃、ИГН. 伊凡诺夫斯基、М. И. 斯捷勃林-卡缅斯基编,莫斯科,1978 年。

〔13〕关于岁时节日仪式可参看亚·尼·维谢洛夫斯基的学生们所撰写的论著:Е. В. 阿尼奇科夫:《西方和斯拉夫人的春季仪式诗歌》,圣彼得堡,1903 年,第 1—2 辑;《欧洲国外的岁时节日习俗与仪式:冬季节庆》,莫斯科,1973 年;《欧洲国外的岁时节日习俗与仪式:春季岁时节日》,莫斯科,1977 年;《欧洲国外的岁时节日习俗与仪式:夏秋季岁时节日》,莫斯科,1978 年;В. Я. 普洛普:《俄国农事岁时节日》,列宁格勒,1963 年。

〔14〕卡图卢斯(约前 87—约前 54),古罗马诗人,他的爱情诗以坦诚直言和感情真挚著称(《抒情诗》,1929 年)。他自觉地借鉴希腊传统,包括萨福的诗歌。

〔15〕萨福(前 7—前 6 世纪),古希腊女诗人,在她的诗歌中也反映出婚礼仪式。参看《古代抒情诗》,С. 阿普特、Ю. 舒利茨编注,莫斯科,1968 年,第 55—70 页。О. М. 弗列登别尔格:《情节与体裁的诗学》,第 284—285 页;《希腊抒情诗的起源》,《文学问题》,1973 年,第 11 期,第 103—123 页。

婚礼赞歌,赞颂婚礼的诗歌,由民间仪式歌曲发展而来。亚·尼·维谢洛夫斯基所提到的卡图卢斯的作品也属于此体裁,由希腊仪式的素材,运用两个合唱队——青少年与姑娘进行对话的形式构成。参看卡图卢斯:《诗歌集》,С. В. 舍尔温斯基、М. Л. 加斯帕洛夫编,莫斯科,1986 年,第 43—46 页。

〔16〕古代阿基克喜剧(依据地名阿基克——以雅典为中心的希腊地区),公元前 486—404 年在古希腊发展起来的戏剧体裁,其最著名的代表人物之一是阿里斯托芬(约前 445—约前 385)。参看阿斯托芬:《喜剧集》,莫斯科,1954 年,第 1—2 卷;В. Н. 雅尔霍:《欧洲喜剧的起源》,莫斯科,1979 年;О. М. 弗列登别尔格:《神话与古代文学》,第 282—300 页。

〔17〕关于葬礼仪式可参看,例如:《民间创作与民俗学:仪式与仪式民间创作》,列宁格勒,1974 年;《民间创作与民俗学:民间创作与古代观念及形象之间的联系》,列宁格勒,1977

年;ВЯЧ. ВС. 伊凡诺夫、Т. В. 加姆克列利德泽:《印欧语与印欧语民族》,第比利斯,1984 年,第 2 卷,第 822—831 页。

〔18〕参看《欧洲国外的岁时节日习俗与仪式:习俗的历史根源与发展》,莫斯科,1983 年。

〔19〕《弗拉明卡》,十三世纪的古代普罗旺斯诗体小说,中世纪宫廷骑士文学文化的产物。在小说文本中,描述了同春季来临有关的民间习俗,引用了一节"在五月节响起的",即姑娘们在源于多神教时期的春季节庆时所唱的歌曲。参看《弗拉明卡》,А. Г. 纳伊曼编,莫斯科,1983 年,第 103 页。关于这一作品在俄国文学中的反响,可阅 В. М. 日尔蒙斯基:《亚历山大·勃洛克的戏剧〈玫瑰与十字架〉:文学渊源》,列宁格勒,1964 年。

〔20〕正如 В. М. 日尔蒙斯基所指出的,主张中世纪抒情诗起源于春季仪式诗歌的学者(А. 让鲁阿、Г. 帕瑞斯、Е. В. 阿尼奇科夫)不止一次地引证过关于"四月王后"的歌谣,但是亚·尼·维谢洛夫斯基首次指出了这一歌谣的意义。参看《历史诗学》,第 623 页,第 102 页的注释。

〔21〕轮唱歌曲(源于希腊文——轮流,逐个轮换),两个歌手或两个合唱队交替轮唱。亚·尼·维谢洛夫斯基把后来叙事诗中的叠句追溯到早期的轮唱结构。现代研究者不倾向于把文学的程式化完全归结为民间创作的根源,认为"它一般说来,在很高程度上为中世纪诗学所固有"(Е. М. 梅列金斯基:《史诗与小说的历史诗学导论》,莫斯科,1986 年,第 13 页)。

〔22〕应答对唱,在举行基督教弥撒时,由两个合唱队或歌手与合唱队轮流演唱祈祷诗、赞美诗的一种演唱方式。

〔23〕丰收曲(由伊特鲁里亚的城镇费斯采尼而得名),古罗马的一种嘲讽诗歌体裁,在各种仪式节庆时演唱,成为罗马喜剧的渊源之一。

〔24〕贺拉斯(前 65—前 8),罗马诗人,颂歌、讽刺诗、书简的作者。参看《贺拉斯全集》,Ф. А. 彼特罗夫斯基编注,莫斯科—列宁格勒,1936 年;贺拉斯:《颂歌,长短句抒情诗,讽刺诗,书简》,М. Л. 加斯帕洛夫编注,莫斯科,1970 年。

〔25〕即兴祝酒歌,约公元前二世纪在古希腊由宴会参加者轮流演唱的即兴诗歌。

〔26〕田园诗,游吟抒情诗的一种体裁,采用骑士与牧童对话的形式演唱。

〔27〕论辩诗,始于十二世纪的普罗旺斯抒情诗体裁,诗歌竞赛的一种方式,两名参加者按照所出的题目进行口头吟诗比赛。与中世纪的"辩论会"(见第 6 篇注〔86〕〔92〕)不同,在论辩诗中参与对话的不是拟人化的事物、现象,而是诗人们。论辩诗的一般结构近似轮唱结构。

〔28〕圣诞节宗教剧,十四至十六世纪的宗教戏剧体裁,形成于弥撒圣餐活动。

〔29〕牧歌,公元前三世纪至五世纪流行的古代诗歌体裁,经常利用对话形式、民间创作

母题。罗马诗人维吉尔(前70—前19)的《牧歌集》(前41—前39)有一半是由对话体的田园诗组成。

〔30〕坎佐纳,十三至十七世纪西欧诗歌中描写骑士爱情的一种抒情诗。首先采用这一诗体的是普罗旺斯的行吟诗人,后来但丁和彼得拉克的作品成了后世师法的典范。

〔31〕箴言,古希腊一种有训诫哲理意义的格言;一种格言体裁,经常采用诗体,包含简练的哲理判断,近似谚语。

〔32〕阿德墨托斯,古希腊忒萨利亚的英雄,斐顿的国王,曾参加卡吕冬狩猎和阿耳戈船英雄们的远航。

〔33〕忒拉蒙,埃阿科斯的儿子,萨拉密斯国王,大埃阿斯的父亲,阿耳戈船英雄们远航的参加者,赫剌克勒斯对特洛伊作战的伙伴,参加过卡吕冬狩猎。

埃阿斯,忒拉蒙的儿子,身躯魁梧,膂力过人,海伦的求婚者之一。特洛伊战争的参加者,曾同赫克托耳对阵,把这位特洛伊英雄打翻在地。

〔34〕哈耳摩尼亚与阿尔克迈翁,哈耳摩尼亚是阿瑞斯和阿佛洛狄忒的女儿,卡德摩斯的妻子。她跟卡德摩斯结婚时,众神都来道喜。卡德摩斯将赫淮斯托斯所制的一串魔项链赠给妻子。后来,这串项链在七雄攻忒科的战争中造成祸害,导致阿尔克迈翁的丧生。

〔35〕stef,十至十三世纪吟唱诗人吟唱的赞歌中间部分插入的诗句,从而把诗歌分成各个部分。运用这种副歌的可能性是多种多样的:stef 可能具有不同的形式,以及同主要文本不相关的内容,可能结束每一首四行诗,也可能根本就不重叠。参看 М. И. 斯捷勃林-卡缅斯基:《吟唱诗歌》/《吟唱诗人的诗歌》,第109页。

〔36〕吟唱赞歌,吟唱赞歌的基本形式,缺乏情节,缺乏直接引语和虚构,一般叙述在世的现代人的业绩。参看 М. И. 斯捷勃林-卡缅斯基:《吟唱诗歌》,第108—119页。

〔37〕列萨诗节,古代法国史诗中长短不固定的,具有元音叠韵的诗节(《罗兰之歌》用列萨诗节写成)。

〔38〕科索沃战役,1389年6月15日在拉扎尔大公麾下的塞尔维亚-波斯尼亚军队在科索沃盆地同土耳其苏丹穆拉德一世的军队展开决战,塞尔维亚—波斯尼亚军战败。从1459年起,塞尔维亚变成奥斯曼帝国的属国。科索沃战役中塞尔维亚军人的英勇事迹便成为塞尔维亚英雄史诗的主导题材。

〔39〕参看《罗兰之歌》/《罗兰之歌·路易的加冕礼·尼姆之车·熙德之歌·罗曼采洛》,Ю. 科尔涅耶夫译,第32页。

〔40〕参看《罗兰之歌》,Ю. 科尔涅耶夫译,第32页。

〔41〕普谢夫多-杜尔平,《查理大帝与罗兰的故事》(约1165)的作者,该历史著作又名《普谢夫多-杜尔平的编年史》,其中转述了有关查理大帝的罗曼语传说。

〔42〕头语重复,在几行诗或诗节的开端的词或词组的重叠。

〔43〕演替顶级(源于希腊文阶梯),一种修辞格,建立在按其含义的逐渐递增的秩序而安排的词组。

〔44〕联珠格(源于希腊文重新,词语),一种修辞格,在下一诗句的开头重复前一句的最后一个词,作为发展进一步叙述的手段。

〔45〕基尔沙·丹尼洛夫,又名基里尔·丹尼洛维奇。据说为第一部俄国壮士歌、历史歌谣、抒情歌谣和杂剧的编纂者(《古代俄国诗歌集》,1804 年,1818 年)。参看《关于萨洛维亚·布季米罗维奇》/基尔沙·丹尼洛夫所收集的《古代俄国诗歌集》,第 2 版,A. П. 叶夫根尼耶夫、Б. Н. 普季洛夫编,莫斯科,1977 年,第 9—15 页。

〔46〕都德(1840—1897),法国作家。三部曲《塔拉斯孔城的达达兰》(1872—1890),创造了一个自吹自擂的小资产者的幽默形象。1873 年发表描写普通人爱国主义的短篇小说集《月曜日故事集》。参看 A. 都德:《文集》,第 1—7 卷,莫斯科,1965 年。

邓南遮(1863—1938),意大利作家。重要作品有诗集《阿尔基翁》(1904)、抒情散文《夜曲》(1921)、长篇小说《欢乐》(1889)等。参看邓南遮:《文集》,第 1—12 卷。

〔47〕芬兰陇歌,卡累利阿和爱沙尼亚古代叙事民歌,唱时不伴奏,也有用坎捷列琴伴奏的。歌词属音节体诗格式,以大量使用同一辅音字母、借喻、夸张著称。根据陇歌编有卡累利阿芬兰壮士歌《卡勒瓦拉》和爱沙尼亚的《卡列维波埃格》。(参看第 1 篇注〔35〕)参看 В. Я. 叶夫赛耶夫:《卡累利阿——芬兰史诗的历史基础》,莫斯科—列宁格勒,1957—1960 年,第 1—2 辑。

〔48〕魏涅梅茵,芬兰史诗《卡勒瓦拉》的主要英雄人物,歌手和念咒语者。(参看第 6 篇注〔500〕)。

〔49〕参看 A. И. 科尔松的俄译本:《旧埃达》,第 41—45 页。

〔50〕司祭长,古希腊寺庙中司祭之长。在这里指创始者,主持者,首领。

〔51〕萨图拉(сатура,源于拉丁文 satura),公元前二世纪罗马文学体裁,遵循包括诗歌与散文交错更替的五光十色的希腊化原则。晚期成为专门的诗歌体裁,以揭露、嘲讽的特色为主。

〔52〕爱情抒情诗,古代法国诗歌体裁,主要流传于布列塔尼地区。具有爱情题材的抒情诗歌,在乐器伴奏下演唱。它的第一节诗和最后一节诗具有完全相同的格律体系,而其余诗节则各不相同。亚瑟王传奇系列的情节片段有时曾构成其题材。

〔53〕《奥卡森与尼科列特》,十三世纪上半期的法国中篇小说,其中散文与诗歌的部分交错结合在一起,又称作"诗歌—故事"。它的情节曾受到十二世纪中叶中世纪法国小说《弗鲁阿尔与勃朗舍弗洛尔》的影响。参看《两部古代法国小说》,A. A. 斯米尔诺夫作序与注释,M. 里维罗夫斯基译,莫斯科,1956 年。

〔54〕伴产,据民俗学、人类学者考察的记述,这是许多民族在从母权制度向父权制度过

渡阶段所实行的一种仪式,表现为妇女生产时丈夫假作分娩。亚·尼·维谢洛夫斯基在其《情节诗学》的手稿中,详细地探讨了与这一仪式有关的许多问题。(第3章:《情节性的习俗基础。史前期的生活习俗及反映它的母题与情节》,第3节:《母权制与父权制及其在单性生殖与伴产观念中的反映》。参看《历史诗学》,第538—539页。泰纳:《原始文化》,圣彼得堡,1886年;莫斯科,1939年)

〔55〕《埃涅阿斯纪》,维吉尔(前70—前19)的英雄史诗,描绘特洛伊人埃涅阿斯的漫游,是罗马古典长诗的典范之作,可与希腊史诗媲美。参看维吉尔:《牧歌·格奥尔吉·埃涅阿斯纪》,М. Л. 加斯帕洛夫作序,莫斯科,1979年,第137—402页。

心理对比法及其在
诗歌文体中的反映形式

一

人是通过他的自我意识的形式来掌握外部世界的形象的,尤其是原始社会的人,他还没有养成进行抽象的、非形象的思维的习惯[1],虽然这一思维并不缺乏伴随它的一定形象性。我们不自觉地把我们对于生命的自我感受转移到自然界,这种感受表现于运动,表现于由意志支配的力量的显示;在那些发现有运动的现象或对象中,某个时候人们曾怀疑是精力、意志、生命的征兆。我们称这种世界观为泛灵论[2];运用于诗歌文体,而且不限于此,则更确切地可以说是一种**对比法**(паралелизм)。这里所谈论的并不是把人类生命同自然生命**等同**起来,也不是那种要求意识到被比较的对象的个别性的**比较**,而是按照行动、运动的特征而进行的一种**对比**:树被吹弯了腰,姑娘鞠躬行礼——小俄罗斯民歌中这样唱道。运动、行动的观念构成[3]我们语言的片面性定语的基础:同样一些词根适应于紧张运动,箭、声音和光线的穿透的观念;斗争、折磨、毁灭的概念表现于这样一些词汇,诸如 mors(拉丁文——死亡,杀死),mare(拉丁文——海洋),(希腊文——战斗),mahlen(德文——磨粉)。

总之,对比法是以主体与客体按照作为有意志的生命力的特征的运动、行动的范畴所进行的对比为基础的[4]。动物自然成为了客体;

它们和人最相似:这里有动物寓言故事[5]的深邃心理基础,然而植物也显示出这种相似:它们生长,开花,变绿,由于风力而弯腰。太阳似乎也能移动,升起,降落;风吹散乌云,风驰电掣,火焰笼罩,吞没了树枝,等等。无机的、不动的世界不由自主地被卷入了这一对比流程:它也活了。

按照运动这一基本特征所安排的一系列转义,便构成了进一步的发展。太阳运转,并瞧着大地:在印度教教徒看来,太阳、月亮——**眼睛**;索福克勒斯的《安提戈涅》,第 860 行:"神圣的眼睛";大地长满了野草,树林——**头发**:荷马史诗中谈到毛发一样茂密的树林……;当被风驱赶的阿耆尼(火神)沿着森林扩展开来时,他把大地的毛发都割掉了;吟唱诗人[6]哈利夫莱德唱道(《哈孔·雅尔拉之歌》[7],968 年前),大地——奥金的未婚妻,树林是她的头发,她年轻,宽脸盘,奥纳尔的长满树林的女儿……

这些定语反映了关于自然界的幼稚的、混淆不清的观念,并受到语言和信仰的控制,构成其基础的正是把对比中的一个成分所固有的特征转移到另一个成分上。这是——**语言的隐喻**;我们的语汇充满了这些隐喻,但是我们在运用其中许多隐喻时已经不自觉,感觉不到它们在某个时候曾经具有的生动的形象性;当"太阳落山"的时候,我们并不能个别地清晰想象这一行动本身,而这在古代人的想象中无疑是十分生动的[8];我们需要使它更新,以便能栩栩如生地感受这一情景。诗歌语言通过运用定语或者对于一般行动的具体描述来达到这一效果,例如在这里运用于人及其心理活动。"太阳在运转,沿着山脉滚动"——并不能引起我们对形象的联想;可是在卡拉德日奇的塞尔维亚民歌中却别开生面:

为什么那太阳要沿着山脊悄悄溜走?
…………

随后出现的一些自然图景已属于司空见惯之列,它们虽然也曾富于形象性,而如今却令我们产生抽象模式的印象:景色在平原上铺开,有时却突兀如峭壁;一条彩虹横跨在田野上空;闪电飞驰,山脊延伸至远方;小村坐落在山谷中;丛山峻岭直指云霄。铺开,飞驰,直指——在运用自觉的行动于非生灵的对象的意义上说,这一切都是相当形象生动的,而它们对于我们来说,却成了遗迹,但诗歌语言则使其复活,突出富于人性的因素,在基本的对比中加以阐释……

平原铺展得**温馨舒适**,年轻的彩虹在田野上**一跃而过**,瘦骨嶙峋的山峦**逶迤而行**,好似一架蹒跚的骷髅,而山岗挺拔,向上,似乎**充满了希望**,直指春意盎然的长空。对比变得生动而富于活力,充满了人类情感交流的内涵;在荷马的笔下,西绪福斯的石头[9]也是冷酷无情的(《奥德修纪》,第2卷,598行)。

在对比的组成中,转义的积累取决于(1)依据对于运动、生命的基本特征的比较而挑选的**相似特征的组成与性质**;(2)这些特征与我们对于在行动中表现出意志的生命的理解相符合的程度;(3)与引起同样的对比法游戏的其他对象之间的**邻近关系**;(4)现象或对象在对于人的关系方面所具有的**价值与生命力的充沛**。例如,太阳＝眼睛的比较(印度、希腊)假定太阳是有生命的、精力充沛的活物;在这一基础上,立足于太阳与眼睛的外部相似之处的转移才有可能;两者都发光,都看得见。眼睛的形状还可能为其他对比提供依据:希腊人谈到葡萄、植物的眼睛;在马来人看来,太阳＝白昼的眼睛,水源＝水眼;在印度教教徒看来,瞎井＝被蔓生的植物封闭的井;法国人谈到水眼,意大利人把乳酪上的孔洞称作乳酪的眼睛。

最后一个比较没有提供进一步的具体转义的依据,而"太阳—眼睛"的比较却同其他的比较相毗连:太阳既能观看,又能照耀、发暖、灼人、躲藏(黑夜、冬天、乌云蔽日);同它在一起的还有月亮,足以引起同样一些转义的游戏,而且毗连的两个对比的进一步发展还可能产生这一个系列对于另一个系列的相互影响。另举一例:人渴望敌人流血,猛兽也嗜血，进一步可以联系：标枪、马刀……这种嗜血可能成为命中注定的厄运；例如，安甘基尔之剑的故事，这把剑一旦出鞘，每次总要置人于死命；在我国关于巴比伦王国的故事中，纳武霍多诺索尔之剑则藏在城墙里，被咒语禁锢；当瓦西里沙皇把它取出来之后，它杀死了所有的人，连沙皇本人的头也被砍掉了。

　　类似嗜血的宝剑这一观念的发展可谓叹为观止了。然而火的观念则引起了另外一类系列的对比：印度火神阿耆尼的舌头、下巴都能用来割草，但是它的含义更为复杂，蕴含着能够暗示新的对比的生活关系；火不仅能焚毁，而且能使人精神焕发，它是供暖者、净化者，它取之天上，供奉在家家户户的炉灶里，等等。因此，一方面，对比限定于某一个特征；另一方面，在其他情况下，对比则可能累积起来，即使未能形成完整的形象，也多少可以构成一个复杂的综合体，以便满足求知的最初需要。我们称之为**神话**；这样一些综合体为表达宗教思想提供了形式[10]。

　　如前所述，如果对象所表现的生命力的价值和充沛促进了这样一种发展的话，那么便不可能假设它会趋于枯竭和停滞，因为可见的世界逐渐为我们的意识揭出一些领域，这些领域曾经显得缺乏活力，引不起联想对比，然而如今却富于含义，能引起人们的丰富联想。它们同样能够促进我们称之为神话的那种类似生命的特征的综合体的形成。我只举左拉和迦尔洵关于火车的描写，便足以说明问题了。当然，这种形成是不自觉地借助于已经固定下来的神话形象性的形式而铸造的。这将是**一种新生物**，它不仅可以服务于诗歌的目的，而且可以服务于宗教的目的。例如，在民间世代相传的一些象征和传说，在新的宗教中获得了迫切的意义，但在暂时没有出现它们可以适用的相应对象的情况下，却未引起对比。

　　上述论点使我们对于通常的分析方法采取比较审慎的态度，这种分析方法把诗歌形象看作是最初泛灵论的对比解体的产物，而这些对比则是在语言的隐喻和神话的框架中积淀下来的。一般说来，这是正确的,然而必须注意到新生物形成的可能性。这是由于人所固有的用自己来充实自然界的愿望,随着自然界逐步展示在人的面前,从而引起了同他的内在世界的越来越多的新的类比。

让我们回到对比法——类比的历史上来。

当在引起对方反应的客体和富于活力的主体之间,类比表现得尤为鲜明突出,或者确立了几个类比,从而决定了一系列的转义,这时对比法倾向于平衡的观念,如果不是倾向于同一的观念的话。鸟儿在飞动,在天空中翱翔,突然又降落地面;闪电在飞驰,从天而降,闪动着,充满活力:这是对比法。在关于偷天火的迷信传说中(印度教教徒,澳大利亚,新西兰,北美土著人等),这种对比已经倾向于同一:鸟儿把闪电的火花带到大地上,闪电＝鸟儿。

关于人类起源的古代宗教信仰就是以这类平衡为基础的。人认为自己在大地上是非常年轻幼稚的,因为无依无靠。他来自哪儿呢?提出这一问题是十分自然的,而对于这一问题的种种答案则是在对比的基础上形成的,其基本主题是把富于生命力的法则转移到外部世界[11]。动物世界包围着人——神秘而恐怖;令人忐忑不安的森林奥秘充满了诱惑力,灰暗的岩石好似从地里长出来的。所有这一切显得十分遥远古老,万物早就这样生存和统治着,自满自足,而人却刚刚开始安置下来,一边识别一边战斗;在他后面是古老的、早已形成的文化,而他自身便是从中脱胎而出的,因为他处处都发现或猜测到那同一种生活的风尚。于是他想象,他的祖先是从石头里长出来的(希腊神话),起源于野兽(这种迷信传说流传于中亚细亚、北美氏族、澳大利亚)*,由树木或植物所诞生。有关物种起源的故事形象地表现了同一观念[12]。

考察这一观念的表现和蜕变,是很有意义的,因为从远古时代直

---

* 《民俗学评论》,第38与39期;哈鲁津:《〈猎熊节宣誓〉与奥斯佳克人及沃古尔人的熊崇拜的图腾基础》;第39期,第16页,《论图腾制度》/《大不列颠百科全书》,第50卷,1888年。

到现代民间诗歌的迷信传说,它都与我们形影相随,而这些迷信传说已积淀于我们诗歌文体的遗迹之中了。让我们考察一下人——树木——植物这一迷信传说。

西乌人、达马尔人、列尼—列南人、尤尔卡斯人、巴祖特人等氏族认为自己的祖先是树木;阿马祖鲁说,第一个人是从芦苇中诞生的;在伊朗人那里,在《埃达》中,在赫西奥德的笔下,都可以遇到类似的传说;弗里吉亚人的祖先是扁桃树;两棵树是五个男孩的始祖,其中的一个男孩布克-汉成为了第一位维吾尔族的皇帝。这一观念的部分表现是由语言(种子—萌芽)所证明的,在神话和故事传说中熟知的关于植物、花卉、果实(粮食、苹果、浆果、豌豆、核桃、玫瑰等)的繁殖能力的母题,它们取代了人类的种子*。

相反的情况是:植物起源于活的生物,尤其是人。由此而来的是一系列的同一:人们借鉴树木、花卉来取姓名(例如,塞尔维亚人的专有名词);他们转变成植物,在新的形态下继续以往的生命,诉苦,回忆:达佛涅变成了月桂树(奥维德:《变形记》,第1卷,第567行),法厄同的姊妹变成了树,她们流下的眼泪变成了琥珀(同上书,第2卷,365行),克吕提厄被太阳神所抛弃,变成向阳花而备受煎熬(同上书,第4卷,268行);让我们回想一下关于库帕里索斯、那耳喀索斯、许阿铿托斯的神话;当人们从波吕多洛斯的墓上折断灌木的时候,从枝条上流淌下了鲜血(维吉尔:《埃涅阿斯纪》,第3卷,28行起),等等。沿着这些同一的途径,就可能出现某一种树木、植物同人的生命休戚相关的观念;在埃及传说中,主人公把自己的心安放在金合欢花中;当在他的妻子的唆使下,树被砍掉后,他就死去了。在民间故事中,树木,花卉的枯萎都是男主人公或女主人公死亡或他们陷于危境的征兆**。变形

---

* 参看《民俗学评论》,第38与39期:哈鲁津:《〈猎熊节宣誓〉与奥斯佳克人及沃古尔人的熊崇拜的图腾基础》;第39期第16页起:《论图腾信仰》;D. 弗雷泽:《图腾信仰》,《大不列颠百科全书》,1888年,第23卷……

** 关于类似的变形(变成植物、动物、等等)可参看S. 哈特兰德《珀耳修斯的传说》,第1卷,第182页(生死轮回)。

观念的一贯发展导致出现另一种情节，它广泛流传于民间迷信传说中，在波斯人的传说中，在瑞典、英国、布列塔尼、苏格兰、爱尔兰、希腊、塞尔维亚、乌克兰的民歌中：在被恶毒的婆婆拆散的一对夫妻的坟上长出了一棵桐叶槭和一棵白杨，在丈夫的坟上——碧绿的桐叶槭，在妻子的坟上——白杨，于是

> 他们的坟上开始吐蕊扬花，
> 桐叶槭开始朝白杨树弯下腰去。

或者代替夫妻的是一对恋人：例如在高加索（楚哈达尔）民歌中，年轻的卡济库梅克人在离别归来时，发现自己心爱的姑娘死了，他要求去看看她："尸体夺走了他的魂魄，她的眼睛勾走了他的眼睛，她的心吞下了他的心"；"这对由于互相爱慕和共同欢乐而殉情的恋人"被合葬在一座坟里，共裹一件白色殓衣。"从这座坟里长出了两棵树，一棵是糖白槭，另一棵是石榴树：当刮北风的时候，它们便相互拥抱在一起，当吹南风的时候，它们又彼此分开"。受伤的特里斯丹在最后的拥抱中使绮瑟窒息而死之后，也随之死去；从他们的坟里长出了玫瑰和葡萄藤，彼此缠绕在一起（《埃里哈尔特·冯·奥别尔格》）[13]，或者黑刺李的翠绿枝条从特里斯丹的陵墓中伸展出来，横跨过小教堂，伸到绮瑟的陵墓上（法国诗体小说）；后来又说，这些植物是国王马克种下的。这些转述的区别是很有意味的：起初，比较接近于古代关于人与自然的生命的同一性的观念，树木—花卉从尸体里长出来；这是同样的一些人，生活于以往的激情之中；当同一性的意识淡化之后，形象却保留了下来，而树木—花卉已经是被人栽种在殉情恋人的坟墓上，而我们自己则在暗示这一古代观念，并加以更新，表示树木就像安息在它们下面的死者一样，依据同情心而继续在相亲相爱。例如，在卢日支人的民歌中，恋人们留下遗言："请把我俩合葬在那棵椴树下，栽上两株葡萄藤。葡萄藤长大了，结出累累果实，它们相亲相爱，缠绕在一

起,永不分离"。在拉脱维亚送葬曲中,同一性的思想仍栩栩如生,虽然不无偏离之处:"我的女儿,新娘,吩咐吧;你要**长什么绿叶,开什么花**?唉,我在你的坟上种了草莓!"或者:"啊,如果你长大,已经种下了一棵树!"这令人想起巴比伦的塔木德[14]中所指出的习俗:在生儿子的时候,种一株雪松,在生女儿的时候,种一株松树。

阿伯拉尔与阿洛伊斯的传奇[15]已经不采用这一象征手法:当把阿洛伊斯的尸体放到比她先去世的阿伯拉尔身旁时,他的尸骨把她搂在怀里,以便永结良缘。缠绕在一起的树枝—花草的形象消失了。随着比较法、同一性的观念的削弱,随着人的自我意识的发展,随着人从那个宇宙联系中的分离(在这一联系中,人本身作为广袤无垠的、未经考察的整体的一部分也消失了),这一形象以及类似的一些形象将磨灭或淡化。人了解自身越多,便越能阐明他与周围自然界的界限,于是同一性的观念便让位于特殊性的观念。在学识分解的功绩面前,古代的混合艺术隐退了:闪电—飞鸟,人—树—类的相等为**比较**所取代:闪电,如同飞鸟;人如同树木,等等;如同分散的,摧毁的,等等,表现了相似的行动,如灵魂(原文为拉丁文)—风(原文为希腊文),等等。然而随着对于对象的理解增加了新的特征,这些特征并不包含于它们最初的语音定语之中,词汇分化和概括化了,并朝着这样一种发展阶段演化,它们在这一阶段上变成了某种类似代数符号的东西,其形象因素对于我们来说早被新的内容所掩盖,而我们只能加以暗示。

形象性的进一步发展是在其他途径上实现的。个性的分离,对于它的精神本性的意识(与祖先崇拜相联系)应当导致自然界的生命力在想象中分化为某种个别的,类似有生命的、个体的东西;这些东西在水中、林间、天空气象中活动,表示意愿,发挥影响;于是每一棵树上都出现了各自的树精[16],他的生命同树联系在一起,他感到疼痛,当树被砍伐时,他便同它一同死去。在希腊人那里如此;在印度,越南,也有同样的观念。

在赋予古代神话以内容的每一组对比的中心,是一种特殊力量,一种**神灵**:生命的概念转移到它的身上,神话的特点也依附于它,一些特点表达它的活动,另一些特点则成为它的象征。在摆脱与自然界的直接同一性的同时,人敬重神灵,他与自己的道德的和审美的成长水平相适应,发展其内涵。**宗教**控制了神灵,把这一发展滞留于崇拜的稳固条件上。但是,崇拜的延缓因素和对于神灵的神人同形的理解所包含的容量有限,或者过于明确具体,以致无法适应思维的进步和自我观察的日益增长的需求。这种自我观察渴求与宏观宇宙[17]的奥秘相协调,不仅限于科学发现,而且需要同情。于是这种协调也就出现了,因为在自然界中总会找到对于我们所要求的暗示的回应。这些要求为我们的意识所固有,而意识则活跃于相似和对比的领域之中,形象地掌握周围世界的种种现象,把自己的内容注入其中,并把拟人化了的这些现象重新加以接受。诗歌语言继续这一起步于史前期的道路上的心理过程:它已经在运用语言的与神话的形象,它们的隐喻与象征,并且创造同它们相似的新的隐喻与象征。神话、语言与诗歌之间的联系[18]与其说是在于传统的统一性,不如说是在于心理手法的统一性,在于"经过更新的叙述方式的艺术"(昆体良[19]:《演说术原理》,第9卷,第1册14):拉丁文的extinguere从破碎(锋芒)这一概念向抑制这一概念的过渡——以及把嗓音的音色比作破损的水晶,还有更古老的比较:民歌中的太阳=眼睛与未婚夫=雄鹰——所有这些都是在同一对比法的不同阶段上出现的。

我将对它的某些诗歌模式进行评述。

二

我从最简单的、民间诗歌的模式,从(1)**二项式对比法**(параллелиэм двучленный)开始。它的一般模式如下:自然图景,与它并列的则是从人类生活中汲取的图景;在客观内容相互区别的情况下,它们彼此呼应,其中贯穿着一种谐音,对它们之间存在的共同之处加以阐明。这就使心理对比截然区别于重叠,后者是源于诗歌演唱的机制(**合唱队的**或**轮唱结构的**)[20]和那些同义词反复的模式的。在这些模式中,诗句用不同的词汇重复着前一句或前几句的内容;这种合乎韵律的对比法是犹太人的和中国的诗歌所熟悉的,也是芬兰人、美国印第安人等民歌所熟悉的[21]。例如:

太阳不知道哪儿有它的安宁,
月亮不知道哪儿有它的力量……
(《韦尔瓦的预言》,5)[22]

或者是在吟唱诗人的诗歌中惯用的四行诗诗节的格式:

(某个)国王树起了自己的旗帜,
(在某个地方)血染自己的宝剑,
他使敌人闻风而逃,
(怎样的一些)敌人在他面前溃不成军。

或者例如,魏涅梅茵"留下了他的坎捷列琴,为了使人民永远欢乐,他在芬兰留下了美妙的乐器,并为芬兰的孩子们(留下了)优美动听的歌曲"(《卡勒瓦拉》,陇歌50)。

这种同义词反复似乎使形象更鲜明了;由于分成了韵律匀称的诗行,它使人获得一种音乐的美感。在趋于解体的一定阶段上,心理对比法的模式降低到了专门追求音乐韵律效果的地步,其范例如下:

1a 樱桃树弯下了腰,
　　从树梢到树根,
 b 玛鲁霞俯下身子,
　　越过桌子向父亲鞠躬。

2a　别东歪西倒,小枫树,你还太嫩绿,
　b　别生气伤心,小哥萨克,你还太年轻。

3、(乌鸦从翠绿的树林中飞起,栖落在一棵青松上,
　　风儿吹拂,吹得小松树东歪西斜……)
a　松树,你别东歪西斜,令我恶心难受,
b　你别摇晃得这么厉害,我本已苦恼伤心,你别这么
　　低低地俯下身去,附近并没有我的亲人。

4a　枝叶纷披的苹果树,你朝哪儿弯腰俯身?
　　不是苹果树自个儿要弯腰,
　　是狂风吹得它不得不俯身,
　　狂风呼啸,更兼细雨飘零。
　b　年轻的杜尼娅,你想到哪儿去啦?
　　别自作聪明,亲爱的,你心里明白:
　　并不是伏特加酒吸引年轻人,
　　而是那个金发姑娘——她是那样的美丽动人。

5a　翠绿的小树林,
　　枝条袅袅垂到地,
　b　小伙子,你为啥
　　还在打光棍,不成家娶亲?

6a　啊,白蜘蛛在篱笆上织成了网,
　b　玛鲁奇卡同万尼什卡心心相印啦。
或者:
　　翠绿的小枞树对着悬崖峭壁出神,
　　年轻的姑娘对哥萨克一见钟情;

133

或者：
　　啊,细长的啤酒花枝条,
　　攀绕在篱笆上,
　　年轻的小姑娘
　　对哥萨克一见钟情。

7a　丝线缠绕在墙上,
 b　杜尼奇卡向妈妈鞠躬求情。

8a　丝绒般的绿草,
　　在草坪上蟠卷和蔓延,
 b　米哈依尔对自己的妻子
　　又是亲吻,又是缠绵。
　　(下文:草儿别同无根草纠缠不清,纠缠不清,小伙子别同姑娘恋恋不舍,恋恋不舍。恋恋不舍,令人心欢,分手翻脸,使人心烦意乱……)
　　…………

11a　从果园的苹果树上,
　　　折断了一根枝条,
　　　一个苹果滚滚落地;
　b　儿子告别了母亲,
　　　去遥远的异国他乡。

12a　苹果离枝坠落,
　b　卡佳请求离开宴席……

14a　枫叶啊,枫叶,

风儿把你吹向何方：
　　　或是吹到山上，或是吹入山谷盆地，
　　　还是飘回枫树枝梢？
　b　年轻的姑娘啊，
　　　老爸把你嫁到何方：
　　　或是嫁给土耳其人，或是嫁给鞑靼人，
　　　还是去土耳其，离井背乡，
　　　嫁给大家族，人丁兴旺？……

16a　青翠的小白桦，为何发白，不发绿？
　　　漂亮的小姑娘，为何发愁，不开心？
　　　…………

22a　啊，田野上有口深井，
　　　井里流淌着清凉的泉水，
　b　如果我想喝，就开怀痛饮，
　　　如果我爱谁，就搂抱不停……

25a　浮云遮蔽，见不到月亮，
　b　贵族簇拥，见不到大公。

26a　雁群在海上遇到一只小鸭，没有抓捕它，
　　　只是看中了它，给它剪掉了翅膀。
　b　大公、贵族、媒人看到了卡基奇卡，没有抓她，
　　　只是看上了她，给她剪掉了姑娘的辫子……

31a　布谷鸟在花园里咕咕叫，
　　　把头靠在枝叶上，
　　　鸟儿们问她，为什么咕咕叫，

135

历史诗学

    莫不是老鹰破坏了她的巢，
    连她本人也侵占了；
  b 杜尼亚在闺房里哭泣，把头靠在姐姐身上；
    姑娘们问她，她答道：她编了个花环。
    万尼奇卡把它拆散了，把她本人也侵占了。

32a 艾蒿草紧贴山坡，
    问它严冬是怎么回事；
  b 杜尼奇卡紧贴姐姐，问她
    关于陌生人的事。

33a 狐狸恳求紫貂把它带出针叶林，
    杜尼奇卡恳求万尼奇卡把她从父亲那里带走
    ……

（波兰民歌）

41a 沿着青翠的草地，
    一条小河蜿蜒流过；
  b 我这个可怜的孤儿，
    一辈子都在把人侍候。

42a 浮云遮蔽了天空，
  b 玛鲁霞用围巾的一角遮住了脸儿。
  a 枫树靠绿叶遮蔽，
  b 年轻的玛鲁霞用洁白的包发帽遮住自己。

136

（捷克民歌）

43a　红红的小苹果，
　　　转呀，转呀，
　b　我心爱的小姑娘，
　　　谁有得到你的艳福？

45a　我在田野边上，把黍米播种，
　　　但不会把它收割，
　b　我爱上了一位姑娘，
　　　但不会把她占有。

（立陶宛民歌）

50a　盛夏来临，飞来了林间的布谷鸟，
　　　栖息在枞树梢，咕咕啼叫，
　b　我这个妈妈啊，会为它们尽力；
　　　布谷鸟在树丛中，咕咕啼叫，
　　　我这个孤儿啊，躲在屋角哭泣……

（拉脱维亚民歌）

52a　树林里的浆果和坚果累累，
　　　可是没有谁去采摘它们；
　b　村子里待嫁的姑娘不少，
　　　可是没有谁去娶她们……

（意大利民歌）

56a　芦苇扬花啦！

137

历史诗学

谁想采芦花,就得深入芦苇荡,
谁想采雪花,就得攀山越岭,
谁看上了姑娘,就得去巴结她的亲娘。

(法国民歌)

58a 当人们想采摘玫瑰的时候,
就得等到春天,
当人们想爱姑娘的时候,
就得等她们长到十六岁。

(西班牙民歌)

59a 江川奔向大海,
 为的是它那浩瀚深渊;
 b 人们奔向你,
 为的是那双含情脉脉的眼睛。

(德国民歌)

61a 为什么枞树林中这么幽暗,
 那是由于叶茂枝密,
 b 为什么我的心肝宝贝闷闷不乐,
 那是由于孤僻高傲。

68a 当然啰,美丽的百合花,
 总是漂浮在水面上,
 当然啰,美丽的姑娘,
 总是保持着自己的贞洁。

（格鲁吉亚民歌）

69a　小河奔流,波浪翻滚,两只苹果在河里随波逐流;
　b　那是我的心上人回来啦,我已看到,他怎样把帽子挥舞。
70a　我们家的园子正在开花,可是园里杂草丛生。应当找个小伙子把杂草割掉。
　b　美丽的姑娘需要有个小伙子做伴。

（土耳其民歌）

71a　两叶小舟并排划,时而延误行程,时而加速滑行;
　b　谁的心上人要是变了心,谁的心儿就会流血不停。
72a　小河奔流,浪花翻滚,河水为我止渴;
　b　你的母亲,把你怀胎孕育,她将成为我的岳母亲人。

（阿拉伯民歌）

73a　伊斯巴加尼丛山峻岭上的积雪在溶化;
　b　不论你如何美貌出众,你也不该冷若冰霜。阿门!阿门!阿门!

（中国民歌）

74a　年轻、挺拔的桃树,硕果累累;
　b　年轻的妻子走向自己未来的家乡,把屋子和闺房布置得井井有条。

历史诗学

（新西兰民歌）

76a　天空起浮云，高高飘浮在海上，
　b　而我坐着，哀哭自己的孩子，
　　　我曾把他抱在心坎上。

（苏门答腊岛民歌）

77a　没有灯芯，何用点灯？
　b　没有真心实意，何必含情脉脉。

（普拉克里特语民歌）

78a　芦苇的叶子纷纷凋落，只剩下光秃秃的苇秆；
　b　随着我们花样年华的消逝，爱情也被连根拔起，一去不复返……

（鞑靼民歌）

81a　在河岸上长着一棵枝杈茂密的紫松，
　　　折一根枝条，扔到水里；
　b　花样年华一去不复返，
　　　趁着风华正茂，尽情歌唱吧。
82a　我跑进繁花似锦的（硕果累累的）果园，一个苹果变红了，成熟了；
　b　你同我，我同你，
　　　难道神灵还不把我们结合到一起？
83a　黄色的云雀栖息在沼泽地，为了喝口清凉的泉水；

b 英俊的小伙子夜晚游逛,为了亲吻美丽的姑娘们。

(巴什基尔民歌)

84a 在我的门前一片辽阔草原,
 却见不到白兔的踪迹;
 b 我的朋友们曾同我一起欢笑和玩乐,
 而今却无一人登门。

(楚瓦什民歌)

85a 在七座山谷的源头上,浆果不少,空地不多,
 b 在父母家中,
 家产不少,日子不长(指住不长久)……
87a 小小的河流,黄金般的水,
 不用搭桥,纵马一跃而过;
 b 好一位英俊的少年郎,
 别同他搭话,丢个媚眼就得啦。

　　心理对比法的一般格式是我们所熟悉的:两个主题相比较,一个提示另一个,它们相互解释,而且优势在充满人性内涵的一方。就像同一音乐主题交织成的变奏曲,彼此暗示,互相启发一样。只要习惯于这种暗示法[23]——而这需要经历几个世纪——于是一个主题将引出另一个主题。
　　以上这些例子是我从各处选取的,或许还不够广泛和平衡,但是在我看来,经我的挑选,它们提供了关于这一手法的普遍性的概念,这一概念或者保留在最简单的形式之中,或者在民歌的基础上,发展到具有某种人工雕琢性和心理精巧性的地步。我所列举的某些诗歌模

式已作为独立的诗歌流传开了(例如,德国、意大利、西班牙的民歌等)。俄国的诗歌模式也单独吟唱,它们更经常出现于诗歌的开头,作为它的引子、起句或者主题。其基础则是按照行动、对象或品质的各个部分、各个范畴而相互联系的观念的**对偶性**(парность)。在我们列举的例 No.1 中,如樱桃树弯下腰,垂下枝叶 = 姑娘俯身鞠躬;这是按照行动的联系;在以下的例 No.2 中,在十分自然的相互接近的条件下,表现了三种范畴:年轻 = 嫩绿,东歪西倒 = 垂头丧气,生气伤心。这样便形成了对偶:歪斜 = 悲伤,枫树 = 哥萨克,嫩绿 = 年轻。但是,俯身,弯腰也可以按照我们今天的含义:倾向,依恋……来理解:

  橡树弯向橡树,枝叶垂向山谷,
  爱你更容易,亲爱的,就像
  母亲爱孩子一样……

  无论哪个例子,都是一个模式:橡树弯向橡树,就像小伙子倾心于姑娘;同她恋恋不舍,难舍难分,就像青草同无根草纠缠不清。对比法在这里是以行动的相似为基础的,在这种情况下主词可以变更;这一点必须注意,以免从诗歌的任何一个象征对比中都必然得出同一性的结论。我们在对比法的古代历史发展中已经指出了这类同一性,而它在民间诗歌中似乎已经过时,成为了不被理解的模式。树 = 人属于古老的迷信传说,姑娘 = 蜘蛛网也只有在民歌的结构中才有可能。我们分析一下属于此类的某些模式。

  爱慕 = 联结,纠缠不放;与此并列的还有其他一些对比:满足爱情 = 解渴,饮水(例 No.72),饮马,把水搅混。或者:爱恋 = 播种,栽植(参看拉丁文 satus = 儿子;saculum = 生育,本义是播种),但也有践踏之含义。从后者的现实理解的观点来看,在对比模式中,与姑娘相呼应的花园的形象有——葡萄、樱桃、亚麻、咖啡、茶、烟草之类、芸香、矢车菊等,而新郎、送亲、迎亲的人,或者马、鹿、牲畜,等等,都在践踏上述花木。但是在另一种对比模式中,新郎则作为一只扑向白天鹅的雄鹰出现;在两种模式之间发生了混合:花园的形象保留了下来,但不是马来践踏它,而是雄鹰飞过围墙,折断枝条(如在乌克兰民歌中,极乐鸟从树上摇晃下金色露珠,在塞尔维亚民歌中,雄鹰折断白杨);进一步则连花园也消失了,取而代之的是橡树,甚至是山丘。在西方民歌中还熟知葡萄园的形象,某个人把它破坏了,采光摘尽,以及被鹿践踏的花园的形象……或者幼树、枝条被人折断,砍伐,掰断,如在德国民歌中这样唱道:

  于是骑士折断了一根绿枝,
  使姑娘成为了自己的妻子,

而在波兰和立陶宛的民歌中:砍断幼树——占有姑娘,"未成熟的珍珠梅不该折断,未长大的姑娘不该出嫁"。玫瑰常常成为花卉的形象……参看拉脱维亚的模式:我的兄弟的花园里盛开着美丽的白玫瑰,一些异乡人路过这里,没有人敢折一朵花;如果折了花,就会处以罚金。

  扮个鬼脸,铺好道路吧,
  从这村到那村,迎亲的队伍要从那儿通过——

在乌克兰婚礼歌曲中这样唱道;在《卡利马科斯与克里索罗雅》[24]中,在这一含义上玫瑰与葡萄藤交替出现,等等。实际上花卉并无多少差别,重要的是折花这一动作。如果在西方民歌中,玫瑰在这一对比中占了优势的话,那么只是由于它作为一种珍奇的、娇贵的花卉,已经成为美女流行的象征了[25]。

  泪珠潸潸——珍珠滚滚;行动与对象的对比法:难怪珍珠在我们这里被称作"滚动的",在俄罗斯民歌中它被解释为泪珠。但是我们不会说,姑娘=苹果,以例 No.11 和以下两行诗为依据:

143

> 苹果滚吧,滚到你该去的地方,
> 爹,把我嫁人吧,嫁到你要我去的地方。

因为对比法在这里局限于行动滚＝离去(如下面的变文:砍吧,砍吧,年轻人,顺着树倾斜的方向。把我嫁出去吧,嫁出去吧,爹爹,把我嫁给你相中的人家)。

在民间诗歌中的树木的形象为这样的理解提供了依据。我们看到,树木在枯萎消瘦,但它也在嘎吱作响:这是寡妇在哭泣,这是行动的对比法,或许也是对象的对比法;如在大俄罗斯的哭丧曲中,把悲泣的寡妇比做苦涩的山杨、小圆木,等等;这一形象后来采取了其他更散文化的模式:寡妇——**坐在**树下。或者:树木发绿,发芽开花＝小伙子与姑娘风华正茂,到了谈情说爱,寻欢作乐的时候(例 No.16,18),已经在考虑婚事了。以下紧随这样的模式:树木"弯下了腰"(似乎在沉思),而姑娘则"在想心事"(No.4);或者树木舒展开枝叶,心思也放开:

> 别痴站着,柳树,把枝叶舒展开,
> 别枯坐着,玛鲁霞,把心思放开。

显而易见,这一模式的典型性引起了这样一些对比,诸如叶子＝理智,小叶片＝小心思;没有必要追溯其渊源来自古代的同一性:叶子＝词语,智慧,思想。

树木枯萎＝人消瘦;"树叶凋落＝心上人远离","落叶铺满地——心上人要娶亲",可以推测其中(所省略的)模式的后半段:心上人离弃而去。在以下例子中也许提示了某种类似的情景:

> 高高的柳树,高高的柳树,
> 把茂密的枝叶舒展开来,

> 巨大的爱情,沉重的离别,
> 心儿忧伤不已。

柳树枝繁叶茂,我的爱情心花怒放;(风吹落了柳叶),离别是那样令人忧心如焚。

　　我想,以上分析足以证明民歌的对比法主要是以行动范畴为基础的,而所有其他对象只有在模式结构中,才得以保持协调一致,在结构之外则往往会丧失其意义。所有对比只有在以下情况中,才能达到稳定:(1)在基本相似的情况下,依照行动的范畴,选择比较鲜明的相似特征,这些特征或者支持,或者不违反这一基本相似;(2)当对比受到青睐,成为日常通行的习惯或祭祀,被长久地确定和巩固下来。这时对比便成为了**象征**,独立地出现于其他组合之中,作为专有名词的标志*。在抢亲盛行的时期,未婚夫用剑,包围城堡来抢夺新娘,表现出暴徒、抢劫者的特征,或者表现为猎人,猛禽;在拉脱维亚民歌中,新郎和新娘是以成对成双的形象出现的:斧头与松树,紫貂与水獭,山羊与树叶,狼与羊,风与玫瑰,猎人与貂,或者松鼠,鹞鹰与山鸡,等等。属于这一系列表象的还有我国民歌中的对偶形象:年轻人—山羊,姑娘—白菜,香芹菜;未婚夫—射手,未婚妻—貂,紫貂;媒人:商人,捕猎者,未婚妻—商品,白鱼,或者未婚夫—老鹰,未婚妻—鸽子,天鹅,水鸭,鹌鹑;在塞尔维亚民歌中的对偶形象有:未婚夫—捕猎手,未婚妻—捕猎物,等等。我国婚礼诗歌的一系列对比—象征则是通过选择的途径和在难以发觉的日常生活习俗的影响下积淀而成的:太阳—父亲,月亮—母亲;或者:月亮—主人,太阳—主妇,星星—他们的子女;或者月亮—未婚夫,星星—未婚妻;芸香作为处女贞洁的象征;在西方民歌中则用没有从花枝上摘下来的玫瑰作为处女贞洁的象征,等等;这些象征或比较稳固,或摇摆不定,逐步从构成其基础的现实意义走

---

* (象征意义),参看白纳奇:《直至1205年中古德语文学中的梦的主题以及这一主题在古代民歌中的反映》,哈勒,1897年。

145

向更一般的模式。在俄国婚礼歌曲中,绣球花＝姑娘,可是基本含义则涉及处女贞洁的特征;决定性的因素则是它的浆果的鲜红颜色。

> 绣球花把河岸装扮得十分美丽,
> 亚历山德林卡使所有的亲人都心花怒放,
> 亲朋好友在跳舞,妈妈却在哭泣。

> 啊,绣球花,咱们的玛申卡,
> 在绣球花丛下玩耍,
> 用小脚践踏绣球花,
> 还抬起小脚,在裙子上擦了擦,
> 勾引得伊万神魂颠倒,忘不了她。

绣球花果的鲜红颜色引起了火红的形象——绣球花好似在燃烧:

> 不论绣球花燃烧得多么火热(另一变文是:松明在燃烧),
> 不论达丽娅哭泣得多么悲伤。

绣球花——处女贞洁的人格化的象征:

> 绣球花,好姑娘,
> 沿着大路走,脚步啪啪响,
> 沿着沼泽地走,哗啦啦响,
> 走到院子门前,开始挑逗调情,
> "开开门,玛丽奇卡!"
> "别叫喊,绣球花,别叫喊"——

姑娘答道:我在翻耕黑土地,播种罂粟;红色的罂粟花是万尼奇卡,而绿色的罂粟头则是她自己。

> 绣球花烧得火红啦,
> 挺立在朝霞之前;
> 风儿吹啊,吹不灭,
> 却把火星散播到田野上,
> 亚历山德林卡坐在妈妈面前,
> 哭个没完,
> 妈妈安慰她,但劝不住,
> 她的痛苦却越来越加深啦。

燃烧的绣球花同对比的第二部分——姑娘的眼泪相呼应:**火辣辣**的眼泪是无法熄灭的,就像风无法吹灭烈火一样。朝霞(星辰)=母亲是从其他象征对比系列中移植到歌谣中来的;古怪的形象:绣球花挺立在朝霞之前,便由此而来。在民歌变文中,也有同样的移植,在那里朝霞(星辰)似乎是父亲,而月亮则是母亲……在这首民歌的一些变文中,布谷鸟代替了绣球花,她不愿飞进针叶林,同夜莺相爱,但还是坠入了情网。

再其次:绣球花=姑娘,姑娘嫁人了,未婚夫折断了绣球花,这符合前面所分析过的践踏或折断的象征意义。例如,在一首变文中:绣球花夸口说,如果没有风吹,没有暴风雨,没有细雨绵绵,谁也不能折断它;但姑娘们折断了它;杜妮奇卡夸口说,如果没有啤酒,没有蜂蜜,没有辛辣的伏特加酒,谁也夺不走她;但万尼奇卡娶走了她。

总之,绣球花——处女的贞洁,姑娘;她燃烧,开花,喧哗,被折断,夸口。从大量相互更替的移植和适应中概括出某种平均值的东西,虽然轮廓有些模糊不清,但比较稳定的是:绣球花——姑娘。

三

　　以上对于诗歌的分析,导致我们面对民间诗歌对比法的发展问题,这种发展在不少情况下会过渡到曲解。绣球花＝姑娘:在这个二项式对比中进一步的发展是:风,暴风雨,雨＝啤酒,蜂蜜,伏特加酒。保持了数量上的适应,却没有试图使两个系列达到内容上的相适应。我们指的是(2)**形式上的对比法**。让我们看看它的一些先例。

　　其中之一是**省略**对比中一项的特征,这一特征可以从其内容与第二项的某一特征的相等合之中合乎逻辑地引申出来。我说的是省略,而不是曲解:起初被省略的东西可以不言而喻地得到暗示,只要它没有被遗忘。小河,你为什么不翻滚,奔腾?——在一首俄罗斯民歌中唱道——既没有刮风,又没有下小雨。好姐妹—好朋友,你为什么不笑?我有什么可高兴的——她答道——我失去了亲爸爸。(参看拉脱维亚民歌:小河,你怎么啦,为什么不奔腾?你怎么啦,姑娘,为什么不歌唱?小河不奔腾,因为河道堵塞了,姑娘不歌唱,因为成了孤儿)歌谣后来变成陈词俗套,不仅运用于其他组合之中,而且单独成为主题情节:父亲请求耶稣放他回人间去探望女儿。另一首歌谣由这样的引子开头:小河流淌,不翻腾起浪;接着是:未婚妻有许多客人来访,却没有人祝福她,她既没有父亲,又没有母亲。省略的对比可以意会:小河不翻腾起浪,姑娘沉默不语,闷闷不乐。

　　在以上所举的一些例子中,有许多类似的东西需要暗示:明月悬空照,有星星为它做伴;当妻子欺骗了丈夫的时候,也就是说不再与他为伴时,他该有多么悲伤。或者在土耳其四行诗 No.71,72 中:两只小船并排划;谁的心上人不忠实于他(不同他并排划),谁的心就会流血;小河滚滚向前,河水为我解渴——而你的母亲将成为我的丈母娘,就是说你为我解了爱情的饥渴。还可参看鞑靼人的四行诗 No.81:折下一根枝条,扔进水里,青春年华一去不复返,这就意味着青春年华就像扔到水里的树枝一样,一去不复返了,等等。

当在对比的一项中,它所**表现的形象或概念**发生**形式上合乎逻辑的发展**,而另一项却落后了的时候,就会出现另一种结果。年轻＝青翠,强壮;年轻与欢乐,我们还注意到这样的相等:青翠＝欢乐;但欢乐也表现为舞蹈——于是与模式相列:林中树木不变绿,在母亲身旁儿子不快活——另外一种模式:林间树上的叶子都凋落了,在母亲那儿女儿不翩翩起舞。在这里我们似乎失去了主导线索。或者:弯折(倾斜:指树木向树木倾斜):爱慕;而结婚却取代了爱慕;或者从弯折——弯腰俯身,甚至变成**双方一起**弯折:

> 一根树枝弯折成双,
> 　姑娘对哥萨克倾心爱慕。

或者另一种对比:大雷雨,雷电现象引起关于战斗的想象,雷鸣电闪＝烽火连天的战役,打场脱粒的轰鸣,在那里"禾捆被脱粒晾晒",或者酒宴,宾客们在酒宴上喝得酩酊大醉,东倒西歪;战役＝酒宴由此而来,进一步则是酿造啤酒。这是对比的项目之一的片面发展,就像在希腊民歌中的"长着美丽睫毛的黎明"一样:太阳＝眼睛,于是它出现了睫毛。

外部的发展适应于内在的逻辑发展,前者有时囊括对比的两项,并具有各部分之间的形式上的、非内容性的相符合……

内容性的对比法过渡到**韵律性**的对比法,音乐因素占了优势,而对比的细节之间明白易懂的相互关系却削弱了。结果不是具有内在联系的形象之间的更替,而是一系列缺乏内容上的相符关系的符合韵律的诗行[26]。河水动荡不安,想漫出河岸,姑娘盛装打扮,想让未婚夫喜欢;林木生长,盼望长高长壮,女友生长,盼望长成大姑娘,梳妆打扮,为的是漂漂亮亮(楚瓦什民歌)[27]。

有时对比法只是立足于对比的两个部分中的词语的协调或**谐音**

历史诗学

协韵：

> 俊俏姑娘美貌出众，
> 就像枝头上的一朵绣球花，
> 比起万尼奇卡去娶亲，
> 更要漂亮风光。

> 这是谁家种的玉米，
> 长得老高，老高，
> 而我为什么长得这么高？
> 可是你又是谁家的姑娘，
> 长着一双俊俏的黑眉毛？

> 月儿弯弯两只角，
> 马特维卡有兄弟俩。
> …………

在以下楚瓦什族的四行诗中，勾勒出对比的两项之间在内容上的相符，可是它却立足于韵律：按照楚瓦什语，"不必跟踪"与"不应违抗"是押韵的：

> 阴森森的森林后面大雪纷飞，
> 黑貂在那里留下了踪迹；
> 不必跟踪黑貂的踪迹，
> 不应违抗父母的意愿。

鞑靼人与杰甫佳尔人的四行诗——其对比也经常建立在第 2 行与第 4 行诗的押韵上。在研究民歌的象征手法时，正是这一韵律或谐

150

音的因素值得注意:往往这一因素掩盖了象征意义。如果不加注意,阐释便会走上歧途。我们熟悉如下对比:绣球花在燃烧——姑娘流着(滚烫的)泪水;往下的对比:куритьса(冒烟)—журитьсө(悲伤)几乎还是靠韵律支持,就像在以下一首平丘克人的民歌中的 хмара—пара(乌云——一对)一样:

> 乌云从针叶林后面升起,
> 一对恋人坐在桌子后面,
> 两人都那么年轻,
> 就像玫瑰花朵那样光彩照人。

啤酒花藤爬蔓在篱笆上:姑娘紧贴在小伙子身上;但是蟠卷的啤酒花藤也可能比喻小伙子:他爬蔓在篱笆上,树上;在俄罗斯民歌中,姑娘在环舞中唱道:

> 我的啤酒花啊,可爱的啤酒花,
> 扬起你那欢快的小脑袋,
> 转过身来,可爱的啤酒花,
> 朝着我这边来。

当啤酒花请求到年轻的未婚妻那儿去过夜,到姑娘们那儿去胡搅蛮缠——这是同一个形象:纠缠—紧贴的进一步发展;可是,当在小俄罗斯民歌中唱道:

> 啤酒花在**蟠卷**——哥萨克在**奋力纠缠**

韵律已经掩盖了形象。

我们在俄罗斯民歌中,还要指出同**发辫**(коса)押韵的韵律:留**辫**

151

子的姑娘引起了**发辫**的概念；发辫同大麻相比较：风把它吹散了，不让它站立，未婚夫拆散了未婚妻的发辫，不让她去游玩。或者发辫——黑丝绸。在同其他形象的更替中出现了同**露水**（poca）押韵的韵律："风儿吹吧，吹拂着我们年轻的、可爱的姑娘，吹散她的发辫，就像吹散夏天的露水一样"；或者"姑娘这样漂亮，就像夏天的露珠一样"。出现了对比＝韵律的混淆，这种混淆囊括了 краса（漂亮），коса（发辫）与 poca（露水、露珠），或者 poca（露水）与 коса（发辫），就像在下一首歌中：

蜘蛛在露水上漂浮，
玛申卡为发辫而悲泣发愁。

在婚礼仪式中看中了另一种韵律：красота（美貌）——высота（高处）："我们将把他们带到哪里去呢——未婚妻的女伴问求婚者们——在姑娘的美貌之下（即在农村木屋里）还是在天高云淡之下（即在户外），不然的话？"而且美貌（красота）还同未婚妻发辫上的带子（лента）、发辫（коса）押韵对比：在俄罗斯民歌中，她想把带子扔进伏尔加河里，扔给一群白天鹅：

我走开，躺下，侧耳倾听：
莫不是白天鹅在鸣叫，
莫不是漂亮的姑娘
在为我这头脑发狂的人儿哭泣？

神话学家们可能会在美貌—发辫—露水之间发现某种神话的、古老的同一性的东西；我则早对此抱怀疑态度；难道姑娘也会表现为，譬如说，蜘蛛吗？在后一种情况下，我们面对的形象仅仅靠对比联系支持，而在前一种情况下，全部问题在于谐音。韵律，语音压倒了内容，修饰对比，语音引起谐音，与谐音相连的则是情绪与词汇，由此产生新

的诗句。经常不是诗人,而是词汇在支配诗句:

(原文为德文)——由于你用已经形成的语言得心应手地写诗,它在为你写作和构思,难道你就能认为你已是诗人了吗?

(歌 德)

"代替思想引起思想这一说法,我会说:词儿引起词儿"——里歇[28]说道——"如果诗人们坦率直言的话,他们会承认,韵律不仅没有妨碍他们的创作,而且相反,引起了他们的诗作,它与其说是障碍,不如说是支柱。如果允许我这样表达的话,我会说,才智是靠双关语工作的,而记忆则是创造双关语的艺术,而双关语最终导致未知的思想"。

只是Nodier(诺迪亚):amandier(扁桃树)的协韵就激起缪塞[29]创作了他最优美的诗歌之一。这是美貌—发辫—露水的对照。"要知道,词——这是有生命的活物"(雨果:《静思》)。

对比形成了:内容的,音乐的对比;从大量比较和移植中积淀成了这样一些对比,它们获得了比较稳固的象征性质:未婚夫、媒人 = 雄鹰;未婚妻,姑娘 = 绣球花,玫瑰,等等。它们为人们所习惯,具有了普通名词的性质——并且被移用于这样一些词组,而它们按照形象之间的联系则不可能在这里出现。在德国民歌中,树木及根部的源泉的形象是常见的:两者都是姑娘的象征;飞来了一只雄鹰,折断了果园的树枝,这意味着抢走了未婚妻;在塞尔维亚民歌中,米察给灰蓝色的雄鹰一枝玫瑰:"不论苍鹰怎样折磨它,它仍是那样年轻美貌";在俄罗斯民歌中,老鹰(媒人)拆散了一串珍珠(眼泪),吹鼓起一块黑丝绸(发辫):这使未婚妻的梦得到了解释,或者"灰蓝色雄鹰"拆散了这串"珍珠"。绣球花—姑娘站着,面对着星星—母亲哭泣;或者未婚夫 = 月亮,未婚妻 = 星星:让咱俩一块儿出来,把天空和大地照亮,就是说让我们一块儿坐上花车(小俄罗斯民歌)。这一模式受到人们喜爱:在一首品都斯民歌中,月亮 = 未婚夫对星星 = 迎亲的人们说道:让我们一起照亮万物;这是未婚夫在号召他的亲属同丈人打架;在拉脱维亚民歌中,月亮与星星奔去参战,援助年轻人。我们已经知道,割草,收割——爱情的象征;正如在德国舞曲中,未婚夫,割草人在割草,收割,这是明白易懂的,不像在小俄罗斯民歌中,这些行动转移到了姑娘身上:

> 最好别去收割黑麦,
> 最好去收割大麻,
> 最好姑娘别急着出嫁,
> 最好等待我这位少年郎。

民间诗歌的语言充满了象形文字,这些文字与其说是通过形象,不如说是通过音乐才能理解,与其说是表现对象,不如说是激起情绪;为弄清其含义,就需要记住它们。补充说一下,基督教象征领域中的对比:应当知道,公鸡是基督的象征,狮子是魔鬼的象征,以便理解普福尔茨海姆市的阿利道尔福教堂的正门入口处的壁画:公鸡与狮子搏斗,随后站立在被铁链缚住的狮子身上。

在混淆之后出现了协调,自我满足的谐音,如发辫—露水—美貌;我国某些异族民歌的歌词缺乏任何意义,但其韵律却悦耳动听。

这是——颓废派之前的颓废派;诗歌语言的瓦解早就开始了。然而这是怎样一种瓦解呢?要知道,在语言中语音与词尾的瓦解往往导致思想对于束缚它的语音符号的胜利[30]。

四

让我们回想一下对比的基本类型:自然图景,带有花朵,树木,等等,与它的相似之处扩展到人类生活的情景。对比的这一或那一半按各个部分展开,相互协调,有时分析展开,过渡成为整首诗歌;但是关于这一点稍后再谈。有时对比模式有些孤单地出现在诗歌的开头或引子中,同进一步的发展只有微弱的联系,或者毫无联系。

这使我们转入探讨诗歌的**引子**与对比法的关系问题。在鞑靼人的民歌中,这些引子通常由毫无意义的歌词搭配构成,就像在法国民间副歌中常见的情况一样。无论前者还是后者都不固定于某一歌谣,在其他一些歌谣中也往往这样唱。即使在引子或副歌不乏现实的意义,似乎要求它们同所唱的内容有某种协调一致的情况下,也是如此。鞑靼人的"复杂"歌谣由曼声拖腔与舞曲组成,后者也可以单独演唱,但在复杂歌曲的结构中却起着副歌的作用,而这些副歌在同一首歌谣中也在变更。相反的是,虽然立陶宛和拉脱维亚民歌具有不相似的内容,却往往以同一引子开始。例如:我骑着马儿赶路,骑着马儿赶路,等等。

有人用歌手们的技巧手法来解释后一种现象:他们需要走来走去,反复练唱,以便有时间想起歌词;在这种情况下,全部问题在于曲调,而词句则是无关紧要的,不论是随意发出的惊叹,模拟牧笛,还是模拟其他乐器,都如出一辙,就像在法国副歌中常见的那样。这也许在那个远古时代为我们的诗歌引子和副歌开拓了相当可观的历史远景,那时在舞蹈—音乐—叙述的混合发展中,节律因素还比音乐占优势,而歌词则由感叹词、个别词句组成而仅仅粗具轮廓,缓慢地朝诗歌发展[31]。在前一章中所确立的观点促使我把副歌、引子的无意义和漫游不定看作较晚形成的现象,它适应了引起音乐对比现象,卖弄韵律和谐音的发展阶段的需求,概括了各种象征,并把它们按照歌曲的自由自在的方式散布在各种虚幻的,调整情绪的组合之中。起初引子可能固定于歌曲,而我并不反对在一些情况下假设在引子中反映了被遗忘的对比法模式。我曾为此举过两个例证*,在这里也许可以再列举几个:壮士歌的引子"深邃的海洋,深不可测……第聂伯河的深渊深不见底"建立在关于第聂伯河的深度的观念上,而索洛维伊·布季米

---

* 参看 A. H. 维谢洛夫斯基:《作为时间因素的叙事重叠》,第 92 页。

罗维奇在随后展开的壮士歌中正沿着这条河而上[32]；而一首法国民歌的副歌则从民歌所熟知的对比法：爱慕—搅浑—污染中得到解释。当这一模式得到了概括，它的现实意义淡化了，但它已经成为了由它开始或引导的歌曲组成中的一定情绪的表达者。在我国民歌的引子中唱道："绣球花在摇摆，马林果在摇摆"，或者："小小的绣球花，小小的马林花，开着粉红的花"，就像在副歌中的"绣球花，马林花！"一样，任何现实的象征意义的痕迹都消失了。

　　这就使这些概括性的模式向具有相似音质的歌曲转移和引子所开始发挥的新作用得到了解释，引子不再支持歌手的记忆，不再引发歌曲，而是为它准备情绪，也通过其韵律格式而使听众和歌手有所准备。例如，在北方叙事歌谣中[33]就是如此，在关于偷走索罗蒙诺夫的妻子的瑞典民谣中，也有这样的副歌："我想到森林里去！"*在歌谣的内容与副歌之间看来没有任何共同之处，但是副歌却引起某种遥远的，路途漫长之感，而在这路途上发生了抢婚[34]。

　　正如我所说过的，对比模式独立地存在于个别短小歌谣之中，通常为四行诗，在我看来，它们是由一对两行诗组成的**，或者是发展其中之一，因为它的形式已经使形象的心理对偶性得到了充分的表现。根据新的考察材料，拉脱维亚的民间歌谣（四行诗）正是起源于两行诗；小俄罗斯、白俄罗斯、大俄罗斯、波兰所熟悉的四行诗的母题如下：

　　　　翠绿的芸香，开着黄色的花，
　　　　我不嫁给不爱的人，宁愿浪迹天涯。

等等，都表现在头两行诗中。我曾由于别的原因研究过这一模式的各

---

　*　参看 A. H. 维谢洛夫斯基：《关于偷走索罗蒙诺夫的妻子的瑞典叙事谣曲》/《论文集》，科学院出版，1894 年，第 64 卷，第 2 辑，第 4 页。
　**　参看 A. H. 维谢洛夫斯基：《民间文学研究的新书》/《国民教育部杂志》，1886 年，3 月号，第 193 页。

种变文*;变文及注释如下:芸香是贞操,疏远,离异等等的象征;它遭到践踏;关于它的歌谣很自然地出现于婚礼习俗中,并转移到婚礼的各个不同场面,或者摆脱仪式,或者用玫瑰替换传统的芸香形象(鲜红的玫瑰,橙黄的花儿)。同时花的形象逐渐淡化:翠绿的小松树,黄色的花儿——甚至是:漫长的小路,黄色的花儿——而对比的第一部分逐渐丧失了同第二部分的协调一致,具有了不稳固的,过渡性的副歌的作用,这就使我有理由把它同意大利民间流行歌谣(四行诗短歌,诗段)中以花卉为引子的现象相类比来加以说明。

这是两行诗或三行诗,或者在对偶诗句之前先有以花为名的半行诗,而且第一行诗或半行诗看来并不为后来诗句的内容做准备。我认为很可能原来有过联系,但被遗忘了。例如,它在我们所举的例子No.56中可以感觉到:(1)芦苇扬花啦!谁想采芦花,就得深入芦苇荡;(2)谁看上了姑娘,就得去巴结她的亲娘。

或者:

芦苇扬花啦!
芦苇随风倒,不可依赖它;
姑娘也一样,水性杨花,骗人欺诈。

麦子扬花啦!
麦子开花结穗,
姑娘情深义重,貌美如花……

随着每一种新的花卉,可能出现新的关系,新的暗示;当具有内容的对比不再被人理解时,一种花可能代替另一种花,不加区别;只有少数花卉保留了象征意义,令人想起我国民谣中的绣球花、芸香。例如,

---

* 参看我关于 П. П. 丘赛斯基的文集在科学院所做的报告:《科学院通报》,1880年,第37卷,第38页。附件No.4。

在意大利南部流行把心爱的姑娘比做芸香,可是同一种花卉也像在我国民谣中一样,同时具有远离、疏远、分手……的寓意。让谁尝尝大蒜的滋味——对谁蛮横无理;橙子的皮(苦涩,就像)——嫉妒。但是总的说来,以花作为引子已丧失了它的暗示作用,重心在于**花的**一般概念,取代它的有——花束、叶子、枝条、茎秆、树木,等等。许多花卉聚集在同一诗歌引子中,平淡无奇,没有任何暗示(例如,灰白的、干枯的豆荚),虚幻的,并且突出花作为最优秀的、完美的寓意,如"某某之花"这一抽象概念,例如,青春花季。由此产生这样一些模式,诸如痛苦、甜蜜、草、白银、石膏、铝、毒蜘蛛之花,甚至忧伤之花和虚无之花!

发展以玩弄习以为常的模式结束,这种模式虽然缺乏意义,有时却闪耀着模拟讽刺的光彩;至于玩弄谐音和韵律的例证,我们在前面已经列举过了……法国轮舞曲的副歌看起来同诗歌的内容格格不入,很可能属于同一起源:

鲜美悦目的蕨菜,
蕨菜开花结籽。

在罗马尼亚民歌中,花的对比保留作为引子,就像在意大利一样,具有同样形式化的性质。它只是引起一定的情绪,而并不延伸到歌曲之中;占主导地位的形象并非花朵,而是绿枝:榛树的绿枝,灌木的绿枝,大叶黄杨的翠条嫩枝,等等。

一些人在东方,在色拉姆(селам)[35]——一种把美女比作鲜花的欢迎祝词中寻找意大利的花的对比的起源;而另一些人则排除了东方起源,指出把姑娘、心上人同玫瑰、百合等等同起来是一种普遍的诗歌手法。但是,这种等同并不是突如其来的,雄鹰、绣球花等在成为未婚夫、姑娘的象征之前,经过了好几个发展阶段,而这些发展阶段也反映在民间诗歌风格的演变中;俄国的四行诗关于芸香的类比也属于此类。某些有可能组成花卉对比的游戏的民间性质也排除了其东方起源。在法国南部的小夜曲中,小伙子们送给姑娘们花卉,往往以即兴创作的关于这种或那种花卉的诗节结束。众所周知,意大利的流行歌谣(stornelli)采取轮唱,轮换问答的方式演唱……以花卉为题的游戏可能由舞蹈伴唱;人们相互传递花朵……

后来这种游戏降低到了沙龙、上流社会开展社交娱乐的水平;例如在罗马和托斯卡纳:主持人被称作"美丽的花束",他分发给每个游戏者一朵花;当所有的人都入座后,例如,他就说:"我独自游逛,却找不到茉莉花"——于是那个手里拿着茉莉花的人应道:"这朵花是我!""是的,亲爱的,别了。"——主持人回答说,于是他们互相交换位置。

在这种情况下花卉的意义并不起任何作用,就像在洛林的竞唱中(一种古代法国的争先恐后的竞争性对歌)一样,这成为了意大利歌曲引子的衰落的有趣对照。这就涉及诗歌竞赛,以前在法国摩泽尔河行政区的乡村中这种竞赛是相当普及的。在冬季晚间集会时,尤其是在星期六,姑娘或小伙子敲敲小木房的窗户,那里有几位妇女聚集在一起干活或聊天,并提议说:"愿意来对歌吗?"屋里的人回应了;接着便用押韵的诗句进行一问一答的对歌:这通常是具有讽刺内容的两行诗,以花为引子,其模式如"我卖给你"*。

> 我卖给你白莴苣,
> 啊,应当尽力去
> 热爱好心的朋友!
>
> 我卖给你一枝野香芹,
> 它本属于你所有的产业。

---

* "我卖给你"的模式令人想起在小俄罗斯的婚礼上分发结婚礼物时交换的笑话:送给年轻人……那头野猪,它在第聂伯河对岸游荡,吼叫,摇摆着尾巴自卫,处处都同公牛相比;送给你一匹马,快去田野追它,如果能抓住它,就是你的。

引子变得五花八门:我卖给你葡萄枝叶,起绒草,我的丝围裙,黄金与皇冠,最后则是:我不知道卖什么,就像在意大利的诗歌中的"虚无之花"一样。这一游戏也称做出卖爱情;在赫里斯基纳·德·皮萨[36]的《买卖的游戏》中,这些短歌得到了文学的加工……

我把流行歌谣的花引子,罗马尼亚的绿枝之歌(frunzi)与竞唱对歌(dayments),以及"花"的游戏都看作是发展的结果,这一发展的出发点只能加以假设。起初大概是我们所熟悉的那种短小对比模式的文体;也许是那种采取两行诗或四行诗的轮唱方式的游乐歌曲;一方面,形成比较固定的象征体系,另一方面,花引子由于流于形式,陷于过渡的和自由运用的状况而变得陈旧过时了。流行歌谣与竞唱对歌滞留于发展的这一阶段上;当这些变化或曲解渗透到游乐歌曲中时,便形成了花的游戏。

中世纪艺术抒情诗中的民歌对比法的遗迹也许能证实所提出的假设,但它们为数甚少,而且它们也许只是在风格上才能显示出来,就好像是从别处学来的诗歌手法一样。就像最古老的法国北部行吟歌手和骑士爱情歌手一样,行吟歌手的抒情诗自然是具有民间诗歌引子的[37],但是个人创作的欲望,把诗歌看作一种严肃的、有独立意义的,能鼓舞人的活动的意识——这一切既不是独立自主地表现出来的,也非来自民间诗歌的动机。民间诗歌虽然受人们喜闻乐见,却并不被重视。当它唤起人们关于光荣业绩的记忆或是召唤天上的诸神的时候,它曾被当作一种事业,或者被教会怀疑是谈情说爱的无聊之举。然而不论在哪一种情况下,民间诗歌都不曾引起作为诗歌的标准。这一标准一旦出现,与此同时也感到了诗歌活动的价值,而这是在经典作家的影响之下产生的。人们在中世纪的学院中诠释这些作家,力求运用他们的语言来效仿这些经典作品……

无忧无虑的云游僧[38]曾在学院中学过经典作品,掌握了它们的陈词俗语,神话暗喻,喜欢运用譬喻和自然图景,并使其同人的内心世界相呼应。他们做得有些抽象,并不拘泥于现实的细节,而更侧重于烘托情绪;无论如何,他们是迎着民间诗歌的对比法而前进的,这种对比法同样是建立在外部自然界同我们的心理过程相符合、相谐调的基础之上的。在尚未受到行吟诗人以及通过他们介绍的经典作品的影响的古代德国骑士爱情诗歌[39]的片段中,仍然可以感到对比法的朴素形象的新颖生动。我们以下将会谈到的关于雄鹰——年轻人的短歌便是例证。

古典传统与民间诗歌手法便这样交织在一起,从十二世纪起,德国人称作"自然景色起句"的那些诗歌引子的千篇一律已令人感到惊讶。形成了一系列陈腐乏味的反复咏唱的格式,诸如:春天来了,自然万物欣欣向荣,爱情也含苞欲放了;或者相反:秋天和冬天的印象同忧伤的情绪相对照。让我们回想一下民间诗歌的对比:树木发绿了,年轻人为爱情而心花怒放,或者"树叶凋落了,心爱的人儿离去了"。我们在中世纪的艺术抒情诗中还很少遇到这种分别的对比,兴趣往往集中于一些陈词俗套:春天、冬天及其周围的现象,另一方面则是人的感受,或高昂,或低沉;在对比的个别成分及其形象之间并没有以形象对比法作为贯串的线索……

在沃尔夫拉姆·冯·埃申巴赫的笔下[40],在同鸟儿在春天用婉转的歌声抚慰幼鸟这一形象形成的对比之中,春天的气息苏醒了……

这种对比法的抽象模式还有另一种发展——按照矛盾的观念。以上我们举过一个恰当的例子,用省略对比中的一个成分来加以解释:高大的柳树伸展开繁茂的枝叶;我的爱情情深义重,但内心却为离别而忧伤不已(如同柳树叶纷纷凋落)。也许我们在这里有理由说是一种矛盾的对比:春天来临了,我的爱情应当如鲜花怒放,可是它却凋谢了;或者相反,爱情的幸福被寒冬的各种形象包围着,除了感情,周围的一切都冻僵了。这是一种对照的游戏,往往见之于中世纪的抒情诗,它表明春天=爱情等等的对比已经形成了;它们是十分自然的,它们之间的和谐、协调一致,是可以预期的。一旦缺少这种协调,同样一

161

些形象便会按照矛盾的观念进行对比,而侧重点不在于形象,而在于情感的分析,它们则赋予这种情感以优美精湛的表现。

在古代法国诗体小说《帕尔齐法尔》[41]的一个情节片段中,卡拉多克在森林遇到了暴风雨,他一面在一棵枝繁叶茂的橡树下避雨,一面陷入了关于自己爱情的忧思。他看见,有某种发亮的东西朝他走来,并听到了鸟儿的歌声,在一道光线照耀下,阿拉尔登飞驰而来,与他同行的是骑在白骡上的一位美女;夜莺、云雀、画眉欢快地在他们头上飞翔,从一根树枝飞到另一根树枝,鸣叫不停,响彻山林。这一对男女在距卡拉多克一步之外驰骋而过,对他的招呼不予理睬;他冒着风雨骑马追赶这一对远去的男女——却无法赶上他们,而他们则在同样的光亮的照耀下,由鸟儿的歌声相伴,一往无前。

这是反衬的对比——借用梦幻的形式。显然,类似的手法只能在相对较晚的发展阶段上出现;春天——不是春天,令人想起否定对比法的逻辑结构,它不是进行比较,而是通过比较来加以强调:"不是小白桦树折弯了腰……而是男子汉痛不欲生"。

五

两项式对比的发展可能是丰富多样的,而不论相似的形象和情节的数量多寡;它可能局限于为数不多的对比,并扩展成为整个系列,形成两个对照的情景,相互支持,彼此暗示。因此,从**引子的对比**中可以产生歌谣——其基本主题的变奏。当啤酒花缠绕在栅栏上,攀缘在树上(小伙子缠住姑娘),当猎人(未婚夫,媒人)追捕水貂(未婚妻)的时候,我们已经可以大致猜出,进一步将会如何发展。当然,它也可能按照对比法的含义发展:要知道猎人可能追捕到——或者追捕不到水貂。有些四行诗歌谣以下列引子为开端:一对雪白的鸽子在湖泊、山林、姑娘的房屋的上空飞过,勾起了姑娘的思念:我的未婚夫=鸽子很快就会与我团聚!或者如果他不同来,爱情也就完结了;有一个版本发展了这一主题:姑娘悲痛欲绝;另一个版本的引子中的鸽子甚至不是雪白的,而是乌黑的,像煤炭一样。

　　发展也可能按另一种方式趋于多样化。小河静静地流淌,风平浪静:孤苦伶仃的待嫁姑娘有许多相亲的客人来访,可是谁都不祝福她;这一我们熟知的主题是这样分析的:小河不起波浪,是因为长满了水草藤蔓,小舟在长满水草的水面上漂荡;藤蔓与小舟——这是"异乡人",求婚者的亲友们。从我们以上提到过的关于芸香的短歌中,便这样发展形成了一系列源于同一个远离、分别的主题的不同版本。这一主题是在引子中提出的:翠绿的芸香,橙黄的花朵……或者姑娘本人想离开,不愿嫁给不爱的人,或者心爱的人要求她一起远走高飞,而这一版本的发展是引起了姑娘的反驳:我怎么能远走高飞? 人们会吃惊,看不惯的。或者未婚妻没有等到未婚夫或母亲,写封信吧,又不会写,自己去吧,又不敢。这一发展又附加了别的情节:在等候未婚夫的时候,姑娘在清晨为他编织了一个花环,在烛光下编织了一条围巾,于是她请求黑夜帮忙,请求用霞光照亮。歌谣接着便汇入了前面的情节:写封信吧,又不会写,送去吧,又不敢,去吧,心里又七上八下。

　　记录于库尔斯克省希格罗夫斯克县的以下一首民歌,可以视为完全从基本对比(雄鹰为自己选择了乌鸦,伊万努什卡为自己选择了阿甫多季什卡)中发展出来的完整诗歌的一个范例:

　　　　雄鹰在晴朗的天空中翱翔,
　　　　他一面飞翔,一面从鸦群中选择对象,
　　　　他为自己选择了一只灰白色的小乌鸦,
　　　　一只灰白,灰白,稚嫩的小乌鸦,
　　　　灰白小乌鸦向雄鹰求情说:
　　　　"矫健的雄鹰,放了我吧,
　　　　啊,让我自由自在地在野外
　　　　同黑色的鸦雀们一起飞翔。"

——"我如果放了你,小乌鸦,
你就会忘了我这只雄鹰啦。"
"我保证,矫健的雄鹰,决不会忘记你,
我会记住你的,雄鹰,
啊,我会记住,记住,永世不忘。"

伊万努什卡骑马沿着大街,
沿着宽阔的街道行走,
想从城里挑选个漂亮的姑娘;
他为自己选中了一个心爱的姑娘,
啊,他选中了心爱的,心爱的,年轻的阿甫多季尤什卡。
阿甫多季尤什卡向伊凡努什卡求情说:
"放开我吧,伊万努什卡,让我去做客,
啊,让我去做客,去做客,
到我亲爹那儿去做客,
同我的女友们一起游玩。"
"我放了你,阿甫多季尤什卡,
你不会忘了我这个男子汉吗?"
"我保证,伊万努什卡,决不会忘记,
我会记住你的,记住你这个男子汉,
啊,我会记住你,记住你,永世不忘。"

　　歌谣由引子发展而来,而引子又可能重新插入歌谣的组成内容,重复出现,有时是逐字逐句地暗示,有时又往往编入歌谣的演唱进程,并相应地有所改变……
　　有时歌谣内部引子的变化仅仅是由于谐音的要求,但是在象征关系被削弱的情况下,难以确定最初采取的是怎样一种形式。例如,捷克的四行诗(舞曲):

一畦畦芹菜，

一畦畦胡萝卜，

不等到天黑，

我们别回家；

在另一首歌谣中，这一引子有如下变化：

一畦畦芹菜，

一畦畦罂粟花，

小伙子们，别为找我们

闯进我们家。

一畦畦芹菜，

一畦畦黍谷，

小伙子们，别踏着露水

前来找我们。

一畦畦芹菜，

一畦畦胡萝卜，

小伙子们，不等到天黑，

别来找我们。

一畦畦芹菜，

一畦畦白菜，

小伙子们，不到星期天，

别来找我们。

…………

我们不知道，这些歌谣是怎样演唱的，是不是采用轮唱的方式，但是按照同义反复或对照而组成的这样两首四行诗，在连续演唱的情况下，其结果是形成一首具有一系列重复出现的插入诗句——引子的诗歌:这是同样的一些引子,但得到了发展和变形,虽然它们内容各不相同,却衬托出诗歌的总的情趣。从我们的诗学观点看,它们似乎有意识地使我们回到了基本主题,并引起对于它的新的分析:在我看来,这是一种从古代的两个合唱队的合唱与领唱之间,两个歌手之间的轮唱中形成的一种风格手法。合唱最后一行诗或者重复引子,在歌曲演唱的顺序中,重复的引子出现于诗歌的两部分、两个诗节的间断之中,同时既是引子,又是副歌。它们的历史是无法分割的;我在诗学的另一部分还将谈到有关副歌的问题。

但是,诗歌的发展并不局限于它的基本主题的范围:引子的心理对比法;它增添了新的内容,套语,以及来自其他诗歌的熟悉的情节特征和修辞用语。它们有时运用得恰当,有时则机械地生搬硬套,就像在另一种观念环境中形成发展起来的象征一样。有些诗句、诗句组合耳熟能详,成为某种完整的东西,成为一种模式,诗歌宝库最单纯的因素之一。抒情诗歌利用它们进行各种不同的组合,正像叙事诗利用重复描写,童话故事利用一定范围的固定修辞用语一样。对于这类概括化的、迁徙的模式的研究奠定了民间诗歌与故事传说的神话学研究的基础[42]。例如,在关于鸽子的四行诗歌谣汇编中的第三诗节就属于迁徙模式,它在各种不同的德国歌谣的结构中都能见到,也包括一些其他的模式,如"渴饮小溪水,一见姑娘就钟情","没有不被虫蛀的苹果,没有不被欺骗的姑娘、小伙子",等等。

属于这一类的还有歌谣遗留下来的引子,它们为歌谣开头,而歌谣则从它们发展而来。以下单独的诗节就像我国关于芸香的短歌一样,具有引子的所有特征:

> 翠绿的芹菜,你这悦目的草儿!
> 我是多么地信任我的心肝宝贝,
> 寄予了多么大的信任,许了多少的心愿
> 天长地久的爱情决不会生锈。(原文为德文)

这首歌谣的不同版本以姑娘的抱怨开头:我做了什么啊,使我的心上人对我大发脾气?——接下去是关于胡萝卜的四行诗,有时由于后来插入歌谣的一些诗节而做出一些改变。在内容不同的另一首歌谣中,年轻人对姑娘说:戴上花冠吧,你将做我的新娘;她却推脱说,她还年轻;小伙子答道,如果这样,那么我心高气盛,不愿娶你啦。在这首歌的不同版本中,也曾出现关于胡萝卜的引子。

他还会出现,因为"天长地久的爱情决不会生锈"。于是心爱的人真的出现了,请求姑娘戴上花冠……结局就像上述那首歌谣中一样:姑娘加以拒绝,因为她在等待未婚夫!这一新的转折未必有心理上的根据,更简单的解释是由于不相干的主题不恰当的介入所致。

以上列举的某些关于绣球花的俄罗斯歌谣,或者如以下一首歌谣,可以成为非有机增生的诗歌的例证:

  小枞树啊,你这棵小松树,
  这边瞅一瞅,那边瞅一瞅,
  环顾一下四面八方吧:
  你的一切枝叶全在身边吗,
  你的日子过得还好吗?
  啊,一切枝叶都在我身边,
  日子过得还好,
  只是没有了树梢,
  没有了金黄色的树冠啦。
  年轻的玛鲁霞,
  环顾一下四面八方吧:
  你的亲人,
  都在你的身边吗?
  啊,我的亲人
  都在我身边,

只是没有了
我的亲爸爸。

歌谣由对比加工而成,有时它由于附加上以下情节内容而延长:亡故的父亲或母亲请求神灵保佑子女。

下面一首歌谣的主题是这样的:月亮带领着云霞＝星星,吩咐它们像它一样普照大地;未婚夫带领未婚妻来到父亲家,吩咐她像他一样服侍他或服侍丈人。其中一个版本如下:

月亮升起,高悬木屋上空,
它带领着云霞跟在身后:
照耀吧,我的云霞,就像我一样照耀。
而月亮光芒四射,
照亮了四周的乌云。
万尼奇卡骑马来到了父亲家,
他带领着马鲁什卡跟在身后;
他让马鲁什卡站在自己面前:
站好了,马鲁什卡,就像我这样站着,
服侍我的爸爸,就像我服侍他老人家一样。
而我,小伙子,已经服侍够啦,
黑夜里到处奔波,
赶着马儿翻山越岭,
用马刺刺着马肚子,赶着马飞奔,
我恼恨地把帽子一扔,
垂下了头,
累得浑身乏力,连鞋都忘了脱。

另一个版本则进一步说明,为什么未婚夫累了:

站好了,我的阿杜什卡,
就像我一样站着,
向我的爸爸鞠躬,
就像我向你的爸爸鞠躬那样。
我向你爸鞠躬的时候,
光着头,脱下帽子,
拿在手里,
毕恭毕敬地向你爸,
俯首致意,
这一切,阿杜什卡,
都是为了得到你。

在第三个版本中,新的细节促进了类比的发展:云霞＝星星＝未婚妻:月亮带领星星跟着自己,同自己并排运行,

照耀吧,我的霞光,就像我照耀那样,
但它是那样细小,那样明亮,
在所有的霞光中,数它最显赫风光。

万尼奇卡带领着未婚妻,让她并肩站在身旁:

虽然她面带愁容,却十分漂亮,
在所有的姑娘中,她最显赫风光,
她虽身材瘦小,脸蛋却红润透亮!
…………
杜尼奇卡,向我的爸爸鞠躬吧,
就像我向你的爸爸鞠躬那样,
等等。

169

如果问题涉及艺术性歌谣的不同异文的话(这些异文有的记录得比较完整,而有的则有所删节或增补),那么更为顺理成章的则是假设以上所提及的最后一个版本保持了比较完整的文本,而其他版本则进行了删节,遗忘了这一或那一特征,或者相反。这一过程无疑也存在于民歌之中,它同相反的、熟悉的和写作的诗歌轮流交替,生长在一起。区别在于这一过程在后者中总是自觉的,具有明确的,例如,艺术的(加工的)目的,而在民歌中,它则既进行歪曲,又促进编写。我难以确定,这两个过程中的哪一个更足以解释诸如我们列举的第三个版本中多余的对比:她虽身材瘦小——她虽面带愁容;它究竟属于歌谣的组成内容,还是后来增添插入的,即使是外来的插曲,却同它的形象性相适应呢?

从基本对比的主题发展来的歌谣有时采用特殊的形式。众所周知的葡萄牙的双重歌谣实际上是由两个合唱队演唱的同一首歌谣,其中每一个合唱队逐句重复前一个唱的诗句,可是每个唱的韵律各不相同。下面所引的一首莱斯沃斯岛的民歌也是双重歌谣,却给人以另一种印象。我主要指它的第一部分而言;它建立在熟悉的形象对比法之上:解渴=满足对爱情的渴望,繁花似锦的树木=美丽的姑娘;这些形象每隔一行诗互相轮换,例如,第一行同第三行(树木)相联系,第二行同第四行(姑娘)相联系,等等。在同第一部分在内容上仅有一行诗(我的嘴解了渴)相联系的第二部分中,也有同样奇特的轮换,但是对比却不明显,处于主导地位的则是内在的,不断变化的叠句。

  1a. 谁见过繁花似锦的树,
   b. 见过黑眼睛的姑娘?
   a. 树木长满了翠绿的枝叶,
   b. 姑娘长着乌黑的头发和眉毛,
   a. 树梢足有三倍高,
   b. 姑娘的双眼满含泪水,

a. 在树根旁有一眼井,
　　b. 她的心充满了悲伤!
　　a. 清凉的泉水?
　　b. 谁见过这样的奇迹?
　　a. 我俯下身去,为了装满我的杯子,痛饮一番——
　　b. (我爱慕的眼睛如此乌黑发亮!)
　　　为了吻一下她那双乌黑的眼睛。

2. 我的头巾掉了,
　我的嘴解了渴,
　那头巾是金线绣的,
　(头巾是多么漂亮!)
　三位姑娘边唱歌,
　边为我绣了那条头巾,
　她们像年轻人在五月里那样欢唱。
　一位姑娘绣了一只雄鹰,
　(出来吧,我的金发姑娘,让我瞧瞧你!)
　另一位绣了蓝天。
　(你的目光是多么甜蜜!)
　一位姑娘来自加拉西亚,
　(别让我失去了理智!)
　另一位来自新的地区:
　那是哈吉·扬的女儿。

在奥林波斯山上传唱的则是另一种版本的相似歌谣。

六

两项式对比法的最单纯的模式为我提供了这样的依据:即不仅从

形式的方面来阐明**咒语**的结构和心理基础。

对比法不仅对比两项动作,把它们相互联系起来进行分析,而且通过其中一项来暗示期望、担忧、心愿等,而这些情绪也延伸到另一项动作。椴树一整夜喧哗作响,对枝叶说:我们将会分手——女儿也会同母亲分别……或者:樱桃树垂向树根,而你,马鲁霞,也向妈妈弯腰鞠躬吧,等等。咒语的基本形式也是两项式,有诗体的或者同散文体部分相混合的形式,其心理动因也如出一辙:召唤神灵、魔力来相救;有一个时期这类神灵或妖魔曾实现起死回生的奇迹,拯救或保护人免遭灾难;他们的某些神奇功效在记忆中被定型化了(在苏美尔咒语[43]中已经如此),而在对比的第二项中则出现了乞求出现类似的奇迹,救苦救难,再现同样的超自然行为的人。当然,这一两项式经历了变化,在第二项中叙事基础让位于祈求的抒情因素,但是形象性从仪式中得到了补救,它用实际的表演来伴随念咒语的模式[44]。著名的梅泽堡咒语[45]及其繁多的对比可以作为其他类似咒语的典型代表:有一次三位神灵骑马出游,其中一位的坐骑伤了腿,可是神灵把它医治好了;而一个祈求止住流血的人正在等待这样的医治。代替神灵出现了圣徒,《圣经》上的历史人物,它所炫耀的事迹经过了伪经加以虚幻的修饰,时而提供咒语的格式。百人长隆庚[46]从救世主的手脚中取出了钉子;那么也从我的体内取出铁制的利器吧……耶稣受难的十字架图像为止血的咒语提供了另一些歪曲到无法辨认的形象;在拉脱维亚的咒语中,耶稣基督沿着海边行走,右手拿着三个十字架:第一个——信仰,第二个——命令,第三个——医治。鲜血,我命令你,止住!

有时咒语念起来,就像歌谣的对比:

> 就像啤酒花爬蔓在向阳的树桩上一样,
> 上帝的奴仆围绕、簇拥在我的周围。

> 在炉灶里火烧得正旺……火焰吞噬着木柴,

某人的心灵也在燃烧着,被吞噬着;

但是这一火焰也体现为伟岸的宇宙壮士,人们祈求驯服他:a."巨大而强壮的壮士坐在那里。坐着吧,壮士,别朝上,别朝下,别朝向一旁!在你上面乌云密布,在你下面碧海汪洋,铁栅栏在你四周团团围住。b.请记住,上帝,大卫王,康斯坦丁王,你们征服了大地与洪水,请你们就地驯服这个勇猛的壮士吧"。

念咒语驱逐病魔(毒草):

a.在海边,海边,在圣像前,耸立着爆竹柳丛,在柳丛中躺着一块光秃秃的石头,在那块石头上坐着十二个年轻人,十二个壮士,拿着十二把锤子,夜以继日地敲打着,以便把病魔从棕红色的毛皮中,从狂乱的头脑中,从明亮的眼睛中,从血管中,从肌肉韧带中,从轻微的呼吸中驱赶出去。b.接下来则应是祈求从某处驱赶病痛;由对圣母的祈祷来取代咒语:啊,主啊!请求解脱和免除任何体力衰退吧!请求上苍全力保佑米哈伊尔·阿尔哈伊尔吧。保佑吧!

圣母生儿育女没有任何痛苦;伪经传说她有个产婆叫所罗门尼达,并说她会采集有疗效的药草和花卉,但是这一功能转移给了圣母;治疗的地点则在约旦河,而约旦河又不知何故同所罗门尼达——一条流经陡峭河岸和黄色沙滩的河流汇合在一起。这可能就是咒语"祛除魔难"的最初的结构,它在以下两个版本中混合在一起了:

a.圣洁的圣母玛丽亚,你漫步在所有的草地上和天堂乐园中,同自己的圣子耶稣基督,同天使、天使长和所有的圣徒们在一起。你们寻找各种药草,收集各种花卉;圣洁的圣母,你煎熬花草,医治所有的病人——医治和帮助病魔缠身的人们(接着是朝耶稣基督和圣母的祈祷——帮助上帝的奴仆摆脱毒眼相看,谗言咒语,巫术魔法,"摆脱与生俱来的厄运,摆脱女人的苦命"等等)。光荣的河流约旦河——所罗门尼达,你跨越了神圣的群山,流经茫茫的黄沙地带,穿过了陡峭的河岸,流过绿茸茸的草原,漫过长满青苔的沼泽地,腐朽的坑洼,你冲刷掉了青苔、沼泽和腐朽的坑洼——求你从上帝的奴仆（某某人）的身上冲刷掉病魔晦气吧！b. 好吧，我去约旦河取水，我不是独自去，圣母与我同在。她将为我洗刷，用衣裙擦干，把他的所有疾病从拒绝治疗的人身上，从学究身上，从生来就有病的人身上，从妇女身上驱逐出去，等等。

a. 圣母——耶稣基督之母生育的时候，既没有流血，也没有阵痛，没有任何的痛苦。光荣的武佳河，光荣的所罗门尼达河源于东方，来自上白雪山，汇聚四面八方，冲刷着陡峭的河岸，显露出一片黄沙。b. 用某种方法使黑色的和灰色的眼睛复明，使灰蓝色的眼睛和独眼复明，使黄色的眼睛和斜眼，使各种不同的眼睛都重见天日……

在我们随后将谈到的单项对比法中，只有第一项的叙事部分在模式中得了发展。可以对照一下，例如，以下关于止血的咒语：三位姐妹在纺丝线；纺出线来，别掉在地上，也别从地上拾起来，"上帝的奴仆从不流血"；或者："圣母在金纺车上纺线，线断了，流血包扎止住了。"对照拉脱维亚的咒语：圣母玛丽亚坐在白海边，手里拿着穿着白丝线的针，缝住所有的血管；或者在约旦河边，长着三株椴树，每株有九个枝杈，每根树枝上坐着九位姑娘，她们在缝合，包扎血管。"止住血！"

有时把作为显灵行为的对象的个人从对比的第二项中转移到对比的这一叙事部分。例如，在医治心绞痛的俄罗斯咒语中："在耶路撒冷城，在约旦河边，耸立着一棵棕榈树；在那棵树上栖息着一只雄鹰，它吱吱作响，用爪子揪来揪去，从上帝的奴仆（某某人）的面颊和牙齿下面，把心绞痛驱逐掉。""在海边，在大洋的岸边，耸立着一株盘根错节的橡树；从那棵橡树下涌出一股水花四溅、水声隆隆的泉水。圣母从中取了一些水，在索扬山上，为某某人冲洗头，祛除病魔。"

这类模式来源于两项式对比法，并由此得到解释：在耶路撒冷城，一只雄鹰停在树上，把心绞痛病魔揪走；但愿上帝的奴仆的病魔也能这样被祛除，等等。

七

我只是顺便涉及(3)**多项式对比法**的现象,这是从两项式的片面积累的对比中发展起来的,而且这些对比并不是从同一个对象,而是从几个相近似的对象中获取的。在两项式模式中只有一种解释:一棵树弯向另一棵树,小伙子偎依着心爱的姑娘,这一模式在同一首歌谣的不同版本中可能变化多端:不是红彤彤的太阳冉冉升起(更确切地说,是太阳落山),而是我的丈夫病倒了;代替的是:就像橡树在田野上摇晃一样,我心爱的人在强忍着病痛的折磨;或者:就像发蓝的石头热得发烫一样,我心爱的朋友烧得浑身无力。——多项式的模式把这些对比汇集为一个系列,增添解释,同时也补充分析的材料,似乎在开拓选择的潜力:

草儿别同草茎缠绕在一起,
鸽子别同小鸽子亲热,
小伙子别同姑娘打得火热。

不是**两类**,而是**三类**形象由缠绕、亲近这一概念联结在一起。在我们列举的例 No.3 中,虽然这一概念还不是这样明确:风吹得松树东倒西歪,栖息在松树上的乌鸦也东摇西摆,而我也摇摇晃晃,由于远离自己的亲人而伤心苦恼。这种在对比的一部分中片面地增添对象的做法揭示了它在结构组成上的巨大行动自由:对比法成为了文体分析的手法,而这应当导致它的形象性的削弱,导致任何一种混合和移植。在塞尔维亚民歌中关于亲近的例证:樱桃树—橡树类比姑娘—年轻人,又增添第三种类比:丝绸—绒布,这一对比在歌谣结尾取代了樱桃树与橡树的形象……

如果我们的阐释正确的话,那么多项对比法属于民间诗歌文体风格的晚期现象;它提供选择的可能性,感染力让位于分析:这是同样一种特征,就像在荷马史诗中修饰语或比喻的堆积,就像详细描述情境的局部细节的任何赘语叠句[47]一样。只有平静下来的心情才能这样分析自己;可是这里也正是民歌和艺术诗歌的程式化套语的渊源所在。在一首俄罗斯北方的泣别歌中,一位应征入伍者的妻子为了摆脱忧伤,想隐退到森林、山岭、蔚蓝色的大海边去。她置身于森林、山岭、大海的美景环绕之中,但这一切都染上了她的忧伤的情调:无法摆脱忧伤,而在景色的描叙之中却洋溢着激情:

> 我最好还是怀着巨大的忧伤离去,
> 我躲进幽暗的山林,那里忧郁而茂密……
> 虽然在这浓荫蔽日,幽暗的森林里,
> 在山风的吹拂下,树木摇摇晃晃,
> 树干弯下身去,枝叶垂向潮湿的地面,
> 尽管这些绿叶翠枝哗哗喧闹,
> 那里的鸟儿却在啾啾哀鸣,
> 我在这里也无法摆脱内心的忧伤……
> 于是我登上高高的山岭,
> 越过山林眺望碧空万里,
> 白云悠然飘浮在天际,
> 透过云雾露出一轮红日,
> 而我却沉浸于忧伤之中,心烦意乱,
> 在这里我也无法摆脱忧伤……
> 于是我怀着忧伤前往蔚蓝色的大海,
> 我来到碧波荡漾,闻名遐迩的奥涅加海……
> 在蔚蓝色的大海里波涛滚滚,
> 浪淘黄沙,水流混浊,
> 激流奔腾,无拘无束,

悬崖峭壁,波浪滔天,
惊涛拍岸,浪花飞溅,
即使在这里,我也无法摆脱忧伤。

这是以自然景色为比兴的叙事体引子,发展成为泣别歌的对比法的多项模式:寡妇伤心,树木弯折,浮云蔽日,寡妇心烦,浪花四溅,忧伤倍增。

我们说过,多项式对比法趋于形象性的瓦解;而(4)**单项式**对比则突出和发展形象性,这也就决定了它在某些文体结构的分化中所起的作用。单项式的最简单的形态是省略不提对比中的一项,而另一项则成为它的标志;这是一种以局部代替整体的对比法;由于在对比中主要的兴趣集中于人类生活中的行为,而这一生活情景又由于同某种自然界的活动的相似而得到了验证,因而对比中的后一项就代表了整体。

以下一首小俄罗斯歌谣:霞光(星星)—月亮:姑娘—年轻人(未婚妻—未婚夫)代表完整的两项式对比:

　　a. 朝霞给月亮捎个话:
　　　啊,月亮,好伴侣,
　　　你不要比我早出来,
　　　让咱俩一块儿升起,
　　　一同照亮天空和大地……
　　b. 玛丽娅给伊凡捎个话:
　　　啊,伊凡,我的未婚夫,
　　　你不要急着上路,
　　　不要比我先骑上马,等等。

如果省略歌谣的第二部分(b),那么进行一定对比的习惯就会提示我们:代替月亮和星星的是未婚夫和未婚妻。例如在塞尔维亚和拉脱维亚的歌谣中,雄孔雀带领着雌孔雀,雄鹰带领着雌鹰(未婚夫带领着未婚妻),椴树向橡树(倾斜),(就像年轻人倾慕姑娘一样)……

在爱沙尼亚婚礼歌谣中,这是当新娘躲着新郎,而新郎寻找她的时候唱的歌谣,唱的是关于小鸟、小鸭躲进了灌木丛,而这小鸭"穿着鞋子"。或者:太阳下山了,丈夫去世了;参照以下一首沃龙涅什的哭丧曲:

　　巨大的希望破灭了,
　　它沉没在水底深渊,
　　它消失在幽暗的荒山野林,在茂密的丛林之间,
　　它隐没在丛山峻岭,在熙熙攘攘
　　的人群之中,希望破灭了。

在摩拉维亚歌谣中,姑娘抱怨道,她在园子里种了一株紫罗兰,夜里飞来了一群麻雀,闯入了一群小伙子,把一切都啄食光了,践踏完了;而对于我们所熟悉的象征"践踏"的对比却省略不提。在我们所说的意义上,特别值得注意的是来自越南的短小歌谣:通过隐喻立即可以理解的单项对比:"我去种植园,漫不经心地问道:石榴、梨和褐色苹果熟了吗"(这意味着:向邻居打听,某家的姑娘是否准备出嫁);"我想从这棵柠檬树上采一只果子,又怕刺痛手"(意味着想献殷勤,又怕被拒绝)。

当在塞尔维亚歌谣中谈到冲入敌阵的英雄……或者谈到达列抢走了安德热丽娅,并对他的对手[48]大加嘲弄时,或者当阿那克里翁向姑娘表白心迹,把她想象为一匹色雷斯小马驹,而她却斜眼瞅着他,飞驰而去的时候——所有这些都不过是被删节压缩了的对比模式中的片段而已[49]。

以上已经指出,通过怎样一些途径从构成两项式对比法的基础的那些类似特征之中选择出一些特征,并加以固定化,这就是我们称之

为**象征**的东西。它们的最近的起源是短小的单项式模式，在其中椴树向橡树倾斜，雄鹰带领着自己的雌鹰，等等。它们使人们习惯于固定的同一性，这是在世代相传的诗歌传统中培养起来的。这一传统因素也就使象征同人为选择的寓意形象区别开来：后者可能比较确切，但是对于新的暗示联想并没有留下多少伸缩的余地，因为它并没有以自然与人的协调一致为基础，而民间诗歌的对比法则正是建立在这一基础上的。当形成这种协调关系，或者由寓意性模式过渡到民间传统用语的时候，这种模式可能接近于象征的生命力，而基督教象征的历史则提供了这方面的例证。

象征就像词汇一样，对于新的意义的开拓来说，具有充分的伸缩余地。雄鹰扑向鸟儿，把它掠走，但从对比中另一个省略的部分可以看出，人际关系也映照着动物形象，于是雄鹰带领着雌鹰去结婚成亲；在俄罗斯歌谣中雄鹰的寓意很明确：未婚夫飞到未婚妻那里，停在窗棂上，"停在橡木的栖息处"；在莫拉维亚歌谣中，他飞到姑娘的窗下，遍体鳞伤，被砍伤了：这是她的心上人。雄鹰——年轻人备受爱护，装饰打扮得很漂亮，对比法体现于他的神奇打扮上：在小俄罗斯的杜梅民歌（думы）中[50]，年轻的雄鹰丧失了自由，被套上了银锁链，眼前悬挂着珍贵的珍珠。老鹰知道了此事，"飞往城市——京城"，"苦恼地扇动着翅膀"。小鹰陷入了忧伤，土耳其人解脱了它身上的锁链和珍珠，希望能消除它的悲伤，而老鹰却把它放在翅膀上，展翅高飞而去：我们宁愿在旷野上翱翔，也不愿在囚笼中苟且偷生。雄鹰——哥萨克人，囚笼——土耳其姑娘；这一对比并没有表达出来，却是不言而喻的；雄鹰被缚上了锁链，虽然它们是银制的，却不能带着枷锁翱翔。在平斯克州的一首婚礼歌谣中的两项式对比法表现了相似的形象：鹰儿，为什么你飞得这样低？——我的翅膀被丝线捆住了，我的脚爪被金链铐住了——雅霞，你为什么来得这样晚？——父亲喜怒无常，很晚才打发随从整装上路。

这令人想起古代德国关于雄鹰的歌谣中的单项式对比法，人们驯养这只鹰,宠爱它,用金线缠绕它的羽毛(在塞尔维亚民歌中,雌鹰长着金翅膀),而它挣脱了,飞往别的国家……

年轻人的形象是暗示隐喻的;其他一些民歌也歌唱心爱的人儿——飞走的鸟儿(夜莺,松鸦),但它重新又被诱骗而关进了金的、银的鸟笼;德国民歌反映了封建社会对于狩猎的爱好,把鹰作为猎禽来宠爱,连贵夫人都饲养照料它;在刊物上经常把鹰画成站在妇女手上的宠物。这些生活习俗也就赋予了这一切以某种情调;年轻人不仅是矫健的雄鹰,而且是被豢养的猎鹰,心爱的姑娘照料他,又为他的飞走而悲伤。

但是,同一个形象也可能引起另一种发展,它可能与经过艺术加工的诗歌的概括化相适应而同诗歌对比的透明度的要求背道而驰。当在《鹰之恋》[51]中,养鹰成为了恋情的譬喻时,这就像在《伊戈尔远征记》中把按抚在琴弦上的手指譬喻作放出十只苍鹰去捕捉一群天鹅那样地矫揉造作。对于鹰的象征意义的某些退化,我们从以上论述中已有所了解。

玫瑰是具有伸展性的象征的更为鲜明的例证,它能够适应最广泛的暗示的要求。南方的花卉在古典时代曾是春天、爱情和在春天死而复活的象征;人们把玫瑰奉献给阿佛洛狄忒,把玫瑰编成花环在祭日(原为拉丁文——玫瑰日)献给死者的灵柩。在信仰基督教的欧洲,后一种习俗关系被遗忘了,或者作为受教会迫害的邪教迷信的残余而遗留下来。我国的荐亡节(某个时期曾用玫瑰追荐亡魂)和五旬节[52]的名称——就是多神教的玫瑰日的遥远回音。但是,玫瑰作为爱情的象征,虽然是在西方民间诗歌的土壤上盛行起来的,也部分地渗入了俄罗斯歌谣,闯入了芸香和绣球花形象所具有的深入人心的象征寓意。由此却产生了新的发展,也许是遵循着古典神话关于玫瑰的传说的足迹:由于玫瑰是由阿佛洛狄忒的宠儿阿多尼斯所流的鲜血浇灌生成的怒放花朵,因而它成为了受苦受难的象征,成为救世主在十字架上所流的鲜血的象征。它开始服务于基督教的诗歌与艺术的隐喻,令人想起圣徒的生平事迹,并在圣徒的躯体上盛开。玫瑰环绕着圣母,她本身就是由玫瑰而怀孕的,从玫瑰丛中轻快地飞出一只小鸟——耶稣基督。在德国的、西斯拉夫民族的以及源于它们的俄罗斯南部的歌谣中,都是如此。象征意义得到了扩展,以致在但丁的笔下,阿佛洛狄忒的象征成为了在天堂怒放的硕大玫瑰,其花瓣化为圣徒,化为基督的神圣使徒[53]。

让我们再一次回到单项式对比法的命运上来。它从民歌模式分化出来,维护被省略的对比,有时又同它混淆在一起——不知是由于激情的影响,对相互呼应的对偶形象的习惯爱好,还是由于遗忘?当在婚礼歌谣中谈到芸香的橙黄花朵,贞洁、疏远、离别的象征,进一步谈到途径—道路的时候,各种形象聚合起来,成为一种混合模式:"漫长的小路,橙黄的花朵"。

但是,我指的是另一种混合,即当对比模式不仅渗入了所省略的对比的个人内容,而且渗入了它的日常生活的、现实的关系。失去自由的雄鹰——这是失去自由的哥萨克;他领着雌鹰,孔雀领着雌孔雀——去**结婚成亲**……诗歌象征成为了诗歌**隐喻**;被艺术诗歌所继承的民间诗歌所惯用的一种手法由此得到了解释:由吟唱花朵、玫瑰、泉水开始,并进一步沿着人类情感的轨道发展,于是玫瑰为你而盛开,同你相呼应,或者你期待着玫瑰与你心心相印。

我们可以从近代希腊歌谣中列举一些例证。"身旁有棵树,它发出嘎吱嘎吱的响声,声声都拨动着我的心弦……我的翠绿的小树啊,清凉的泉水,每当我想起你,就口干舌燥,饥渴难忍……果实累累的橙树,繁花似锦的酸橙树,你背叛了我,在精神上折磨我这个年轻人……啊,怒放的玫瑰,花中之王,就让我对一切视而不见吧,我已不再享有你的爱情……我的绿荫如盖的核桃树,我多么想坐在你的绿荫下,亲吻你的朱唇直到流血……五月来临了,田野开满了鲜花,在我的心中怒放的是玫瑰,"——在一首德国歌谣中这样唱道……

在绍塔·鲁斯塔维里[54]的笔下,阿夫坦季尔急着去同**玫瑰**(季娜

181

京)约会,他哭唤着她:水晶(眼睛)滴落下思念**玫瑰**的露珠;在荆棘丛中叹息的枯萎的**玫瑰**——这是塔里埃尔。东方的色拉姆(咏花歌谣)就是建立在类似的转换的基础上的。许多这类模式自然归结为两项式类型:树木枯萎,弯曲(干裂作响);我的心忧伤不已;椴树与树叶喃喃细语(姑娘同母亲谈心),绣球花拒绝开花(姑娘拒绝恋情,等等)。在对比省略不表的情况下,对于花朵——心爱姑娘的咏唱便产生了某种泛灵论的印象。然而这并不是古代**譬喻**的混合艺术,这种譬喻通过**语言**的形式反映了对于生命的同样混合的理解,而并不是古老的泛灵论信仰,这种信仰相信每一棵树都有一个精灵寄宿其中[55]。而**诗歌譬喻**则是由于长期的文体发展而形成的新的组合,是在诗人手中复活的模式,如果他善于在自然界形象中找到迎合他的情感流向的反应的话。

寓言模式[56]具有同样的历史前景,也应获得同样的评价:其基础是对于动物生活和人类生活的古代泛灵论式的对比,但是为了解释格式的起源,并没有必要追溯到作为中介的动物故事和神话[57],因为我们已同样自然地通过这种格式来暗示与人类的对比,就像对于玫瑰——姑娘这一形象并不需要加以注释一样。

总之,诗歌譬喻——这是一种单项式的对比模式,其中借用了被省略的对比部分的某些形象和关系。这一定义指出了它在诗歌对比法的年代表上所占有的地位。当亚里士多德谈到类同的隐喻时(《诗学》,第21章),他并没有注意到这一年代顺序的因素。他断言:"类同字的借用:当第二字与第一字的关系,有如第四字与第三字的关系时,可用第四字代替第二字。或用第二字代替第四字。有时候诗人把与被代替的字有关系的字加进去,以形容隐喻字。例如杯之于狄俄倪索斯,有如盾之于阿瑞斯,因此可以称杯为狄俄倪索斯的盾,称盾为阿瑞斯的杯。又如老年之于生命,有如黄昏之于白日,因此可称黄昏为白日的老年,称老年为生命的黄昏,或者像恩柏多克利那样,称为生命的夕阳。有时候对比时没有现成的字,但隐喻字仍可借用,例如撒种子叫散播,而太阳撒光线则没有名称,但撒与阳光的关系,有如撒播与种子的关系,因此有'散播神造的光线'一语。这种隐喻字还有其他用法,即借用属于另一事物的字,同时又剥夺这字某一属性,例如不称盾为'阿瑞斯的杯',而称为'无酒的杯'"[58]。在《修辞学》的第三、第十一章中还列举了其他一些隐喻的例子,如弓＝无弦的福尔明加琴,废墟＝房屋的破衣烂衫[59]。

"无酒的杯"未必是阿瑞斯的诗意形象,可是这种形式上的发展是可能的,民歌就知道一些这样的外在借用字,它们可以延续亚里士多德所列举的有关狄俄倪索斯与阿瑞斯的例子[60]:只要把第一个的某些属性运用于第二个,或者相反。例如,在小俄罗斯婚礼歌谣中唱道:乌云渐近＝媒人来临;乌云可以躲避,可以由父亲出面同媒人谈判。而取代它的可以是这样的模式:父亲出面同乌云谈判……

当然,沿着这一途径可以达到那种人为的、虚构的类同,它们构成了某些北方的肯宁格[61]以及与其类似的用语的基础,这些用语是以被压缩成为修饰语的单项式对比为基础的。武士在战斗中高出于其他人之上,一棵树在树林里高出于其他树木之上;由此得出武士的称呼:战斗之树;狂风撕裂船帆,恶狼撕咬猎物;由此得出:狂风—船帆的恶狼;船舰—海马,巨人—田野的鲸鱼。在《梨俱吠陀》的隐喻语言中可以发现某些类似的现象:太阳的战马奔驰如飞箭,俊美如少女;由此得出:飞箭＝少女;或者:用转喻石头来代替喧闹,祈祷,于是便可能形成这样的模式:石头说话,叙说(＝祈祷),等等。

这几乎是谜语,就像前面列举过的越南歌谣一样,然而要知道一定类型的**谜语**也是以单项式对比法为基础的,而且对比中需要加以猜测的,有意省略不提的那一部分的形象有时借用于他物,而这就构成了谜语(参看亚里士多德:《修辞学》,第三、第二章:谜语——"巧妙地编造的隐喻")[62]……但是谜语:"什么是木屋中的牛眼?"——指出一种借用:墙上的小枝杈——牛的眼睛,如同以下的借用:美丽的姑娘在天上行走(太阳),"新月白天在田野上闪闪发光,黑夜便飞上了天空"(镰刀)。另一些谜语令人想起歌谣引子的形象性:水同沙子搅混在一起(夫妻吵架);露水在黎明降落,月亮赶巧碰上它,太阳把它晒干,偷走;取而代之的是单项式对比,以露水为题的谜语:"朝霞升起,美丽的姑娘锁上大门,到田野上去游玩,却把钥匙丢失了,月亮看见了,而太阳偷走了。"有时谜语立足于一系列的排除:有花斑,却不是狗,绿油油,又不是葱,转来转去,像个魔鬼,又像林中的弯弯小道(= 喜鹊);"艳红,但不是少女,翠绿,又不是橡树"(胡萝卜)。

八

建立在排除法的基础上的谜语使我们转向另一类型的对比法,这就是我们还需要分析研究的(4)**否定的对比法**。在《埃达》中说:"坚固——却不是岩石,吼叫——却不是公牛";这可以成为这种对比法的结构的一个范本,它在斯拉夫民间诗歌中尤为盛行*。原则如下:提出两项式或多项式的模式,但是其中的一项或几项被排除,以便集中注意力于没有被否定的那一项。模式从否定开始,或者从引进带有问号的情境开始。

> 不是白色的小白桦垂下枝条,
> 不是摇摆的山杨在喧哗,
> 那是一个男子汉痛不欲生……
>
> 决不容风儿肆虐——风儿却拂面而来,
> 决不容贵族老爷胡来,却渐渐来了好些。

---

* (否定的对比法)参看 A.C.普希金的《波尔塔瓦》:"这不是羚羊走下了山岩,/已经感觉到飞来的苍鹰,/女郎在廊下独自一人徘徊,//战栗,等候着命运的决定。"(引自中译本《普希金长诗选》,余振译,外国文学出版社,1984年,第270页)

不是雷鸣电闪,不是咚咚敲打,
而是伊留什卡在同他的亲爹说话。……

不是矫健的苍鹰展翼翱翔,
不是白隼在飞来飞去,
而是年轻的多勃雷尼亚·尼基季奇骑马光临。

什么不是白的,却在田野上白得耀眼,
那是勇士们的大本营白得耀眼,
什么不是蓝的,却在田野上闪现蓝光,
那是精工锻造的宝剑闪现蓝光,
什么不是红的,却在田野上殷红一片,
那是肝脏流出的血,殷红一片……

不是两朵乌云在天际相遇,
而是两位英勇的豪杰飞驰来相会。

不是雄鹰在绿荫下飞翔,
而是万尼卡在绿荫下游逛。

不是炽热的蜡烛在阁楼上燃烧,
不是炽热的火苗在闪闪发光,
那是娜斯塔西娅忧伤地坐在阁楼上,
她愁容满面,诉说着心酸的衷肠……

那不是燃起了熊熊大火,不是升起了团团迷雾,
那是从城市里,从森严的囚牢中,
逃脱了三位弟兄。

那不是柳树在喧哗,也不是寒鸦在叽叽喳喳,
那是剽悍的哥萨克在着手酿啤酒,
人欢马叫。

(塞尔维亚民歌)

难道那是雷鸣电闪,大地在颤抖,
海浪在拍打大理石堤岸?
还是草叉在波平草原上敲打?
那不是雷鸣电闪……

黑色的布谷鸟咕咕叫,
叫得不是季节时候。
那不是黑色的布谷鸟,
那是别克·杜尔钦的妈妈

(捷克民歌)

在我们住的湖边,
长着一棵翠绿的小椴树,
在那棵翠绿的小椴树上,
有三只小鸟在歌唱;
那不是三只小鸟,
而是三位少年郎,
他们正在议论一位漂亮的姑娘,
看他们中间谁能娶她做新娘
…………

否定对比法见于立陶宛、近代希腊的歌谣中,在德国歌谣中较少见到,它在小俄罗斯歌谣中,没有像在大俄罗斯歌谣中那样发达。我把它同这样一类模式区别开来,在这类模式中否定不是针对对象或动作,而是针对伴随它们的数量或质量的形容词:**不是这么多,不是这样**,等等。例如,在《伊利昂纪》,第 14 卷,第 394 节中,这一模式是以比较的形式出现的:当西风在海上猛烈呼啸,掀起惊涛骇浪,拍打着岩石嶙峋的海岸时,也未发出过**如此惨烈的**呼喊;当熊熊烈火,伸出噼啪乱蹿的火舌,席卷而来时,也没有**这样**悲号过;连飓风也没有……像特洛伊人和达那亚人拼死厮杀时,发出**那样**惊天动地的可怕喊声。或者,如在彼特拉克的第七首六行诗中:"大海也没有蕴藏着**这么多**的鱼虾,在明朗的夜空中也没有在月亮周围见到**这么多**的星辰,在树林里也没有栖息过**这么多**的鸟禽,在潮湿的田野里也没有长出**这么多**的牧草,就像我每晚思绪万千,纷至沓来那样",等等。

可以想象把两项式或多项式的否定模式压缩成单项式,虽然否定会妨碍暗示对比中被省略的部分:决不容风儿肆虐,但风儿拂面而来(决不容贵族老爷胡来,但渐渐来了好些);或者如在《伊戈尔远征记》中:这不是暴风雨把苍鹰卷过辽阔的原野(不是一群寒鸦奔向大顿河)。我们在谜语中可以找到否定的单项模式的例证。

这一文体手法在斯拉夫民间诗歌中的广泛流传为某些概括性见解提供了依据,但是这些概括性见解必须加以限制,如果不是加以排斥的话。有些人在否定对比法中发现了某种民族的或种族的,斯拉夫族的东西,其中典型地表现了斯拉夫人的抒情风格的特殊的、多愁善感的气质。这一模式在其他民族的抒情诗歌中的出现使这一阐释局限于应有的范围;也许可以谈到这一模式在斯拉夫歌谣基础上的广泛流传,同时也提出了它之所以喜闻乐见的原因的问题。在心理上可以把否定模式看作是摆脱对比法的一种出路,而对比法的肯定格式则被假定为已经实现了的格式。这种格式使动作与形象相接近,它或者局限于它们的对偶性,或者使比较聚集起来:不知是树木弯腰,还是小伙子发愁;否定模式则突出两种可能性之一:不是树木弯腰,而是小伙子发愁;它通过否定来肯定,排除双重性,突出独特性。这恰似意识的一种功绩,它摆脱了各种模糊印象的混沌状态而趋于肯定唯一的个体;过去那种作为相符的、邻近的成分而被掺杂进来的东西,如今分离了出去,即使重新被吸收进来,也只是作为一种回忆,并不要求构成比较的统一体。这一过程是在这样一种模式序列中实现的:人—树;不是树,而是人;人,正如一棵树。在否定对比法的基础上,最后的分离还没有完全实现:邻近的形象还在附近游荡,看来虽已排除在外,却仍能引起谐音。虽然,这种多愁善感的情绪在否定模式中找到了与它相适应的表现手段:你为某件事情感到震惊,它突如其来,令你伤心,你不相信自己的眼睛:这不是像你觉得的那样,而是另一回事,而你准备用相似的幻觉来安慰自己,可是现实却触目惊心,自我陶醉只能加强受到的打击,而你决心忍痛加以摆脱:那不是小白桦蜷曲起枝叶,而是你年轻的妻子蜷起身躯,悲伤哭泣!

我并不断言,否定模式正是在类似的情绪氛围中形成的,但它可能在其中受到熏陶,并得到概括推广。在肯定的对比法及其明晰的双重性和否定的对比法及其摇摆不定的、排斥的肯定之间的更替,赋予民间诗歌的抒情风格以一种特殊的、朦胧的色彩。比喻并不那么富于暗示性,但它却是肯定的。

以上指出了(5)**比喻**在心理对比法的发展中的作用。这已经是把自然加以分解的意识的平淡无奇的活动;亚里士多德说过,明喻——这也是一种隐喻,差别在于须加说明(明喻的成分?)(《修辞学》,第3,10章);由于它比较长(详尽地),所以不那么使人感到愉快;再说,明喻并不直说**这个**就是**那个**,因此我们的心灵并不对**这个**比喻加以思索[63]。第四章中列举的一个例子可以说明这一点:**狮子**(= 阿喀琉斯)猛冲上去——阿喀琉斯像一匹**狮子**猛冲上去;在后一比喻中没有等式(这个 = 那个),而狮子这个形象(那个)并没有吸引注意力,也没有激发想象的作用[64]。在荷马史诗中,神灵已从自然界分离出来,高居于光辉的奥林普山上,于是对比法只出现于比喻的形式之中。至于是否能把后一现象视为判断年代顺序的因素,我还难以确定。

比喻不仅拥有对比法以往历史上所积累的相似类比和象征,而且还沿着它们所指出的轨道发展;陈旧的材料注入了新的形式,有些对比融入了比喻,相反,也有过渡性的类型⋯⋯

我国壮士歌的唱词:"弹起琴弦唱起来"——不是别的,正是对比的一种积淀:人说唱—配以琴弹奏。这一形象也可用比喻来表现,例如,在《梨俱吠陀》中:琴弦如少女一般,喃喃细语,倾诉情思;琴弓上紧绷的琴弦,就像女神一样,开始轻声慢语,谈情说爱(参见同书:弓箭就像一只鸟,它的箭头就像野兽的利齿);弓弦叽叽喳喳奏个不停,就像巢穴里的仙鹤一样⋯⋯(《尼伯龙根之歌》),又如荷马笔下的⋯⋯(《奥德修纪》,第21卷,410—411行)

在奥洛涅茨的哭丧曲中,寡妇就**像布谷鸟**一样哭诉,但是比喻同从寡妇＝布谷鸟这一对比中形成的形象交替出现。

> 我多么不幸,可怜的人儿啊,
> 我将在歪斜的小窗下哀伤悲泣,
> 苦命的人儿啊,我将在寨墙下啼哭,
> 就像不幸的布谷鸟在潮湿的松林中啼叫一样⋯⋯
> 我坐在烤干的圆木上,
> 坐在散发苦味的白杨树干上。

这种发达的比喻形式(例如,荷马史诗、盎格鲁-撒克逊的史诗,等等)也适应于多项式对比法,其区别则在于,在行为本身富于自觉性的情况下,发展在语法上是比较紧密相连的,而个人意识则超出了对比的传统材料的范围,趋向于新的相似,形成对于形象和自我满足的精致描写的新的理解。在《伊利昂纪》(第2卷,144行起)中,借用风的形象的两个比喻接连出现;同书第四五五行起,关于阿开奥斯人的军

189

队及其首领们的印象用了六个来自火焰、鸟、花卉、苍蝇、牧羊人与公牛的比喻来加以表现。后来这种比喻的积淀成为了一种模式,而它未必服务于统一印象的目的(例如,麦克菲森、夏多勃里昂等人的作品)[65]。叙事的精细周密,所谓 retardatio(拉丁文——延宕)[66]——这是比较晚的文体事实。以下主要选自荷马史诗的一些例子可以说明许多其他事例。

有如海浪在西风的推动下,一个接一个冲击那回响的沙滩,拍打着嶙峋的山石,起初浪涛排山倒海,临空腾起,然后冲击着悬崖峭壁,发出雷鸣般的响声,拱着背涌向岬角,吐出咸味的泡沫——达那奥斯的队伍就是这样长驱直入的(《伊利昂纪》,第4卷,422行)。阿开奥斯人的激动不安被比喻作汹涌澎湃的大海,在西风和北风的劲吹猛刮下,黑色的波浪向上翻腾,把海草掀到水面上(《伊利昂纪》,第9卷,4行)。裴奈罗珮泪流满面,像积雪融化一样;这在史诗中是这样铺陈描述的(《奥德修纪》,第19卷,205行起):

  像积雪融化在山岭的顶峰,
  西风堆起雪片,南风吹解它的表层,
  雪水涌入河里,聚起泛滥的洪峰——
  就像这样,
  裴奈罗珮热泪涌注,滚下漂亮的脸蛋
  …………

(中译文引自陈中梅译《奥德赛》,
花城出版社,1994年,第357页)

战役比喻作摧枯拉朽的旋风,被吹断的树木逐一描述:这里有鲜美的梣树,躯干厚实光滑的株树(《伊利昂纪》,第16卷,765行起)。(参看辞藻同样华丽铺陈的比喻——《伊利昂纪》,第4卷,141行起;第16卷,385行起)歌手周围的日常生活印象也渗入到他的比喻之中,于是对比法由于增添了现实的,虽然并不总是富于诗意的一些场景而变得丰富多彩了。奥德修斯心神不定,在床上辗转反侧,像在铁钎上炙烤的一块肉(《奥德修纪》,第 20 卷,25 行起):

……他的躯体却辗转反侧,
像有人翻动一只瘤胃,充塞着血和
脂肪,就着燃烧的柴火,
将它迅速炙烤黄熟一样,
奥德修斯辗转反侧,思考着
如何敌战众人,仅凭一己之力,
击打求婚的恶棍。

(中译文引自陈中梅译《奥德赛》,
花城出版社,1994 年,第 374 页)

比喻的"引子"有时采用同一种形式……:"有如一个制革人把一张浸透油脂的宽大牛皮交给自己的帮工们拉抻,帮工们围成圆圈抓住牛皮拉拽,直到水分挤出、油脂全部吸入、牛皮完全抻开、每部分完全拉紧。当时双方也这样在那块狭窄的地面把(帕特洛克罗斯的)尸体拖来拖去"(《伊利昂纪》,第 17 卷,399 行起;引自中译本《伊利亚特》,罗念生、王焕生译,人民文学出版社,1998 年,第 459 页);"有如一位精于骑术的高超骑手,从马群里挑出四匹骏马合缰连套,由乡下奔向城市,飞驰在热闹的大道上,惹得道边无数的男女惊奇地观望;他精力充沛地不断从一匹马背准确地跃到另一匹马背,众马疾驰如飞;埃阿斯也这样不断地在甲板上跳跃,从一条船跳到另一条船上"(《伊利昂纪》,第 15 卷,679 行起;引自同上中译本,第 405 页)。伤口的疼痛有如分娩的产妇的阵痛(《伊利昂纪》,第 11 卷,219 行);奥德修斯躲在一堆树枝中,比喻作农夫藏在田边的灰烬中的一块隐燃的木炭,以便

191

保留火种,在附近没有邻人的情况下,不必到远处去借火。

许多比喻显得矫揉造作,有虚构臆想之嫌,而在其他一些情况下,则显示出民间诗歌的比喻的天然纯朴:如把英雄人物比喻作狮子(《伊利昂纪》,第22卷,164行起;第5卷,782行起;第4卷,253行),或比作野猪,如在法国史诗中;奥德修斯把娜乌茜卡比作他在德洛斯的阿波罗的祭坛旁见到的一棵嫩绿的棕榈树(《奥德修纪》,第6卷,162行);法国英雄叙事诗中把美女的朱唇描写成比玫瑰丛上绽开的玫瑰花还要红,她的肌肤比雪还要白;英雄的头低垂,就像垂下的一朵罂粟花(《伊利昂纪》,第8卷,306行):

> 他的脑袋垂向一边,像花园里的
> 一朵罂粟花受到果实和春雨的重压,
> 他的脑袋也这样低垂,被铜盔压倒。

(引自罗念生、王焕生译《伊利亚特》,
人民文学出版社,1998年,第201页)

这令人想起倾斜=弯腰的对比,正如按照离别、分手的观念使树叶同姑娘相比拟一样,以下展示这种出色比喻的另一种用法:

> 正如树叶的枯荣,人类的世代也如此。
> 秋风将树叶吹落到地上,春天来临,
> 林中又会萌发,长出新的绿叶,
> 人类也是一代出生,一代凋零。

(《伊利昂纪》,第6卷,146行。引自罗念生、王焕生
译《伊利亚特》,人民文学出版社,
1998年,第153页)

又如《伊利昂纪》,第 21 卷,464 行。"我像树叶一样,飘落无助"(《古德隆之歌》),在诗体《埃达》中说,孤身一人,有如树林中的一棵山杨,光秃秃的,没有枝叶(……《哈姆基尔的言谈》),正像俄罗斯哭诉曲中的寡妇,有如在山杨树上的布谷鸟一样啼哭。

奥德修斯与忒勒玛科斯在父子相认的场面所流下的喜悦的眼泪引起了在记忆中关于鸟儿、海鹰或长着弯曲利爪的鹞鹰的联想,就像它们在还不会飞的雏鸟被农夫偷走时所发出的哀鸣那样凄惨(《奥德修纪》,第 26 卷,216 行)。这正像阿喀琉斯在不眠之夜和屡建奇功的战斗中对于他在特洛伊城下率领的部下战士的关怀一样,令人想起那庇护小鸟的飞鸟的形象,它们给小鸟带来了哺育的食物,却忘记了自己的饥饿。

这些形象中有些形象至今还对我们具有感染力,其他一些形象虽然明白易懂,却丧失了富于诗意的感染力,因为我们关于英雄人物的观念变得比较独特了,如果不说是变得比较富于沙龙味的话,况且自从人征服了自然,把它移植到自己的花园和豢养在牲畜栏中以来,自由与英雄主义的因素在自然界中已大为缩小了。我们不再把勇士比作猎犬,而这在《伊利昂纪》中(第 8 卷,338 行;第 10 卷,360 行;第 15 卷,579 行;第 17 卷,725 行起;第 22 卷,189 行),或在《罗兰之歌》中,却是屡见不鲜的:

> 比被猎犬追逐的鹿跑得还快,
> 阿拉伯人在他面前四散溃逃。[67]

把西古尔德比喻作鹿(《关于古德隆的第二首歌》),赫尔吉同披着露水的小鹿相比,它的角闪闪发亮,直达天际,而它的身躯也比其他野兽都高大(《关于赫尔吉的第二首歌》);或者把阿伽门农比作一头远远超越其他一切牲畜的公牛(《伊利昂纪》,第 2 卷,480 行);又如把两个并肩战斗的阿开奥斯人比作套在牛轭下的两头公牛(《伊利昂纪》,第13卷,703行),把追随着自己的首领的特洛伊人比作一群绵羊随着公羊去喝水(《伊利昂纪》,第13卷,429行起),把奥德修斯比作一头鬈毛蓬松的公羊(《伊利昂纪》,第3卷,196行起)等,都散发着某种古色古香的情趣。赫勒诺斯的箭从墨涅拉奥斯的铠甲反弹回来,有如荚豆和豌豆蹦落到打谷场地(《伊利昂纪》,第13卷,588行起);密耳弥多涅人斗志昂扬地投入战斗,有如马蜂扑向那些骚扰它们的巢窝的顽童(《伊利昂纪》,第16卷,256行起);人们围着萨尔佩冬的尸体搏斗,有如无数苍蝇在奶桶周围纷飞吸吮(《伊利昂纪》,第16卷,641行起);女神雅典娜给墨涅拉奥斯灌输的勇气,犹如苍蝇般奋不顾身,不管人们怎样把苍蝇从身边赶开,它总要顽强地飞回来吮吸它所向往的人血(《伊利昂纪》,第17卷,570行起),而特洛伊人在阿喀琉斯的追杀下,纷纷掉进克珊托斯河水中,有如蝗群为了逃避野火而纷纷落入河水,或者有如无数小鱼被巨大的海豚追逐而拥入河湾躲避(《伊利昂纪》,第21卷,12行起,22行起)。

奥德修斯对于同裴奈罗珮的求婚者寻欢作乐的女仆们十分气愤,像一条保护自己弱小的犬崽的母狗,咆吼出拼斗的狂莽(《奥德修斯纪》,第20卷,14行);墨涅拉奥斯守护帕特洛克罗斯的尸体,有如母牛初次生育哞叫着守护刚产下的幼犊(《伊利昂纪》,第17卷,14行)。当阿开奥斯人抬走尸体时,令人想起两头强壮的骡子把圆木或造船用的巨大木料从山上拖下来(《伊利昂纪》,第17卷,743行);当埃阿斯缓慢地在特洛伊人面前退却时,他就像一头走进庄稼地的驴子,执拗地嘲弄顽童,任凭顽童们打折了多少棍棒,也不愿退出(《伊利昂纪》,第11卷,558行)——如果我们不记起,在荷马史诗中驴子还不具有我们所习以为常的那种典型释义的话,那么我们就无法阐明这些形象的含义,例如,绵羊和山羊的形象。而在《伊利昂纪》中,则把特洛伊人在军队中所说的混杂方言比喻作富人院里养的母羊的咩咩叫声(第4卷,433行起);特洛伊人的喘息则比作山羊遇见狮子时发出的咩咩叫声(《伊利昂纪》,第11卷,383行);奥德修斯的伙伴们看见他从喀耳刻归来,高兴得如同牛犊们活蹦乱跳,围在从草场归来的母牛身边,不停地哞哞叫唤(《奥德修纪》,第 10 卷,410 行起)。

《梨俱吠陀》走得更远,把美妙的歌声比作奶牛的哞哞叫声,正如在一首四行诗中所说的,要把目光从美女身上移开,就像一头体弱力衰的母牛要从它陷进去的泥潭中脱身一样困难。这一切都是如此自然,就像荷马笔下某个英雄人物的死亡往往引起关于被杀的或倒毙的野兽的形象的联想一样(《伊利昂纪》,第 17 卷,522 行;《奥德修纪》,第 20 卷,389 行;《伊利昂纪》,第 16 卷,407 行)。例如,被海怪斯库拉抓去的奥德修斯的伙伴们被比作从水中捞捕上来的小鱼,被扔在海滩上挣扎(《奥德修纪》,第 12 卷,251 行):

> 像一个渔人,垂着长长的钓竿,在一面突出的
> 岩壁,丢下诱饵,钓捕小鱼,
> 随着硬角沉落,取自漫步草场的壮牛,
> 拎起渔线,将鱼儿扔上滩岸,颠挺挣扎——
> 就像这样,伙伴们颠扑挣扎,被神怪抓上峰岩,
> 吞食在门庭外面。

(引自中译本《奥德赛》,陈中梅译,
花城出版社,1994 年,第 227 页)

英雄比作驴子,歌声比作母牛的哞哞叫,等等——这一切都同我们的世界感受相距甚远,也不合乎我们的欣赏趣味。比喻的材料缩小了,受到生活习俗的变化所提示的选择,艺术加工的诗歌与民间诗歌的分化,对时尚的偏爱,以及文化交错的偶然性等诸多因素的限制。例如,谁又能说得准,为什么玫瑰和夜莺至今仍能保持在符合我们审美需求的高水准上,而它们还能保持多久呢?比喻也发生了同对比模式一样的演变,它们形成于民间歌谣,随后被遗忘了,只有少数流传了

下来,积淀于具有稳固轮廓的象征之中,这些象征既明确,又具有广泛的隐喻性。新的选择也可能另辟蹊径:它推出已被遗忘的东西,排除某个时候曾受到喜爱,但已不再能引起人们联想的东西,并让位于新的组合。

九

隐喻、明喻赋予某些类型的**修饰语**以内容*,我们同它们一起经历了心理对比法发展的全过程,因为心理对比法制约了我们的诗歌词汇及其形象的素材[68]。并不是所有曾经充满青春活力的东西,都能保持着以往的鲜明生动性,我们的诗歌语言往往令人产生一种陈腐遗留物的印象[69],用语和修饰语逐渐褪色了,就好像词汇在蜕化一样,它的形象性随着对于它的客观内容的抽象理解而逐渐消失了。只要更新形象性、复活明快色调仍属于良好愿望之列(原文为拉丁文),旧的形式就仍然能为诗人在自然的和谐或对立中寻找自我位置而服务;诗人的内心世界越是丰满,反应越是细腻,那么旧的形式便越是充满了活力。歌德的《山峰》一诗便是以民间歌谣的两项式对比形式写成的:

> 高高的峻峭山峰,
> 沉睡在夜的昏暗之中,
> 幽静的峡谷
> 弥漫着清新的浓雾;
> 道路清净无尘,
> 枝叶悄然无声……
> 请你少安毋躁——
> 就能分享这片宁静![70]

---

* 参看本书修饰语史部分。

在海涅*、莱蒙托夫**、魏尔伦***等人的作品[71]中还可以找到其他一些例证。莱蒙托夫的《歌》是民歌的仿作,模仿它的纯朴风格:

风暴来临前,黄叶在枝上
　　瑟瑟发抖;
可怜的心在灾难来临前
　　突突跳动。

(引自中译本《莱蒙托夫抒情诗集》第1卷,第462页,余振译,浙江文艺出版社,1985年)

如果风儿吹落了我的那片孤零零的黄叶,那根孤寂的树枝还会怜惜它吗?如果命运注定小伙子将要死在异国他乡,那位美丽的姑娘还会怜惜他吗?

海涅的《孤独地长着棵苍松》表现了单项式的隐喻对比,其中掺杂着双项式对比的形象,人与花朵、树木,等等,又例如,莱瑙的作品……

这类形象在非人类生活的形式之中隐藏着人类的情感,这是艺术加工的诗歌所十分熟悉的****。它沿着这一方向有时可能达到神话的具体性。

在莱瑙的笔下,乌云隐喻深思:

在乌云阴霾密布的天幕上,
有如过去风暴留下的痕迹,

---

*　《抒情插曲》;《玫瑰为何如此苍白?》;《椴树开花了,夜莺歌唱了》;《星星坠落》等。
**　《波浪与人们》;《在海岸上高耸着一座阴郁的悬崖》等。
***　魏尔伦:《眼泪流在我心上,就像雨下在城市上》。
****　参看诸如海涅的《抒情插曲·荷花》,莱蒙托夫的《帆》《悬崖》《金色的乌云在这里过夜》,魏尔伦的《坠落的星星》等。

>浮想联翩,思绪万千。[72]

（参照福法诺夫[73]的《小诗》：云像思绪一样漂浮不定，思绪像云一样风驰电掣）。这近乎《鸽书》[74]中的拟人说："我们的思绪来自天上的浮云"，但已具有个人意识的内涵。——白昼撕开夜幕：猛禽用利爪撕破幕布；在沃尔夫拉姆·封·艾森巴赫的笔下，这一切都汇合成一幅浮云蔽日的图景，而白日正用利爪冲破乌云迷雾，喷薄欲出*。这一形象令人想起神话中的鸟——有如带来天火的闪电；其中所缺少的只是信仰的因素。

太阳——赫利俄斯[75]属于神人同形说时期；而诗歌则赋予它以新的阐释。在莎士比亚的笔下（第48首十四行诗），太阳比作帝王、君主；他在升起的时候，自豪地向群山峻岭问候致意，可是当可恶的云雾把他的面目遮蔽扭曲了的时候，他变得阴沉了，把目光从消逝的世界上移开，匆匆坠落，蒙上了一层羞愧的神色。在华兹华斯[76]的笔下，红日——这是黑夜的战胜者。我还要提一下在柯罗连科有关日出的出色描写（《马卡尔的梦》）中所刻画的太阳——帝王的形象："首先从地平线上闪现出几道明亮的光线。它们迅速地掠过天幕，使灿烂的群星黯然失色了。星光熄灭了，月亮落山了。于是白雪皑皑的平原变得黯淡无光了。

"那时在平原上升起了腾腾雾气，笼罩着四周的原野，就像是它的光荣的守卫。

"然而有一处，在东方，雾霭却变得明亮起来，就像一队穿着金色铠甲的武士。

"随后雾气腾腾，翻滚荡漾，有如金盔金甲的武士们朝山谷俯冲。

"于是一轮红日，冲破重重迷雾，喷薄而出，从金光灿灿的云际山脊，俯视着平野。

---

* 沃尔夫拉姆·封·艾森巴赫：《诗歌集》，柏林，1952年。

"整个原野沐浴在罕见的、耀眼的光芒之中。

"于是云雾盘旋飞腾,跳起了大型环舞,在西方分裂成团团碎絮,晃晃悠悠地飘扬而去。

"于是马卡尔觉得他仿佛听到了一首奇妙的歌曲。这似乎就是那首耳熟能详的歌,大地正是用这首歌来迎接每天旭日的升起"。[77]

与此同时,一些古老的观念,例如太阳——神的眼睛,神的面容(如在《埃达》中),等等,也在诗歌中复活了。李凯尔特谈到金色的太阳树,尤利乌斯·沃尔夫[78]谈到光明树——初升的太阳把霞光像扇面一样散布在东方;他们之中也许任何人都不了解或者没有记忆起关于太阳树或光明树的神话,但是他们却亲眼目睹了这一景象。这是由外部世界所引起的形象联想,它在过去曾创造过古老的神话*。歌德在他所转述的一首东方歌谣中这样描绘旭日东升的情景:金光灿灿的、长着宽大翅膀的苍鹰展翅翱翔在它那蔚蓝色的巢穴之上。在海涅的笔下,太阳好比是基督的心脏,以其恢宏的形象巡游于海洋与陆地之上,祝福生灵万物,他那颗火热的心不断向世界散发光明,赐予幸福(见海涅:《北方海洋》,第1卷:《安宁》)。在尤里乌斯·哈特[79]的笔下,太阳——这是诗人的心,他本人渗透在全部创造之中,源于斯,并继续参与斯。他用自己诗歌编织的玫瑰花环装扮着春回大地的景色,欢迎春天的来临……从远处传来我们关于《鸽书》的短歌的优美动听的旋律:我们硬朗的骸骨源于岩石,我们的鲜血源于幽深的海洋,红彤彤的太阳源于神灵的面容,我们的思绪则源于天际的浮云。

总之,这是隐喻的新组合与经过重新加工的世代相传的隐喻。后者的生命力以及它们在诗歌用语中的更新,取决于它们对于新的情感需求所具有的容量,而这种情感需求则是受到广泛的文化教育的和社会的潮流所支配的。众所周知,浪漫主义时代便是以我们所考察的这

---

* 按照罗马尼亚的迷信传说,太阳在早晨站在天堂的门口,因为它如此容光焕发,笑容满面;白天它烈日炎炎,因为目睹人世的罪恶而气愤填膺;傍晚它路过地狱的入口,所以它显得如此悲痛,忧心如焚。

种对于古代遗产的推陈出新为标志的……

分析一下在最简单的隐喻的基础上形成的某些诗歌创新的形式，是很有意思的。亚里士多德曾列举"生命的夕阳"作为范例[80]，正如在奥洛涅茨的哭丧曲中哭诉太阳——丈夫的"坠落"一样；又如把暮年比作秋天："我活够了，活到枯枝黄叶败落的时候"(《麦克白》，第5幕第3场)*；我们谈到沸腾的激情……；浪漫主义者把天蓝色的思绪等引入用语。于是，不是人把自己移入自然，移入树木、叶子、岩石，而是自然移入人，他自身似乎反映了宏观世界的过程。

…………

魏尔伦(《夜莺》)把我们引入一个光怪陆离的幻影世界：隐喻对比与譬喻的闪耀亮点交织在一起，而且这些譬喻并不破坏形象。一群鸟儿——辛酸的回忆，蜂拥到一棵树上，拥挤在**心灵的枯黄枝叶**上，而心灵则默念着它那**浸在"惋惜"的积水中而弯曲的树干**。群鸟啼哭，惊扰了心灵，但叫声逐渐平息下来，于是响起了夜莺的宛转，她像自古以来那样歌唱爱情，歌唱初恋。暗淡的月亮在闷热的夏天的夜空中升起，在碧波荡漾的水面上勾勒出摇摆的树木和悲鸣的鸟儿的倒影……[81]

在这种对于谐音协调的探索中，对于自然中人的探索中，有着某种热情洋溢，富于激情的东西，这不仅表现了诗人的特征，而且以各种不同的表现形式表达了社会和诗歌发展的整个时期的特征。对于自然美的多愁善感的迷恋，渴望自然的回音的隐秘情感，不止一次地在历史上出现：在古代与近代世界的交界处，在中世纪的神秘论者那里，在彼特拉克、卢梭[82]和浪漫主义者的笔下，都出现过。法兰西斯·阿西兹斯基[83]觉得好像在自然界处处散发着神的慈爱；中世纪的寓喻在一切生物中都感到同人的世界的协调一致和相符，并赋予了同一思想体系以形而上学的用语；彼特拉克寻求同样的和谐，却碰到了矛盾，

---

* 参见莎士比亚：《亨利八世》，《莎士比亚全集》，第8卷，莫斯科，1960年，第292页。译文："这就是人的命运！他今天/绽开希望的嫩芽，/而明天则满树鲜花怒放。"

它们就包含在他自身内部。这种情绪在动摇和怀疑的时代是可以理解的，那时现实的与理想的东西之间的不协调已经成熟，对于社会和宗教的体制的稳固性的信仰已经削弱，并且越来越强烈地感到对于某种异己的、更好的东西的渴求。那时学术思想便另辟蹊径，企图在信仰与知识之间建立一种平衡，但古老的对比法也会重现身手，在自然界中，在它的各种形象中寻求对于精神生活的缺憾不足的回应，探求同自然的协调一致。这在诗歌中导致了形象性的更新，自然风景——情景充满了人性的内容。这是同样一种心理过程，它在某个时期曾经回应过思想最初的、畏葸的要求；这是同样一种与自然亲近、在自然的奥秘中折射自我、把自然移入自我意识的企图；而且往往获得同一个结果：不是知识，而是诗歌[84]。

注 释

本文最初发表于《国民教育部杂志》，1898 年，第 3 期，第 216 辑，第 2 册，第 1—80 页。后来多次再版：《维谢洛夫斯基文集》，第 1 卷，第 130—225 页；《历史诗学》，第 125—199 页；《诗学》，第 603—622 页。据《历史诗学》刊印，有删节。

正如 В. М. 日尔蒙斯基所指出的，最早注意到民歌中的心理对比法的是一些诗人（И. В. 歌德，Л. 乌兰德，А. 冯·沙米索）。歌德在 1825 年曾指出塞尔维亚民歌的"自然引子"："引子大部分是由充满情景交融或物体情趣的自然描写所构成。"（И. В. 歌德：《塞尔维亚民歌》/《论艺术》，莫斯科，1975 年，第 487 页）这一现象成为了一系列学者的研究对象——В. 舍列尔（见第 1 篇注［13］），Г. 马伊耶尔，О. 别克凯里；在上一世纪八十年代"自然引子"成为了中世纪抒情诗起源于民歌的理论的反对者（В. 维廉曼斯）与拥护者（К. 布尔德、А. 别尔格尔等）论战的中心。亚·尼·维谢洛夫斯基"在两个方向上深化了心理对比法问题：他揭示了它与原始泛灵论相联系的认识内涵，并把它看作民间诗歌的形象性的渊源"。他早在八十年代就首次探讨了这一问题(参看《礼记》,科学院,1880年,第37卷,第196—219页;附录,第4期;《国民教育部杂志》,1886年,3月号,第244辑,第192—195页;《文集》,第5卷,第24—25页;《历史诗学》,第401页起)参看《历史诗学》,第623—624页。Б. М. 安格里加尔德曾称构成亚·尼·维谢洛夫斯基这一论著的基础的思想是"天才的"(参看 Б. М. 安格里加尔德:《亚历山大·尼古拉耶维奇·维谢洛夫斯基》,彼得堡,1924年,第108页)。在最新学术文献中发展了这一思想的有以下论著:P. O. 雅科勃松:《语法对比法及其俄国视角》/《诗学论丛》,ВЯЧ. ВС. 伊凡诺夫作序,М. Л. 加斯帕洛夫编,莫斯科,第99—132页(有关问题的图书索引);J. J. 福克斯:《罗曼·雅科勃松与平行比较研究》,1977年,第59—70页;Ю. М. 洛特曼:《诗歌文本分析》,列宁格勒,1972年,第39—44,89—92页;В. С. 巴耶夫斯基:《心理对比法问题》/《西伯利亚民间文学》,诺沃西比尔斯克,1977年,第4辑,第57—75页;С. Н. 勃罗依特曼:《十九世纪上半期俄国抒情诗中的对话问题》,马哈奇卡拉,1983年。

[1]对比参看 A. A. 波捷勃尼亚:"意识的起始状态是**我**与**非我**的完全不予区分。对象客观化的过程可以换个说法,称之为对世界的看法的形成过程……显而易见,例如,当世界对于人类只是作为一系列活的,或多或少具有人的形态的生物而存在,当在人的眼中,星球在天空运行,并不是由于支配它们的机械规律的力量,而是受它们自己的意愿的指挥的时候——显然,那时人较少把自己从世界中分开,他的世界也富于更多主观色彩,因而他的**我**的组成,也同如今大不一样。"(A. A. 波捷勃尼亚:《思维与语言》/《美学与诗学》,И. В. 伊凡尼约、А. И. 科洛德纳亚编注,莫斯科,1976年,第170—171页)。

[2]万物有灵论(源于拉丁文 anima——灵魂,精神),关于精神和灵魂的古老宗教观念,根据这一观念而把人的属性转移到自然现象。参看,例如,詹·乔·弗雷泽:《金枝》,第112—118页。Э. Б. 泰纳把"万物有灵论"这一术语引入人种学学科,他认为对于脱离肉体的灵魂的信仰是宗教起源的基础。万物有灵论为任何一种宗教意识所具有。

[3]В. Я. 普洛普后来在他的论著《民间故事形态学》(列宁格勒,1928;莫斯科,1969)中发展了这些思想。这一论著在苏联和世界学术界奠定了民间文学的结构研究的基础,并建

立了计算机上的相应模式。整个这一研究领域,其渊源最终可追溯到亚·尼·维谢洛夫斯基的思想,如今已被认为是运用精确方法研究文本(包括文学的,以及民间文学的)的各种现代学科的综合研究中最为成熟的。

В. Я. 普洛普把各种不同的故事人物和母题从其职能的角度加以考察和分类,其结果是"依据情节的特征"可以把异质变相的母题与人物联结起来。也许部分由于 В. Я. 普洛普的这一论著,亚·尼·维谢洛夫斯基的思想为二十世纪后半期的外国学者们所熟悉(参看,例如:列维·斯特劳斯:《结构与形式:关于弗拉基米尔·普洛普的一部著作的思考》/《国外关于民间文学符号学的研究》,E. M. 梅列金斯基、С. Ю. 涅克留多夫编,T. В. 齐维扬译,莫斯科,1985 年,第 9—34 页)。

В. Б. 什克洛夫斯基指出,亚·尼·维谢洛夫斯基在关于抒情诗史的讲义(《历史诗学》,第 400—402 页)中,企图"把心理对比与重复对比法截然分开。例如这一类的对比:

小小松树季季绿,
我们的玛拉什卡天天长——

亚·尼·维谢洛夫斯基认为这是图腾崇拜及某些部落视树木为祖先的时代的回响……所以,维谢洛夫斯基断言,如果歌手把人与树相对比,那是因为他或他的祖母把这二者混淆了"。参看 В. Б. 什克洛夫斯基:《散文理论》,第 30 页。(参看中译本《散文理论》,百花洲文艺出版社,1994 年,第 35 页)

参照比较在 Б. Л. 帕斯捷尔纳克作品中对比法现象的反响:

树木啊,只是为了你们,
还有你们那美妙的眼睛,
我才活在世上,首次
瞧见你们和你们的美景。

我常常这样想——神灵
用画笔从我的心灵中
汲取了生动的颜色,
转而涂到你们的叶片上……

——Б. Л. 帕斯捷尔纳克:《选集》两卷集/E. В. 帕斯捷尔纳克、Е. Б. 帕斯捷尔纳克编注,莫斯科,1985 年,第 2 卷,第 419 页。

〔4〕正如 В. С. 巴耶夫斯基所指出的,亚·尼·维谢洛夫斯基"发觉了古代艺术思维存在的特征:人已经把自己从自然界分开〔显然,在这之前任何创作都是不可能的……人还没有把自己同自然对立起来,而且人也不可能在自然界之外想象自己。主观因素同自然界相对立,而自然界则被人的理智和审美感受作为客观因素来把握。心理对比法是从客体与主

体的辩证的矛盾中发展起来的,这时客观的与主观的东西之间的对立已经弄明白,而对于它们的联系的意识更加强化了。心理对比法有助于从审美上解决这一基本的辩证的矛盾。意识是通过客观世界内倾化的途径发展的。在审美层面上的心理对比法(人与自然的二律背反关系)是同哲学层面上的主客观的二律背反相适应的]"。(B. C. 巴耶夫斯基:《心理对比法问题》,第 59 页)

〔5〕寓言故事,短小的散文体或诗歌体的隐喻扬善的作品。

〔6〕吟唱诗人,参见第 3 篇注〔45〕。

〔7〕《哈孔·雅尔拉之歌》,参看该歌的俄译文(C. B. 彼特罗夫译):《吟唱诗人的诗歌》,第 46 页。

〔8〕参照比较波捷勃尼亚的有关论述:"我们是如何想象这一自然界的,它的各个元素是借助于怎样一些对比才为智力所感受到的,这些对比本身又在多大程度上对我们说来是真实可信的……这对于理解自身的本性和外在的自然界来说,完全不是什么无所谓的事。科学在它目前的状态下根本不可能存在,如果说,例如,在语言中留下了清晰痕迹的把心灵活动同火、水、空气,以至把整个人同植物等进行的比较,没有获得对于我们来说不仅仅是修辞装饰的意义或者没有完全被遗忘的话……"参看 A. A. 波捷勃尼亚:《思维与语言》,第 171 页。

〔9〕西绪福斯的石头,在荷马史诗中,西绪福斯是一个狡猾的、恶劣的、贪财的人,因生前犯罪,死后受到惩罚。在地狱里,他被罚把一块巨石推上山,刚到山顶,巨石就坠落下来,坠而复推,推而复坠,永无止息。关于他的神话不止一次地反映在文学作品里(埃斯库罗斯、欧里庇得斯、索福克勒斯、克里提亚斯等)。

〔10〕在现代科学中,"关于神话与宗教的相互关系问题并不是简单地解决的……原始神话虽然同宗教有密切联系,但决不归结于它。作为一种原始的世界感受的体系,神话作为一种未分解的、混合的统一体,在其中包含了不仅是宗教,而且是哲学、政治理论、关于世界和人的前科学观念的萌芽,况且由于神话创作的不自觉的艺术性质,由于神话思维和语言的特性(隐喻性,把一般观念体现于具体感性形式,即形象性),还包含了各种不同艺术形式,首先是语言艺术形式"。(C. A. 托卡列夫、E. M. 梅列金斯基:《神话》,载《世界各国人民的神话》,第 1 卷,第 14 页)神话在很大程度上还包含了前科学的因素(如用形象语言表达的关于世界、人、物质文明的起源的"假说")。近年来许多研究者把注意力重新集中于研究有关各民族的现实历史在神话中的反映(亚·尼·维谢洛夫斯基已部分地涉及这些问题,例如,在关于爱尔兰的萨迦的研究中,已预示了这一领域的某些现代论著)。

〔11〕这里论及所谓人类起源和发展学的神话,即关于人的起源(创造)的神话。参看 Вяч. BC. 伊凡诺夫:《人类起源与发展学的神话》,载《世界各国人民的神话》,第 1 卷,第 87—89 页。

〔12〕关于这一问题,更详尽可参看 B. H. 托波列夫:《动物》,载《世界各国人民的神话》,第 1 卷,第 440—449 页;《植物》,同上书,第 2 卷,第 368—371 页;Д. Д. 弗雷泽:《金枝》,第 2 版,莫斯科,1986 年,第 110—121,418—449 页,等。

〔13〕埃里哈尔特·冯·奥别尔格,十二世纪德国诗人,关于特里斯丹与绮瑟的法国小说的诗体改编的作者。在文学中反映这一传奇的其他文献汇编于《特里斯丹与绮瑟的传奇》,А. Д. 米哈依洛夫编,莫斯科,1976 年。

〔14〕塔木德,形成于公元前四世纪至公元五世纪的犹太教教义、宗教伦理与律法集。

〔15〕阿伯拉尔·彼耶尔(1079—1142),法国哲学家与诗人。他的恋爱悲剧反映于他同他的恋人绮瑟的书信(1132—1135)之中,成为关于战胜分离的情感力量的传奇故事的基础。俄译文可参看 П. 阿伯拉尔:《我的坎坷历史》,莫斯科,1959 年。

〔16〕树精,希腊神话中的树精,同树一起生长和死亡。

〔17〕宏观宇宙,宏观世界,宇宙。按照远古的自然哲学观点,人被理解为微观世界,它与宏观世界同源,并仿照它而建构,同样富于完整性和完善性。它只能"在'小'与'大'的宇宙的对比范围内得到理解,但是如果在人身上可以找到宇宙的所有基本特征的话,那么自然也在人的形态中被思考,这样宇宙的结构与人的结构便被理解为近似的,同源的"。参看 А. Я. 古列维奇:《中世纪文化范畴》,莫斯科,1972 年,第 52—55 页。在文化发展的许多相互更替的时代过程中——在吠陀教神话和古代神话中,在希腊教父学和中世纪神秘学说中,在文艺复兴的人文主义思想与神秘主义中,都可以发现这一自然哲学体系存在的踪迹。如果说,十七至十八世纪的科学界已经认为宏观宇宙与微观宇宙对应的观念是根据不足的,那么这还不是说这一观念已彻底从人类思想发展中被勾销了,因为它在更晚一些时代的欧洲思想家们(赫尔德,歌德,浪漫主义者们)的思想观点中,往往以不同的形态复活。

〔18〕可参看 А. Н. 阿法纳西耶夫:《斯拉夫人对于自然的诗意观念:对于斯拉夫人的传奇与迷信及其与其他相近民族的神话故事的关系的比较研究初探》,莫斯科,1866—1869 年,第 1—3 卷。(亦可参阅这一论著的现代缩写本:А. Н. 阿法纳西耶夫:《生命之树》,莫斯科,1982 年)阿法纳西耶夫在把神话看作最古老的诗歌的同时,认为"原生词"是神话故事的萌芽。参看 А. А. 波捷勃尼亚:《文学理论札记》/《美学与诗学》,第 429—448 页。按照波捷勃尼亚的看法,神话(理解为最简单的模式,神话观念及其进一步的发展,神话故事)"属于广义上的诗歌领域。就像任何诗歌作品一样,它是(1)对于思想提出的一定问题的回答……;(2)由形象与意义构成,而两者之间的联系不像在科学中那样被证明,而是直接具有说服力,被作为信仰而接受;(3)被视为结果……神话是最原始的语言作品,即在时间上永远先于神话形象的绘画或雕塑的表现"(同上书,第 432 页)。

〔19〕昆体良(约 35—约 96),罗马演说家、演说术理论家。所著《演说术原理》是完整保存下来的最详细的古希腊罗马演说术教程,附有希腊和罗马文学史说明。维谢洛夫斯基在

这里引用的是他的论著《演说术教程十二册》(圣彼得堡,1834年,第1—2册)。

〔20〕参看第4篇注〔21〕。

〔21〕在承认有必要细心区分"用以建构顺序排列的诗句的一贯对比"与"借以传达抒情诗歌主题的单项对比"的同时,P. O. 雅科勃松在亚·尼·维谢洛夫斯基的这一划分中发现了"一系列不合乎逻辑之处。虽然对于一贯对比法的诗歌模式来说,自然景色与人类生活的情景的形象比较是习以为常的,维谢洛夫斯基却把每一个这种对比都视为内容对比的典型范例",也就是心理的对比法的典型范例。参看 P. O. 雅科勃松:《语法对比法及其俄国视角》,第122页。同时参看本篇注〔26〕。

〔22〕例句选自旧埃达中最著名的诗篇之一《韦尔瓦的预言》。在 А. И. 科尔松的现代俄译本中该引文译作:

……太阳不知道,

哪儿是它的家,

星星不知道,

它们在哪儿照耀,

月亮也不知道,

它的力量在哪儿。

——《旧埃达》,第9页。所引用的第5节诗解释为北极夜景的描写:太阳沿着地平线运转,似乎不知道它该去哪儿,而星星与月亮也不发出全部光辉。——《旧埃达》,第216页注释。

〔23〕暗示法:诗歌中通过遥远的主题,形象、韵律、声音等方面的联想,感染读者的想象力、思想感情和潜意识。

〔24〕《卡利马科斯与克里索罗雅》,十四世纪拜占庭诗体小说,其作者可能是国王安德罗尼库斯二世的堂兄弟安德罗尼库斯·科姆宁。唯一保存下来的小说手稿(保存于莱顿)注明日期为1310—1340年。由 Ф. А. 彼特罗夫斯基译成俄文的小说片段发表于《拜占庭文学典籍》,莫斯科,1969年,第387—398页。

〔25〕关于古代、基督教中世纪民歌中玫瑰的象征意义,亚·尼·维谢洛夫斯基专门写了一篇论著《关于玫瑰的诗学》,与《心理对比法》同时写于1898年(发表于:《问候·艺术文学文集》,圣彼得堡,1898年,第1—5页;亚·尼·维谢洛夫斯基:《文选》,第132—139页)。亚·尼·维谢洛夫斯基称之为"形象的巨大容量"保证了玫瑰的文学形象的国际性,它为希腊和罗马文学所熟知,构成纪尧姆·德·洛里斯和让·克洛宾纳里·德·曼的著名中世纪小说《玫瑰的罗曼史》(十三世纪)的基础,并为基督教文学所采用("神圣的玫瑰"——基督)。在重现中世纪人物心理的现代艺术文学中,玫瑰的象征意义在建构意大利作家与学者乌姆别尔托·埃科的小说《玫瑰的名字》的抒情性情节中起了关键作用(E. A. 科斯久科维奇

的俄译本见《外国文学》，1988年，第8—10期）。

〔26〕P.O.雅科勃松反对这一评价，反对把对比细节之间相等关系的削弱视为最初的内容对比法的衰败和瓦解，反对"对于这两种对比法的起源上的同源关系的偏见"。参看P.O.雅科勃松：《语法对比法及其俄国视角》，第122页，同时参看本篇注〔21〕。

〔27〕关于这一例证，P.O.雅科勃松指出，它可能成为隐喻对比法的，而绝不是亚·尼·维谢洛夫斯基所说的"音乐—韵律平衡"的鲜明例证，如果学者在这里运用了他所提出的按照动作特征进行比较这一"富于真知灼见的标准"的话。按照雅科勃松的看法，"对比的明喻与其说是取决于过程的参与者，不如说是取决于它们在语法上所表现出来的关系。所引用的楚瓦什民歌是对于潜在的相符估计不足的一种警告；在对比变化的分类中，在表面变形掩盖下为人们所忽略的不变形态占有重要的地位"（参看P.O.雅科勃松：《语法对比法及其俄国视角》，第122—123页）。

〔28〕里歇·埃都阿尔德(1792—1834)，法国作家，斯维登堡(1688—1772，瑞典哲学家，神秘主义神智学家)的追随者。

〔29〕缪塞(1810—1857)，法国作家、诗人、剧作家。参看A.缪塞：《选集》，莫斯科,1957年,第1—2卷。

〔30〕亚·尼·维谢洛夫斯基在这里提出的课题，后来不仅成为语言艺术家们(诸如B.赫列勃尼科夫的"无意义语言"的思想,未来派的探索：A.克鲁钦纳、B.赫列勃尼科夫：《作为语言本身而论》，莫斯科，1913年等等)，而且成为语言艺术的研究者（В.Б.什克洛夫斯基：《词的复活》，彼得堡,1914年；《诗歌语言理论文集》，彼得堡,1919年；P.O.雅科勃松的论著)的注意中心。

〔31〕在诗歌的早期发展阶段，节律—音乐的成分与词汇的成分相比，具有优先性和主导性的观点受到现代学术界的质疑。如今有一些学者认为亚·尼·维谢洛夫斯基的理论的薄弱环节之一，是"关于节律—旋律的因素在原始混合艺术中对于文本占有绝对统治地位的观念"，把艺术种类的形式混合性绝对化，以及对于原始文化的意识形态的混合性的估计不足，而这种文化的主导因素则是神话。现代科学认为，原始诗歌并不像维谢洛夫斯基所认为的那样，是个人印象或情绪的一种朴实无华的表现，或者甚至是"集体主观态度"的一种自发的自我表现。它是一种以对于词语的魔力的信仰为基础的有明确目的的活动，因此仪式的文本成分，"即使它只有一个词，或者由难懂的古老语言来传达，也具有巨大的神奇的、神圣的和纯粹词意的负荷，往往是由于象征的联想"。参看E.M.梅列金斯基：《史诗与小说的历史诗学导论》，第6页。与此同时，依据现代神经心理学的研究资料提出了这样的假说，认为最早的信息传达系统(不仅是艺术的，而且是神话的、法律的以及其他方面的文本)在古代社会中，是建立在音乐层面同词语层面相结合的基础上的，而且起初音乐在帮助记忆方面具有较大的意义。参看ВЯЧ.ВС.伊凡诺夫：《单数与双数。脑与符号体系的非对称》，莫斯科，

1978 年;《苏联符号学历史概况》,第 33—34 页。

〔32〕参看《壮士歌集》,Б. Н. 普季洛夫编注,列宁格勒,1986 年;А. П. 斯卡夫特莫夫:《壮士歌的诗学与渊源》,莫斯科,萨拉托夫,1924 年。

〔33〕关于引子与北方叙事谣曲的基本文本的相互关系,可参看 М. И. 斯捷勃林-卡缅斯基:《斯堪的纳维亚的北方叙事谣曲》/《斯堪的纳维亚叙事谣曲集》,Г. В. 沃隆科夫等编注,列宁格勒,1978 年,第 222—223 页。

〔34〕抢婚,亦称掠夺婚。古代抢夺新娘的娶妻习俗,早期结成婚姻关系的形式之一。

〔35〕色拉姆,花的祝词,信奉伊斯兰教的东方各国的一种寓意性的"花卉语言"。

〔36〕赫里斯基纳·德·皮萨(约 1364—1430?),法国女诗人,创作了许多抒情诗作品、回旋曲、叙事谣曲、教诲作品、历史人物传记,关于贞德的长诗的作者。

〔37〕近代欧洲抒情诗的起源、它的渊源这一复杂问题,是学术著作中经常讨论的对象。对比手法在这一讨论中占有重要地位:"节律——语法的对比法构成了许多民族的诗歌形式的基础(芬兰—乌戈尔语族、蒙古族、通古斯—满族,在古代闪米特人的诗歌中,例如,旧约的赞美诗等)"。到处流传民间歌谣的四行诗——是一种普遍通用的体裁,它建立在亚·尼·维谢洛夫斯基所揭示的在自然现象与人的心灵体验或他的生活事件之间的"心理对比法"的基础之上。从比较类型学和起源学的角度来看,这是一般爱情抒情诗的最古老的体裁。亚·尼·维谢洛夫斯基及其学派(В. Ф. 希什马辽夫、А. А. 斯米尔诺夫等)在这些四行诗中探索普罗旺斯行吟诗人和德国爱情骑士歌手的中世纪骑士诗歌的民间渊源;这两者的传统的"自然起头"都证实了这些联系。参看 В. М. 日尔蒙斯基:《突厥英雄史诗》,列宁格勒,1974 年,第 652 页。

〔38〕云游僧(ваганты——源于拉丁文,原意为流浪,漂泊,云游):中世纪的拉丁文诗人,十二至十三世纪的流浪僧侣或文人学子,创作讽刺的和抒情体裁的作品,把在早期欧洲学院中汲取的学识同戏谑的、"狂欢化"的因素结合起来。他们的抒情诗的渊源是古代的和基督教的文化,还有民间诗歌。参看 М. Л. 加斯帕洛夫:《云游僧诗歌》/《云游僧诗歌集》,М. Л. 加斯帕洛夫编,莫斯科,1975 年,第 425—430 页。

〔39〕骑士爱情诗歌,十二至十四世纪德国骑士诗歌。关于它的创作者可参看本书第 2 篇注〔24〕,第 6 篇注〔50〕)。在骑士爱情诗歌中可区分两个流派:本意上的骑士诗歌和民间诗歌。在这里亚·尼·维谢洛夫斯基所谈的是德国骑士爱情诗歌的早期流派,它不是倾向于行吟诗人的传统及其精致的形式,对于美貌贵夫人的崇拜,而是倾向于德国民间诗歌的诗学,这往往是"女性的"歌谣,根源于古代民间文学的传统。参看 Б. Н. 普里布夫:《中世纪的抒情诗歌》/《行吟诗人的诗歌·骑士爱情歌手的诗歌·云游僧的诗歌》,第 19—20 页。

〔40〕沃尔夫拉姆·冯·埃申巴赫(见本书第 1 篇注〔46〕)。这里引用的是他的诗歌的如下诗句:

饱吸了雨露,

闪耀着晶莹的光辉,

花儿焕发了新的生命。

森林齐声欢唱着春天,

用歌声催眠鸟儿,到天黑昏然入睡。

唯有夜莺彻夜不眠:

我重新在这儿守卫,

歌声嘹亮,通宵达旦。

——引自《行吟诗人的诗歌·骑士爱情歌手的诗歌·云游僧的诗歌》,第314页。

〔41〕《帕尔齐法尔》,大概指十二世纪法国行吟诗人克雷蒂安·德·特罗亚所写的以关于格雷亚尔的传说为题材的长篇小说。这部克雷蒂安未写完的小说在法国一再被匿名的或知名的作家(如罗伯特·德·博隆)续写和改写。关于小说的德国版本可参看本书第1篇注〔46〕。参看 А. Д. 米哈伊洛夫:《法国骑士小说》,莫斯科,1976年。

〔42〕亚·尼·维谢洛夫斯基的富于洞察力的预见在新近一些学术研究中得到了体现和发展。参看所提到的 М. 巴尔里和 А. В. 洛尔德(见第4篇注〔1〕)、Э. Р. 库尔齐乌斯等人的著作;В. Я. 普洛普:《民间故事形态学》,第2版,莫斯科,1969年;П. А. 格林采尔:《古代印度史诗:起源与类型》,莫斯科,1974年。

〔43〕苏美尔咒语,苏美尔为两河流域南部(今伊拉克南部)的古国。公元前三千年左右在该地区形成苏美尔人的城邦。苏美尔人的咒语是公元前四世纪末至二世纪初于两河流域形成的苏美尔文学的体裁之一。这类咒语用以驱逐带来病疫的妖魔,其咒语模式同祭祀恩奇神的仪式有关(恩奇是苏美尔神话中三大最高神祇之一,其他两位是安努与恩利勒)。参看《巴比伦的苏美尔文学》,В. 阿法纳西耶娃编/《古代东方的诗歌与散文》,И. 勃拉金斯基,莫斯科,1973年,第115—165,672—673页;《永恒的萌芽》,ВЯЧ. ВС. 伊凡诺夫作序,莫斯科,1987年。

〔44〕值得注意的是,А. А. 勃洛克在准备写《咒语与咒文的诗歌》一文时,参考了亚·尼·维谢洛夫斯基的这些观察以及他的其他一些论著(参看《俄罗斯文学史》,Е. В. 阿尼奇科夫、Д. 奥甫夏尼科-库利科夫斯基编,莫斯科,1908年,第1卷;А. А. 勃洛克:《文集》,莫斯科,列宁格勒,第5卷,第36—65页)。

〔45〕在梅泽堡教堂的手稿中保留了十世纪包含着咒语—咒文的两份文本。在亚·尼·维谢洛夫斯基所提到的咒语中,可能出现的不是像他所认为的三位,而是两位多神教的神祇:普福尔,春之神,和沃丹(奥京)——雷雨和战斗之神,同时有巴里德尔——普福尔的别名之一。参看 Е. М. 梅列金斯基:《巴里德尔》,载《世界各国人民的神话》,第1卷,第159—160页;《奥京》/同上书,第2卷,第241—243页;Ж. 久梅济尔:《印欧语系人的最高神祇》,

莫斯科,1986年,第137—152页;B. H. 托波罗夫:《印欧语系人的礼仪和礼仪—诗歌模式的重构》(依据咒语材料)/《符号体系论文集》,第4辑,塔尔图,1969年;T. B. 加姆克列利德泽、ВЯЧ. BC. 伊凡诺夫:《印欧语与印欧人》,第2卷,第833页。

〔46〕隆庚,在耶稣基督行刑时的百人长守卫(见《马太福音》27;54;《路加福音》23;47),在耶稣复活后信仰他,受洗礼,在提比略皇帝面前受到痛苦折磨而死。

〔47〕赘语叠句,又称同义词叠用。为了使话语意思更加完满,有时也为了更富于表现力而使用多余的词汇,形成赘语。见本书第3篇注〔35〕。

〔48〕参看《武克·斯捷凡诺维奇·卡拉德日奇收集的塞尔维亚民歌与故事》,Ю. И. 斯米尔诺夫编注,作序,莫斯科,1987年。

〔49〕阿那克里翁(约前540—前478),古希腊诗人,歌颂生命的欢乐,十八至十九世纪的"阿那克里翁体"的抒情诗的渊源可追溯到他的诗歌传统。亚·尼·维谢洛夫斯基在这里所指的是如下诗文:

年轻的牝马,
高加索道利人的光荣,
你为什么飞奔,飞毛腿儿?
你的时运来啦,
别用胆怯的眼睛斜视,
别在空中像剑那样飞舞腿儿,
别在平整、广阔的原野上,
任性地飞奔……

——《古代抒情诗集》,C. 阿普特、Ю. 苏里茨编注,莫斯科,1968年,第73—74页。

〔50〕杜梅,乌克兰民间说唱文学的叙事—抒情体裁。产生于十五至十七世纪哥萨克军事民主的情况下,歌颂反对土耳其、鞑靼、波兰侵略者的斗争,表现劳动人民的社会反抗。常由弹班杜拉琴的民间歌手演唱。

〔51〕《鹰之恋》,十九世纪德国寓意长诗,以鹰猎的形式描述爱情。参照丘伦别尔格的诗歌《这只矫健的雄鹰……》《尽管引诱妇女和苍鹰!》和亨利·冯·缪格利恩的诗歌《贵夫人说:"雄鹰……"》。参看《行吟诗人的诗歌·骑士爱情歌手的诗歌·云游僧的诗歌》,第186,187,405页。

〔52〕五旬节,玫瑰复活节,犹太教与基督教的节日,犹太教徒是为了纪念圣灵于基督复活后第五十天赐予他们居住于西奈山的法规。由于在五旬节期间圣灵降临使徒身上,这一节日也传播到基督教。又称圣灵节、三一节。按照习俗,寺院和信徒住宅都用花卉装饰。

〔53〕参看但丁:《神曲》,第449页。

〔54〕绍塔·鲁斯塔维里,格鲁吉亚诗人,约生于十二世纪六十年代末或七十年代初。曾

任格鲁吉亚女王塔玛拉(1184—1213 在位)的司库。其著名史诗《虎皮骑士》约写于十二世纪八十年代至十三世纪最初十年之间,代表格鲁吉亚古典文学的最高成就,也是世界著名史诗之一。史诗以独特的 16 行诗体写成,优美流畅,比喻生动,语言精练。

〔55〕见本篇注〔16〕。

〔56〕参看 Л. С. 维戈茨基:《艺术心理学》,第 115—186,515 页。

〔57〕E. M. 梅列金斯基在谈及亚·尼·维谢洛夫斯基对于神话的估计不足时,指出:心理对比法不仅无疑也是按照神话思维的规律形成的,而且在很大程度上是依据已经存在的神话观念形成的,这种观念可能已经固定为一种"传统"。参看 E. M. 梅列金斯基:《亚·尼·维谢洛夫斯基的〈历史诗学〉与叙事文学的起源问题》,第 34 页。还可参看 Я. Э. 洛索夫凯尔:《神话的逻辑》,莫斯科,1987 年。

〔58〕亚里士多德:《诗学》/《亚里士多德与古代文学》,第 148 页。中译文引自亚里士多德:《诗学》,罗念生译,人民文学出版社,1962 年,第 73—74 页。

〔59〕亚里士多德:《修辞学》,第 202—203 页。

〔60〕亚里士多德:《诗学》,第 147—148 页。中译本第 74 页。

〔61〕见本书第 3 篇注〔43〕。

〔62〕按照 С. С. 阿维林采夫的最新俄译本,该处译为:"从巧妙编造的谜语中可以摘取极好的隐喻;因为隐喻包含着谜语"。参看亚里士多德:《修辞学》/《亚里士多德与古代文学》,第 174 页。

〔63〕"明喻,如前面所说的,也是隐喻,差别在于须加说明;由于比较长,所以不那么使人感到愉快;再说,明喻并不直说这个就是那个,因此我们的心灵并不对这个比喻加以思索。"亚里士多德:《修辞学》,罗念生译,三联书店,1991 年,第 176 页。

〔64〕"明喻也是隐喻,二者的差别是很小的。诗人说阿喀琉斯:像一匹狮子猛冲上去,这个说法是明喻;要是诗人说:'他这狮子猛冲上去',这个说法就是隐喻,由于二者都很勇敢,诗人因此把意思对调,称阿喀琉斯为狮子。"亚里士多德:《修辞学》,罗念生译,三联书店,1991 年,第 158—159 页。

〔65〕麦克菲森(1736—1796),苏格兰作家。他对民间叙事诗的浓厚兴趣使他把自己加工复述的克尔特人的传说,假托是由他发现的传奇英雄和说唱诗人峨相(三世纪)的真作。《峨相作品集》(1765)的浓郁的中古色彩和忧伤凄凉的情调使其成为早期浪漫主义文学的典范。亚·尼·维谢洛夫斯基在这里所指的麦克菲森的风格特征包括缺乏整体的各个部分之间的联系,往往由题材或结构上的对比法加以联结,充斥着文体程式化套语,以及同自然之间的必不可少的联系对比。参看 Ю. Д. 列文:《麦克菲森的〈峨相长诗〉》/麦克菲森:《峨相长诗集》,列宁格勒,1983 年,第 470—471 页。

〔66〕情节延宕,使情节发展停滞、缓慢的一种艺术结构手法,在行文中加入使情节进展

211

延缓的描写或使情势复杂化的成分,如抒情插笔、各种描写(风景、室内布置、人物特征)和作者独白、议论等。参看 В. Б. 什克洛夫斯基:《散文理论》,第 28—35 页。

〔67〕参看《罗兰之歌》,第 83 页,Ю. 科尔涅耶夫译。

〔68〕应当指出,某些现代民间文学研究者倾向于从整体性来研究民间文学作品,而相应地"不是研究诗学手法的历史(参照比较亚·尼·维谢洛夫斯基的经典论著《修饰语史》《心理对比法及其在诗歌文体中的反映形式》等),而是研究各个不同阶段的作品对现实生活的审美关系。换句话说,选择的完全是另一种规模和内涵的问题……关于某一诗学因素的特性的传统问题被改变为关于它的特性表现的程度和强度的问题"。研究民间诗歌创作的小组(苏联科学院高尔基世界文学研究所)所研究的材料表明,对于历史诗学极为重要的对比法问题有多么复杂:"可以推测,形象的比较(包括人—自然的对比)将是最初的。至少这一思想由亚·尼·维谢洛夫斯基、亚·亚·波捷勃尼亚等人加以发展了。但是所积累的研究资料促使人们思考,这并不完全如此";在更为早期阶段上的文本中,"所表现的并不是对比法,而是情节和列举事实的连贯性,堆砌的、描述的表现方法",因而维谢洛夫斯基所利用的材料表明的阶段状况,说明了一种新的、演变后的特质。参看 А. И. 阿利耶娃、Л. А. 阿斯塔菲耶娃、В. М. 加查克、Б. П. 普霍夫:《民间诗歌的历史诗学的系统分析研究的尝试》/《民间文学:诗学体系》,莫斯科,1977 年,第 42—43,86—87 页。

Б. М. 索科洛夫也指出,对于把心理对比法置于高出其他手法的主导地位这一评价应持审慎态度,因为在俄罗斯民谣抒情诗中只有五分之一的歌谣是借助这一对比法而形成的。参看 Б. М. 索科洛夫:《民歌诗学的研究》/《民间文学:诗学体系》,第 302 页。

〔69〕遗留物,属于不同时代的不同起源的各种因素,某个时期的统一体在瓦解后所遗留的残渣遗迹的综合体。英国人类学家泰勒提出"遗留物说",用以解释各种文化习俗现象的演变。

〔70〕这篇诗是莱蒙托夫对歌德《流浪者之夜歌》的第二部(1780)的意译,译文中的主体和整个形象体系都跟歌德原诗完全不同。该诗题名为《译自歌德诗》。中译文引自余振译《莱蒙托夫抒情诗集》(2),浙江文艺出版社,1985 年,第 680 页。

〔71〕保尔·魏尔伦(1844—1896),法国诗人,文学评论家,象征主义的奠基者之一。他的抒情诗以描写复杂的内心世界见长,富于暗示的音乐性,如诗集《戏装游乐园》(1869)、《无题浪漫曲》(1874)、《智慧集》(1881)等。参看 П. 魏尔伦:《抒情诗集》,Е. 埃特金德编注,莫斯科,1969 年。

〔72〕莱瑙(1802—1850),奥地利诗人。作品有浪漫主义的抒情诗和长诗,如《萨沃纳罗拉》(1837)、《约翰尼斯·齐斯卡》(1837—1842)、《阿尔比派教徒》(1842)等。所引诗见莱瑙:《天空的忧伤》/《十六至十九世纪欧洲诗人诗选》,В. 列维克译,莫斯科,1956 年,第 421 页。

〔73〕福法诺夫(1862—1911)，俄国诗人。他的诗歌具有颓废派的特点，回避黑暗的社会现实，遁入虚无缥缈世界，但其中也含有反映现实生活的成分，如诗集《阴沉的人》(1889)、《春天的诗》(1892)等。

〔74〕《鸽书》——关于智慧之书的宗教诗，书中记载了有关世界、动物等的起源的知识。关于智慧之书的宗教诗流传有几个版本，是在不足凭信的传说的基础上形成的。其中一个版本发表于《基尔什·达尼洛夫文集》，第 2 版，莫斯科，1977 年，第 208—213 页。同时在《鸽书》中还发现有非常古老的神话遗产(印欧语系的或反映古代印度—古代斯拉夫之间的联系的)的痕迹。参看《导言》/《德哈玛巴达》，B. H. 托波罗夫编译，莫斯科，1960 年；B. H. 托波罗夫：《〈鸽书〉与〈关于肉体〉：世界的构造及其崩溃》/《文本的人种语言学·小型民间文学作品的符号学研究》，第 1 辑，莫斯科，1988 年，第 169—172 页；A. A. 阿尔希波夫：《关于〈鸽书〉名称的阐释》/《文本的人种语言学》，第 174—177 页。

〔75〕赫利俄斯，希腊神话中的太阳神。从公元前五世纪起，他同阿波罗混为一体。神话说，他每日清晨驾驭由四匹喷火快马曳引的太阳车，从东方出巡，傍晚落入西方的大洋河里，夜间则乘小舟绕大地重返东方。

〔76〕华兹华斯(1770—1850)，英国诗人，浪漫主义者，十四行诗的大师之一。参看《十九世纪英国浪漫主义诗歌》，Д. 乌尔诺夫作序，莫斯科，1975 年，第 219—254 页。

〔77〕见 В. Г. 柯罗连科：《文集》六卷本，莫斯科，1971 年，第 1 卷，第 59—40 页。

〔78〕李凯尔特(1788—1866)，德国诗人，著有诗歌集《德国诗歌》(1814)、《死亡孩童之歌》(1872)，奥地利作曲家马勒(1860—1911)曾为其中一些诗篇谱曲。参看《德国浪漫主义者的诗歌》，第 333—341 页。

沃尔夫(1834—1910)，德国作家，著有历史题材和童话题材的诗体短篇小说(《来自加美里恩的克雷索洛夫》，1876 年；《野蛮的猎手》，1877 年，等等)。

〔79〕尤里乌斯·哈特(1859—1930)，德国作家、评论家，四卷本的叙事长诗《人类之歌》(1887—1906)、抒情诗集、短篇小说、戏剧作品的作者。

〔80〕"又如老年之于生命，有如黄昏之于白日，因此可称黄昏为白日的老年，称老年为生命的黄昏……或称为生命的夕阳。"(亚里士多德：《诗学》，罗念生译，人民文学出版社，1962 年，第 74 页)

〔81〕魏尔伦：《夜莺》，见 A. 格列斯库尔译《魏尔伦抒情诗集》，第 44 页。

〔82〕彼特拉克(1304—1374)，意大利诗人，文艺复兴时期人文主义文化的创始人，对近代欧洲诗歌有重大影响，在十五至十六世纪许多欧洲国家的诗歌中形成一整个文学流派——彼特拉克风格。亚·尼·维谢洛夫斯基著有关于他的创作，尤其是长期成为欧洲抒情诗发展的典范的《歌集》的专门论著——《彼特拉克的诗歌自白〈歌集〉，1304—1904 年》。这部多次再版的论著(见《学术论坛》，1905 年，第 3、5、6 辑《文集》，第 4 卷，第 1 册，第 483—

604页;单行本,彼得堡,1912年)属于亚·尼·维谢洛夫斯基的学术活动的晚期。正如 M. Π. 阿列克谢耶夫在该文最后一次发表的注释(见亚·尼,维谢洛夫斯基:《论文集》,第153—242页)中所指出的,这一时期维谢洛夫斯基的科学方法明显地倾向于心理主义,开始更尖锐地提出"个人首创性",个人在诗歌文体发展中的贡献的问题。在这种情况下,维谢洛夫斯基对于彼特拉克的由来已久的兴趣是同他早期关于意大利文艺复兴运动的研究相联系的,同他关于这一时代个性解放的问题的思考联系在一起的(同上书,第538—539页)。亚·尼·维谢洛夫斯基关于彼特拉克的论著直至今日仍未丧失其科学意义,意大利诗人的生平和创作的现代研究者必然会去参考这一著作。《歌集》的最新俄译本见彼特拉克:《抒情诗集》,H. Б. 托马舍夫斯基编注并作序,莫斯科,1980年。

卢梭(1712—1778),法国哲学家、作家、作曲家。作为一位独特的思想家,他以其多方面的创作对于他同时代的欧洲思想界发生了巨大影响,奠定了"卢梭主义"的开端。他以"对自然的崇拜"和"自然人"的说教而著称。参看卢梭:《文集》三卷本,莫斯科,1961年;K. 列维-斯特劳斯:《卢梭——人类学之父》,《联合国教科文通讯》,1963年,第3期,第10—14页。

〔83〕法兰西斯·阿西兹斯基(1181/1182—1226),意大利宗教活动家和作家,以他的名字命名的方济各会的创建人,被列为天主教会的圣者。与中世纪的否定自然,把基督教理解为"敬畏与悲悯的禁欲"的观念相反,法兰西斯宣扬"欢乐的禁欲主义",不要求谴责自然,而是把它的一切现象作为神的创造来赞颂。圣者法兰西斯的思想影响涉及二十世纪一系列艺术与文学的代表人物的创作。参看《圣者法兰西斯·阿西兹斯基的花朵》,A. Π. 彼奇科夫斯基译,莫斯科,1913年。

〔84〕在发挥亚·尼·维谢洛夫斯基的这些思想的时候,B. C. 巴耶夫斯基显著地扩大了心理对比法在文学中发挥作用的范围,认为它"是同过去相联系而又面向未来的诗歌意识表现的容量极其可观的形式"。学者把心理对比法列入人类心理的深层结构,把它的广泛性归之于遗传密码的稳固性。"心理对比原则构成了语言艺术的最重要的范畴和手段的基础。这一论断不仅在起源学方面,而且在结构类型学方面都是正确的。历史心理对比法——这是孕育了基本的语言艺术范畴和手法的园地",因此所有这些范畴和手法都可以以心理对比法作为系统的中心而加以系列化,从而建立起语言艺术领域的艺术范畴和手法的形态学。参看 B. C. 巴耶夫斯基:《心理对比法问题》,第63页。

历史诗学三章

单行本序言

《历史诗学三章》是我提供的一部书的片段,该书的某些章节曾在不同时期发表于《国民教育部杂志》。我并没有按照它们在最终编定的著作中应有的顺序予以发表(如果这部著作一般说来还会问世的话),而是按照其中一些篇章在我看来是比较完整的,能囊括所包含的问题,并能引起关于方法的评论和事实方面的补充而予以发表,而所需研究整理的资料越是广泛,这种补充便越显得难能可贵。

第一章
远古时代的诗歌的混合性
与诗歌种类分化的开端[*]

　　如果不考虑到诗歌的最重要的因素之一,即韵律因素的话,那么从神话语言[1]的演变过程中诗歌的内容与文体的角度来建构诗歌的起源学定义的尝试将必然是不完整的。它的历史阐释就在于原始诗歌的**混合性**[2],我把这种混合艺术理解为有节奏的舞蹈动作[3]同歌曲音乐和语言因素的结合。

　　在这种远古的"结合"中节奏起着主导作用,它始终一贯地规范着旋律,以及伴随着旋律而发展起来的诗歌文本。应当假定后者的作用起初是相当微不足道的[4]:只是一些呼喊,情绪的表达,某些没有意义的、缺乏内涵的词汇,节拍与旋律的载体。富于内涵的文本就是在历史的缓慢进程中从这一基层构造里发展起来的;在原始词汇中声音和动作(手势)的情感因素也同样地支持着富于内涵的、同表达对象的印象还不完全相等的因素,随着句子的发展,它才得以充分表达。

　　这就是远古的**曲艺**(песня – игра)所具有的特性,它符合使积蓄

---

[*] 参看《国民教育部杂志》,1894年,第5期,第2分册(《历史诗学导论》);1895年,第11期,第2分册(《修饰语史》);1897年,第4期,第2分册(《作为时间因素的叙事重叠》);1898年,第3期,第2分册(《心理对比法及其在诗歌文体中的反映形式》)。

的体力的和心理的能量通过富于节奏的有序的音响和动作的途径而获得释放、松弛和表达的需求。在工作劳累时合唱的歌曲,以其节拍来调整有序的肌肉紧张;表面上没有目的的游戏却适应了训练和调整体力或脑力的无意识的生理需要。这是一种类似亚里士多德为戏剧所提出的**身心净化**[5](психофизический катарсис)的需求,它也表现在毛利族[6]妇女技艺高超的哭泣才能,以及十八世纪多愁善感的风尚之中。同一种现象,区别在于表达和理解:要知道诗歌中的节奏原则也是被我们作为一种艺术原则来感受的,而我们也就遗忘了它的最单纯的心理生理的渊源。

混合诗歌的特征之一,是它的占主导地位的表演方法:它曾经是,现在也还是由许多人、由**合唱队**来演唱的;这种合唱艺术的痕迹在比较晚期的、民间的和艺术的歌曲的文体和手法中保留了下来。

如果我们没有关于古代合唱起源的证据的话,那么我们也应当在理论上这样假设:无论语言,还是原始诗歌,都是在群众无意识的合作中,在许多人的协助下形成的[7]。处于混合艺术的组成之中,并由身心净化的需求而引起的原始诗歌,赋予仪式和祭祀以形式,适应了宗教净化的需求。它向其艺术目的,向作为艺术的诗歌的分化的过渡是逐步实现的。

评述混合诗歌的材料是相当丰富多样的,需要尽可能广泛地比较和小心翼翼地评论。

首先,(1)处于文化低级阶段的各民族诗歌,我们过于无条件地把它等同于原始文化的层次,但在另一些情况下,问题并不涉及旧秩序的遗迹,而是涉及在野蛮化的基础上所可能形成的新的习俗风尚。在这种情况下,(2)同现代的、更容易进行观察和评价的所谓有教养的民族之间的类似现象进行的比较,可以指出在研究者看来相当有意义的雷同之处和不同之处。

在雷同的情况下,如果缺乏一个领域影响另一个领域的可能性,那么在有教养的民族中间所发现的事实就可能被承认为更远古的习俗关系的真实遗迹,同时也阐明了处于更早发展阶段的民族中的一些相应形式的意义。这些比较和雷同越多,它们所覆盖的领域越是广泛,所得到的结论也就越坚实可靠,尤其是当我们从关于古代文明民族的记忆中找到与它们相类似的情况时,更是如此。例如,希腊模拟仙鹤*的表演在北美印第安人的类似舞蹈表演中找到了相符之处,这就从这一方面消除了作为晚期历史虚构的一种传说,似乎仙鹤舞是由忒修斯作为他在迷宫[8]中的迷路的回忆和模拟而引入克索斯岛的。又如未受到文学影响的民间诗歌中轮唱[9]的发展,为赖岑什泰因关于西西里岛的牧歌[10]的祭祀起源的假说划定了界限。

  以下报道的分类方式可能有些表面,即按照未开化的和开化的民族部分来分类。涉及前者的记载远非平衡的:在民俗学作为一门学科分化出来之前出现的一些旧记录,没有注意到这门学科的要求,可能对这样一些方面的现象不予重视而加以忽略,但如今这些现象却成为了学科关注的中心;新记录则只是偶尔地或侧面地涉及我们所考察的那一领域的民间诗歌资料,而且并不是经常符合它的专门的,有时相当琐细的要求。例如,我们往往不了解,领唱人的歌词与合唱队的重唱词处于一种什么关系,重唱词是怎么回事,它是来自合唱歌曲还是独唱歌曲,等等。

  在开化民族范围内的可对比的现象则是另一种情况:在这里,在材料相当丰富的情况下,各民族之间相互交流和相互影响的可能性使得以下问题变得难以解决:在每一个别情况下,如何认定是本族的还是外族的,以及它是否属于需要概括的资料总和中的一个单位。况且在仪式和受生活方式制约的仪式诗歌的领域内,移植大部分只局限于一些偶然的细节,而在这方面才可能引起有关它们是否属于借鉴的疑虑。我指的哪怕是在仪式方面发挥作用的歌曲;它们可能自古以来就同仪式有牢固的联系,也可能是后来才移入的,如果它们符合仪式因

---

* 原文为希腊文。

素的内容,便会取代古代歌曲的位置。作为前者的例证可以举出在播种时节歌唱的关于神奇磨坊桑坡的芬兰陇歌[11],作为后者的例证则可举出叙事歌谣,它们既可以单独演唱,也可以在婚礼仪式上演唱。显然,这同其中遗留下来的古代"抢婚"的遗迹有关[12]。新歌谣是另一例证,它们不仅演唱,而且按照古老的民间混合艺术风格进行表演。保留下来的不是歌谣的内容,而是表演的合唱基础;我们并不注重前者,而后者作为一种遗迹则应当为我们所概括。

这些少量方法论方面的意见使我们为进入以下的综述做好准备,虽然这种综述还必然是不够完备的。

(一)

未开化的民族的诗歌主要以合唱的、游艺的混合艺术的形式出现。我先作一般的评述。

敏锐发达的节奏感是引人注目的,甚至在缺乏旋律,缺乏用敲击声、拍打声,以及对于马的步伐(僧伽罗人就有以此命名的节奏)和动物叫声的模拟来表达的节奏的情况下,也是如此。

卡菲尔人[13]由出席者轮流即兴吟唱一句歌词,随后由合唱队予以应答;达马尔人(非洲)[14]也是如此;合唱队在这里的唱和意指副歌(припев)。黑人即兴作歌,他们的歌谣是一种有合唱队伴唱的宣叙调:领唱人唱一句诗,合唱队则以叠句副歌相和唱。在马达加斯加合唱与领唱之间的关系尚不清楚:歌曲的内容一般在它的头一句歌词中已经表明,歌曲也以此而命名;合唱队以此句起唱,领唱人答唱,以便重新让位于合唱。在菲吉群岛中的一个岛(拉凯姆巴)上,演员(小丑)的表演由歌曲和音乐轮流伴奏,一些参加者拍掌,另一些参加者则吹奏长长的竹管[15],发出一种类似绷得不太紧的鼓声;在每首歌曲的结尾发出某种类似战斗呼叫的声音,这在波利尼西亚群岛是司空见惯的。在友谊群岛有两类歌谣:一类叫希瓦(Hiwa),类似宣叙调,另一类则叫兰吉(Langi),它们严格按照韵律构成,具有押韵的歌词。Hiwa 在 Langi 之前演唱,随后同它交互轮唱,而由前者向后者的过渡则由一种特别的尖叫声来加以区分。这两者在领唱和合唱之间是如何分配的,我们并不了解。乐师们配备有各种音调的竹管,当演奏者用它们敲击地面,打拍子的时候,其声音令人想起手鼓。男高音歌手用小棒敲打竹管,为自己伴奏,而三个其他参加者坐在他对面,用手势来表达所唱的内容。在波利尼西亚群岛姑娘们翩翩起舞,其中一些人随着唱起欢快的歌曲,另一些人则发出某种像是猪哼哼声的喉音。明科比人[16]有指挥者,他也是舞蹈和歌曲的作者,他用脚踏木板来打拍子,协调歌手和舞蹈者;当他唱宣叙调时,大家都默不作声,随后按照他发出的信号,舞蹈者在妇女们唱的副歌的伴奏下冲进圈子。根据托尔克马达的记述,古代墨西哥人以合唱方式演唱:开始由两个人领唱,起初唱得慢声细气,语调忧郁,而且第一首歌还涉及节日庆典内容;随后由合唱队演唱,并开始舞蹈。在格陵兰人迎接每年日出季节的歌舞表演中,每个表演的歌手都要唱四首歌,前两首完全以 Amna-ayan 为主题,后两首是宣叙调,其简短的诗句与合唱的副歌:Amna-ayan 轮流交替。

这使我有理由提出关于伴随着混合艺术表演的歌词文本的演变的问题。起初它是即兴创作的;我们在卡菲尔人和达马拉兰人[17]那里发现了这一点,在塔斯马尼亚岛居民[18]、易洛魁人[19]等部族那里也是如此。有时通篇歌词都由在旋律伴奏下不断重复的呼喊声:嗨呀,嗨呀(Heia,heia)所组成,就像在英属圭亚那的印第安人所唱的那样;或者这是不长的,仅由几个词组成的句子,有感于某个偶然的事件或印象而发,并且不规则地重复出现。

这些歌谣不受传统约束。在阿邦戈黑人(Abongo)那里不存在代代相传的传统歌曲;整首歌曲就以类似这样的句子组成:"白人是好人,他给阿邦戈食盐!"堪察加人[20]的民族歌曲则由同一个词:哇哈(Bahia)的不断重复所组成;或者这样唱道:"达丽娅还在跳啊,唱啊!"这要重复八遍之多。在澳洲人、卡菲尔人那里也有这种现象;阿拉伯妇女把歌曲的头一两句歌词重复唱五六遍,并由在场的人齐声和唱,而第三句诗中提到某位光荣的勇士的名字,则要重复唱五十遍之多。

以下列举几个有关即兴创作的例子。在亚马逊河口的梅西安岛(Mexian)上,歌手开始唱道:"爹爹(padre)病了,不能来啦!"合唱队跟着和唱这几个字;另一个歌手继续唱道:"我们决定第二天去探望他的健康情况!"合唱队又跟着和唱这几个字……当达尔文来到塔希提岛,姑娘编了关于他的四节诗,演唱则由合唱队伴唱。

洛帕里人[21]的(非合唱的)歌谣是即兴创作(原文为拉丁文)的一个有趣例证。洛帕里人吟唱的总是他在当时所耳闻目睹的事:游客、官员等人的来临,等等……

以上谈到的一些歌谣可以说是已经相当发达的歌词文本的样本;它们是有感而作的,当触发创作这些作品的事件的兴趣冷落下来的时候,它们可能随之而消逝,但也可能在创造它们的环境中再生存一段时间。当即兴创作局限于由偶然印象触发的两三句诗,并且用无穷无尽的重复叠唱来充实旋律的时候,它们也就会更快地丧失其含义。由此而来的是在诗歌混合艺术的最初阶段上相当普遍流传的一种现象:用一些不懂的词来吟唱;这或者是在记忆中靠旋律而保留下来的一些古老词汇,或者是随着曲调而从异国他乡流传过来的一些语言词汇。在卡罗克印第安人(加利福尼亚半岛)中间只有男子参加的庄重的祈祷舞蹈中,开始由两个或三个歌手即兴演唱向神灵祈求的歌词,随后由全体齐唱规定的圣歌,其歌词并没有多少意义。例如,在野蛮的巴塔哥尼亚人[22]、巴布亚人[23]、北美印第安人的歌谣中,歌词也同样缺乏意义;在汤加群岛[24]上,人们用哈莫亚语(Hamoa)吟唱,而土著居民并不懂这一语言;在澳洲和北美洲也观察到同样的现象:旋律附带歌词从一个毗邻的种族流传到另一个种族,并领悟到对于歌词文本的理解。帕萨玛科迪(passamaguoddy)的印第安人的"蛇曲"的语言连歌手自己也不懂,就像易洛魁人的战歌的歌词一样:它的词汇或者是古老的,或者属于秘密的暗语;澳洲人往往不理解由他们的方言所编成的歌词,(安达曼群岛)的歌手有时不得不向合唱队和听众解释他自己所编的歌曲的含义。

在歌词与旋律的这种关系中,前者起着支撑建筑的栋梁、木材的作用,因为问题不在于词义,而在于节奏程序;往往唱歌不用歌词,而用例如敲鼓来打拍子,为了适应节奏而任意修改词句:在黑人口中,圣经和他们十分熟悉的教堂赞美诗的文本被千方百计地加以篡改,只要能使它们配合节奏的规则。这一现象还可以进一步深入研究:米克洛希奇[25]联系土耳其语中习以为常的"强化"作用来解释塞尔维亚语中的这一现象……相反,在费多索娃[26]演唱的俄罗斯宗教诗中,与乐句的结束完全相符,诗句中断于最后的重音音节;而以下的非重音音节则省略不提。这就不由自主地提出了一个问题:诗的文本与格律同配合它的曲调处于怎样一种年代顺序关系?究竟谁配合谁呢?

词汇一般并不固定于文本:纳瓦霍族[27]的印第安人一连唱几首同一情节的歌曲,可是旋律各不相同,副歌也各式各样;毛利人的诗歌已处于内容相当发达的阶段,他们给熟悉的曲调配词;当谈到这些歌谣时,认为它们不仅保留在记忆中,而且代代相传,那么问题便清楚了:究竟什么属于传统,文本还是旋律?早在中世纪,旋律就被认为比同它相联系的词句更重要,并能单独流传。

节奏旋律在古代混合艺术组成中占据优势地位,而歌词文本只起辅助作用。这表明语言尚处于这样一个发展阶段,这时它还没有掌握所有全部手段,而情感因素在其中比之内容因素更强大,为了表达内容因素需要具备比较发达的句法,这也就要求以更加复杂的精神的和物质的需求为前提。当这种演变实现时,感叹和缺乏意义的词句(它们不经选择和理解而一再重复,并成为曲调的支柱),就转化为某种更为完整的东西,成为真正的文本,诗歌的萌芽;新的混合形态从旧的形态的环境中成长起来,在一段时间内与它们共处,或者加以排斥。与日常生活关系的分化相适应,内容变得更加丰富多样了,而当人民出现关于过去的个别记忆的时候,也就创造出了诗歌传说,并同旧的即兴创作相互更替；歌谣不仅作为旋律，而且作为自身令人感兴趣的歌词文本，由一代流传到另一代，由一个民族流传到另一个民族。

大概是在合唱因素的基础上，发展进程开始了。在合唱队中，一般由领唱人起唱，引导歌曲，由合唱队和唱，重复他的歌词，在出现连贯的歌词文本的情况下，领唱人——指挥的作用应当得到加强，而合唱队的参与则势必削弱，它不可能像以前重复一句词那样，重复整个歌曲，而只能抓住某句诗，随着和唱，伴以呼喊；它所承担的只是我们如今称之为副歌的那一部分，而歌曲则掌握在首席歌手的手中。这要求具备某种技能、训练、个人才华；即兴创作让位于实践，如今我们已可以称之为艺术的实践；它开始创造传说。在马来亚人的合唱诗歌中，歌曲（即兴曲）已经同精心加工过的宣叙调相互交替，这种宣叙调主要是在民间节日庆典上吟唱的。从领唱人中出现了歌手：他掌握着歌词，他具有自己的曲子与旋律；在安达曼群岛[28]上，利用别人（更不用说已故的人）所编写的曲调被认为是不可容忍的事。歌手把古代合唱队的曲目同这种创新联系起来；印度歌手，以及汤姆森[29]所谈及的桑给巴尔岛[30]的搬运工，都单个独立行动，既说又唱，一边击掌打拍子一边舞蹈，一边打手势一边表演。

配合合唱表演的内容，后来又配合歌词文本的"演唱"（"действо"）因素已经同我们中途相逢了；下面我们将把注意力转向这一表情表演因素的特殊表现。

舞蹈的动作并不是无关紧要的，而是对于整体具有内容意义的，并以歌舞的方式表现它的情节。这些舞蹈往往缺乏与其相配合的台词；它们可能是从那个古老的合唱时代遗留下来的，那时节奏因素对于其他因素占了上风，并进一步发展成为舞蹈哑剧。

与单一合唱队并列的，还往往有两个相互协作、彼此对唱的合唱队演出。诸如女黑人合唱队……澳洲女声葬仪合唱队等，就是如此。这种双重性发展了在不开化民族的诗歌中相当普及的竞唱、一问一答的对唱的原则：在萨摩亚群岛上，人们在工作、划船、散步的时候都这样重复歌唱，往往是在嘲笑一些令人厌恶的人物，等等；有时某个老太婆竟侮辱一个以英勇闻名的军人，他十分气愤，予以反驳，合唱队则支持他，为他唱赞歌。从这种轮换合唱中形成了单个歌手之间的轮唱法，这一唱法至今仍保留在欧洲民间歌谣的常规演唱中。卡菲尔人的即兴演唱采取男女之间相互问答的方式；在毛利人那里姑娘和小伙子反复唱着爱情内容的诗节，由合唱队和唱和伴舞；毛利人的饶舌者夜间走出自己家门，大声唱起一首熟悉的老歌，而这首歌同他想讲述的事情的情节是不无关系的；某个人对他说的话做出了反应，于是辩论一直持续到深夜。在格陵兰人那里个人所受到的侮辱可以通过赛歌得到洗刷，听众就是裁判；亚库梯歌手举行另一种比赛，他们轮流唱歌，以博得听众的夸奖。

促使同表演相联系的合唱诗歌出现的缘由，则在于生活习俗的例行的和偶然的条件：战争与狩猎，祈祷与发情期，葬礼与追悼会，等等；而表演的主要形式则是仪式活动。

表演的模仿因素同原始人的心愿、希望，以及他的信仰有着密切的联系，他相信通过象征性地再现他所祈求的事，便可以影响到它的实现。游戏在心理生理上的净化作用是与生活的实际需要密切相关的。人们以狩猎为生，并准备打仗，于是他们跳起了狩猎、打仗的舞蹈，用模拟表演来再现那种真的会实现的事情，心怀祈求幸运和成功的信念；就像在《罗兰之歌》中，失败转化为对于人民自我意识的召唤，也像在苏丹境内，当约鲁巴人[31]被纳奈人打败时，他们便编了歌谣来吟唱自己的强大和敌人的胆战心惊一样。我国咒语的结构说明了表演模拟的、仪式的游戏的意义：在念咒语时，有施展魔法的动作，在其格式中包含着祈求愿望实现的因素，而在叙事部分中则叙述那个愿望曾经按照上苍的旨意实现过，希望如今也能如愿以偿。这一叙事部分也是对于表演、对于象征性的魔法的一种补充，就像在合唱歌曲中，逐步展开的歌词有助于它的表情模拟因素一样。

关于合唱舞蹈及其中占优势的面部表情的、模拟的因素已有相当大量的描述；它们属于不同的发展阶段，积累了旧的和新的因素。我们将在以下列举的一些少数例证中予以分析研究。

在毛利人那里，军事歌舞保持一种特殊节奏，伴随着相应的身体动作；维多利亚的土著人在战前和战事结束时都跳舞；新西兰人在作战前也跳舞，以便使战士达到高度狂怒的地步。在新南威尔士[32]军事舞蹈表演真正战斗的场景；在北美洲印第安人的军事舞蹈中有一种舞蹈表演对敌情的侦察，另一种舞蹈则称作"剥头皮舞"[33]。"箭舞"十分有趣：参加者排成两行，小伙子和姑娘翩翩起舞，她穿着特殊的服装，称为玛林基。小伙子跪在队列前，手执弓箭，注视着沿着队列舞蹈的姑娘；她突然加快了速度，这表示她发现了敌人，舞蹈越来越快，越来越疯狂；突然玛林基夺走了年轻人的箭，她的身体动作表明战斗开始了，箭射出了，敌人倒下，并被剥去头皮。表演结束了，箭归还给年轻人，于是新的一对表演者上场接替第一对。

在加里曼丹岛的达依雅克人(дайяки)中间风行这样的舞蹈哑剧：表演战斗场面，一个战士阵亡倒下了，而打死他的人却太晚才发现他击毙了敌人，他以各种姿势表示自己的失望，而假装被打死的人已经站立起来，投入了狂热的舞蹈。印第安人的表演也很相似：一个人走上舞台，他的双手用绳子反缚在背后，其他人牵着绳子的一端；当他们押送俘虏的时候，观众用木板和熊皮绷紧的鼓敲打节拍，突然首领出现了，他用刀在俘虏背上扎了几下，直至战败者血流如注（由红色树胶、橡胶、油脂和水混合而成），倒在地上像死了一样为止。图皮族[34]演出类似场景有其真实的缘由：把俘虏作为祭品，妇女们把他的脚绑住，把绞索套在他的脖子上，随后便响起了歌声："我们歌颂妇女，她们抓住了鸟的脖子，嘲笑俘虏，他已无路可逃。如果你是一只鹦鹉，把我们的田地掠夺一空，你又怎能飞走呢？"

色诺芬[35]曾谈到色雷斯人和米济人[36]也具有同样表情模拟特点的军事舞蹈。

在以狩猎为生的部族中间，形成了相应的模拟游戏。在加里曼丹岛上人们模拟狩猎的生活习惯;北美印第安人的"水牛舞"——是一种完全在狩猎者生活习俗基础上形成的模拟演出:当水牛群在平原地带日渐消失的时候,人们表演捕猎它们的舞蹈的用意在于吸引它们;舞蹈者披着水牛皮跳舞,而跳得筋疲力尽的人则相继退出舞圈——这表示被战胜的野兽,他们便由其他人所取代。在卡通格由演员中的一人扮演蟒蛇,表演对蛇的围捕。在阿留申群岛上演出这样的场景:某个人射中了一只美丽的小鸟,它复活变成了一个美女,猎人立刻爱上了她。还可以列举来自澳洲的以下舞蹈哑剧:一群野人扮成从森林来到牧场的一群牲畜,一些人躺着,装着在反刍,另一些人则装着在用角和后蹄挠痒,舔着彼此的身躯,用头相互摩擦。这时出现了另一群人,小心翼翼地悄悄走近,挑选着猎物。两头猎物在观众的欢呼声中倒下了,而狩猎者则着手干活,用手势表示,他们怎样剥皮,取出内脏,肢解胴体。所有这一切都由歌舞哑剧的指挥者的解说性歌曲伴唱和妇女组成的乐队伴奏。

与狩猎生活有关的歌舞哑剧流传甚广,演出者在其中扮演野兽,模仿它们的动作与叫声。在非洲扮演大猩猩,维多利亚的土著居民在跳舞时扮作袋鼠、鸸鹋、青蛙、蝴蝶;巴布亚人模仿鸟叫;印第安人(居于落基山脉)具有模仿熊、北美野牛、公牛的舞蹈,而另一些印第安人(苏人)[37]则跳狗舞;堪察加人善于模仿海豹、熊、山鹑等的舞蹈;非洲的达马拉人模仿公牛和绵羊的动作。有时中国演员组成的整个剧团都参加这类歌舞哑剧的演出。

随着生活习俗方式和文化需求的发展和日益丰富多样,理应出现一些新的模仿母题。澳洲人模拟演出划船;毛利人的舞曲表现某个人在造船,可是敌人在暗中守候他,追踪并杀害了他;当楚克奇人用手势模拟战争和狩猎活动时,妇女们为他们伴唱,同时也用面部表情再现她们的日常家务活动:例如她们怎样去打水,采集野果,等等。种田务农的民族开始模仿播种、收割,以及受气候制约并随季节气候的更迭而轮换的劳作。就像希腊人有一种以"大麦的生长"*为名的游戏一样,北美印第安人有一种名叫"青玉米抽穗的舞蹈"**。据色诺芬的记载,埃尼安人和马格涅特人在笛子伴奏下跳起卡尔巴尤舞(карпаю)即"播种舞":某个人扮演正在耕地播种的人,另一个则扮演强盗,他偷了前者的武器,还想掠夺他的耕畜,把他捆起来,或者自己被捆住。

不论是狩猎业,还是涂炭生灵的军事袭击大概都局限于在有利的季节进行,就像在自然生活习俗中的性交局限于一年中的一定时期一样。后一种固定时节的遗迹在个人婚姻的基础上,在某些陈规陋习中保留至今;在氏族村社关系时期,这种固定时节适应了动物式的发情期需求,并促进了这类仪式的、模仿游戏的发展。毛利人的性欲游戏——舞蹈伴随着淫荡猥亵的身体动作;在杰克逊港的歌舞哑剧中,通过面部表情极其露骨地表现男人对女人的追求;在北美印第安人的语言中,wertche 一词既表示舞蹈,又表示性交。在澳洲瓦恰乌特人(Watschaudas)那里,每当第一次新月出现,瓦特(一种薯类,其含淀粉的块茎供他们食用)成熟的时节,人们在酒醉饭饱之后在四周有灌木遮掩的地方挖一个洞穴,它应当表现女性生殖器***;在月光照耀下,人们在洞穴周围跳着高度性兴奋[38]的舞蹈。用标枪往洞穴里戳(男性精力的象征);与此同时,整夜唱着同一句诗:"三遍,不是洞穴,而是……"

岁时节日仪式囊括了生活习俗需求,各种行业,以及各种祈求,也控制了合唱歌曲—游戏。当最朴素的万物有灵世界观转向比较明确的神灵观念和神话形象时[39],仪式采取了更稳固的**祭祀**形式[40],而这一发展也反映在合唱表演的稳固性上:出现了宗教表演,其中的祈祷与祭品因素则由我们能理解其意义的象征性面部表情来支持。北美印第安人具有不少这类宗教舞蹈:蛇舞,神灵舞,等等。化装成各种

---

* 原文为希腊文。
** 原文为英文。
*** 原文为希腊文。

野兽,戴各色面具以及相应的各式表演,都同一定的图腾信仰相符合:澳洲或非洲的宗教戏剧中的角色可以装扮成真正的神灵,以显灵实现人们向他们祈祷的心愿;戏剧成为了一种由人物扮演的咒语。与此同时,神话的发展也应当反映在从原始合唱混合艺术中分化出来的诗歌文本的性质上,歌词文本在那里只起辅助作用:在合唱构成之内和之外分离出具有古代信仰内容的歌曲,关于氏族传说的歌曲[41],人们表演这些传说,就像引用历史回忆一样引用它们。

在岁时程序之外还保存有这样一些歌曲,如送葬曲,以及转化为周年祭祀仪式的安魂曲之类[42]。在亚洲与非洲,美国与波利尼西亚群岛的许多民族那里,殡仪曲是由合唱队演唱的;诉苦的因素同对死者的赞美,以及这样一些类型化的责问相结合,诸如:你为何抛下了我们?难道我们没有孝敬你,难道没有让你万事如意,等等。"唉,唉,我的当家的死了!"在桑德维奇群岛上,人们唱道,"我的主人和伴侣没了。在饥荒的年头,在风雨交加的日子,他是我的伴侣,等等。唉,他远走高飞了,我再也见不到他啦"。在澳洲人们也这样合唱着哀歌,重复着同一首副歌:(年轻妇女唱)"我的年轻兄弟!(老年妇女唱)我的年轻兄弟!(齐唱)我再也见不到他啦"……

在仪式之外,还保留有体操游戏,进行曲,最后,还有劳作时唱的合唱曲和轮唱曲,它们具有发达的或富于感情色彩的歌词,往往堆砌一些费解的词汇,只要它们能够配合顺序轮换的节拍和动作就行。劳动歌曲[43]遍布各地,适应最丰富多样的生产活动的节拍。船员歌曲闻名于诸如埃及、荷属印度(= 印度尼西亚)、里尔戈兰岛、马达加斯加岛等地,在那里领唱部分的歌词局限于宣叙调,其内容由某些个人的生活体验所构成。这令人想起希腊和罗马海员们的指令、口令(原文为希腊文);它们由领唱人和合唱队轮流来唱,每一节诗都以高喊:"嗨呀!"结尾。至今希腊船主还是这样吟唱……其他工种则引起了具有相应节拍的其他一些歌曲。在古代埃及,回响着赶牛人把干草拢紧时所唱的歌声:"牛儿啊,只顾自己践踏吧,尽管践踏麦穗吧;所收获的庄稼可得归主人。"古代和新时期的希腊熟知推磨的歌,在北方的《格罗蒂磨房之歌》中,由费尼亚和梅尼亚[44]轮唱推磨歌,就像芬兰妇女们所唱的那样。当她们两人干活时,一起合唱,或者轮唱;而歌曲的内容则是格言式的、讽刺的,或是叙事的、爱情的。在相当多的立陶宛歌曲中就是如此吟唱的:(1)"嘎嘎响吧,响吧,磨盘儿!我似乎觉得,并不是我一个人在推磨!"(2)"我一个人推磨,一个人唱歌,一个人摇把手。"(3)"可爱的小伙子,你为什么需要我,需要一个贫苦的姑娘?"(4)"你该知道,亲爱的,我无家可归!"(5)"泥潭没过双膝,水深淹至双肩。我过的日子多么悲惨。"当北非洲黑人妇女在捣碎麦子的时候,唱着关于战士归来的歌谣,合着节拍齐唱,突然节拍被打乱了,于是歌曲转为哀诉:大家安慰那个心上人被打死了的姑娘;接着诉说,似乎杀死了一头山羊,并根据它的内脏判定,如果心上人倒下了,那也是光荣的。这时杵槌重新合着节拍捣麦,而歌曲也以齐声合唱结束。在维吉尔的笔下,涅瑞伊得斯[45]在纺织时唱着关于阿瑞斯和阿佛洛狄忒[46]的爱情故事的歌曲,就像中国纺织工的歌谣讲述某个女战士的英勇事迹一样。

歌谣并不都符合劳作的内容,却继续同它的节拍相适应;实际上这是一些叙事歌谣;这些歌谣的古代法国名称 chansons de toile(纺织之歌),就揭示了它们的起源。它们并不是在劳作中创作出来的,而是适应它的节拍,并在它的影响下固定下来的。相反,一些具有同一定生活习俗因素和劳作节拍相适应的内容的合唱歌曲,却可能脱离产生它们的条件而不加区别地一再重复演唱。例如,非洲的土著居民整天都拉长声调唱着同一首行军短歌,领唱人与合唱队轮流演唱,并伴有富于情感色彩的副歌:你们去哪儿?去打仗。反对谁?反对马兰帕,等等。

在具有仪式性质的合唱演出中,歌曲应当同其内容有更稳固的联系,但在仪式中也有一些自由发挥的余地,在那里古代风尚很快被遗忘,让位于那些并不破坏整体的统一的创新举措。这已是仪式合唱解体的开端。

我们就此结束有关不开化的民族中的诗歌混合艺术现象的概述。我们检阅了它的全部形态：不带歌词的和具有萌芽状态歌词的最古老的合唱表演，具有模拟表情的游艺，仪式的和祭祀的合唱。创造出了具有生活习俗特色的情节的歌舞哑剧，问答突出了对话原则；积累了戏剧因素，但戏剧还不存在。它还没有脱离仪式，而是在同祭祀直接联系的情况下得到了发展。这些发展条件还有待于将来，目前只弄清楚了一个影响深远的成果：从合唱队的联系中分离出了它的指挥，歌手；他是歌词、宣叙调的演出和解释者，他编排舞蹈，在澳洲导演歌舞哑剧，并伴之以解说性的歌曲；在爪哇岛，他朗读脚本*，其内容则由演出者用手势加以表现……有时他还独自一人演出。

（二）

在开化民族的民间诗歌中也可以同样见到这些歌谣，它们或是至今仍在传唱，或是保留在历史记忆之中。犹太人和日耳曼人，罗马人和希腊人都以合唱队的方式唱歌和跳舞，在举行仪式、庆祝胜利、出发征战、举行葬礼和婚礼的时候，他们都唱歌。我们先从回忆开始：希腊的史料源于《伊利昂纪》，它们也可作为综述合唱表演类型的依据。

阿喀琉斯的盾牌上所描绘的欢庆丰收的合唱仪式的景象是遐迩闻名的（见《伊利昂纪》，第 18 卷，561 行起）：一群少男少女们在葡萄园里，他们搬运着一串串成熟的葡萄，其中一位年轻人唱起了赞歌，用竖琴为自己伴奏，大家随着翩翩起舞，一边用脚打着拍子，一边随着和唱。请注意所唱的副歌："啊，利诺斯！"这在后来就成为了这首歌及其中主人公的名称[47]。在这首收获歌中关于利诺斯唱了些什么，我们并不知道；后来才开始叙说有一个小男孩与羊羔为伍长大，后被群狗

---

* 原文为意大利文。

撕碎身亡的故事。在一首民歌中,关于他唱道:"啊,利诺斯,你受到众神的尊敬,你是凡人中的第一人,众神赐予你甜美的歌喉。但福玻斯[48]却出于嫉妒而杀死了你,缪斯女神齐声为你哭泣。"

阿菲涅[49]谈到一种农民舞蹈,参加者边表演边和唱道:哪儿有玫瑰,哪儿有紫罗兰,哪儿有美人儿彼得鲁什卡？这儿有玫瑰,这儿有紫罗兰,这儿有美人儿彼得鲁什卡! ……

这散发出春天环舞的率直的新鲜气息,令人想起在德国骑士爱情歌[50]中对于最早开放的紫罗兰——春天的使者的探寻。

人们曾经边唱边舞地表演吉波尔赫玛舞曲[51]和酒神颂[52],某些颂歌,有时采用佩安体[53]:仪式歌舞,它们安排于某个神灵的祭祀中,具有以对话的形式编排的有关该神灵的神话内容。在不久前发现的瓦克希利德[54]的酒神颂的片段中,含有忒修斯从克里特岛归来的情节[55];首席歌手担任埃勾斯这一角色的演唱,合唱队则扮演雅典妇女;她们询问国王关于某个陌生武士出现的事,这个武士原来就是忒修斯;埃勾斯答唱。只有以问答形式轮唱的四节歌词保存下来了。

人们歌唱,舞蹈和表演哑剧;我们具有关于一些演出的资料,其中有些是模仿动物的动作(由此而得名:狮子、仙鹤、狐狸、雕鹗等歌舞),有些是模仿葡萄酒酿造师的动作:如何收摘葡萄,如何放入压榨葡萄汁的装置,等等。在提洛岛上,女声合唱队演唱吉波尔赫玛舞曲:演唱关于拉托娜[56]和阿尔蒂米斯[57]的故事,关于古代夫妻的迷魂曲,并且在响板的伴奏下,把各种人的嗓音模仿得如此惟妙惟肖,以致谁都会觉得仿佛听到了自己的声音(《致提洛岛的阿波罗神》颂歌,第159行起)[58]。舞蹈者穿着相应的服装,具有神话人物的姓名(普卢塔克:《盛宴研究》,第9篇第15行),另据记载(卢奇安:《论舞蹈》,第16行)[59],当合唱队行进的时候,有几个比较熟练的人走了出来,用手势来表现剧情内容。这样在舞蹈中表演了狄俄斯库里兄弟[60]的奇遇,埃阿斯[61]的狂怒,帕里斯[62]的裁判,赫克托耳[63]之死,以及早在多神教的后期——赫剌克勒斯[64]的功勋和疯狂;在色诺芬的《宴饮篇》

中,少男与少女表演狄俄倪索斯[65]同被抛弃在那克索斯岛上的阿里阿德涅[66]的相逢,等等。舞蹈的优美动作和富于表情的哑剧提高到了艺术的境界:舞蹈模仿缪斯的歌唱(柏拉图)[67],通过它的节奏表现习俗、激情、情节(亚里士多德)[68];它可以表现所有历史的和诗歌的情节(来自米基连纳的列斯博纳克斯)[69];手势代替了台词……它进行教诲,同时合乎节奏地调整观众的情绪(卢奇安)[70]。

古代的歌舞表演的身心净化作用便转化成为审美的作用。

我们在不开化的民族的诗歌中所指出的两个或几个合唱队的原则,在文明的条件下仍然保留了下来*。仅举出希腊的例证便足够了,更令人感兴趣的是它们越过了艺术戏剧的界限,实现了审美的演变。在据说是赫西奥德[71]所作的叙事长诗《赫剌克勒斯的盾牌》中,描述了两个婚礼合唱队,一队弹奏竖琴,另一队拉小提琴;还可以提及萨福[72]笔下的婚礼合唱队。在普卢塔克[73]写的关于李库尔赫[74]的传记中谈到三个合唱队;老人合唱队开始唱道:我们也曾经是健壮的男子汉……男人们则和唱道:我们就是这样的男子汉,有意的话,就尽情观赏我们的体魄吧……可是我们将会比所有的人都更强壮……孩子们这样重复唱道。我们还指出希腊悲剧中的双重唱[75],希腊喜剧中的两个相互重唱,有时对唱的合唱队。从双重唱中诞生了轮唱结构或个别歌手之间的轮唱。

在开化民族的合唱诗歌的基础上,岁时节日仪式的和岁时节日习俗的诗歌的界限日趋缩小了。在古代习俗中许多从属于生理的或职业的一年一度的需求的东西摆脱了它们的影响,并比较自由地自行其是了。我指的是譬如说婚姻关系,它受岁时节日制约的陈腐习俗只在个别的遗风中保留了下来[76]。以下列举的岁时节日——仪式表演的范例并不使我们有理由去涉及关于仪式(在我们通常所理解的这个词的含义上)和祭祀(它要求具有更多的形式上的有机性、更生动地表现出

---

* 参看作者的前一篇文章:《作为时间因素的叙事重叠》。

来的神的观念,以及神话的完整性)之间的界限问题,这一问题在个别情况下并不总是能够解决的。仪式导向祭祀,也可能发展不到祭祀的地步,可是它能够保存关于已经过时的或被废除的祭祀的记忆,把它作为一种似懂非懂的惯例和丧失内容的外表而保留下来。在黎巴嫩,每逢九月二十一日夜间,男人和女人都环绕着神圣的橡树通宵达旦跳舞;高高耸立的腓尼基太阳神殿的祭坛上所刻写的罗马铭文,就是献给歌舞聚会的保护神的。在现代仪式中仍保留着场地的圣洁化,并由家庭、社团来完成……我们的迎春环舞和希腊人的合唱赞美歌也同样具有这种相互关系。仪式过渡到祭祀,形式依然如故,但在关于它们的起源问题上,我们却不加区别[77]。在祭祀和文明神话的基础上,当仪式方面发展到艺术创造和诗歌萌芽的地步时,就会出现另一种标准。我们在谈到希腊戏剧的开端时,将会涉及这一问题。

让我们先转向分析某些岁时节日仪式以及伴随着它们的合唱表演,兼顾现代的和古代的表演。如何选择则取决于我们的目标:即考察歌谣由仪式联系中分离出来的过程。

按照罗马的迷信传说,在奉献节[78]冬天将同夏天相遇,以便同它较量一番,而在圣母报恩节[79],据说春天已战胜了冬天。在我国夏天与冬天之争是以后者的失败而告终的,这表现于游戏的形式:围攻雪砌的城堡;或者抬着代表冬天或死神的稻草人,在田野里边绕行边唱歌,然后把它烧毁或扔进水里[80]。在西方这一仪式研究得更为详细,它还具有自己在文学上的历史[81]……在斋期中间,当冬天与夏天,严寒与炎热相互趋于均衡之际,不久前还举行过表现夏冬之争的游艺活动,尤其盛行于莱茵河中、上游沿岸。两个男人登台表演,一个披戴着蔬菜绿叶,另一个则披着稻草和毛皮,分别扮演夏天与冬天,相互展开搏斗。冬天被打败了,从它身上剥下了外衣,这时年轻人围聚在一起,用粗长的棍棒武装起来,齐声欢唱歌曲,表示欢迎春天的来临,并咒骂冬天……

关于这一游艺的最早记载可以追溯到一五四二年;在一五七六年

与一五八〇年的传单上还保存下来了相应的歌谣。它的内容如下：在迎接夏天的欢快日子里，冬天与夏天在聚集的听众中间相互争斗，争吵不休：它们之中，究竟谁是主人，谁是奴仆？夏天带着随从来自澳洲，来自太阳升起的东方，命令冬天滚开。而冬天，一个戴着毛皮帽子的粗野农民，则来自高山峻岭，随身带来了阵阵寒风，威胁要降一场大雪，他并不想要隐退：他夸耀着银装素裹的田野，而夏天则炫耀着郁郁葱葱的山谷；夏季草木茂盛，生机盎然，而冬季则酿造佳酿，美不胜收；夏季提供干草、五谷、葡萄酒，可是所有这些在冬季都消耗殆尽了，等等。显然，所有这些内容都作为问答而由各主要角色分担，而支持他们的则是各自的"随从"，合唱队。夏天最终取得了胜利，冬天自称是它的雇工，并请求宽恕，以便一起前往其他国家。这时夏天宣布，战斗结束了，并祝大家晚安。

这一仪式游艺在施瓦本[82]、瑞士、巴伐利亚和霍鲁坦尼亚[83]等地都颇负盛名。在这里，在古尔山谷，春天来临之际，小伙子们分成两组：年龄较大的一组扮演冬天，年龄较小的一组扮演夏天。各自穿着适合其身份的服装，佩戴着相应的标记，两组人在明媚的春天沿村游行戏耍，在富裕农民的院落前面赛歌，直至夏天取得胜利。这一般是在三月间进行的，有些地方则是在奉献节那一天。

游艺为十四与十五世纪的两首歌谣，一出荷兰戏剧和甘斯·萨克斯[84]的戏剧对话提供了内容：《夏天与冬天的谈话》（1538）和《关于夏天与冬天的欢快的合唱环舞曲》（1565），这些曲目把争论移到了秋季，因而形成了不同的结局：冬天成了胜利者。

在法国和盎格鲁诺尔曼的土壤上，关于相应的民间习俗的回忆可以追溯到十四世纪。在英国这场古代争论是在新的环境中进行的：夏季和冬季由各自特有的植物取代了它们的拟人化：圣诞树表现夏天，常春藤表现冬天，正如在类似的德国歌谣中由山毛榉和柳树来分别充当相应的角色一样。它们之间的争论挪到了圣诞节期间，即冬季日照转移的时期；众所周知，在欧洲民间信仰中对于未来播种和收获的希望,以及表现这些希望的仪式都正好安排在圣诞节周期……而在英国冬天与夏天的争论仪式则为一些戏剧插曲提供了情节:在托马斯·纳什[85]的《夏天的最后遗愿与遗言》(1593)中,描写了一年四季及其同伴,其中包括春天及其随从,它披着青苔,代表着新生的短草;它的歌声模仿布谷鸟和其他春季鸟类的啼鸣。在莎士比亚的《爱的徒劳》(第五幕第2场)中,春天和冬天分别由布谷鸟和猫头鹰代表,在它们的对歌中可以时而听到春天的叠唱:咕—咕!时而听到夜鸟的号叫。争论者在这里所演唱的歌曲无疑是莎士比亚编写的,但是游艺的母题则是民间的,只是经过了文学的加工而已[86];正如在维森特[87]的笔下或在意大利的争论中,争论者是十二个月份一样。

早在加洛林王朝时期[88],在八至九世纪的一首拉丁文诗歌[89],维吉尔的第三首牧歌的仿作中[90],我们就见识了这类文学加工的尝试;这表明了它所依托的仪式的相对古老……

这一拉丁语的辩论是以同样的仪式为基础的,但它又是民间仪式的、合唱的或轮唱的;正是由于这一样式的广泛流传,才使牧歌的对话因素在中世纪的运用得到了解释;江湖滑稽艺人的斗嘴说笑,学派辩论会,艺术对谈诗[91],以及中世纪诗人们的争论——所有这一切都不超出这一普及性尺度的范围*。在分析文学论争的时候,必须注意到各种相互影响和各式各样杂交的可能性,但民间仪式到处都成为出发点,成为掌握其他因素的契机[92]。正如在欧洲,在由冬季到春季的转折时期,冬春相互之间发生争论一样,它们在北美印第安人的童话故事和伊索寓言[93]中也呈现出同样的关系。

同冬天和最终战胜对手的春夏之间的争论相关联的是对于胜利者的庆典:昔日从斯堪的纳维亚和德国北部传遍法国和意大利的化装观赏仪式。我指的是在阿尔萨斯省盛行的五月玫瑰节,五月伯爵和伯爵夫人的游行,在森林中寻找五月——不仅是万物更新,而且是繁育

---

* 参见亚·尼·维谢洛夫斯基:《作为时间因素的叙事重叠》。

生长的象征,寻找新枝嫩叶、树木、小白桦的俄罗斯仪式;在大俄罗斯各省于悼亡节[94]砍伐树木,给它穿上女连衣裙,或挂上各色彩带和布条,并从树林搬进村庄,它在那里的某幢房子里做客直到圣三主日[95]。这些节日庆典的戏剧特性在后来的花样翻新中,如意大利的五月节中保留了下来:这是五月仪式的树、枝叶,同时也是非仪式性质的戏剧节目的名称,我们还会涉及它们的意义。

在德国的"争论"中,在驱逐、送葬冬天——死神和呼唤春天的民间仪式中,冬天和春天是由不同的、相互敌对的生物扮演的,它们互有胜负。当这种双重性融合为**某一个**或是垂死的,或是新生的事物时,宗教意识便在发展的道路上前进了一步:生与死的斗争归于某一个生物,即有关神灵的神话[96],表现于相应的岁时节日性质的仪式之中;当这一神话被概括为各种心理动机时,它便为纪念酒神节的艺术性的戏剧[97]提供了素材;或者它越出每年一度冬去春来的界限,转向每三年举行一次的酒神节。最后,它转移到了世界性的年终岁末,岁月的终结,这时人们期待着在现存的一切事物都毁灭之后,会有另一个光明的世道。岁时节日性的神话成为了世界末日论[98]的神话;关于巴尔德尔[99]的北方神话便经历了这样的演变。[100]。

然而让我们回到春天和冬天的换季及其新的理解上来吧。

人们曾经想象,某个人死了,牺牲了,被人出于嫉妒、忌恨而杀死了,人们哀悼他;可是春天一来临,他又复活了,一切都愈合了,甚至祖先亡灵[101],还有刻瑞斯[102]、美人鱼[103],都回到人世间来探望。在德国传说圣诞节期间亡灵们夹杂在野猎[104]的行列中飞驰:显然这是提早至年初的春天的形象;在我看来,保加利亚人在一月份举行的圣诞节仪式活动[105]如今也应作如此解释。人们举行追悼祖先亡灵的活动,这些活动既使人感到恐怖,同时又在色情的合唱歌曲中响起了对于情爱的召唤。冬季来临的前夜,随着太阳的转移重新唱起了这一歌曲,却换成了忧郁的情调:把春夏埋葬了,重新出现了祖先亡灵,野猎队飞驰,伊罗基阿达[106]的群魔乱舞。忧郁和欢庆的双重因素通过各种不同的轮换方式,既反映在迎春的游艺中,也反映在一系列表现夏天消逝的仪式中。由此形成了一些关于早年夭折的少年的类型传说:他为神灵所害,被撕碎,扔进水里,如利诺斯或阿多尼斯[107]……人们在小俄罗斯埋葬以男性生殖器为武器的雅里拉[108]的稻草人像,一面朝他呼喊:"他死了,死了!他再也站不起来了!如果没有你,生活还算什么生活呢!"随后这个阵亡的死人又复活了,于是皆大欢喜。在小俄罗斯,在初春季节,在彼得节前斋戒期第一周,人们埋葬稻草人像,并向它哭诉道:

> 死了,死了,科斯特鲁邦柯,
> 毛发斑白的,至爱的亲人啊!

或者由一位姑娘躺在地上扮演死者:跳环舞的人们一面唱着哀伤的歌曲,一面环绕着她行走;不一会儿,她一跃而起,于是合唱队欢快地唱起来:

> 我们的科斯特鲁邦柯复活了,复活了,
> 我们的亲人复活了,复活了!

……在黎巴嫩的希腊居民中间,以往男孩子们在复活节从一家到另一家串门走巷,扮演着拉扎尔[109]的复活,在塞浦路斯岛,在拉扎尔的纪念日,某个人穿着节日盛装,以这种方式扮演死者,神职人员也参加了他的复活这一活动。教会主持春季仪式,我们可以区分出教会的和民间的因素所占的分量,这既可以在卡赫齐亚[110]的拉扎尔,一种玩偶的身上(在干旱季节女孩子带着它走来走去,一边唱着求雨的赞歌)见出,也可以在保加利亚姑娘们在斋戒期第六周扮演拉扎尔复活的习俗中(为此人们赏赐她们面包,并称之为玩偶*)见出。

我在另一情况下**已经提出过关于移植和吸收某种非基督教仪式的可能性的问题,这种仪式以往在某处由于接受基督教传说的形式和人名而复杂化了。我还可以举出另一个例子来补充说明关于拉扎尔的歌曲和表演:在俄国迷信传说中的库兹马与杰米扬[111]是由铁匠们来扮演的,他们在锻造"婚礼",这不难解释为婚姻关系的象征,但是在那不勒斯市附近的一个小市镇伊泽尔尼,同样的圣者却扮演着更露骨的角色,显示了地区性的普里阿波斯崇拜[112]的痕迹:姑娘和不生育的妻子向他们顶礼膜拜,把男性生殖器的蜡像作为祭品供献在他们的祭坛上。因此,拉扎尔只是把其姓氏赋予了表现复活、丰产、情爱和降雨的观念的一些民间节日而已。由此而来的是在保加利亚人的巡游中由一位姑娘来扮演"新娘"这一类型。在克里米亚,在拉扎尔节周末,年轻人组织赛马:这表示他们在迎接拉扎尔和彼拉吉亚。按照传说(希腊的),彼拉吉亚是统治着信奉东正教的希腊人的曼古普公爵的女儿,她已濒临死亡,而"为期四天的拉扎尔"则请求神祇在他复活的那一天治愈她。或许彼拉吉亚充当了某个人物形象的替身,而我们可以从春季仪式的"对偶"人物身上找到这种形象的类似物。

神灵复活,如果他长眠不起,那么人们唤醒他。在涅列赫塔[113],在圣灵降临节前的星期四,姑娘们认干亲家,通过用树木下垂的枝条编织的花环相互亲吻;她们中间的一位似乎喝醉了,倒在草地上,装作入睡,而另一位姑娘则用亲吻来唤醒她。在布里安松(多菲内[114]),有这样一种五月节习俗:一位年轻人的心上人抛弃了他或嫁给了别人,他躺在地上,覆盖着青枝绿叶,似乎睡着了;这是一位五月的未婚夫(原文为法语),有一位爱慕他的姑娘把手伸给他,两人走进了小酒

---

* 参看亚·尼·维谢洛夫斯基:《古代农事节日仪式中的杂婚、结拜兄弟和认干亲》,第288页以后。

** 参看亚·尼·维谢洛夫斯基:《俄国宗教诗歌领域的研究》,(笔记),科学院,圣彼得堡,1883年,第45卷,第8册,第312—314,457页。

馆——这是翩翩起舞的第一对男女,他们在这一年必须结婚。

随着与夏天的告别,场景也变换了:在我国夏至日演唱爱情组曲之后,接着举行的是埋葬—烧毁库巴拉的仪式[115]。

关于狄俄倪索斯和阿多尼斯的神话[116]涵盖了春天与夏天、生与死的观念。在谈到希腊戏剧的起源时,我曾涉及有关狄俄倪索斯的仪式;阿多尼斯则为忒奥克里托斯[117]所歌颂的亚历山大式的布景哑剧提供了情节。据传说,他是父亲与女儿的私情的产物……是阿佛洛狄忒[118]的宠儿,他为野猪所伤致死,其实这野猪乃阿瑞斯[119]或阿波罗[120]化身的形象;他每年有三分之一的时间住在珀耳塞福涅[121]那里,春天才回到大地上。在比布洛斯举行的春季阿多尼斯节就是以对于他的哀悼开始的:妇女们环绕在死者的画像周围,哭诉着,捶胸顿足,在笛声伴奏下唱着哀悼阿多尼斯的歌曲[122],把自己的头发割下来表示哀悼之情,或者在一天之内奉献给每个过路的人,而酬金则作为奉献给阿佛洛狄忒的祭品;仪式是同塞浦路斯岛流传的关于阿多尼斯的姐妹被送给异国人的传说相符合的(《阿波洛多尔》,第3,14,3节)[123]。第二天庆祝阿多尼斯的复原,发出阵阵呼声:阿多尼斯活着,活着!扶摇直上青天(卢奇安:《论叙利亚女神》,第6篇)[124]。亚历山大城的阿多尼斯节于夏末结束,仪式的程序也别具一格;我们根据忒奥克里托斯和比翁的描述可以了解一二,阿多尼斯和阿佛洛狄忒的雕像躺在床上——这是他们喜结良缘的象征:

> 库忒瑞亚[125],让美貌的阿多尼斯占有你的床吧;
> 他即使死了也是美丽的;那样美丽,就像睡着了一样;
> 让他穿着柔软的服装美美地安睡吧,
> 在那儿他同你一起在深夜金床上共享神圣的梦乡。*

---

* 比翁:《献给阿多尼斯的葬曲》,见 B. 拉特舍夫:《古代诗人译诗》,圣彼得堡,1898 年,第 34 页以后。

四周摆放着水果、糕点、各种动物的模型和所谓阿多尼斯的"小花园",种植着祭祀用的、迅速萌发和凋谢的绿色植物,这是勃勃生机,同时又是垂死衰亡的象征,它们被称作"墓志铭"(原文为希腊文)。根据忒奥克里托斯的描述,女歌手歌颂阿佛洛狄亚,一年之后荷赖[126]就把她的心上人从阿刻忒河[127]的汹涌波涛中救起,送回她的身旁;今天且纵情欢乐吧,明天一早妇女们将把他送入大海,披发露胸,放声歌唱,祈求回归:"今天和明年,请对我们发发慈悲吧,阿多尼斯;你来的时候以慈悲为怀,当你回来的时候,也依然如故吧。"比翁记述的哀悼阿多尼斯的送葬曲保留了仪式性的副歌,歌中群山和橡树林、河流与夜莺都齐声为他痛哭;塞浦里斯[128]本人也在哭诉,不过歌曲不是以祝愿,而是以号召寻欢作乐结束:

> 库忒瑞亚,如今停止哭泣,恢复寻欢作乐吧:因为
> 你会重新泪流满面的,再过一年你会重又哭泣的。

在这些春季和夏季节庆的背景上显现出成双结对的人物:唤醒五月未婚夫的姑娘,五月伯爵与伯爵夫人(罗宾汉与贞女玛丽安),库巴拉与玛琳娜,白俄罗斯民谣与小俄罗斯传说中的伊凡与玛丽亚,阿多尼斯与阿佛洛狄忒,等等。他们是充满这些仪式的内容与实践的死亡与爱情的观念的体现。他们的情欲好色可以从不开化的民族的相应合唱表演中找到类似之处,其渊源则可以追溯到群婚时代和固定于每年一定时节进行性交的原始习俗*。圣人奥古斯丁[129]早就谈到古代农事节日仪式的放荡无耻,十六世纪我国修道院长潘菲尔也有这方面的论述;在比布洛斯举行的春季阿多尼斯节的庙会纵欲是同英国十六世纪的五月节庆相适应的;人们成群结队地上山入林,带来砍下的五月树,围绕着它跳起舞来,狂欢是如此纵情放荡,以至三分之一的姑娘

---

* 参看亚·尼·维谢洛夫斯基:《古代农事节日仪式中的杂婚、结拜兄弟和认干亲》,第311,290—298页,及第163页以前部分。

失去了贞操。后来这种色情减弱了,在仪式的遗迹中采取了结婚和认干亲的形式。在我国于彼得节[130]以后第一周内举行"相亲订婚";某些地方的斯拉夫人在每年一定时期内举办婚礼……在意大利中部和南部青年男女在夏至日节约会认干亲,其仪式同阿多尼斯节及其具有的爱情和死亡的双重象征意义很相似:春季准备好种有传统植物的器皿,在复活节前的一周把它们放在覆盖祭坛上的棺材模型的方巾上;它们就好像悼念阿多尼斯的小花园一样,是墓上祭奠的供品(原文为意大利文)。它们的主要作用是装饰夏至日节人们认干亲的活动:把它们摆放在窗口,用彩带加以装饰;往日,当教会还没有加以禁止的时候,还用妇女小塑像或用面塑的类似普里阿波斯的雕像来装饰[131]。

　　在现代迎春歌曲中,大概也像在古代法国五月迎春歌曲中一样,这种色情的遗迹并没有越出新的生活习俗的规范,但它仍然提供了情节和情调:求爱,追求,对于自由享乐的渴求,逃避不自由的婚姻,献殷勤,说媒[132]。凡此种种,都在歌曲中演唱,在环舞中表演,正如《布朗诗集》[133]中一位歌手把它们称之为"维纳斯之环舞"一样,但是歌曲脱离了教堂仪式,成为了叙事诗歌式的、短篇故事式的,有时还带有表演对话的因素。在夏至节习俗和类似阿多尼斯传说的基础上形成了关于兄妹关系的歌曲;俄罗斯变体允许把另一种广泛流传的叙事歌曲不仅依附于迎春环舞,而且依附于仪式。我们知道,人们在春天如何哀悼,随后又欢庆科斯特鲁邦卡的复活;在一种小俄罗斯的迎春表演中,一位姑娘站在环舞圈中间,对另一个参加者说:基督复活了!这人回答道:真的复活了!头一位姑娘问道:有没有人看见我的科斯特鲁邦卡?另一个姑娘答道:他在田地里行走呢。这时站在环舞中央的那位姑娘装着哭泣,并在合唱队伴唱下唱道:

　　　　我的可怜的脑袋瓜啊,
　　　　在那多灾多难的岁月,
　　　　我干了些什么呀,

竟使科斯特鲁巴不爱我啦!
来吧,来吧,科斯特鲁波奇卡,
我将等你直到婚礼那一天,
直到那个礼拜天,那个可爱的日子,
早早地用罢早餐。*

接着是轮流提问和应答:有人看见过我的科斯特鲁邦卡吗?——他体弱病倒在地里啦;他死啦;把他抬到墓地去了;已经下葬埋掉啦。听到这一回答,姑娘突然露出笑容,拍着手,跺着脚,于是环舞队欢快地唱道:

感谢你,感谢基督天主,
把我的亲人送到了墓地,
我跺脚把坟土踩实,
手掌心儿拍拍。
我的妈,你别骂,你别骂,
如今,我的科斯特鲁邦卡,
已经躺在深深的墓穴里啦。**

(П. П. 丘宾斯基:《民间纪事》,
第 16 期,第 17—18 页)

在另一首环舞歌曲中,科斯特鲁巴这一仪式性姓氏已经消失了:妻子为了跳舞跑了出去,年老的丈夫出场了,于是合唱队的表演转入争吵,相互问答,并伴随着合唱队的重唱和干预。其实,古老的布罗温斯歌曲的结构也正是这样的,断断续续地出现叠句和每句诗结尾的呼

---

* 原文为乌克兰文。
** 原文为乌克兰文。

喊,看来是在指引合唱队的演唱*。在现代的布罗温斯和加斯科涅也流传着同一情节的歌曲,十五世纪伦巴第区的舞曲也广为人知。或者妻子在跳舞,而丈夫召唤她回家:孩子们在那儿哭泣,要吃饭,睡觉;表演者只用面部表情表演,而合唱队代他们诉说(小俄罗斯的演出)。或者向在欢快的舞蹈中流连忘返的妻子诉说道:她的丈夫在家里没吃的,没喝的;她答道:没有我他也能吃,也能喝;丈夫死了:就让女人们为他哭泣,歌手们为他歌唱,神甫们为他下葬,蛆虫把他吃掉吧!莱斯沃斯岛[134]的合唱歌曲就是这样演唱的,我曾经提及同它类似的法国歌曲,而以下则是类似的德国歌曲,大概一度曾由合唱队来演唱:

妻啊,你该回家啦,
因为你的丈夫生病了。
如果他生病了,让他病去吧,
把他放在火炉旁的木炕上,
我可不回家。

接着对她说:你的丈夫病重了,他死了,把他抬了出去,埋葬了;但她仍然不肯回家,可是当人们告诉她,求婚的人来了,她却吩咐别放走了他们:

求婚者在家里?
那么谁也别放走,
我立即赶回家。

在另一异文中,妻子在不断传来丈夫生病的消息的情况下,仍继续跳舞,每一节诗都以她如下的话结尾:

---

* 参看亚·尼·维谢洛夫斯基:《作为时间因素的叙事重叠》,第82页,注释3,以及第81页以后。

再跳一两支舞,
那时我马上回家。

直至她听到"另一个人已经在这里",才答道:

另一个人已经在这里?
跳够啦!
不再跳啦,太感谢啦!
我马上,马上赶回家。

以下一些俄罗斯游戏的内容是说媒:几个姑娘手拉着手,排成一行;在她们对面另站着两个姑娘。她们相互鞠躬行礼之后,互相轮唱;两个单独站着的姑娘开始领唱,合唱队答唱:

——公主,铺路搭桥啊,
我的宝贝,铺路搭桥啊!
(这一重叠歌词在每句诗之后都有)

"公子,已经铺好路,搭好桥啦。"
——公主,我们是您的客人。
"公子,为什么你们来做客?"
——公主,为了一位姑娘。
"公子,为了哪位姑娘?"
——公主,为了最大的那位姑娘。
"公子,大姑娘瞎了一只眼。"
——公主,那么我们走啦。
"公子,回来吧。"

——公主,铺路搭桥吧,等等。

下一个同样的提亲涉及"老二"姑娘;但她也是个瞎子,媒人们想离去,人们挽留他们,于是第三次发现他们是向"最小的"姑娘提亲。

"公子,这个也看不见。"
——公主,可是我们看得见。
"公子,你们看上我啦。"
——公主,那么我们就带你走吧。

唱完最后一句诗,单独站着的两位姑娘紧靠在一起,举起手,而跳环舞者则列队从她们的手臂下跑过去;环舞队伍中的最后一位姑娘则同第一对姑娘留在一起。此后重新唱起第一首歌,直到最后两位姑娘都按照最初的这一程序转到开始的那一对姑娘一边去为止。

说媒这同一情节在以下歌曲中是按照争论的程式编排的。就像在前一首歌曲中一样,一部分姑娘扮演小伙子;婚礼歌曲(准备婚礼,婚礼车队)[135]所熟悉的"铺路搭桥"的象征主题在这里为另一个同样广为流传的色情主题:践踏黍谷(蔬果、葡萄等)的主题所替代。姑娘们分成两排一两个合唱队,相距约十步。一个合唱队唱道:

我们播种了黍谷,播种了黍谷,
哦依,亲爱的老爷子,播种了,播种了!

第二个合唱队唱道:

而我们把黍谷践踏,践踏,
哦依,亲爱的老爷子,践踏,践踏!
(在每句诗之后,重复唱的副歌)

这样继续轮唱：

——你们用什么来践踏？
"我们放马来践踏。"
——那么我们把马夺下。
"你们用什么来夺马？"
——哦依，用缝合的大网。
"那么我们把马赎回。"
——哦依，你们用什么来赎回？
"我们给一百卢布。"
——我们一千卢布也不要。
"那么我们给个姑娘。"
——姑娘我们要了。

第一个合唱队唱道：

我们这帮人减人了，减人了，

第二合唱队唱道：

我们这帮人添人了，添人了。

一个姑娘从第一队中跑到第二队，于是这一程序又继续进行，直到所有的姑娘都跑过去。

属于广泛流传的迎春歌曲的主题还有婚姻不幸的妻子、被囚禁在修道院里的妇女的诉苦；或者姑娘公开缠着母亲，要求把她嫁出去：广泛流传的坎佐纳[136]（贝壳之歌——原文为意大利文）的主题，在《十日谈》中基翁纳奥就建议唱这首歌[137]。来自明斯克省的合唱游戏正是以乞求丈夫而结束的;这一游戏于圣母领报节进行,并取名为"喧哗";这个在"基勃罗维"流行的"喧哗"角色由一个六岁的小男孩来表演,他在歌唱期间由演出者在手上传来传去。姑娘的乞求显然适应游戏总的内容及其在春天对于丰收的期待、繁殖的思念;这是天真素朴的生理内情的反应。在弗拉基米尔省人们在悼亡节"培育麦穗":年轻妇女、姑娘们和小伙子们聚集在村头,成双结对地手拉着手,面对面站成两行。他们在手上传递着一个用各色彩带打扮起来的小女孩,最后一对传递完了小女孩便跑到前面去;这样便形成了一座不断向秋播田地移动的川流不息的人桥。到了田里,小女孩从人们手上下来,采摘了几根黑麦穗,带着它们跑回村里,把麦穗扔在教堂前。这时唱起了歌曲,把小女孩尊称为女皇。

> 春播作物抽出了麦穗,
> 长出了白白的小麦。
> 女皇走过哪儿,
> 那儿的黑麦就长得茂盛,
> 从秋播作物的麦穗中,
> 从麦粒中长出大圆面包,
> 从半麦粒中长出大馅饼,
> 黑麦同燕麦,一块长吧,长吧,
> 富裕的日子活得多欢畅,儿子同老爸。

这把我们引入了同一年四季周而复始的农事活动相联系的农业歌舞游戏的范围;它们的基础是仪式性的,其模仿的特色令人想起不开化民族的类似的化装舞蹈。让我们想起斯拉夫民族的春季仪式的巡游,我国在圣诞节期间牵着山羊、小母马的游行,在中世纪西方的圣诞节期间习惯于化装成鹿、老太婆,以及载着各种动物面具的类似游行等[138]。某些顺序来临的场景往往引起歌舞狂欢的特殊高潮:在希腊冬季酒神节期间当欢快的科摩斯[139]走来走去时,便响起生殖器崇拜的合唱,在罗马农民们在轮唱的歌词中相互对骂(原文为拉丁文)。

我无意于一一列举这方面的全部丰富材料,而只限于分析几个具有模拟表演特点的游戏。其中有些游戏节目如今已下放为专门的儿童传统节目,而其他一些游戏看来已同仪式脱钩,并不装腔作势,而只是自由地歌唱。

在小俄罗斯"姑娘们"和"小伙子们"围成一个圆圈,中间坐着几个小女孩,大家围绕着她们,边走边歌唱:

> 啊,亚麻长在山上,长在山上,
> 罂粟花也长在山上,
> 许许多多的小伙子们,
> 站在那里排成行,
> 姑娘穿着各式各样的服装,
> 我的像罂粟花一样可爱的姑娘们,
> 快集合在一起吧,
> 全都成对排成行。

然后姑娘们站住,向坐在中间的孩子们问道:

> 夜莺,小鸟儿,小鸟儿!
> 你可去过长着罂粟花的花园,
> 你可见过怎样挖罂粟花?

孩子们一面用手势表示歌中所唱的内容,一面答道:

> 啊,我曾到过那座花园,
> 我会告诉你全部实情:

> 那儿是这样
> 挖掘罂粟花的。

这大部分是这样进行的：人们问道："还太早吧？"孩子们答道："还太早。"然后又绕着圈子走，继续问道："是黎明吗？——是黎明了。——起雾了吗？——起雾了。——播种了吗？——播种了。——收割了吗？——收割了。——该磨面了吧？——该磨面了。"在这之后，围成一圈的姑娘们和小伙子们把小孩子们举在手上，边往上抛，边唱道：

> 啊，就是这样，这样
> 磨碎罂粟的。

大俄罗斯人的游戏也与此类似：环舞队推选一位母亲和几个女儿。其中一个对母亲说：

> 娘啊，教教我，
> 怎样在地里播种亚麻。

母亲用手势表示，这该怎么做：

> 像这样做，闺女，闺女啊！
> 像这样做，这样做！

扮演女儿的姑娘们模仿母亲的动作。按照这样的程序做完生产亚麻的全部动作；最后，在劳作期间，女儿们开始瞅着小伙子们，突然向母亲提出了新的请求：

娘啊，教教我，
怎样同小伙子游玩。

母亲生气了，威胁要揍女儿们，可是她们不听她的话，不再需要什么教诲：

那么我自个儿去，
我要同小伙子去跳舞，
就这样跳，那样跳。

诺尔曼人的环舞游戏(在加泰罗尼亚[140]和意大利也熟悉类似的游戏)看来同任何仪式活动都没有联系。表演的情节是播种和加工燕麦……

随之而来的是相应的身体动作，伴随着歌曲中所提的问题：怎样耙地，灌溉，收割，捆扎，运送，脱粒，簸扬，磨面，吃燕麦，等等，就像在"葡萄种植者之歌"或"祝酒歌"中顺序描绘了酿酒业的操作过程一样……

以后的一些诗节继续描述：怎样从幼芽到幼苗，从幼苗到枝条，从枝条到花朵，从花朵到长成一串串葡萄，最后，从酒杯到干杯。

俄罗斯的游戏歌曲用面部表情来表现往下的动作——饮酒、饮啤酒的动作：

我们酿造啤酒，
酿造碧绿的葡萄酒，
好酒，好酒，好酒！
从这啤酒里，
我们会得到什么呢？
我们大家欢聚一堂，

然后依依惜别,天各一方。

(相聚与分别)随之而来的问题与回答:"让我们大家一起坐一坐,坐一会儿就起身"(坐下与起身);"让我们大家躺一躺,躺一会儿就起来"(躺下与起来);"我们大家在一起相聚"(相会);"我们大家畅饮啤酒,我们大家然后分手"(分手)。

希腊的压榨葡萄汁颂歌(原文为希腊文)可能具有同样模拟表演的特色;在朗戈斯的作品中描写了乡村游乐:某个人唱起了割麦人工作时唱的歌,而另一个人则为了逗乐而模仿酿造葡萄酒的人的动作。类似的带模拟表演的舞蹈在毛利人那里则表现为栽种和挖掘番薯。

在罗马尼亚人那里,新年前夕,男孩子们和小伙子们挨家挨户上门祝贺,唱歌和表演"犁之歌"[141]。歌曲由笛子伴奏,并伴随着犁的铁器铿锵声或铃铛声、鞭子声,以及号称"公牛"的乐器的演奏;与此同时还拖着一把真正的犁或玩具犁,并用鲜花和彩纸加以装饰。居住在加里西亚的乌克兰人也有类似的仪式。罗马尼亚歌曲的内容跟踪报道种田人从他起初扶犁下地耕田、播种、收割,送到磨房加工,再由那儿回家烤制出粉红色的圣诞节用的"白面包的全过程"*。所歌唱和表演的罗马尼亚种田人的这一年景充满了这样的希望:所表演的这一切都将实现,而正是这一象征性的表演将促成它的实现。像播种罂粟、描述燕麦和葡萄藤的歌曲这样一些模仿逗乐的游戏很可能在某个时候也曾具有过这样的魔法意义。

心理对比法及其隐喻的对比成分构成了许多民族的仪式的基础**。这是所期望的东西;一报还一报;随着词义的巩固,它也就具有了魔力。我们已经指出过咒语结构中的这一发展顺序。当在仪式因

---

* 参看亚·尼·维谢洛夫斯基:《俄国宗教诗歌领域的研究》,帝国科学院,圣彼得堡,1883年,第45卷,第7册,第114页。

** 关于单项对比可参看亚·尼·维谢洛夫斯基:《心理对比法及其在诗歌文体中的反映形式》,第138页。

素的总体中形成了神的观念的时候,行动都由他所引起,话语和模仿动作也都诉诸他。在小俄罗斯孩子们在新年串街走巷,把粮食撒在房主和农舍前面,念念有词地说道:"祝你幸福,健康,新年好!上帝保佑,花果满园,庄稼、小麦和每块耕地都丰收在望",随后便唱起了"撒种者之歌"[142]:

> 在田野上,在田野上小犁铧在耕地,
> 在那小犁铧后面是上帝亲自在耕种,
> 而圣徒彼得罗追随在后面。
> 圣母送来了美味佳肴,
> 送来了美味佳肴,她请求上帝:
> 上帝啊,让干草成垛,庄稼、小麦满仓,
> 让干草成垛,小麦满仓、每块耕地都丰收在望。

(《民俗学·概观》,第 7 卷,第 73 页)

  罗马尼亚仪式的模拟动作移植到了神话、传说中,而这一传说看来这次是由伪经关于"基督用犁耕地"的记载所提示的;有时耕地的人则是圣徒瓦西里、伊利亚等。然而这种由仪式到神话[143]的发展也可能是有机地完成的:关于利诺斯、玛涅洛斯等的神话和歌谣就是这样从收获这一日常生活习俗中形成的。这种神话歌谣在脱离仪式之后,便单独地传唱,正如另一方面,当仪式脱离其内容之后,便可能流于单纯的模拟游戏一样。广泛流传的"剑舞"(德国的 Schwerttänze,勃里安松的 Bacchuber 等等)同保加利亚人的无疑具有驱除式[144]性质*的圣诞节仪式的关系可能也是如此。在我看来,这种"剑舞"同拜占庭圣诞节期间礼仪中的哥特族的游戏颇为相似。

---

  * 参看亚·尼·维谢洛夫斯基:《俄国宗教诗歌领域的研究》论文集,科学院版,1890年,第 46 卷,14 册;关于用剑和斧武装起来的密特拉教徒的表演可参看卢奇安和阿普列尤斯的有关作品。

第三种划分涉及咒语模式,它有时忘记了时间安排而被运用于岁时节日联系之外[145]。卡赫季亚[146]的拉扎尔节一般避免在干旱时节举行。

（三）

古代杂婚、成年仪式和认祖归宗的残余代表着由岁时节日仪式向摆脱岁时节日安排的仪式的过渡,例如在至今仍固定于每年一定季节举行的认干亲的现代习俗中,仍可观察到这类仪式。结婚习俗已大部分摆脱了这类陈规,只保留了各自的游戏和表演的特色。民间婚礼不止一次被称作民间戏剧,而我则宁可采用自由宗教神秘剧这一名称[147],因为这是适应某种连贯的整体的某一情景而积累起来的一些合唱表演剧目,就像那些由统一的情节、某个英雄人物贯穿起来的叙事歌曲可以协调合唱一样。合唱因素居于主导地位……而正是双重合唱的原则,我们已经谈到希腊婚礼的双重合唱,罗马婚礼歌曲也具有这一双重性,在法国、爱沙尼亚、俄罗斯的婚礼习俗中也不乏这种情况。自然的分化组合取决于男女双方结为亲家的两个氏族,他们相互斗气拌嘴,力图证明他们不是什么"傻亲戚",彼此插科打诨,相互猜谜对歌。由此产生轮唱[148]、问答、对话的形式……不仅是剧目的积累,而且是属于合唱因素不同发展时期的剧目的积累,正如在婚礼活动的内容本身中反映出不同时期五光十色的婚俗形式,诸如抢婚和买卖婚姻一样。仪式是在它的某些部分中展开的,这些部分较少固定于象征性的教堂仪式,而有利于自由的即兴创作,有利于诙谐的或叙事的个人诗歌。冲破这一缺口,蜂拥而至的有外来的逗乐取笑者、民间流浪艺人、弹唱杂耍艺人[149],个体歌手,他们在婚礼、葬礼和祭祀上的表演引起了中世纪教会的抗议。相反,在婚礼或其他礼仪上产生的歌曲却有可能超越其构成,四处传播,从而摆脱其母体[150]。

俄罗斯婚礼习俗由说媒开始,其中安排有象征性的仪式和媒人同新娘父母的传统对话。这种对话完全是以猜谜的形式进行的；这一以竞相猜谜和机敏对答为主旨的基调贯穿于婚礼随后的全部情景；成功地猜破谜底就为新郎的拜访敲开了大门。随后是定亲，装模作样地出卖新娘或灌酒输掉新娘，此后便是一系列晚间聚会或是出嫁前与女友们告别的晚会；再后便是婚礼本身，以及第二天的丰盛宴席或酒会，庆祝活动也就到此结束。在所有这些仪式中，主角是新娘，大部分歌曲由她来演唱；她为自己少女自由生活的结束而哭泣，同家人告别，抱怨命苦，被嫁到陌生的遥远地方，等等。新郎扮演着消极的角色：一切都由伴郎、打诨者、饶舌者替他说和做。伴郎是个十分自觉的人物，他熟知婚礼习俗的一切细节和婚礼的各种"俏皮话"，就像新娘得听伴娘的指挥一样。伴娘也同样富有经验，相当机灵，懂得什么时候该做什么，唱什么，说什么，她有各种不同的称呼："郡主——红娘"，伴哭者，代人唱哀歌者，受雇诉苦者，受雇歌手，唱诗者，主事者，等等。她和新郎的伴郎是婚礼的操办者，我们已经注意到在婚礼的构成中包含着用歌曲和表演体现出的各种生活习俗形式的不同时期的积淀。例如，有这样一个令人想起抢新娘的婚礼细节：媒人们于傍晚来访，装扮成旅行者或猎人，请求放他们进去暖暖身子，说他们的公爵正在狩猎珍奇野兽，亲眼看到一只水貂或狐狸躲藏到这座房屋的院内。他们被放进了院子，当然只是在经过长时间的谈判和付出一定的报酬，譬如说，款待吃喝之后。在婚礼当天新郎迎亲的车马队伍尝到了闭门羹；演出了一场装腔作势的战斗，有时甚至开枪射击，而新娘的兄弟则手执马刀来保卫她。晚上，在举行婚宴之后，年轻人双手抱起新娘，把她带出屋外；她奋力挣扎和逃脱，姑娘们保护她；新郎和迎亲人马重又把她抢到手，并驾车带她到新郎的家里。在西奈半岛的民间婚礼仪式中，新娘逃跑，躲避新郎藏起来，新郎只好四处去找她。伴随某种民间游艺演唱的一首法罗人的歌曲的内容就是如此……这类歌曲也在乌克兰人、威尼斯人、西西里人、现代希腊人和俄罗斯人中间传唱、转述；它们分别流传开来，在有些地方或是由于同婚礼仪典有联系，本来就表现了相应的情节内容而流传下来,或是由于具有某些相似之处而从别处移植过来,依附于此的。至于说到相似的情节可以排挤礼仪歌曲的传统内容,那么酒神颂歌的历史便是明证,在这类颂歌中历来传颂的关于狄俄尼索斯的神话母题让位于一般的英雄主题。这就为诗歌革新开辟了道路,这类革新已经超越了同任何一种仪式因素的明显联系。在波兰和保加利亚的婚礼上,人们唱着关于自由的日常生活主题的歌谣:丈夫远游归来,却碰上了自己妻子的婚宴。多勃雷尼亚—弹唱杂耍艺人[151]在关于他的壮士歌中就陷入了这一境地。这一歌谣可能是由弹唱杂耍艺人的演出节目转到仪式中的,更有可能的是它在仪式中得到了改造,以致它的最初内容渗入了抢婚的习俗因素。

婚礼教堂仪式的其他一些情节使人想起买卖新娘:媒人们以商人的面目出现,力图用金钱或猜谜语的方式把新娘从她兄弟手里赎买下来;对商品进行察看和装模作样的讨价还价,并以请客吃喝作为酬谢。

这一切都是在歌曲伴唱之下,在合唱队轮唱并伴随着化装表演成分之下进行的,如今在其中已很难区别原有的、属于严格的生活习俗的东西与传播来的、供无目的地消遣娱乐的东西:人们化装成吉卜赛人、吉卜赛姑娘、莫斯卡理[152]、犹太人、男人装扮成女人,等等。"俏皮话"表现出某种稳定性:它们表明世代相传的,在伴郎间相互传授的稳固传统;这种职业性的传授就好似在我国受雇唱哀歌的妇女之间发生的情况一样,带来的结果也一样:大量重复出现的格式和形象,令人想起和再现壮士歌文体的程式化风格。在雅罗斯拉夫省的婚礼上,"来访的"新郎伴郎(这是他的固定修饰语)和"年轻的伴侣"(助手)骑马来到新娘家,但大门紧闭着,他于是说道,他"并非强加于人,不请自来",而是受新郎的派遣而来。"我们的公爵,年轻的新郎从高楼上来到广阔的大街;我这个来访的伴郎同年轻的伴侣从高楼来到广阔的大街,套上自己的骏马,备鞍拉缰,用丝织短鞭抽打;我的骏马被激怒了,从潮湿的地面腾空而起;我的骏马翻山越岭,马尾飘拂在山谷之间,山涧小溪一跃而过;我的骏马一直飞奔到蔚蓝的大海,在那蔚蓝的大海,

257

清澈的湖面,灰色的大雁,白色的天鹅,雄鹰(?)游来游去。我问大雁天鹅:我们的公爵夫人、年轻的新娘的家在哪儿,那绣楼闺房在哪儿?大雁答道:走向蓝色大海的东边,那儿耸立着一株有十二条根的橡树。我驱马向东驰去,来到那株橡树前,忽然跳出来一只貂鼠,不是那种在树林里跑来跑去的貂鼠,而是一只待在高高的阁楼上,坐在有格栅的椅子上,正在为我们的公爵、年轻的新郎缝制方巾的貂鼠。我,来访的伴郎和年轻的伴侣沿着貂鼠的踪迹往前走,来到高高的阁楼前,走上通往公爵夫人、年轻新娘住的高高的绣楼的宽阔的大街上;貂鼠的踪迹消失在门槛下的门洞里,但它并没有从院子里往回走;"把貂鼠的踪迹引出来,或者把大门打开!"

门里有人问道:"谁在那儿,蚊子还是苍蝇?"

"我不是蚊子,也不是苍蝇,而是同样来自神灵的人。把貂鼠的踪迹引出来,或者把大门打开!"

从里面传出声音:沿着拐角的窗户下走;或者,从门槛下面的门洞里钻进来;大门锁上了,钥匙扔到海里去了;或者:大门被草木丛生的密林堵住了。伴郎对这一切说法都有应答,例如:"我们的公爵,年轻的新郎骑马来到蔚蓝色海边,雇了一群勇敢的渔夫,侠义好汉;他们撒下丝织的渔网,捞上一件白色粗布衣服,在这件白色粗布衣服里找到了一串金钥匙。"在每一个答复之后,都要提出同样的要求:把貂鼠的踪迹引出来,或者把大门打开!

可以轻而易举地从其他一些民族的婚礼习俗中举出一系列同上述例子相似的事例,但是它们也无法改变我们所提出的那些概括的性质。我们在这里只谈一个问题:当在民间婚礼习俗中,就像在荷马的史诗中一样,出现这样一些婚姻形式的提示的时候(这些形式在家庭的持续演变中得到了发展,已不能在生活实际中继续存在),那么很清楚,它们之中的一些形式的作用就会降格为礼仪的和歌谣的程式:在礼仪中,它们陷于似懂非懂的遗迹,而在歌谣中则流于宽泛而不明确的暗示性陈词俗语。这也就是民歌风格的渊源之一。

丧葬仪式[153]就是建立在这种合唱的基础上的,它表现为歌唱、舞蹈和戏剧表演。早在古典世界就是如此。九位缪斯俯在阿喀琉斯[154]身上唱着哀歌,交换轮唱,彼此应答,海中神女在放声哀号(《奥德修纪》,第24章,60行起);在赫克托耳的尸体前,歌手们唱着诀别的哀歌,妇女们号啕大哭(《伊利昂纪》,第24章,720行起)。人们传说,皮利希(战斗舞蹈)是阿喀琉斯发明的,他在帕特洛克罗斯[155]的葬礼篝火前表演了这种舞蹈;依据半浮雕图像,弹唱杂耍艺人在葬礼上跳舞……罗马人的丧葬舞蹈后来为戏剧表演所取代,这种表演早在韦斯巴芗[156]时代就伴随着丧葬仪式,这也就部分地说明了在陵墓中为何发掘出假面具和绘有戏剧演出场景的陶瓶的缘故。正如在阿尔及利亚当地受雇哭灵的人在湿土未干的墓上放声号啕大哭,披头散发一样;在亚美尼亚人的葬礼上,在多神教以及耶稣教的时期,哀歌和歌曲区分为哀怨(роптание)、诉苦(жалоба)和泣别(заплачка);出现一群受雇哭灵人,被称作诉苦的、披麻戴孝的女儿们(дочери сетования, траура),与她们一起还有少数哭诉的母亲。她们翩翩起舞,相互击掌,唱着歌曲,用各种乐器低声伴奏,歌颂死者的英勇、行善,向他哭诉,责问他为何忍心抛下无依无靠的年轻妻子和儿女,或是以他的名义向寡妇告别,等等……

众所周知,西方教会是如何反对在墓地上跳跳蹦蹦和唱鬼怪歌曲的,《百条宗教决议》[157]反对在三一主日的星期六在墓地上跳跃、舞蹈和唱撒旦歌曲。科兹玛·布拉日斯基[158]谈到在墓地上化装人群的表演和戏剧演出,稍晚些时候在小俄罗斯欢快的歌曲和下蹲式的舞蹈取代了葬礼的和追悼的歌曲。

在另一些情况下,丧葬的戏剧性表现出了另一些特点。十二位勇士围绕着贝奥武甫[159]的陵墓策马而行,一边哭诉,一边唱着颂歌(参看《贝奥武甫》,第3168行起);约尔丹[160]引述普利斯克[161]的话,描述了阿季拉[162]的葬礼:在营地里,在一座山冈上,在丝织的网帘下,安放着死者的遗体;从哥特族人民中选拔出一些最优秀的骑手,他们骑马绕着山冈而行,一面唱着歌颂阿季拉的优美歌曲(拉丁文——丧葬曲):"光荣的哥特族国王,阿季拉,蒙德祖克的儿子,最勇敢的民族的君主,他掌握了前所未闻的威力,独自统治着斯基福人和日耳曼人的国家,用攻城略地威慑两个罗马帝国,但是为了不掠夺一空,俯就体谅民情,同意每年收取一定贡赋。当他一帆风顺,完成这一切丰功伟绩之时,却命丧黄泉。他不是死于敌人的刀剑之下,也不是亡于自己人的背叛,而是死于正处于鼎盛之际的人民之中,耽溺于狂欢作乐,潇洒地无疾而终。谁能用寿终正寝来纪念任何人都无法报复的这一切呢?"——他们在如此悼念了自己的君主之后,便在山冈上举行追悼酒宴,开怀痛饮,竟把丧葬的哀歌抛在一边,掺和着相反的情调,纵情狂欢起来。

这些就是礼仪的合唱基质,从中分化出希腊的特林(трены)、罗马的奈尼(нэнии),以及中世纪的哀歌(плачи)[163],在其中抱怨、哀号、泣别等抒情因素很自然地同关于死者事迹的追述、回忆等因素交织在一起,也同可以单独称之为**挽歌**(причитание)的成分交替出现。它们相互渗透,或者彼此分离,而在挽歌之中,即兴创作、即兴吟唱取决于如下情况,即关于每一个别人物都需要追述其不同方面的事迹;而泣别歌词却宁可采用由传统固定下来的比较稳定的形式,这些形式同由泣别词所激发的一组有限的情绪是相适应的。这些挽歌的泣别词也可以在教堂仪式之外的葬礼宴会上传唱或创作出来……

匈奴人可能就是这样哀悼阿提拉[164]之死,而西哥特人也可能就是这样哀悼他们的国王狄奥多里克[165]的。用拉丁语和民族语言保存下来的中世纪的哀歌已属于艺术上的创举,它们是以仪式活动和由此而产生的合唱的或个人的哭诉——哀歌为基础的。一系列属于此类的经典作品源于追悼在公元七九九年阵亡的埃里赫·弗里乌利斯基[166]的哀歌和佚名作者悼念查理大帝之死的哀歌[167],等等……从这类哀歌文学中的某些作品的格律体系、重唱叠句、合唱表演的遗迹,以及叙事基础超过抒情的哀怨中可以看出它们接近民间根基的特色。

哀悼富利康·兰姆斯基[168]和威廉·长剑[169]（原为法文）之死的哀歌就属于此类作品，其中追述了死者的事迹和他们死亡的情况。法国的哀歌，例如，吕特比夫[170]的哀歌，就具有这种叙事特色，而在法国英雄叙事诗中，勇士的死是由编唱者或通过演出角色的口来加以回忆、颂扬和祈祷安息的，在反映老生常谈的情况时还保留有日常生活习俗的痕迹，但追忆的因素却让位于哀怨诉苦了。例如，罗兰如此哭诉图尔宾：

> 啊，光荣而出身高贵的骑士，
> 让天主宽恕你吧，
> 在为我们的基督教信仰服务方面，
> 在教导失足者迷途知返方面，
> 圣徒也将无法与你匹敌。
> 愿神灵拯救你的灵魂脱离苦海，
> 天堂将为它敞开大门。[171]

在普罗旺斯哀歌中，叙事题材丧失得更多，而哀歌的抒情部分则相当发达，并创造出了一种人工的体裁，它排除了任何仪式基础的痕迹。

如果哀歌的叙事部分在内容上符合更加广泛的，不仅属于地方性的利益的话，那么它应当最早从仪式的联系中分离出来。歌曲——悼念光荣的勇士，人民英雄的哀歌即使脱离了引起它们出现的不幸事件，也会继续令人感兴趣，因为它们较之抒情性哀泣词的固定细节更能形成另一种意义上的传统。抒情叙事的挽歌就是这样从葬礼联系中分离出来的，它们可以像以往那样合唱，带有重唱的叠句，或是单独演唱，脱离仪式，而仪式也从游戏表演的另一方面趋于瓦解。在现代希腊，挽歌、悼词变成了宴会上的游戏：出席宴会的某个人扮演死者，而其他人则在音乐的伴奏下对他大声哭诉，直到死者一跃而起，并开始与大家一起跳舞为止。以往人们还在葬礼上,在古墓地跳舞,避免严肃的教堂仪式;如今在布里塔尼半岛,每逢星期日夜晚,人们按照因循守旧的传统习惯,还在乡村墓地上跳舞,而且是在叙事谣曲的伴唱下翩翩起舞……

在哀歌长期处于仪式之内的地区,例如在斯拉夫人和阿尔巴尼亚人,希腊人与爱尔兰人那里,以及在科西嘉与西西里,哀歌则具有另一种命运。通常由妇女来唱哀歌,如缪斯女神哭诉阿喀琉斯[172],罗马的受雇哭灵人,意大利的受雇哭丧女人,以及我国的受雇哭丧女人[173];在亚美尼亚的葬礼仪式上出现诉苦的女儿与母亲、哭丧者,类似荷马史诗中的哀歌领唱人,这表明了合唱的因素。正是在这一领域内可以看出专业化、职业化的发展:亲人们在悲伤,而其他人则在哭灵,哭诉他人的悲痛,因为他们善于哭诉。以上我们注意到,哀歌的抒情主题表现出一组固定的心理情绪,因而势必重复出现,从而赋予歌谣格式某种稳定性,同时也使之趋于千篇一律。如今在这方面又增添了风格的稳定性,而这是由于习惯运用某些固定用语,采取公式化的论旨,并由此而局限于一定的词汇和修辞风格的职业习惯所造成的……只要给予一定的心理动机及其语言表达所形成的这种稳定性,再增添上对于代代相传的某些传统情节的喜爱的话,我们就会置身于史诗与叙事风格的基地之上,也就是处于漫长进程的终点,而我们对于这一进程的最初起步则已力求阐明了。至于同婚礼俏皮话的风格的比较,我们在前面也已经指出过了[174]。

关于显赫人物的挽歌已成为了历史往事,成为了叙事歌谣,并转变成了传说;同这些历史传说相关的还有传颂人民生活中的一些光彩夺目的事件,诉说胜利与失败的歌谣,以及具有神话内容的歌谣。所有这些歌谣都曾由合唱队演唱,有时还载歌载舞……

正像在《奥德修纪》(第8卷,263行起)中,法伊阿基亚青少年们伴随着诵唱阿瑞斯与阿佛洛狄忒的情爱的歌曲而翩翩起舞一样[175],法罗群岛上遐迩闻名的传统舞蹈是伴随着诵唱尼弗龙根的系列传说[176]的叙事歌谣而进行的,而昔日在季特马尔什人们是伴随着好战尚武内容的歌曲舞蹈的。根据十二世纪初的资料,合唱队诵唱的是关于威廉一世的丰功伟绩[177]……人们认为古代德国和希腊的叙事歌谣也具有同样的情况,只是如今我们在荷马史诗的和谐合唱中已很难辨别这一点了。

我们无法断定,在我们所引证的更为古老的一些例证中,有多少歌谣的内容是历来同合唱,更不用说是历来同教堂仪式活动紧密地结合在一起的。只有生活习俗牢固地保留下来了:合唱歌曲,伴随着歌曲表演、舞蹈,而歌词的内容则并非总是有一定之规。由女声合唱队边拍手边演唱的关于法隆圣徒的坎蒂列那曲[178],便属于前面考察过的壮士歌、历史歌的序列,可是当在法属加拿大在《福音会会员之歌》[179]的伴奏下,而在法国则在关于主的侍奉者尼古拉和被烧死的少年侍从(相当我国的《尊贵的夫人》)的歌曲的伴奏下跳起古老的宗教舞蹈的时候,我们就明白了在歌词与舞蹈动作之间并无任何共同之处,歌词只是节奏的支柱,而表演则适应了那种合乎节奏的净化的需要,我们曾在混合仪式表演的开端见到过这种合乎节奏的净化,而希腊人则把它概括为一种美学原则。

在发展的这一基点上,有一系列合唱的歌曲和舞蹈,我们既无法把它们归入仪式活动,也无法把它们归入带面部表情的模拟表演之列。

在葡萄牙由两个合唱队轮唱,顺序重唱不同韵脚的两行诗,并附带唱同一首固定的副歌,而且每个合唱队都随着自己唱的前一节歌的最后一句诗而齐声和唱起来……

这就像是同一首歌曲的两个变体合乎规律地交织在一起一样。法国的环舞是边舞边唱的。我怀疑在德国的剑舞中具有仪式因素,虽然它们也许在实际上只是一种模仿体操性的舞蹈,就像在法国遐迩闻名的类似的军事舞蹈一样。在古代,在季特马尔什人们表演过各式各样的所谓长舞,他们伴随着歌曲,边跺脚边跳跃:领唱者有时为自己找个帮手,由他来伴唱,一般地帮帮忙,手举高脚酒杯开头领唱。每唱完一句诗,他就停下来,由其他人重复唱这句。他们或是当时才听到他唱什么,或是早就知道。按照这一顺序演唱第二句,以及随后的各句诗。在唱罢第一句或第二句诗之后,领舞者出场表演,手执帽子开始舞蹈,并以这种方式邀请其他人起舞,他随着独唱者的歌声起舞,所有其他的舞蹈者也随之纷纷起舞;有时他也像领唱者一样为自己挑选一个帮手。

应当特别提出具有地方性的、教会传说回忆性质的合唱表演:它们可能是以古代民间仪式的形式来接替出现,也可能是由在表演传统中所积累起来的各种因素重新组合而成。以下所述意大利南部的生活习俗情景可以作为例证。人们传说圣徒巴甫林,曾把自己出卖到非洲为奴,为的是把一个寡妇被俘的儿子从奴役中解救出来;当他过了若干时日归来时,居民们载歌载舞欢迎他。在诺那每年六月二十二日都以各行会举行的节日来纪念这段往事:在城里举行游行,人们抬着巨大的塔楼模型,上面装饰着圣徒塑像和各个行会的标志;在农户塔楼的底层尤基芙手执奥洛菲尔恩的头颅[180]。在游行队伍中人们还推着战舰,上面站着化装的摩尔人,他口含雪茄,还有屈膝跪在神坛前的巴甫林圣徒。当所有的塔楼模型聚集在庙宇前的广场上时,抬模型的人们便开始按照指挥者指挥的节拍前后摇晃肩上扛的塔楼;随后把塔楼放到地上,并围绕着它们开始舞蹈:男人们彼此手搭着肩膀,围着圈跳起舞来;有两个人在圈子中央舞蹈,有时他们还招来第三个人,他躺在他们两人的手上,开始还以这种姿势打着节拍,随后便安静下来,似乎他已被摇晃得晕死过去——然后他突然抬起头,露出微笑,并开始敲起为舞蹈伴奏的响板。其他人这时则弯腰屈体地扮演杂耍演员,显示各种巧妙的特技。此刻在旁边的寺院内主教正在圣徒神坛前庄严地举行宗教仪式——这就是由各种民间的、综合各种游艺曲调而形成的传说记忆。新的歌谣往往就是这样由旧的格式而形成的。如果对于这些曲调和格式的历史词汇未加研究,研究者在探讨神话学与诗学的起源问题方面便会束手无策。

我们概略地考察了在开化民族中存在过或仍然存在的各种不同的合唱表演类型。它们很容易同我们为未开化民族所确立的范畴相提并论。我们看到,只是岁时节日仪式的界限移动了,歌词文本占了上风,即兴创作在许多方面让位于传统,而从合唱的联系中可能分离出单独的歌谣,独立完整的歌谣,它们有各自独特的生命力,并有时决定艺术诗歌的形式与种类。叙事歌谣就是这样从一系列春季仪式中分化出来的,还有婚礼、葬礼,以及咒语等仪式的歌谣。希腊诗歌充满了这类分化,只有它们的名称还令人想起其仪式性起源:哀歌[181]已不能引起我们关于丧礼曲的观念,关于古代综合性的萨图拉[182]的讽刺诗等也是如此。整个这一过程要求具有尚处于文学界限之外的个别体现者,歌手或来自合唱队或双重合唱队[183]的歌手们;与此同时,在合唱和轮唱的基础上,已经具备了戏剧表演的条件:创造出具有不同体裁特征的舞台剧,如在我国的春季游艺节目中,具有在即兴剧[184]中戴假面具的定型角色等,而这些戏剧插曲是从外面附加到仪式活动上的,并不受它的内容的渗透和制约。德国的谢肉节趣剧[185],我国圣诞节期间扮演"贵族老爷"的游艺,等等,都属于此类性质。难以看出仪式性合唱的直接演变,其中如此有力地发展了动作和对话的因素,而这些因素是趋向于我们称之为戏剧的那个整体的。希腊悲剧表明了这一发展的合乎理想的条件,以及它的过渡阶段——祭祀。我们在前面已经涉及这一问题,我们还将回到这一问题上来。中世纪的祭祀剧、宗教神秘剧则置身于事外,因为它与民间仪式背道而驰,并非来自民间的渊源。当它摆脱教会的庇护的时候,民间仪式的特色可能渗入其中,但这些特色主要表现为生活习俗的细节、类型化的人物。与此相反,随着教会在西方控制了民间仪式表演,使其纳入自己的轨道,于是教会戏剧也就作为新的混合艺术[186]的因素之一,纳入到正处于瓦解或被遗弃之际的民间合唱表演之中。在德国的另一些地区,当两个上演圣诞节宗教神秘剧的民间剧团的班主之间互相占卜猜谜,以问答的方式彼此斗嘴争吵的时候,我们明白这是教会戏剧在向民间合唱的或轮唱的表演节目靠拢。在意大利最初的梅迪奥剧(maggio)的特色就属于这类:五月巡回演出的一个分支,类似我们在德国所见到的表演和争论。后来梅迪奥剧具有了骑士色彩,并转变成为庆典性的竞技运动,一种炫耀性的骑士比武。如今在陈旧的名目之下,演出的却是取材于圣徒传说的民间戏剧,并转入封建叙事长诗和骑士小说的民间书籍。

(四)

我们考察了在合唱表演的基础上所发生的逐步分化的过程,其结果是一系列有序的分化和无序的混合;后者只是偶然地出现和存活,而有序的分化则走上了发展的轨道。在以后诗歌发展的历史上,我们遇到了这样一些或多或少确定的类型,如叙事体、抒情体、戏剧;它们同混合的、合唱的诗歌(我们有理由认为其形态是最古老的)之间是什么关系呢?它们按照怎样的顺序从这一原生质中形成和发展起来,并适应于生活习俗或社会演进的需要的呢?[187]

这一问题引起了美学家们和文学史家们的兴趣;而问题的解答则与这些或那些一般性的前提,与哲学观点以及比较研究资料的增长相适应,而这种比较研究往往摧毁陈旧的概括性结论,启发形成新的概括。起初人们囿于现有的文学史料,而原始的混合艺术这一现象在其中并不引人注目,直到对于民间文学进行了广泛的研究之后,它才得到了应有的重视。

我只在某些界限内涉及问题的历史,其中问题的解决要少于紊乱的摇摆。

让我先从(1)**对于希腊文学发展的事实材料的片面概括**所得出观点谈起,这种观点把这一发展看成是一般文学发展的理想模式。早在荷马之前就有颂歌诗人和祭司歌手,可是荷马史诗这一宏伟现象却掩盖了更古老的开端;它也就成为了一切的源头;希腊文学的历史指出随后出现了抒情体的繁荣,稍晚才出现了戏剧;这种三位一体和这一顺序也就被确认为合乎规范的现象,并在哲学思想的经验基础上加以法则化。这就是黑格尔的构想[188]。**史诗**被提到了首位,它作为**客体**、客观世界的表现所产生的印象迷惑了尚不发达的个性意识,并以它的庞大规模压倒了个性。在另一历史序列中,个性开始发展起来,它的自我意识的增长在**主体**的新的诗歌——**抒情诗**中得到了展示。当主体得到了巩固,便出现了对客观现象世界采取批判态度的可能性,于是就有了对人在围绕着他的史诗中所起的痛苦的或胜利的、战斗的作用做出的评价。与此相适应的是**戏剧,客体—主体**的诗歌的出现。按照这种观点,戏剧可以成为某种合成的综合体,它把以往的观点与形式结合起来,用以表达新的世界观。让·波尔·里希特说:"戏剧——抒情因素的叙事序列,其中客观的与主观的结合在一起。戏剧诗人——心灵的提示人。古代人的合唱队的出席是一种生动的、完整的抒情元素。在席勒笔下主人公所说的格言可以称之为小型合唱。"[189]希腊戏剧中合唱队的抒情声部在多大程度上参与了这一定义,这是不言而喻的。

  黑格尔的观点长久地决定了后来美学中关于诗歌种类的公式化体系和顺序。可以列举卡勒尔[190]为例:"叙事诗——文明的朝霞,人民表达自己的本质的第一句话";"可以说,从艺术的观点来看,戏剧是建成大厦的最后一块基石,因为它建立在叙事的和抒情的因素相互接触和融合的基础上,而且在历史关系方面,也是当后者已经发展起来之后才出现的。最明晰的艺术史,希腊的艺术史明白无误地证明了这一点:继荷马与阿尔凯奥斯[191]之后,埃斯库罗斯和索福克勒斯登场了,在他们的悲剧中信使叙述的叙事声部沉淀于合唱队的抒情演唱之中"。卡勒尔[192]在另一部论著中,已经对于混合艺术现象作了少许让步,而混合艺术则为后来一切发展预先做好了准备,但戏剧仍一如既往,被看作像让·波尔所断言的那样,只是一种合成的东西:在文明的开端,诗歌种类尚未分离,而进一步的发展则表现为这样一种顺序分化进程:先是史诗,然后是抒情诗,它们最后结合成为戏剧这一有机整体。戏剧的艺术加工是希腊人的世界性贡献,是雅典人在波斯战争之后所建立的功勋。为此不仅需要预先发展音乐与造型艺术,而且需要从诗歌的原始的、浑然一体的状态中分离出起初是史诗,然后是抒情诗;应当首先发展讲故事的艺术,然后发展善于表达情感情绪的能力,以便两者统一于戏剧……这样便在雅典创造新的艺术形式的过程中把伊奥尼亚人的史诗、多利安人的合唱抒情诗与伊奥尼亚人的个人情感抒情诗[193]融合在一起了。在瓦凯尔纳格尔的诗学[194],宾列夫[195]的所谓"把抒情性与叙事诗结合起来的戏剧"的论断,以及拉孔布[196]的著作中,我们都能见到类似的观点。

在这一构想之外,同它相容或不相容,还有另一种见解。这一见解(2)以**心理学**为前提,洋溢着对于抒情性的现代理解,这种理解投射于发展的开端;而把在仪式的、合唱的环境中成长起来的最古老的赞颂诗歌同表现个人情感的抒情诗相比较,也许导致了这种理解。让·波尔·里希特就持这种理解:"诗兴先于一切诗歌形式,因为情感是母亲,是点燃任何诗歌的火花,就像缺乏形象的普罗米修斯之火使一切形象都焕发出光彩一样。"[197]别纳尔[198]在他译的黑格尔的诗学的注释中,表达了他对作者关于抒情诗比叙事诗发展得较晚的观点的不同见解:相反,人们一贯把抒情诗看作是最古老的和最普遍的诗歌形式,因为这是心灵对其创造者的第一声呼唤,是出于感恩和喜悦而发自内心深处的声音,是纯朴而充满灵感的思想的表露。抒情诗歌到处都先于叙事诗歌。宾列夫也宣告了类似的观点:"抒情诗——这是那些没有其他诗歌的民族的诗歌。"达里夫与希彼尔,维斯特法里与克鲁阿泽、勒尼欧等也都持这样的见解[199]。列昂·戈蒂耶以其惯有的激情为这一见解论证说:"请想象一下第一个人在他刚从造物主的手中诞生,并第一次把目光投向他居住不久的领地时的心情吧。请想想,当大自然三界的壮丽反映在他心灵的智慧之镜中时,他的印象有多么鲜明而深刻。他忘乎所以,陶醉了,由于惊奇、感恩和爱慕而几乎目瞪口呆,他举目仰望苍天,虽然地面的景致已使他目不暇接;此时此刻,他发现了天上的神灵,为他所创造的美和生动的和谐而发出赞颂,他于是张大了嘴;他开始说话,不,他开始歌唱,而这位世界主宰者的第一首歌是献给上帝——创世主的颂歌。"为了颂扬创世主,他以后也在唱这类颂歌;这就是最古老的诗歌品种,希腊人根据它的外部标志——在七弦琴(лира)的伴奏下演唱,称之为抒情诗(лирика)。但是人们繁育孳生,并分化为各个民族,赞颂的诗歌已不能令人满足了;人们以往歌颂上帝,随后又开始颂扬领袖、民族英雄,可是赞歌或颂歌的形式对于新的内容而言,已显得太狭窄了。这时便产生了新的诗歌品种,较少激动、较多叙述的品种:叙述战争、民族的胜利和苦难;当历史的分寸感尚未觉醒时,叙事是从神话开始的。然而这种叙事诗歌也令人感到不满足了,它令人腻味了;希望能有某种更生动、更激动人心的东西。于是某些诗人产生了这样的构思:为了取代给英雄所唱的赞歌或对于他的功勋事迹的描叙,他们把友人们召集起来,并说道:"你就称作某某人,装扮他的相貌,他的服装,并开始像他一样说话和行动:你扮演奥列斯特、阿伽门农、乌利斯、阿喀琉斯、赫克托耳——人们兴高采烈地接受了这一以行动取代叙述的新品种——戏剧。"[200]

在一部最新的论著中,我们还会见到这类主张抒情诗按时间顺序占据首位的见解,不过论据不同,不带有那种把原始人及其感恩创世主的呼唤加以美化的观点。

既摆脱对于希腊发展模式(史诗处于历史的首位)的迷恋,也摆脱那种把抒情诗视为心灵的自然呼唤而形成的抽象的心理偏爱,(1)**历史民俗学学派**坚定地走向古代合唱混合艺术的观念(缪伦戈夫、瓦肯纳格尔、冯·李利恩克龙、乌兰德、耶伊尔等人)[201],认为从混合艺术中形成和发展了诗歌的不同种类。主张抒情诗具有悠久历史的宾列夫早就说过,在原始民族的诗歌中叙事因素和抒情因素是交织在一起的,虽然它只是潜在地具有这样的形态。施泰恩塔尔[202]则表述得比

269

较含混：诗歌及其他艺术的最初因素来源于传说（北欧叙事诗）和祭祀。颂歌，也包括抒情诗、史诗与戏剧，起初几乎是不可分割的，后来在适宜的条件下，才形成了独立自主的品种。正如语言、神话与宗教是民族精神的创造一样，诗歌的基础也在民族精神之中，特别体现于抒情诗，而尤为鲜明地体现于史诗[203]。

加斯通·帕瑞斯区分原始诗歌中的两股潮流：抒情的与叙事的，而在有些民族那里，混合的诗歌从未达到分化，这表现在具有叙事的内容和抒情的形式的作品之中。在那些具有历史使命和传统的民族那里，出现了不仅是为了倾诉自己关于某一事件的感受，而且是为了使自己与后代永志不忘而加以叙述的需要。这些诗歌的形式起初是富于热情的、片段的，并逐渐成为某种更明确、更合理、更客观的东西；抒情因素丧失了根基，于是民间诗歌过渡到了叙事[204]诗。

于是又明确了与混合艺术的概念相关的另一个概念：即作为发展的过渡阶段的抒情—叙事体裁的概念。但有关叙事诗与抒情诗的相对时间顺序的问题则仍待解决。研究者提出的解答可谓众说纷纭：拉赫曼、瓦肯纳格尔、科贝尔什坦恩、马丁、巴尔契、冯·李利恩克龙、维尔曼斯把抒情诗置于叙事诗之后，而雅·格林、缪伦戈夫、舍列尔则不同意这一论点。产生分歧的原因在于各方对于古代抒情诗和叙事诗的理解中不自觉地掺入了不同的价值取向因素，致使一些人对于抒情诗的理解不同于另一些人[205]。

舍列尔[206]的诗学也许可以解释清楚许多尚待解决的问题，如果他遗留下来的不仅是一些讲义的草稿和大纲的话，因而其中既充满了光辉的思想，又有许多语焉不详之处。舍列尔所梦寐以求的未来的诗学建立在对于从诗歌发展的各种途径和领域中所汲取的大量事实的比较研究的基础之上；广泛的比较研究可能导致新的、起源学的分类。这一诗学同旧的、规范化诗学的关系将类似于历史比较语法同格林以前的规范化语法的关系。这一切目前还只是一种理想，大概在相当长的一段时间内仍将如此。

舍列尔公开持混合艺术的观点,虽然并未把这一观点坚持到底,也未能阐明发展的各个时机,即从各种游艺的表现的繁复联系中分离出我们称之为诗歌,为诗歌萌芽的各个时机。据推测,起初存在的是混合的诗歌——歌谣与音乐、模拟表演舞蹈相结合;对于我们曾试图加以描述的远古时期来说,在混合游艺中尚缺乏语言的因素,或者它仅仅表现为呼喊,可以说在整体的印象之中,语言并不起什么决定性作用。舍列尔相当牵强附会地把这一结论概括如下:"诗歌并不仅限于话语的艺术运用这一点",他说道,并举例加以说明:芭蕾舞并不需要台词,哑剧,最后还有中世纪的宗教神秘剧,它载歌载舞,并且在这种联系中产生艺术感染力,而这并不仅仅依靠话语因素。由此得出结论,认为哑剧是无言的诗歌作品。如果用"艺术的"来取代"诗歌的",我们就不难摆脱这一矛盾困境。

总之,合唱歌曲加舞蹈,由此而形成诗歌韵律的开端;并带有欢快的呼喊与笑声,因为诗歌首先适应了娱乐、快感的需求;它的最古老的因素之一是情欲。在这一定义中容纳不了许多能引起过人们歌唱的东西,例如,哀歌归到哪里去呢?总不能在诗歌诞生之初,来谈论审美的代用品吧。

同有韵律的合唱歌曲并列的是散文体的故事,叙事诗的开端。在各个民族中都可见到的诗歌与散文的交替,在这里被理解为叙事诗的叙述的一种过渡阶段;舍列尔并未阐明形式本身的起源:是否实现了故事同合唱队指挥的声部,以及合唱的副歌之间的混合呢?什么又可能导致有韵律的声部与非韵律的声部相互交替呢?下一步形成的形式将是诗体的叙事歌谣,但它并不分诗节,因为诗节是在合唱队的演唱中发展起来的,而叙事歌谣,如舍列尔所说的"史诗",则是由一个人来叙述的,这是他的"个人功勋"。有趣的是如何以这种观点来阐释法国英雄叙事诗的诗节性。然而抒情诗在它诞生之际,也是这样一种个人的事业:某个人独自表达自己的欢乐,快感,情欲;如果他有同情的听众,他的情感便会传达给他们;我们对于一般抒情诗歌的兴趣也就建立在这一基础上。

舍列尔完全没有涉及戏剧从合唱歌谣的因素中产生这一问题;本来在有关"诗歌种类"这一节中可以期待找到某些相应的提示,然而正是在这里作者为了通常的公式化观念而抛弃了历史观点,这种公式把史诗、抒情诗、戏剧的概念作为客观既定的、严格界定的东西来运用,可以对此加以分析研究,从而产生出新的形式范畴。例如,在史诗中强调叙事的因素;属于这一类的有史诗——还有短篇故事诗和抒情情诗(романс),而它们已被冠以叙事—抒情体的名称。整整一系列具有叙事轮廓的情歌应当从抒情诗一类划分出来,归入叙事诗一类;而从抒情诗中则应当划分出所有叙事的成分,虽然叙事体故事可能渗透着抒情的因素。与此同时,抒情诗还向戏剧敞开了大门:抒情诗中的对话部分属于半戏剧一类,就像"祷词""书信""英雄颂"一样,虽然它本身也可能具有叙事的性质,等等。

历史比较诗学并未能阐明形式范畴。

舍列尔的著作引起的争议比同情更多。我们也随之进入探讨有关我们所感兴趣的问题的一些最新论著的领域。我只涉及这一领域的某些现象;在这些论著中旧的与新的现象相互更替,进化的观点同抽象思辨的观点相交替,而后者又是从现代艺术经验中汲取其概括性论点的。我并不否认抽象思辨的意义,如果它的心理学的和美学的结论不是建立在孤立的,尽管相当显眼的事实之上,而是建立在具有广阔历史前景的发展观念之上的话。

让我们从那些并不抱有历史研究目的的论著谈起。

我们在韦纳尔的著作(《抒情诗》)[207]中,找不到关于在抒情诗还是叙事诗这两个诗歌品种中哪一个更古老这一问题的答案。只是在同舍列尔争论的时候,他提出了批评意见,认为叙事诗中的情感因素,也就是抒情因素,在他看来要比叙事因素古老得多;他同舍列尔一样,认为在处于诞生时代的抒情诗中,情欲因素是很重要的。对于诗歌种类确立了两种划分方式:按内容和按形式。按内容可以划分为两类:抒情体与其他体,对于后一类我们实际上并没有相应的名称,这一类按照形式又可以划分为两个品种:即史诗与戏剧。显然,第一种划分不是立足于历史发展的过程,而是立足于旧理论所熟悉的非心理内容的,而是形式化性质的特征之上:即抒情诗人所表现的是他个人的心情,而叙事的和戏剧的诗人的任务则在于描写各种人物性格、处境、其他人物的行为。难道所有这一切就不在诗人的个性中引起个人的评价,从而表现出个人的心情吗?要知道,即使像韦纳尔所理解的抒情诗,自我观察的抒情诗也是以主体的分裂为前提的,其中一部分也就成为了分析的对象。更不用说民间诗歌以及更古老的诗歌,我们可以为发展的开端而构想这一诗歌,在那里我们所理解的主观分析是没有立足之地的。这使我们可以排除另一种既无心理的事实,也无历史的事实作为依据的论断:似乎抒情诗是一种自满自足、孤零零的体裁,而史诗与戏剧则是以社会、公众为前提的体裁;它们是大众化的体裁(原文为德文)。"自吟自唱"的孤零零的抒情诗属于美学的抽象,就像中小学教的公式一样——设立二百五十六种抒情体。其中只有十六种被认为是纯粹的,没有掺入杂质的;对于其他某些品种来说,则允许抒情诗与史诗的交错(即我们所熟悉的抒情—叙事体),并假设某些新的定义,例如叙事—抒情体短歌,其中叙事因素超过了抒情因素(如歌德的故事诗《渔夫》);或者甚至用自然政治抒情诗这一定义来规定乌兰德的政治讽刺诗(《骗子》)。这不禁令人想起哈姆莱特所说的牧歌—喜剧的,历史牧歌的,以及悲剧—喜剧—历史—牧歌的戏剧[208]。

瓦连京[209]同样不满意把诗歌种类分为叙事体、抒情体和戏剧体三类的流行见解,认为它们之间在形式方面的区分更为重要,并把他的理论建立在体裁(Gattung)的概念上,由此而区分叙事诗、抒情诗与反省诗(поэзия рефлексии)。可是什么是体裁(Gattung)?这是**内容、情节的实质**,它如此密切地受到自然、诗人的情绪的制约,依我说,也就是受到**他对于现实生活的特殊统觉**的制约,以致对于前一方面的任何重大变化,都必将反映在后一方面。例如,让·波尔·里希特的抒

273

情风格没有在小说的叙事形式中得到表现,却体现于他的散文的不定型的合乎韵律的诗句之中[210]。这就排除了形式范畴。

　　Gattung(体裁)这一概念进一步分化:现实的外在世界为诗人提供了客观的、叙事的内容,他感受这一内容,主观上进行加工,通过反省加以掌握,从其中汲取情感因素:抒情诗的素材。叙事的客观的内容由此成为共同的基质,而反省与情感则属于艺术家。我也许会把"叙事的"排除于 Cattung 这一概念之外,可是作者继续谈论三种 Gattungen,实际上是在谈论每一种诗歌创作所固有的三种因素,以及它们以怎样的方式组合在一起。正是不同性质的组合导致他去设立以上所谈到的三种诗学范畴:"当我们谈到叙事过程时,所传达的一些观念的目的在于在我们身上唤起同样的一些感受,这些感受在每一个敏感的个人身上都会唤起产生同样一些观念的行为。当我们谈到抒情诗时,人们希望在我们身上所唤起的那种情感并不是在我们身上直接由观念产生的,而是产生于同样的情感,这种情感以特殊的方式形成于某个个人,并以这种特殊方式传达给别人,而在借助于语言时,这只有通过他们所掌握的观念才有可能实现。最后,我们称之为反省的思维过程,它能引发评价和结论。"在参与的材料相同的前提下,全部问题在于组合的性质。我们处于过渡结构的领域之中,被否定的有关形式的学说给这一领域带来了某种外在的秩序:观念引起观念——以及感觉的重复,通过形象的、叙事的语言观念的途径,情感引起情感。作者依据语言的这一性质,以便达到这样的诗歌定义,在这一定义中,他以往所持的关于"叙事的"(作为体裁,作为诗歌创作的因素之一和作为现实的基质)概念变得模糊不清了。原来诗歌作为一种语言艺术竟是一种叙事艺术,它只有同自身的素材进行斗争,才能上升到抒情诗—音乐的地步;处于它们之间的是舞蹈,它既可以是叙事的,也可以是抒情的。我们在原始的综合游艺表演中看到同宗教仪式因素相结合的舞蹈,后来从这种仪式中形成了戏剧形式。但是,并不是所有的民族都达到了"艺术的"戏剧的地步,作者说,它"并不直接源于诗歌的本质",它并非种类,而是一种形式,它一视同仁地服务于叙事描写、抒情感受和反省。

我们在拉孔布[211]那里见到另一种分类法……"值得建立这种种类等级体系吗?"他自问道,并做了肯定的回答。如果从哲学的观点看,它们之间的区分显得徒劳无益的话,那么首先,这一品种胜过另一品种的问题同文学中进步的问题是密不可分的;其次,各种体裁的存在本身就是一个历史的、社会学的事实,是值得研究的文学法则之一。在得知这一宣言之后,我们期待拉孔布的等级体系会是历史的、社会学的,可是我们所获得的却是建立在心理学和美学的前提下的常见的平庸公式之一。抒情体(诗歌的或散文的)——这是诗人自由地阐释自我,阐发自己的情感和思想的体裁。它必然是片面的,这也就为它规定了在等级体系中所占据的卑下地位:小说家,剧作家在他们所引起的情绪的丰富多彩方面要胜过抒情诗人一等;作者所持的艺术的崇高的目的在于创造人物性格这一论点,尽管并未充分展开,也导致了同一评价。与抒情诗相对立的是戏剧体:这里包括了艺术家在其中促使其他人物行动,感受和说话的一切作品。这类作品是"一切时代"(?)所熟知的,与此并存的还有其他一些作品,其中作者自我表现,对使其成为傀儡的话题进行解释和议论。这就是叙事体;"合乎逻辑地"说,这是一种"混合的种类"。

让我们撇开韦纳尔、瓦连京和拉孔布对于实用诗学未必有多少裨益的抽象的美学构想,转向某些提出并概括了历史诗学问题的论著。我指的是雅科勃夫斯基[212]和列图尔诺[213]的论著。

雅科勃夫斯基捍卫原始抒情诗(пралирика)一说,强调它在古代合乎韵律的混合艺术的根基上的主观内容。对于他来说,抒情诗是正在诞生的主观主义的表现和萌芽。原始人体验着愉快或不愉快的情绪;有些情绪没有得到宣泄,而有些情绪则经过某种心理过程,直接过渡到抒情诗,此时一种特别强烈的振奋使人摆脱因循守旧的心理状态。因此抒情诗便成为了思想意识的非常规状态的一种表现;它的素材是愉快的和不愉快的情绪；形式则是声音,感叹词；如果比较语言学提出研究所有语言共有的惊叹词的话,那么我们便会在其中发现原始抒情诗的痕迹。惊叹的情感因素指向歌唱,有内容的则形成话语；由此得出论断,认为诗歌(？)话语与歌唱是同一个根源滋生出的三条支脉。当我们还立足于惊叹的根基之上时,提及诗歌则为时尚早,愉快或不愉快的情绪通过惊叹可以得到同样的宣泄,就好像心脏、呼吸器官的活动,行走、舞蹈时的肌肉运动一样。抒情诗的开端是同舞蹈、舞蹈节奏相联系的。作者谈到节奏、对称的生理意义,它们在动物世界中也起作用,在那里二者都成为交配时期的补偿和诱饵。原始抒情诗的节奏特点在于同伴唱的舞蹈动作的节奏之间的联系；重复的动作引起相应的抒情声调、惊叹的重复：这便是诗的萌芽；通过这些单调的声音所表现的同一思想的重复——这便是抒情歌谣的起源；人们在同一声调的合成中所获得的快感得到了善于再现已经形成的,铭记在心的事情的另一种能力的支持,在这里我们看到了上述传统的初步增长。

在转向原始抒情诗的情节时,作者特别提出满足基本生理需求的抒情诗：饮食男女的抒情诗,视觉与听觉印象的抒情诗也属于此类。从后两种抒情诗中无法吸取任何东西,因为不可能依据其中任何一种来严肃地谈论对于自然的美感的诞生,更何况与此并列还提出了所谓食欲抒情诗。至于谈到爱情,古老诗歌的基本主题,则按照舍列尔和韦纳尔的见解,只有当我们把它局限于生理的、仪式的情欲这一概念的情况下,这一范畴才是恰当的。民俗学家不止一次地向诗歌理论家指出,本来意义上的情歌并不属于作者所指的那一发展时期,因为个人情感的诗歌并不能纳入他的主观主义和表现其主观主义的原始抒情诗的框架之内。

作者在他的论著最后一章中又重复说,原始诗歌是纯粹主观的,也就是说它曾是孤独抒情的,因为当时还没有听众。在舍列尔和韦纳尔的观点中也不时向我们流露出某种类似的看法。他们设想,原始人都孤独地生活(雅科勃夫斯基笔下的原始人住在房子里,而这竟是指史前穴居的原始人!),并且能够孤芳自赏。然后才出现了第一批听众——妇女;如果歌手向她倾诉,他已经成了叙事诗人;如果他得到她的回应,那么便出现了对话,即戏剧的开端。

如果同作者一起把他所通报的事实与客观结论都置之脑后的话,那么进化的顺序也就这样轻而易举地确立了。出于愉快或痛苦的呼唤与呻吟的抒情诗作为语言和诗歌的一种生理基质,是不难理解的,但是缺乏公众,即与自己同类的人,而又要谈论什么历史关系,那只能是一种抽象的思辨了。我们在人类历史上不可能超越群居的个体的观念;语言,诗歌,仪式(雅科勃夫斯基没有注意到古代诗歌的仪式方面)指向交往,"公众",而这立即把我们引入混合艺术的关系,连同它的呼唤的抒情诗、叙事民间故事的片段以及富于节奏的动作。这正是进一步发展的出发点。

在列图尔诺所编纂的著作中也是这样提出这一问题的:从(原始氏族和古代民族的)戏剧性游戏和娱乐发展到尚不发达的戏剧形式,再从这种戏剧中逐渐地分离出抒情诗。我并不准备详细分析这部缺乏独立观点的著作;马托夫在回答史诗是不是最古老的诗歌种类时[214],企图把这些观点同雅科勃夫斯基的理论结合起来。这一解答看来并不成功。作者说,诗歌最初是同哑剧和舞蹈联系在一起的,这种戏剧萌芽,在远古时代是在游戏与游行队列中表现出来的。抒情诗与叙事诗正是在这一联系中形成和获得独立发展的,而当发展涉及模拟表演和音乐时,则新的机体——戏剧便成为可能的了。这令人想起让·波尔为戏剧所下的定义:抒情因素的叙事系列。抒情诗首先分离出来——这样我们也就陷入了雅科勃夫斯基所提出的主观的原始抒情诗及其有关最古老的婚姻形式:一夫一妻制的说法之中,由于还没有公众,于是妻子便成为了作为抒情诗人的丈夫的唯一听众;由此而来的便是雅科勃夫斯基所说的通向叙事诗与戏剧的出口:"每当妻子不仅用面部表情,而且用语言回答丈夫的时候,抒情诗便向叙事诗迈进了一步,与此同时也就获得了戏剧的形式。"可是,难道戏剧形式不是早就存在于原始混合艺术之中,而原始抒情诗不正是从那里滋长的吗？往后我们也无法摆脱如下矛盾:既然抒情诗向叙事诗和戏剧形式迈进了一步,"可是只有当从家庭组成氏族的时候,真正的叙事体才发展起来。那时不仅爱慕之情,而且其他情感也促使人与其他人分享自己的印象,而这也就引起了模仿;也许这种企图通过声音和动作产生与促使第一个发出这种声音和动作的人相同的情感的朦胧愿望,便是原始种族形成公共的合唱队和歌谣的根由。"可见,这又是戏剧形式的一种新类型,但这在发展的程序上已是第二次出现了。

马托夫不同意所谓"哲学家—考古学家们"（米克洛希奇）的看法,他们认为"最初的诗歌是叙事诗,因为最古老的社会生活方式是氏族(结盟,家族,部族等),因此不可能有个性,有抒情诗的立足之地"。作者在反驳这一观点的时候,也损害了他从雅科勃夫斯基那里据为已有的观点。后者认为有可能"在组成社会之前,人曾是独立的个体;因此,只有在混乱时期才可能有个性,也只有在这一时期,抒情诗才能繁荣。但是,也许人是一种群居的社会动物,在此情况下,又把最初的抒情诗置于何地呢？"于是作者立即把我们的视线由原始人的抒情诗转移到氏族的抒情诗:"在这些议论中忘记了一件事"——他继续说道——"如果个人消失在家族、氏族之中,那么某些个人意识终究还是保留了下来,而后者在更强有力的(？)形式之中,也就是氏族的、共同的东西。整个氏族都具有一样的兴趣,同一种伦理、信仰和情感,而这也就是抒情体作品的最好条件,它们由个别人所创造,却由整个氏族所复制,并为它的每个成员所理解。而列图尔诺所承认的正是这种部族的抒情体(原文为法文)……在希腊曾有过具有抒情性质的环舞歌谣,只是随后才发展了叙事诗。就好像奥地利人的所有审美的游戏和娱乐一样,他们的歌谣同合唱和表演相结合,普及到整个部族,其中也包括抒情歌谣(？)。巴布亚人的合唱所表达的是各种重大的社会事件,如收获、战争等,他们以歌词伴随合唱,这些歌词虽然是以首领与氏族之间对话的形式进行的,但实际上却表达了氏族好战的(即抒情的?)情绪等。在最后阶段出现了私有制、私人利益……当形成了不同阶级,不同的信念等的时候,便出现了另一类抒情诗,其主要内容则是爱情。"

看来作者本人并未找到表达自己观点的某种明确的、追根溯源的方式。他的最后结论处处都在提出问题:"必须承认,戏剧只有在其臻于完善的形式中,才是最年轻的诗歌种类,而在其最初的形式中,它可能早就出现了。"抒情诗一如既往,仍是最初的诗歌的主要内容;"我之所以说是主要的,因为正如我们所考察到的(?),在形成氏族和家庭的时候,就创造出了叙事作品。稍晚些时候,由于较长时间的间断和众所周知的(?)某些情况,可以产生和创造出纯粹的(?)史诗,与此同时纯粹的(?)抒情体却属于最远古的时代。"

我还准备就一部诗学教科书和一部试图依据历史资料奠定诗学基础的最新论著说几句话。鲍林斯基的概述[215]把抒情诗置于发展的首位,但其中尚有含糊不清之处:例如,他说,诗歌的最纯粹的体现在于抒情诗,在于尚未被史诗和戏剧的外在的、事实的材料所掩盖的抒情诗,诗人本人是自己诗歌的主人公;这是把现代的、企图竭力摆脱周围事物的个人主义的概念转移到原始诗歌上去。接着我们又了解到合唱歌曲好像已是较晚时期的现象:合唱歌曲——这是抒情因素的统一,融合……不是融合,而是叙事的和抒情的因素的最原始的混合艺术。这种混合性的合唱后来也就分解为希腊的和中世纪的教会戏剧;文艺复兴时期则从中提炼加工出了歌剧。

在布鲁赫曼的书中,我们找不到足以证实该书第二章标题"诗学。诗歌的学说"[216]的论据。出发点是歌谣和舞蹈的混合艺术在古代和新时期的各种表现,但是进化的思想表达得比较薄弱,而实用诗学的指示则占据了它的其余篇幅。情感首先在歌谣中得到了表达;"我们称这种主观的直接性为抒情的";不应当把这种原始歌谣想象为具有我们的爱情歌谣的形式,后者要求双重的吟唱者,或者采取由合唱队的副歌加以伴唱的独唱方式;每个人都可以成为他吟唱的歌谣的个人创作者,尽管唱起来不是一个人,而是有其他人参与。不难猜测这种构想的缘由:应当拯救合唱歌谣时期的抒情诗的主观精神,何况这种主观精神还是同个人的首倡精神,同歌手的创作混淆在一起的;可是个体性并不一定就是主观精神。此外,作者在另一个地方还自相矛盾,把叙事歌手作为突出于听众面前的吟唱者而同大家合唱的最古老的歌谣对立起来。按照他的看法,抒情—叙事歌谣,例如哀歌,都可能是这样演唱的。这种哀歌预示了叙事因素的出现,而这大概是由于在家园或在墓地举行殡葬宴会时,按照宗教习俗必须悼念祖先的缘故。

至于进一步谈到诗歌种类有何共同之处,这已属于风格修辞学的范围:和韦纳尔一样,布鲁赫曼建议把抒情诗同进一步分解为叙事体和戏剧的另一类体裁区分开来,因为全部诗歌可以从形式的观点区分为戏剧的和非戏剧的,或说得更确切些,对话的和非对话的两类,并具有彼此混淆的以及各种复杂的定语,诸如:拜伦的《曼弗雷德》——具有幻想剧形式的反省,雪莱的《仙后麦布》——具有戏剧形式的叙事长诗的特点,等等*。

(五)

以上对于有关诗学问题的某些杰出论著的评述揭示了研究的现状:关于诗歌种类的起源问题的研究仍然若明若暗,而答案则是众说纷纭的。如果我试图进一步提出自己的答案的话,那就不免有再多添一个虚假构想之虞。我回避了惊叹的和无形的歌词萌芽的时期,以便从合唱诗歌更为发达的形式开始。

让我们看看合唱队的组成:领唱人—独唱者,他处于演出的中心,引导着主要的声部,指挥其他演唱者。叙事歌谣,宣叙调由他来诵唱,合唱队则默默地用面部表情来表达歌谣的内容,或者用重复演唱的抒

---

* 在本文已经付印的时候,才发表了叶·沃尔弗的《诗学》(莱比锡,1899年)。

情副歌来支持合唱队指挥,并同他进行对话,就像在瓦克希利德的酒神颂诗[217]里一样。在希腊的酒神颂诗和佩安体诗[218]中,在其发展的一定时期,就像在阿尔基洛科斯[219]的赫剌克勒斯颂诗中一样,歌曲由合唱指挥领唱和引导,而合唱队的参与则注明为"以副歌伴唱"。

总之,歌谣—宣叙调、面部表情的模拟表演、副歌和对话;我们在戏剧的开端已发现所有这些因素,尽管表现方式各异,但领唱的歌手却发挥着同样的主导作用。我们看到,澳洲人的舞蹈哑剧是由领唱主持人所伴唱的歌曲来解释剧情的;在爪哇由领唱主持人手执脚本,而演出者则用手势和动作来表达其要点。中世纪的人们正是这样来理解古典戏剧演出的特征的:某个人单独充当朗诵者,代替那些演哑剧的演员们念对话文本。在太伦斯[220]的手稿中,可以看到这样的场景:在一幢小屋里,坐着一位诵读者卡里奥庇,他手执一本书从屋里探出身来,四个穿着花花绿绿服饰的小人儿在他面前手舞足蹈,做出各种姿势,他们戴着假面具和尖顶帽,这是我们的插科打诨者和小丑们从古代喜剧演员那里继承下来的。在这种把戏剧当作傀儡剧演出的观念中,是否反映了有关皇朝时代的悲剧和哑剧的演出,以及它们把台词与表演分开的记忆,或者是这种演出观念得到了民间游艺传统的支持呢?在西班牙民间舞台上,乐师唱着抒情歌谣,随着他的演唱,相应的角色陆续登场,并用手势来表达歌谣的情节。

在合唱队不仅以表情,而且以对白参与演出的情况下,合唱队指挥仍保持着领导作用。在希腊戏剧中,演员有时发表开场白,在印度戏剧中,指挥者自己表演,率领演员们上场,成为剧情的解释者,正如在中世纪宗教神秘剧中有所谓挑逗者一样,他向观众解释剧中人物处于何种境遇,为何他们会说这样或那样的话。

所有这一切都是古老的合唱队关系的退化的和发达的形式;它们足以说明以下一些事实,但遗憾的是其中说与唱各部分之间的搭配仍不清楚。在诺曼底,人们演唱歌谣时边唱,边说,边舞……

后来,(舞、说、唱)的模式为其他模式(说与唱)所代替。这种模式也是古代法国和中上部德国的文学的而并非歌唱的叙事诗所熟悉的,但并不符合它们的叙述方式。这或者是合唱队时代所残留下来的一种古老的表述方式,它适应了古代的宣叙调——故事与副歌的更迭,或者是一些个体歌手的遗产,他们边说边唱,有时还侵占了合唱队的副歌部分。

当独唱声部得以巩固的时候,它的宣叙调歌谣的内容或形式本身就引起了普遍的认同和兴趣,它得以从仪式的或非仪式的合唱队框架中摆脱出来,并在合唱队之外演出,而它正是从合唱队之中产生的。歌手独立自主地演出,边唱,边说,边做。在圣加伦僧侣叙述的故事中,隆哥巴尔德的流浪艺人唱着他所编写的歌谣,并在查理大帝莅临下,绕着圆圈演唱。在这种情况下,也许我们有理由认为这并非是由通常的合唱队演变而来的民间模式,而是外来的卖艺者、民间歌舞剧演员的模式;后期的流浪艺人已把歌谣同舞蹈表演,乃至变戏法、耍狗熊等职业结合在一起。但是,我们看到在另一种环境中,与合唱队因素的实践相并列的还有一种类似的结合,如印度歌手和桑给巴尔的搬运工都独自一人边说,边唱,边做……在中世纪也有这类个体歌手——艺人,他们表演各种人物类型和演出对话短剧……由此形成了戏剧独白的文学体裁:印度戏剧的实践与诗学称之为"薄哈恩"("Бхан");吕特比夫的《草的故事》(十三世纪)和《来自班奥列的自由射手》可以视为中世纪的范式[221]。

这类个人叙事歌谣在细节方面可能是丰富多彩的。艺人边说边唱,并为自己伴奏;在这种情况下,歌手开始唱一段,然后在乐器上重复演奏它的旋律。意大利民间歌手迄今仍这样演唱,以前在中世纪大概也是这样演唱叙事歌谣的。布里塔尼和威尔士地区的"莱"(лэ)[222]实际上是一种用"洛特"(rote)[223]演奏的旋律,歌词则好似对它加以说明的文本;至今在威尔士还用竖琴演奏旋律,而歌手则按音乐主题即兴编歌词。或者由不同的人来分担叙事和伴奏……流浪艺人为吟游诗人伴奏;在法国和德国也大都如此。这种演奏为戏剧表演提供了自由天地;在流浪艺人的节目中这种分配可能是司空见惯的,我国的杂耍艺人也是这样演出的。在蓬塔诺[224]的作品(他的对话体《安东尼》)中,有戴假面具的演员同歌手一起出现,他不时用自己的插科打诨打断歌手的演唱;当格鲁吉亚的风笛演奏者成对行走时,一人演奏风笛,另一人则吟唱同胞们的功绩,吟唱国家经历的灾难,讲述传奇故事,赞颂卡尔塔利尼亚[225]的自然风光,即兴编说一些欢迎观众的祝词,不时边舞蹈,边作丑态,甚至为了取悦观众而跌倒在泥泞之中。希腊的吉拉罗德(即西莫德)和玛戈德(即利齐奥德)[226]也属于同一类型:某个人伴奏,吉拉罗德身着庄重的白色服装,头戴金色花冠,在古希腊表演剧场上演出具有严肃故事内容的场景……玛戈德身穿女装演出,他表演的是日常生活习俗的场景……他扮演不忠实的妻子、媒婆、同情人幽会的寻欢作乐者……关于罗马文学戏剧的创始人李维乌斯·安德罗尼库斯[227]有这样的传说:他起初亲自演唱和表演戏剧,可是在失音之后,他便把角色分配给了别人,而自己只演哑剧。

至今事情只涉及一名歌手的分离,随他而离去的有宣叙调,以及合唱队的传统:说与唱。但是,以上我们曾推测,有时也有两名歌手分离出去,而两分法则产生了轮唱性,对唱性,这至今还赋予民间抒情歌谣以相应的形式。轮唱因素包括颂歌竞赛[228],逗笑拌嘴,以及轮流猜谜和对话短剧。让我们回想一下关于阿波罗与缪斯同某一歌手竞赛的神话[229](据称,这反映了一种音乐曲调为另一种音乐曲调所取代),贺拉斯笔下的杂耍艺人之间的逗笑拌嘴(《讽刺诗》,第1卷,第5首)[230],田园诗与对口牧歌体裁,希腊喜剧中的竞技,在普拉图斯[231]的喜剧片段和意大利的民间笑话中的喜剧性人物的对口演出;在罗马模拟剧的演出中与主角配戏的配角(傻瓜),在古老法国宗教神秘剧中牧人们的争辩,德国的花环之歌,等等。轮唱节目也掺有叙事情节:在彼此衔接的歌手轮换中,可能展开同一诗歌情节……有事例表明,叙事诗演唱的轮唱方式过去与现在都存在于民间实践之中。除在别处列举过的一些事例外,还可以增补以下一些例子。雅库梯人的壮士歌——奥隆歌在古时候是由几个人共同演出的：一个担当叙述故事的角色(情节的开展，地点的描叙，等等)，另一个扮演仗义的壮士，第三个则扮演他的对手，其他人则演唱父亲、妻子、巫师、幽灵等角色。如今却往往是由一个人演唱所有的角色。我在别处曾提及有关蚁垤的学生、悉多与罗摩所生的孪生子库萨与拉瓦的神话[232]，蚁垤把他创作的史诗传授给库萨与拉瓦，以便两人一起演唱。库希拉瓦——职业歌手，行吟诗人，艺人；而婆罗多[233]则把这两种职业结合在一起。这些人都是结帮而行的。库希拉瓦吟唱有关罗摩的事迹，罗摩的儿子们曾是他们社团的庇护人，婆罗多人则吟唱有关般度的儿子们的惊险事迹[234]。在吟唱时，他们互相分配角色，以不同的服饰和特殊标志相区别；可见他们是依据史诗采取轮唱和对唱的方式进行吟唱的。《摩诃婆罗多》[235]的文本揭示了这样一种叙述方式：没有把一句话同随后的应答从表面上联系起来的诗行，但在格律之外却交替出现这样的提示：某人说，某人说。这样的程序安排是否暗示对唱是一种古老的史诗叙事原则呢？《埃达》中某些对话体歌谣也可能这样吟唱……

我冒昧地提出疑问：梭伦[236]或喜帕恰斯[237]是否只是确立了旧的叙事手法，要求吟唱叙事诗的行吟诗人这样演唱荷马的史诗，以便一个人停顿下来时，另一人便接着吟唱(《基奥庚·劳厄尔茨基》，一卷，57)？在这种情况下，这并非什么创新，而可能是被破坏了的习俗的重建。

在歌手们的交替吟唱中，零散的歌谣编织成整体，成为相互交织在一起的歌谣组成的完整系列……哈德良[238]王朝时期的有关荷马与赫西奥德[239]比赛的传说令人想起迄今仍在诸如塞浦路斯岛和德国等地流行的有关猜谜和生活智慧法则的辩论，这一传说也在诗体《埃达》的诗歌、故事和对话中有所反映。但在这一经典文献中也有叙事部分，它仅仅归结为说俏皮话，随机应变，而歌手正是依靠这种能力才把对手吟唱的诗句中言犹未尽的话语或旨意说出来。什么对凡人而言是最好的？——赫西奥德问道。不出生，一旦出生就迅速迈过哈得斯(希腊神话中的冥土之王)的门槛——荷马第一次如此回答;第二次则答道:最好的是有分寸感。别向我唱过去,现在,或将来会有些什么,还是唱些别的什么东西……风驰电掣的骏马在决定胜负的竞赛中,从不会让马车在宙斯的陵墓上撞碎(人们推测宙斯的陵墓在克里特岛上,但歌手并不相信这一点)。我从对唱的叙事部分选择了几个例子:(赫西奥德)手执利剑对准作恶多端的巨人氏族,(荷马)赫剌克勒斯从肩上取下弯曲的弓;(赫西奥德)用罢斋饭,他们在黑色灰烬中收集基耶夫死去的儿子(荷马),英勇的、与神齐名的萨耳珀冬的白骨,等等。

在这种轮唱、和唱中如今已转变为游艺,而某个时期却曾为叙事整体的创新服务过,在对白的因素中,我探索某些叙事风格现象的起因。人们相互对唱,彼此轮换,和唱一句或几句诗,进入同伴已唱过的情境,并继续加以发展。歌谣形成于诗节的交替之中,它们以各种不同方式相互补充,并重复吟唱一些诗句和几组诗句,而这些诗句也就成为了新的变体的出发点。也许散文的叙说和诗歌部分就是如此轮换吟唱的,它们继承了合唱队具有宣叙调和副歌的两重性,法国婚礼习以为常的类似轮换吟唱便是这种两重性的遗迹。我倾向于把第一种演唱法的遗迹归之于那些古老的歌谣,其风格保留在古代法国的英雄叙事诗的手法和叙事方式之中,并带有它们的分节法和诗节系列。而第二种演唱法的遗迹则归之于具有某种神秘色彩的《奥卡森与尼科列特》[240],其散文和诗歌部分是断断续续的,它们或相互渗透,或相互衔接地展开情节线索。我之所以称这一经典作品具有神秘色彩,是因为从写法中可以看出,它的文本或唱或吟,但并未解答如下问题:这是由一个人,还是两个人,还是几个人吟唱的……

如果说诗节分法和引人入胜的、直接重复某些相同的诗句和情景指定轮唱的、多声部的演出的话,那么个体歌手的歌谣则是合唱队宣叙调的发展,理应不需这类引人入胜的手法,而它的飘忽不定的重复模式则属于更加晚期的现象,属于在演唱实践中确立的叙事风格的陈规俗套。只要把罗兰之歌的某一段落同诸如俄罗斯和塞尔维亚的壮士歌谣的那种相互衔接的、滔滔不绝而又不断扩展的叙事方式对比一下,两者的差异就显而易见了。我之所以没有把这种差异完全归结为初期演唱的差别,只是因为所比较的事例相隔时间较长,一部分是从大型叙事长诗中读到的,而另一部分则来自较晚的记录,而它们的风格可能已经历了一系列形式上的变化。

荷马的史诗并不分诗节;诗体《埃达》被认为是古代民间说唱艺人所吟唱的,而其中的某些歌谣则是分诗节的……

(六)

我们重新回到以上已经涉及的问题:关于个别诗歌从培育它们的合唱歌谣中分离出来的问题。这次我指的是这样一些诗歌的**形式、风格**,由于缺乏更恰当的名称,它们习惯被称作**抒情—叙事诗**。这一定义从总体上说,大家都认同:叙事的主题,但具有抒情的,富于情感色彩的阐述。属于此类的诗歌有古希腊的诺姆曲[241]和颂歌,两者都是由合唱演出中分化出来,并趋于独唱演出的;但是遗留下来的片段和典籍为数不多,而且已经过了个人的文学加工,因而对于我们所探讨的问题并不具有典型意义。划归这一范畴的还有北方故事诗和古代法国纺织之歌,叙事歌谣;还谈到《卡勒瓦拉》的抒情—叙事特色。全部问题就在于,怎样理解、怎样表述这些诗歌的抒情因素,以及最初它是怎样表现的。我们所熟知的合唱诗歌的组成和现代叙事诗歌的各种类型使我们能够从理论上予以解答。叙事部分——这是情节的脉络,而或者延缓,或者加速其动人之处,重新回到同一情景,重复诗句……则产生抒情印象。

合唱队的副歌也移植于抒情叙事诗歌,作为一种伴奏曲,作为一种引发激情的呼声;而合唱佩安体的叠句则仍属于民间独唱抒情歌。对于我们所想象的那个起源的时代而言,尚无继承下来的风格传统可言,既没有叙事的公式化,也没有类型化的情势,而后来的叙事诗则往往把这些情势移用于任何事件的描叙,也没有把被歌颂的人物与程式化的英雄类型、英雄主义模式等相提并论。诗歌狂热地吟唱,缺乏平静的联系,而情节又断断续续,不时插入对话,呼吁,以及列举各种功绩,如果故事情节对此有所提示的话……例如,北美印第安人的(有关战争或葬礼的)歌谣:关于战败和希望的歌谣,其中寄希望于新的一代成长起来,接替被打败的人们的未竟之业。

"在那一天,当我们的战士们血染沙场,血染沙场——在倒下之前,我和他们并肩奋战——渴望对敌人报仇雪恨,报仇雪恨!

在那一天,当我们的首领们捐躯沙场,捐躯沙场——我率领卫队同敌人面对面地搏斗——而我的胸膛血流如注,血流如注!

我们的首领们一去不复返,不复返——而他们的战友们已不能以牙还牙——就像妇孺们一样,只会痛哭自己的命运,自己的命运!

我们将在狩猎中熬过五个寒冬,五个寒冬——当我们的年轻人一旦长大成人,我们将率领他们重新投入战斗——我们将像父辈一样,捐躯沙场,捐躯沙场!"

…………

当叙事—抒情诗歌最初从合唱队的联系中分离出来的时候,它的那种自由舒展的气质可能就是这样的。晚些时候,这种自由舒展具有了一定章法,形成了叙事诗风格,它或者具有轮唱的副歌叠句,或者不具有这种格式,却带有叙事诗程式化的萌芽,以及对三位一体的偏爱,等等。例如,在以下现代希腊诗歌中:

"在海岸那边,在海滨那儿,希俄特的姑娘们在洗衣服,神甫的女儿们在洗衣服;她们边洗边嬉戏,在沙滩上玩耍。不久前装备一新的轻快帆船驶过。刮起了北风,半夜风起,掀起了姑娘银线缝制的裙子;她的银白色小腿露了出来,照亮了大海,照亮了整个海滨——去吧,孩子们,去吧,守卫者,把前面那儿什么发亮的东西夺过来。如果是金子,将归我们大伙儿共享,如果是铁块,那可以用于装备帆船,如果是姑娘,那就奉献给我们的船长——按照上帝和圣母的旨意,那是一位姑娘，于是船长占有了她。"

芬兰的叙事—抒情诗歌代表程式化更充分的发展，其中有许多诗歌已汇编在加工过的诗集《卡勒瓦拉》中。这是在婚礼上唱的礼仪性陇歌，泣别悲歌，陇歌—咒语，魔法歌等。诗歌来源于仪式，并具有几乎现成的叙事形式；我指的主要是具有神话内容的诗歌的分化。我已不止一次地谈论过咒语的结构：它的叙事部分通过关于自然魔法的故事来对其施加影响，或者由巫师通过暴力的途径，表现一种预见的悟性来达到同一目的：他掌握着这些魔力，通晓揭示事物本质的词语。在渗透氏族观念的生活习俗中，悟性经常表现为有关物种起源的各种形式：这是从何而来？有许多关于起源的传说来解答这一问题——咒语的叙事部分的母题之一：对铁、火、熊等念咒，并叙述有关它的起源。关于桑坡的陇歌[242]是农业丰收的象征，人们在播种和翻耕时唱着它；叙述这一奇迹是怎样创造的和人们是如何得到手的。在前面我们曾考察过俄罗斯的模拟表演游艺——关于熬制啤酒及其作用的歌谣，而芬兰的陇歌则吟唱啤酒的发明：

  啤酒花来源于游荡的人，
  它被小伙子扔在土地里，
  它被小伙子埋在土壤里，
  它像一条蛇被扔在田野上，
  扔在卡勒瓦的小河边，
  扔在奥斯莫的林中草地上；
  那儿长出了幼小的嫩芽，
  伸出了嫩绿的枝条，
  攀上了树丛，
  径直冲上树梢。
  而老人却种下了大麦，
  那奥斯莫田野上的幸福老人；

大麦长势喜人,
长得又高又壮,
在奥斯莫林中空地的尽头,
在卡勒瓦儿女们的田野上。
过不了多久,
那儿的啤酒花已在树丛中飕飕发响,
大麦也在田野上喃喃细语,
而卡勒瓦小河中的流水潺潺:
"那么我们何时相会,
彼此相迎?"
我们厌烦了孤单,
三三两两生活在一起多么美好。

于是奥斯玛塔尔摘取六粒大麦,七个啤酒花梢,八勺水,把所有这些放进火上的锅里煮;可是她的啤酒不发酵。于是她拿了一块木片,在大腿上部擦了擦,她做了一只松鼠,并对它说道:

松鼠,长在高处的黄金儿,
山丘的花朵,大地的欢乐!
快跑,跑到我派你去的地方。

她派它去摘取松针,细长的杉树叶,并把它们放进啤酒里,可是啤酒还未发酵起泡;她又派用松明做成的貂从熊洞里弄来了酵母,弄来了从熊嘴里流出的唾沫,但仍未能使啤酒发酵,直至奥斯玛塔尔的第三项发明——她用豆荚做成的蜜蜂给她取来了蜂蜜。一旦把蜂蜜放进了双耳木桶,

啤酒开始发酵冒泡,如溪水奔流,

>它涌出桶口,流淌如注,
>它想流淌到地板上,
>逃到地里去。

　　这几乎已是传统的叙事风格:徐缓地娓娓道来,一系列同义词反复,系统化(如三位一体:啤酒花、大麦、水;松针,酵母,蜂蜜),津津乐道每个细节。在以下咒语—陇歌《刺痛》中也是如此:有棵橡树长得如此高大,它的枝叶遮住了太阳与月亮,阻挡了空中浮云的道路。任何人也无力砍倒这棵树;那时从海里出来了一个矮人,他肩扛一把斧子,头戴一顶石盔,脚蹬一双石鞋。他抡了第三斧,就砍倒了橡树;树冠朝东,树根朝西,它躺在那儿成了一座通向冥府的永恒桥梁。掉进海里的木片随风飘到了一个不知名的国度,那里住着凶恶的神灵;他的猛犬用铁牙利齿咬住这些木片,带给了姑娘(希西)。她瞧了瞧木片,说道:用它们可以做件什么东西;如果把它们送给铁匠,他会用它们做把犁。凶神听了这话,把它们送给了铁匠,吩咐用它们做成箭,用来射穿人们和马匹,并用羽毛加以装饰;用什么来把羽毛固定呢? 用姑娘(希西)的头发;用什么来淬火? 用蛇毒。他开始用自己的弓来试射这些箭:第一箭高高地飞向天空,消失得无影无踪;第二箭深深地穿入地里,也无处可寻;他射出了第三箭,它穿越了大地和河川,飞越了高山和森林,碰上了岩石,击中了人的皮肤,射进了不幸的人的肉体。

　　咒语的叙事部分顺理成章地从它的组成中分离出来;正如古代德国的咒语模式后来独立出来,具有了教诲的、趣闻逸事的、故事的含义一样。

　　以上在谈到古代抒情—叙事散文的世代相传的特征时,我提到了古代法国的纺织之歌和北方故事诗。这使我有理由作一个附带说明:并不是具有类似风格的所有诗歌都理应做出相同的年代鉴定;必须把内容同历史传统中积淀下来的形式予以区分。那些贴近激动人心的事件的诗歌不由地具有抒情色彩;小俄罗斯的沉思曲除了它们所受到的学校影响之外，也属于这类诗歌；但是这些诗歌也可以通过已经由以往抒情—叙事诗歌的发展所决定的形式来表达，正如另一方面，同一现成的形式也可以容纳显然并不引起抒情情绪的情节一样。

例如，在北方吟唱以尼伯龙根的传说为主题的抒情—叙事故事诗，带有副歌和随唱；这些传说早就为北方古代的诗体《埃达》所熟知，但是在那里它们的风格和韵律却别具一格。现代故事诗究竟是起源于由合唱队演唱的、较晚期的抒情—叙事吟唱的某种衰落了的形式，还是分别掌握了情节与风格，因而具有一种混合的起源呢？*

以上报道的芬兰的咒语陇歌的内容是传奇—神话的，那些尚未涉及焦虑不安的生活风波，未被卷入敌对氏族之间的纷争或处于两个部落地界之间不可避免的内讧纠纷的部落才会具有这类抒情—叙事诗歌的情节。这些纷争内讧产生了新的兴趣，在冲突中凝聚了种族意识；创造出了抒情—叙事的坎蒂列那诗歌，它们在如下含义上可以说是国际的（如果可以这样说种族关系的话），意指在双方轮换吟唱胜利和失败，其中同一些姓氏的勇士们、首领们轮番登台亮相，受到或褒贬，或惊惧的描述。人们的兴趣集中在他们的周围，他们的战友们、侍卫们围绕着他们，关于他们编撰了纪念性的、颂扬性的战斗和复仇的诗歌；诗歌被传唱，形成了系列组曲，并由于叙述某一决定性事件，颂扬某一人物的光荣事迹而长篇累牍地延续下去。应当设想早在抒情—叙事诗时期就有这种**自然形成的系列化**趋势：由于某一事件、某一功绩而 ex tempore（拉丁文——突然）引发人们编出了不止一首，而是几首诗歌；其中有些诗歌被遗忘了，而另一些则流传了下来，代代传唱，以表达对于丰功伟绩的纪念。这标志着这种功绩在子孙后代心目中的价值，构成了氏族和民族的历史传统的基石。不言而喻，这些诗歌在子孙后代中间已不可能引起像当年人们所亲历的那种悲欢离合的炽热激情，其中的抒情部分也会相应减弱；遥远的事件的某些细节

---

* 具有移植的形式（来自德国）？

也淡忘了,而流传下来的则是它的程式化部分,一般情节线索和人物的性格特征。这一**概括化**的开端,以及它的典型的、歌谣记忆的理想化手法,都应追溯到**民间传说的机械式工作**。

剩余的工作则由**歌手们**来完成,这是它赋予他们的新角色。在战斗的年代,氏族或侍卫的年代,歌手自然而然地歌颂首领和勇士,仰慕他们的光荣,编写有关当今引人注目的事件的抒情—叙事诗歌,同时也回忆起关于祖先和英雄先辈们的古老诗歌。他了解他们的家族系谱,而这一知识则给他的演唱节目增添了**族谱系列化**的新原则。在他的记忆中交相涌现一长串的英雄形象,并概括成英雄主义的理想,它自然会对进入诗歌眼界的所有新的事物产生影响:体魄与美貌,勇敢与文雅,背叛与忠诚的类型;越是远离基本传统,也就越容易经常发生这种情况:某种类型特征被移植到不恰当的人物身上,成为一种**陈词套语**:既然是英雄人物,他就能完成某种壮举,于是他也就完成了。这样就不知不觉地在诗歌传统的历史基础上打开了一道裂缝。这一过程符合生活本身的同样过程:在生活中形成的英雄主义类型引起人们争相效仿,人们力求加以实现;而关于英雄类型所编写的诗歌则不由自主地成为了一种样板、模式,在其形式之中可以注入后来有关新的各代勇士们的思念。例如,在封建叙事诗和传说的年代,在人们的记忆和模仿中流传着理想化的建功立业和献身精神的固定形象,而英雄叙事诗和传记则是在不自觉地重复古老的理想之中形成的。

与内容方面的陈词滥调一起,并同它们相适应,在**风格**领域也形成了这类现象:它成为了**类型化**的,即我在前面称之为叙事模式的现象。歌手们有自己吟唱的《治家格言》[243],有时是生活习俗的僵化反映:主人公们按一定之规整装出征,投入战斗,相互挑战,宴饮聚餐;每个人都像别人一样;所有这一切都表现为一定的模式,只要情况需要,就一再重复。于是形成了一套固定的诗体规范,一定的用语、文体格调因素、词汇和修饰语的搭配;这是为艺术家准备好的一套现成手法的调色板。在这种条件下,歌手的表演令人想起即兴喜剧[244]的手法:依据短小的剧本,熟悉的角色类型,如阿莱金、科隆比娜、潘塔洛内等,所有这些也就决定了演员们所采用的对白和插科打诨的自由。歌手熟知歌谣、角色的特征,而他的演唱风格则提示所有其他的东西。这个或那个歌手在唱同一首歌时会有所不同,差别在于某些陈词俗套的搭配,或者对剧本的这一或那一情节有所遗忘,但关键之处却会重复吟唱。这种风格的稳固性在于**演唱的**,我宁肯称之为**流派的传统**。当在芬兰人的婚礼或其他民间节庆上响起陇歌时,在这种情况下某个人听到了一首不熟悉的歌谣,努力记住它,但是当他在其他人面前重复这首歌时,与其说是在逐字逐句传唱,不如说是在转述其内容:凡是他不能逐字逐句记住的东西,他便用自己的歌词来吟唱,甚至往往比他亲自听到的更美妙动听。业已形成的演唱风格在为他说唱。

我们处于**叙事诗**的基地:它的体现者是氏族的、侍卫的歌手们,熟知氏族历史传统的行家里手、希腊的行吟诗人[245]、盎格鲁-撒克逊和法兰克的斯科帕斯(scopas),较晚时期则是另一等级的歌手们,同衰落的希腊罗马世界的逗乐取笑者(joculatores)相混同,并采用了他们的名称的游吟诗人,说笑者(jongleurs, spielleute)。他们承担着进一步实现诗歌传统的任务。他们四处流浪,聆听和熟知许多歌谣,接连不断地吟唱这些歌谣,于是取代家族祖传的成套组曲,出现了在不同时期分散形成的说唱。年代顺序并不碍事,歌谣编排了自己的顺序:查理大帝取代了年轻的国王——创业者,罗兰之歌描述他已是一位加冕登基的皇帝,他的仇敌巴斯克人、撒克逊人都一律变成了萨拉钦人[246];在关于事件的叙述中插入了一些并非同时代的人物等等,所谓"时间上阴差阳错,都捆在一块"。与无意识地破坏时间顺序相比,这类编唱的一个同样自然的后果是企图把每一起演唱的各种事件之间的联系编排得比较合情合理,于是形成了新的内在结构布局的雏形。叙事的范围扩展了,显然添枝加叶本身成了引人入胜的事;古老歌谣流传下来,盛行一时的手法提供了素材:诸如为人们喜闻乐见的同一情景一而再,再而三重复出现的编排,以及以民间诗歌心理和韵律性为基础

293

的对比法。* 正如查理大帝有十二位贵族一样，萨拉钦人的君王也有一样多的贵族；敌人的失败被加倍渲染，这既是文体风格，也是民族自尊心所要求的。在流传至今的罗兰之歌中，理查大帝不仅粉碎了马尔西里，而且随后还打败了巴里干的部队[247]，而关于后者的故事被认为是后来由叙述巴里干的长诗中移植到罗兰之歌的文本中去的。内容上的矛盾和衔接上的疏漏说明其中有掺杂（插入文本的附加物），但是没有什么能妨碍设想，这一掺杂本身是由某种提示引起的，如古代坎蒂列那[248]曲的诗句暗示进行第二次报复或者号召一再报仇雪恨。

　　这类叙事诗在氏族的或侍卫的职业歌手们手中形成之后，还在某些地方以某个人名或事件，基辅或科索沃战役[249]联结起来的系列组曲中，或是在诸如雅库特人的壮士歌、奥龙歌中（这些歌谣说唱起来要连续唱几个夜晚），继续存在着。这些诗歌如今在民间流传，仍然鼓舞着某些地区人民的自觉，在那里这种意识仍然保持着激发它们的那些条件的水平，在这种条件下采用旧的形式来编唱新的歌谣是可以理解的。否则诗歌会丧失它的生命力，作为一件不会繁殖后代的古董保存下来，而仅靠它的演唱风格手法来维持。无论在哪里，具有生活习俗的、叙事的、传奇故事的内容的诗歌都为它所吸引；博古的人们、盲人，以及古代职业歌手的追随者们也都趋之若鹜。

　　在这一解体的历程中也会有所延缓，就像适应同一人民自觉的高涨而出现的一些新的创作形式一样，就像古代的叙事诗表现出在政治上团结一致的民族所追求的历史目标具有更广泛的意识一样。我指的是如同罗兰之歌这样的人民**史诗**的出现。显然，这并不像许多人所设想的那样，只是一些叙事歌谣——坎蒂列那曲的机械组合，而是显示了某个作者，以及他的个人功绩的某种新的事物。我在这一定义中并没有特别强调个性的特征，因为我倾向于在更早一些时候，在那追溯到远古的发展时代，在那些从合唱队的混合艺术中分离出来的歌手

---

* 参看本书中《心理对比法及其在诗歌文体中的反映形式》一文。

或歌手们身上找到这种特征。这一发展并未中断,只要摒弃了关于创造史诗现象的合唱队的、群众性的基础的模糊观念,就应当充分估计到这一发展。如果用"排演"的概念取代"组合"一词,正如我们先前所确定的那样,而且设想到由它所决定的那种心理的和修辞的工作,那种概括、移植和论证的工作,那么我们就会认为罗兰之歌是在许多如此富于个性的排演中比其他的更经受住了时间考验的一个,因为它是当之无愧的。进步并不在于个人的首创,而在于他的自觉性,在于赋予演唱活动的价值,在于所记录下来的并非是歌谣的汇编,而是富于诗意的作品,这时歌手感到自己是诗人。

像《罗兰之歌》这样的叙事诗,是一个新的起点。其他这类排演都带有它的印记,此后叙事诗不再排演,而是编写,而且在这些编写的英雄叙事诗的基础上重复着同样一些系列化过程:传说英雄被赋予从来没有过的祖先与后代,文学材料掩盖了传统的残迹,格律形式也在变化,直到最后诗歌让位于散文。残缺不全的传说以民间通俗读物的形式回归到古老叙事歌谣苟延残喘的境地,也就只有一步之遥了。

这一切已属于史诗的特殊历史,而在这里并不涉及这一问题。我仅谈谈这一历史的一件偶然性事实。关于某个人物在事件发生之后,既可以直接编出抒情—叙事诗歌,然后又概括成叙事诗,也可以编出传说、故事、笑话,而并不采用诗歌的形式。他可能是同时代的歌手们所熟知的,也为他们的听众们所熟悉;但我们永远不会了解,为何他没有被诗歌所传唱,也可能只是偶然的疏漏,也可能他并不符合理想化的目的。后来,随着远离直接回忆的纯粹叙事诗的发展,这些传说、萨迦*可能卷入诗歌潮流,尤其是在叙事诗对于新的、非传统的,然而单纯由于其内容而引人入胜的主题开放之际。由此得出两个结论:不能根据传说,例如墨洛温王朝[250]和南部俄罗斯的编年史(无论它们在我们看来,是多么缺乏事实依据,多么不符合历史),就断定某些流传

---

* 古代冰岛的散文叙事作品。

至今的壮士歌和坎蒂列那曲是取材于这些传说而编写的。同样不能随声附和沃列奇，说什么"史诗"的渊源并非抒情—叙事的坎蒂列那曲，而是传说、萨迦。传说——这似乎是由历史到史诗的交叉路口，是历史事实的口头流传的、有机的发展，而史诗则是它的非有机的发展。历史在这里被理解为某种抽象的东西，似乎在编年史的书页上它不是通过集体的主观的阐述而得到反映的，而这种阐述也就决定了萨迦的发展和诗歌的主题。差别则在于选择什么引人入胜，什么按其内容而言显得卓然不凡，同时也在于环境的水准和同源性，正是为此而编写编年史，其中也就编出了传说和诗歌。按照沃列奇的观点，似乎叙事歌手要等到在历史事实之上积淀起传说，只有这时才能把它转译成诗歌；难道抒情—叙事哀歌、欢庆胜利的颂歌也要等待积淀起传说吗？只有新时代的诗人才能借助于挖掘传统情节来进行创作。萨迦和叙事诗是携手并进的；把叙事诗（沃列奇显然理解为史诗）看作是从传说中形成的——这就意味着把叙事诗发展前期的一些阶段统统置若罔闻。

（七）

叙事诗——客体，抒情诗——主体；抒情诗——正在形成的主观态度的表现。我已经对这些定义提出了反驳；如果我想对它们附加自己的见解的话，那么我会强调叙事诗的主观态度，正是一种**集体的主观态度**；我说的是叙事诗的起因。人生活于氏族的、部落的联系之中，在投影于周围的客观世界、人类生活的诸种现象的同时，他也认清了自己。他便这样形成了一些概括，合乎意愿和不合乎意愿的活动类型，以及各种人际关系的规范；在其他人那里也实现着同样的过程，在相对一致的条件下具有同样的结果，因为心理水准是同一的。在这样的环境中，每个显著的事件都会引起为多数人所认同的评价；诗歌将是集体主观的自我觉醒，氏族的、部落的、团体的、民族的自我觉醒；其中也有歌手的个性的参与,即他的歌谣受到欢迎,符合人们的需要。他是无名的,但这只是由于他的歌谣为大众喜闻乐见,而他又缺乏个人著作权的意识。这一意识是随着集体主义的缩小而逐步滋长起来的,因为在个人因素的分化之前还有集团的、阶层的分化。侍卫歌手受到侍卫队的利益的制约,这也就决定了他的世界观和节目的情绪;他的歌谣不是全民的,而是团伙的;它们也可能流传于民间,就好像我国的壮士歌流传于奥涅加地区的穷乡僻壤,作为阶层的叙事诗在一定条件下也能成为平民百姓的诗歌一样。

总之,集体的"我"投影于鲜明的事件,投影于人类生活的个别人物身上。个性还没有从群体中分化出来,本身还未成为客体,也未引起自我观察。而它的激情性还是集体的:合唱的呼喊,欢呼和哀鸣,在仪式演出或春季轮舞中性欲激奋时的呼唤。它们是典型的,在编写歌词的时期也保持着稳定,这时它已脱离了呼喊的时期,而其他一些不开化民族的合唱歌谣则仍然滞留于这一时期。形成了副歌,简短的格式,用以表达共同的、最简朴的情感的最简洁的模式,其中往往采用对比法结构,其情感活动则是通过同外部世界的某种类似行为进行不自觉的对比来显示的*。在这里"我"本身也是通过同样的途径来显示的,即通过贴近他的外在的客观性的世界而得到显示。

未受到艺术诗歌重大影响的任何一首民间诗歌都充满着这种简短格式。这是通常的两行诗和四行诗;后者(显然是由两首两行诗合在一起吟唱的,因为两行诗本身就符合对比法的要求)由中国、印度和土耳其传播到西班牙和德国。在仪典联系中,例如在婚礼仪式,在抒情—叙事的和叙事的歌谣的领唱部分和副歌—合唱队呼喊的遗迹之中都可以找到四行诗,这是它们在历史上的稳固地盘。但是它们也单独流行:这是我们称之为**抒情诗**的那种体裁的萌芽状态的、形式上的母题。民间歌手们在交替轮唱中吟唱这些母题,以古老的方式即兴发

---

* 参看本书中《心理对比法及其在诗歌文体中的反映形式》一文。

挥,而歌谣有时又形成一种顺序问答的对唱。这种诗歌结构可以在德国、西西里和撒丁岛见到*;在葡萄牙歌手们轮换吟唱诗节,和着韵脚和诗句,进行着辩论,由此形成完整的系列组诗,令人想起抒情浪漫曲;一首以不忠实的妻子为主题的德国歌谣是以歌词修辞中惯用的母题加工而成的;在这一含义上,关于这首歌有这样的说法,它是由两位雇佣兵(ландскнехт)"重新"编唱出来的。但是在这样的演唱之外,我们称之为民间抒情歌曲的也不是什么别的东西,而只是同样一些最简朴的母题、诗句或系列诗句的各式各样的组合而已:我们到处都会遇见它们,就像一些陈词俗套;它们有时看来是在旋律和节拍的提示下,无目的地聚集在一起,就像在法国经文歌[251]中一样,有时又在内容上有所发展变化,一个主题引出另一个类似的主题,就像韵脚引起押韵一样**。这一切往往是由对话,或者某种情境:有谁在等候、思念、哭泣、呼唤等等,自然而然地联系在一起的,而修辞格式有助于分析心理内涵:悲伤、别离、问候等格式,就像在叙事歌谣中有战斗、宴会等格式一样;这同样是一部修辞的《治家格言》。如果情境化为行动,我们就会得到抒情—叙事的、故事诗式的歌谣;它与抒情歌谣之间的分界线在从总的合唱轨道中分离出来的时候还是难以分清的。

这种抒情诗歌的激情方面是相当单调的,它表现了集体心理的一些并不复杂的情绪。在这里走向主观性(我们习惯于把它同抒情诗的概念联系在一起)的出路在于逐步地实现具有文化性质的集团的分离,而同样一些局限于集团界限的单调和公式化的时期则交替出现。当从集体调配好的环境中由于事物本身的力量而分离出对生活具有与众不同的另一种感受和理解的一组人的时候,他们便会给传承下来的抒情格式带来同其情感内容的水平相适应的一些新的组合。在这一范围内,既加强了对诗歌活动本身的意识,也加强了诗人感到自己不同于旧时代匿名歌谣的歌手的自我意识。即使在这一发展阶段,也

\ \ \ \ *　书中《作为时间因素的叙事重叠》一文。
**　参见本书中《心理对比法及其在诗歌文体中的反映形式》一文。

可能像以前一样，出现具有同样一些集体性特征的新的联合：中世纪的艺术抒情诗是阶层的，它在民间诗歌之上积淀而成，它源于民间诗歌，但在新的文化运动中分离出去。它是如此千篇一律，以致除了两三位作者，我们在其中几乎看不到什么个人情绪，却有那么多程式化的、在情感的内容和表现上重复出现的东西。自然应当估计到，同时代人在这一程式化中读出了许多丰富多样的东西，而这是我们所无法提示的。然而如果我们把这种千篇一律看作是在分离出主导的文化集团之后所带来的某种心理平均化的结果的话，那么我们实际上就并没有理解错。某个诗人将成为这一集团的情绪的标志；诗人是天生之材，但是他的诗歌的素材和情绪却是集团所准备好的。在这一意义上可以说，彼特拉克风格比彼特拉克更古老[252]。个体诗人，无论抒情诗人或者叙事诗人，从来都是集团的，区别只在于分化出他所属的集团的生活习俗的变革的程度和内容的差异。

可以从艺术抒情诗形成的历史上举出几个例子来说明这些理论思考。

在民间希腊抒情诗的标题下所汇集的一些流传至今的片段和范例，并不提供足以分辨它的性质和内涵，以及它们在被记录下来时所经过的文学加工的程度的明晰概念。诸如短歌，类似春季节庆的仪式的、合唱的副歌：哪儿有玫瑰，哪儿有紫罗兰？——以及那些斯巴达长者、壮年人、青少年所组成的合唱队所轮唱的歌谣。在各种民间格式中我们可以见到迎春的呼唤，同现代希腊平民百姓的这类仪式的呼唤几乎完全相同……像被欺骗的热恋姑娘的诉苦这种自亚历山大时代[253]流传下来的母题，却并不符合那个时代的社会典型，虽然其渊源同样可以追溯到并不了解赫捷拉崇拜[254]的民间失传歌谣的情节。

除了这些或多或少的民间诗歌片段之外，还有一些合唱的和独唱的诗歌典籍可以作为研究初创时期的希腊艺术抒情诗歌的史料，尽管这些典籍与其说是历史文献（其中大部分并未流传下来），不如说是一些古代作家所遗留下来的有关记载而已。无论哪一种材料都足以表明在民间合唱基础上产生的一些情节和形式是经过了文学加工的。古代人谈到形式的演变时，经常显示出把有机的发展和解体的结果归功于个人的首创的倾向。

我们知道，例如，具有神话或英雄传奇内容的抒情—叙事性质的独唱曲的分离是合唱因素的历史上的正常现象；因此合唱的佩安体[255]能够成为叙事—抒情的，而当我们了解到赛诺芬尼[256]第一个发展了神话的、叙事的故事的独唱声部时，我们倾向于把他的革新局限于艺术的目的。如果把这一传奇，以及类似的传奇列入我们了解的合唱诗歌发展的起源关系的话，那么它们在其中便会占有各自的位置，而我们也将把源于民间基础的希腊诗歌的各种体裁的演化看作一个完整的整体，而其形式则仅能由歌手或诗人来发展了。从合唱颂歌中发展出具有神话或英雄事迹内容的抒情—叙事体，这是叙事的合唱练习——和史诗的素材。哀歌，最初是忧伤的、葬礼的歌曲，可能是由具有诉苦、安慰的因素和传统的祈求守护神保佑的陈词俗套的仪式性的陪哭加工发展而来；当哀歌转入诗人个人手中，它在表达诗人个人的或阶层的世界观内容，并远离仪式的同时，仍然保留着这种祈求保护神保佑的性质。于是在狄俄倪索斯节，或在酒宴结束时的科摩斯[257]游行的合唱狂欢便转变成了美女窗下弹唱的小夜曲，而阿尔凯奥斯[258]和阿那克里翁[259]的抒情短曲也以此为名。希腊人的整个合唱抒情诗不是什么别的，而是以完整的合唱队手法对于其中与领唱人一起分离出来的叙事—抒情主题的加工。在这一意义上关于斯捷西霍尔[260]可以说，他由于让竖琴承担起了史诗的重任而创立了合唱队……人们把酒神颂的类似改革归功于阿里翁[261]，虽然还有些犹疑不决，同时指出他遗忘了传统。众所周知，在酒神颂的演唱中，主要声部属于领唱者，他领唱并引导歌曲，合唱队只是应和他，并同他展开对话。但人们却传说阿里翁用合唱的、分诗节的旋律因素取代了这种戏剧的两重性；这也就是柏拉图之所以能把后期的酒神颂不是列入模仿的（戏剧的），而是列入叙事的、叙述的诗歌作品的缘故[262]，而亚里士多德则认为后一种形式更古老,从它那里形成了那种轮唱型的酒神颂,由此便产生了戏剧[263]。这也许是一种发展——一种反潮流。这一切都同斯维达[264]的记述无法印证,按其所述,克里翁把说押韵语言的萨蹄尔们[265]引入酒神颂,而这只能解释为对古老的合唱因素的艺术加工。

这种从民间合唱的完整性中形成的抒情诗歌正是在多利克人那里得到了发展,这一事实表明古代诗歌形式在他们那里的稳固性,而这正是同他们的生活习俗关系的古朴相适应的;伊奥利亚人的独唱方式[266]则表现了在充满合唱激情的形式中业已巩固的个人情感;戏剧也在其艺术构成中保留了合唱的混合艺术的全部因素:领唱人——演员,合唱和对话。

让我们再看看促使希腊个人抒情诗歌分离出来的生活习俗条件。

正像任何历史性质的叙事诗歌一样,希腊叙事诗歌也是在部族征战活动频繁时期,在侍卫习俗成风和贵族君主制的条件下形成的。侍卫的首领,被显贵们簇拥着的君王,被尊崇为群龙之首。他是军事统帅,又是统治者,又是审判官;人民被统治,俯首听命;历史活动的旨趣、命脉全都集中于这一小圈子之内,它在行动,到处都在传颂它的功绩。于是出现了侍卫歌手,编出了侍卫的战功歌谣。在公元前八世纪初,荷马式的壮士歌已不再创作了,在奥林匹克运动会创始之际,出现了我们称之为《伊利昂纪》和《奥德修纪》的合唱组曲。之所以没有新的诗歌产品,是因为缺乏它所需要的条件:征战时期结束了,荷马史诗已经标明了新秩序和新观念的分水岭,人们不再喜爱战争,逃亡也不再引起谴责,人们交口赞誉的是奥德赛的智慧与狡黠。君主政体的基石屈从于许多希望分享它的特权、并自认为具有这种天赋使命的人施加的压力。"当值得尊敬的人的数量日益增长的时候,在城市里涌现了许多具有平等身份价值的人,他们不再忍受君主制政权,开始探索某种社会制度,于是建立了自由的公社"(亚里士多德)[267]。等级贵族制分化出来了,它的最古老的历史是在同民主因素的斗争中度过的,这一斗争有时导致暴政、导致民主开明君主制现象。古老的叙事诗歌,《古风与业绩》并未被遗忘,它们在泛雅典娜节[268]上仍被人们传唱,它们的狂想曲被重复演唱,但是它们已不再适应时代的风尚,这是一个被许多需要研究解决的问题所困扰而不能自拔的时代……社会斗争创造出了政治的、党派的诗歌[269];在新的等级分化的基础上产生了新的诗歌,艺术抒情诗,虽然它们也是从古老的合唱因素中演化出来的。我们如今在抒情诗中所关注的已是它的**现代性**的特色了。

摆脱旧秩序的出路在于对它进行批判,形成信念和要求的综合体,正是为了实现这些信念和要求,才进行了变革;这些信念和要求构成了**等级贵族制的伦理规范**。这些伦理规范是所有人必须遵循的,因而贵族是定型的,个性化的进程在他身上是以等级森严的形式实现的。按照出身、财产和职业来说,他天生就是显赫高贵的,他遵循父辈的遗训,高傲地避开贱民;"葱头上开不出玫瑰花,奴隶生不出自由民"——泰奥格尼斯[270]这样说过。然而掠夺来的地位,并不能长治久安,它需要巩固,而这就创造了一系列由生活所提示的要求,并积淀成为等级道德规范。希腊贵族在其兴旺的年代曾适应于这些道德规范:不是为自己,而是为整体,为社团而活着,厌弃贪婪,不追求发财致富,等等。这一切导致自我观察、讽刺和分析,这种分析不仅涉及现实生活现象,而且包涵生命的一般问题和人的使命。贵族是否符合自己的道德使命,阿尔基洛科斯对他喊道:滚开,你来自名门望族[271]!贵族出身在苟延残喘,黄金开始统率一切:"人的身份在于金钱,没有一个穷人会有名望,会受人尊敬"——贵族阿尔凯奥斯[272]会这样说。在党派斗争中,发出了刚毅、英勇的号召,适度的愿望同绝望、对命运的逆来顺受相互交替:吉凶难卜,只有听命于神灵安排,他们会保佑那些受尽折磨者,推翻那些奋勇前进者(参看阿尔基洛科斯)[273]。但是,宙斯的公正又在哪儿,泰奥格尼斯问道,好人在受苦,歹徒却在享福,子孙在为父辈的罪孽遭受惩罚;只剩下祈求希望之神,这唯一留在人间的神灵,其他诸神都隐居奥林普山了[274]。由此形成西蒙尼德[275]把生命看作某种庸俗的、空虚的、漫无目的的东西的悲观主义观点;给宗教意识的完整性带来了怀疑和妥协的因素;对古老的神话重新做出了解读。

在叙事诗的基础上也遇到这类生活智慧的格言,但在希腊抒情诗中,它们符合取代旧习俗的新习俗的浪潮,并形成了体系。希腊抒情诗发展了教诲的、**格言诗**的因素;即使在风格上比较接近叙事诗的哀歌——哭诉曲也成为了格言诗式的。类似的关系把**抑扬格**的**讽刺诗**同它的祭祀因素联系在一起:神话叙述得墨忒耳[276]的女仆扬芭用自己滑稽可笑的行径来使女神开心;在抑扬格诗中表现了在对得墨忒耳的祭祀中的民间嘲讽;在抒情诗的基础上,抑扬格的讽刺诗这一富于战斗性的格言诗囊括了个人的和社会的各种现象。西蒙尼德(来自阿莫尔戈斯或萨莫斯)敌视妇女的嘲讽行径是众所周知的:在十个出身于不洁的或有害的动物的妇女之中,未必会有一个出身于蜜蜂。这些格言是同萨福的爱情诗歌[277]相吻合的,正如中世纪行吟诗人的狂热恋情是同不可抑止地攻击辱骂"恶毒妇人"的行径并行不悖一样。

阿尔基洛科斯的讽刺诗摆脱了具有鲜明的自私狂热的党派性,西蒙尼德抽象地概括众所周知的现象,提出生活评价的准则;在相对僵化的古老生活方式的环境中,比如在斯巴达式生活方式中,个性被社团集体所淹没,诗人以合唱队的名义对听众说话,显然在排斥自己的个性,似乎只能充当共同观点的表达者,为某人的胜利而与大家一起欢呼雀跃,在追忆古老的神话的同时,不易察觉地掺杂进一些个人的阐释。我指的是集团性质的个性,而诗人与他的阶层之间的相互理解正是建立于这一基础之上的。据说,荷马与赫西奥德为希腊人创造了他们的神灵;抒情诗则按照它所属的社团的世界观的水准继续这一事业,虽然在形成这一水准时有所摇摆。斯捷西霍尔在他的一首颂歌中,谈到海伦爱上了帕里斯,并被他带往特洛伊城;但在推翻前言的诗[278]中,他却放弃了这一神话传说:"不对,这是谎话;你没有上那艘装备有精良桨橹的船,没有驶往特洛伊城堡";在特洛伊出现的只是她的幻影。神话不仅曾经是宗教思想的形象体现,而且是产生许多新的形象和概括的诗歌创作的现成的格式。诗意的视野越是广阔和深刻,对于这类格式的需求也就越多:投入运作的有局部的、地方性的、同全民传统没有联系的神话,有时也有历史叙事传说。斯捷西霍尔第一个谈到雅典娜是全身披挂地从宙斯的头颅中诞生的;谈到埃涅阿斯漫游西方诸国;他吟唱拉京娜与卡利卡的故事。拉京娜被出卖给科林斯的暴君,她的表兄爱着她,来到科林斯;两人被处以极刑,他们的尸体被运到了萨莫斯;但暴徒感到绝望了,于是他下令送回受害者的尸体,以便举行葬礼。卡利克爱上了埃瓦特洛斯,祈求阿佛洛狄忒促成他们的婚姻,但埃瓦特洛斯却被姑娘所厌弃,她从列甫卡基斯克悬崖上跳崖身亡。

当诗人感到他在运用神话方面相对自由的时候,那么力求在继承诗歌形式的基础上达到自由便是顺理成章的事了。同社会环境的性质相适应,诗歌可以通过不同的途径而发展。我们看到,多利安人的抒情诗怎样独特地对合唱传统进行加工。斯捷西霍尔在合唱的重唱部分引进了诗节和反诗节以及结束的尾曲(эпод)[279];他的按照三段体系结构的颂歌发展了抒情—叙事主题;他的笔调比较接近史诗的语言,修辞语丰富多彩。在独唱抒情曲的领域内,一系列格律和音乐方面的创新被归功于阿尔基洛科斯,可是很可能他只是把一些符合情感新内涵的现成的形式和格式引入了艺术抒情诗的运作,就如同引入至今鲜为人知的神话情节符合于进行更广泛的分析的需求一样。阿尔凯奥斯和萨福则具有民间诗歌的风格,他们借助民间诗歌的形象和比喻来突出现实生活的特征,表达对于自然的亲密情感。萨福的诗歌充满玫瑰和金色花朵;阿尔凯奥斯则仿效赫西奥德,邀请人们举杯痛饮,这时正当烈日炎炎,万物都被酷热弄得疲惫不堪,而苦菜花却在盛开,在绿枝翠叶丛中则可听到蜻蜓之类昆虫振翅鸣叫,唱着它那响亮、颤音缭绕的歌曲[280]。阿尔基洛科斯竟把法索斯岛比喻作长满莽莽野林的驴背,甚至并不嫌弃乌鸦欢快地抖动着羽翼的形象[281]。

歌手的**自我意识**产生于对内容与形式的主宰。萨福说道:缪斯赐予我荣誉,对我的纪念不会消逝[282];泰奥格尼斯吟唱道:我在这些诗句上,在我的艺术产品上打下了自己的印记,谁也偷不走它们,更换不了,谁都会说:这是来自梅加拉的泰奥格尼斯的诗作。我给了你翅膀,你会翱翔于大地和海洋之上——他继续对他所歌颂的友人说道——在所有的节庆活动中,青少年们都将歌唱你;甚至当你到了阴曹地府,对你的纪念也不会中止,承蒙头戴紫罗兰花冠的缪斯的恩赐,你将名扬四海。任何地方,只要那里的人们懂得尊重诗歌艺术,只要大地还沐浴着阳光,你都将活着。诗歌就是力量;它使被歌颂者遐迩闻名,为此会付给它酬金。[283]

歌手的自我意识——这是摆脱了等级封闭性和党派偏见的个性的自我意识。叙事歌谣的匿名歌手为诗人所取代,而人们关于诗人所流传的并非像荷马和赫西奥德那样的传说,他有传记,部分是由他本人提供的,因为他很乐意谈论自己,使自己和别人都感兴趣。行吟诗人的传记就表明了这类兴趣的形成。阿尔基洛科斯和阿尔凯奥斯都是富于个性的人,阿尔基洛科斯甚至不属于任何派别:他是独立自主的。他作为天赋的战士,一个热心于用剑或辛辣的抑扬格诗进行战斗的斗士,战神阿瑞斯和缪斯的信奉者,坦率地公开披露自己的个人恩怨和缺陷,他善于自我嘲讽,现实主义者和理想主义者兼备一身,始终在寻求他天性中所不具备的分寸感。在阿尔凯奥斯身上,这种分寸感则源于他的乐观的人生态度:他是贵族,党派的骑士,高唱着政治诗歌,同时也赞颂美酒、美貌和爱情。他曾献给萨福两行诗:贞洁的萨福啊,披着紫罗兰色的鬈发,露出带蜜香的微笑,我本想对你说些什么,可是羞涩阻止了我[284]。她回答道:如果你的愿望是高尚的和良好的,用语也未掺杂什么污秽东西的话,那么羞赧就不会覆盖你的额头,而你也就会敞开心扉,倾吐肺腑之言[285]……阿尔基洛科斯与萨福的四行诗是我们所熟悉的民间抒情诗形式的艺术加工。"亲爱的妈妈,别让我坐在织布机前,阿佛洛狄忒(爱神)征服了我,使我对那位一表人材的少年坠入情网"——萨福完全用春季节庆歌谣(《布朗诗集》)的风格这样吟唱道[286]。

　　萨福的婚礼歌[287]充满了这类民间主题,在忒奥克里托斯[288]和卡图卢斯[289]的模仿之作中只保留了它们的一些片段和遗迹。新郎迎亲来了,而人们则欢快地对木匠们唱着许墨奈俄斯之歌[290]:请把屋顶架高些,新郎就像阿瑞斯,比高个儿的男子还高[291]。在雅罗斯拉夫地区的婚礼上,男傧相在走进新娘的木屋时,边询问边评论:你们附近的桥上有没有雕有绣球花的柱子,有没有低矮的横杆,以免我这位男傧相跨过去的时候碰破头?——苹果,作为姑娘、新娘的象征,在民间诗歌中显然正是以这样的含义出现的:它在高枝上红艳艳地熟透了,但采集的人却把它遗漏了;可能并非遗漏了,而是它太高不可攀了。另一个流传甚广的表现婚姻行为的象征是采摘、践踏花朵,而风信子正符合这一象征:牧童们在山上踩倒了风信子,而它却向山谷垂下了紫红色的花冠。有这样一种文字游戏:赫斯珀洛斯(太白金星),你领来了被厄俄斯(晨光女神)所驱散了的所有东西:领来了绵羊,领来了山羊——却从母亲身边领走了女儿。她希望留下做姑娘,却把她嫁了出去,这是做父亲的职责。也可以看到以纯粹民间风格重复的另一些格式:最好把你比作谁,新郎官?最好比作笔直的小树枝。处女时代一去不复返:处女的命运,处女的命运,为何弃我而去,不留下?——我不再回到你身边,不再回来[292]!这很可能是合唱的副歌。

　　在表现集团运动基础上的个性进步的抒情诗歌中,情感、爱情问题占据了首位。萨福的诗歌赞颂爱情和美貌,赞颂在莱斯沃斯岛上的赫拉神庙旁举行隆重竞技活动的姑娘们和青少年公民们[293]的健美体魄,献给摆脱了粗俗的生理冲动的爱情,并追求对于情感的崇拜,这种情感高出于婚姻和性的问题,用审美要求来抑制情欲,唤起对于激情的分析,以及它的诗意的、假定性表现的高超技艺。从萨福通向苏格拉底[294]:难怪他称她为自己在爱情问题上的导师。这一切都是在从希腊生活中特别发展起来的习俗风尚条件下变得高尚的东西,而且采取了它们的形式,就像骑士爱情的新风尚只有在那些同样保障情感自由的形式中才能获得体现一样。在对待爱情抒情诗方面,无论在哪里,我所谈论的正是生活习俗的形式;并不是行吟诗人的任何一首诗歌都假定有现实的对象,而是要求某种未知的、并不总是可以触摸到的、从现实中抽象出来的东西,这种渴望的东西在现实中并没有位置,于是幻想可以在这方面发挥作用,激发情感,并彻底加以揭示。

萨福善于通过光明与黑暗,嫉妒与热情,以及寂寞中的哀愁之间千变万化的交织对比来表现情感。爱情震撼她,犹如狂风席卷山间橡树一般;有谁犹如神灵,静坐在你身旁,聆听你的声音,你那迷人的欢声笑语。一旦见到你,我的心就在胸中怦怦乱跳,而我却哑然无语;热血像火焰般在皮肤下奔腾,两眼发黑,两耳嗡嗡直响;我浑身是汗,战栗不止,脸色发青,似乎死神即将降临[295]。从这一现实的画面过渡到了另一情景:萨福回忆起,有一次爱神阿佛洛狄忒离开了宙斯的金色大殿,应她的召唤翩然而至,鸟儿拉着她的双轮车展翅翱翔在昏暗的大地上。女神问道:你在祈求什么?那个厌弃你的人还会来找你,如果没爱过,还会爱上的*[296]。于是萨福又剩下独自一人:塞勒涅和普勒阿得斯[297]落山了,已是深更半夜;时光流逝,而我仍孤单地躺在自己的床上[298]!——这是北方风格的小夜曲的主题。

当人们谈到新时期欧洲抒情诗的基础时,总是把它同格言诗归并在一类,或是在诗歌类中把它的客观体裁同主观体裁,把古代民间型抒情诗同骑士抒情诗分开[299]。这种分类的依据并不在于一方面是民间诗歌的集体情感所具有的情绪特征,另一方面是表现个人情感的抒情诗歌所具有的情绪特征之间的差异,而在于形式上的特征:在第一类诗歌中登台演出的除歌手之外,还有其他人,而他也往往借此表

---

* 这两首诗的散文体译文保留在普希金的笔记草稿中。

现自己，客观性的定语便由此而来。如果把这一外在的标准贯彻到底，那么主观的与客观的抒情诗的界限便动摇了，许多被归入第一类领域的东西却在第二类诗歌的现象中获得了解释，而在全部发展过程的开端则显示出合唱的、仪式的诗歌的，具有人物表演和舞蹈的歌谣的最古老的成分。从这一最古老的成分中顺序分离出了叙事的与抒情的体裁：法国的舞曲，轮舞曲，在主观抒情诗一类中与此相对应的则是回旋曲和芭蕾舞曲，普罗旺斯的叙事歌谣，舞曲，德国的轮舞；德国表演抒情叙事诗歌的典范《来自基奥利比格的舞蹈者》[300]，依据施腊德尔[301]的见解，则属于十一世纪中期。被列入客观一类的田园诗的对话体的、轮唱的风格按其渊源而言，是同对唱赛歌体[302]相近的，无须说明，这是后者的形式被主观的、艺术性的诗歌所运用：我们知道，它们是由于与合唱相联系而发展起来的，就像从合唱的宣叙调中分离出抒情叙事诗歌，以及叙事的，纺纱时唱的，召唤呼应的歌谣一样，而在另一基础上我们则称之为传奇故事诗或浪漫曲[303]。这些诗歌从合唱剧情中提取其叙事的基本轮廓，在形成连贯的文本之前，人们通过面部表情和对白来演出，并按照剧情继续进行舞蹈。涅伊德哈尔特[304]的诗歌由邀请跳舞开始，继而转入短剧：或是老太婆劝阻姑娘跳舞，或是姑娘鼓励女友去跳舞，等等。威廉曼斯认为抒情召唤同叙事情节的这种结合是比较晚的现象；我们所引用的关于妻子和变心丈夫的游艺性歌谣等可以作为反证。情节联系是由戏情提供的——人们把德国骑士爱情诗歌中的三分法结构的诗节归之于普罗旺斯和法国的范例的影响，可是这种诗节结构却是从一个或几个合唱队的和唱，重唱以及随着重唱而来的副歌中自然而然地发展起来的。

可是如何来设想本来意义上的抒情诗歌的开端呢？它后来发展成为普罗旺斯诗歌（vers, canso）的艺术体裁，并反映出抒情诗歌的无穷无尽的丰富性。

我在前面曾把这种开端同古代合唱队的充满激情的呼唤，同具有各种不同内涵的简短格式联系在一起；从它们中间或者围绕着它们形成了歌谣。这或者是对比法的格式……或者是爱情的召唤……

这或者是愿望,对心上人的问候,如在《鲁奥德里布》[305]中:我的爱情如此丰满,就像密林中的树叶一样。这是由普罗旺斯和法国的抒情歌谣发展成为艺术品种的爱情致意。德国的爱情诗歌也属于这类格式:"你是我的,我是你的",心爱的人的形象永远珍藏在恋人紧闭的心扉之中。在歌谣的领唱部分或副歌中时而出现的格言诗的和讽刺的主题也可能成为它的基本主题:谁在恋爱,谁就睡得甜蜜——在一首星期六傍晚的叙事歌谣的副歌中这样唱道;女人和猎鹰都容易驯养:被认为是封·丘林别尔格[306]创作的一首民间歌谣型的短诗就是以此为基础而构成的。法国的副歌,实际上也是诗歌的主题;西班牙的副歌则是俗语。

这种民间抒情诗的内容应该符合民间环境的生活习俗水平及其激情效应的品质。教会人士则称这些歌谣,无论是合唱的、舞蹈的,还是独唱的——为恶魔式的,厚颜无耻的,并禁止女修道士书写和传送爱情诗歌……在这些否定的反应中,有许多可以用教会观点的狭隘性来加以解释,但引起这种反应的事实却俱在。我们谈到过在五月节庆歌谣和仪式中古老情欲的遗迹,它反映在《布朗诗集》里的某些词曲中,反映在模仿涅伊德哈尔特的一些作品中;法国叙事诗歌汲取了这样一些情节:妻子对年迈丈夫的不忠,幽禁在寺院里的姑娘的诉苦——五月节庆的合唱表演的主题。古代"不知羞耻"的歌谣所流露的情绪可能就是如此:情感的自然冲动,欢快地引向求欢的目的,其情感的真挚纯朴,犹如自然的需求一样;男女都同样表现出这种需求;而主动权却往往属于女方,就像在一般民间爱情抒情诗中一样,她表现得更自主,更自由,不仅抱怨和祈求,而且频频召唤。诗歌的对话自然反映了这些关系;最单纯的叙事公式同其他一些生活习俗情景并列,如在某地等候,参加轮舞,等等。凡此种种,可能早在古老的民间歌谣中成为一种陈词俗套了。

在有教养的骑士阶级的环境中形成的德国抒情诗的最初艺术表

现所仿造的正是这一类型的歌谣。在这一发展时期流传下来的为数不多的诗歌中,有具有民间的主题、对话,以及坦率的爱情心绪和妇女的主动表白的诗节。她并不羞于袒露心曲,就像在封·丘林别尔格的诗歌中那样:"当我独自站着,赤裸着身躯,思念着你,高贵的骑士,我羞红了脸,就像长着刺的玫瑰,但内心却充满忧伤";"深夜我站在你的床旁"——她的心上人说道——"没敢惊动你"。"让上帝惩罚你吧,我又不是什么狗熊"——她答道。她预感到即将分离,为此忧心如焚,抱怨那些阻挠她的幸福的人,精心饲养了一头矫健的雄鹰,它却展翅飞走了。愿上帝保佑有情人终成眷属。被列入据说是封·丘林别尔格的系列组诗中的这首短诗[307]便是以在一首古老葡萄牙诗歌中所见到的这一心愿来作为结尾的。在另一首匿名的,或署基特马尔·封·阿伊斯特[308]之名的诗歌中,雄鹰的主题则有另一种提法:贵夫人眺望远方,期待着自己的心上人,抱怨其他人嫉妒她,把他夺走了;飞来了一只雄鹰,她自己也开始嫉妒它的自由:它可以随意择枝而栖。但她有时也纠缠不休,令人厌烦:封·丘林别尔格有一首诗就像前面列举过的一首那样,也是以陈词俗套开始的:"深夜我戴着面甲站在那里,听见人群中有一位仪表堂堂的骑士在唱丘林别尔格的曲调。他将属于我,如果不肯,就让他离开这个地方。"[309]"快给我备好我的马,拿来我的铠甲,"骑士对马伕说,"为了一位贵夫人我必须离开这个地方。她想强迫我爱上她,而我宁愿永远离开她。"[310]

基特马尔·封·阿伊斯特,梅因洛赫·封·谢费林根,城市长官雷根斯布尔格[311]等人的诗歌都属于这一类抒情风格。主角是骑士和贵夫人,她称呼他为朋友,亲爱的,而他则称她为女友;所表达的愿望却是现实的:拥抱,爱抚,共度良宵,这是女方表达的;在基特马尔·封·阿伊斯特的晨曲[312]中,她叫醒自己的情侣:小鸟已经飞上了椴树枝头,该分手啦;没有痛苦便没有爱情……他在离去时说道。在德国晨曲中,来自女方的热情的主动性依然如故,但在其他抒情诗体中新的爱情理想已占据了主导地位,虽然在骑士爱情诗歌较晚的繁荣时期,民间诗歌的现实主义仍继续反映在瓦尔特·封·德尔·福格威德、涅伊芬[313]等人的作品中。

这种抒情诗反映了哪些骑士生活习俗的真实关系？我提出这一问题,是由于考虑到不久前贝格尔[314]企图挽救德国骑士的节操,同所有其他研究者相反,力图证明对别人妻子的崇拜这一罗马爱情法典的主要信条只是从侧面才涉及德国,而这里的骑士们只是以婚姻为目的而爱慕那些未婚的妇女,如果爱上了已婚妇女,那也只是由于怀念青少年时期所爱慕的姑娘,而她后来成为了别人的妻子。这也许会给德国骑士们增光,如果能得到事实证明的话,可是却无法挽救贝尔格,使他不必面对这样一些用语,诸如同床共寝等,这些抒情诗中的习惯用语还很少受到罗马的影响。我在这里试图站在对自身矛盾视而不见的贝尔格的观点上。他在一处曾谈到,"不应该根据韵文故事的主题就得出妇人'恶毒'的笼统结论,根据现代法国小说也不应得出社会不道德的结论"。这一尺度也可转用于中世纪的抒情诗,没有必要去捍卫德国的道德风尚,而只需要解释清楚某些诗歌格式的假定性,它们即使在刚诞生的时候,也可能表现愿望的东西多于现实的东西,而且后来在这种现实的东西变得更加不可能的社会关系中也继续保持了下来[315]。

古代类型的德国骑士抒情诗还沿着民间诗歌的轨迹前进,仿效它的形象和情境,具有新鲜感和纯朴性;在爱情问题上,妇女在保持同男子的一定平等权利的范围内还具有健康的、积极的作用。后来状况改变了:妇女似乎脱离了情感的生动交流而高高在上,而男子则受到情感的奴役。双方互相交换了角色,对爱情的理解也改变了:它变得更理想化,更抽象了,不管它的物质表现形式如何。我们已处于德国骑士爱情诗歌的第二阶段。

是否能以封·丘林别尔格及其同龄人的古老德国抒情诗的手段来达到这种新的理解呢？——很难回答这一问题,因为普罗旺斯抒情诗及由它培养出来的法国抒情诗的影响破坏了这一发展。这并不排斥这样的推测,即丘林别尔格的抒情诗和亨利·封·麦勒克[316]（约1160—1170）所谈到的奥地利骑士的爱情诗歌一样,可能早就受到了罗马典范的早期影响（按照申巴赫的看法,通过北部意大利和朱利亚区）[317],并掌握了它们的假定性修辞,例如在《布朗诗集》的德文诗节中见到的"侍奉"这一概念。但是,这一影响看来并未涉及情感的理想内容,当普罗旺斯和法国的直接影响树立起在有教养的罗曼语系骑士阶层中所形成的新的爱情法则,并架构起它的诗歌的时候,这种理想内容便改变了。问题并不在于妇女的新的道德观念的诞生（这被认为正是德国骑士爱情诗歌的重大贡献）,而在于男子的爱情理想的扩大和丰富。这并不是春季的情欲冲动,不仅是欲望和满足之间的摇摆不定,而且是某种更丰满、更能震撼整个身心、使感性提高到理想性的效果,产生更高层次的欢乐与痛苦的东西。这是某种值得去追求的东西,但它并不是唾手可得,而是需要历经艰辛和祈求,通过侍奉那位具有自由做出垂青或拒绝的选择权利的人物才能得到的东西。在家庭中权利在丈夫一边,属于骑士阶级的姑娘虽然能当众抛头露面,却处于等级制礼节的监护之下,远离农村的自由;她首先是结婚的对象。当情感调整到"侍奉"的主题上,情感自然会找到表现自己的生活习俗格式:心爱的女人将成为那个寻求同她心心相印的人的领主;这并非自己的妻子,因为她有丈夫作为领主,而是别人的妻子,一个独立的、具有全权的女人。这一领头的、幻想的格式是由于情感的等级制演变而引起的,真实的生活关系可能适应,有时也适应了这一格式,但它在根本上并不要求以这些关系为出发点;它之适合于抒情诗,是因为把它作为"愿望的"格式来加以充实。它与我们诗歌语言的假定性的象征形象之间的差别仅在于它涵盖的范围更广泛,它囊括了处于发展序列的各种精神兴趣的整个领域,并服务于对它们的分析。"侍奉"的公式依据封建风尚和习俗的特征而被加工得极其精致:贵夫人——领主,骑士——侍从,他是她的臣民,有义务对她忠心耿耿,维护她的荣誉,严守自己同她的秘密——在新的抒情诗的词汇中增添了这样一些术语,诸如献殷勤、爱的服侍、侍奉、臣民,等等,这令人想起罗马哀歌作者的用语:夫人,伺候。古老诗歌的关系和用语在这一环境中获得了新的色彩。民间领唱的形象比喻变成了一种格式,我们也许可以称之为自然开头的音乐序曲。曾经有个时候恋人们在夜间偷偷幽会,只有鸟儿或守夜的更夫才会报信:天已破晓;如今场景转移到了城堡,情人们处于严密的监护之下,四周布满密探,而在骑士的黎明曲中增添了一位新的理想人物——情侣的好友,他整夜守卫着,并提醒他们该是分手的时候了。民间诗歌中报信的鸟儿换成了骑士,但更常见的是信使,这更符合环境。随后出现的是由《生理学家》[318]的隐喻和阅读奥维德[319]的作品所提示的形象;假定性的用语得到了公认;形成了适应新的感情情绪的特殊风格,这种情感从内心深处揭示出来,被分析得细致入微,具有不可避免的重复和固执性。现实的爱情这一概念被贬低到庸俗卑下的意义,但高居于其上的却是纯洁的、崇高的爱情理想,它使人变得高尚,使他的情欲得到净化,把人的精神提高到超出肉欲冲动而去追求某种我们称之为心心相印、柏拉图式的情谊的境界。"没有她,世上还有什么值得上帝保佑的呢!"瓦尔特·封·德尔·福格威德吟唱道,"她从不栖息于虚情假意之中,而只适于安居天上,我祈求她为我指引去天堂之路。"[320]应当在自己身上培育这种爱情,追求它,为它消得人憔悴——于是在抒情诗的词汇中增添了憔悴、诉苦、忧伤等;这种情感主宰着自己,成为自我欣赏的对象:全部问题就在于那种欣然自得的自我感觉,在于对思绪、心愿的品味,在于对我们身上揭示出新的精神价值的心理过程的自我欣赏。至于谁引起了这一过程,反而可能是无足轻重的了:"去这样伺候心上人,使别人也为之动情;那时也许有别人赐予你幸福,如果这一个不乐意的话。"(瓦尔特·封·德尔·福格威德)[321]为什么你会爱上如此多的骑士,为什么你会赐予如此多的青年花环?——英国的菲利浦问丽荷夫人;她答道:"我就像爱一个人那样去爱许多人,而我这样来爱一个人,以致会有更多人爱上自己。"

自然的、现实的情感不由自主地突破崇高爱情的抽象化,寻求出路,表现得既鲜明又坦率,有时还威逼要挟;人们排斥自然情感,同它斗争,同时又玩弄它,带着胜利的、并不轻松的信念去迎合它。这激起了悲壮的热情,提高了自我意识;在这种牺牲中带有一份快感。神秘主义者自我陶醉于一些具有宗教含义的感性形象之中,但他们却摒弃了尘世;骑士的爱情摆脱了感性而趋于意识到其他的、伦理—审美的关系,可是他们并未能同气质天性的要求和生活习俗的条件协调一致。这一切颇有流于公式化的危险。心灵的领主并未提高妇女的作用:她一如既往在法律上毫无权利可言,是处于最低层的人,是发泄粗俗情欲的对象,只会招惹戏谑、流言蜚语和挑逗耻笑。她统治着一个假定性的情感世界,如果她善于控制这种情感,博得人们的好感,自身又充满着对于她所获得的权利的意识和玩弄男人于股掌之上的优越感的话,她便能把男人的侍奉看作理所当然的事,节制他的冲动,创造出一种沙龙风尚。这一骑士抒情诗的妇女格式往往笼罩着一种虚幻的真实感,这种自我分析的因素对于一位只关注于自身情感,并同自己倾谈的诗人来说,正如在民间诗歌关系中自然发展起来的对话一样,其作用理应降低成为修辞上的一种陈词俗套。不言而喻,诗人的心上人是美女;她被五彩缤纷的比喻所淹没;瓦尔特·封·德尔·福格威德的一首五十行诗充满了对她如花似玉的容貌的描写[322],这再次令人想起罗马的哀歌作者;而另一首诗则给她的家庭增添了一系列溢美之词,诸如高贵的、纯洁的、穿着雅致的、梳妆漂亮的、温文尔雅的、高傲的……[323]她征服了诗人的身心,他祈求相爱,诅咒发誓,动摇于希望与绝望之间,频频献殷勤,却枉费心机,毫无结果;她有时垂青于他,显得很热情,但更多时候却冷若冰霜,流露出敌意:这便是侍奉公式的重大的、典型的特征,没有它诗人就像失去了左右臂一样。中世纪的抒情诗人写有一系列爱情诗歌,就像是在写他们个人的浪漫故事一样[324];没有必要非在其中寻找什么现实的反映,陷入某人情网的心灵史;我们也并不这样要求现代小说;使我们惊奇的是这样一种处理占据了优势:恋人们的命运早就预定好了,心上人的容貌描绘也是程式化的和固定不变的。骑士歌手的狭隘视野无力使她鲜活起来。

这就是充满中世纪抒情诗和长篇小说的爱情理想[325];同样是等级制个性的一种表现,就像骑士的礼节一样,因为它正如骑士的风度,正如荣誉的概念和把功勋当作一种追求漫无目的的远征冒险的建功立业来崇拜一样,并不取决于教会的影响。这一切都包含着道德进步的因素,但是它们引起了一系列浮夸的爱情同家庭关系之间、肉欲同抽象的情感之间、粗俗的习俗同骑士风度之间、个人英雄主义同日益增长的社会的和政治的问题之间的矛盾。这一切都处于有教养的阶级的界限之内,在有闲阶级的闲情逸趣之中和睦相处了;即使有点什么新的和理想的东西转移到生活的实践之中,但它更经常的还是同生活和解了,正如在没有提出关于矛盾的问题的情况下,幻想往往会同现实和解一样。乌尔利希·封·利希滕施泰因[326]的幻想性自传天真地玩弄这些矛盾;在小说格式中表现出了等级制的理想主义的负面结果。

当骑士阶层作为富有生气的力量日趋衰落,降低到沙龙与骑士比武(傅华萨)[327],或暴力强权的水平的时候,便暴露出了它的道德内容的片面性,于是它的抒情诗也在老调重弹中才思枯竭了。瓦尔特·封·德尔·福格威德曾细心倾听的民间诗歌的质朴的现实主义,却并未成为它更新的源泉。涅伊德哈尔特把它漫画化了,创造了一种田园诗的人工品种,它的渊源可以追溯到仪式诗歌的轮唱短剧;人们在其中以民族性取乐,以乡村性相炫耀。查理·奥尔良[328]的优美的短诗散发出某种怀古的忧伤,他在英国大劫难期间仍在炫耀在等级制的狭隘性中培养出的主导情感,而同时在另一位末代骑士歌手奥斯瓦尔德·封·沃尔肯施泰因的诗歌中却可以听到民间的、现实的潮流。时代的特征:骑士道德和骑士风尚的遗产已转移到另一些人的手中,在形式或内容上加以吸收。我们已进入了诗歌的新的等级制演化。

十六世纪在法国和德国重新响起了久被遗忘的民间诗歌;它被记录下来,为人仿效;据说它产生了一种特殊的文学体裁,似乎其中渗入了现代民间诗歌的传统以及世俗的骑士主题和语言风格。传递者可能是直接的游吟歌手，也可能是有教养的资产阶级：它接受了骑士的礼节风尚，熟悉它的抒情诗歌，同时又比较接近人民及其诗歌；这两者可能在资产阶级家庭的日常生活中结合起来；在这一领域内创造出了德国宫廷的和世俗的诗歌，随后它们又转移到广场和农村。

这引起了一系列问题。有教养的阶级的诗歌对民间诗歌的影响是毋庸置疑的，这发生在有过这种双重性的地方，例如在法国、德国和意大利，而在我国却从未发生过。但是，必须区分什么是借鉴来的，而什么是作为古老遗产回归的。这种遗产在别的地方经历了一定的文化演变，而只是赋予那些被人遗忘了的旧事物以新的形式。例如，在十五世纪和更晚些时期，当德国民间诗歌和民间风格的诗歌谈起那些总是在准备破坏别人的幸福的嫉妒者、造谣者、告密者的时候，这一主题可谓风行各地，萦绕不去：卡图卢斯[329]提到过告密者、嫉妒者，希腊诗歌谈到不怀好意的邻居，俄罗斯诗歌谈到爱搬弄是非的长舌妇、仇敌，骑士抒情诗谈到诽谤者、造谣者、奸细。但是，德国民间诗歌却知道"侍奉"心上人、姑娘，因为"领主"已随着相应的生活习俗条件而消逝了……

这是骑士侍奉主题的余音，还是在民间生活习俗中独立产生的关系的表现？这些关系取代了那些鲜明地反映在诸如迎春节庆组曲这样一些诗歌中的关系？难以回答这一问题；尚未写出一部关于在民间歌谣和生活习俗中的男性的爱情理想的历史，这些歌谣远离有教养的阶级及其培养的情感的影响。歌谣向我们诉说的是妇女的"命运"，而非男子的骑士风度。其中无疑实现了取决于某些条件的进步。以下一些例子虽然使我们远离中世纪欧洲抒情诗歌的范围，但从理论观点看却不无兴趣。我们知道在古老春季仪式的遗迹中所保留的情欲；随着时间的推移，它淡化为更加抽象和理想的形式，因为教会虽然迫害古代荐亡节，却并不拒绝对结拜兄弟和结拜姐妹的现象做出自己的阐释；民间的结为干亲的习俗把世俗生活的和教会法则的现象联结起来了。随后出现了斯万涅季亚地区[330]的林图拉里习俗,无疑是源于认亲识祖的仪式,又近似于骑士式的侍奉情人的形式。林图拉里*——这是一种在斯万族[331]男人与斯万族已婚妇女或未婚姑娘之间建立亲属关系的仪式,这种仪式赋予前者侍奉后者的权利;这并不意味着结拜为兄弟姐妹,而是类似于母子之间的关系。在获得女方,她的父母或丈夫的同意之后,斯万族男人由朋友陪伴在约定的晚上去她家拜访;他受到隆重的接待和宴请;主人和全体出席者举起酒杯,祈求神灵保佑接受林图拉里者;随后斯万人屈膝下跪,俯首向夫人致敬,表示忠贞不渝,并问道:他是否能用牙齿触及她的乳房,意即他是当她的父亲,还是她当他的母亲。在后一种情况下,爱慕者解开她的衣衫,在她的乳房上撒上盐,用牙齿碰三下,重复说道:你是母亲,我是儿子。仪式以接吻结束,次日交换礼物,此后在男女之间建立了血缘亲属关系:他们相互探望,甚至睡在一起,但暂时还没有谁怀疑他们之间关系的纯洁性。这一习俗被称作"基督教"(里克利斯德);给新结拜的亲属所抹的圣油是斯万人在某个时候从他的祭司那里弄到的,而后者则是从基督教牧师那儿得到的。

触及乳房——这是同一个奶妈的哺乳亲属关系的象征,或者就像这里的认干妈的关系的象征。这种关系也可以建立同乳兄弟和同乳姐妹关系;歃血盟誓是结拜兄弟的象征,就像血的洗礼是中世纪的结拜兄弟和骑士制度的象征一样。斯万男人与斯万女人以接吻来发誓,以巩固他们的盟约,而骑士与夫人之间的这种关系也是以接吻来巩固的,而采地封地的盟誓方式则是接吻和转交手套。习俗的名称本身("基督教"[332])揭示了教会的干预,它使更加广泛的结拜兄弟和骑士仪式现象神圣化了。各地都奉行有关道德纯洁性的同样要求,都作好接受严峻考验的准备;斯万男人与斯万女人同床共寝,却没有产生任何邪念;十二至十三世纪普罗旺斯和法国的贵夫人同意自己的爱慕

---

* 参看 A. H. 维谢洛夫斯基:《万涅季亚地区的林图拉里和侍奉夫人的骑士习俗》,《高加索》杂志,1897 年,第 152 期。

者同她们一起过夜,却要求他们发誓除了接吻之外不再对她们有任何非分的要求。女领主的理想正是对这样一种神圣不可侵犯性的保障,正如认干妈对于斯万族的爱情结盟是一种神圣不可侵犯的保障一样。这就不禁给我们提示了在《席拉尔·德·鲁西朵》[333]中另一个可以比较的例子:查理大帝的妻子当着见证人把自己的爱情献给席拉尔伯爵;转交戒指成为结盟的象征;"从此以后在他们之间只有爱情,而从未有过任何不轨之举。"

民间诗歌可能反映了骑士抒情诗的某些方面,但也可能在反映民间习俗的独立自主的进步的同时,为骑士抒情诗提供了某些基本主题,这些主题还需要在骑士制的日常生活中和对"浮夸虚饰爱情"的理想化中得到发挥扩展。

在资产阶级的环境中,骑士抒情诗遭到了另一种命运。德国市民们掌握了它的形式与象征,而不是它的内容;他们怀着迷信般的崇敬保留下了形式,在自己的诗歌制作中精心加工它们的技术,在十四至十五世纪的法国诗歌中引进了一些前所未见的诗歌新品种,但全部问题只归结为创立某些新的抒情诗类型,以及对诗句的精雕细刻和技艺高超地编排韵律。所有这些都必须加以学习培训,于是诗歌创作成为了狭小范围的行当,一种"修辞的艺术和学问"(原文为法文),它既不适应新时代的风气,又不符合诗歌所立足的环境的情绪。德国资产阶级按照《治家格言》生活;他们善于治家和经营,务实而不信神,乐于进行严肃的教诲,不时翻阅书本;早在骑士的和宗教的抒情诗中崭露头角的教诲与宗教的因素如今占了上风;对贵夫人的崇拜在生活中已无存身之地。在十四世纪末和十五世纪初,约翰·加德拉乌勃[334]就像在但丁的《新生》[335]中一样,描叙了他从儿童时期就产生的爱情,这是骑士格式的心情;爱情的痛苦对于加德拉乌勃来说,就像挖煤工和搬运工不堪承受的劳动重负一样。或者像名歌手弗拉因洛勃与雷根博根那样提出学究式的争论:究竟是哪一种称呼——"妇人"(原文为德文)还是"夫人"(原文为德文)更尊贵一些[336]?十四至十五世纪德国和法国的诗歌贫乏的原因在于内容与形式的矛盾。在法国这一矛盾尚未显得那么激化，维庸[337]这位城市的名士派诗人弥补了许多不足，但是德国市民的歌咏体抒情诗[338]却产生一种穿着一身破旧沙龙服装的可敬资产者的印象。在意大利的环境中，在发展了个性自觉的富于教育传统的市民中间，在具有审美闲暇和持久不衰的对于美的古代崇拜的条件下，有可能掌握形式和理想：西西里的抒情诗歌作为普罗旺斯抒情诗的余晖，迁移到了托斯卡纳，在这里接受了民间歌谣的现实主义和古典文化的情怀，于是从这一春季聚会中产生了一种甜美的新文体[339]，诞生了但丁和彼特拉克。《抒情诗集》同样是一种非现实的恋情，就像一些中世纪诗人的爱情自白一样；劳拉[340]同样是个典型，其中会合了许多真实的和虚幻的劳拉们：这是对诗人在他的激情沸腾的领域内所曾经体验过和可能体验到的一切的诗意概括。可是这种激情更富于内涵，更细腻，更丰富多彩；妇女的典型由于我们称之为个性的因素而变得生动起来。文艺复兴重复了皮格玛利翁的奇迹[341]。新的组合分化开始了，它长久地决定了欧洲抒情诗的内容与形式。

（八）

我们把叙事诗和抒情诗看作古代仪式合唱解体的产物；戏剧在其最初的艺术表现中则保留了它的全部混合性，包括表演、叙述、对话等因素，但具有祭祀所确立的形式，并包含着联结大量泛神论和鬼怪观念的神话内容，这些观念模糊不清，很难把握。祭祀传统决定了合唱剧的巨大稳定性，要求具有固定的扮演者，因为并不是所有的人都了解繁复多样的神话的，而由氏族掌管的仪式则保留于父老们保持的传统中，并过渡到由专业人士、祭司们来执行。他们熟知祷文、颂歌，善于叙说或表演神话；古老的模拟表演所采用的面具如今服务于新的目的：在它们的假面具之下，宗教故事的各种角色、神仙与英雄纷纷粉墨登场，宣叙调、对话和合唱副歌交替轮唱。

可以在理论上这样设想戏剧的发展。从祭祀中分离出来是它在艺术上诞生的契机;形成艺术性的条件则在于神话的人化的和人性的内容,由此而滋生出各种精神兴趣,并提出了道德秩序、内心冲突、命运和责任等问题。

希腊悲剧便是这样发展起来的。而起源于仪式合唱的戏剧演出则是按另一种方式形成的:它局限于神话的或史诗性的主题,分裂为一些对话,伴随着合唱和舞蹈(如印度)[342],或者在直接近似仪式的情况下,分散成一系列日常生活场景,相互间很少或缺乏故事情节之间的联系。即兴剧和[343]和意大利南部的模拟剧[344]即属这一类型。在这一发展的各个阶段上,我们处处可以见到古老的合唱队组成的痕迹,而在我们很少预料它们会出现的地方,有时它们却显而易见,但在那些接近仪式的源头的地方,对于保持这些遗迹似乎更有保障,然而它们却变得错综复杂,混淆不清了。外来传统的干扰有时使自然演变的进程变得模糊不清,然而处处又都提出了使它豁然开朗的问题。在这里我只提出演员的社会地位的差别这一点。

先从西伯利亚的"熊剧"[345]开始,因为它比其他剧种都更接近发展的源头,还摇摆于仪式与祭祀之间。

崇拜熊的节庆在西西伯利亚和东西伯利亚的吉利亚克人[346]、虾夷族[347]等非俄罗斯民族中间相当盛行;这些节庆同他们习惯于把熊作为具有天赋的神力和智慧的生物,作为上天或最高神灵之子(奥斯佳克人、沃古尔人)[348]来崇拜有关;它们还同古代某个时期曾广泛流传的祭祀有关,至少是同希腊化时代以前的祭祀有关。这种祭祀保存于在阿提刻盛行的弗拉弗洛尼亚节[349]之中,也保存于欧洲各种新老迷信和邪说之中,它们曾经于某个时候引起教会的揭露*。在欧洲作为零星不全的遗迹而保存下来的东西,作为一些片段而融入希腊拟人化的神话之中,而对于我们而言,它们却在异族的环境中联结成为各

---

* 参看亚·尼·维谢洛夫斯基:《俄国宗教诗歌领域的研究》,载《帝国科学院论文集》,1881年,第28卷,第4,7期。

种迷信和仪式的独立系统，它们处于不同的发展阶段，从带有模拟表演的狩猎节庆到以熊这一神化英雄为中心的祭祀活动，一应俱全。

....

祭祀戏剧起源于具有影响狩猎成败的作用的仪式合唱。这基本上也是一种模拟性表演，就像北美印第安人的"水牛舞"一样，其作用在于吸引水牛回到它们所遗弃的平原上；我们还可以提及澳大利亚同样的模拟围捕兽群、狩猎野兽、风干胴体等的表演活动；猎熊节戏剧的场景之一也具有类似的内容。仪式的古代戏剧部分还比较容易从后来的积淀之中分离出来：合唱队以独唱者为首，吟唱有关熊、有关它在森林中和天上的生活，等等，边唱边通过舞蹈来模拟它的躯体动作。在这些歌谣的情节之外，又附加了一些其他的、类似的情节，于是模拟表演的界限便扩大了；这两者都赋予个别场景以内容，并具有特殊的扮演者、演员。他们并非专业演员，而且看来也没有任何表示他们同祭祀有特殊关系的标记；在个别场景之间，他们独自舞蹈，这可能表示他们与舞蹈合唱队之间的关系，从其中也就演化出仪式的戏剧演出部分；他们同参与其演出的观众们保持着经常的交流。与此同时，他们别具一格，在演出的时候扮演一些新的角色，被视为超凡脱俗，善于表现另一种人，也许说得更确切些：成为其他人物，化为神灵、恶魔。模拟演出具有召唤非尘世力量来干预人间事务的目的，而且可以想象，在祭祀戏剧的早期模拟与对象之间的界限消失了，戏剧成为了由角色扮演的咒语，在谈到未开化的民族的宗教剧的萌芽时，我已经指出了这一点。由此而来的是面具的使用：它们可以服务于模拟的，然后是祭祀的目的，从一般人群的交往中突出某些人物；如果对我们来说，熊剧的面具的作用在于在不喜欢厚颜无耻的熊的面前掩盖演出者的面目的话，那么这种说明很可能只是后期的、病因学的解释。从这种同一的观点出发，就不难理解演员们所继承下来并一直保持的无拘无束、信口开河的言论自由了。

我们在希腊戏剧的祭祀因素中，也在印度南部祀奉当地农业女神的农事仪式中见到这一因素。这一仪式由杀牲畜祭祀组成,其中包括以神圣的水牛为祭牲;婆罗门也参加这种仪式,但主持这一仪式的则是非阿利安族出身的本地人、贱民,以及受婆罗门蔑视的其他种姓;出场的还有贱民种姓出身的在女神庙里供职的舞女们,伴随她们的则是乐师,扮演百戏艺人、插科打诨的角色的兰尼加。当在节庆的最后一天围绕着村社田地举行盛大游行,在供奉女神像和水牛头之后,继庄严的祭祀而来的却是放荡不羁的时刻:兰尼加放肆地辱骂女神和政权、村长,以至每个遇到的人……贱民们攻击最尊贵的居民们……舞女们跳到他们的肩上,牧人们敲着鼓。所有这一切都服务于情感的净化[350],这种情感由于庄严的场面而激昂起来,又放荡不羁地表现于矛盾之中;它由祭祀而引起,感染了观众,并接受了另一种传统的色彩:在厄琉西斯城,在庆祝秘密祭典的期间[351],当祭典之前举行的游行队伍通过凯菲斯桥的时候,它的参加者们便遭到各种挖苦和恶毒的嘲笑;纪念狄俄倪索斯的仪式中的法洛福耳们[352]既是无目的的玩笑的体现者,也是讽刺的体现者,他们并非祭祀的参加者,而是来自群众的观众,他们拥有言论自由;这是希腊喜剧诞生的素材。

  研究现代印度的民间仪式及其戏剧因素,显然有助于阐明印度戏剧的起源与祭祀的关系,同时也有助于阐明叙事诗的发展;这两者都引起了不少理论性问题[353]。在这里伴随着模拟舞蹈、说唱与对话的合唱仪式诗歌,也是研究的出发点。"众神喜爱舞蹈,它的无限自由的运动仿佛再现了世界的和谐;随着它的永恒的曲调,主宰者翩翩起舞,毗湿奴(yma)[354]也翩翩起舞"(《摩罗维迦与火友王》[355])。扮演湿婆的舞蹈者[356],这是他的专长,但他同时又是演员的庇护人;戏剧的梵文名称 nâtya 指出了这种混合艺术性,lâsya = 舞蹈包含歌谣与宣叙调的含义。在祭祀的基础上可以见到所有这三种合唱因素的联合:《梨俱吠陀》的某些颂歌是按轮唱方式构成的,合唱队或歌手们交替演唱;轮唱者不超过三个人。在一首颂歌中,因陀罗[357]与玛鲁特对话,而在歌尾又插入歌手,歌曲的编者。这些颂歌处于祭祀习俗之外,它们被列入对话、传奇故事的特殊范畴。奥尔登堡[358]认为,构成其基础的是同一内容的故事,它尚未具有确定的诗歌形式,就被遗忘了,流传下来的只是经过行吟诗人加工的人物、神灵和圣徒之间的对话。正是这类颂歌处于祭祀之外的提示,可以说明它们具有更古老的渊源:我指的是叙事诗歌从仪式合唱队的歌手们更替演唱中分离出来的因素之一,歌手们交替轮唱,并通过对话的方式展开某个传统的主题,并不陷于细节的描述,也不追求传说故事的连贯,因为所有的人都能通过抒情—叙事诗歌的半吞半吐的暗示而了解其故事情节。我们已经知道,印度史诗正是通过这种交替轮唱方式演出的;《梨俱吠陀》相应的对话体颂歌似乎就是形成于祭祀习俗之前的叙事—戏剧体故事早期参与祭祀活动的一种证据。从分化出来的戏剧种类的观点来看,叙事的、以对话方式说唱的团体歌手的名字必然会过渡到乐师、演员的含义;印度戏剧的某些体裁,例如 vyâgoga,并不是什么别的,而是起初具有战斗内容,又分割成场景的传说故事;在古典时期的戏剧中所采用的程式化腔调之一,magadhî,可能起源于 mâgadhas,扬名于整个印度的古代叙事歌手。

在迦梨陀娑之前形成的、我们可以称之为印度剧类型的,实质上可以归结为对于具有抒情声部、有音乐和模拟舞蹈参与的叙事诗情节的同样的加工。如果这一切并没有导致对于情景与人物性格的戏剧加工的话,那么这是由印度世界观的实质决定的,它并不了解心理斗争,而只承认命中注定的力量,在这种力量的指引下,人由于其功德或过失而注定走向这种或那种命运[359]。这里正是印度和希腊的戏剧发展分道扬镳之十字路口;但在这种情况之下问题并不在这里,因为我们还处于形式演化的开端,而问题在于戏剧与祭祀的关系,我们正是把这种关系看作戏剧的艺术成长的条件之一。

在《梨俱吠陀》的对话体颂歌与戏剧现象之间并没有明显的继承性;中间环节在地方方言之中消失了,这些方言在古典时期的技艺和在人工的、富于地域方言特色的口语中却留下了痕迹,而这种方言口

323

语对于那些扮演低贱角色的演员来说,又是必不可少的……[360]
....

剧(NāTaka)——印度艺术戏剧的典型形式;实践与精雕细刻的诗学[361]把这样一些民间合唱表演的形式纳入了学究式的规则,而依据同我们所熟悉的、至今仍存在于未开化的民族之中的合唱表演的比较研究,我们有理由把这些形式归入它的前古典时期的、地域性的发展。我顺便提一下指挥的作用,他念祷文,他出现于戏剧的序曲以及由他指挥的主要声部,引导这个或那个人物上场,向观众说明剧情,从头说到尾。我们在民间模拟表演和剧场演出的开端也遇到过这样的指挥者;他们是由古代合唱队的领唱演化而来的。剧本开头的祈祷、祝福把戏剧引入了祭祀的运作;在孟加拉如今由合唱队演唱祷文。在祈祷之后,又接着向人们所庆祝的神祇祷告,其中还提到一年中相应的季节;这可能是古代把有关演出安排于一定的节庆仪式的古老见证。此外还附加了一系列其他宗教模式,例如演员进行勾脸化装,等等。戏剧进入了寺庙,在神像面前演出;它究竟来自祭祀习俗,还只是从旁边形成的合唱表演中附加于祭祀习俗的——这是由它的演出者的社会地位所引起的问题。希腊戏剧同产生它的祭祀之间的密切联系一直延续到它的繁荣时代:戏剧是一种荣耀,人们把它奉献给他们的神祇之一;演出的神圣性质也反映在演员们的地位上;他们的职业不受歧视,他们享有荣誉,经常充当使者的角色,等等。在印度和中国则不同:中国的戏子在寺庙里扮演佛陀生平的片段,但他们的职业却被视为低贱的,在印度戏子的种姓也属于低贱之列,婆罗门僧侣贵族羞于与他们为伍,不接受他们的食品,除非在极端危急的情况下。他们以贪吃馋嘴闻名,他们的老婆是听任丈夫买卖的荡妇;他们往往挨打被揍,但他们的证词却不被法庭接受。可是他们必须接受一定的教育,以便掌握文学语言知识;有些人还同诗人们交朋友,进出宫廷。如果考虑到史诗歌手、婆罗多在印度所享有的荣誉,那么戏子们的处境就可以从历史上找到说明了:他们并没有成为社团回忆的专业体现者,也没有固定从事祭祀,而只是一些为了宗教庆典的目的而应召献艺的戏子们,他们以合唱表演的实践而参与祭祀活动。既然设想印度戏剧是以具有各种方言特色的民间因素为基础的,那么如下解释便是可能的了:就像婆罗门出席由贱民们举行的祈求农业神祇庇护的庆典一样,民间游艺表演的因素也受到了寺院的庇护,虽然它的演出者的身上仍然套着种姓的沉重枷锁。

正是演员们的社会地位促使我们如今转向罗马戏剧的开端,它的繁荣是在希腊戏剧的影响之下,并沿着它的轨迹而实现的。我指的是由于外来影响的干扰而变得混杂不清的民间因素——无论这是真实的还是传说的。在戏剧史上的类似现象,总的说来,使我们有可能在这一错综复杂的混乱中清理出个头绪来。

我们拥有各种性质的罗马宗教演出的史料,包括戏剧性质的,还有驱魔避邪的(牧神节)[362]、农业的、模拟的、咒语的(Ambarvalia 阿姆巴尔瓦里)[363]等性质的史料。也有过伴有音乐、即兴歌曲、讲故事和舞蹈的合唱表演节目,其中并没有什么明确的计划:这就是古代的萨图拉[364],它的情调具有作为文学种类的讽刺的特征,由此而形成讽刺这一文学种类,正如希腊的哀歌由仪式的哭诉歌而形成一样。在这类讽刺与希腊—意大利的讽刺之间既没有词源上的,也没有起源上的联系;仅可能有后期影响的问题。我们处处推测认定从合唱表演中演化出了具有轮唱性质和讽刺内容的短歌,它们早在远古时代就在庆祝葡萄采摘和收获的庆典上传唱交流了(见贺拉斯:《书札》)。据说,这类短歌、丰收曲[365]是从伊特拉斯坎人的城市[366](弗斯岑宁那)传播来的;我则倾向于认为,它们在那里可能形成一种完整的、风行一时的体裁,而作为这类体裁则对于那些早已按照民间合唱诗歌的轨迹自然地发展起来的形式产生了影响。轮唱性创造了戏剧性,创造了参与日常生活场景的定型人物。人们在这里向我们谈到这同样是一种移植,而我们则把这种移植理解为本民族相呼应的传统对于异族的更完善的东西的借鉴吸收。在南意大利,在希腊人与奥斯克人居住地[367]，从合唱表演中分离出来戴面具的幕间剧、即兴剧和模拟剧[368]，它们的传统被个体的滑稽演员、吉拉罗德（гилароды）、哑剧演员等传播到各地，这些是我们在戏剧发展的道路上早就遇到过的。即兴剧和模拟剧移植到了罗马；前者的仪式因素是毋庸置疑的：它们在新的环境中被消化吸收，并引起了仿效，然而早在奥古斯都时代[369]，它们就在某种仪式表演中用奥斯克语演出过了。

我们掌握了这些资料，就有可能引证利维乌斯[370]所转述的有关罗马戏剧表演起源的某种古代史料了。它们的起因是宗教性的：据史料记述，当公元前三六四年发生一场瘟疫时，为了平息天怒，从伊特鲁里亚召来了祭司、演员；他们默默地舞蹈，不用面部表情来表达舞蹈的内容，而是在笛子的伴奏下，以优美的翩翩舞姿引人入胜。这一新举措风靡一时：罗马青年开始模仿这种外来的舞蹈，把民间轮唱短歌的原则运用于这种舞蹈，并穿插一些具有丰收曲格调的诗句，同时伴随着相应的形体动作。称作吉斯特里昂的民间艺人（其名称源于伊特拉斯坎文——乐师、戏子）并不以此为满足：即兴创作的丰收曲让位于具有确定歌词的歌曲，并与笛子所奏的曲调相配合，萨图拉舞蹈的动作也遵从一定的旋律……这是我们所熟悉的合唱表演的历史上的一页：起初是带有面部表情的、咒语式表演的仪式性舞蹈，没有台词；随后在即兴表演的丰收曲中出现了歌词；进一步分离出规范合唱的动作和面部表情的说唱故事。根据利维乌斯以下的记述判断，在这一切中并不包含能以完整的情节来统一歌曲与表演的剧情；可能有好几个情节、情景；我们知道，它们在舞蹈表演中往往发展为一系列日常生活场景。萨图拉与即兴剧之间的后期联系可以间接证明，在萨图拉本身中就存在着同即兴剧相呼应的因素。

利维乌斯就此中断了有关萨图拉的历史的论述，以便转向论述来自塔兰托的李维乌斯·安德罗尼库斯[371]，希腊戏剧表演传统在罗马土壤上的第一位代表人物。关于他的评述谈到，与萨图拉的杂乱零散相反，他首次决定创造戏剧演出的情节……由个人吟唱，并用手势动作来表演剧情；人们传说，当他后来失音时，便委托一个男孩来唱歌曲的声部，而由自己承担剩下的模拟表演部分。这可能只是一种作为笑谈的解释，因为我们在合唱诗歌的历史上已经既见识过用动作来表演自己所唱的歌谣内容的个体歌手，也见识过歌唱或音乐同模拟表演相脱离的情况。安德罗尼库斯可能引进了希腊——意大利的吉拉罗德（гиларод）的传统。利维乌斯说，这一传统是移植过来的，开始在音乐伴奏下演唱，由偶然出现在一旁的流动杂技演员来模拟表演，只让他们承担对话的部分。这种歌唱与对白的分工在罗马喜剧的机制中一直保留了下来。

李维乌斯·安德罗尼库斯的创新是极其重大的，历史学家利维乌斯在回到萨图拉的晚期历史的话题时，继续说道，由于没有笑与欢乐的地位，罗马青年们重新转向丰收曲的传统，而把新型戏剧留给流动杂技演员们，他们自己则继续照旧反复唱着即兴的滑稽歌曲，这些即兴演唱接近于即兴剧，并以这种方式发挥了在严肃的正剧之后的尾声、喜剧短剧的作用，就像讽刺剧在希腊圆满完成了三部曲一样。

同即兴剧的这种联系揭示了萨图拉的古代组成及其民间短剧因素，在前面已经指出了这一点。这些看法也可以从以下情况得到证明：戏剧是供给流动杂技演员们演出的，它是外来的，而不是本土的，它的演出者收取酬金，并无任何权力可言……而只有具有全部公民权利的罗马青年们才能参加即兴剧的演出，其中不乏出身于特里布部落[372]，并保持着军事服役权利的青年。罗马的流动杂技演员的无权地位可以从他们同印度戏子相类似的情况中得到解释：他们并没有像希腊的同行们那样，经历过祭祀这一神圣化的阶段；即兴剧（和萨图拉）的演出者的特殊地位表明这是一种被遗忘的传统的遗迹，是一种仪式性演出，在某个时期凡是家庭、氏族、社区的成员们都参与过这种演出活动。在西伯利亚猎熊节期间的演员们，都是由狩猎的人们充当的。

摆脱了某些传说的民间因素的罗马戏剧，就是这样融入了戏剧演变的总图景。希腊的影响使它们未能得到独立的发展；我们将在希腊的土壤上抓住被中断的线索。

在这里的最初步骤是比较清楚的；我们当然不了解在宗教意识那个时期的仪式演出是如何形成的，而只能依据一些遗迹和暗示，以及同西伯利亚的猎熊节戏剧的神兽同形说的特点的类比来恢复那个时期的面貌。当希腊人的世界观转向拟人化的（如果并不总是人道化的话）神祇们，并创造了同社会道德意识同步发展的有关神祇的故事的时候，祭祀戏剧的内容也发生了变化，描叙某一位神祇的事迹和本性的地域性的或共同的神话处在了中心地位。前面我们谈到了这类内容的哑剧舞蹈；依附于它们的还有庆典祭祀性质的演出。在克里特岛上演庆祝宙斯的诞生的节目；在萨摩斯岛，在克里特岛的诺萨斯城和在雅典，上演庆祝赫拉和宙斯结婚的节目……；在塔纳格尔，在纪念赫耳墨斯[373]的节日里，少年肩负羊羔绕行城墙一周，扮演赫耳墨斯神祇本人，……在得尔福[374]，在节庆的头一天，一个年轻人打扮成阿波罗，身穿光彩夺目的长衫，弹奏着竖琴，歌颂他力斩怪龙皮同的胜利[375]，尽可能扮演得绘声绘色；次日哑剧舞蹈的情节是有关狄俄倪索斯的神话——塞墨勒的复活[376]，以及另一个同它在内容上有关联的神话：哈里拉的自杀[377]。仪式演出的情节依据祭祀及与它们相关的传说的交织而扩展延伸：在得尔福演出阿波罗与狄俄倪索斯，在厄琉西斯上演狄俄倪索斯与得墨忒耳。在后一种情况下，在相互交织之外，又增添了宗教观念之间的内在共同性：处处都是农业的、节庆性的神话，具有我们已分析过的那些与阿多尼斯神话有关的神话传说的风格[378]。自然界的繁殖潜力于冬季趋于衰亡，到春季又获得了新的生命；狄俄倪索斯历尽磨难，九死一生，为的是重新复活；当珀耳塞福涅-科瑞正在采集花卉的时候，普路同（冥王哈得斯）把她劫走；忧伤的得墨忒耳入地府寻找女儿，而到了春天她又重新回到大地上。在伏伊得罗米昂举行的厄琉西斯秘密大祭典（9月至10月）上，在奥尔赫斯特拉表演场地[379]上演出了有关抢劫、寻找和重归的各个剧目，至于在安菲斯杰里昂举行的厄琉西斯秘密小祭典(2月至3月),我们了解甚少,但显而易见的是祭祀的预先祝祷庆典则是为了表现对于科瑞-珀耳塞福涅从地府重返大地[380]的感恩。同她一起重返尘世的还有玛尼亚[381]们,而他们的暂时复活只是为了吓唬活着的人。在这类节庆中,生与死的观念以各种不同方式相互交替,诉苦的场面很自然地同创造力和生殖器崇拜的欢乐的露骨象征毗邻相接[382]。狄俄倪索斯和厄琉西斯的祭祀与戏剧演出之间的相互影响是不难理解的,因为狄俄倪索斯-巴克科斯在戏剧演出中占据了同得墨忒耳和珀耳塞福涅并驾齐驱的位置,他甚至被看作得墨忒耳的儿子,在宗教奇迹剧中表演了他的诞生,在歌舞场上表演对新生婴儿的护理,就像在得尔福正当祭司们把祭祀品奉献到他的灵柩前时,提伊阿得斯们唤醒了摇篮里狄俄倪索斯的婴儿一样。生命孕育着死亡,从死亡中诞生,又重新回到死亡;祭司长(最高职务的祭司)在厄琉西斯秘密大祭典的最后一晚的肃穆气氛中向参加密教典礼者出示一束割下的麦穗,象征性地概括了农业神话的观念。这些观念不自觉地转移到了社会的和个人的生活现象上,那里同样有衰亡和诞生,不公正的胜利和苦难的交替,人们并不为自然过程的无可置疑而感到心安理得,而是提出了关于人的使命,关于命运与责任,以及两者之间的矛盾,以至这些矛盾在意识中,在九泉之下求得和解与平衡的可能性等令人困惑不安的问题。只有加入密教者才允许参加的厄琉西斯圣礼力图通过象征性地揭示恶与善、罪与罚的思想来回答这些问题。纳奥菲特(新入教者)被引入漆黑而肃穆的区域,那里时而发出可怕的声响或出现地狱鬼怪和罪人受苦刑的景象来打破这一寂静,随后在漆黑的深夜中突然倾泻出一片耀眼的阳光,于是加入密教者俯首向光彩夺目的神像顶礼膜拜。

圣礼的神秘学说概括了神话的内容;天命与责任、命运与有责任能力的观念改造了它的内容,并在其中揭示出了具有内心冲突的戏剧的情节。我们所有的意愿、选择、激情都是神灵授意的——古老的信仰如此说,俄瑞斯忒斯[383]的手是受阿波罗的指引而杀死母亲的,而复仇女神[384]追究他的弑母罪,于是他不由自主地陷入了痛苦之中;菲德拉在阿佛洛狄忒的唆使下,爱上了丈夫的前妻之子希波吕托斯,而阿佛洛狄忒只是为了报复希波吕托斯才选择她作为自己复仇的工具,而我们却同情菲德拉[385]。引起宗族责任的宗族联系,在生活实践中世世代代冤冤相报的重负铭刻在后代注定要为祖辈的罪孽赎罪、无辜的人在劫难逃等概念之中,但这种宗族观念却是在天命、摩伊赖(命运女神)[386]与自由意志、宗族的与个人的道德准则的冲突之中呈现于我们面前的,于是悲剧情感通过俄狄浦斯、安得戈涅、普罗米修斯[387]、俄瑞斯忒斯等形象而得到了净化。或者宗族有责任能力的观念转移到人民政治舞台上,于是愚昧不开化的厄运便决定了珀耳塞斯人在埃斯库罗斯的戏剧中的命运[388]。

如果说艺术的阿提喀戏剧的发展是归附于对狄俄倪索斯的祭祀和民间仪式表演的话,那么也许应当记住,在关于狄俄倪索斯的各种传说本身及其所具有的鲜明的痛苦与欢庆的主题中,在"个人世界的创造和毁灭的游戏"(尼采)[389]之中,已提供了各种有利于戏剧和引起心理概括的情节纠葛。

狄俄倪索斯——自然创造力之神,丰收的使者,由于他而长出茂密的丛林和藤萝,在喀泰忒山脉的一座高峰上,神圣的葡萄藤每天都带来成熟的果实,由此而产生这位神祇的许多形容词:植物的、葡萄种植和酿酒业的,等等;他的象征之一是男性生殖器,给他奉献的祭品有山羊和牛;在逃避赫拉的追捕时,他本身也变作小山羊,因而人们称他为山羊之神;萨蹄尔[390]的山羊面貌显然起源于人们以模拟表演方式来祭祀他,并装扮成他的形象的那个时期。在未开化民族的游戏中化装成野兽这一习俗说明了已被遗忘的狄俄倪索斯祭祀戏剧时期,与此同时也说明了仪式演出对神话的影响:化装的萨蹄尔们在神话中作为狄俄倪索斯的侍者、随从而出现,就好像酒神的狂女迈那得斯和基阿达[391]可能起初只是称呼那些参加狄俄倪索斯庆典游行队伍时吵吵闹闹、疯疯癫癫的妇女一样。然而他的喜闻乐见的形象和象征却是公牛、他的绰号:生为公牛的,牧放公牛的,便由此而来;在阿尔戈斯人们以祈祷来召唤他:"来吧,哦,狄俄倪索斯,由美惠女神[392]陪伴,迈开公牛腿,跨进神庙,光荣的公牛!"他自身有时也化作公牛的形象,借以吓唬人,他被描绘成公牛,一对不大的牛角即使在比较晚期的神人同形的描绘中也成为了他的标记。公牛是通常献给他的祭品,也是在狄俄倪索斯庆典的赛诗会上获胜者的奖品。

但是,丰收和生命力之神也受到迫害,他日趋衰亡。吕枯耳戈斯[393]把抚养他的女神们逐出国境,他自己被投入了大海,后为忒提斯[394]收养,或在缪斯那里得到庇护;珀耳修斯杀死了他,把他扔到湖中(列尔纳)[395];后一神话得到了广泛传播,显然是以仪式为基础的:据欧里庇得斯[396]所述,属于狄俄倪索斯祭祀仪式的习俗有把公牛和小牛斩成块,生吃掉;在克里特岛人们把牛折磨咬死,以纪念遭到同样命运的神祇。捷涅多斯克的习俗则对宗教观念的演变增添了新的特点:人们精心饲养和照料怀胎的母牛,就像照顾孕妇一样;它生下来作为祭品的牛犊,被穿上了厚底鞋;这表示牲畜是代替人作为祭品的,而用人作祭品在希俄斯岛和鄂尔霍缅实际上都曾实行过。值得注意的是,那个屠宰牛犊的人被追逐到海边,向他背后扔石块。当模拟表演仪式成为祭祀的、宗教的仪式时,在模拟表演的对象中更清楚地呈现出它所蕴蓄的神灵;祭品的牺牲是不可避免的,可是它的执行者却受到人们的追逐。在南印度的农业仪式上,以上我们曾提及其中的一个情节:其中一个参加者以他侍奉的神的名字相称呼(波特拉伊),对牛犊施行催眠术,用手对它作了几个诱导动作,它就不动弹了。这时人们把波特拉伊的手反缚在背后,于是所有的人便在他上面跳起舞来,一面高声呼叫。他屈从于大家的狂热,扑向被催眠了的牛犊,用牙齿咬住它的喉咙,把它咬死。人们给他端来一盘祭品的肉,他把脸埋进肉里;肉和牛犊的残骸被埋在祭坛旁,而波特拉伊被松开了手,于是他拔腿逃跑了。

在这一秘密祭典演出转向对神灵奉献祭品的含义之前,两者的同一性也通过其他形式表现出来:把真正化为兽形的神灵充当牺牲品,参加接受其圣餐、接受他的生命力、接受其血的洗礼。通过这一阐释,关于酒神狂女迈那得斯在神灵附体的发狂中折磨兽类和人们的故事也就容易理解了。当葡萄和酒还没有像人们所认为的那样在古代狄俄倪索斯祭典中发挥作用,并进入祭祀的象征视野的时候,葡萄酒可能曾是血的代用品。这是狄俄倪索斯赐予人们的恩惠;在春季狄俄倪索斯节庆期间,人们用葡萄酒举行追悼死者的酒宴;可以想象,他们在接触到酒——血之后,便复活了;这可能就是关于刻瑞斯[397]——复仇女神,以及关于渴望吸人血的鬼魂的最初的概念。在中世纪的传说中,葡萄酒——这是酒神巴克科斯、圣徒格罗兹基的血,他在磨盘中受尽了折磨。狄俄倪索斯暂时还在冥国与玛涅斯[398]为伍,可是他将从另一世界归来,重新复活。在阿尔戈斯人们吹号角,从列尔恩湖中唤醒与公牛有亲属关系的狄俄倪索斯。当提坦神把他撕碎、活吞下去的时候,宙斯及时吞下了他的心脏,并把它交给了塞墨勒,由宙斯重新生下了狄俄倪索斯——扎格柔斯[399];人们照料婴儿,唤醒他;随着他的回归大地,自然界苏醒了,到处遍布奇迹:牛奶和葡萄酒在山谷中流淌成河,从酒神的神杖中渗滴出蜂蜜,在神杖的敲击下,从地里喷涌出水和酒的源泉;玛涅斯纷纷复活了。一切都诉诸狄俄倪索斯,他的身影分布各处:他变化成狮子、公牛、豹等形象——这是他无处不在的生命本质的象征。他畅通无阻地统治着:任何人也无力避免他的灵感的感应,就好似某种神秘莫测的力量,足以振奋生命的自我意识,激起欢乐的激情,直至达到发狂的程度,而天赐的神灵则使之得到净化、缓解:这也就是净化的最初含义;但是他也降灾给那些企图反抗他的权力的人;春天的情欲是不可抗拒的;在欧里庇得斯的笔下,彭透斯[400]谈到酒神狂女的放荡不羁,就像中世纪的揭露者谈到五月狂欢纵欲时的极端行为一样。这可能就是相应的节庆仪式的生理心理情绪,它转移到历史的基础上,便积淀于有关神灵用狂妄症来惩治他的祭祀的压制者的神话之中。

这就是有关狄俄倪索斯的传说,以及它们是如何在与厄琉西斯祭典相连接的情况下,在更古老的农业祭祀之中积淀形成的。这是关于每年都在诞生和衰亡中的神灵的神话,这些神话到处都引起了相应的节庆仪式,它们各自的特点可以相互印证说明。把狄俄倪索斯安排于葡萄酒和葡萄种植业的庆典只是改变了生与死的季节顺序而已。

　　究竟农村的狄俄倪索斯庆典(12月至元月)及随后而至的列纳伊节[401](元月至2月)是葡萄收获节日(正如人们违反每年的季节顺序所设想的那样),还是葡萄酒尚未发酵完毕的节日——这并没有什么差别,因为仪式的模拟演出概括了神灵的象征性本质,在这一意义上模拟表演也可以是回顾过去的事,正像我国的圣诞节期间的习俗与其相反,是用犁来模仿春季的农耕动作一样。在冬季节庆期间,狄俄倪索斯被表现为处于生命精力旺盛的顶峰,他充满了无穷无尽的力量,并向四周扩散,于是葡萄酒解脱了受碾磨压榨的痛苦,赐予人们愉快与欢乐。至于说到新的痛苦和死亡,那么这是通常的循环周期的运作所致;悲剧因素作为一种对于胜利时刻的期待而自然地加入其中。这一双重心情也反映在节庆的惯例之中。在节庆的演出者之间可以区分两类人:构成祭祀的仪式活动的维护者和由狂热的崇拜者构成的公众、群众。第一类人继续进行古老的模拟表演:这是那些化装成神的模样的萨蹄尔们,那时的神灵还是以各种兽的形象出现的。有化装的萨蹄尔们参与演出的合唱的,舞蹈的酒神颂歌,赞颂狄俄倪索斯的古老民间歌谣,时而热情奔放,激昂慷慨,时而在狂热的舞蹈伴随下,疯狂地寻欢作乐,时而又装扮出哭诉和死亡的模样。当合唱队围绕着乡村祭坛行走的时候,领唱者叙说着狄俄倪索斯所经受的考验和艰辛,也涉及在内容上与他有关的一些同龄人和神话英雄的故事(例如,阿德剌斯托斯[402])。未来悲剧的情节就是这样发展起来的;领唱者开始以神灵或英雄的身份出现,即边伴唱,边同他应答,从而引起了对话。可以把两个合唱队的相互对唱——似乎是拉佐斯[403]的创新——也看作属于这一惯例。

333

不参加祭典的崇拜者则起另一种作用;他们全身心地投入不受庆典的严肃气氛约束的纵情欢乐之中;狄倪俄索斯对于他们来说是生命与健康之神。他们乘着农民运送葡萄酒的大车,按照列纳伊节的惯例,就同在安菲斯捷里节[404]的游行行列中一样,同观众说说笑笑,耍贫嘴;至于群众如此自由地参与祭祀戏剧的类似事例,我们还是熟悉的。或者就拿举行科摩斯宴乐活动来说[405]:吵吵闹闹的人群手执想象的男性生殖器游行,唱着相应的生殖器崇拜歌曲,沿途触摸行人,时而停下来,以便演出某一场即兴滑稽短剧。剧中人物大都是凡夫俗子,参加狄俄倪索斯游行的法洛福耳[406];崇拜人称他们为爱好者(охочие)……

在这种环境中,化装的因素、模拟神的形象的仪式的遗迹自然地得到了发展和概括;把自己的脸涂抹装扮成有罪的败类,涂上白的、黑的、红的色彩,穿上戏装,用树叶给自己做胡子,戴上用木头和树皮做成的面具,装扮成各种野兽的面具。这些模拟表演的遗迹至今仍保留于不开化的种族之中。

在春季连续庆祝三天(2月至3月)的纪念阿提斯的安菲斯捷里节日同冬季的狄俄倪索斯庆典系列相衔接。它们的"乡土"内容是不言而喻的:当葡萄酒与欢乐之神暂时还在欢庆胜利之际,他的末日很快就会来临;种子,约翰——大麦粒将埋入土里,狄俄倪索斯也将沉入冥府。结婚喜庆的形象同追悼会和丧宴的仪式的交替便由此而来。人们打开发酵的葡萄酒桶(安菲斯捷里节日的第一天便由此而得名),主人们向狄俄倪索斯献上祭品,他们同家奴们参加祭神奠酒,这在第二天便具有了比赛的性质:胜者将获得奖赏。这恰似下一轮节庆的序幕:狄俄倪索斯再次复活,前夜人们把他的神像由列纳伊神庙转移到凯拉米克,如今人们举着他的神像在盛大游行队伍中往回走,参加游行的有化装成荷赖(时序女神)、神女、酒神狂女、戴着面具的人;从伴随着游行队伍的车辆上发出欢乐的叫声,做出嘲讽的越轨行为。在神庙中为狄俄倪索斯与第二执政官[407]的夫人举行了婚礼,她带领十四个妇女进行宣誓，表示她们将保持贞洁，按照父辈的习俗为神服务。这是狄俄倪索斯的未婚妻们。但是也出现了来自另一世界的刻瑞斯，人们都惧怕他们；他们在人群中游荡，在不吉利的日子里人们企图用车前草来阻挡他们，或者在门上涂上煤焦油。这使我们想起厄琉西斯农业庆节的类似特点。人们向亡灵和地下的狄俄倪索斯举行奠酒礼：争先恐后饮酒的习俗并无其他依据；晚上参加丧宴的人们举着各自绕着花环的高脚酒杯走进列纳伊神庙，把花环交给祭司，并把酒杯中剩余的酒洒到地上，向狄俄倪索斯奠祭。

节庆的最后一天，人们用煮熟的禾本谷类做的食品全部祭奠亡灵，并以驱逐他们来结束祭奠："刻瑞斯[408]滚开，安菲斯捷里节结束了！"——人们在他们背后喊道——"他们在活人中间没有立足之地。"我们在告别春天的时候，就是这样驱赶玛涅斯[409]——美人鱼的。

属于希特耳节的活动还有诗歌比赛，可是我们已无从了解其内容了。在希特耳节的习俗中有许多戏剧因素，然而按照公认的见解，戏剧的诞生却不归附于它们，而是归附于农村的狄俄倪索斯节和列纳伊节的习俗。城市的狄俄倪索斯节庆（3月至4月）在艺术形式上汲取了祭典和仪式演出的遗产。我再次强调指出这一区别，在我看来，这对于戏剧史来说是根本性的。

据亚里士多德说，悲剧起源于酒神颂歌，起源于它的起头部分[410]；合唱队或几个合唱队唱着祭祀歌曲围绕着狄俄倪索斯的祭台行走，决定了悲剧的环境和人员。在半圆形歌舞场中供合唱队完成其动作的地方，继续称作祭台；随着悲剧而产生的"萨堤洛斯"剧[411]在三部曲之后，保持了古代酒神颂歌的祭典演出者的名称和面具；取乐的和严肃的因素在它与悲剧之间进行了分配；合唱队轮唱、反复重唱的原则既表现于对唱，也表现于悲剧或三部曲的竞争、比赛之中。

最重要的是合唱队组成的艺术变形。我们知道，在酒神颂歌的演出中领唱者引导主要声部，他为颂歌的引子起头，在其中注入内容。

演员菲斯皮斯[412]从中脱颖而出。关于菲斯皮斯有传闻说他发明了序幕和道白,序幕显然属于它的唯一演员,这可以从一般合唱队演出的历史中的类似事例得到证实,但是可能引起这样的问题:希腊悲剧的序幕真的像在《阿伽门农》《奠酒人》和欧里庇得斯的作品中[413]那样,起初是由整个合唱队而不是由一个演员吟诵的吗? 随着领唱者分化出来,他所讲述的文本也应当摆脱即兴演出的随意性而采取固定的形式:引入固定的脚本被归功于李维乌斯·安德罗尼库斯[414];菲斯皮斯的道白大概也具有类似的意义。他的演员戴着三副面具,轮流出现——这既是古老模拟仪式的遗迹,同时也是走向埃斯库罗斯的两个演员(在《阿伽门农》《奠酒人》,以及《欧墨尼得斯》中,他们已经有三个),索福克勒斯[415]的三个演出者的过渡阶段;虽然在祭典演出时期也可以设想具有不止一个,而是几个主导角色以领唱者及其助手、两个合唱队的领唱者的身份出现。

　　酒神颂歌的合唱队为领唱者伴唱,构成对话,从而发展了剧本情节:领唱者对答。形成了"对答的"悲剧演员;《被缚的普罗米修斯》的序幕就是在演员和合唱队的轮流对答中发展的;悲剧的场景框架就是建立在合唱队与演员们、合唱队与歌舞队员之间的对话之上的。酒神颂歌合唱队或者局限于副歌,从中发展出悲剧合唱队的抒情声部。它的斯塔西姆[416]几乎就是产生于两个合唱队的反复重唱:轮流演唱的诗节与下一诗节经常相互唱和,不仅像在索福克勒斯的作品中那样,在内容和思想的对比方面唱和,而且像在埃斯库罗斯的作品中那样,在重复同样一些词汇和形象、重复头韵(头语重复)方面唱和……"克赛尔克斯率领了——唉!/克赛尔克斯毁灭了——唉!/克赛尔克斯一切都安排得不恰当。/舰队被夺走了——唉!/舰队被毁灭了——唉!/舰队遭到了毁灭性打击。"[417]古代法国史诗的完全相似的诗节来源于歌手们的轮流吟唱和唱和,就像在《阿伽门农》的出场歌中所推广的三节副歌("荡漾吧,忧伤的曲调,但愿平安,并祝胜利!")[418],可能继承了古老酒神颂的副歌的形式一样。

随着戏剧性演出在悲剧中占据了优势,合唱队的参与在其中逐步减少了,以致它如此遥远地脱离了在酒神颂歌中所具有的古老含义,因而必须重新加以阐释。贺拉斯(《致皮萨诺》)[419]还遵循着某种古代的证据,要求合唱队参与戏剧情节;对于亚里士多德来说,演员们扮演英雄人物,而合唱队则代表人民,观众(《论题》);A. B. 施莱格尔[420]称合唱队为"理想的观众",其他人则把合唱队作为社会良心的代表,它公开宣布对于与事件相联系的人物的道德评价,并预见到事件的结局,它对命运与自由意志的矛盾进行概括,加以阐释,促使矛盾和解。对于尼采来说,合唱队是整个狄俄倪索斯节庆中情绪激昂的群众的象征[421]。

狄俄倪索斯节庆的、现实的净化这一概念于是变得充满了崇高精神,酒神颂歌的合唱队也被理想化了,它的仪式性的面具发展为一定的类型——艺术悲剧的面具。在它的情节领域内也实现了这一同样的过程,情节的扩展已超出了狄俄倪索斯神话的范围,尽管还保持在酒神颂歌的界限之内;它们适应于新的思想内容,同样被理想化了。我们且举以下一个例证:在霍埃斯节庆期间为亡灵举行奠酒礼,而玛涅斯们也就出现了:这是主宰本家族命运的"先灵们",他们带来厄运,以严厉惩罚对祖先遗训的破坏:包括刻瑞斯,同时还有复仇女神。献给玛涅斯们的奠酒礼是大家共同完成的,但每个人单独饮酒,然后所有的人举着绕着花环的高脚杯进入狄俄倪索斯神庙。这一切似乎都是为了纪念俄瑞斯忒斯[422]而进行的,他为了弑母罪而被禁止同其他人交往,并被逐出神庙,直至神灵为他解脱,洗刷了他不自觉犯下的罪行。不自觉是因为阿波罗迫使他对母亲——杀父的凶手下手;可是她的同族的玛涅斯们——复仇女神们却为了神圣的母权而进行报复。神话反映了古代母权制同建立新的事物的父权制做斗争时期的文化关系。这一神话在狄俄倪索斯祭典中的地位可以从狄俄倪索斯与赫托尼克神话[423]的联系中得到解释;它可能成为酒神颂歌的情节之一,它在埃斯库罗斯的笔下显示出悲剧净化的光彩[424]。

艺术性戏剧是在既保持,同时又创造它的祭祀形式和神话情节的情况下形成的。叙事传统的产生和个人艺术抒情诗的增长不可能不在其中得到反映,但是艺术戏剧并不是新的机体,不是叙事的和抒情的部分的机械联结,而是最古老的混合艺术模式的演变,它由祭祀联结在一起,又连续不断地吸收整个社会的和诗歌的发展的成果。对于宗教传说内容的自由态度以及它的广泛容量是戏剧艺术繁荣的条件之一;对于向宗教神秘剧过渡的中世纪的弥撒剧而言,这些条件尚不具备,因为宗教传统被认为是神圣不可侵犯的。戏剧可能摆脱宗教仪式而过渡到广场演出,但并不像悲剧那样成为一种与农村狄俄倪索斯节庆中的酒神颂歌有联系的剧种。

喜剧具有另一种命运,因为它另有别的起源。据亚里士多德所说,它起源于农村狄俄倪索斯节庆中广为传唱的男性生殖器崇拜歌曲,来自这种歌曲的领唱人[425]。如果把"领唱"的含义理解为我们所说的酒神颂歌的"起唱"的话,那么可以认为喜剧的萌芽包含于在科摩斯节日游行[426]途中演出的滑稽短剧:某个化装的人插诨打科,模仿邻居,表演各种类型的人物,例如,饶舌的老头,用棍棒的敲打来配合自己的唠叨(阿里斯托芬的《云》——巴拉巴扎)[427],醉汉,等等,从而引起哄笑和自愿的歌舞队员的欢快参与。

在这样一些不由自主地具有轮唱性质的短剧中,除了欢乐之外,实际上并没有任何宗教的、狄俄倪索斯崇拜的东西;没有祭品,没有祭祀演出,没有传统的萨蹄尔,没有神话内容;它们可能在狄俄倪索斯习俗之外产生,而且已经作为南意大利的模拟剧和即兴剧及其文学的和民间的遗产而形成了。喜剧是从不受祭祀形式所约束的模拟的仪式合唱中成长起来的:它具有情境和现实的人物类型,没有确定的神话情节及其理想化的形象。当这些情境和类型由于统一的主题而串联在一起的时候,这种主题可以取自日常生活,取自可笑的故事,幻想的世界,并有戴着兽形面具的合唱队参与,具有各种充满闹剧色彩、像男性生殖器崇拜歌曲那样故作坦率的人物类型,对各种人物和社会秩序发出同样坦率的嘲讽,就像从狄俄倪索斯节庆的游行车辆上发出的一样。

阿里斯托芬的喜剧实质上是人物类型、闹剧和讽刺的喜剧。悲剧赋予它以自己的艺术完整形式,却并不掌握它那种表面上松散零乱的结构:保留了抒情短曲,它们就像任意塞进它的构成之中的插曲一样,保留了令人迷惑不解的巴拉巴扎及其轮唱的诗句和领唱人时而打断剧情,并插入一些同剧情并无任何有机联系的花絮故事;希腊喜剧中的竞赛,类似真理与谬论之间的争执(阿里斯托芬)[428],等等,都是科摩斯节庆中轮唱短剧的遗产。在"新"喜剧中,这些生硬粗糙之处被理顺了,它摆脱了为了表现生活习俗的粗俗闹剧,反映了悲剧近来的演变:在欧里庇得斯的笔下,悲剧的英雄类型下降到了普通的人性和心理的标准。对人的理想化始于祭坛周围,而完成于高踞于现实之上的英雄主义领域:在这里形成了人物类型,并转移到生活中,用以评价它的各种现实关系和现象。在这一意义上可以说,起源于祭祀的悲剧把喜剧从日常闹剧提高到了艺术概括的世界。

我试做出以下一些结论。

在运动的开端——富有音乐节奏的混合艺术,以及话语、文本因素、修辞学的心理的和节奏的基础在其中的逐步发展[429]。

接近于仪式的合唱队演出。

抒情—叙事性质的诗歌是脱离与合唱队和仪式的联系的第一步自然的分化。在侍卫的、尚武的生活习俗的条件下,它们在等级制的歌手们的手中,过渡到叙事诗歌,这些诗歌形成系列组曲,反复吟唱,有时达到史诗的形式。与此同时合唱仪式的诗歌继续存在,采取或不采取稳定的祭奠形式。

合唱的和抒情—叙事的诗歌归结为一组组简短的形象格式,这些格式既可以单独吟唱,也可以共同合唱,以适应最简单的情感要求。在这些因素开始为表现更复杂和更分散的感受而服务的那些地方,应当设想它基本上是文化——等级制的分化,这种分化在范围上受到限制,但在内容上却更加浓烈,比之按其轨迹而分化出来的叙事诗有过之而无不及;艺术抒情诗则比叙事诗形成得更晚。

在这一发展阶段上,以前的一些阶段也在拖延时日:如仪式的和祭典的合唱体,叙事诗与史诗与祭典戏剧。艺术戏剧从祭典戏剧中的有机分化,看来需要一定条件,只是在希腊一次就凑齐了这些条件,因而没有理由认为这样的演化阶段是不可避免的。

这一切的演化不可能没有相互之间的影响和彼此渗透,在旧的形式之中不自觉地创造出新的事物;就像在希腊和罗马发生过的一样,当在每一个独立品种中创造出艺术的叙事诗、抒情诗、戏剧的典范的时候,也出现了仿效之作。它们的形式成为了必须遵循的一定之规,亚里士多德和贺拉斯的诗学把它们概括为经典之作,而我们长期以来就依仗他们的概括为生,一切都用荷马与维吉尔[430]、品达罗斯[431]与塞涅卡[432],以及希腊悲剧作家来衡量。亚里士多德所未曾预见到的艺术发现,便难以纳入他的框架;莎士比亚和浪漫主义者在这一框架上打开了一个大缺口,浪漫主义者和格林兄弟学派开辟了当时尚未开拓的民间诗歌和民间故事的领域——卡雷耶尔、瓦凯尔纳格利等人在它们面前打开了旧式老爷的内室的房门,在那里新的客人感到很不自在。随后出现了民族学者、民俗学者;比较文学资料扩展到如此地步,以致需要有新的建构,未来的诗学。这种诗学不会用片面的条条框框来规范我们的趣味,而将把我们信奉的那些老朽陈腐的诸神遗弃在奥林波斯山上,却在广泛的历史综合中使高乃依[433]同莎士比亚和解。它教导我们,在我们所继承的诗歌形式之中,有某种合乎规律的,由社会心理过程所形成的东西,语言的诗歌并不取决于抽象的美的概念[434],它是在这些形式的顺序结合中,随着合乎规律地不断变化的社会理想而永恒地推陈出新;我们人人都参与了这一过程,但在我们中间有一些人却善于通过形象来把握它的瞬间,我们称这些形象为富于诗意的形象。而我们则称这些人为诗人。

第二章
从歌手到诗人。
诗歌概念的分化。

（一）

我们已经看到，在我们试图考察的条件下如何从合唱的混合艺术中分化出叙事诗、抒情诗与戏剧的形式；如何从合唱队的联系之中分化出继承它的吟唱传统的歌手们；如何随着合唱的混合艺术所服务的仪式过渡到稳固的祭祀形式而出现礼仪和箴言[435]的特殊维护者。如前所述，分化是按照分组聚集的方式完成的，积淀于氏族的、等级的、行会职业的形式，而这种职业创造了流派，缩小和保全了传统，提炼和加工了流传下来的风格技巧和节目组成。礼仪性的哭诉迄今仍在某些地方为特殊的受雇哭灵人所把持；他们受到哭诉培训；在古代埃及的盛大节庆活动中由妇女，往往是盲人演唱[436]。至今从俄罗斯和希腊到意大利和西班牙，盲人歌手都拥有自己的歌谣曲目；在十四至十五世纪的法国，他们取代了行吟诗人，在广场上用小提琴或风笛伴奏演唱一些古老的歌曲；高加索的阿舒格人[437]大多数是来自土耳其的亚美尼亚移民、盲人，至今仍在吟唱有关卡尔-奥格拉的功绩[438]或在贡古里琴[439]的伴奏下叙说某个故事。这是某个时期曾经服务于诗歌演化的古老秩序，以及集团分化的遗迹，这种分化可以设想为同时或相继进行的，这就导致了各种影响的交错和更迭。如果不考虑这些条件,在歌手的历史和诗人的史前史中有许多现象便得不到解释了[440]。

歌手越是接近合唱诗歌的开端,他能演唱的节目便越是广泛。他还没有专业化;在缺乏一定的历史的和日常习俗的条件下,这种专业化也可能无法实现。芬兰人的叙事诗不发达,因为缺乏分化出来的专业歌手:芬兰的陇歌囊括了咒语,礼仪性哭诉,还有故事情节;叙事风格与抒情风格混杂在一起;每一个歌手所演唱的都包罗万象,整个传说对他是敞开的,他在其中成长,从父辈、祖辈那里传唱下来,耳熟能详。"我熟知数百首诗歌,"一位芬兰曲艺歌手说道,"它们悬挂在我的腰带上,戒指上,大腿上;并不是每个幼儿都会唱这些歌谣,男孩有一半不会唱……歌谣是我的学问,诗歌是我的财富;我沿途收集它们,从树枝上采摘它们,从灌木林中收割垛成堆;当幼小的我在散发着蜜香的牧场上,在金黄色的山冈上放牧羊羔的时候,风儿给我传来阵阵歌声,它们成百上千地飘浮在空中,像波涛一样,汹涌澎湃,而且妙语连篇,就像雨点一样纷纷降落……我的父亲在做斧柄时,唱着它们,我的母亲摇着纺锤时,我便从她那里学会了唱它们,那时我还是个淘气鬼,老在她的脚边胡闹不停。"[441]

属于这一类型的大概还有古代北方的流浪的或定居的说唱艺人,他们具有同样的综合节目,包括民间史诗、咒语,以及民间诗歌的全部奥妙。说唱艺人其实是很聪明的人,是熟知各种谚语格言、见多识广的巫医。如果说在今日的 pula(不分节的诗歌)一词中保留了它的古代含义的话,那么在流传至今的北方分节诗歌中却难以发现说唱艺人的形式上的影响;像具有箴言—神话内容的《韦尔瓦的预言》《格里姆尼尔的演说》《哈尔巴尔德之歌》[442]这样一些诗篇被归之于他们的名下,而其中的对话则揭示了诗歌的轮唱性,以及由问答构成的论辩性等古老的因素。我们并不了解,这是否就是说唱艺人叙事的特点,人们把他作为秘传的仪式奥妙的保持者而敬重备至;每当他出场时,人们让他坐在一个特殊的位置,所谓宝座上,他从那儿说古论今;他的绰号有:伟大的,长老……

　　战绩武功的歌手也同样备受人们尊敬,而在我们面前也出现了在**侍卫尚武**的叙事诗中获得特殊发展的一种专业化。当盲歌手德摩道科斯[443]被带到阿尔基努斯[444]面前时,人们给他拿来了"银钉嵌饰的座椅",将竖琴挂在他的头顶上面,殷勤款待他,奥德修斯吩咐分给他一块野猪肉,以示敬意。于是他唱了起来:

　　　　缪斯催使歌手唱诵英雄们的业绩,
　　　　著名的事件,它的声誉当时已如日中天,
　　　　那场争吵,在奥德修斯和裴琉斯之子
　　　　阿喀琉斯之间。

　　奥德修斯为歌曲的内容所打动,暗自流泪,然而忧伤的人却默默地向歌手致敬。

　　　　生活在大地上的人们,所有的凡人,
　　　　无不尊敬和爱慕歌手,只因缪斯教会
　　　　他们歌唱,钟爱以此为业的每一个人。
　　　　…………
　　　　足智多谋的奥德修斯对德摩道科斯说道:
　　　　"我要把你称颂,德摩道科斯,在所有的凡人中。
　　　　毫无疑问,不是缪斯,宙斯的女儿,便
　　　　是阿波罗教会你歌唱的内容:
　　　　你的唱述极其逼真,关于阿开亚人的命运,
　　　　他们的作为,承受和尝吃的苦头,
　　　　仿佛你亲身经历过这些,或听过亲身
　　　　经过这些事情的人们的诉说。来吧,
　　　　换一段别的什么,唱诵破城的木马……

…………
倘若你能形象地讲述这些,那么,
我将对所有的凡人宣告,神明已给你
慷慨的赐助,给了你奇绝的礼送,
流水般的歌唱。"
他言罢,歌手开始唱诵,受女神的催动。

(荷马:《奥德赛》,第8卷,陈中梅译,
花城出版社,1994年,第147—148页)

德摩道科斯唱的是奥德修斯所熟悉的一些事件,唱得如此准确,仿佛他本人曾是事件的目击者,而与此同时,他只从"声誉当时已如日中天的著名事件"中选择有关段落来唱。实际上不是从诗歌中,而是从那些已经广泛传唱的壮士歌系列中挑选。这些诗歌由职业叙事歌手代代相传。正如预言的天赋保持在伊阿摩斯族[445]中,抒情诗的传统保持在科斯学派[446]中一样,希俄斯岛说唱荷马史诗的艺人[447],家族谱系源于荷马的吟唱歌手[448],遵循着同荷马的名字联系在一起的吟唱传统,使其演唱达到一定的完整性,在演唱实践中不断修改变更,就像在生动的叙事传统中,诗歌经常在其文体风格和固定的陈词俗语的界限内进行变更和交融一样……

侍卫——氏族的习俗是产生专业的叙事—抒情作品和保护叙事诗歌的天然土壤。处于分散割据的多中心状态的生活,势必引发的冲突,视野狭隘而精力旺盛,巧取豪夺的欲望必然转化为穷兵黩武的渴求——凡此种种,无不孕育着情节,而关于往事的记忆则要求尚未摆脱宗族观念的人沉溺其中,就像晚期的希腊活动家消失于政体[449]的伟大之中一样。而这一记忆保持了下来,由此造就了歌手、记忆的保持者、光荣的创造者所具有的意义;他到处受到敬重。这就是吟唱歌手在荷马世界中的作用;我提到了德摩道科斯和斐弥俄斯[450]的名字,斐尔[451]在爱尔兰小君主的宫廷中,婆罗多在显贵家庭中的地位都是如此:他们了解其家族谱系,作为叙事诗传统的体现者,在节庆和宗教仪式上演唱有关祖先的事迹;他们受到迷信般的崇敬:强盗不会对他们下手,商队有他们参加便有了不受侵犯的保障。

在古老的日耳曼人(盎格鲁-撒克逊人,法兰克人)那里,侍卫歌手是君王、首领亲信的人,赐坐在他的脚边(见《贝奥武甫》)[452],在宴会上,在竖琴的伴奏下,说唱着古老的往事(见《贝奥武甫》),一人独唱或两人对唱(见《维德西德》)[453],他既能说会唱,又能承担责任重大的重要使命:维德西德护送他的国王的夫人去埃尔马那利赫[454]的宫廷(正如在《奥德修纪》中阿伽门农[455]在出征特洛伊的时候,委托他的歌手监视克吕泰涅斯特拉一样)[456];他出身于名门望族(维德西德出身于缪尔金格家族)。

凡此种种,都表明古代歌手所扮演的荣誉角色。显然,弗里斯人[457]的有关法律是针对歌手而设的,对伤害他的手的惩罚要比伤害与他同等社会地位的其他人更重。这样的歌手居住在宫廷里,国王格罗德加尔的阉人歌手[458]就是如此(《贝奥武甫》);杰奥尔长期在格奥德宁格家族手下演唱,备受宠爱,直到他被诗歌泰斗赫奥尔林达所取代,而杰奥尔为此抱怨诉苦[459]。歌手们应邀演唱:法兰克国王克洛维[460]请求狄奥多里克[461]给他派去技艺娴熟的歌手,以便歌手在宴席上能用竖琴弹唱为他助兴。歌手们四处流浪,像维德西德周游了许多国家和民族,客居于各个不同宫廷,收取恩赐封赏,传播歌曲。德国史诗的片段便是这样传播开来的;据巴维尔、基阿孔[462]的记述,关于伦巴德国王阿利博因的歌谣在巴伐利亚和萨克森一带可谓家喻户晓。

叙事诗趋于系列化,可是发展进程却受到了阻挠;幅员广大的国家整体的发展拓展了视野,形成了新的兴趣;基督教理想与古典文化动摇了德国世界观的完整性;所有这些并不是侍卫歌手们所能胜任的。在查理大帝收集古老歌谣的环境中,他们无立足之地……古老歌手湮没无闻了。一旦在封建时代出现了职业歌手、出现了新的集团分化的体现者的时候,他们便以罗马名字命名:histrio(演员),scurra(优伶),mimus(民间歌舞剧演员),thymelicus(戏子),joculator(小丑),jocularis(丑角)等;最常见的则是以下一个称呼:法语的(jongleur)流浪歌手,江湖艺人,在德文中译作弹唱者(spiliman)*。它们的渊源相当复杂,引起不少问题。希腊罗马后期的民间歌舞剧演员充斥了日耳曼世界:杂技艺人与歌手扮演一些逗笑的滑稽角色,但演出的却是一些淫秽的短剧,还有驯熊与驯狗的人、说书者和巫医;希腊表演喜剧场景的马戈德熟知魔法咒语以及医术的功效(《阿费尼》,第16卷,第621行)。这一类型的歌手是我们所熟悉的,我们在临近仪式诗歌界限的萌芽发展中,在像亚美尼亚的 tzoutzg,格鲁吉亚的吹风笛者那样一些既会说唱又能表演的歌手——江湖艺人们中间都曾见到过他们;还有北方的说书人,既熟悉各种谚语格言,又擅长念咒祈祷。类似这种未经过侍卫叙事诗的理想化的歌手类型,只要能适应消遣逗乐和恶作剧的低级需要,在日耳曼人的环境中也能生存。流浪歌手——便是他们同民间歌舞剧演员的混合产物,他们的演出节目也大致相同,只是在南方来客带来的一些异域故事中掺入了本地的内容,掌握了民间诗歌素材,并编写了以历史事件为题材的诗歌。他们是封建时代的职业歌手,他们掌握着法国与德国的史诗的最近命运。侍卫歌手被遗忘了。我国的博扬(боян)就是这样被遗忘的;在《伊戈尔远征记》的作者转述自己时代的"壮士歌"的华丽辞藻之下,他的"构思"的风格难以揭示;我国的壮士歌形成于其他歌手所处的环境之中,在他们中间外来的江湖艺人=流浪歌手的因素相当强大。

新的运动唤醒了新的力量,有时甚至能使荒芜不毛之地得到复苏;历史条件提供了选择和发展。当得鲁伊德神话传说[463]在威尔士遭到压制,严肃的、学派的歌手们都衰落消沉的时候,游吟歌手成为了传说与诗歌的唯一代表,而以往他们在古代克尔特人的民间诗歌中仅

---

* 可参看亚·尼·维谢洛夫斯基:《俄国宗教诗歌领域的研究》,第4辑,第7卷,第128页。

扮演过末位角色[464]。这里并没有发展可言,可是当北欧海盗[465]横行时代的军事殖民运动更新了侍卫习俗的条件时,从民间巫医和说书人中间形成了侍卫歌手、吟唱诗人[466]、流浪汉和宫廷食客所组成的阶级,出现了流派以及随之而来的专业诗歌技艺。那些低贱的歌手们便这样依托于封建运动而登上了舞台,他们由于民间歌舞剧的高潮而获得振兴,开始领导新的叙事诗的发展。属于他们行列的可能有江湖艺人,十一世纪的勃艮第人歌手,他们用歌颂英勇功绩和先辈军人的歌谣来鼓舞战士们;……在驻扎于盖斯格斯的征服者威廉一世[467]的军队中,某个民间歌舞演员按照江湖艺人的方式舞剑,把剑抛来抛去;他在一次战斗中壮烈牺牲了;在后来的文献资料中,发现他名叫杰尔列菲尔;据格马尔[468]所述,他是一个流浪歌手,然而却是一位英勇而高尚的封侯;在瓦斯[469]的笔下,他唱着关于龙塞斯瓦列斯的歌谣,他是一位骑士,就像在《尼伯龙根之歌》中,福利凯尔是一位流浪艺人和高贵的绅士一样。

流浪歌手——流浪艺人开始得到社会的承认;然而出身卑微的烙印却长久地留在这一阶层的身上。当他们中间的一些人在西方开始演唱抒情叙事短歌、英雄史诗和基督教传说时,教会便把他们同那些继续在插科打诨和扮小丑取笑的同类人区别开来。宗教的和世俗的政权对待他们都相当严厉,就像拜占庭帝国对待戏子们一样[470]。他们被逐出圣餐仪式,不准接受临终祝祷,还被剥夺了继承权*。教会的这种态度是不难理解的,因为它不喜欢任何世俗的东西,认为娱乐妨碍拯救灵魂,属于一种异教,无论是本土的还是国外传来的,都是一丘之貉。初看起来,更难以理解的是社会所持的态度:人们招来逗笑取乐的丑角、歌手,乐意观赏他们演唱,供他们吃穿,而他们为了报答款待和馈赠也大唱赞歌……人们畏惧他们以恶语伤人,搬弄是非,却奖励他们的溢美之词——然而在法律上他们却毫无权利可言;他们没有

---

* 参看亚·尼·维谢洛夫斯基:《俄国宗教诗歌领域的研究》,(札记),帝国科学院,圣彼得堡,1883 年,第 45 卷,Ⅶ,第 134—135,152—153 页。

财产权,继承权,他们的生活就像透明的泡沫一样毫无保障。他们出身卑微:所谓"上帝赐予了神甫,而魔鬼赐予了江湖艺人";他们却高傲地宣称其祖系宗谱可追溯到国王大卫[471],他在特洛伊城发明了在竖琴上演奏(见《关于所罗门与莫罗利甫的故事》)[472]。正像德国的流浪艺人被安排坐在桌子末端一样,在弗拉吉米尔大公的宴席上,也有专为江湖艺人设的座位[473],"在那个涂有釉彩的炉台上","在那个陶土做的灶台上",等等*。多勃雷尼亚大公,这位"英勇善战的流浪艺人"就曾经从这一不受尊敬的座位上被请到橡木餐桌前,由他从三个"受人喜爱的"座位中任选一个,或者选把"金椅子"。**

我们距离享有充分权利、出身名门的侍卫歌手所享有的那种荣誉已经相当遥远了。依我的观点看来,流浪艺人的这一地位可以从他们的渊源中得到解释。民间歌手来自仪式联系,浪迹于异国他乡。他记得各种咒语、魔法巫术,并利用它们来保护自己;人们把他当作巫医,既请他治病,又怕他作祟。他演唱,逗乐取笑,靠乞讨为生;谁供养他,讨好和羞辱他,他就追随谁,不论什么人,只要环境合适,包里有钱就行。他靠游手好闲干活赚外快,没有职业就是他的职业;他不受人尊敬,不享有任何权利,被人貌视,却继续不断有人招请他。他不受集团分化的保障,这种分化曾创造了侍卫歌手和封建叙事诗。

某些事例可以说明这一观点。我们在前面曾对希腊演员的社会地位和印度与中国的戏子的毫无权利之间进行了对比,并指出了这种区别的原因。由于同样一些理由,非洲的民间歌手也毫无权利可言:他出席社会的、仪典的节庆(割礼,葬礼),随同军队讨伐,用歌声鼓舞士气,充当侦探,侍奉君王与有权势者;如果没有获得足够的酬劳——他们便到周边的乡村去流浪,嘲讽辱骂那些备受赞誉的人。他们靠赏

---

* 参看《雷布尼科夫采集的歌曲集》,第1卷,第136,144页,第2卷,第31页;吉尔弗尔丁格:《奥涅加民间壮士歌集》,第44—45,1029页。
** 参看《雷布尼科夫采集的歌曲集》,第1卷,第136页;吉尔弗尔丁格:《奥涅加民间壮士歌集》,第136页。

赐致富，同时又备受人们鄙视。苏丹的格里奥特与格里奥特卡可以作为例证。这是一些民间歌手和民间女歌手，到处献艺的江湖艺人和小丑，以及官方雇佣的吹鼓手，他们善于歌功颂德，吹牛拍马，并为此而获得报酬。他们应邀为人消遣解闷，小王公和统帅们把他们作为丑角和乐师留在身旁，而他们则以纯粹东方式的阿谀奉承来赞扬其主子。他们的供养者必然会受到杜加的奖励，这是神话中有八只翅膀的大鸟，它的翱翔足以震撼大地，它只喜爱那些英勇善战的人，统帅们，而鄙视其他的人……

....

格里奥特歌颂赫赫战功、辉煌胜利，也赞扬他们中间某些表现英勇的人，可是却不能过一般的民间生活，因为在那里全部问题在于体力，在于蔑视危险，而胆小怕事则被认为是可耻的。人们倾听他们，又鄙视他们。他们走家串户，可是习俗却置他们于法律之外：他们无法期待在另一种生活中得到安宁，甚至被剥夺了下葬的权利；他们被埋在有窟窿的面包树中，被胡狼吞食。土著人认为他们是魔鬼的产物，而格里奥特本人则深信，他们天生是为了寻欢作乐，为了歌唱和取悦别人的。他们相信，他们至死都会平安无事，直到最后的审判，然后又会重新回到世上，过着一如既往的生活。全部关键在于不让魔鬼吞噬了格里奥特的灵魂；当他死后，其他人都聚集在他的遗体周围，用标枪武装起来的姑娘们整夜都在吆喝着，为了吓退正在守候他的灵魂出窍的妖魔。格里奥特自己也出身于妖魔。关于此事有这样一则传说：有一次妖魔化身为人，却被人们识破而扔进海里。一条鱼吞食了他的残骸，而渔夫又吃了鱼，于是恶毒的妖精立刻在他身上欢腾起来。渔夫被人们用石块击毙了，可是妖魔又转移到另一个人的身上，这样重复了好几次，直到人们厌烦了，放过了最后一个妖魔附体的人。格里奥特便是出身于这个妖魔附体的人的后裔。

我们列举了一些作为集团分化的产物的职业歌手的例子：侍卫歌手，在其环境中创造了古老的叙事诗歌，还有一些歌手在从仪式中分化出来时，随身给民众带来了民间故事、演戏与巫术的遗产——在欧洲依附于封建主义运动的流浪歌手，而在另一种情况下，他们往往滞留于继续发展的界限之外。与他们同时并存的仪式歌手，我们则尚未涉及。旁遮普的民间诗歌提供了例证。我暂且不涉及那些偶然的民间说唱者，他们在亲朋好友的圈子里讲述地区性的传说和故事。所有其他领域的诗歌体现者可划分为三个职业集团。居于宗教的、仪式的集团的有熟知神圣的印度传说的行家，他讲述，并同他的戏班子一起部分演出称作斯旺格的半宗教性质的诗剧。人们在逢年过节期间邀请他演出，为此自然会付给他酬劳……属于这一类的还有虔诚的信徒，某个印度教或伊斯兰教的神灵侍者的崇拜者：他在节庆上演唱纪念他们的传说，为修筑他们的圣地而募集捐献。其次是另一类歌手，类似于世代相传的和侍卫的歌手，这是降格到格里奥特的水准的古代"婆罗多"类型的歌手。他们依附于显贵，演唱民间传说题材，歌颂军功战绩，了解地方执政者的系谱家史，但由于执政者经常更换，他们根据情况也不得不变更所歌颂的对象。他们并不受到敬重；这只是一些在印度小王公贵族的宫廷里服务的侍从们的典型代表而已。最后，第三种职业集团：短篇叙事诗歌手，他们为了赏赐而在婚礼和其他类似庆典上为舞蹈演员伴奏和伴唱；他们的节目单中既包括民间传说，也有某些最不体面的故事。另当别论的是备受欺凌的出身于印度低贱种姓的歌手，他们在庆典活动中为同族人演唱，时而模仿婆罗门教的斯万格，时而用其听众所懂的语言娓娓转述某个传奇故事，这或者是他从职业歌手那里偷学来的，或者是挑选一段适合庆典或地区崇拜的对象的应景曲子来说唱。

在古代爱尔兰，我们也发现所有这三类职业歌手，只是它们已固定为一种体系，并且按行会社团来组成。首先是得鲁伊德（Друиды）[474]，关于他们在西欧克尔特人的社会环境中的记载可以追溯到公元前三至公元四世纪。他们是宗教—仪式传统的保持者，这些传统很可能是由他们从不列颠移植过来的。有关他们的文学的文献没有保存下来:关于爱尔兰的得鲁伊德只知道他们并不用书面文字来阐述自己的学说。他们在爱尔兰是预言家、巫医、医生、祭司、教师;他们免于军事服役,并享有很高荣誉;得鲁伊德与国王并肩而行,处于社会的领导地位。在他们之后是斐尔(Филы),即有预见的人……他们是占卜算命者、巫师,但主要的却是说唱者,他们在竖琴伴奏下又说又唱,用诗句编唱有关战功与爱情、节庆与游历的故事。他们是爱尔兰叙事文学的创办者,这一文学最古老的记载可以追溯到七世纪,斐尔特别活跃繁荣的时代。他们创造文学,维护学派的传统,严守结构的法则;他们的等级划分依据所熟悉的故事篇目的多寡(从三五〇个到七个);依据这一点他们被划分为不同的等级(其数目不等:分为十级、十一级与七级),而且享有不同的权利,例如,拥有多少侍从,坐在国王餐桌旁的位置和分享恩赐的大小等等。自基督教确立以来,特鲁伊德的作用便黯然失色了,他在君王宴席上的座位为神甫所取代,而紧随其后则坐着奥尔兰姆——国王的斐尔——等级最高的歌手。斐尔作为世俗学识与传统的代表被保留了下来,只是他们的光彩比过去略为逊色而已。

在爱尔兰,以至在一般古代克尔特人那里,处于最底层的则是巴尔德(游吟歌手)[475]。这是最卑贱的歌手类型,他们学识粗浅,不遵循传统的斐尔诗歌技法,没有受过斐尔的专门训练,凭着想象力的暗示,随心所欲地演唱。我们已经知道,由于怎样一些历史事件,他们在威尔士被推上了前台。

游吟歌手(Барды)——这是旁遮普的短篇叙事诗的歌手,他们到处流浪,没有经过专门训练。据我们推测,他们属于被称作流浪歌手(Жонглёр)的混合类型。斐尔——这是侍卫歌手:在德国的环境中受到阻挠的侍卫叙事诗的发展,在爱尔兰却找到了得天独厚的条件。这使这种叙事诗得以成长,尽情发挥,直至达到广泛的系列化,形成史诗。这些条件包括:一方面是侍卫习俗的富于生命力,另一方面则是读书识字和爱尔兰文化的教育基础,以及由此带来的拉丁的和希腊的因素,这就使得爱尔兰人成为欧洲第一次古典文艺复兴的传播者。侍卫习俗支持了建功立业和吟唱的传统,诗歌的格式和风格技巧进入了学派的运转,并在其中找到了更稳固的形式。我已经谈到吟唱诗人的诗学技艺;民间诗歌传统具有了学派色彩,这不是仿效来的,而是学会的。诗歌、传说不仅成为了记忆的对象,而且成为科学、研究的对象。可以把关于格里奥特、关于江湖艺人是魔鬼的产物的传说,同以下关于斐尔的来源的爱尔兰传说作一对照:神灵达格杰,最高学问的主宰有一个女儿勃里吉特,她嫁给了勃列萨,埃拉塔的儿子,其名字的含义是:文学结构的学识。他们生了三个儿子——艺术之神——他们又共同生下了智慧之神;而他相继繁育的后代则包括:学识,伟大的理性,伟大的科学,思考,伟大的启蒙教育,艺术,而艺术正是第一位斐尔的父亲[476]。艺术并不是任何人都能掌握的;也不是每一个歌手都能成为诗人;传统的、职业的诗歌已经唤起了利己的意识,即诗歌语言是一种力量;如今出现了诗歌是靠劳动和技艺才能获得的意识,而这正是通向理解吟唱活动是一种个人的、富于诗意的活动的途径的阶段之一。这一意识一旦出现,它的作用是富于感染力的,它将在其影响所及的范围内加速这一过渡的进程。按照布格[477]的见解,取代古代说唱艺人的北方游吟诗人的诗歌是以爱尔兰经典作品为范本而形成的,而我们可能还远未充分估计到古典范例对于艺术抒情诗从中世纪民间的和职业的诗歌中分化出来所起的作用之巨大。当中世纪的人们首次发现古代诗歌之奇妙时,他们群起仿效它及其语言掌握和再现的物质劳动。对于他们来说,自然会转移到诗歌活动的属性上:诗歌艺术——这是一种劳动,是疲惫不堪的不眠之夜和孜孜不倦学习的成果。正是在此基础上,才从流浪艺人,从民间歌舞演员与民间歌手的混合体中形成了个体诗人——行吟诗人(трувер)[478]。

诗人这一名称还很少能说明我们所指出的由代代相传的诗歌走向个人诗歌,由歌手走向诗人这一过渡;古老的名称可能消失,然而它们是否已被同变化了的理解相适应的新名称所取代,还是由于对某种如今已不流行的旧事物加以新的阐释而得到了更新呢？例如，吟唱诗人[479]的含义原来只是指讲故事的人……自赫西奥德[480]和品达罗斯[481]的时代以来，歌手就让位于诗人，然而这个词只与诗歌的构造方式——外在的结构有关[482]，这并不排除代代相传的诗歌因素也能在其界限内形成。诗人一词来源于积淀、构成、造型，其本义为本人的或他人的诗歌的建造者、造型者，就像行吟诗人所吟唱的诗篇，其实是他所编织的一样：这一形象类似于荷马史诗中所说的"编织故事"（《伊利昂纪》，第3卷，212行），也类似于芬兰史诗中所说的"编造，编织诗歌的"——指配合首席歌手、主歌手和唱的副歌手，以及乌克兰史诗中所说的"编唱新歌"一样。正如在《吠陀》中谈到诗歌时说，它是建造的……

构造诗歌的另一种表达方式是锻造的形象：在古代北方语言中诗人相当于诗歌的锻造者，芬兰语中则相当于歌手与巫医，而魏涅梅因则相当于诗歌的锻造者，在同一含义上还运用另一些词。我们已经把中世纪的游吟抒情诗人和行吟诗人[483]同个体歌手的概念联系在一起，但其特殊含义 trobar, trover（发现）所指的只是音乐调式、旋律、音调，而希腊文的 τρoπos（风格、方法），正如德文的 Dichter（诗人），拉丁文的 dictator（指使的）一样，所指的则是拉丁学派的传统和典范。

词汇历经沧桑，在发展的道路上不断形成和更新，其含义往往超出了词源学的意义。

（二）

诗歌的概念从歌谣中分离出来，是沿着歌手从仪式的和合唱队的体制走向职业化和个人创作的自我意识的同样一些途径进行的。

（1）起初是：**歌谣—故事—表演—舞蹈**；希腊文的诗人一词起源于"歌唱"一词＝说，喊，唱；拉丁文的 vates 也起源于"歌唱"一词；可是德语的 leich（一种诗节不匀称的歌谣）却同动作、演出、舞蹈等概念联系在一起……Spil 结合了各种不同的动作、舞蹈与音乐,与歌唱;由此形成 Spilman(演员);德语中的 Lied(歌曲)被解释为在(合唱的)舞蹈中"解决纠葛",或者解释为"一节,一段",这就表明了分诗节的体系和合唱中的轮唱;立陶宛的 daina——具有世俗内容的民歌,壮士歌,而拉脱维亚的 diet:舞蹈、跳跃、跳轮舞;……在雅库特人那里,同一个词包含了歌唱与战斗、竞技等概念。在闪米特诸语言中[484],诗歌的共同名称在词源上的最初含义是:分开,集合,对比;在古典阿拉伯语中,苏拉(сура)一词表示收集,组合成一排石块,墙,后来则指歌谣,宗教法典的一部分;在叙利亚语言中表示石墙和环舞。

(2)在其他一些含义上,歌谣—故事保留了它在古代依附于**仪式典礼**,即依附于符咒、咒语、占卦等典礼的遗迹。同德文中的 spel、runa、siggvan 联系在一起的具有现实的甚至物质的属性的基本概念便是如此。

哥特族的 siggwan = legere,收集;古代上部德国人,古代撒克逊人,古代法兰克人的 lesan,北部的 lesa = colligere,legere,古代英国人的 raêden = conjicere,legere——所有这些动词都与用卜卦和算命的木签来占卜算命的典礼有关。人们把木签撒开,收集起来,进行推算,根据它们的组合预测神的旨意,占卜未来……收集(siggwan)这一物质性动作被转移到格言谚语上,转移到伴随仪式进行的歌谣格式或叙说故事上;singen,syngia 的新含义:歌唱便由此而来;北方的 lesa söng——歌唱,实际上是收集歌曲,标志着过渡的阶段。

关于古代芬兰人曾谈到,他们用卜卦、刻纹、刨好的木签进行占卜算命;……阐释体现于隐秘的格式中,而它的名称则可能转移到带有刻纹的卜卦上。这正像后来在北方所发生的那样,外来的鲁恩[485]文字曾被赋予说故事、商议、秘密的念咒或哼曲等含义:哥特族的 runa = 秘密,会议;在古代上部德国语言中则相当于低声念咒;古代撒克逊人的 rûna = 商议,谈话;古代英国人的 rûn = 秘密,rûnian = 低声念咒;古代北方的 rûn = 秘密,谈话;rûni = 对话者,谋士,好友。芬兰人的 runo

一词是从北方毗邻民族借用来的,其含义是歌谣,可能并不属于像 sig-gwan＝演唱那样富于概括性的词汇,但却指出了演出的古老性质,而这一点在这个词的德语变体中却被遗忘了。

德语的 spel(咒语)也经历了类似的发展,但其结果却更为复杂多样。而这里,正如施罗德所认为的,它起源于算命占卜的卜卦、木签:哥特人的 spilda,北方人的 speld,以及希腊文中表示木签、小牌子的相应词汇;古代英语的 speld:薄木片,碎片;中上部德语的 spelte:树木截下的碎块。它们就像塔西佗(古罗马历史学家)式的甲骨碎片一样,被扔下,然后收集起来,加以解释;英语 spell 的含义正是如此:按其形体结构,解读咒语,法语的(源于德语) espeler, épeler 带有古老的附加含义:解释;在荷兰语中:按形体结构解读,收集起来,并加以解释,阐明;也许这一词汇的现代含义:预言,预报,也属于仪式庆典的遗迹;同古代英语的 anspell:conjectura(推测)比较。

莎士比亚使我们停留在仪式庆典的范围内,同时也揭示了新的观点:在他的笔下,spell(咒语)——具有魔力的仪式,施魔法,妖术的一种格式,而这一含义显然更为古老,它保留在语言中,并受到北方一些类似格式的支持,它们都指出仪式的、符咒的或占卜的格式:高明的魔力。从这一概念中概括出话语、谈话的含义,在另一些情况下,这种概括早在一些与仪式的物质条件无关的词汇中发展起来了:北方民族的 lied 在古代语言中主要指富于魔力的歌谣;由 gala 而来的 galdr＝歌唱——咒语的,巫术的格式,魔法;斯拉夫语中不仅有述说的含义,而且有施魔法的含义。

其他德语中所反映的 spelň 已经立足于概括的观点上;关于故事(сказ)的记忆保留了下来,它也经历了各种不同的变化。在古代上部德国语中 spel＝话语,故事,比喻性寓言,寓言;……在中部英语中 spel＝故事,教诲,篇幅不大的纪事;也谈到"我们在天上的父"这一称呼。在中上部德语中的 spelen——叙说,谈话,spel——故事,童话,闲话,流言蜚语,后来则指文学品种,具有教诲内容的故事;从十六世纪起指范例。

另一个词"签"(哥特语的 hlauts,盎格鲁-撒克逊语的 hlot)……的历史演变则不是把我们引向文学品种,而是引向流浪艺人和歌手的说唱故事。在北方算命占卜者做好标记,切开标签,把它们扔进长衫的前襟里,然后由第三者去抽取。护身符也被称作"签",一般表现为各种人形,被人们佩带在身上,而同它们联系在一起的则是命运、运气的观念:谁的符签落到那里,那里便是它的主人的归宿。用签条占卜和护身符这双重含义可能反映在德国江湖艺人所佩带的科博利德(кобольды)[486]上。他们从外套下取出这种佩物加以展示,以逗观众发笑,或用来抽签占卜:它究竟是他们用来进行某种逗笑取乐或施行巫术的把戏,还是为了说故事呢?贝克尔把它同布列塔尼半岛的盲歌手的签牌相比较,他们根据签牌上的刻痕,就能记起说唱的先后顺序,而作为行吟诗人的标记的手杖也可以起到同样的作用*。传统的盲人荷马也许正符合品达罗斯所支持的这种观念("荷马根据手杖来叙说"——见《第三届地峡竞技会赞歌》,第 55 行),但并不是所有的行吟诗人都是盲人,因而歌手的手杖显然还具有别的意义。缪斯授予赫西奥德桂枝——手杖(《神谱》,开头部分);在演唱祝酒歌时,这种树枝便从一个歌手手中传递给另一个歌手,在轮唱演出叙事诗歌时,手杖也可能就是这样轮流传递着。

Runa(神秘符号),spel(符咒),siggwan(符号),loterholz 这些词把我们引向占卜的仪式因素;而按照我的看法,关于激发诗兴的饮料的起源的北方传说,则是同另一种仪式庆典相联系的:氏族和解的庆典,人们用来共同痛饮的罚金。这一传说附加了一些不相干的细节,但其基本特征却具有一定的生活习俗起源的痕迹。据说,在经过长期内讧之后,阿斯人与万恩人签订了和约;和约通过形象方式来加固,就像人们过去和现在都通过歃血为盟来实现加入氏族和结拜兄弟一样。敌

---

* O. 勃克尔:《上黑森地区的德意志民歌》,马堡,1885 年。

对双方走近一个器皿,并向里面吐口水,混合在一起,从而创造出了克瓦西尔(квасир),在所有创造物中最聪明、最有理智的生物。他在世上长途跋涉,教导人们,直到两个德维尔格人(菲雅拉尔与加拉尔)把他杀死。他们把他的血放入两只容器(博德恩与松恩)和一只锅(奥德廖里尔)里,并在其中掺和了蜂蜜:于是酿制出了名贵的饮料——蜜酒,它能赋予每一个尝过它的滋味的人以诗才和智慧。巨人苏特通格强迫德维尔格人把这种蜜酒献给他,作为杀死他父亲的赎金,并把它藏在赫尼特比尔格山中,由他的女儿贡恩廖德担任看守。奥金化为蛇(或蚯蚓?)的形象潜入山中,同姑娘过了三夜,为此她答应让他尝三口蜜酒;但他三口就饮完了所有三只容器里的酒,在返回的路途中变幻成了一只老鹰。苏特通格也变成一只鹰来追赶他,但奥金比他更早抵达阿斯加尔德山,并把吞下的饮料吐入阿斯人呈上的器皿里。他把蜜酒送给了阿斯人和诗人们,由此表示诗歌、吟唱天赋的各种名称便纷至沓来:克瓦西尔的血,发明,奥金的饮料,波浪(博德恩),高脚酒杯(松恩),话语根源(松恩)[487]。

故事的开端把我们转移到古代仪式的基础上:人们是以掺和口水和血(这里有克瓦西尔的血)来举办和解仪式的,而且参加者都痛饮和歌唱。克瓦西尔(借用的词?)大概属于词根克瓦斯(квас):发酵(ква́сить),开始发酵(зква́швать);口水和蜂蜜所起的作用就像在芬兰陇歌中所描述的啤酒的发明一样。令人陶醉的饮料也激发人们吟唱的兴致,而两者都起着巩固和约仪式的作用。在构成有关蜜酒和诗歌的起源的神话中汇集起来的全部因素都呈现在我们面前了;某些专有名词把其中每一种因素分别加以标明。我们还记得博德恩(Бодн)=酒桶(另一种解释是礼品),松恩(сон),另一种器皿的名称=罚金,和解[488]。古代北方赎罪的仪式是在圣诞节之夜举行的:宰杀一头猪,把手放在它的鬃毛上,并举杯宣誓;与此同时,人们大概是根据流下的血块来进行占卜;由此产生了另外一种含义:预言。人们在其他一些仪式上,如葬礼、婚礼上同样举杯(Браги)痛饮;奥金赠给行吟诗人的礼品是诗歌;我们看到,随着时间的推移,怎样分化出了诗歌之神(Браги)。

(3)仪式诗歌并不是创造出来的,它是世代相传的知识;未卜先知的歌手,实际上就是学识丰富的歌手:教会斯拉语的 вѣштъ 一词,其含义是知识渊博的,在斯洛文语中也是同样的意思;从词源学上说,它起源于拉丁文的 vates:知道,看出,理解[489]。诗歌是知识,而知识就是**力量**:仪式歌手、祭司的咒语迫使神祇显灵,施展神力;他控制了诸神,他一挥手,自然界也得服从。这就是吠陀教歌颂神祇的赞歌的作用,也是稍后佛教念经祈祷的作用。这一观点在印度人的观念中发展到了极端,认为祭司比世界更古老,世界是由祭司创造的,正如得鲁伊德[490]肯定自己时所宣称的,他们创造了天空、大地和海洋、太阳和月亮。印度曲调中的头五首出于神祇马哈德斯(Mahades)的头脑,它们的演奏召来了黑夜和降雨,水灾和火灾,等等。

我们随同希腊传说一起转移到比较不那么脆弱的基础上:关于安菲翁的传说,在他的歌声伴唱下,石头自动砌成了城墙[491],关于俄耳甫斯的传说,岩石和树枝和野兽都随着他的歌声行进[492];关于玛尔斯和被基法拉琴声所催眠的宙斯的鹰的传说——把我们引入无数关于诗歌、音乐的影响的系列传说之中,其中关于诗歌、音乐的神奇的、无法抗拒的、类似咒语的魔力的影响的古老观念往往同审美的,时而过渡到喜剧闹剧的观念交织在一起。安东宁·利别拉尔追随尼康得尔[493]这样描述缪斯同庇厄里亚的女儿们在赫利孔山上的比赛:当缪斯们歌唱时,天空与星辰、海洋与河流都停止了运转;赫利孔山也听得心旷神怡,渐渐升高,大有上逼天穹之势,直到神马珀伽索斯遵照波塞冬的命令,用蹄子踹它的山峰为止[494]。在关于乌斯涅赫之子被杀的古代爱尔兰叙事诗中,当诺伊塞演奏的时候,奶牛和妇女都增长了三倍奶汁;凡是听到他的乐曲的人都感到一种难以表达的喜悦[495]……

在《古德龙娜》中,戈兰特的歌声对病人和健康的人都会产生神奇的效果,不论谁听到它,都会屏息静听,包括野兽、蛇、鱼……

戈兰特的歌声成为了一种典型的例证,一旦谈到诗歌的魔力,就会提到它[496]……

有谁不为此而联想起在萨特阔[497]演奏的时候,翩翩起舞的海王,以及民间故事中能自动演奏的古斯里琴的神奇魅力呢?博济[498]在他的妻子的婚礼上演奏,就像流浪艺人多勃雷尼亚一样;博济有几个既奇妙、又可怕的曲调,达格加则有三个这样的曲调。在《古德龙娜》中,戈兰特用歌声迷住了美女,并谈到有三种"音调";多勃雷尼亚则有三种乐曲;而最富有诗意的对比则是以下一首雅库茨克歌谣:

"有三首源于同一根源的歌谣,就像一株树上长的三根枝条一样。有源于人类心灵的枝叶,有源于人类神灵的枝叶,也有源于魔鬼气息的歌谣。而树木正是由于后者而枯萎。"当雅库茨克歌手阿尔塔蒙唱起这首歌时,妇女们如痴如醉,而男人们也听入了迷,四肢无力,不能离去,就像小孩子一样。由于他的歌声,枝叶枯萎了,人们丧失了理智——传说这样描述道。在另一则格言中说:"有一些歌谣具有如此神奇的魔力,以致搅乱了正常秩序……为此优秀的歌手不愿把他最动人的歌曲唱给朋友、心爱的人听。这些歌谣会给生活添乱的。"优秀的歌手不能不歌唱,歌曲永远回荡在他的心灵中;如果他不唱歌——他就会心烦意乱,胸口发闷,心乱如麻;一旦放声歌唱——便会惊动鬼神。他经常感到不幸,因为他为自己的"魔力"付出了幸福作为代价。

这一主题在芬兰民间诗歌中展示得绚丽多彩,经历了所有的发展阶段:从诗歌惊天动地的影响到悲天悯人的心理作用。前者可能在某个时期曾成为崇拜的对象,而如今它仅保存在风格修辞的格式中。有一首歌谣唱道:"当我的父亲吟唱的时候,披头散发流淌着汗珠,田野在田埂内震荡,大地四肢颤抖;为了倾听维普涅[499]的歌声,太阳和月亮停止了运转,为了向他这个太阳星座学习,流水和波涛放慢了自己的奔腾。"

魏涅梅茵用他的演奏催眠了波希奥拉的民众[500]，魏涅梅茵是芬兰宗教信仰的缔造者，诗歌的创作者，坎捷列琴的创造者。当他用狗鱼的牙齿和希伊济的马鬃做的弦制成坎捷列琴时，没有一个人能像样地弹奏它，只有魏涅梅茵能弹奏自如……"年迈的魏涅梅茵弹起了琴，在他灵巧的手指拨弹下，琴弦发出了奇妙的乐声。响起了柔和的银子般清脆的琴声，远扬到四面八方。这乐曲洋溢着如此欢乐欣喜之情，以致没有一个生灵能无动于衷，不急着赶去聆听这位神圣的歌手……魏涅梅茵这样弹奏了两天；不仅青少年、孩童与妇女纷纷被他的乐曲所深深打动，热泪盈眶，而且连老人、男子、英勇的骑士都无法抑制住泪水。魏涅梅茵的满眶泪水流淌了下来……沉落到海底。在那里泪珠变成了珍珠，蓝翅野鸭把它们从海底捞了上来。"

以上引文引自 E. 兰罗特汇编的《卡勒瓦拉》，而我们知道，他就像民间歌手一样了解编排润色的作用；某些东西可能是汲取民间歌谣的素材而增添的，而某些东西则是编者揣摩出来的，如关于泪水变珍珠的情节。爱沙尼亚关于歌曲与坎捷列琴的起源的诗歌没有经过这样的变化。这些诗歌中谈到，为了制造坎捷列琴要用硕大的鲑鱼的颚骨，用狗鱼的牙齿作弦轴，用年轻姑娘的头发作琴弦。据一个传说所述，魏涅梅茵降临到教堂集会的山上（德尔普特附近），所有的生灵都在那儿等候他，期望向他学习"庆典的语言"，即诗歌。四周一片寂静，万物都在全神贯注地倾听。但并不是所有的生灵都同样地掌握了这种歌唱：树木只觉察到了微风吹拂下的喧哗，神圣的英雄在其伴奏下徐徐降临，于是树木仅仅发出了簌簌声，埃姆巴赫河学会了潺潺作声；风儿发出了刺耳的呼啸声，而在野兽之间，有的为弦轴的吱吱声所震惊，而有的则为琴弦的音响所倾倒；鸣禽，尤其是夜莺与云雀，学会了鸣唱前奏曲；学得最少的则是鱼儿，它们只能把头齐鳃伸出水面，因而只学会了扇动鱼唇，却永远发不出声音。而人则对一切心领神会，因而他的歌声可以渗透心田，上达苍天神灵[501]。

依据普斯科夫省信仰东正教的爱沙尼亚人的口述所记录下来的另一则传说,坎捷列琴出于神灵的亲自安排;有关的故事属于关于宇宙结构的二元论信仰的广泛系列*……

歌谣的感染力有时很难同旋律的魅力分开,它成为了欧洲短篇叙事诗与故事的共同之处,并为它们提供情节,形成结局。在英国短篇叙事诗《格拉斯格里诺》中,描述主人公完成了闻所未闻的奇迹:他的竖琴奏出的琴声使鱼儿入迷而跃出水面,从岩石中流出清泉,使姑娘的乳房淌出奶汁,桥梁折断,河水停止流动,狮子屏息倾听,心花怒放。又如在一首西班牙歌谣中唱道:当渔夫在甲板上唱起歌时,海面风平浪静如入梦乡,风儿全神贯注于倾听,鱼儿从深处浮上海面,鸟儿在桅杆上听得出神。

这一主题的一种通常安排是与爱情相联系:歌曲令人倾心。在古代法国《茵伊奥列斯之歌》中,主人公的歌声勾引了十二位布里塔尼骑士的十二位妻子都爱上他;在瑞典短篇叙事诗中,海里的妖魔也惯用这种手段来勾引和迷惑人们;在英国和荷兰的民间诗歌中也可见到类似的主题。在德国民间诗歌中,强盗用歌声把公主引诱出城堡,同他一起逃到幽暗的森林;在法国民间诗歌中,强盗用同样的手法把姑娘勾引上船。或者由姑娘来施展歌曲和爱情的魅力:在古代丹麦和瑞典的短篇叙事诗中,特维尔格的女儿乌丽弗娃在打猎时引诱了骑士基恩涅,利用竖琴的琴声使他倾倒在她的石榴裙下:自然界的万物都听得如痴如醉,野兽和人、草木和花卉都一样入迷;森林中的野兽纷纷驻足聆听,飞禽忘记了鸣唱,雄鹰卷翅安息,鱼儿不再游动,田野盛开鲜花,一片郁郁葱葱。骑士用马刺刺马,可是骏马却迈不开步,于是基恩涅就像着了魔似的跨下马来,前去向美女求爱。难怪中世纪的德国人在谈到小提琴旋律的魅力时,总说这是埃丽弗的列伊赫抒情歌曲[502]。

这种歌曲有时发自囚徒:在德国诗歌中,他唱得如此动听,鸟儿在

---

* 参看 A. H. 维谢洛夫斯基:《俄国宗教诗歌领域的研究》论文集,帝国科学院,1890 年,第 46 卷;同上书,1891 年,第 53 卷。

空中停止了飞翔,孩童在摇篮中安然入睡,而王后的侍从们寸步难移,就像着了魔一样。在西班牙——葡萄牙的浪漫曲中,列德日纳利多失宠被黜,母亲请求他高唱他父亲在伊万节夜晚曾唱过的那首歌。国王听到了歌手的歌声,深受感动,派女儿去探视是谁在唱歌,唱得就像天上的天使或海中的女妖一样令人着迷。当国王了解到这是列德日纳利多在唱时,便宽恕了他。

在仪式的发展阶段上,代替这一切,我们可能遇到严肃的抒情兼叙事的短歌——咒语,代替关于骑士基恩涅的短篇叙事诗的则是迷魂术:在炉子里燃着火,木柴在隐稳发光,似乎在烤着谁的心。

(4)歌手的歌曲是从哪儿来的?他的歌曲——咒语可以控制神灵,于是我们看到印度的祭司和爱尔兰的祭司的自我意识达到了何等地步。然而歌唱的才能以及与其不可分割的音乐才能却是上苍赐予他们的,也就是来自他们企图加以影响的那种力量,即来自神灵。他们赐予自己的每一个信奉者以歌曲:神圣的歌曲,神圣的歌手;各种乐器的发明都归功于神灵,归功于神话中的英雄们。某个主管歌曲,随后是诗歌的特殊的神祇的分化,应当是伴随着在祭祀和职业歌曲的路途上的仪式活动的解体而形成的。北美印第安人说,他们祈求丰收的歌曲是"上天一位伟大人物"赐予他们的;墨西哥和尤卡坦半岛的土著人也有类似的观念;莱玛给拉脱维亚人送来了歌曲,而在基督教中的歌曲则是玛丽亚送来的。

> 我唱起一首歌,就像它原来的样子,
> 它并不是我创作的,
> 它是妈妈写下的,
> 当我还安睡在摇篮里的时候,
> 如果不是莱米尼亚告诉她的话,
> 妈妈也不会知道这首歌……

卡拉-吉尔吉斯的歌手说："我会唱任何一首歌"，"神灵赐予我的心灵以歌唱的才能，我不需要寻求任何东西：我的任何一首歌都不是学来的，所有的歌都来源于我，源于我的心田"。

武奥坦-奥金的神话形象是逐步形成的：在北方把陇歌的发明，窃取能激发诗歌才华的蜜酒等都归功于他；他是首领、长官、说唱艺人的庇护者；他是萨迦（古代冰岛叙事散文作品）之父；他的叙事才能的绰号的释义之一是语言的播种者。稍晚，在北欧海盗时期，当奥金的典型具有尚武好战的特点时，他开始被表现为统治者、国王；他拥有宫殿、侍卫，而侍卫中包括歌手；如今不仅奥金是歌曲的倡导者，而且是勃拉吉，奥金的别名之一（在盎格鲁-撒克逊语中意为首领，而在北方语言中则意为英雄们，人们），脱离他而抽象出来，成为了独立名词：他是奥金的侍从，他的宴席上的点缀，诸神的歌手，诗歌之神。我们知道赞颂者（bragarfullr）的仪式含义，而如今 bragr 的含义则是诗歌。

在希腊的环境中发生了相同的过程。关于阿波罗的古老概念是多方面的，按其内涵和多种多样的本质属性而言，又是混同在一起的。随着时间的推移，从这一混合体中越来越清晰地突现出光明与太阳之神（阿波罗-福玻斯）和用竖琴或七弦琴装备起来的阿波罗的典型。赫耳墨斯发明了七弦琴，而阿波罗则提供了七根弦，因此获得又一别名：阿波罗·缪斯革忒斯。缪斯起初只有一位，后来有了几位，也是来自类似的混合体，并依附于对阿波罗的崇拜；赫西奥德说，行吟歌手和竖琴手都源自缪斯和阿波罗；俄耳甫斯和利诺斯是卡利俄珀的儿子[503]；缪斯激发了荷马史诗中的歌手德摩道科斯的灵感：

缪斯在他出生的时候，便赐予他一好一坏的礼品：女神弄瞎了他的眼睛，却给了他甜美的歌喉。

她，基雅的女儿，"启发歌手颂扬伟大的领袖们"，教会他歌唱；但同她一起也出现了福玻斯[504]和一般的神祇：更古老的、未专门化的观念的残余。德摩道科斯"从神祇们那里获得了唱歌的才能"，神灵赐予他神圣的吟唱才华；斐弥俄斯[505]说，我不是自我歌唱，神启示我吟唱有关往事的歌曲(《奥德修纪》,第10卷,347—348行)。忒勒玛科斯请求母亲不要阻止斐弥俄斯吟唱"在他心中油然而生"的歌曲,该受责备的不是歌手,而是宙斯,后者随心所欲;命运使斐弥俄斯唱诵达奈人悲苦的归程(《奥德修纪》,第1卷,345行起)。

  诗歌的启示和传达起初是现实地加以理解的,并同如下观念相适应:掺和血液可以建立亲属关系,吃敌人的心脏意味着给自己移植他的勇气。这类观念的残余可以一直追溯到灵感理论。吟唱的才能是由神奇的饮料传递的。我们知道发酵的仪式的含义,印度的索玛[506]同样属于一种仪式:他不仅是吟唱的创造者,也是天与地的创造者,阿耆尼与苏拉,因陀罗与毗湿奴的创造者[507],这同吠陀教关于祭司的祈祷具有缔造造化的力量的信仰是一致的。在《梨俱吠陀》的一首颂歌中说:"祈求您,阿湿波[508],用响亮的歌曲召唤人们去品尝索玛的饮料,歌手阿特里,我也召唤你。"我只需提及希腊神话中赫利孔山上的马泉和帕耳那索斯山的卡斯塔利亚圣泉及其同缪斯和阿波罗的关系[509],就足够了。狄俄倪索斯的恩赐也与此有关:埃斯库罗斯被称为狄俄倪索斯的同行,神灵本人降临在他面前,封他为悲剧诗人;据说,他是在醉乡中无意识地创作的。

  诗歌,语言才能——就像**食物**,某种能从外面机械地放入的东西。缪斯寻找杰出的人物,从他们还躺在摇篮里时起,就用神奇的露水喂他,于是像蜜一样甘甜的辞藻就从他们口中滔滔不绝地流出来了(赫西奥德:《神谱》)。罗曼[510]在梦中吃了圣母赐给他的羊皮纸,从此成为了擅长写赞美诗的诗人。天使长加百列来见穆罕默德,掏出了心脏,放进一颗装有羊皮纸的新心,上面写着古兰经的精髓……

  在其他一些故事中,机械的传递被指令、接触所取代;例如,关于凯德蒙[511],关于叶夫菲米·伊别尔[512]的传说:他在君士坦丁堡忘记了格鲁吉亚语;在病中圣母出现在他面前。她对他问道:"你为何痛哭流涕?""我病得很重,年长的女皇。"——"站起来,说格鲁吉亚语,因为你已经康复。"——他立即站了起来,并开始像荷马那样娓娓动听地叙说。关于土库曼诗人马赫敦·库利[513]也流传着类似的故事,他被人们视若圣人,公认他写的作品来自神赐的灵感。有一次,当他骑在马上睡着了的时候,他梦见自己身处麦加,似乎坐在先知和第一位哈里发王之间。他开始环顾四周,发现了土库曼人的保佑者欧麦尔。欧麦尔召唤他走过去,为他祝福,并触摸了一下他的额头。从那时起,马赫敦·库利便成为了诗人。

根据阿比西尼亚人的传说,圣灵化身为鸽子,向圣徒雅列德显灵,教会他读书,写信,演奏音乐。

命运、运气的思想在氏族中代代相传,通过物质形象表现为一种**联系***。诗歌、音乐的才能也通过这种途径来传授。按照克罗地亚的宗教信仰,每逢新的月份开始之前的星期五,女妖[514]白天而降,坐在树上,同她一起的还有两个妇女,其他人则站在周围,纺着线。明智的教导正是通过实物的方式传授给他们的;如下述这一特征就不可能有其他的含义:当女妖说话的时候,上下所有的听众都通过一根纺线而联系在一起。歌谣是"编织"出来的,就像编织命运一样。

最后,**精神的传达**,为他人精神所**着迷**,也可以传授诗歌才华。这属于广为流传的一系列有关预言家、科律班忒斯[515]、被复仇女神所迫害的人们的痴迷的观念之列。澳大利亚歌手是在梦中从鬼魂,通常是亲属的鬼魂那儿获得这种才能的。在希腊人那里诗人们为神女们着迷,受到神女精神的感染;缪斯在希腊语中与迷恋属于同一词根。这是有关**灵感**,有关**热情**的学说的基础;它适合于古代发展的非实体的物质性。柏拉图把这一学说系统化了,从此诗人们以各种方式重复着这一论调,美学家们则加以阐释。柏拉图说,有四种狂热,其中之一来自缪斯。"谁没有缪斯所启示的迷恋,当他来到诗歌门前时,会这样想,技艺使他成为一名优秀诗人;这样的人永远达不到完美的境界,而他的诗歌就像理性的诗歌一样,将有别于狂热迷恋者的诗歌"(《斐德

---

* A. H. 维谢洛夫斯基:《俄国宗教诗歌领域的研究》论文集,帝国科学院,圣彼得堡,1890,第 46 卷,Ⅶ,第 208 页以下。

若篇》)[516]。"就像铁环组成的链条借助于磁石的吸力一样,缪斯把灵感赐予歌手们,他们再把它传达给其他人,于是便组成了被激发灵感的人们的链条……其实,并不是由于技艺,而是由于狂热和灵感,伟大的叙事诗人才创作出他们的作品……光荣的抒情诗人也是如此,就像被忘我地手舞足蹈的科律班忒斯巫师们的狂热所感动的人们一样,无法保持冷静思考,在创作优美的歌曲时,他们迅速找到了和谐和节奏鲜明的调式,一会儿如痴如醉,一会儿兴高采烈,就像过酒神节的狂女们,在狂喜之中从河中痛饮到奶汁和蜜酒一样,而这在她们神志清醒时是从未有过的。在抒情诗人们的心灵中真的发生了他们所夸耀的事。他们告诉我们,他们从蜜泉中汲取诗意,就像蜜蜂一样在缪斯的花园和山谷采集到了那对我们吟唱的诗歌。他们说的都是实情。诗人其实是一种轻盈的、展翅翱翔的、神圣的生物;只有当他沉醉于狂喜之中,摆脱自我,丧失理智的时候,才能创造;当他还清醒时,人不可能创作一切,并做出预言。诗人,依照神的命运安排,只能在缪斯召唤他去创作的那种体裁中(酒神赞歌、颂神诗、合唱歌、史诗,或抑扬格诗),才能获得成功,而在任何其他的体裁中都将漏洞百出,因为启示他们的是技艺,而不是神力。如果他们只靠技艺就会创作,那么他们就能在各种体裁中取得成功。神灵剥夺他们的意识,把他们作为自己的侍从来使唤,就像使唤先知者和占卜者一样,其目的在于使我们在倾听他们的时候,明白这不是他们自己在向我们叙说神奇的事物,因为他们已经丧失了理智,而是神灵本身在通过他们向我们宣告"(《伊安篇》)[517]。

诗人们掌握了这一理论,不是卖弄它的一些公式,当作陈词滥调,就是深入领会,化为自我感受,从而产生一些新的形象:

"才气平庸之辈要吟诗唱歌并不是什么难事,
但他的诗歌既不值得夸奖,也不值得批评,
因为他并不能自由掌握诗歌。

它就像春汛时的河流,汹涌澎湃,
就像露水丰盈的夜晚,滋润万物,
就像花香四溢的五月之春,温暖宜人,
既像太阳那样和蔼可亲,又似暴风雨那样威严可怕,
又像冷酷的死神那样,无法抗拒,
一旦被它控制,就无法沉默不语,
他成为了异己精神的奴隶,
只要在他胸上烙上了灵感的印记,
不论自觉还是不自觉——他必须说出
他不由自主地倾听到的东西。"[518]

直到诗歌被人们理解为一种艺术和一种个人活动为止,我们看到在诗歌的史前史上,出现了两种思潮,与此同时也出现了两种定义。爱尔兰的斐尔们[519]属于第一种思潮,他们强调**劳动**的观念和对传统的掌握,而这并不是任何人都能做到的,因为在家族系谱中斐尔也就意味着知识和伟大学问。思考与教育与诗人之父——艺术。第二种定义的要旨在于阐明个人诗歌创作过程的特征,实际上却在贬低这一过程,把它排斥于个性之外:灵感理论与把诗兴比作饮料和食物的观念相距并不遥远。诗人受"异己精神"(灵感,着迷)的控制;他是它的奴仆,不能掌握自己的才智,像科律班忒斯(狂热)一样胡言乱语。这同样难以阐明我们称之为创作的本性,就像芬兰歌手尽管信誓旦旦地宣称他们的诗歌是在沿途收集来的,是被风从灌木丛中吹刮下来的一样,难以令人信服;就像歌德所说:"我吟唱,就像鸟儿歌唱一样。"当然,痴迷的形象早就不能让人现实地感受到了,但它却长久地掩盖了我们每个人都赋有的个人心理过程,这也是诗人们潜在的能力,在他们那里:

"……迅速冷却的灵感

使额上的头发竖起"(普希金)

普希金既熟知灵感,也熟知缪斯,那个"神奇的古代的挚友",还熟悉用玩乐休闲来控制他的恶魔:

"它到处追随着我飞翔,
对我窃窃私语一些奇妙的声音;"

还有诗歌的天启灵感:

"于是,诗兴在我的心中苏醒:
内心里洋溢着滚滚的激情,
它战栗、呼唤、寻求,梦魂中
想要自由自在地倾泻尽净。"

但是,当他企图为自己说明他心中所发生的事情的本质时,他却忘记了诗意的形象,从灵感这一概念中排除了"狂热"这一伪古典范畴,向诗人提出了劳动、勤于思考的要求。他说:"**灵感么?** 这是一种易于生动感受印象,因而迅速理解概念从而有助于阐释这些概念的一种心灵状态……**狂喜**排斥**宁静**,而宁静是**美**的必要条件。狂喜不以能够处理局部对整体的关系的理智的力量为前提。狂喜不能持久,变幻无常,因而不能造就出真正伟大的完美……**荷马**高出品达罗斯不知多少;颂诗是长诗中的下品……**颂诗**摒弃经常不懈的劳动,没有经常不懈的劳动,便没有真正伟大的作品。"[520]《鲍里斯·戈都诺夫》——是灵感和劳动的结晶:"是我在严格隐居,远离令人心灰意冷的上流社会的情况下写成的,是坚持不懈的劳动的成果,这部悲剧给予了我一个作家所能享受到的一切:充满生动灵感的工作,深信我已经尽了全力的内心信念。"[521]

我的固执的才气
了解安静的劳动和对于沉思的渴望……
我学会了保持深思熟虑的注意力。

我也有过工作和灵感,
那炽热的情思之孤寂的浪潮
甜蜜地涌自我的心间。

研究这种浮想联翩的一般过程——这是心理学的任务,气象决定论、天赋诗才论和环境制约论忽略了这些过程的个人表现的特点与动因;缪斯和灵感被废弃而置于古老公式的武库之中。这些公式已毫无意义,却有助于一代又一代的人"自由地表达"他们的诗情画意。我们的整个诗歌语言都是由这些公式所构成的;这也就是研究它的意义所在。

多勃雷尼亚的弹唱
(附　录)

在以上用来说明诗歌魅力的特点的材料中,我也引用了多勃雷尼亚的弹唱一例。但这需要阐释,并提出有关构成壮士歌《多勃雷尼亚的出游》的情节的若干问题。

在离家出游之际,多勃雷尼亚曾吩咐妻子等候他若干年,之后她可以改嫁,只是不能嫁给结拜兄弟阿廖莎·波波维奇。在一小部分壮士歌中,她简直没有等候他多久,就准备嫁给阿廖莎(见吉尔弗尔丁格记录的《奥涅加民间壮士歌集》,1873年,第23,26,33,36首),她没有听从丈夫的吩咐——一直等待到鸽子带着小鸽子飞来向她通报他的死讯,或者等到他的骏马跑回家(同上书,第80首)。在一首改编的壮士歌中(同上书,第168首),妻子在得到关于丈夫的虚假死讯之后,才决定改嫁,但不是从阿廖莎那里得到的,就像在许多变文中把他描述成叛徒一样;在与我国的故事情节有相似之处的一些可对照的西方作品中,往往谈到这类叛徒,他正是借通报这种用心险恶的消息,企图赢得寡妇的青睐。

在妻子同阿廖莎成亲的婚礼上,多勃雷尼亚以流浪艺人的面目出现,并登台演唱,借以暗示自己的身世。妻子猜到了(同上书,第215,222,228,306 首),出席婚宴的人也猜到了(同上书,第5首:来了一位"英勇的俄罗斯壮士";第107首:显然是多勃雷尼亚归来了,"我们出席宴会的人,没有一个能幸免一死";第290 首:"那些在宴席上猜到了的人,提前离席溜走了";第292首),或者弗拉吉米尔大公本人也猜到了(同上书,第65首)。但是这种猜测并没有直接导致夫妻相认:只有当多勃雷尼亚把他的戒指放入盛酒的高脚杯中时,才实现了相认。值得注意的是,在这类"丈夫出席妻子的婚礼"的诗歌和故事中,丈夫以歌手或音乐师的面目出现(关于托甫的北方抒情叙事诗,关于梅林格尔的德国抒情叙事诗等),促成相认的同样不是歌谣,而是指环,或者是下棋,而相反,在舒希尔的摩尔维亚变文中,在关于马尔克与伊里亚的塞尔维亚诗歌中,在关于杜勃洛夫老爷的波兰诗歌和关于阿希克-凯里布的波兰民间故事中,促成实现情节结局的是歌谣,而不是指环。可能提出这样的问题:凭歌谣猜测和凭戒指相认是不是一些含义相同的母题积淀的结果?吉尔弗尔丁格的《壮士歌集》中第二一五首歌则把它们连贯了起来,似乎一个情节母题是另一个情节母题在心理上的准备:妻子听到歌谣,猜到了是谁,亲手递给丈夫一只高脚酒杯,于是他把戒指放进了酒杯。

多勃雷尼亚唱了些什么?在一首壮士歌(《雷布尼科夫采集的歌曲集》,第1卷,第132首)中说,他在察里格拉德的时候,听到了妻子改嫁的消息,在另一首中(吉尔弗尔丁格收集的《壮士歌集》,第1018页),则说他在察里格拉德停留了三年,又在耶路撒冷停留了三年。究竟这些城市是在古代关于多勃雷尼亚的壮士歌中原本就这样叙述的,还是仅仅在如今已成为公式化的多勃雷尼亚所弹唱的曲调组合中随意提及这些城市的,我们就不得而知了。弹唱的内容取决于它们的目的:使人们明白,这个外来的流浪艺人究竟是谁。他会唱到察里格拉德,然后唱到基辅,在这里他显然才是回到了自己的家园、熟悉所有的人:

"多勃雷尼亚在基辅演唱,
而在察里格拉德就开始了弹唱,
他按名字逐个从老到少进行比赛,
胜过了所有的人。"

(吉尔弗乐丁格的《壮士歌集》,第 5 首)

或者:

"他在察里格拉德演奏过,
而在基辅的弹唱比赛中则胜过了
所有的人。"

(《基列耶夫斯基搜集的民谣》,第 2 卷,第 37 首)

或者出现三位一体的情况:察里格拉德,耶路撒冷,基辅;多勃雷尼亚的"奇遇"与基辅有联系;有时它们取代基辅而引人注目,正是在基辅的启示应当促使人们猜到来者不是别人,正是多勃雷尼亚。这种三位一体的弹唱受到听众的喜爱,成为了一种格式,得到了进一步的发挥和曲解:

"他从察里格拉德进行了第一次演唱比赛,
另一次则是从耶路撒冷开始,
第三次则是从基辅开始演唱,

多勃雷尼亚的漫游奇遇终于取得了
胜利。"
(吉尔弗尔丁格的《壮士歌集》,第209,292首)

或者:从基辅到察里格拉德,再从察里格拉德到耶路撒冷,再从耶路撒冷到索罗钦斯克地区(吉尔弗尔丁格的《壮士歌集》,第80首),从蓝色海洋开始拨弹琴弦,从察里格拉德开始演奏另一首,而第三首则从耶路撒冷开始,而全部是有关多勃雷尼亚的奇遇(吉尔弗尔丁格的《壮士歌集》,第306首):

"第一次从察里格拉德开始弹唱,
第二次从耶路撒冷开始弹唱,
第三次开始弹唱,
则把自己的漫游奇遇来吟唱。"
(《雷布尼科夫采集的歌曲集》,第3卷,第6首)

此后便出现了各种歪曲:他从基辅开始演奏所有的乐曲,直到诺夫哥罗德,又从诺夫哥罗德一直唱到基辅(吉尔弗尔丁格的《壮士歌集》,第43首);从诺夫哥罗德调好音开始弹唱,其他的乐曲则从察里格拉德开始弹唱(同上书,第65首);他从基辅开始调好第一根琴弦,第二根琴弦则从切尔尼戈夫调好,而第三根弦则是从石头砌的莫斯科城调好的(同上书,第207首)。

这套格式备受欢迎,被移植到斯塔弗尔、索洛维耶·布吉米罗维奇、萨特阔等人的演奏上;在关于抢劫索罗莫诺夫的妻子的壮士歌中,人们建议在船上摆一架古斯里琴:

"为的是让琴本身奏起乐曲,调好曲调,
曲调可能从察里格拉德开始调好,

而在耶路撒冷则开始轻歌曼舞,
在热情奔放的头脑里,理智已随乐曲
而烟消云散。"

这里所指的是乐曲、旋律的神奇魅力,它令人销魂、堕入情网而不能自拔。我们在前面已经熟悉了这些主题。

除了相认这一并未实现或未完全实现的目的之外,多勃雷尼亚的弹唱还有什么作用呢?关于多勃雷尼亚的歌曲的影响有如下的描述:"所有出席宴会的人们都静静坐着,屏息聆听",或者"大家都在静思冥想,全神贯注地倾听演唱";这种演唱"在世上还从未听到过,这种演唱在人间也从未见识过"。然而有关演奏的印象还有更为鲜明突出的描述:多勃雷尼亚起初弹奏"忧伤的,柔情似水的曲调",于是所有的人都倾心聆听;随后他奏起了欢快的乐曲:"于是他们所有的人都立即雀跃欢腾,人人都东摇西晃地跳起舞来"(吉尔弗尔丁格的《壮士歌集》,第49首)。在关于博济的萨迦叙事作品中,也有关于演奏的魅力的同样描述;多勃雷尼亚的歌曲所产生的影响甚至更加令人生畏,根据一种变文,当他开始演奏时,"所有出席宴会的人环顾四周,所有出席宴会的人都**大惊失色**";值得注意的是,根据某个转述(同上书,第80首),在多勃雷尼亚的弓箭上,"在圆头的末端",联带着一组耀眼的古斯列琴,当多勃雷尼亚的同行伊凡·杜勃罗维奇在这一弓琴上演奏时,所有的"琴师都沉默了,所有的流浪艺人都在洗耳恭听"。

"令人生畏"的歌曲这一主题作为一种陈词俗套,也渗入了我国壮士式的流浪盲歌手的曲目之中,可是它在宗教诗歌的组成中所具有的真实地位却难以符合它的效应。流浪盲歌手们乞求着施舍:

"流浪盲歌手们用响亮的嗓门叫喊着,
连潮湿的大地母亲都颤抖起来,
从树梢上震得枝叶纷纷落下,

> 连大公的坐骑都惊吓得蜷缩成一团,
> 而壮士们纷纷从马上坠落
> …………
> 震得阁楼的房顶坍塌了,
> 农舍里间的木屑碎土纷纷撒落,
> 连地窖里的琼浆美酒都震荡了起来。"
>
> (Л. Н. 别斯索诺夫:《流浪盲歌手歌谣集》,第 1 卷,
> 第 4 首,第 9—10 页;第 5 首,第 21 页)

我认为,凡此种种只是多勃雷尼亚的"令人生畏"的演奏这一主题的一些零散的特点,其相互之间的真实联系已难以理清,如果不追根溯源到它们被歪曲了的原始版本的话,就会像插入丘里拉的纽扣之中的小古斯列琴一样,成为令人费解之谜。在关于多勃雷尼亚远游的壮士歌中可能融合了两个主题:(1)丈夫从离家出走到归来参加妻子的婚礼,出示戒指,表明自己身份,赶走对手;(2)妻子被抢走,丈夫化装成流浪艺人出现,用他的演唱吓住了所有的人,利用混乱之际救出了妻子。后一个"抢妻"的主题可以说明古代歌谣在结婚仪式中所占有的地位,这同"抢婚"礼仪的遗风是有联系的;歌谣在这一礼仪中保留了下来(如在波兰和保加利亚人那里),同时也保留了如今广为流传的那种形式,即包含了丈夫出游归来的主题。也许在有关归来的歌谣中,也反映了某些生活习俗的特征,这些特征把它同古代婚姻形式之一联系在一起,这些形式在生活中虽已废除,但作为一种婚礼的象征却保留了下来。我指的是这样一种习俗,按照这种习俗,寡妇成为氏族的财产,氏族有权独断专行地支配她的改嫁;最有名的是转房制[522]的法规,规定寡妇必须嫁给她的先夫的弟兄。依据克鲁克[523]的看法,古代关于珀涅罗珀的求婚者的传说正是反映了这样一种关系:俄底修斯离家外出,人们认为他已经丧命了,珀涅罗珀的求婚者——这是氏族中有权提出自己求婚要求的成员们,而荷马已经不明

白这些关系,于是合法的要求在他看来,竟成了以暴力逼迫。在有关"丈夫出席妻子的婚礼"的诗歌中,大都是一些亲人,诸如父亲、兄弟与姐妹(斯堪的纳维亚抒情叙事诗,塞尔维亚诗歌)、岳父(阿尔巴尼亚诗歌)强迫她改嫁;弗拉吉米尔大公强迫多勃雷尼亚的妻子嫁给他的结拜兄弟,比他年龄小的阿廖莎。企图染指结拜兄弟的妻子,就像在认干亲的类似关系中犯禁忌一样大逆不道*;但是,为什么在这里需要这种犯罪主题呢?在同我们的情节形成对照的西方作品中提及叛徒,他通报了有关丈夫亡故的虚假消息;这也就足以说明问题了;阿廖莎也是叛徒;他的结拜兄弟或者不过是在扮演双重角色,或者取代了更为古老的观念:起初问题可能涉及同族人,涉及作为兄长的丈夫;由此产生了他向寡妇求婚的要求。

---

* 参看亚·尼·维谢洛夫斯基:《古代农事节庆仪式中的杂婚、结拜兄弟和认干亲》,第804页。

第三章
诗歌的语言与散文的语言

（一）

　　谁都没有深思熟虑怎样回答这一标题所提出的问题，而只是以表达含混不清的印象的空泛辞藻来应付，在这种印象之中，个人的趣味，不论它们如何丰富多样，都在所继承的传统中殊途而同归了。研究这一传统的实际发展及其起源，意味着对这一印象本身加以阐释或使其规范化。在以下行文中，我不过指出了研究者可以遵循的一种途径，如果他已经掌握了所有必要的事实材料的话。

　　问题在于区别诗歌语言与散文语言[524]。我们可以这样开门见山地说：诗歌语言绰绰有余地运用各种形象和隐喻，而这些形象与隐喻同散文却是格格不入的；在它的词汇中有这样一些特色、用语，我们在诗歌范围之外是不习惯看到的，它还赋有语言的合乎节奏的音律，而除了某些情感因素之外，这同日常的事务性语言也是格格不入的，而我们已习惯于把这种语言看作是一种近似散文的语言。我所说的合乎节奏的音律并非指由于押韵而强化或不强化的诗歌节律：如果对于歌德来说，诗歌只有在合乎节律和押韵的条件下，才能成为诗歌的话（《诗与真》），那么我们已经习惯于散文"诗"（屠格涅夫），习惯于虽不押韵，却以诗意感人的诗歌了（惠特曼）[525]。正如我们在另一方面，也熟知那种"繁花似锦的"，虽富有诗意，却往往具有非常粗俗的内容的散文一样。舍列尔[526]甚至认为可能有散文体的叙事诗,具有史诗风格而又不是诗体的历史作品。但是,我们自然不会仅仅因为科学题材是用诗体阐述的,并具有丰富的形象和相应的修辞手段,就把这类作品视为诗。

这就是我们所获得的印象,而我们自然倾向于得出这样的结论,即选择这种或那种文体或表现方式是有机地取决于我们称之为诗歌或散文实际上所具有的内容的,于是我们也就选择了与此相应的定义。可是内容过去和现在都在变化:许多以前曾经引起人们欣喜或景仰的事物,如今不再富有诗意,另一些事物在陈旧的位置上标新立异,而以往崇敬的神灵则被放逐摒弃。但是,对于被称之为诗歌或事务性散文相关的形式、文体,特殊语言方面的要求却依然如故。这也就使我们有理由从一定的形式角度提出这样的问题:究竟什么是诗歌语言和散文语言?无论在哪种文体的构成上会发生怎样的历史变化,我们仍然可以感到这种区别,并要求文体具有这种差别。

法国帕尔纳斯派诗人[527]断言,诗歌就像音乐和绘画一样,具有各自的特殊语言,具有各自特殊的美。布尔热[528]问道:"诗是什么呢?"它不在于激情,因为最热情的情人也能用虽然感人,却并不具有诗意的诗句来表达自己的情感;它也不在于思想的真理,因为地质学、物理学、天文学的最伟大的真理也未必属于诗歌领域。最后,它也不在于辞藻的华美动听。与此同时,包括辞藻华美、真理、激情都能成为高度富于诗意的——只是要具备一定的条件,而这些条件正是诗歌语言的特殊品质所包含的:它应当通过声音的组合而引起、暗示一些形象或情绪,这些声音如此紧密地同那些形象或情绪联系在一起,以致好像是它们显而易见的体现。

我没有必要对这一学派的理论进行详细的分析;重要的是承认有一种特殊的诗歌文体;这一概念应该得到历史的阐释。

亚里士多德在区别诗歌语言和散文语言的时候(见《修辞学》,第3卷,第2章),像一位记录员那样如实照录他所观察到的一些事实,按照相当宽泛的范畴加以分类,在它们之间留下过渡的地带,并不做出一般性的结论。他说,文体风格的主要优点可以确定为明晰,既不能"流于平凡,也不能提得太高",但应求其适合(话语的对象);**诗的风格也许不平凡,但不适用于散文**。在名词和动词中,只有普通字才能使风格显得明晰。我们在涉及诗歌艺术的作品中(《诗学》,第23章)提及的其他名词可以使风格**富于装饰意味**而不流于平凡,因为偏离(日常用语)可以使话语显得更**庄严**,须知人们对风格的印象就像对外地人和同邦人的印象一样。所以必须使我们的语言带上异乡情调,因为人们赞赏远方的事物,而**令人赞赏**的事物是使人愉快的。在格律诗里,有许多办法可以产生这种效果,而且是适合的,因为诗里描述的事情和人物是比较远离(日常平淡生活的)。但是,在散文里这些办法就不大适用,因为题材没有那么崇高。即使在诗里,冠冕堂皇的话出自奴隶或很年轻的人的嘴里,或者用来描述很细小的事情也是不适合的。甚至在诗里,为了求其适合,有时候应当把风格压低一点,有时则应当提高一点。

亚里士多德继续说道:风格的呆板是由四种原因造成的(见《修辞学》,第3卷,第3章):(1)滥用复合词;(2)滥用奇字;(3)滥用不适当的修饰语;(4)滥用隐喻字。在这里我们重新回到诗歌风格的差别问题上:不应当使用过长的或不合时宜的或过多的修饰语;例如,在**诗**里,完全可以说"白的"奶汁,而在散文里(类似的修饰语)则完全不相宜,用得**太多了**,就会暴露作者的手法(过于华丽雕琢),并表明**这类字如果非用不可**,那么**这就使散文变成了诗**,因为它们使风格不流于平凡,而且带上**异乡情调**……如果事物没有名称,字又很好结合,人们就使用双字**复合词**,例如"时间消磨"(времяпрепровождение);但是,如果滥用这种字,散文的风格就会完全变成诗的风格。写**酒神颂**的诗人喜欢用双字复合词,因为这种字很响亮;而**生僻古奥的字**则为**史诗**诗人所喜用,因为这种字**很庄严**,而且很高傲;而**隐喻字**则最为写**抑扬格诗体**的人所惯用,这种诗体现在仍然在使用……隐喻字也有不合用的,其中一些是由于滑稽可笑而不合用,喜剧诗人却使用这种隐喻字,另一些是由于太庄严、带有悲剧意味而不合用,这种隐喻字如果是从相差太远的事物中取来的,意思就会含糊不清,例如高尔期亚说起的"浅绿色的、没有血色的事件"。[529]

总之,诗的语言不是卑下的,而是庄严的、令人赞赏的,具有同散文格格不入的特殊词汇,丰富多彩的修饰语、隐喻字、复合词,足以产生某种非本土的、带有异乡情调的、高踞于生活之上的、"古奥的"色调的印象。这里也间接地涉及诗歌的内容问题:它所阐述的是崇高的、远离日常平庸生活的对象;但是议论的实质则归结为我们所关注的目标:关于诗歌文体风格的本质问题。我们以下会看到,在有关诗歌和散文的语言的论著中,并不总是遵循把内容与文体风格加以区别这一重要原则的。由此而产生一系列模糊不清之处和不切实际的定义。我们只举出其中的少数例子。

对于格尔柏[530]来说,诗歌与散文的分离是从文学形成就开始的;人类在某个时候曾出现双重的追求:一方面,要求按照他所感受的样子来把握世界,这被看作是存在着的世界,而准确的散文语言则为此提供了最合适的表达方式;另一方面,把同一个世界想象成为某种神圣事物的象征、幻影、表象,而为此效力的则是感性形象的语言,原始个体的语言,这种语言激昂而崇高,至今仍存在于我们的语言之中,存在于氏族的语言之中;这也就是诗歌语言。这种区别相当含混不清:须知我们的语言,一般说来,就是日常的散文语言,所表达的并不是世界诸种现象和对象的本质,而是我们对于它们的理解,我们所感觉到的样子,也就是表象,而同一个表象也应当用诗歌语言来表述;不论在哪种文体中,都是运用不自觉的、假定性的、象征性的形象性,不过在一种情况下(散文),这种形象性比较不重要和难以觉察,而在另一种情况下(诗歌),则更为生动和重要而已。那么什么是原始"个体"的诗歌语言呢?如果对后者不是理解为个性,而是单个个体的话,那么要知道语言本来就是一种社会现象,即使就其狭义而言,也是如此。散文作为一种特殊的文体和种类,是在文学记忆中分离出来的,作为文体风格而言,它的起源远远超出了历史的界限,即使它具有故事的形式。

施泰因贝格在《论文体学、诗歌与散文》《论文体》等论文中,数次论及我们所感兴趣的问题[531]。问题涉及文体风格,可是诗歌和散文的内容范畴却经常干扰问题的解决,以致问题无法得到比较明确的结果。

我试对上述第二种看法予以评析。

作者把**事务性散文**排除于考察之外,并把它同具有一般性的、理论目的的艺术和科学对立起来。散文理解为**科学散文**(除科学公式以外)和**雄辩术**,后者被描述为艺术的某种附属的、附加的东西(所谓实用艺术),可是诗歌却完全属于艺术领域。诗歌与雄辩术(演说艺术)在这里被置于一种模糊不清的关系之中,这令人想起了亚里士多德对于这一问题的提法。我们至今仍处于文体风格的领域内:问题涉及诗歌语言与散文语言,而且是审美散文的语言;两者都与日常的、事务性的散文(交际语言)相对立,也与一般的生活实践相对立,与此同时它们又彼此区别。这一区分立足于对于实践活动,对于艺术与科学的目的的分析,但是这已经指向另一种标准:不是文体或叙述的标准,而是内容的标准。因此便把运用抽象和一般概念的哲学与科学排斥于审美散文的领域之外,因为它们的过程同艺术,也就是诗歌的过程是背道而驰的:诗歌通过单独个体、局部现象、形象来揭示思想,而科学只知道抽象的思想。历史或史学同审美散文的关系则是另一种格局,但当作者分析历史学家与诗人在工作方法和创作特点方面的异同时,则又使文体、叙述的范畴同内容的范畴混淆在一起。关于作者论述"**诗意散文**"的章节,也应作如是观。就长篇小说和短篇小说而言,作者提出了这样的问题:为什么这一如今为人们喜闻乐见的文学品种不用诗体也能风行。作者把这一情况看作是诗歌逐步接近尘世,接近个人的、家庭的和社会的生活题材的发展过程中的一个必然的阶段。因此，我们从一个侧面了解到，诗体——这是尚未从云霄降落尘世的诗歌的附属品。

再次回到科学语言的话题时，作者分析它在多大程度上可以容纳美，附加美（实用的美）的因素，并对于这种美下了如下定义：这是一种能产生愉悦感受，并体现于适合专门的实用职能和目的的对象之中的形式。我们可以提示一下，因此，艺术、诗歌所追求的并不是实用的目的，它是无私的。这是立足于内容和目的的范畴之上的有关艺术创作的特征的陈腐定义之一。

施泰因贝格的分析提供了很多细致的观察和有趣的概括，但很少有助于阐明我们所关注的问题。诗歌运用形象、独特个性；诗体是它固有的一种属性；它的美不是附加的；至于这一概念包含着文体，从有关科学散文所具有的附加的美的思考中可以见出。但什么是诗歌文体的美呢？

在关于《文体哲学》的随笔中，斯宾塞[532]接近于从另一种角度，即从心理物理学，也可以说是经济学的角度来探讨问题的答案。问题并不涉及诗歌的和散文的语言的区别，而是涉及一般的文体，但是论述的结果却提供了某些有关区分诗歌的特殊语言所需的资料。

优美文体所应符合的主要要求是节省听者或读者的注意力[533]；这一要求决定了词汇的选择，它们在话语中的次序安排、语言的节奏，等等。我们更容易理解从小所掌握的词汇，比起那些后来才掌握的意义相同的词汇，或所谓同义词来说，它们更容易引起联想。作者从英语及其语汇中包含的德语和罗曼语系因素里举例说明：儿童语言富于前一种词，而后一种词则是在思想意识已经稳定的时期才开始运用。因此 to think（想）似乎要比 to reflect（考虑）更富于表现力；俄语类似例子可以举出以下对比：думать（想）与размышлять（思考），размышление（思考）与рефлексия（反省）。容量短小的词同样符合节省注意力的要求，虽然作者预先说明，短小并不总是符合更快地吸引注意力，更迅速地产生印象的目的，因为有时复杂的词组、修饰语由于自己的容量而比短小的同义词更富于表现力,因为它们使听者有可能更长久地集中注意于它们所唤起的形象的特性上。例如,magnificent(壮丽的)——与 grand(宏伟的),vast(巨大的)——与 stupendous(极大的),等等。在涉及某一范畴的词汇时,应当考虑到,联结成对偶的词汇远不是含义相同的,而是在同一概念之下引起不同的联想;同义词在实际上并不存在,如果把这种词理解为某种等同的、其意义可以天衣无缝地相互涵盖的话。如果认为 to think 与 to reflect 在儿童用语中可以并存的话,那么它们也会无意识地反映出理解上某些不同的色调,虽然并不像我们在运用它们时所理解的那样。从这一观点出发,可以为引进外国词汇进行辩解,如果它们能引起一些思想联想,而这些联想又是本国民族的同义词所无法引起的话。

拟声词[534]——具有声音形象性的词,也符合节省注意力的要求。如果我们用抽象的、不生动的词汇来表达有关敲打、坠落等等的理解的话,那么就要动动脑子,以便想象出这一动作本身所产生的现实印象;当你听到"吧嗒,轰隆!""扑通一声掉下!"时,这种动脑子的工作便成为多余的了。根据同一理由,具体词汇要比抽象词汇更富于表现力,因为我们不是通过抽象,而是通过细节、特征来思考的,我们需要花费精力来把抽象用语转化为形象用语。

选择所遵循的同一原则,也适用于话语的结构、次序。作者从以下例证出发——英国人、德国人、俄国人说:вороная лошадъ(乌黑的马);法国人、意大利人则说:Cheval noir(马乌黑的)。当说出"马"一词时,你在听者想象中引起他所熟悉的形象,但必然是有颜色的,况且毛色的选择纯属偶然;你可以想象是一匹枣红的、黄褐的等等毛色的马。因为"乌黑的"因素还没有抓住,没有固定你的注意力;一旦这一因素表达出来,在它与你所赋予的内在形象的色彩相吻合的情况下,你会感到满意,而在相反的情况下,你开始破坏这一形象,为的是使它适应于强加给你的印象。否则在"乌黑的马"这一词组搭配下,你会获得一种昏暗、黝黑的背景,以便接受"马"这个词所暗示给你的轮廓。

这便是节省注意力。由此而产生决定斯宾塞关于理想的语言结构的观点的结论：形容词先于被形容词，副词先于动词，谓语先于主语，所有属于解释第一位和第二位的词汇都先于它们本身；从属句先于主句，等等。"велика эфесская диана"（"伟大的以弗所的狄安娜"）要比普通的"эфесская диана белика"（"以弗所的狄安娜伟大"）更美和更节省。换句话说，倒装的、间接的语句结构却是正常的，而它实际上是直接的。自然，在推荐这种结构时还是有所保留的：在复杂句子或组合句中，当形容词连接形容词，相互重叠，而被形容者却处于句子的结尾时，由于所期待的目的尚不明朗，经常难以弄清这种重叠的顺序。为此需要花费一定的智力、一定的注意力；哪里还有什么节省呢？这种结构是缺乏智力的人所难以胜任的：他正是通过整体的各个局部细节之间一系列的组合、对比、几个句子之间的搭配来表达复杂的思想联结的；我也可以说：并不是局部与整体之间的从属关系，而是协调搭配的关系。斯宾塞说，这种结构正是野蛮人或未开化的人所固有的。他们会说：水，给我；或者：人们，他们曾在那里，等等。

我们可以看出，斯宾塞的全部论据都建立在两个前提之上：精力的节省和对于文体的现代要求的肤浅考察；它们看来相互支持，可是却遗忘了一个并非不重要的、演化的因素，这也是斯宾塞所重视的因素，但令人遗憾的是他所建立的却是一座空中楼阁。文体应当是明晰的——对于听者来说，而对作者、作家却不予注意；的确，他为读者而写作，语言同文体一样，是一种社会系列的现象，在这方面问题的提法并没有错。文体的明晰性决定于注意力的节省；这是心理物理学的前提；由此而得出第二个前提，同时也是由对于非直接的、倒装的语句结构的效果或更好的效果所进行的观察所启示的，如"伟大的狄安娜来自以弗所"！由此得出的一般性结论，却同节省注意力的原则自相矛盾：原始人、野蛮人喜欢协调所获得的印象及其表达形式。这是斯宾塞所列举的第一个引导我们涉及文体，尤其是诗歌文体的历史演化的事实，它也涉及语法的比较史，最后，还涉及那些词组搭配的心理的或其他方面的原因的问题。作者在"乌黑的马——马乌黑的"这一公式中典型地表达了这种搭配。

关于节省注意力的问题的探讨并没有到此为止:语言修辞格,提喻法[535]、换喻[536]、比喻[537]、隐喻[538]——所有这些手段都符合关于具体性的同一要求,它有助于我们摆脱把抽象词句无意识地转换成形象的形式的必要性。文体的优点正在于通过尽可能少的词句提供尽可能多的思想;这大多是富于联想的词句,依照惯例,是一些具有拟声因素、具体的词句,凡是注意考察斯宾塞的思路的人,都会这样提示说。在这里我们已着手研究关于诗歌文体的特征的问题。经常运用本身具有表现力和按照其所引起的联想而富于表现力的词句和形式,其结果便形成了我们称之为诗歌的那种特殊文体。诗人运用象征,而象征的效果则是由他的本能和分析所提示的。由此而产生他的语言与散文语言的差别:不完整的诗段,经常的省略元音[539],省略某些散文所无法避免的词。诗歌语言之所以产生特殊的印象,其原因在于它遵循明白易懂的语言规则,同时又模仿激情的自然表达:如果诗歌的**内容是对激情的理想化**,那么它的文体便是这一激情的**理想化的表现**。就像作曲家运用华彩乐段[540]来表达人类的欢乐与同情、忧伤与绝望,并从这些萌芽中汲取足以启发同样的、但被升华了的感受的旋律一样,诗人也从人用以表达自己的激情和感受的典型格式中,发展出那些特殊的词句组合,使其中升华了的激情和感受得到真正的体现。

在转向韵律和诗韵时,我们并不置诗歌与节省注意力的原则于不顾。对于韵律的解释也是对于诗韵的证实。我们受到的不均衡的打击迫使我们的肌肉保持过分的、有时不必要的紧张状态,因为我们无法预见重复的打击;而在均衡的打击之下,我们则可以节省精力。这就是对于韵律的解释[541]。

总之,诗歌运用富于表现力的、引起联想的具体词汇;倒装[542]与省略是它惯用的手段。按照斯宾塞的看法,所有这一切只是一般的文体,而不是提高的文体的要求。韵律和押韵是诗体所固有的;但是,人们注意到,这两者在散文中也可以见到,而后者比前者更具有偶然性。诗歌的内容和激情的提高可以从**激情的理想化**得到解释。富于激情、高昂经常被视为诗歌语言所固有的特性;例如,卡尔杜齐[543]说,我觉得,与散文相比,诗歌作为一种艺术,从形式方面讲,也是立足于**提高**了至少一度的情绪之上,因为它要求创作者和接受者具有一种特殊的心态,其结果便提供了那种我们称之为诗的艺术元素,而它有别于另一种同样优美的散文元素。在这两种情况下,问题都涉及文体。在提及提高了的"语调"时,我想起了布尔热关于帕尔纳斯派所说的话:任何激情都提高表达,但并不是激情的任何语言表达都一定是诗。列夫·托尔斯泰伯爵(《什么是艺术?》)在承认艺术的主要特性是艺术家用自己所体验过的情感"感染"其他人的同时,却对这一显而易见的事实不予重视。"最不美的痛苦景象可以最强烈地感染我们,唤起怜悯或者感动之情和对受难者表现的自我牺牲和坚忍精神的赞赏钦佩"[544]。艺术在这里又有什么关系呢?激情的真诚与力量从来都是富于感染力的,并超出了艺术的表达之外。

(二)

诗歌语言与散文语言具有同一基础,相同的结构、提喻、换喻等修辞格也相同;词汇、形象、比喻、修饰语也都一样。其实,每个词都曾在某个时期是比喻,都曾从某个侧面形象地表现客体的某个方面或特性,这对于它的生命力而言,是最富于特征性和代表性的。我们关于对象的知识由于弄清楚它的其他特征而丰富起来,这在起初是通过同其他的按照形象性和假定的生命活力的范畴而相似或不相似的对象进行比较的途径来实现的。这就是我称之为心理对比法的那种过程的基础;在对比中事物相互得到阐明;某些一般概念也变得明晰起来,这些概念又能用来评价一些进入视野的新现象。对比的范围越广泛,依据个别特征进行的联想越频繁,我们对于对象的理解也越充分,这种理解是同对于隐喻词的片面的图解式的定义处于不自觉的矛盾之中的。当我们说出房屋、农舍等词汇时,我们把它同某种共同的特征组合联系在一起(用来居住的建筑,用墙围起来的空间,等等),而每个人又依据各自的经验加以补充;但是,如果我们谈的并不是我们所熟悉的、其形象不知为什么深深铭刻在我们的记忆之中、为我们所珍视的房屋,而是一般的房屋、出租的房屋,等等,那么我们便不会领悟这个词给我们勾画出的轮廓,我们无法想象它们[545]。词成为概念的体现者,只能引起各种概念的而不是形象的联想,而这些形象却可以引起同其他形象进行新的对比和新的概括的前景。其结果是现实而生动的和心理的联想的日趋贫乏。诗歌语言对词的图解因素加以修复更新,从而在一定限度之内恢复语言在某个时期曾做过的工作,即形象地掌握外在世界的各种现象,并通过现实对比的途径来进行概括。我们并不人人都是诗人,却能在或悲或喜的情感激动之际,深入体验所见到的或由想象、回忆所唤起的现实生活的形式,并由它的各种形象出发而耽湎于新的幻景和概括之中。这种现象并不常见;但这在诗歌中却是文体的一种有机属性。那么它是如何形成的呢?

让我们从音乐因素说起。它是语音所固有的,我们可以感觉到它,有时还寻找它的谐音。词的语音往往本身就能说明问题,帕尔纳斯派在对于语言的音响因素的理解方面走得太远,而心理物理学(费希纳)[546]则并不否认这一事实本身。在音乐演奏时,语言的这一方面应当更鲜明地显示出来;而诗歌是同歌唱一起产生,并长期共存的。

它是同有节奏的舞蹈合拍的歌唱一起产生,并发展起来的。

节奏、匀称、有序的动作、节拍,是我们生理和心理系统的有机的条件和要求;在这一背景上便形成和发展了它后来的审美目的。斯宾塞关于文体所说的节省注意力,即节省精力;在时间上散乱的打击也分散了用以反击它们的精力,匀称的紧张则可以保存精力,规范挥拳和间歇。人们早就熟悉在民间伴随着体力劳动而哼唱的歌曲,它们符合劳动的节奏,并予以支持:我国的《棍棒歌》,埃及妇女推磨时所唱的歌,撒丁岛的农民在打场脱粒时所唱的歌,等等,都是这样的例证。看来比较远离纯粹生理系统方面的要求的,还是我们对于对比排偶结构的格式的喜爱。这种格式中有一部分是由同样的重音重复所连接,有时还得到谐音、韵律,或者辅音重复[547]和句子成分之间具有内容的心理对比法的支持。例如:"через пень и каменъ"(原文为德文,意思是:"越过树墩和石头"),在古代德国法律格式中尤为常见……"вертится, как бес, и повертка в лес (сорока); не свивайся трава с повиликой, не свыкайся молодец с деицей"(意思是:"转来转去,像个魔鬼,拐弯处,通往森林,〈喜鹊〉;草儿别同无根草扭成一团,小伙子别同姑娘纠缠不清"),等等。在完全同舞蹈的节奏合拍的歌曲中,可能更经常地重复这种谐音,由此而出现了韵律;它在日耳曼语系诗歌中特别发达,这可能是受到中世纪布道的经典著作所流传下来的那种矫揉造作的辞藻华丽的散文的影响所致,但这并不能改变问题的渊源。重音把一定的词提高到处于间隔中的其他词之上,如果这些词还具有内涵上的对应,即我在称作"心理对比法"之中所分析的现象,那么在修辞联系之中便又增添了另一种联系。

不仅由于动作,而且由于形象及它们所引起的概念之间的联系而结合在一起的格式、对偶词和词组便这样被挑选了出来。格式可能是各式各样的;喜闻乐见的是那些曾经是或被认为是最富于联想的格式;由此它们得到了进一步的发展。雄鹰掠走了白天鹅,小伙子带走了姑娘——这是一种公式,其各个成分是以形象或情节的对比法而联结在一起的;雄鹰——小伙子,姑娘——天鹅,掠走——带走等等之间的对称应当巩固节拍的匀称分布。这一格式及其他类似格式的各个成分是如此牢固地相互联结,共同铭刻于意识之中,以致一个部分可以紧随另一部分而至:雄鹰——天鹅可以引起关于小伙子与姑娘的概念;雄鹰成为了小伙子、未婚夫的标志;或者公式的各部分如此巧妙地编织在一起,以致这部分的情节或形象可以转用于另一部分,或者相反。这样便从被节奏交替所巩固的心理对比法之中发展出歌曲的、诗歌的语言所运用的象征和隐喻,这种语言的特殊渊源也变得容易理解了。它应当提高一般的词的形象因素,当这种因素在日常的、非诗体的语言运用中已消耗殆尽的情况下,陈旧的词——隐喻在新的搭配环境中得到了复活;丰富多彩的修饰语早被视为诗歌文体的特征,也符合同样的要求:在词中突出形象的现实特征或是某一个特点,它使这个词显得与众不同,并往往成为其不可分割的部分。

诗体的基础在于彻底贯彻和经常运用韵律规则,它使语言的心理——形象对比得到调整。心理对比法是受到节奏对比法调整的。

对处于相互影响范围之外的不同民族的诗歌的考察导致这样的结论:某些最简朴的诗歌格式、对比、象征、隐喻能够独立自主地形成,它们是由同样的一些心理过程和同样的一些节奏现象所引起的。条件的相同导致表达的相同;生活习俗方式,动物区系[548]和植物区系[549]等的不同不能不反映于形象的选择,但是关系的性质、象征体系的起源则是相同的。在不知道雄鹰的地方,另一种猛禽可能成为未婚夫的象征,在不生长玫瑰的地方,会把姑娘比喻为另一种花卉。

如果形成诗歌文体的条件还是比较容易想象的话,那么它的古代发展史及其概括便只能靠推测来构想了。可以想见,在某个与世隔绝的地方,在一小群人之间,响起和跳起合乎节拍的最简朴的歌舞,并形成了我们后来称之为诗体的那种形式的萌芽。在毗邻的地区,在同一种语言的不同地点,重复着和独立形成着同一种现象。我们期待在生活习俗根基和表达方式上相似的诗歌之间进行交流。在它们之间进行内容和文体风格上的选择;更鲜明,更富于表现力的格式可能超过表现同样一些关系的其他格式而占上风。例如,在箴言[550]领域,同样一个伦理原则可以用不同的方式表达,而只有一两个谚语格式受到喜爱而保留了下来。这样在最初时期从各地区丰富多样的诗歌形象和用语之中便开始形成和发展起一种在诗体的意义上我们可以称作共通语[551]的语体:伊奥利亚人的史诗和多利人的合唱抒情诗便是这样一种文体,其对话形式对于五世纪的雅典风格的戏剧的合唱声部而言仍是必须遵循的。这样便从各种方言的交流中形成了那个中间的、核心的语言,在有利的历史条件下,它注定要具有文学语言的意义。以下的一些例证涉及方言与文学共通语的关系,但也阐明我所提出的问题:诗体是怎样概括出来的?

雅·格林、霍夫曼和格贝尔[552]早就注意到,而近来贝克尔和冯·豪芬[553]也都注意到东西方民间诗歌领域内的某些表面上看来令人费解的现象:民众不是用各自的方言,而是用文学语言,或者用提高了的、近乎文学语言的语言进行吟唱。在德国、法国、奥地利都是如此。霍夫曼从心理学的角度解释这一现象:正如人民在自己的诗歌中向往能使他们超越于平庸的现实生活之上的崇高情感和世界观的领域,认为遥远的古代要比自己所处的不堪入目的现实生活更为美好,宁愿同童话传说中的国王、侯爵和骑士们来往,也不愿同自己的兄弟们打交道一样,他们在诗歌语言中也力求超越自己日常所说的方言土语的水平。尚弗廖里[554]也发表了类似的见解。他在阐述法国诗歌语言的特点时说:创作诗歌的歌手鲜明地意识到自己的个性,为了表现这一自我意识而选择能特别突出它的形式,并在有文化教养的阶级的语言中找到了这种形式。贝克尔把这种选择看作是力求把诸如抒情叙事诗这样的严肃诗歌提高到它的内容的高度的一种自然的愿望,这种内容是无法通过方言的形式来表现的,因为方言是太缺乏激情了。

对于诗歌语言的观察在对于故事文体的观察的衬托下,显得更加分明。当法国民间故事大都用方言来叙述,只是偶尔才运用文学语言的时候,在诗歌中却观察到相反的现象,这不仅在法国,而且在挪威(据莫耶观察的结果)和立陶宛也是如此。勃鲁格曼说:立陶宛民间故事的语言鲜明地区别于诗歌语言,后者坚持用所谓的崇高文体,其词汇和语法在很多情况下有别于日常的口语,依据后缀词也无法判断地域方言的性质。

我已经涉及民间诗歌的提高的、"文学的"语言问题,但所提出的一些问题却尚未解决:在哪些诗歌领域里,这一倾向尤为显著,或者根本没有表现呢?我认为这一倾向表现在抒情叙事诗、爱情诗歌之中是容易理解的,它们从一个省份传播到另一个省份,而且经常显示出城市的影响,在童谣、仪典歌谣等诗歌中,我们则会见到另一种情况*。最新的观察证实了这一论点,并发现了新的情况。结果表明,在远离历史大道,或者某个时期曾过着独立政治生活的那些领域,地方方言在诗歌中往往占据了主导地位:如在基特马尔什,在谢米格拉德的德国人之间,在处于不同语言环境中的德国居民点,例如在库伦德享,在意大利,在普罗旺斯,在加斯科涅,都是这种情况。在德国中部和莱茵河流域则是另一种情况:这里早从十五世纪起,就在个别地区之间进行诗歌交流,而各种方言变得如此接近,以致在共同文学语言的基础上掌握民间诗歌已不是什么特别困难的事。或者可以观察到在不同诗歌范畴之间的区别:在诺曼底、香槟省,在梅斯区和布列塔尼的法国区,非仪典性的、抒情叙事体等性质的诗歌是用共同的法语吟唱,而在庆典、游行时唱的其他诗歌则用方言;在此情况下值得指出的是,古代的和最富于诗意的后一类诗歌,如五月节庆诗歌,同样具有共同法语类型的特点,而新的和比较粗俗的诗歌则宁愿运用地方方言。在施瓦本、巴伐利亚、福格特兰德等地、即兴四行诗、应景诗、讽刺诗则属于方言领域;而其他多数的诗歌则运用接近文学语言的语言。

我认为,这些事实可以用来说明我们感兴趣的问题:关于民间诗歌的共通语(койнэ)的形成问题。在历史发展的大道上,在一般具备毗邻和相互影响的有利条件下,各种方言进行交流,形式和词汇相互接近,从而获得了某种平均化的共通语,而它确实在迎着正在某个中心形成并开始区域化的标准文学语言前进。在同样一些条件下,民间地方诗歌之间也在进行交流,而我则用这种交流来阐明那种细微的文

---

* 参看《民间文学研究的新书》,载《国民教育部杂志》,1886 年,第 244 期,第 2 册,第 172 页。

体形式和手法的选择,我们曾经假定它们是在任何诗歌的源头独立形成的。这样便从大量局部现象中分离出来,从而形成了比较共同的诗歌文体的基础。它的形象性和音乐性使其高出于非节奏性的俚俗语体之上,而这一提高的要求在意识中保持了下来,即使在它非理性地表现时,也是如此:法国和德国用"文学"语言表达的诗歌可能是由城市传播来的,并保留了中央的而非地方的方言的语言学特征,但也可能是初次以这种形式形成,因为对于西方农民来说,城市居民的语言——标准语——很自然地显得是某种特殊的东西,它使诗歌超越于方言的单调乏味的色调之上。

　　立陶宛诗歌的提高了的语言与故事相比较,是否排除了文学影响的可能性呢?只有专家才能判断、说明这一区别:究竟是诗歌语言和文体高出于周边的方言土语,还不过是一种陈旧的套语。故事更加自由,只有一些零星散见的固定格式,它们并不束缚叙述。俗话说,从歌曲中删不掉一个词,虽然这未免有些言过其实,但格式在节奏的维护下却能比较牢固地保持其中的词句[555]。

　　我顺便提一下仪式——方言的诗歌与抒情叙事的、文学语言的诗歌的关系。后者的语言是交流的结果,而前者的语言则由于地方习俗、生活方式的自给自足和不可移植而显得比较稳固,因为它们根植于生活之中。是否可以由此得出结论说,在那些存在过同样生活习俗条件的地方,相应的诗歌格式也不会从一个地区移植到另一个地区呢?我所指的只是某些复杂的格式,关于它们不可能提出独立形成的问题。它们同样能够移植、排斥其他相似的格式而在过渡的和新的语言形式中站住脚,并参与那种逐渐导致诗歌共通语形式的交流活动。例如某些歌谣引子就传遍了俄语和波兰语的所有方言,并不断地重复和变化。人们曾在某地首次听到这些歌谣引子,并极富感染力地传唱开来。如果说一往情深的爱情的象征＝攀折花朵,可以解释为一种自生的现象的话,那么歌谣引子:翠绿的芸香树,等等,则传播得相当遥远,属于感染影响的问题,也就是各地区诗歌文体交流的问题。

（三）

　　交流的范围越是扩展，需要进行选择和淘汰的格式和用语的素材也就积累得越多，由此概括出诗歌的共通语，并在更广泛的区域内得到确认。它的特点是历史地形成的假定性，这种假定性不自觉地促使我们联想起同样的或相似的一些观念和形象。从形容对象的一系列修饰语中，某个修饰语被挑选出来作为该对象的标志，尽管其他一些修饰语并不比它更缺乏代表性，但诗歌文体却长久地沿着这一假定性的轨迹迈进，诸如"白"天鹅，"蔚蓝色"的海浪等等。从已经表现为语言形式，脱离了诗歌心理对比法，并为后来的文学影响所丰富的大量对比和移植之中，挑选出了某些固定的象征和隐喻，作为共通语的陈词套语，并得到了或多或少的广泛传播。诸如把鸟类、植物花卉、花的色彩，最后还有数目作为象征，便是例证。我仅举人们喜闻乐见的三位一体、三分法为例。例如最简单的隐喻：发绿——变得年轻，乌云——敌人，战斗——打谷脱粒，簸扬（谷物），酒宴；劳动——忧伤；坟墓——妻子，一个被打死的年轻人同她结下了永世良缘，等等。在民间诗歌的比兴中，外部自然界的形象象征性地同人的心情、处境相互辉映，形成了中世纪德国以自然景色为诗歌引子的程式。另一类陈词俗套的源泉是由于诗歌吟唱中的合唱而形成的重复叠句；还有充满激情的话语所特有的修辞手法，诸如在南斯拉夫、乌克兰、现代希腊、德国等地的民间诗歌中在叙述中穿插的问话，经常是反问的格式：什么在青山上呈现白色？她从自己头上脱下了什么？等等。属于陈词俗套的还有这样一些格式：具有预言性的梦境，自吹自擂，诅咒，战役的典型描写；这一切往往阻碍发展，然而它们却是属于民间诗学手段的假定性程式。古典的与伪古典的体裁并没有什么实质上的区别；浪漫主义者以民间诗歌具有更自由的形式的名义所发出的抗议，在实质上无非是由一种假定性转向另一种假定性而已[556]。

当在诗歌中形成了这样一些习惯于暗示象征性内容的一定画面、一定观念的基本单位、形象系列和母题的时候，另一些形象和母题则由于适应了同样一些引起联想的要求而可能与旧的形象和母题一起找到自己的位置，并在诗歌语言中固定下来，或者在过渡性的趣味和风尚的影响之下风行一时。它们来自生活习俗和仪式传统，来自民间的或经过艺术加工的外来诗歌，由于文学影响、新的文化潮流而风靡一时，这就同思想内容一起决定了它们的形象性的特点。当基督教提高了人的精神方面的价值，把肉体作为某种有罪孽的、隶属于王公世俗世界的东西而加以贬低的时候，肉体美的观念便黯然失色了，而只有在充满崇高精神的条件下才能得到提高；取代鲜明的修饰语的应当是半明半暗的中间色调——珍珠般的色彩——这就是但丁及其学派笔下的美女的色调。属于在民间诗歌心理基础上形成的象征。还有受到基督教的影响，并在亚历山大诗体的《生理学家》[557]的映像的启示下所形成的象征。例如：透过玻璃的折射，并未受到破坏和改变的阳光，成为了处女怀胎的隐喻；从同样一些典籍中流传开来的寓言体，如不死鸟、蛇妖、大象等。大象一旦跌倒，如果没有其他动物应声前来援助的话，就无法站立起来；受伤的鹿会听从猎人的召唤而归来；鹈鹕与蝾螈；能散发甜美的香味来诱惑动物的豹；古典传说提供了那耳喀索斯、珀琉斯的形象[558]，后者的长矛医治了它本身所造成的创伤，等等。中世纪的诗歌充满了这类象征，诗歌文体的地域性加工揭示了不少此类画面。与此同时，古老的、民间的象征也开始为表现新的思想内容服务，只要这样的内容同更为古老的内容有所联系。公鸡到处都是驱散黑夜的晨曦的报信者，警惕的使者；在一首流行民谣中唱道：当雄鸡引颈高歌时，破晓已不远了；作为报晓者，它唤醒人们；在基督教的阐释中，它成为了基督的象征，号召人们由黑暗走向光明，由死亡走向生命。乌鸦则预报某种不祥之兆；在关于洪水的圣经故事中，按照基督教的理解，它是某种不祥开端的预示者：它是妖魔，鸽子则是圣灵。布谷鸟报春，带来欢乐（在罗马尼亚人、德国人等歌谣中），但它却把蛋生在别的鸟的巢穴里。例如,罗马尼亚人说,布谷鸟改变了咕咕叫,同夜莺相恋,从那时一直在觅找它,悲鸣不已;由此在德国人那里出现了一系列新的含义:布谷鸟——傻瓜,放荡公子,杂种,受骗上当的丈夫,最后,用委婉词取代了鬼怪;它的飞来预示着不祥之兆。对于诗体套语和象征母题所做的尽可能广泛的统计使我们有可能比较确切地判断,它们之中哪些简单而流传广泛的套语和象征母题可以列入由于表现同样的心理过程而到处一样的格式,而其他一些地域性的或民间的理解则在不产生影响和不进行概括的情况下,可以在怎样的界限之内保持其特征;最后,文学影响又是通过怎样一些途径参与诗歌文体的普遍化的。在这类统计中总会有估计不足之处,也会出现新的范畴的问题,并根据这些范畴来划分素材,而混同和过渡的程度则取决于局部的分析。我试举几个例子予以说明。

古代的和民间的诗歌喜欢通过动作表达激情,通过外部过程来表现内在过程。一个人陷入忧伤——倒在地上,向远处跪拜哀求;坐着,闷闷不乐。**坐着**,而且正是坐在**石头上**,便成为了表现忧伤、闷闷不乐的心情的一种公式。瓦尔特·封·德尔·福格威德正是这样表现的;他陷入了沉思,怎样把不可结合的东西结合在一起,把荣誉同财富和神灵的保佑结合在一起[559]……

在我国的民间诗歌中,姑娘坐在石头上,为见不到心上人而哀泣,或者:

"清晨,朝霞映空,
燕子在庭园啾啾细语,
姑娘在海边哭泣,
坐在白色的石头上,热泪涟涟;"

另一种方式:

"在海边大理石花纹的石头上,
有个黑眉小伙子坐在那儿哭泣,"

他忧心如焚,他在"想心思",他没有"姑娘做伴"。大理石花纹的石头——这是西方咒语和迷信祈祷中的"大理石":圣母、基督等都坐在它上面。

在远离亲人、情人的情况下,一个人会抓住任何一个形象,抓住任何一个看来由他伸向遥远的异国他乡的现实联系。从那边飞来的一群鸟,飘浮过来的一朵朵云彩,或是刮来的一阵风——它们都传来音讯。贝尔纳尔德·德·温达多尔恩[560]在《当柔风轻拂的时候》和《来自法埃里的夫人之歌》中就是这样描写的……

人们派遣鸟儿、风儿传递信息,委托它们转达问候、祝愿;在马达加斯加则由浮云来扮演这一角色;在德国人、西班牙人、巴斯克人、苏格兰人、芬兰人、现代希腊人、波斯人的民歌中,则由风来充当这一角色。在黑海右岸一带的民歌中唱道:"吹吧,风儿,吹吧,把我的音信捎到萨基纳,捎到阿斯特拉巴德,用你的翅膀拥抱她,胸脯紧贴着胸脯。"充当信使的鸟儿属于民歌中流传最为广泛的母题之一。

我们在一系列适应于**爱情**的各个阶段的典型格式中,都能见到鸟儿的形象。从民间抒情歌谣中删除其通常并不复杂的情节,那么剩下的就只有程式化的**语言象征手法**(热爱=俯身,缠绕,饮水,搅浑,践踏,铲平,等等),这是心理过程的结果,以及同样程式化的格式——处境,文体积淀的结果。

我先从(1)**愿望**的格式说起:啊,如果我是一只鸟儿,我会飞往,等等(见歌德:《浮士德》,第1卷,第5章)。

在一系列民歌(俄罗斯的,德国的,法国的,现代希腊的,布列塔尼人的)中,便是这样来表现同远方的心上人相会,重返遥远的故乡的愿望的。

在德国民歌中,小伙子希望变成一只雄鹰,以便展翅飞向他心爱

的姑娘,而姑娘则想变成一只天鹅,以便父母认不出她远走高飞到何方;法国民谣:

"唉,假如我是一只美丽的灰色云雀,
我会飞到这艘船的桅杆上。"

我手头偶尔发现一首属于此类格式的格列边哥萨克[561]的歌谣,从文体风格看,不大像古老的民谣:

"如果我是一只自由的鸟儿,
一只自由的鸟儿——夜莺的话,
想到哪儿,就会飞往哪儿。"
飞往野外的空地,幽暗的森林,蔚蓝的大海,栖息在白桦树上,稳住,白色的小白桦,别晃动,
"让我这只自由的鸟儿,歇歇脚,
环顾四面八方,
究竟哪儿令人心旷神怡,
那儿便是我心爱的朋友所在的地方。"

这类安排在歌曲引子中的格式,可以为任何一种发展提供根据。例如,在一首德国民歌中唱道:

"如果我是一只野生的雄鹰,我会展翅飞翔,
我会降落到一个富裕的鞋匠的家乡。"

这将引起一段关于抢美女的故事。

这一主题的草图在经典作家的笔下可以有各式各样的运用:如果在欧里庇得斯的笔下(《腓尼基人》),安提戈涅希望乘飞驰的云彩,赶

去拥抱她的哥哥的话,那么在《菲德拉》中,合唱队表达的则是另一种愿望:化作一群飞鸟,飞往厄里达诺斯河岸,飞往赫斯珀里得斯姐妹守护的果园,累累的金苹果正在园内成熟。

新诗歌中的例证不胜枚举——大都为旧主题的变奏;哪怕以洛赫维茨卡娅[562]的诗为例:"如果我的幸福是自由的雄鹰。"(神奇的花卉,珍贵的戒指)

愿望的格式也找到了其他一些表现方式,既丰富多样,其构思又大都类似。热恋者这次并不是希望飞奔到心爱的人的身边,而是希望变成她贴身的某种东西,陪伴在她的身旁和周围,处于她伸手可及的地方。"啊,如果我能变成你双耳悬挂的金耳环!我将俯身亲吻你红润的面颊!"可以把以下的希腊即兴诗[563]同这首印度四行诗作比较:"如果我是用象骨制成的一把美观的竖琴,英俊的少年就会带着我去参加狄安娜庆典的舞蹈!如果我是一座金制的三脚架,被贞洁的美女抱在手里的话!"在忒奥克里托斯[564]的诗歌中,恋人对阿玛丽里达说:如果我是一只蜜蜂,我将穿过青苔和常春藤,钻进岩洞去找你……这令人想起卡杜尔笔下的列斯庇亚的麻雀[565]。"啊,如果我是西风,而你受太阳的灼照难熬,就会敞开胸膛来迎接我;如果我是玫瑰,而你就会用手折下它,把这朵鲜红的花儿放在自己的心坎上",在同一类型的一首匿名诗歌中这样唱道;在其他一些希腊诗歌中则交替运用和积累着另一些形象:恋人希望成为泉水,使心上人能从中汲水解渴;成为她能带着去打猎的武器,成为星光灿烂的夜空,使人人都能欣赏她这颗璀璨的明星。"我愿意成为一面镜子,使你瞧着我,成为一件衬裙,让你穿着我;我愿变成你沐浴的水,你擦身的香脂;变成胸上的披巾,颈上的珍珠,一双平底鞋,以便你能用自己那双纤细的脚来践踏我。"

这类希腊化时代的格式转移到了奥维德[566]的笔下,引起拜占庭人的群起效仿,新时期的诗人,如海涅、密茨凯维奇[567]也都熟悉这些格式:

"当我成为一条缎带时,
就会金光灿灿地装饰着你那处女的额头,
当我成为一件衣裳时,
就会用轻盈的薄麻纱紧紧地裹住
你的酥胸;

我将细心倾听你的心跳,
有没有给我的答复,
我会忠实地紧随你的呼吸,
紧贴你的胸脯而起伏。
当我变成展翅飞翔的柔风的时候,
喜爱在晴朗的日子游荡,呼吸,
我沿途避开那些争奇斗妍的花卉,
只把玫瑰和你来爱抚。"

(俄译者 B. 别涅基克托夫)

在民歌中也可以遇到同样的主题,这就指出了公式本身的起源。"为什么我不是一条丝绸头巾,不然我就会遮住她那红润的小嘴下面的脸蛋儿!"——涅伊德哈尔特[568]在十三世纪这样唱道,显然在加工民间诗歌的主题——"当风儿吹向我们时,她就会请求我更贴近她。我为什么不是她的腰带……我多么想变成一只鸟儿,坐在她的披巾下,让她用手喂我。"在一首于一五〇〇年印刷出版的德国民歌中,恋人有这样一些愿望:成为心上人的镜子,她的衫裙,戒指,最后,成为她逗着玩的一只松鼠[569]。这些形象中的某种东西令人想起我引用过的最后一首阿那克里翁诗体[570]的诗歌(按同样的镜子、衫裙的顺序),但这并不能成为把德国民歌看作古代诗歌的译作或仿作的依据。在一首德国四句头的短歌中,美女的蓝眼睛引起了小伙子想成为一副带柄眼镜的念头,而她的浅色头发则引起了另一种愿望:变成一架纺车。在塞尔维亚民歌中,恋人想成为心上人项链上的一颗珍珠,而姑娘则想成为自己心上人窗前的一条小溪,当他在溪里洗澡的时候,她便会流向他的胸前,试图触摸他的心扉。

我们的格式还在进一步变化:恋人想变成心上人的某种贴身的东西;而她也必须发生某种类似的变形,才能便于幽会,相互接近。她可以变成一朵玫瑰,而他则变成一只蝴蝶(塞尔维亚民歌);她可以变成一棵无花果树,而他则爬在树上;她如果变成一串念珠,那么他就可以用它来祈祷……在德国民歌中,年轻小伙子希望心爱的姑娘变成一株玫瑰,而他就成为滋润它的雨露;她变成麦粒,而他就变成把她叼走的小鸟;她变成一只金匣子,而钥匙则藏在他身上。在瑞典—丹麦的民歌中,这类愿望则属于姑娘:如果小伙子成为湖泊的话,那么她就是湖上的小鸭;小伙子说,这不妥当,你会被射死的;那么你就变成一棵椴树,我则是你脚下的小草。这也不妥当,等等。

再迈进一步,我们的格式便会过渡到另一种同样是对话体的格式,但具有双方彼此交换愿望和不现实的变形的特点。*

这一格式在一系列欧洲和东方(波斯与土耳其—波斯)的诗歌中是众所周知的。这成为了一种陈词俗套:年轻人向姑娘求爱,姑娘推辞说:我最好变成某个东西,改变形象,只要不属于你。小伙子以他相应变形的愿望来回答她,这种变形可以使他同变了形的心上人处于相匹配的水平:如果她变成一条鱼,他就变成渔夫,她变成一只鸟,他就变成猎人,她变成兔子——他就变成狗,她变成花朵——他就变成割草者。这种变形愿望的神奇游戏千变万化,并具有各式各样的结局。在罗马尼亚民歌中,布谷鸟——小伙子同斑鸠——姑娘展开了这样一场辩论:她变成炉子里的面包,他便变成火钩子,她变成芦苇,他便用它做成笛子,边唱边奏,不停地吻她;她变成教堂里的圣像,他便变成教堂的侍者,向她顶礼膜拜,表示敬意,祈求道:圣像,变成小鸟吧,让

---

* 参看亚·尼·维谢洛夫斯基:《俄国宗教诗领域的研究》,第6辑,第67页。从那时起比较研究资料有显著增补。

我们相爱,彼此宽恕吧,不论乌云密布,还是阳光普照,不论在树荫下,还是在明月辉映的星空下,让我们比翼齐飞,永不分离!

正如罗马尼亚的小伙子希望割下姑娘变成的芦苇,以便吹奏她,吻她一样,在朗戈斯[571]的小说中,赫洛亚希望变成她的达佛尼斯的一支牧笛。

这里并没有形象的借鉴,正像对于愿望这一公式本身也不能运用这一标准一样,如果它不是由于相似的格式的复杂性和顺序的吻合而引起的话,而整体的个别部分之间的顺序则往往是偶然的。

人们还想把另一种标准运用于另一类诗歌的程式化格式,运用于(2)**祝愿格式**。在《鲁奥德里布》[572](十一世纪)中,主人公派他的好友去向美女求婚。她吩咐他答复道:告诉他我所说的话:树上有多少树叶,他就有多少问候,多少欢乐;有多少鸟儿啾啾叫,有多少谷粒和花朵,他就有多少祝愿……

一部分人把德国和丹麦民歌所熟悉的这一格式看作是古老德国的某种遗迹,而另一些人则把它几乎视为史前史时期诗歌的回声,因为同它相似的格式也存在于例如印度的诗歌中,然而在圣经和维吉尔、奥维德、马尔提阿利斯[573]、库杜尔等经典作家的作品中也可以见到它们。在摩拉维亚民歌(苏希尔)中,归来的未婚夫为了考验未认出他的姑娘,说她的心上人已同别的姑娘结婚,而他亲身参加了他的婚礼,并问道:你对他有什么祝愿吗?"我希望这树林里长了多少根草,他就有多么健康,这树林里有多少树叶,他就有多少幸福,天上有多少颗星星,他就有多少接吻,树林里有多少花朵,他就能生育多少子女……"

这里涉及的未必是种族或氏族传统的完善保存的问题,因为最简单的心理情绪在任何地方都可能同样地通过形象化的公式表现出来。树叶无法数清,爱情也无法充分表达,这种无法表达的爱情或绝望便找到另一种夸张的格式,它从东方到西方,从古兰经到弗列伊丹克[574]、西班牙和现代希腊的民歌,广泛传播。我步 P. 科勒尔[575]的后尘，把这一格式称作它的开端形象：(3)**如果天空是一张羊皮纸**。如果天空是一张羊皮纸，而大海装满墨水的话，我也无处充分表达我所感受到的一切。这就是共同的内容，而它在现代希腊的变文中的表现如下："如果所有的海浪都是我的墨水，整个天空都是羊皮纸的话，而我开始在上面写个没完，从上到下，从左到右，世世代代也写不尽我的全部痛苦和你的全部残忍。""如果所有的七重天都是纸，星星都是手稿抄录者，黑夜是墨水，而字母多如沙粒、鱼群与树叶的话，那么我也甚至无法表达我想见到心爱的人儿的愿望的一半。"（维斯谈拉米——见于十二世纪的格鲁吉亚长诗《维斯拉米阿尼》）在十五世纪手稿所记载的一首现代希腊短歌中，主题的特点已分解了，如果我们不把它同基本主题相比较的话，已无法辨认。一个妇女抱怨说："天作信来，星星作字，我把这封败兴伤心的信藏在心间，我边读信边哭泣。泪水充当我的墨水，手指当笔；我坐着，写个不停，写你如何抛弃了我，欺骗了我，如何诱惑我，迷恋和遗弃我。"海涅也暗示了这一形象，但用法不同：在海边沙滩上，他用芦苇作笔勾画出："阿格涅莎，我爱你！"但是，浪涛冲掉了所写的字迹，他不再信任芦苇、沙滩、浪花。

"天空变得阴暗了——而我的心在胸中跳得更加剧烈不安。
我用粗壮的手从挪威的森林之中
连根拔起一株最高傲的云杉，
把它放在炽热的埃特纳火山口[576]里蘸一蘸，
我于是用这支浸满火焰熔岩的巨橡之笔，
在幽暗的天幕上写道：
'阿格涅莎！
我爱你！'"[577]

恋人们深信他们的恋情是永恒的，即使万物造化发生某种不可思议的变迁，他们也不会变心。我们过渡到(3)**不可能的格式**。这一格式可以应用于种种不可预料的、违背意愿的事变。普罗佩提乌斯[578]唱道：即使河流从无边无际的海洋倒流，一年四季的时序倒转，我的爱情也不会改变；即使田野用虚假的收成嘲弄了农夫，太阳神驾着昏暗的车辆出巡，以致河川倒流，鱼群在旱地里奄奄待毙，我也不愿在异地他乡尝到爱情的忧伤。维吉尔(《田园诗》，Ⅰ,59)用这些不可能的事与自己想亲眼见到凯撒的愿望相对照。在民歌和民间故事中，这些程式化格式形象而典型地回答了表现绝望或信心的问题：你有没有对我变心？你什么时候回来？回来吗？爱我吗？痛苦有尽头吗？等等。回答如下：当河川倒流，雪地上长出葡萄，橡树上开出玫瑰花，在海上长出棕榈树和苹果树，在石头上生出砂糖，布谷鸟在严冬鸣唱，乌鸦变白或变成鸽子，等等的时候。最后一个形象表现去世的亲人重返阳间亲人身旁的不可能性，这是法国、德国、克罗地亚的民歌，以及希腊的民间诗歌和故事都熟知的。在苏格兰民歌中唱道：当太阳和月亮在碧绿的草地上跳舞的时候，维莉便会从另一个世界回来；在德国民歌中，年轻人为心爱的姑娘悲泣：只有当山岩上玫瑰花开的时候，他的痛苦才能结束；在乌克兰民歌中，在这种情况下通常出现的形象是长出根须的石块，漂浮在水面上，而干枯树枝长出的茂盛叶片却沉入了水底；在塞尔维亚民歌中——长在多瑙河两岸的两棵树的树梢竟纠结交错在一起；在保加利亚民歌中，母亲咒骂女儿说：她将无儿无女，要生儿育女，只有等到石头奏乐、大理石歌唱、鱼儿预言的时候。

　　在这些表现"不可能"的格式中，某些格式的典型性可能为把它们按照诗歌领域，按照它们的相互接触和可能受到的文学影响而分成一定的类别而提供依据。例如，永远不能变白的乌鸦的母题流传得有多么广泛呢？这一早为经典神话所熟知的母题属于所谓起源传说[579]。干枯的芦苇、手杖发绿、开花的形象出自关于汤豪舍[580]、关于忏悔的罪人的传说。在有关世界末日[581]的著名传说故事中，天堂树的枯干树干，做十字架的树木就发生了这样的奇迹，于是不可能的事成为了现实。

这一母题在一些民歌中得到了另一种戏谑式的运用:年轻人向姑娘提出了一些不可能完成的谜一般的任务,而她也用同样的方式答复他:用红罂粟花缝制一件连衣裙,用槭树叶制作一双小高跟女鞋,用雨露纺成麻线,等等。对于上述这一组民歌中的这些任务和"不可能的"母题,可以举出在萨巴女皇[582]的谜语、关于聪明姑娘[583]的故事等作品中的可加以对照比较的文学的和故事传说的例证。对于索波列夫斯基[584]所收集的关于任务的民歌第457—458号(见《大俄罗斯民歌集》,第1卷)来说,应当假定它是具有戏谑性风格的文学范本(沃龙涅什省的第457号民歌:姑娘在洗衣服,捶打得咚咚响,在海上响起了回声,回响在海岛上)。

我们从恋人的宏大愿望和同样的许诺保证转向比较平静的情感表现。"你是我的,我是你的"——这是在一系列民间诗歌中常见的语句:你深藏在我的心中,而钥匙却丢失了,具有这一额外形象的格式便成为了诗歌格式,并得了广泛的流传。十二世纪最古老的德国异文见于维尔纳·封·捷格尔恩泽[585]的情书:

> "你是我的,我是你的,
> 对此你可以深信不疑;
> 你锁在
> 我的心中,
> 但钥匙丢失了,
> 你应当永远待在那儿。"

这一(4)**打开心扉**的钥匙的格式,在瑞士、蒂罗尔州、阿尔萨斯、施泰尔马克州、霍鲁坦尼亚、下部奥地利等的大量四行诗广为人知。或者钥匙丢失了,永远也找不到,或者它掌握在心爱的小伙子或姑娘一人的手中。同一形象也是苏格兰、法国、卡泰罗尼亚、葡萄牙、意大利、现代希腊和加里西亚的民歌所熟悉的。在卡泰罗尼亚民歌中唱道:她握有打开我心扉的钥匙,我在一天早晨交给了她……

在现代希腊民歌中也如此吟唱,不过说法不一:

> 如果代替手我拥有两把金钥匙的话,
> 为了打开你的心扉,我的钥匙在哪儿?

艺术诗歌也熟悉这一主题:但丁笔下的彼耶尔·德拉·维尼亚有两把打开弗里德里希的心扉的钥匙[586]。

心爱的人被关在心灵中,他受到爱护,精心照料,不放他出去。我们熟悉民歌中的对比:年轻小伙子比作雄鹰、苍鹰,等等。而如今形象起了变化:年轻小伙子——雄鹰、夜莺、松鸦,被关在金的、银的笼子里,一旦飞走,心爱的姑娘便会伤心不已。在中世纪的抒情诗中,在法国、意大利和现代希腊的民歌中,无不如此。或者夜莺——姑娘从猎人的笼子里飞走了,落入了另一个猎人的手中,他也爱抚她。这是(5)**笼中鸟**的格式;它还有另一种运用方式:年轻人——雄鹰挣脱了囚笼*,他受到照料、爱护,但失去了自由,或者遭到凌辱。在一首俄罗斯民歌中(索波列夫斯基收集的《民歌集》,第1卷,第1页,第48号),关于沃尔霍恩斯基大公与他的管家的系列民歌中的大公的名字也被牵强附会地同这一类主题联系在一起,但只是一种牵强附会的联系:

> 在伊兹马依洛夫村,在那个村子里,
> 在大公沃尔霍恩斯基府邸里;

"一只年轻的雄鹰,自由的鸟儿"从阁楼里飞走了;仆人在它后面紧追不舍,抱怨道:"为了你这只年轻漂亮的鹰儿,他们会处死我,吊死我";他答道:

---

* 参看《心理对比法》,第139—140页;《爱情入门》,第26期。

> 你回去吧,回去吧,忠实的仆人!
> 如今我这只鹰儿,已经争得了自由;
> 你们昨晚还曾污辱我,
> 用死乌鸦来喂我这只雄鹰,
> 用泥潭里的污水来喂雄鹰。

我并不准备一一详述分布于民歌的广阔领域内的全部丰富多彩的形象格式,这些民歌相互之间看来并没有互相交流;这些格式表现了同样一些生活处境,但形成了重复出现的典型特征。

我还得讲一下(6)**晨曲**的格式[587]。恋人们、情人们在夜幕的掩护下,秘密幽会:"啊,如果我能同她共度一个良宵,但永远不会有黎明,该有多好!"(《彼特拉克,六行诗Ⅰ》)"啊,上帝!别让公鸡啼叫,别让黎明破晓!在我怀里躺着白鸽呢!"(现代希腊民歌)但是,晨曦已开始破晓,情人必须分手,否则他们就会被发现。这一题材的民歌属于最广泛流传之列(德国、捷克、匈牙利、乌克兰、塞尔维亚、卢日友、立陶宛等地的民歌);据阿菲涅[588]所说,这类题材的民歌早在大希腊已广为人知;在他所引用的一个片段中,妇女在晨曦初露时叫醒自己的情人,以免被丈夫遇见。或者由鸟鸣代替晨光报信,在施瓦本地区民歌中唱道:

> "我可以把你一个人留下,
> 但不是过整整一夜,
> 难道你没听见鸟儿的鸣叫?
> 通报我们天已破晓。"

公鸡是通报天已破晓的鸟;在俄罗斯民歌中,姑娘抱怨它太早啼唱,搅乱了她与心上人的好梦(索波列夫斯基收集的《民歌集》,第4卷,第717号),但这并不是晨曲;在立陶宛民歌中,姑娘哄年轻小伙子入睡:睡吧,睡吧,睡吧,我的亲爱的!可是接着副歌却变了调子:公鸡已经打鸣,狗已经吠叫。快跑,快跑,快跑,我心爱的,小鸽子!父亲一旦发现,你的脊梁骨少不了挨揍!快跑,快跑,快跑,我亲爱的人儿!在门的内哥罗的晨曲中,同样的场面发生于新婚夫妇之间:当公鸡还没有啼唱的时候,伊奥沃同心爱的姑娘说着知心话。他对心上人轻声细语:该是我们起床的时候了。她答道:那不是公鸡啼叫……那是从清真寺塔传来的晨祷。伊奥沃又重新说道,而每次都回到同一格式:该是我们起床的时候了!她每次的答复都不同:不是说这是年老朝圣者的声音,他并不知道什么时候天才破晓,就是说这是孩子们在街上吵闹,或者是挨了母亲的打而哇哇叫。但是伊奥沃的母亲出现了,并开始责备他;伊奥沃的心爱人儿答道:你这母狗,不配当婆婆;如果你生了儿子,那么我则得到了他……

以下一首中国晨曲最足以说明这一民间主题的独立自主性:主角是皇帝和皇后,不知他们为何惧怕白昼的来临。"雄鸡已经啼叫,东方已经破晓——她说道——该起床了,宫廷里已经聚集了早朝的臣民。——那不是雄鸡啼叫,而是苍蝇嗡嗡叫,不是朝霞流光溢彩,而是月亮辉映无际。"

艺术诗歌掌握了这一情境:请回想一下基特马尔·封·阿伊斯特[589]的晨曲;在乔叟[590]的笔下(《特罗伊拉斯和克莱西德》,第3卷,第14,13行),克莱西德对特罗伊拉斯说:公鸡已经打鸣,晨星,黎明的使者,已经闪亮。于是他与她陷入了忧伤……

莎士比亚也是如此,只是他笔下的激情显得更为崇高,而且两人之间相互提醒,竞相表达各自的热恋与担忧。罗密欧想离去,他听到了云雀的鸣唱,天快破晓了。朱丽叶说道:"那不是云雀,而是夜莺在啼叫;她整夜在那棵石榴树上唱个不停。""不,那是云雀,黎明的报信者,而不是夜莺在鸣叫。你看,亲爱的,朝霞在东方散布了多么迷人的霞光。夜间照明的蜡烛已经熄灭,愉快的白昼已经用指尖攀住云雾缭绕的群山顶峰,站了起来。该走了——并活下去,或者留下,等死。"

"那不是白日的光亮,这我知道,而是某一颗流星,太阳的蒸气,它会照亮你赴曼图亚的夜路。留下吧,还不是离去的时候。"——"那么让他们把我捉住,杀掉吧;我会感到幸福,如果这是你的愿望的话。""对你说,那道幽暗的反光并不是透过窗户照进来的晨曦,而是铿提亚(月神)面容的苍白的反映;那不是云雀在鸣唱,它的啼啭会在高处回荡,直冲云霄。""我更愿意留下,而不是离去。那么,就来吧,死神,欢迎你;这是朱丽叶乐意的。也好,我的心肝宝贝,让我们再说说知心话,要知道白昼还没有来临!——它已经来临,来临了!跑吧,快跑!听云雀叫得多么不协调,多么尖锐刺耳;人们都说,它的歌唱充满了和谐、匀称的分段;它可把我们给拆散了!……"[591]

就像在门的内哥罗的晨曲中教士召唤人们做祈祷的喊声一样,守夜更夫的吆喝也能成为黎明和分手的报信者;在给所有的人通报天已破晓时,守夜者不自觉地处于某种与恋人们亲近的关系,就好像正是为了保护他们,关心他们才打更一样。这在民歌中创造出一种典型的情境,而骑士抒情诗则把这种情境附加于封建环境之中:在艺术晨曲中,在一对恋人身边又出现了第三位必不可少的关心他们命运的友人的角色;他为他们而歌唱,并假定只有那些可能破坏他们幽会的人才听不到歌声。这是不可能的和不现实的:显而易见,我们在骑士晨曲中所涉及的是一种格式,它发展了根据美学要求而设置的一定情境,这种情境并不考虑可能性。没有任何必要同某些晨曲的最新研究者一起推测守夜更夫、友人、骑士类型的晨曲同基督教的晨祷主题有渊源联系。

如果骑士晨曲是从民间的、独立自生的主题发展而来,那么它照样也可以对它在欧洲民歌中后来的一些变体发生影响。但是影响问题相当复杂,常使我们误入歧途,只有在极少数情况下才引导我们走上平坦大道。可以列举(7)**天鹅与斑鸠**的诗歌格式为例。在远古时代,俄罗斯人在宴会上宰割天鹅,而只有白色的雌天鹅在他们看来才是美人;我们关于鸟类的民歌这样唱道:"海上的雄天鹅——好比大公,海上的雌天鹅——好比大公夫人。"关于天鹅曲的音乐效果则有不同说法:在雅罗斯拉夫省姑娘——歌手在婚礼上所说的俏皮话中,"白色雌天鹅"——比作"天鹅般能说会道者"("говоря лебединая")。何谓"能说会道者"("говоря")? 在一首民歌中(舍恩[592]收集的《民歌集》,第437页)唱道:"一旦开口说话,就像天鹅婉转鸣叫一般",这使人不禁想起在《伊戈尔远征记》中,把车轮的吱吱声比作受惊的天鹅的叫声的比喻。或者把酒窖中的酒桶被风吹动,发出的嘎嘎声,比作"天鹅在幽静的小河湾里"发出的叫声(雷布尼科夫收集的《民歌集》,第1卷,第282页)。鲍扬的形象别具一格,他用十指弹琴弦,就像放出十头苍鹰去捕捉一群天鹅一样:苍鹰将哪一只赶上,"那一只便先唱一支颂歌"。在德语"schwanen"(预感,schwan——天鹅)一词含义中所反映的象征喻义在任何地方都未留下痕迹,而在中世纪西方抒情诗中以及后来则提供了形象和比喻。当在《威尼斯商人》(Ⅲ,2)中巴萨尼奥企图去试试开小匣子的运气时,波尔齐亚说道:"当他做出选择时,就会奏起音乐,如果他输了,他就会死去,就像天鹅在优美的旋律中死去一样;而如果比喻恰当的话,我的双眼将为他泪流成河,成为死神的潮湿的担架。"[593]诸如埃里安、普林尼、奥维德[594]等经典作家的作品都充满这种象征性:似乎天鹅预感到自己的死亡,通过歌声同生命告别。形象也充满了基督教的含义:天鹅垂死前的歌曲——这是救世主在十字架上的哀号。

  鸽子—斑鸠的形象是从类似文献资料中获得的相似发展。至于它从圣经—基督教思想的角度所获得的特殊意义,我们以上已经指出;圣母—鸽子也属于同样解释。与此同时,发展了自古以来关于斑鸠抱怨鸽子作为夫妻忠贞的象征的观念。这一象征是中世纪诗歌和教诲文学中流传最为广泛的象征之一;它也反映在德国与法国、意大利、西班牙与丹麦等国的民歌之中。通常的公式如下:斑鸠丧偶之后,悲伤不已,它只栖息于干枯的树枝之上,不喝清凉的水,只喝混浊的水。混浊与悲伤这一对比是民歌所熟悉的,就像栖息于干枯的树枝上(干枯与翠绿 = 年轻,欢快相对应)一样。在奥洛涅茨地区寡妇的哭丧曲中唱道:她哭得"像一只在阴冷的寒风中咕咕叫的不幸的斑鸠","栖息在晒干的"小树上,"发苦的……小白杨树上"。在希腊民歌中,夜莺在忧伤的时候,无论清晨还是中午都不鸣唱,也不栖息在枝叶茂密的树上,当它想唱歌的时候,便放低了嗓音,于是所有的人都知道它在忧伤。

巴西尔、格列高利和圣耶罗宁[595]都熟悉忧伤的斑鸠的象征;耶罗宁关于这一象征还引证了更古老的作者。基督教关于这一形象的理解是这样的:这是基督教关于救世主的默默的哀思。

以上我们考察了基督教对于象征进行的这类推陈出新的例证。民歌时而在这里停留于把自己的和异己的东西,把报信的鸟儿同圣灵的象征观念幼稚地混淆在一起。在一首德国民歌中,圣母坐着,小鸟飞到她身边,一位美少年陪伴着她。他发出祈祷的召唤,而圣母爱抚着怀抱的鸟儿,剪去了它的羽翼,他们感到十分欢乐……

我仅仅涉及了少数主题、象征和形象,以及它们之间的结合,这是诗歌语言所固有的,它们或者独立自主地形成于某一诗歌领域和种族,或者散布于具有同一起源的艺术诗歌或民间诗歌之中。它们全部在音乐节奏的联想基础上形成或被掌握,并构成了诗歌语汇的特征;它们全都随着时间的推移而经历了概括化,接近于格式的意义,就像一般的人类语言在从古代的形象性到抽象化的历程中所必然经历的过程一样。但是,在浮想联翩之际,在节奏的鼓舞之下,在真正诗人的手中,它们也可能像以往一样地富于鲜明的联想。在谈到诗歌文体的时候,乌兰德[596]强调指出概括的现象,但是在我看来,他并没有足够重视正是作为格式的联想性。他说道,在诗歌事业漫长的和多样化的发展过程中,逐渐形成了相当数量的诗歌形象和用语,它们随时准备听从任何一个重新涌现的歌手的调遣,但是这些形象和用语由于经常使用而令人感到习以为常,以致作者和读者除了目前的、基本的含义之外,很难把任何其他的含义同它们联系起来。按照这些习惯用语的类型,开始形成同一格调的新的用语,对于其含义却很少清楚了解。

这也就说明,为什么在有些诗歌作品中,我们会遇到一些不启发任何意味的词组,或者不引起任何观念和相互抵消的形象,因为它们之中并未蕴含着任何个人的直接印象。"任何形象,尤其是由于经常运用而磨损了的形象,应当重温对自然界的感受,或者从想象的鲜明直观中加以提炼,否则它就有沦为空洞套语的危险。玫瑰——是经常反复使用的不可分割的青春形象,但是只有当一个人在他想象玫瑰怒放时,真的闪耀着柔和的光泽,散发出幽香,这时他才能富于诗意地运用这一形象。"

  总之,如果艺术家重新体验诗歌形象,从自然界感受或凭借想象力予以更新,那么形象便可以复活;从回忆中温故知新,或者从现成的形象生动的格式中予以推陈出新。我之所以加以详述,是因为这对于所论述的问题极为重要。例如,诗人从未见过沙漠,然而他可以通过两三个词汇把这一从未见过的景象的生动印象传达给我们,而这些词运用于事务性的、报告的话语中,可能我会无动于衷,可是却引起了他的幻景。当天鹅垂死之歌在诗歌用语中还富有生命力的时候,它对于那些从未听过这种歌唱的人们来说,显然是富于联想的;乌兰德本人曾说过,玫瑰引起我们愉快的联想。问题在于,诗歌语言是由各种格式组成的,它们在一定时期内曾引起过某些正面的和负面的形象联想的组合;而我们习惯于这种形象生动的思维工作,就像习惯于把一系列关于对象的一定观念同一般词汇联系起来一样。这是有关世代相传的传统,有关不自觉地形成的程式化的问题,至于对于具体个人而言,则是有关训练和习惯的问题。在已经形成的语言形式之外,不可能表达思想,就像在诗歌修辞领域内稀有的创新只能在它的旧框架内形成一样[597]。诗歌格式——这是一些神经枢纽,一旦触及它们,就会在我们身上唤醒一系列确定的形象,在一种情况下多些,在另一种情况下少些;是多是少,这得按照我们的发展、经验的积累以及善于扩展和联结由形象所引起的各种联想的能力大小而定[598]。

  我们可以把这一问题转移到另一更复杂的诗歌格式领域:情节格

410

式，我们将在诗学的以下章节中讨论这方面的问题。有些新发现的情节是由日益增长的生活需求提示的，这些需求形成了新的情境和习俗类型，也有些情节是适应在人类历史的运转中永不枯竭的思维的世代永恒的需求而形成的。这些情节在某地和由于某人而侥幸获得了恰当的表现，形成了一种格式，它具有足够的伸缩余地，以便不是接纳新的内容，而是接受对于富于联想的情节所做的新的阐释，于是这一格式得以流传下来，人们不断地回到这一格式上，实现它的作用，扩展它的含义，改变它的形态。就像"愿望"这一文体修辞格式过去和现在都在重复使用一样，诸如浮士德和唐璜这样一些情节[599]，世世代代都在重复运用。宗教典型也属于轮流改编之列：我有幸在列宾的画室亲眼目睹他创作的一幅画，便是一个鲜明的例证。这幅画说明关于基督经受诱惑的圣经故事[600]还远未被艺术家们所充分发掘利用，它还能激发富于诗意的新的阐释。无论在文化领域，还是在更专门的艺术领域，我们都受传统的约束，并在其中得到发展，我们并不创造新的形式，而只是对它们采取新的态度；这也可以说是一种顺其自然的"节省精力"。列夫·托尔斯泰伯爵论艺术的论文充斥着许多奇谈怪论，其中最触目惊心以致几乎引起争论的论点是：似乎所谓诗的情节，即借鉴于以往艺术作品的情节——不是艺术，而是"艺术的仿作"。例子是浮士德的情节。普希金对此早已做出了答复："有才华的人并不自由，"——他写道，"他的模仿并不是可耻的窃取——智慧贫乏的标志，而是依靠自己本身能力的高尚愿望，力求沿着天才的足迹，发现新世界的希望"[601]。另一些更缺少独创性的诗人，则与其说是受到个人印象的启示，不如说是受到别人所体验过的诗情画意的启发；他们通过现成的格式来表现自己。茹科夫斯基这样谈到自己："我几乎所有创作都是别人的，或者依据别人的，但所有这一切也都是我的。"[602]

（四）

对于我来说，散文语言只是诗歌语言的对应物，而比较则最接近于把后者分离出来。因此,在散文文体风格中没有这样一些特征、形象、用语、谐音和修饰语,它们是一贯运用引起过反响的节奏和内容重叠的结果,这种重叠在话语中创造了新的形象性因素,提高了古代形象因素的意义,并为了同样的目的而发展了生动的修饰语。没有一贯按照抑扬顿挫的顺序轮换而加以韵律化的语言,不可能创造出这些文体风格特征。这便是散文语言。历史上诗歌和散文作为文体,可以也应该同时出现:有的歌唱,有的叙说[603]。故事同歌曲一样古老;歌曲格调并不是古代叙事传说的必不可少的特征;北方的萨迦[604],这一散文体的叙事诗并不是唯一的例证。我在别处所收集的有关诗体和散文体轮换的叙事方式的例证中,*有一些例证可能被解释为后来用故事来填补被遗忘了的诗歌情节的尝试,而另一些则有助于说明古代有韵律的和无韵律的话语间相互轮换的特点。这一现象流传甚广,我们未必能用克尔特人(爱尔兰人)的叙事诗(在那里这类现象相当普遍)的影响来解释在《奥卡森和尼科列特》[605]中的这类轮换。格鲁吉亚关于达里埃尔的民歌夹杂着某些采用散文体转述的情节,以取代民间已遗忘了的诗歌体叙事,立陶宛民歌或说,或唱;莱伊马,神灵的歌手,既会唱又会说,等等。

  各种诗学流行的一个论点,即散文步诗歌之后尘,晚于诗歌而出现,主要是从对于希腊文学的外部发展的观察中概括出来的。荷马的史诗是吟唱的,在它们之后才产生了散文历史家的散文[606]。这一顺序也许只能导致这样的结论:散文中的文本可能要比诗歌文本更早用书面记载下来,因为后者过去和现在都保留在人民的记忆之中,尽管它们有时容量相当大,却受到韵律和格调的维护,而散文的自由语体却往往被遗忘,被歪曲,因而除了记忆的维护之外,还要求其他的维护。有韵律的散文体古兰经是按照更早的合乎节律的范本而建构的,而这一有利于散文作为体裁的较晚发展的事例,也同样缺乏说服力。

---

* 亚·尼·维谢洛夫斯基:《作为时间因素的叙事重叠》,第95页以后。

可以说，继诗歌的繁荣之后，出现了包括事务性的、哲理的和学术的散文文学的蓬勃发展。而这一现象已得到了概括：在散文的确立中看到了个性的增长，看到了对传统进行个人评价和批判的可能性，最后，也看到了民主的优势，以及科学的兴起和胜利进军。可以承认这些论断，但要有所保留。要知道古代仪式和祭祀的歌曲不仅是诗歌，而在更早些时候，还是科学、知识、信仰和教诲（梭伦）[607]；法国英雄叙事诗的原型是紧随事件的足迹而形成的，当叙事诗歌还没有用民间诗学的程式装饰起来，还没有经过文学加工的时候，它曾是耳闻目睹的事实的转述，并带有共同的或个人的观点因素。但我在叙事歌手和取而代之的散文历史家的手法之间，并没有发现多大的区别。在历史学领域内对历史往事和社会生活的现象和史料采取批判的态度，这是使个人思维的抒情诗从民歌之中分化出来的同一过程的结果。

如果谈到散文文学的兴旺与民主倾向的加强之间的联系的话，那么同样有理由提出另一个足以更鲜明地阐明这些关系的事实。我可以称之为诗歌的贵族化。当诗歌开始服务于职业的和等级的目的的时候，它的内容变得狭窄了，而在一些开放的场合，适应于诗歌所背离的那些兴趣，树立起了散文。这一般可能发生于民间仪式向教堂祭祀诗歌过渡的时期。组织严密的等级体制的极端发展使这样一种看来属于例外，却证实了规则的情况得到了解释：在波罗门教忌妒排斥民众取得学识成就的政策中，韦伯看到了梵文散文不发达的原因；学识掌握在祭司阶层的手中，并继续通过古老陈旧的体验方式来表达：不论是诗歌的，还是学术的主题、法律与礼仪，还是实际的教诲——凡此种种，都照旧采用诗体。

在职业的基础上产生了诗体的另一种分化。在民歌的背景下，出现和分化出一批职业歌手、说书人，他们逐渐养成了把诗歌不是视为仪式的或祭祀的事业，而是一种独立自主的活动的意识；这是艺术诗歌的开端，它继续发展固有的风格修辞传统，而在其附近的另一边则同时发展着事务性语体。这一次我们所涉及的并不是祭祀诗歌的古语陈词同散文的新意新词之间的矛盾问题,而是两种齐头并进的传统[608]的问题。况且,也许在诗体方面阻碍的因素更多一些,无论在节律方面,在所继承的用语的选择方面,还是在修辞和学派的传统方面,或者像在爱尔兰和威尔士一带有过的行会习俗方面,都是如此。诗歌语言永远比散文语言更古老,它们的发展并不平衡,而是在相互影响的界限之内取得平衡的,这种相互影响有时是偶然的和难以确定的,却从来没有消除过差异的意识。我们民歌中的"白光"就像"白奶"一样,是同义词反复;亚里士多德认为后一词组在诗歌中是可能的,而在散文中则是不合适的;他觉得高尔地亚[609]的比喻:"血腥的事业",甚至"苍白的",都难以理解;可是现代诗人却不会拒绝后一种比喻;列夫·托尔斯泰伯爵说过"漆黑的黑暗"(《复活》)。

　　诗歌语言与散文的相互影响提出了一个有趣的心理学问题,当这种影响不是表现为一个向另一个的不引人注目的渗透,而是表现为所谓的整个儿地批发,借以说明文体的整个历史领域的特征,从而导致当前富于诗意的、绚丽多姿的散文的发展。在散文中不仅有追求韵律、合乎节奏顺序的抑扬顿挫的愿望,而且热衷于运用那些迄今只为诗歌用语所特有的辞藻短语和形象。所有这类混杂用法并不都得到一样的评价:当古典文艺复兴的首倡者更新拉丁语的文学意义的时候,他们还来不及准确掌握诗歌和散文的行文标准,以致他们的文体风格不由自主地带有那些不熟练的尝试者的集句诗的味道。但是,当这类混合体发生在文学和社会情绪波动的时期,如希腊罗马的亚洲体[610]、伊丽莎白时期的尤弗伊斯体[611]、法国的典雅文体[612]风行的时期,这种混合体有何心理依据的问题便自然产生了:问题涉及充满创举和转折的过渡时代,这期间思想、情感和趣味都倾向于表现某种新兴的、合乎愿望的东西,但又缺乏恰当的话语来加以表达。而人们则从高昂的、富于潜能的诗歌文体中,从诗人的引文中,从把诗歌词汇引入散文用语中来寻求这种话语。这便产生了某种神经质的、个人的、刚柔并济的,既故作多情,又华丽雕琢的印象。在现代散文,尤其是法国散文中,可以发现类似的一些特征;这究竟是导致新的分野的转折点,还是指向未来的混合体和摒弃世代流传的诗歌语言形式的一种标志呢?

诗歌语言向散文语言渗透;相反,一些作品开始用散文写作,而它们的内容在某个时期曾经采用诗歌的形式,或者说,似乎顺理成章地适合用诗歌的形式来表达。这一现象不断推进,而且比以上所观察到的现象更为普遍。在这里还必须具体分析,而不能笼统地解决问题。当以往曾经传唱和吟诵的法国英雄叙事诗开始用散文来叙说,并沦为民间读物的时候,我们会做出判断,对它们的生动而富于激情的兴趣烟消云散了,它们已经成为不是以思想,而是以公式化的故事来吸引人的"古董",这是处于未经过刻骨铭心的体验和感受的环境之中的抽象的故事。在亚历山大时代孕育了地方史诗和萨迦的希腊民族意识削弱了,而在全世界性的君主制的基础上,在世界主义的潮流中,兴趣的中心已不再是政治关系,而是家庭的、个人的关系,而描叙自我、描叙个人的悲欢和心曲的公式化故事已无法纳入世代相传的诗歌传统形式,于是散文体的长篇小说便取史诗而代之了。散文体的家庭戏剧同样是社会利益发生转折的产物,就像中世纪的新的思想和情感内容要求在布列塔尼系列小说中采用新的情节,以及另一种节律形式一样。

注 释

本文首次发表于《国民教育部杂志》,1898年3月,第4—5期,第312辑,第2册,第62—131页;同上刊,4月号,第223—289页。后来再版于:《文集》,第1卷,第226—481页;《历史诗学》,第200—380页;部分(摘自第1与第3章)发表于《诗学》,第263—272页;第467—508页。本文依据《历史诗学》排印,略有删节。

历史诗学

　　这一巨著阐述了诗歌的起源,它的内在的和外在的分化,特殊诗歌语言的形成,在实际上和时间顺序上结束了亚·尼·维谢洛夫斯基在历史诗学领域的研究成果的发表,其开端始于他于八十年代在大学开设的讲座,而后来的发展则反映在九十年代发表的论著中。

　　〔1〕亚·尼·维谢洛夫斯基同意十九世纪下半期许多学者的见解,认为诗歌的远古起源可以追溯到同神话尚保持着密切联系的语言发展的早期阶段。类似思想在近期的发展导致在二十世纪划分出文化史上一个特殊的"神话诗学"时代。参看 Г. 弗兰克福尔特、Г. A. 弗兰克福尔特、ДЖ. 威尔逊、T. 雅科勃森:《在哲学的开端·古代人的精神探索》,T. H. 托尔斯泰译,莫斯科,1984 年,第 24—44 页。

　　〔2〕混合艺术这一概念,即各种不同种类的艺术的原始的不可分性,是亚·尼·维谢洛夫斯基的学说中的核心概念(参看 Б. М. 恩格利加尔特:《亚历山大·尼古拉耶维奇·维谢洛夫斯基》,第 88,134 页;B. Ф. 希什马辽夫:《论文集》,列宁格勒,1972 年,第 320—330 页)。关于维谢洛夫斯基的这一理论对于现代科学的意义,以及对于学者作为现代符号学的人类学和诗学的先驱者之一的评价,可参看 ВЯЧ. ВС. 伊凡诺夫:《苏联符号学史纲》,第 6—10 页。后来苏联一些学者,如 О. М. 弗列登别尔格、Е. М. 梅列金斯基等,曾对维谢洛夫斯基关于原始混合艺术的理论作过补充和修正。

　　〔3〕原文 орхестические 源于希腊文,意为舞蹈的。

　　〔4〕亚·尼·维谢洛夫斯基关于文本因素在原始混合艺术中是微不足道的、偶然的这一见解如今被认为是夸大了的(参看 Е. М. 梅列金斯基:《亚·尼·维谢洛夫斯基的〈历史诗学〉与叙事文学的起源问题》,第 33—34 页)。

　　〔5〕"净化"原文作 катарсис,意思是通过怜悯与恐惧之情而得到净洗,亚里士多德提出这一概念来阐明悲剧的效果(见亚里士多德:《诗学》,罗念生译,人民文学出版社,1962 年,第 19 页)。对亚里士多德的"净化说"的传统理解着重于它的心理生理宣泄作用,即人们观看悲剧时由于心理紧张的消除所获得的轻松、满足感。也有一些学者对此作不同的阐释,认为"净化"一词包含着醒悟、阐明的意思,悲剧的作用在于通过悲剧冲突使人体悟人生的真谛,净化道德情感(参看 Н. В. 勃拉金斯卡娅:《维亚切斯拉夫·伊凡诺夫笔下的悲剧与仪式》,载 Л. Ш. 罗让斯基编:《民间文学与早期文学典籍中的古代仪式》,莫斯科,1988 年,第 318—323,328—329 页)。

　　В. М. 日尔蒙斯基认为,亚·尼·维谢洛夫斯基在论及"身心净化"时,所依据的是斯宾塞所提出的原始艺术作为一种消耗剩余精力的游戏的理论(参看日尔蒙斯基所编《历史诗学》,第 625 页)。

〔6〕毛利族,新西兰土著居民,人口二十八万余(1978),操毛利语,属澳斯特罗尼西亚语系波利尼西亚语族。

〔7〕参看维亚切斯拉夫·伊凡诺夫:《苏联符号学史纲》,第 6 页；П. Г. 勃加特辽夫、Р. О. 雅科勃松:民间创作作为创作的特殊形式,载《民间艺术的理论问题》一书,第 369—383 页；《民间创作的类型学研究》,纪念 В. Я. 普洛普的论文集,莫斯科,1975 年。

〔8〕迷宫,根据神话传说,希腊英雄忒修斯来到克里特岛,陷入怪物弥诺陶洛斯的迷宫,这时阿里阿德涅给了他一个线团,引导他走出迷宫,杀死了怪物。据说,忒修斯的这些迷误在后来克索斯岛上的歌舞中得到了表现。

〔9〕轮唱,由两位歌手或两个合唱队轮流对唱的歌曲结构。

〔10〕西西里岛牧歌,十三世纪意大利文学的抒情诗体裁之一,其主导题材是歌颂自然美。所提及的关于这一体裁的祭祀起源的假说载于莱森施泰恩:《箴言和注疏·论亚历山大时代的诗歌》,吉森,1893 年。

〔11〕流传下来的芬兰陇歌叙述神话中的铁匠伊利马里年为了赎回被抢的新娘而锻造了一座具有魔力的磨坊桑坡(类似丰裕之角或自供餐食的桌布)。例如,《卡勒瓦拉》的第十首陇歌。参看 Е. М. 梅列金斯基:《英雄史诗的起源》,第 125—130 页。

〔12〕抢婚,古代强迫抢夺新娘的仪式,早期结婚的方式之一。参看本书第 2 章注〔75〕。

〔13〕卡菲尔人,对于赤道非洲部分种族(主要是班图人)的称呼,为十九世纪最后二十五年的欧洲学术界广泛运用。

〔14〕达马尔人,南部非洲纳米比亚境内两个不同民族赫雷罗人和霍屯督人的古老称呼。

〔15〕竹管,竹制号管或笛子；关于这类乐器在仪式神话组合中的功能,可参看 Б. Н. 普季洛夫:《新几内亚的神话——仪式——歌曲》,莫斯科,1980 年,第 244—273 页。

〔16〕明科比人,安达曼群岛(位于印度洋孟加拉湾和安达曼海之间)的土著居民,安达曼人的旧称。

〔17〕达马拉兰人,纳米比亚中部山区的土著居民。

〔18〕塔斯马尼亚岛,澳大利亚东南沿海的岛屿,塔斯马尼亚人系当地土著居民,游猎部族。

〔19〕易洛魁人,印第安部落集团,居住在美国、加拿大的特居地,操霍卡诸语言。

〔20〕堪察加人,十八世纪对堪察加岛土著居民伊捷尔缅人的称呼,而后则指伊捷尔缅人、科里亚克人、楚万人与俄罗斯人的混血后裔,或指十八至十九世纪俄罗斯人移民的后裔。

〔21〕洛帕里人,居住在摩尔曼斯克州、芬兰北部和挪威的萨阿米族人或拉普兰人(芬兰—乌戈尔语族的分支)。

〔22〕巴塔哥尼亚人,阿根廷南部三种不同语族的印第安人的总称。

〔23〕巴布亚人,西美拉尼亚部落集团的名称,主要居住在新几内亚岛,操巴布亚语。

〔24〕汤加群岛，位于太平洋西南部，主要居民为波利尼西亚族的汤加族，操汤加语。

〔25〕弗兰茨·米克洛希奇(1813—1891)，奥地利—斯洛文尼亚语言学家，维也纳科学院院士，彼得堡科学院国外通讯院士(1856)，斯拉夫语语法、词汇的历史比较研究的奠基者之一。著有《斯拉夫诸语的比较语法》(1852—1874)，以及关于斯拉夫语文学、人种学、民间文学等多种著作，在《斯拉夫族叙事诗的描写手段》中描述了斯拉夫民间诗学的手法概貌。参看 Л. Г. 勃加特辽夫：《斯拉夫诸族的叙事诗的比较研究的若干任务》，莫斯科，1958 年。

〔26〕费多索娃(1831—1899)，俄国说唱女演员。俄国民俗学者(如 E. B. 巴尔索夫)采集、整理了她表演的即兴哀歌(《晚年》《录事》等)。这些作品是俄国民间创作中的珍品。

〔27〕纳瓦霍族，美国最大的印第安人民族之一，自称德内人，居住在亚利桑那州和新墨西哥州的特居地，共十多万人(1970)，语言属阿塔帕斯克语族。

〔28〕安达曼群岛，位于印度洋孟加拉湾和安达曼海之间，印度领土一部分。安达曼人是该群岛的土著居民，人种类型为格利陀人，操独特的语言。

〔29〕汤姆森(1842—1927)丹麦语言学家，丹麦皇家科学院院长(1909 起)，彼得堡科学院国外通讯院士(1894)，写有历史比较语言学，芬兰—乌戈尔语、突厥语及关于芬兰语中希腊和波罗的海外来词方面的著作，判读鄂尔浑—叶尼塞河谷碑铭(1893)，断定为古突厥语。

〔30〕桑给巴尔岛，印度洋岛屿，濒非洲东海岸，坦桑尼亚一部分。八世纪由阿曼苏丹统治下的阿拉伯人迁来定居。

〔31〕约鲁巴人，尼日利亚的主要民族之一。

〔32〕威尔士，英国政区之一，包括威尔士半岛及其附近的安格尔西岛。威尔士境内为克尔特部族——基姆尔人居住。

〔33〕剥头皮舞，剥头皮系某些民族的军事习俗，即从被打死的敌人脑袋上(较少从活人头上)剥下带发头皮作为战利品。在高卢人和西徐亚人中流行过，原来只有为数不多的印第安人有过这一习俗。

〔34〕图皮族，图皮瓜拉尼人，印第安民族和部落集团，包括巴拉圭瓜拉尼人、卡因瓜人、瓜亚克人、图皮南尼人、蒙杜鲁库人、西里奥诺人等，操图皮瓜拉尼语，居住于巴西、巴拉圭、玻利维亚、秘鲁和圭亚那等国。

〔35〕色诺芬(约前431—前352)，古希腊作家、历史学家，苏格拉底的学生。著有各种题材的作品，从哲学一直到马术，几乎全部流传至今。主要历史著作《希腊史》(七卷)，记载公元前411—前362年的大事件，具有亲斯巴达和反民主倾向。亚·尼·维谢洛夫斯基在这里所指的是他的著作《远征》。参看 T. 米列尔：《希腊历史学家》，莫斯科，1976 年，第 341—342 页。

〔36〕色雷斯人和米济人，古代巴尔干民族。属古代印欧部落集团，包括达西亚人、奥德里斯人、革泰人等，主要居住在巴尔干半岛东北部和小亚细亚西北部，后来成为保加利亚人，

罗马尼亚人以及其他民族的组成部分。

〔37〕苏人,印第安部落集团,包括达科他人、阿西奈博因人、安萨罗卡人、奥谢吉人等,居住在美国和加拿大的保留地,共约一十一万七千人(1978),语言属苏语族。

〔38〕原为拉丁文 obscoena,意指生殖器、身体下部、排泄;obscenus,淫秽的,不体面的。

〔39〕参看 M. 伊里亚德:《永恒回归的神话,或宇宙与历史》,纽约,1971 年。关于万物有灵论世界观可参看本书第 5 篇注〔2〕。

〔40〕关于"象征——神话——仪式"的问题,可参看,例如 А. Ф. 洛谢夫:《神话的辩证法》,莫斯科,1930 年;《象征问题与现实主义艺术》,莫斯科,1976 年;K. 列维-斯特劳斯:《神话的结构》,载《哲学问题》,1970 年,第 7 期;《神话、仪式与遗传学》;载《自然》,1974 年,第 8 期;Е. М. 梅列金斯基:《西方的二十世纪神话学理论》,载《哲学问题》,1971 年,第 7 期;Ю. М. 洛特曼、Б. А. 乌斯宾斯基:《神话——姓名——文化》,载《符号系统文集》,塔尔图,1973 年,第 6 卷;Л. Ш. 罗让斯基编:《民间文学与早期文学典籍中的古代仪式》,莫斯科,1988 年。

〔41〕关于非洲宗教戏剧,可参看 В. 泰尔涅尔:《象征与仪式》,莫斯科,1983 年,第 32—46 页;关于氏族传说的歌曲,可参看 В. Н. 托波罗夫:《论早期历史描写的宇宙论渊源》,载《符号系统文集》,第 6 卷,第 106—150 页。

〔42〕参看 В. Я. 普洛普:《俄国农事节庆》,列宁格勒,1963 年;Н. Н. 维列茨卡娅:《斯拉夫古代仪式的多神教象征意义》,莫斯科,1978 年。

〔43〕关于劳动歌曲在诗歌起源中的作用问题,首次在 K. 毕歇尔的《劳动与节奏》一书(俄译本出版于 1923 年,莫斯科)中得到阐明,本书以下所引的一些例子也源于该书。参看 K. 毕歇尔:《劳动与节奏》,莱比锡,1896 年。

〔44〕《格罗蒂磨房之歌》系散文《埃达》的组成部分。费尼亚和梅尼亚是该歌中的神话人物,在神奇磨房中研磨金子的女巨人。见《新埃达》,第 79—81 页。

〔45〕涅瑞伊得斯,希腊神话中的海中仙女,即海神涅柔斯的五十个女儿。她们的名字表现了宁静而温柔的大海的各种品质。

〔46〕阿瑞斯和阿佛洛狄忒,阿瑞斯是希腊神话中的战神,宙斯和赫拉的儿子。荷马史诗叙述了阿瑞斯帮助特洛伊人参加特洛伊战争的故事,有一段神话讲到他跟阿佛洛狄忒的爱情关系。

〔47〕利诺斯,在希腊神话中早死的美少年,阿波罗和普萨玛忒公主的儿子,"神的牧童",传说他被母亲抛弃,由牧人抚养,被群狗撕碎而死;另一种说法认为他像俄耳甫斯一样,是一位乐师和歌手,被阿波罗打死;第三种说法认为他是死于赫刺克勒斯之手的老师。起初用利诺斯的名字来命名哀悼死者的哀歌,关于利诺斯所受苦难的歌曲越出了希腊国界,流传于全世界。参看《世界各国人民的神话》,第 2 卷,第 55—56 页。

〔48〕福玻斯意为"光辉灿烂的",为太阳神阿波罗的第二个名字。

419

历史诗学

〔49〕来自诺克剌替斯(尼罗河三角洲的古希腊移民区)的阿菲涅(2—3世纪),希腊作家,所谓第二代诡辩学派,二至四世纪首先注重辞学的文学潮流的代表人物。亚·尼·维谢洛夫斯基在这里和以下引用了他的十五部书中的《欢宴的诡辩学者》(或《智者的宴会》),这是研究希腊文学、文化、戏剧的历史的重要文献。

〔50〕Minnesang,十二至十四世纪的德国骑士爱情歌。这一诗歌是在十二世纪普罗旺斯抒情诗人的影响下产生的,其主题歌颂对贵妇人的爱情,笃信上帝,效忠封建领主,颂扬十字军远征等,力图把世俗骑士的世界观同宗教调和起来。详见本书第2篇注〔24〕,第5篇注释〔37〕。

〔51〕吉波尔赫玛舞曲,古希腊的民间舞曲,其体裁清楚地反映了歌唱、舞蹈与诗歌文本的混合性。

〔52〕酒神颂,最早是一种祭祀酒神的合唱歌曲,后成为一种近似颂歌和颂诗的文学形式。详见本书第4篇注释〔9〕。

〔53〕佩安体,古希腊的一种合唱抒情诗体裁,颂扬阿波罗的赞美歌,感谢神灵保佑或庆祝胜利的歌曲。这类歌曲的诗歌格律称作佩安体。

〔54〕瓦克希利德(或巴克希利德),公元前五世纪的古希腊诗人,合唱抒情诗的代表。许多世纪以来人们只知道瓦克希利德的作品片段,直到1896年才发现他的诗集。亚·尼·维谢洛夫斯基指的是他的酒神颂诗《忒修斯》,其中主人公的父亲,雅典国王埃勾斯回答合唱队的提问。参看宾达尔·瓦克希利德:《颂歌·片段》,М. Л. 加斯帕洛夫译,莫斯科,1980年,第269—271页。

〔55〕忒修斯,希腊神话中的英雄,雅典国王埃勾斯和特洛伊公主埃特拉的儿子。忒修斯的最大功绩是消灭克里特岛上的牛首人身怪物弥诺陶洛斯。国王埃勾斯事先同儿子约定,如果得手归来时就悬挂白帆,但儿子忘记此事,埃勾斯从高岸上望见逐渐驶近的船悬挂黑帆,以为儿子已死,绝望中投海自尽。忒修斯遂继位当了国王。

〔56〕拉托娜(或称勒托),提坦女神之一,宙斯的妻子,阿波罗和阿尔蒂米斯的母亲。她通常是作为一位母神,与子女阿波罗、阿尔蒂米斯同受祀奉。

〔57〕阿尔蒂米斯,古希腊最重要的神祇之一,宙斯和勒托的女儿,阿波罗的孪生姐姐。她在各种神话中都是一位贞洁的处女神。在荷马史诗中,她由主宰野生动物的女神变为庇护狩猎的女神。

〔58〕此处指的是《致提洛岛的阿波罗神》颂歌中的如下一节诗:

　　后来勒托想念起了美发如云,
　　喜爱弓箭的阿尔蒂米斯,
　　人们于是唱起了关于生活在古代的男女的歌曲,
　　并引起了氏族人们的惊叹。

420

他们善于惟妙惟肖地模仿各种人的

声音和叠唱；

以致任何人听了他们的歌唱，

都会说这是他的声音——

他们的歌曲编排得多么美妙啊！

——《希腊诗人们》，B. B. 维列萨耶夫译，第 44 页。

〔59〕卢奇安(约120—约190)，古希腊讽刺作家，大部分生涯从事修辞学与哲学研究。早期作品属于新诡辩派，成熟著作主要内容是在哲学上讽刺崇拜奥林波斯诸神的传统、唯心主义教条和生活中的种种偏见（如《神的对话》《冥间对话》等）。此处指他的对话《论舞蹈》，参看卢奇安：《文集》两卷本，列宁格勒，1935 年，第 2 卷，第49—80 页。

〔60〕狄俄斯库里兄弟，希腊神话中孪生兄弟卡斯托尔和波吕丢刻斯的合称，宙斯的儿子，以建树一系列功勋而闻名：如救出被忒修斯抢走的妹妹海伦；参加阿尔戈船英雄们的远航；从对手手中抢回新娘福柏和希莱拉等。

〔61〕埃阿斯，希腊神话中两位英雄的名字。这里指大埃阿斯，他身材魁梧，膂力过人，仅次于阿喀琉斯。海伦的求婚者之一，特洛伊战争的参加者，曾同赫克托耳对阵，把他打翻在地。大埃阿斯在夺回阿喀琉斯的尸体之战中立了功，但在争夺阿喀琉斯的盔甲之争执中输给了俄底修斯，他为此气愤之至，自刺身亡。"大埃阿斯和俄底修斯的盔甲之争"，后转义为激烈的争执。

〔62〕帕里斯，特洛伊王子，在赫拉、雅典娜和阿佛洛狄忒三位女神关于谁最美的争执中担任裁判，把金苹果判给了阿佛洛狄忒，并在她的帮助下拐走了海伦，从而引发了特洛伊战争。

〔63〕赫克托耳，希腊神话中特洛伊的统帅和主要捍卫者，受到阿波罗神的庇护。他杀死帕特洛克罗斯后，自己在决斗中死于为好友复仇的阿喀琉斯之手，并被缚于战车上绕特洛伊城一周。

〔64〕赫剌克勒斯，希腊神话传说中最负盛名的民间英雄，宙斯之子。据神话传说，赫剌克勒斯立下了十二件功绩，赫拉出于嫉妒，使他丧失理智，杀死了自己的孩子。他襟怀坦白，极重友情，只在疯病发作时才犯下罪行。

〔65〕狄俄倪索斯，希腊神话中的植物神，葡萄种植业和酿酒业的保护神，古希腊最受欢迎的神祇之一，他往往同具有贵族气派的阿波罗神相对立。参看 А. Ф. 洛谢夫：《狄俄倪索斯》，载《世界各国人民的神话》，第 1 卷，第380—382 页。

〔66〕阿里阿德涅，希腊神话中太阳神赫利俄斯之孙女，克里特国王弥诺斯和帕西准的女儿，曾搭救忒修斯出迷宫，后来成为狄俄倪索斯的祭司和妻子。

〔67〕柏拉图(前427—前347)，古希腊哲学家和作家，苏格拉底的学生。他在对话集

《理想国》中，与音乐相联系而谈到模仿，认为音乐作为一种普通艺术教育，必然包括舞蹈在内，参见柏拉图：《文艺对话集》，朱光潜译，人民文学出版社，1980年，第21—65页。

〔68〕亚里士多德指出："舞蹈者的模仿则只用节奏，无须音调，他们借姿态的节奏来模仿各种性格、感受和行动。"见亚里士多德：《诗学》，罗念生译，人民文学出版社，1962年，第4页。

〔69〕来自米基连纳的列斯博纳克斯，希腊演说术教师与语文学家，在罗马皇帝奥古斯都统治时期(前27—14)生活于米基连纳(莱斯沃斯岛)。

〔70〕卢奇安指出："……舞蹈不仅令人赏心悦目，而且给观众以教益，给他们以良好教养，教会他们许多东西。舞蹈给观赏者的灵魂注入和谐与分寸感……揭示心灵与肉体的美的美妙一致。"(见卢奇安：《论舞蹈》，Н. П. 巴兰诺娃译，第52页)古代人们一致认为，舞蹈应理解为"没有话语的哲学"。参看："舞蹈者的双手在不断的运动中，传达了各种现象的本质，从而为视线展示出真正的没有话语的哲学。"(М. Л. 加斯帕洛夫：《伊索寓言》，莫斯科，1968年，第16页)

〔71〕赫西奥德(前8—前7世纪)，古希腊第一个有名有姓的诗人，有醒世叙事长诗《工作与时日》、长诗《神谱》等传世。此处指一首流传下来的以《赫剌克勒斯的盾牌》为名的长诗片段(共480行)，虽与赫西奥德其他作品风格不同，仍被认为系他所著。参看 С. И. 拉德齐格：《古希腊文学史》，第106页。

〔72〕萨福(前7—前6世纪)，古希腊女诗人，住在累斯博斯岛，其抒情诗的主题大都是爱情、少女的美貌及彼此间的温情等，在韵律学方面的突出贡献是创立了"萨福体"。

〔73〕普卢塔克(约46—119)，古希腊作家、历史学家、哲学家。此处系指他的主要著作《希腊罗马名人比较列传》(共50篇)中的一篇。参看普卢塔：《希腊罗马名人比较列传》三卷本，莫斯科，1961年，第1卷，第69—70页；С. С. 阿维林采夫：《普卢塔克与古代传记》，莫斯科，1973年。

〔74〕李库尔赫，传说中的斯巴达立法者(前9—前8世纪)。希腊人认为，斯巴达社会制度和国家体制(长老会议、公民大会、斯巴达人之间的土地分配等)均是他制定的。

〔75〕双重唱，两个合唱队的相互对唱。

〔76〕比较亚·尼·维谢洛夫斯基的学生 Е. В. 阿尼奇科夫关于仪式歌曲的论著。阿尼奇科夫在阐述节庆仪式与民间创作的联系时，建构了由仪式到歌曲，再由歌曲到诗歌的诗歌历史发展图式。

〔77〕意为"认为缺乏区别"，这里提出的仪式的第一性的思想为后来仪典学派代表人物的结论所证实。参看 Е. М. 梅列金斯基：《神话诗学》，第97—98页。

〔78〕奉献节，按照宗教历法，2月2日是奉献节。

〔79〕圣母领报节，东正教十二大节之一，基督教神话中称，此日天使长迦伯利报告童贞

马利亚将生耶稣基督。教徒们于俄历3月25日(公历4月7日)纪念此节。

[80]参看 В.И.奇切罗夫:《十六至十九世纪俄国民间历法的冬季》,载《民间信仰史略》,莫斯科,1956年;В.К.索科洛娃:《俄罗斯人、乌克兰人、白俄罗斯人的春夏节庆仪式》,莫斯科,1979年。

[81]参看《欧洲国外节庆习俗与仪典:习俗的历史渊源与发展》,莫斯科,1983年。

[82]施瓦本,中世纪早期阿勒曼尼人(施瓦本人)的分布地区,为日耳曼部落公园之一,其地域包括今符腾堡、南巴登、阿尔萨斯、瑞士大部分地区和巴伐利亚部分地区。

[83]霍鲁坦尼亚,斯拉夫人对卡林西亚的称呼,来自斯洛文尼亚的旧称。卡林西亚为欧洲德拉瓦河流域的古地区名,六世纪末为斯洛文尼亚人居住。

[84]甘斯·萨克斯(1494—1576),德国诗人、名歌手、剧作家。做过鞋匠、演员和业余剧团的主事。写有六千余件作品,包括宗教歌曲和世俗歌曲、格言诗、滑稽故事(《天国》,1530年)和谢肉节喜剧(《天堂里的学生》,1550年)。这些作品观察敏锐,机智欢快,又富教益。参看 Б.Л.帕斯捷尔纳克:《译文选集》,莫斯科,1940年。

[85]托马斯·纳什(1567—约1601),英国作家、政论家、剧作家。所著《倒运的旅行者》(1594)是英国文学中第一部流浪汉小说。另写有讽刺剧《狗岛》(1597年上演)。维谢洛夫斯基在这里所提及的喜剧是作家唯一仅存的剧本(1592,1600年发表)。参看托马斯·纳什:《文集》,伦敦,1966年,第5卷,第1—5页。

[86]这里所提及的对话由春天的歌唱开始:"当浅蓝色的紫罗兰/还有黄色的黄尝木,金鱼草,/还有野雏菊/盛开的时候,牧场像铺上了地毯……",冬天答唱道:"当房檐垂下冰棱,/牧羊人吹着握紧的拳头,/凝乳在陶壶中冻结的时候,汤姆燃起了熊熊炉火……"

[87]维森特(约1470—约1536),葡萄牙诗人、剧作家,用西班牙语写作,文艺复兴时期的代表,葡萄牙戏剧的奠基人,著有近四十部喜剧、闹剧,善于运用民间创作的传统。其剧作《牧羊人的独白》(1502)、《伊内斯·佩雷拉》(1523)、《来自贝拉山的牧师》(1526)等抨击社会陋习和教会。

[88]加洛林王朝,以法兰克国王名字命名的王朝(768年起)和查理大帝(742—814)统治的帝国王朝(800年起)。843年帝国解体后,该王朝在意大利统治到905年,在德意志到911年,在法兰西到987年。所谓"加洛林王朝文艺复兴"系指八至九世纪查理大帝帝国和加洛林王朝各王国的文化高潮(主要在今法国和德国领土上)。那时学派林立、人才济济,文学艺术、建筑学都很发达,其中心为设在查理大帝宫中一个称之为"学苑"的学术团体,主持人为阿尔琴,查理大帝本人、爱因哈德等均参加活动。

[89]指盎格鲁-撒克逊学者 Ф.А.阿尔琴(约735—804),加洛林王朝文艺复兴的中心人物,查理大帝的顾问。阿尔琴促进了古典遗产的保存与传播,他本人的诗歌反映了他的渊博学识和维吉尔创作的影响。参看《四至九世纪中世纪拉丁文学的经典作品》,莫斯科,1970

年,第 262—264 页。

〔90〕亚·尼·维谢洛夫斯基认为,阿尔琴在这里模仿维吉尔的《田园诗》一书中的对话体第三首牧歌。参看维吉尔:《田园诗·稼穑诗·埃涅依达》,第 44—49 页。

〔91〕对谈诗,十一至十二世纪法国骑士抒情诗的一种体裁。详见本书第 4 篇注〔27〕。

〔92〕近期发现和研究的大量东方的(其中包括公元前二世纪美索不达米亚的最古老的苏美尔人的文字传统以及较晚的叙利亚、巴列维王朝中部伊朗的传统等)和西方的(尤其是中世纪的拉丁文文献)属于论争体裁的文学文本使我们能初步认定,与亚·尼·维谢洛夫斯基所提出的仪式起源说并列,还应当承认这一特殊文学体裁具有相当远古的记忆渊源。参看 ВЯЧ. ВС. 伊凡诺夫:《论现代科学及其在短小文本的符号学研究方面的运用的若干原则》,见《文本的人类语言学研究》,第 1 卷,第 5—6 页。

〔93〕参看伊索:《冬天与春天》/《伊索寓言》,第 141 页。

〔94〕悼亡节,复活节后第七个星期四举行的民间悼念亡者的节日,类似我国的清明节。作为万物有灵的多神教宗教观念的残余,节日期间进行编织花环、占卜算命等活动。

〔95〕圣三主日,亦称三一主日,东正教十二大节之一,教徒们在复活节后第 50 日举行节日活动。

〔96〕关于垂死的和复活的神的神话可参看 Е. М. 梅列金斯基:《古代世界的神话的比较阐述》,载《古代世界文学的类型特征与相互联系》,莫斯科,1971 年,第 68—133 页;《神话诗学》,莫斯科,1976 年;ВЯЧ. ВС. 伊凡诺夫、В. Н. 托波罗夫:《斯拉夫古代领域的研究》,莫斯科,1974 年;П. А. 格林采尔:《垂死的与复活的神》,载《世界各国人民的神话》,第 2 卷,第 547—548 页;参见:В. Г. 坦-博戈拉兹:《关于垂死的和复活的野兽的神话》,载《艺术民间文学》,莫斯科,1929 年,第 1 卷。

〔97〕关于希腊神祇狄俄倪索斯的神话体现了关于主宰丰收的神灵消失和回归的古代观念,这可以同大自然在冬天的枯衰和春天的复苏相联系。这使它同埃及的奥济里斯或腓尼基的阿多尼斯的宗教相近。祭奉这位神祇的春天节庆(3—4月)——酒神节,宗教祭祀仪式成为了戏剧的渊源。参看 В. Н. 雅尔霍:《古典时期(公元前 5—6 世纪)的希腊文学:诗歌》,载《世界文学史》,第 1 卷,第 345—350 页;А. Ф. 洛谢夫:《古代神话及其历史发展》,莫斯科,1957 年,第 142—182 页;ВЯЧ. ВС. 伊凡诺夫:《悲剧的起源》/《民间文学和早期文学文献中的古老仪式》,第 237—293 页;В. Н. 托波罗夫:《古希腊戏剧的起源:关于印欧渊源的问题》/文本结构研讨会,莫斯科,1979 年;《关于古希腊戏剧的起源的若干见解》,载《文本:语义与结构》,莫斯科,1983 年。

〔98〕世界末日论神话,关于未来世界末日的神话。与大多数叙述过去的事的神话不同,此神话预言未来的事,许多民族和文化都知道这一神话。参看《世界各国人民的神话》,第 2 卷,第 670—671 页。

〔99〕巴尔德尔,斯堪的纳维亚神话中的光明之神,奥丁的爱子,年轻貌美,聪明勇敢,但不幸为黑暗之神赫德尔射死,在新旧《埃达》中叙述了这一神话故事。巴尔德尔之死是斯堪的纳维亚世界末日神话的开端,预告整个世界的毁灭,然后是复活。参看 E. M. 梅列金斯基:《〈埃达〉与史诗的早期形式》,莫斯科;Ж. 久梅济利:《印欧人的上天神祇》,第 151 页。

〔100〕以下可参看亚·尼·维谢洛夫斯基:《夏至日仪式中的杂婚、兄弟结拜与认干亲》,载《国民教育部杂志》,1894 年,2 月号;《俄国宗教诗领域的研究》,载《科学院俄罗斯语文学部文集》,圣彼得堡,1890 年,第 46 卷,第 14、15、16 册。

〔101〕祖先亡灵,原是罗马神话中的冥界神祇,后来是被神化了的护佑本家族的祖先亡灵。在罗马,玛尼亚像供在门前,护佑家宅。她逐渐地变成吓唬儿童的东西。

〔102〕刻瑞斯,希腊神话中做恶事的精灵,黑夜之子,在荷马史诗中是死的化身。有时他们同复仇女神相近,有时又类似斯拉夫民族的复仇神灵。

〔103〕美人鱼,东斯拉夫人特别是乌克兰人和南部俄罗斯人的神话中的形象。在美人鱼形象中集中了水中精灵(河中美人鱼)、丰收的精灵(田间美人鱼)和水鬼等的特点。详见 ВЯЧ. BC. 伊凡诺夫:《美人鱼》,载《世界各国人民的神话》,第 2 卷,第 390 页。

〔104〕野猎,德国神话中的鬼怪与精灵,他们以野猎人为首在冬天风暴时节翱翔于天空之中。野猎人渊源于古代德国的奥京,他统率在天空翱翔的亡灵们组成的军队。参见亚·尼·维谢洛夫斯基:《关于野猎人的传说:起源学阐释研究》,载《国民教育部杂志》,1887 年 7 月,第 251 册,第 294—307 页。

〔105〕圣诞节仪式活动,圣诞节—新年期间举行的仪式活动(参看《欧洲外国的岁时节日习俗与仪式:冬季节庆》,第 259、276—277 页;此书列有阐明仪式起源的参考书目录,第 283 页)以及在夏季一周举行的仪式活动(参看《欧洲外国的岁时节日习俗与仪式:夏季与秋季的节庆》,第 146—199、256 页),这些仪式活动属于天文气象方面的宗教信仰(参看 ВЯЧ. BC. 伊凡诺夫:《气象神话》,载《世界各国人民的神话》,第 2 卷,第 461—462 页)。

〔106〕伊罗基阿达,希律一世(赫罗德)之妻,原为赫罗德之兄菲利普之妻,被赫罗德夺走。施洗约翰谴责赫罗德违反了法律,并为此而入狱,后在伊曼基阿达的唆使下,被斩首。在基督教神话中说赫罗德获悉耶稣降生人世,便"大杀婴儿",由此赫罗德的名字即有残暴之意。(参见《马太福音》)

〔107〕阿多尼斯,腓尼基人的主宰自然界之神,是死而复生的植物的化身。希腊神话把阿多尼斯说成是美女密耳拉被众神变成没药树以后所生。他长得俊美绝伦,由冥后珀耳塞福涅抚养,深得她宠爱,同时又成为爱神阿佛洛狄忒的情人。两女神为这个美少年发生争执,由宙斯出面裁决。阿多尼斯每年应在两位女神处各住四个月,另四个月由他自己安排。不久他在打猎时受伤致死,滴滴鲜血变成玫瑰。在有关阿多尼斯的神话和祭祀中可以清楚地看出对于自然界生与死的轮回与统一的象征。(参看阿·阿·达霍-戈基:《阿多尼斯》,

425

载《世界各国人民的神话》,第 2 卷,第 46—48 页)

〔108〕雅里拉,斯拉夫民族神话中的春天繁殖之神,它大概起源于一系列春季仪式的综合。参看 ВЯЧ. ВС. 伊凡诺夫、В. Н. 托波罗夫:《斯拉夫古代领域的研究》,莫斯科,1974 年,第 180—216 页;《世界各国人民的神话》,第 2 卷,第 686—687 页、В. Я. 普洛普:《俄罗斯农业节庆》,列宁格勒,1963 年,第 87—91,133 页。弗雷泽也描述了这一仪式,参看詹·乔·弗雷泽:《金枝》,第 300—302 页。

〔109〕拉扎尔,圣经中的人物,玛丽亚与马尔法的兄弟,耶稣在他下葬后的第四天使他复活。参看《约翰福音》,第 11 章。同拉扎尔的形象相联系的一些仪式属于春季的一组农事节庆,其中鲜明地体现了通过衰亡达到丰产、复苏的思想(三段式:生——死——生)。这是一种摧毁模拟类人类的或类动物的稻草人、木偶或假面具(既体现富饶、丰产,同时也体现冬天、死亡)的仪式。参看 Л. В. 波克罗芙斯卡娅:《农事仪式》,载《欧洲外国的岁时节日习俗与仪式:习俗的历史渊源与发展》,第 78—79 页。

〔110〕卡赫齐亚,格鲁吉亚东部的历史地区,位于约拉河和阿拉赞河上游。

〔111〕库兹马与杰米扬,古代俄罗斯圣徒,扮演一对古代孪生神话人物的角色,并参与了一系列早期东斯拉夫宗教故事中的古老情节(他们是蛇的征服者,他们驱使蛇耕地,开掘了蛇堤,即第聂伯河的河床;他们是神化的铁匠)。参看 В. Я. 普洛普:《俄国农事节庆》,第 90 页。

〔112〕普里阿波斯崇拜,古代神话中对于普里阿波斯的崇拜。普里阿波斯是果园、田野之神,羊群的保卫者,酿酒业、园艺业、渔业的庇护者。他还成为肉欲和淫乐之神,其象征是男性生殖器像。祭奉普里阿波斯的春夏节日以性放纵为特色。

〔113〕涅列赫塔,俄国科斯特罗马州城市(1778 年设市),位于涅列赫塔河畔,建于十三世纪。

〔114〕多菲内,法国东南部历史省份,位于阿尔卑斯山区。现属伊泽尔省、上阿尔卑斯省(部分)、德龙省。

〔115〕库巴拉,东斯拉夫人神话中古老夏至节的主要人物。伊凡-库巴拉是施洗约翰的绰号,故又称伊凡节(俄历 6 月 24 日)。按照传统习俗,在 6 月 23 日至 24 日夜晚,人们把编成的偶像或稻草人像投入水中或烧毁。这一天人们采集药草、野花,举行仪式,载歌载舞,做各种游戏,占卜吉凶祸福,祈求风调雨顺。参看 ВЯЧ. ВС. 伊凡诺夫、В. Н. 托波罗夫:《库巴拉》,载《世界各国人民的神话》,第 2 卷,第 29 页;《斯拉夫民族古代领域的研究》,第 217—242 页。

〔116〕参见本章注〔65〕〔107〕。

〔117〕忒奥克里托斯(前 4 世纪末—前 3 世纪上半叶),古希腊诗人,田园诗、牧歌的最大代表人物,创立了田园诗体裁。他笔下的田园风光质朴、自然,毫无修饰,开创了欧洲"牧

歌"文学传统。这里提到的是他的第十五首田园诗《锡拉库荷妇女,或阿多尼斯节上的妇女》。参看忒奥克里托斯的《诗集》,Н. И. 格涅基奇译,列宁格勒,1956 年;《亚历山大体诗歌》,М. 格拉巴尔-帕谢克编序,莫斯科,1972 年,第 65—71 页。

〔118〕阿佛洛狄忒,希腊神话中的爱神、美神。参看 А. Ф. 洛谢夫:《阿佛洛狄忒》,载《世界各国人民的神话》,第 1 卷,第 132—135 页。

〔119〕阿瑞斯,希腊神话中的战神,宙斯的儿子,与阿佛洛狄忒有恋情,出于嫉妒杀死了阿多尼斯。

〔120〕阿波罗,希腊神话中光明、和谐之神,音乐家、预言家,他具有许多不同的职能。据传说之一,阿波罗为了替自己被阿佛洛狄忒弄瞎的儿子厄律曼佛报仇而杀死了阿多尼斯。参看 А. Ф. 洛谢夫:《世界各国人民的神话》,第 2 卷,第 305—306 页。

〔121〕珀耳塞福涅,希腊神话中宙斯和得墨忒耳的女儿,地狱的女统治者,司谷物生长和土地丰收的女神。她每年有三分之一的时间统治冥界,其余时间跟母神得墨忒耳相聚,后者由于欣喜而赐予大地丰收。这一神话象征着植物一岁一枯荣,象征着撒在泥土中的种子春季来临后的萌发。参看 А. Ф. 洛谢夫:《珀耳塞福涅》,载《世界各国人民的神话》,第 2 卷,第 305—306 页。

〔122〕阿多尼斯节,祭祀阿多尼斯(见本章注〔107〕)的节日,在小亚细亚、埃及(特别是在托勒密王朝时代的亚历山大城),在希腊和罗马举行这一节日为期持续二至八天。在头几天哀悼阿多尼斯之死,在随后几天则庆祝他的复活和回归大地。阿多尼斯曲是纪念阿多尼斯的歌曲。参看詹・乔・弗雷泽:《金枝》,第 316—327 页。

〔123〕阿波洛多尔・阿芬斯基(约前 180—前 109),古希腊历史学家,《编年史》《众神论》《大地景象》等的作者。还存有所谓《阿波洛多尔的藏书》,其中包括据说是他记述的希腊神话。

〔124〕卢奇安见本章注〔59〕。《论叙利亚女神》,见《卢奇安文集》,第 2 卷,第 262 页。

〔125〕库忒瑞亚,阿佛洛狄亚的别名之一(因这位女神的崇拜中心之一库忒拉岛而得名)。

〔126〕荷赖,希腊神话中掌四时更迭和自然秩序的时序女神。荷马史诗说,她们是宙斯的女仆,负责启闭天门。时序女神被认为是丰饶女神阿佛洛狄忒的从神。她们的形象是用果品装饰起来(或者手持果品)的少女。

〔127〕阿刻忒河,冥土的河流。皮里佛勒革同河和科库托斯河汇入此河。

〔128〕塞浦里斯(意为出生于塞浦路斯岛的),阿佛洛狄忒的别名之一。她的主要崇拜地之一是塞浦路斯岛,相传这位女神是从海水浪花里来到该岛的。

〔129〕奥古斯丁(354—430),基督教神学家、宗教活动家、作家,西方教父学主要代表,北非希波主教,基督教历史哲学创始人。著有《论上帝之城》等。他成年后才受洗,皈依教

门,年轻时曾纵欢作乐,后在自传体《忏悔录》中反省、叙述个性的形成。参看《圣人奥古斯丁、北非希波主教的创作》,基辅,1880—1908 年,第 1—2 册。

〔130〕彼得节,夏至日节。由于接受基督教,许多仪式,包括气象节日都重新加以解释,因此以往的多神教节日被安排在圣徒彼得和巴维尔的节日(旧历 6 月 29 日)。

〔131〕伊凡,库巴拉节,详见本章注〔115〕,关于斯拉夫人的面塑人像的仪式意义详见关于狂欢节仪式的描述:Вяч. ВС. 伊凡诺夫,В. Н. 托波罗夫:《斯拉夫民族古代领域的研究》,第 243—258 页。

〔132〕Rererdies,来源于法语 rererdir,意为返青;重新变绿。正如 В. М. 日尔蒙斯基所指出,这个术语属于研究迎春仪式歌曲的爱情题材问题的 Г. 巴里斯。但是,亚·尼·维谢洛夫斯基早在他于 1882—1883 年开的课程中,即早在巴里斯发表他的论著之前,就谈到诗歌与民间仪式之间的联系了。参看 В. М. 日尔蒙斯基:《亚·尼·维谢洛夫斯基的历史诗学》,《历史诗学》,第 28 页。

〔133〕《布朗诗集》,规模最浩大的拉丁文世俗抒情诗选(200 首以上),主要包括流浪僧的诗歌。这部诗选被称作"流浪僧手稿之女王",编成于十三世纪,直至 1803 年才发现,而发表于 1847 年。从那时起诗选被一再重版(全部或部分),译成多国文字(俄文版见《流浪僧的诗歌》,莫斯科,1975 年)。

〔134〕莱斯沃斯岛,亦称米蒂利尼岛,位于爱琴海,在小亚细亚群岛海岸附近;属希腊领土,主要港口米蒂利尼,古希腊文化中心之一。

〔135〕参看《俄国民间婚礼仪式·研究与资料》,列宁格勒,1978 年;《俄国婚礼抒情诗》,Н. П. 科尔巴科娃,列宁格勒,1973 年,第 135 页。参见 М. 茨维塔耶娃:《铺路搭桥》,见《М. 茨维塔耶娃文集》两卷本,莫斯科,1984 年,第 1 卷,第 264 页。

〔136〕坎佐纳,十三至十七世纪西欧诗歌中描写骑士爱情的一种抒情诗。首先采用这一诗体的是普罗旺斯的行吟诗人。亦称文艺复兴时用坎佐纳谱写的多声部世俗歌曲。

〔137〕指早期文艺复兴意大利人文主义者、作家薄伽丘(1313—1375)的《十日谈》中第五日谈的第十个故事。他的创作引起了亚·尼·维谢洛夫斯基浓厚的研究兴趣。学者不仅把《十日谈》这部著名的故事集译成了俄文(1891—1892;参看薄伽丘:《十日谈》,亚·尼·维谢洛夫斯基译,莫斯科,1955 年),而且撰写了一系列关于这部书及其作者的论文(详见 М. П. 阿历克谢耶夫为亚·尼·维谢洛夫斯基的《论文集》所做的注释,第 547—548 页),还写有具有重大价值的专著《薄伽丘,他的环境和同龄人》(圣彼得堡,1893—1894,第 1—2 卷;再版于《维谢洛夫斯基文集》,圣彼得堡,1915 年,第 5 卷;1919 年,第 6 卷;这一著作的第 6 章发表于亚·尼·维谢洛夫斯基的《论文选》,第 284—358 页)。但是,薄伽丘在上世纪末俄国社会中所享有的"不道德的坏名声"妨碍了大多数同时代人正确评价亚·尼·维谢洛夫斯基的出色译文,以及他关于意大利作家及其所处环境的杰出论著,这是该时代对于文化环

境的描写的典范。在继承这一研究传统的最新成果中,可参看 Л. М. 巴特金:《意大利人文主义者:生活作风和思想风格》,莫斯科,1978 年。

〔138〕参看 В. К. 索科洛娃:《俄罗斯人、乌克兰人和白俄罗斯人的春夏节庆仪式》,莫斯科,1979 年;《东斯拉夫人的民俗学》,莫斯科,1987 年;关于个别动物的象征意义,可参看 В. Н. 托波罗夫:《山羊》,载《世界各国人民的神话》,第 1 卷,第 663—664 页;ВЯЧ. ВС. 伊凡诺夫:《马》,同上书,第 666 页;В. Н. 托波罗夫:《驼鹿》,同上书,第 2 卷,第 69—70 页;还可参看 ВЯЧ. ВС. 伊凡诺夫、Т. В. 加姆克列利德泽:《印欧语与印欧人》,第 2 卷,第 518,544—558,585—586 页,亚·尼·维谢洛夫斯基在他关于抒情诗、戏剧和叙事诗的历史的教程中也涉及农事歌舞游戏的问题(见《历史诗学》,第 435,460—462 页)。

〔139〕科摩斯,希腊神话中的宴乐之神。他的形象是有翼的少年,有西勒诺斯和厄洛斯们相随。

〔140〕加泰罗尼亚,西班牙东北部历史地区,濒地中海,面积三万两千平方公里,人口五百九十万(1976),主要城市巴塞罗那。

〔141〕欧洲许多国家人民都熟悉"礼仪式耕种"的农事仪式,既在冬季,也在春季的周期范围内进行(参看《欧洲外国的岁时节日习俗与仪式:习俗的历史渊源与发展》,第 75 页)。这方面文本的最新神话学阐释可参看 Т. В. 齐维扬:《东诺曼人的圣诞歌词"犁套"的神话学阐释》,《斯拉夫与巴尔干民间文学》,莫斯科,1984 年,第 96—116 页。

〔142〕早在古代文献中就记述了把粮食抛撒到房前及其主人身上的新年习俗仪式。其起源常追溯到"播种"(类似播种时的动作),按其渊源而言,它还可能有其他含义,在婚礼、葬礼的仪式程序中,在巫医、占卜算命等活动中也存在这一仪式,即可为证。参看 Л. Н. 维诺格拉多夫:《西部和东部斯拉夫民族的冬季节日诗歌》,莫斯科,1982 年,第 221—223 页。

〔143〕亚·尼·维谢洛夫斯基提出民间仪式游戏是各种不同艺术形态和诗歌种类的摇篮的观点,从而比二十世纪文化史中最流行的思潮之一,由"剑桥学派"的论著所代表的仪式学派先行了一步。在这一学派的视野内(这一学派由英国学者 В. 凯尔、К. М. 恰德维克与 М. К. 恰德维克、К. М. 鲍拉、Э. Т. 哈托等代表),礼仪、仪式被看作神话、民间叙事形式、文学与哲学的起源。正如 Е. М. 梅列金斯基在其论著中所指出的,礼仪论的片面性就在于把神话与叙事诗的情节、艺术的内容方面完全从属于礼仪。"不论在英雄史诗,还是神话的起源中,都不能把礼仪视为全面占优势的成分。关于神话与礼仪两者孰先孰后,颇似鸡与卵的问题:既有源于礼仪的神话,也有表演神话的礼仪,既有具有相符的礼仪的神话,也有缺乏这种礼仪的神话。神话和礼仪可以解释为同一现象的语言方面和行为方面,尽管这种划分不免带有一定公式化的成分。但是,神话与礼仪的内在统一性在原则上无论如何不是由于礼仪行为的表面相似,而是由于语义结构上的同一,由于那些首先同神话'观念'不可分的象征模式而形成的"(Е. М. 梅列金斯基:《神话与民间创作的历史诗学》,第 26 页)。参看 Е. М. 梅

列金斯基:《亚·尼·维谢洛夫斯基的〈历史诗学〉与叙事文学的起源问题》,第30—33页;《语言艺术的原始渊源》,第154—156页;《叙事诗与长篇小说的历史诗学导论》,第10—11页;亚·尼·维谢洛夫斯基在研究礼仪问题方面的传统在那些倾向于认同礼仪与神话在出发点、包括在起源上的一致性的最新研究成果中得到了高度评价。参看 B. H. 托波罗夫:《论礼仪:课题导言》,《民间文学和早期文学文献中的古老礼仪》,第7—60页。

〔144〕驱除式,旨在驱除疾病和禳灾的宗教魔法仪式。参看亚·尼·维谢洛夫斯基:《根瓦尔的圣诞节仪式与拜占庭的哥特族游艺》,载《国民教育部杂志》,1885年,圣彼得堡,第241册,第1—18页。

〔145〕B. H. 托波罗夫强调指出,咒语不仅是"民间创作的"与"礼仪的",而且它们同时也极其显著地既区别于其他民间创作体裁,也区别于其他礼仪形态。与前者的区别在于摆脱时序周期或生活周期的框架的自由,与后者的区别则在于摆脱由于该群体整个礼仪结构而产生的程序安排的自由。参看 B. H. 托波罗夫:《论咒语的地位与本性(理论观点)》,《文本的人类语言学》,第1卷,第22页。

〔146〕卡赫季亚亦称卡赫季,格鲁吉亚东部的历史地区,位于约拉河和阿拉赞河上游。

〔147〕亚·尼·维谢洛夫斯基在此把中世纪宗教剧、宗教神秘剧这种体裁同正剧对立起来,因为在前者中故事情节是由自由组合的插曲和场景构成的,它们反映了圣经故事的各种不同片段,并同各种滑稽幕间剧交织在一起。情节的同时性、各种场景的同等地位与相互更迭,均属宗教神秘剧的特色。

〔148〕见注〔9〕。在现代研究成果中,关于仪式与叙事诗的相互关系的观念得到了深化和明确,例如,仪式被视为"情节组成因素,与此相适应,它的全部组成部分都具有叙事诗所特有的含义——在其中展示出或暴露出它们的矛盾性,仪式参加者的行为具有叙事的,而不是仪式的特点。更确切地说,许多东西还像在仪式中那样保留了下来,但内部却起了变化"。(Б. Н. 普齐洛夫:《叙事诗与仪式》,《民间文学与民俗学:仪式与仪式性的民间文学》,第79页)

〔149〕弹唱杂耍艺人,或称江湖艺人,古代罗斯流浪江湖的歌手、说噱艺人、器乐师、杂剧演员、驯兽人和技巧表演者的统称。十一世纪起就出现在各地。十五至十七世纪之间特别常见。后来遭到教会与世俗当局的压制与迫害。

〔150〕某些现代研究者倾向于认为古典叙事诗并非从仪式中形成,而是古老的叙事形式演变的结果。况且关于这种远古史诗是否受仪式和仪式性民间文学的制约这一问题本身尚未有定论,还有待专门研究。同时还需要指出,仪式在叙事诗中从未以纯粹的和真正的面目出现,而是透过叙事美学的棱镜而折射出来。如果我们希望借助于史诗材料来恢复其真实的民俗学面貌,那么就应该做追根溯源的工作,试图重现这一折射的过程。(参见 Б. Н. 普齐洛夫:《叙事诗与仪式》/《民间文学与民俗学:仪式与仪式性的民间文学》,第76,81页)

〔151〕参看《多勃雷尼亚·尼基季奇与阿廖沙·波波维奇》，Ю. И. 斯米尔诺夫、В. Г. 斯莫里茨基编，莫斯科，1974 年；В. Я. 普洛普：《俄国英雄叙事诗》，第 277—286 页；Т. А. 列温顿：《斯拉夫叙事模式与壮士歌人物·多勃雷尼亚》，文本结构—81，第 89—92 页；В. Н. 托波罗夫：《论俄国叙事诗中"三勇士"的历时性联系》，民俗语言学文本Ⅱ，第 5—6 页。

〔152〕莫斯卡理，革命前，乌克兰人和白俄罗斯人对于俄罗斯人的沙文主义的说法。

〔153〕关于丧葬仪式的现代研究倾向于课题的综合研究，考虑到考古学、人类学、人类语言学、民间文学等多方面的研究资料。参看《巴尔托—斯拉夫族的民俗文化学的和考古学的古代研究：丧葬礼仪》，莫斯科，1985 年。

〔154〕阿喀琉斯，特洛伊战争中的英雄人物，国王珀琉斯和海中神女忒提斯的儿子。据传说，忒提斯曾把孩子浸入冥河，使他周身刀枪不入，只踵部没有沾到河水，成为他的致命伤。后来阿喀琉斯因踵部中了帕里斯的箭而身亡。在十七天内，忒提斯率领海中神女和缪斯们为他唱哀歌送葬。关于阿喀琉斯的死亡和葬礼的描写见之于《奥德修纪》，第 24 卷，37—84 行。参看 В. Н. 雅尔荷：《阿喀琉斯》，见《世界各民族神话》，第 1 卷，第 137—140 页。

〔155〕帕特洛克罗斯，希腊神话中的英雄人物，阿喀琉斯在特洛伊战争中的战友，死于赫克托耳之手。（见荷马史诗《伊利昂纪》，第 16 卷，818—828 行）关于他的葬礼的描写见于《伊利昂纪》，第 23 卷。

〔156〕韦斯巴芗（9—79），公元 69 年起为罗马皇帝，弗拉维王朝的奠基人。他比前辈更扩大了罗马和拉丁市民对外省人的权利。（参看斯维托尼：《神圣的韦斯巴芗》，第 19 章）

〔157〕《百年宗教决议》，1551 年在莫斯科举行的宗教会议通过的决议集，共 100 条，是关于俄国僧侣内部生活以及僧侣同社会、国家的关系的法则。

〔158〕科兹玛·布拉日斯基（1045—1125），第一个捷克编年史作者，布拉格圣维特天主教堂神甫（1110 年起）。著有《捷克史》（拉丁文）。

〔159〕贝奥武甫，七至八世纪盎格鲁—撒克逊史诗中的传奇英雄，英勇善战而又宽宏大度的勇士，后成为斯堪的纳维亚一个部族的国王，鬼怪、恶龙的征服者。关于他的史诗有十世纪的抄本传世（现存于伦敦不列颠博物馆）。（参看《贝奥武甫·旧埃达·尼伯龙根之歌》，莫斯科，1975 年；Е. М. 梅列金斯基：《〈埃达〉与史诗的早期形式》，莫斯科，1968 年）参看本书第 1 篇注〔5〕。

〔160〕约尔旦，六世纪哥特族历史学家；东哥特人。主要著作有《论哥特族的起源和活动》（至 551 年，卡西奥多（约 487—578）的著作的缩写）。参看约尔旦：《论哥特族的起源和活动》，Е. М. 斯克尔仁斯卡娅编译、注释和作序，莫斯科，1962 年。

〔161〕普利斯克，拜占庭演说家，587 年曾出使哥特族，并留下了关于这次出差的记述。

〔162〕阿季拉（？—453），哥特族首领（434 年起），在他的统领下，哥特族联盟达到空前强盛。

431

〔163〕特林（或弗林，希腊文含义指哀号、痛哭、哀诉），古希腊葬礼诗歌的体裁之一，哀歌表达由于某人之死而引起的悲伤，其中包括对死者的思想和行为的描述，对他的善行和功绩的颂扬。特林的作者中有西蒙尼德·凯奥斯基、赛达尔等。奈尼（拉丁文，意指安葬曲）——拉丁民间诗歌中的类似体裁，曾对墓志铭、悲歌等体裁产生过影响；随后引用的一些术语是指在中世纪拉丁族和法兰西文学中的类似体裁。

〔164〕阿提拉（？—453），公元434年起为匈奴人领袖，曾对东罗马帝国（443,447—448）、高卢（451）、北意大利（452）进行过毁灭性的征伐。在阿提拉当政期间匈奴部族联盟达到了鼎盛时期。

〔165〕狄奥多里克（约454—526），公元493起为东哥特王。当政时期，东哥特人占领了意大利，并在493年建立自己的王国。

〔166〕指佚名叙事诗，关于封疆诸侯埃里赫·弗里乌利斯基、阿瓦尔人的征服者的哀歌，其中反映了加洛林王朝（法兰克王国751年起的王朝和800年起的帝国王朝）反对阿瓦尔国侵袭的斗争（八世纪）。

〔167〕《关于查理大帝的哀歌》，创作于八或九世纪的意大利的墓志铭诗歌，采用属于下层诗歌的所谓"加洛林格律"。古代合唱抒情诗歌的传统在这里同民间诗歌的特色交织在一起。可参看Б.И.雅尔霍的俄文译诗，载《四至九世纪的中世纪拉丁语文学经典作品》，第404—405页。

〔168〕富利康·兰姆斯基（840—900），兰斯大主教，898—923年统治法国的查理三世（昏庸者）的顾问。兰斯大主教按照惯例掌握为法国历任国王加冕的大权。

〔169〕威廉·长剑，927—942年的诺曼底公爵。一些研究者不排除他是《吉约姆的姿态》的叙事主人公的可能的原型之一。参看А.Д.米哈伊洛夫：《吉约姆的姿态》/《奥兰治·吉约姆之歌》，第493—495页。

〔170〕吕特比夫（约1230—1285），法国诗人与剧作家，创作过他那个时代几乎所有的文体作品。他的奇迹剧《特奥菲尔的奇迹》（《特奥菲尔之戏剧》）由阿·勃洛克译成俄文。参看《阿·勃洛克文集》八卷本，莫斯科，1961年，第4卷，第167—191页。

〔171〕《罗兰之歌》，尤·科尔涅耶夫译，第94页。

〔172〕参看《奥德修纪》，第24卷，60—63行："所有的缪斯，一共九位，以悦耳动听的轮唱悼念；其时，你不会眼见谁个不哭，阿耳吉维人个个泪水涟涟，缪斯的歌声深深打动了他们的心怀。"（引自中译本《奥德赛》，陈中梅译，花城出版社，1994年，第439页）

〔173〕受雇哭丧女人（或称哭丧者、哭灵人、哀唱者），哀歌，属于远古时代的一种民间诗歌创作的特殊体裁的演唱者。可参看Е.В.巴尔索维汇编的《北方地区的哀歌》，莫斯科，1872—1875年，第1—4集；《哀歌》，К.В.契斯托夫，列宁格勒，1960年；《俄国民间日常抒情诗·北方哀歌》，В.Т.巴扎诺夫、А.П.拉祖莫娃收集和记录，莫斯科—列宁格勒，1962年；К.

B. 契斯托夫:《民间女诗人 И. А. 费多索娃》,彼得罗查沃德斯克,1955 年。

〔174〕参看 А. К. 巴伊布林、Г. А. 列维通:《葬礼与婚礼》,见《波罗的——斯拉夫民俗文化与考古遗迹·葬礼仪式》,第 5—9 页。

〔175〕参看《奥德修纪》,第 129 页,В. А. 苏科夫斯基的俄译本。"一群刚刚迈入风华之年的小伙子,跳舞的行家,双脚踢踏着平滑的舞场。俄底修斯注视着舞者灵活的脚步,心里赞慕惊讶。德摩道科斯拨动竖琴,开始动听的诵唱,唱诵阿瑞斯和头戴鲜花冠环的阿芙罗底忒的情爱。"(引自中译本《奥德赛》,陈中梅译,第 139 页)

〔176〕法罗群岛歌曲,由合唱队演出,带有重唱副歌的一种中世纪叙事歌谣。它们产生于丹麦的法罗群岛,后来才被人记录下来。尼弗龙根是尼伯龙根这一姓氏在斯堪的纳维亚诸国的变体,其词源尚有争议。其词义的解释之一是指"宝藏的地下守护者"。参看《尼伯龙根之歌》,В. Т. 阿德蒙尼编辑出版,列宁格勒,1972 年。

〔177〕威廉一世征服者(约 1027—1087),1035 年起任诺曼底公爵,1066 年在英国登陆,击败盎格鲁-撒克逊国王哈罗德二世的军队而登英国皇帝位。

〔178〕坎蒂列那,意大利一种悠然动听的乐曲。维谢洛夫斯基多次列举关于圣徒法隆(七世纪)的坎蒂列那曲作为英雄叙事诗发展的最初阶段的例证,但关于这一文本的真伪在学界尚有争议。

〔179〕参看亚·尼·维谢洛夫斯基:《俄国宗教诗歌探源》,科学院版,圣彼得堡,1883 年,第 45 卷,第 82 页。

〔180〕尤基芙,伪经传说中的女英雄,犹太族美女,她拯救了被亚述利亚人围困的城市,她引诱他们的统帅奥洛菲尔恩到她的帐篷过夜,第二天清晨砍下了他的头颅。

〔181〕哀歌,公元前七世纪在希腊形成的一种抒情体裁。亚·尼·维谢洛夫斯基在这里持哀歌起源于葬礼曲这样的观点。但学术界还有另一种见解:这一体裁的特征并不在于它的格调、内容,而在于形式——哀歌二行诗,或把六脚韵诗同五步诗句结合起来的二行诗。参看 С. И. 拉德齐格:《古希腊文学史》,第 112—113 页;М. Л. 加斯帕洛夫:《哀歌》,载《文学百科辞典》,莫斯科,1987 年,第 508 页。

〔182〕萨图拉(拉丁文 satura——混合体,杂拌),早期罗马文学的体裁之一,各种不同内容的短诗和散文作品汇集在一起的文集,大约形成于公元前二世纪,随后发展成为具有揭露性质的诗歌文体,到了贺拉斯则成为一种讽刺诗。

〔183〕见注〔75〕。

〔184〕即兴剧,意大利民间喜剧(名称源自 Ателла 市),具有固定的角色和取材于日常生活的故事情节的独幕剧。在公元前二世纪末即兴剧经过文学加工,排在悲剧之后或单独上演。在意大利的假面具喜剧中可以看到即兴剧的余波。近来有一种推测,认为即兴剧,以及某些其他罗马剧种(尤其是喜剧),具有来自伊特拉斯坎人(古代意大利最古老的民族,公元

前六世纪曾控制意大利大部分地区,对罗马文化起了深远影响)的渊源。据新近的研究成果,关于伊特拉斯坎戏剧对于罗马戏剧的影响问题有两种见解:一种是亚·尼·维谢洛夫斯基的看法,另一种则认为伊特拉斯坎的书面文学影响要超过其口头民间文学的影响。参看 ВЯЧ. ВС. 伊凡诺夫:《论文学作为文本汇集的重建的可能性》,载《文本结构研究》,莫斯科,1987 年,第 72—76 页。

〔185〕谢肉节趣剧,德国民间戏剧的一种(中世纪的闹剧)。最初为描写日常生活的短剧,一般都是笑剧性质的。十四至十六世纪进行文学加工。作者有许多是德国中世纪的名歌手(如 H. 萨克斯等人)。

〔186〕关于希腊悲剧和祭祀可参看 O. M. 弗列登尔格:《神话与古代文学》,第 403—440 页;关于中世纪欧洲的祭祀戏剧——宗教神秘剧与民间仪式的相互关系问题,如今是依据 M. M. 巴赫金及其他学者关于民间狂欢化文化与教会文化的相互影响的研究成果来理解的。

〔187〕这一论断需要修正:维谢洛夫斯基自己也并不认为戏剧起源于合唱诗歌,而认为它是起源于"祭祀",祭祀宗教剧(这一观点为学术界普遍认同);至于说到叙事诗,则一系列现代学者(如 O. M. 弗列登尔格、E. M. 梅列金斯基)则认为它渊源于古代叙事(散文)传统,说书,传说。

〔188〕亚·尼·维谢洛夫斯基在这里批判地转述黑格尔在他的《美学讲义》中所阐述的"文学哲学"(参看黑格尔《美学》,第 1—4 卷),其中追踪考察了世界艺术中形式的更迭(象征的——古典的——浪漫的)和文学种类——叙事诗、抒情诗与戏剧之间的相互关系。引起维谢洛夫斯基异议的是把古代形成的审美标准扩展到文学的一般发展。应当指出,俄国学者对待黑格尔的态度并非单一的,对于他的辩证法表示认同,并在对黑格尔的学生 Г. 施泰恩达里的构想进行思考的过程中酝酿了创立"历史诗学"的构想。但对古典唯心主义思想则坚决排斥。И. К. 戈尔斯基指出,维谢洛夫斯基的学说是同 1861—1905 年俄国历史的过渡时期的特点联系在一起的。部分由于对黑格尔的唯心主义所持的激烈否定态度,他无意地对黑格尔的辩证法也评价不足。虽然维谢洛夫斯基不乏发达的辩证思维因素,但他并未成为彻底的辩证论者。(参看 И. К. 戈尔斯基:《亚历山大·维谢洛夫斯基与当代》,第 198—199 页)

〔189〕让·波尔,德国作家 И. П. Ф. 里希特(1763—1825)的笔名,因此,亚·尼·维谢洛夫斯基是把作家的真名与笔名结合在一起。引文有删节,在俄文最新译文中所引如下:"……戏剧比史诗更为客观,作家的个性被史诗场景的画面所遮盖,而戏剧应当通过抒情因素的叙事链条而得到表达……客观因素与抒情因素在戏剧中的混合与相互渗透是令人惊异的,也是有机的。须知甚至任何一个角色也不可能描述悲剧英雄——因为似乎诗人在提示心灵……至于这里也有抒情诗参与,除人物性格之外(每个性格都是客观的抒情诗人),首

先古代人的合唱队就说明了这一点,这些戏剧的祖辈们在埃斯库罗斯和索福克勒斯的笔下早就燃烧着抒情的火焰;席勒及其他许多人的格言——这都是一些小型合唱,这就好像是更高水平上的民间谚语一样。"(让·波尔:《美学的预科学校》,А. Д. 米哈伊洛夫译注,莫斯科,1981 年,第 243—244 页)

〔190〕菲利浦·莫里茨·卡勒尔(1817—1895),德国哲学家与美学家,深受黑格尔的影响。亚·尼·维谢洛夫斯基在此引用他的著作:M. 卡勒尔:《论诗的质与形》,莱比锡,1894 年,第 172,225 页。

〔191〕阿尔凯奥斯(前 7 世纪末—前 6 世纪前半期),古希腊抒情诗人。作品主要反映内战和饮酒行乐,对贺拉斯有一定影响。

〔192〕M. 卡勒尔:《与文化发展相联系的艺术与人类理想》,第 1—5 卷,莱比锡,1863—1873 年,第 2 卷,第 108,227 页;俄译本。E. 科尔什译,莫斯科,1874 年。

〔193〕伊奥利亚人,古希腊主要部族之一。分布中心地为东塞萨利亚。伊奥利亚人于公元前二世纪末从那里发展到整个塞萨利亚和维奥蒂亚,继而扩展到小亚细亚西北部。伊奥尼亚、多利克、伊奥利亚人均有各自方言,其中每一种语言都有与其相适应的诗歌种类和体裁。

〔194〕在瓦凯尔纳格尔的诗学讲义(1873)中,文学体裁的体系是从历史比较的角度加以考察的。参看 W. 瓦凯尔纳格尔:《诗,反问与修辞》学术演讲集,哈勒,1873 年。

〔195〕L. 宾列夫:《历史法则》,巴黎,1881 年。

〔196〕P. 拉孔布:《文学史述评》,巴黎,1898 年。

〔197〕"抒情诗,按实质说,先于所有诗歌形式,因为一般说来,情感产生诗歌,在情感中包含着使诗歌燃烧的火星;诗歌先于所有诗的形式,就像普罗米修斯失去面目的火,却使各种面目、形态、形式得到分解和富于生气"。参看让·波尔:《美学的预科学校》,俄译本,第 276 页。

〔198〕别纳尔,黑格尔的美学著作的法文译者,其译本附有对德国哲学家的美学讲义的批评分析,后为俄译本所附录(莫斯科,1859—1860)。

〔199〕参看达里夫:《试论德意志民族民歌的历史特征》,莱比锡,1840 年;J. 希彼尔:《古代英语诗韵》,波恩,1881 年;R. 魏斯伐尔、A. 罗斯巴赫:《希腊诗歌音韵学》,第 2 版,1868 年,第 2 卷;A. 克劳塞特:《品达罗斯的诗歌及希腊抒情诗诗法》,巴黎,1895 年。

〔200〕L. 考蒂尔:《法国英雄史诗》,巴黎,1878 年,第 2 版,第 5 卷,第 3—5 页。

〔201〕参看瓦克尔·纳格尔:《古代法兰西歌谣及其遗迹》,巴塞尔,1846 年,第 180 页。R. 封·列伦克隆:《十三至十六世纪德国人的历史民歌》,莱比锡,1865 年,第 1 卷,第 70—72 页;L. 乌兰德:《论德国民歌》,《乌兰德关于诗歌与传说的论文集》,斯图加特,1866 年;E. G. 盖伊尔:《古代瑞典叙事谣曲、童话、笑话及若干丹麦民歌》,莫尼译,斯图加特,1836 年。

路德维希·乌兰德(1787—1862)，德国诗人、小说家、文学史家，日耳曼语文学的奠基人之一，著有民歌色彩的叙事谣曲(1814)。乌兰德的学术研究对于亚·尼·维谢洛夫斯基形成自己的历史诗学研究体系起了很大作用。可参看 B. M. 日尔蒙斯基：《亚·尼·维谢洛夫斯基的历史诗学及其渊源》，载《列宁格勒大学学报》(语文版)，1939 年，第 3 期。

耶伊尔(1783—1847)，瑞典历史学家、诗人、作曲家，瑞典浪漫主义的主要代表作家，出版有《瑞典古老民歌》和《瑞典人民史》(1832—1836)。

[202]施泰恩塔尔(1823—1899)，德国语言学家，语言学中心理学派和"民族心理学"奠基人之一。语言起源拟声说倡导者。

[203]M. 拉查鲁兹、H. 施泰恩塔尔：《民族心理分析的绪论》，载于《民族心理与语言学》杂志，1860 年，第 1 期，第 49 页。

[204]Г. 帕瑞斯：《查理大帝的诗体历史》，巴黎，1865 年，第 1—2 页。

[205]关于有关分歧的概况可参看 Г. 马尔凯维奇：《文艺学的基本问题》，第 169—201 页，"文学种类与体裁"(附有参考书目)。

[206]舍列尔(1817—1885)，德国语文学家。这里指他死后由梅耶尔出版的《诗学》(1888)一书。

[207]指 R. M. 韦纳尔：《抒情诗和抒情诗人》，汉堡—莱比锡，1890 年。

[208]这里引自莎士比亚的《哈姆莱特》一剧的第一幕第二场。

[209]B. 瓦连京(1842—1900)，德国历史学家与文艺学家，著有：《韵律是符合科学构造的诗歌的基础》(1870)、《论艺术、艺术家和艺术作品》(1889)。

[210]让·波尔的散文颇具特色：广泛的语言长复合句容纳了极其多样的语义风格素材，散文与诗歌在语言上的严格对立似乎清除了。

[211]P. 拉孔布：《文学史评述》，巴黎，1898 年，第 7，318，341 页。

[212]雅科勃夫斯基是诗歌中的自然主义学派的代表人物之一，作为达尔文学说的追随者，他试图用生理需要和自然法则(饥饿、性欲等)来解释诗歌起源。参看 L. 雅科勃夫斯基：《诗歌的发端。诗歌的现实发展史的基础》，德累斯顿—莱比锡，1891 年。

[213]ch. 勒托纳：《人类不同民族的文学沿革》，巴黎，1894 年。

[214]Д. 马托夫：《史诗是最古老的诗歌种类吗？》，《保加利亚观察》，索菲亚，1895 年，第 3 辑，第 77 页。

[215]K. 鲍林斯基：《德意志诗歌》，莱比锡，1895 年。

[216]K. 布鲁赫曼：《诗歌·诗歌创作的自然素材》，柏林，1898 年。

[217]见注[54]。

[218]见注[53]。

[219]阿尔基洛科斯(公元前 7 世纪下半叶)，古希腊抒情诗人，师承荷马传统，但并不

崇尚史诗中的理想人物,而是塑造有血有肉的新人形象,作品充满激情,文笔辛辣。抑扬格诗的创始人,语言朴素,具有揭露激情。其作品只有片段传世。参看《古代抒情诗》,第114—120页。

〔220〕太伦斯·布勃里(约前195—前159),罗马喜剧作家,利用新阿提喀的喜剧传统,创造了面具喜剧。参见《太伦斯·喜剧》,B. A. 阿尔丘什科夫译,B. H. 雅尔霍作序。莫斯科,1985年。

〔221〕表演独白故事的流浪艺人的民间创作成为了十三世纪法国世俗喜剧的起源,例如,维谢洛夫斯基提及的吕特比夫的《草的故事》,讽刺模拟了在市场卖草的商贩的话语。《来自班奥列的自由射手》系这一类型的佚名喜剧独白。

〔222〕Lais—лэ,古代法国的一种诗歌体裁,主要流传于布里塔尼半岛。

〔223〕Rote(法文),中世纪的一种类似竖琴的乐器,用来为 лэ 的演唱伴奏。

〔224〕蓬塔诺(1422/1426—1503),意大利诗人,人文主义者,意大利文艺复兴运动的中心之一,蓬塔诺学院的创始人。除诗歌之外,他还写有讽刺性对话。

〔225〕卡尔塔利尼亚,东格鲁吉亚的历史地区,位于库拉河谷。自公元前四世纪为卡尔特利王国(伊别里亚)。自十世纪末成为统一的格鲁吉亚国家的中心。十五世纪后半期至十八世纪为卡尔特利王国。

〔226〕吉拉罗德,西莫德,玛戈德,利齐奥德——戏剧诞生时的参加者,逗乐的人,丑角,"愉快的悲剧",类似闹剧或悲喜剧的创造者。

〔227〕李维乌斯·安德罗尼库斯(约前280—前204),古罗马诗人,剧作家。希腊人,生于意大利塔兰托城。公元前272年罗马人占领该城时被掳来罗马,沦为奴隶,后来获释,成为讲授拉丁文和希腊文的家庭教师。他曾将荷马史诗《奥德修纪》译成拉丁文。他还曾翻译和改编希腊悲剧和喜剧,供罗马舞台演出。他的剧本于公元前240年首次演出,这被视为罗马真正的舞台戏剧演出的开端。

〔228〕竞赛指诗人间的比赛,一种辩论体裁,其中可以感到民间合唱队的反响。奥·米·弗列登别尔格在论及竞赛作为悲剧中主人公之间的辩论方式时,曾涉及埃斯库罗斯的悲剧:《被缚的普罗米修斯》的基本冲突在于宙斯同普罗米修斯的竞争,保留了新旧因素斗争的形式(参看奥·米·弗列登别尔格:《神话与古代文学》,第351页)。某些研究者把古希腊文化的基本特征归结为"竞争性"(参看 A. H. 扎伊采夫:《古希腊的文化转折》,1985年),在现代学界还存在一种把"竞争性"提前到更早的、一般印欧文化的发展阶段(参见ВЯЧ. BC. 伊凡诺夫:《论改造作为文本综合体的文学的可能性》,《文本结构研究》,第66页)。

〔229〕按指如阿波罗弹奏基法拉琴战胜演奏长笛的讽刺诗人玛耳绪阿斯之类神话。阿波罗的许多职能之一是音乐师与歌手的庇护神;阿波罗的别名之一:阿波罗·缪斯革忒斯,

即缪斯之首领。(参看 А. Ф. 洛谢夫:《古代神话及其历史发展》,第 295—299 页)

〔230〕指贺拉斯的讽刺诗第 1 卷,第 5 首(大约前 35—前 34)中丑角的竞技,其中描叙了作者作为罗马奥古斯都皇帝的亲信米岑纳特的随从,于公元前 37 年赴布伦基济的旅程。

〔231〕普拉图斯(约前 254—约前 184),罗马喜剧作家,按照希腊喜剧,公元前四至前三世纪阿提喀地区的新喜剧的传统进行创作。这里指普拉图斯笔下的诸如巴列斯特利昂与斯凯列德尔(《吹牛军人》)、格鲁米翁与特拉尼翁(《幽灵》)、里班与斯凯列德尔(《驴子》)等喜剧人物之间的笑谑对骂。(参看普拉图斯:《喜剧选集》,C. A. 奥舍罗夫作序和注释,莫斯科,1967 年,第 204 页)

〔232〕悉多,印度史诗《罗摩衍那》的女主人公,国王罗摩的贤妻。罗摩怀疑悉多不贞,将怀孕的悉多遗弃于野林之中。蚁垤仙人收养了她,她生了两个儿子。蚁垤写成《罗摩衍那》,教二子演唱。后来到了罗摩朝廷上,觐父认子。蚁垤把悉多领来,证明了她的贞洁。罗摩仍不相信,悉多乃呼救于地母,大地开裂,她一跃而入。

〔233〕婆罗多,印度神话和叙事文学中的一个氏族、部落。婆罗多是古代王名,他的后代有两个兄弟,一个瞎子名叫持国,另一个名叫般度。前者有一百个儿子,被称为俱卢族,后者有五个儿子,被称为般度族。般度的五子长大,要继承父亲王位,持国的儿子不肯,于是发生冲突,终于引起大战。有关两族大战及其前因后果的传说故事构成印度史诗《摩诃婆罗多》的基本内容。为了纪念他们,古代印度曾称作"婆罗多之国",至今印度共和国的正式名称在印地语中仍叫婆罗多。有关婆罗多王后裔的传说在《梨俱吠陀》《罗摩衍那》中都有记叙。(参看 П. А. 格林泽尔:《婆罗多》,载《世界各国人民的神话》,第 1 卷,第 201 页)

〔234〕般度的儿子们是古代印度史诗《摩诃婆罗多》的主要英雄人物,般度国王的五个儿子。(参看 C. Л. 涅维列娃:《古代印度史诗的神话内涵》,莫斯科,1975 年)

〔235〕《摩诃婆罗多》,印度古代的一部史诗,即《关于伟大的婆罗多的传说》,现在的版本成书于十世纪中叶,作者据称是广博,全诗共十八篇,中间穿插一些故事,主要是民间传说。在亚洲各国文学中,以《摩诃婆罗多》的故事和人物为素材的作品很多。

〔236〕梭伦(前 638—前 559),公元前 594 年古希腊执政官,诗人,首次确立了演唱荷马史诗的程序。

〔237〕喜帕恰斯,公元前六世纪雅典的暴君(前 527—前 514),庇西特拉图之子,并享有诗人之誉。在庇西特拉图执政时期,荷马史诗已成为希腊文化生活的日常现象,并由行吟诗人演唱。

〔238〕哈德良(76—138),公元 117 年起为罗马皇帝,属安敦尼王朝。依靠骑士的支持,在位期间加强了皇帝权力和国家机关的集权。

〔239〕赫西奥德(前 8—前 7 世纪),古希腊第一个有名有姓的诗人。在醒事叙事长诗《工作与时日》中,诗人歌颂农民的劳动,警告对农民施虐的人,他们的行为会激起神怒;长

诗《神谱》(即众神的系谱)合乎情理地将古希腊神话系统化,赫西奥德的诗歌同英雄史诗针锋相对,两者的差别犹如清醒的"真理"与美丽的"谎言"。关于荷马与赫西奥德比赛的传说可参看普卢塔克:《七位贤者的会饮》,《文集》,С. С. 阿维林采夫编选,А. Ф. 洛谢夫作序,А. 斯托里亚罗夫注释,莫斯科,1983 年,第 360—388 页。

〔240〕《奥卡森与尼科列特》,十三世纪上半期的法国中篇小说,其中散文和诗歌部分相互交错,被称作"诗歌——故事"。十二世纪中叶的中世纪法国长篇小说对其情节曾有过影响。

〔241〕诺姆(旋律、歌曲),古代诗歌的抒情体,阿波罗之赞歌。这一体裁的代表作家是季莫费·米列茨基(死于 357 年)。

〔242〕参见注〔11〕。

〔243〕《治家格言》,十六世纪初俄国一部规范人们对待宗教、国家、家庭、家业的态度的典籍,其中汇集了一系列维护封建家长制特权的严格行为准则和生活信条。在这里作清规戒律解。

〔244〕即兴喜剧,一译"假面喜剧"。意大利剧种之一(十六至十七世纪)。演员以剧本为基础进行即兴表演。剧中人物多是戴假面的固定角色,如佣人——布里杰拉、阿莱金、普尔奇内拉、科隆比娜;愚蠢贪婪的商人——潘塔洛内;吹牛者和胆小鬼——卡皮坦;饶舌的医生;拘泥小节、纠缠不休的塔尔塔利亚等。参看《即兴喜剧》剧本集,西欧戏剧史作品选,С. С. 莫库利斯基编选,莫斯科,1953 年,第 1 卷;А. К. 德日韦列戈夫:《意大利民间喜剧》,第 2 版,莫斯科,1962 年。

〔245〕行吟诗人,古希腊用弦乐器伴奏的吟唱叙事诗的歌手,相传荷马即是这样的行吟诗人。

〔246〕指《罗兰之歌》中有与史实不符之处,如查理大帝于公元 800 年登基称帝,而《罗兰之歌》中描述的事件则发生于 778 年,当时三十六岁的查理还是法兰克国王,他的军队同萨克斯人的战争,以及巴斯克人在隆谢瓦里峡谷对他的部队的袭击在《罗兰之歌》中都变成了同萨拉钦人的战斗。

〔247〕马尔西里,萨拉戈萨的统治者;巴里干——埃及的埃米尔(王公),《罗兰之歌》中的主人公,伊斯兰教教徒,查理大帝的敌人。现代学者们认为理查大帝同巴里干的伊斯兰教军队作战的情节是对第一次十字军远征的奉献,是后来附加到长诗文本中去的。参看 Е. М. 梅列金斯基:《英雄史诗》,载《世界文学史》,莫斯科,1984 年,第 2 卷,第 519 页。

〔248〕坎蒂列那,中世纪欧洲诗歌中一种由乐器伴奏的抒情叙事歌曲。参见本章注〔178〕。

〔249〕科索沃战役,1389 年拉扎尔大公率领的塞尔维亚—波斯尼亚军同土耳其苏丹穆拉德一世的军队之间在塞尔维亚南部进行的一场决战,拉扎尔的部队战败,从此塞尔维亚沦

为奥斯曼帝国的属国。

〔250〕墨洛温王朝，法兰克王国第一个王朝（5 世纪末—751）。由近似传奇式的氏族酋长墨洛温得名，主要代表人物为克洛维一世。

〔251〕经文歌，多声部声乐体裁，十二世纪时产生于法国。早期经文歌的基础是教会歌咏，其中几个声部归附于一个声部，常带有稍加变化或截然不同的经文词。经文歌的典范作品出于巴赫之手。经文歌影响德国康塔塔的形成。

〔252〕B. H. 彼列特茨把亚·尼·维谢洛夫斯基的这一论断看作是学者摆脱"年轻时期的偏见"而转向承认诗人是"执行器官"的证明，认为他趋于理解"在文学中，诗歌中，以及一般在艺术中，重要的不是**什么**，而是**怎样**，而文学史的研究对象并不是这个**什么**（思想，内容），而是怎样（形式）。从这时，1890 年起，维谢洛夫斯基提出了文学史的新任务——研究作为诗歌手法的风格的演变，这种演变表明了诗歌意识的演变"（B. H. 彼列特茨：《关于俄国文学史的方法论的教程》，第 265 页）。

〔253〕亚历山大时代，包括公元前三至一世纪的希腊文学发展的时期，现在多称作希腊化时期。这一时期希腊语言与文化在埃及得到传播，而其中心在亚历山大城，那里集中了时代的主要文学家们，因此而得名。亚·尼·维谢洛夫斯基这里所指的可能是阿斯克列比阿德的爱情讽刺短诗：

　　以前，阿尔赫阿德曾把我紧紧搂在怀里，
　　而今，他连开玩笑也不理睬我这可怜人儿。
　　可是即使甜蜜的爱神厄洛斯对我们也并不总是和蔼可亲——
　　常常只是在带来痛苦之后，神灵才变得甜蜜可人。
　　　　　——《亚历山大派诗歌》，Л. 勃鲁门纳乌译，第 305 页。

〔254〕赫捷拉（希腊文——女友、情人），古希腊有教养的妇女，精通文学、艺术、哲学，未结婚，并过着自由生活方式。也存在另一种方式的赫捷拉——把性自由同摆脱高级智力竞赛的自由结合起来。参看《来自萨莫萨达的卢奇安：赫捷拉的对话》，《卢奇安选集》，莫斯科，1962 年，第 342—369 页。

〔255〕同注〔53〕。

〔256〕赛诺芬尼（约前 570—前 478），古希腊吟游哲学家和诗人。埃利亚学派的创始人，主张存在是统一的、永恒的和不变的。批判拟人说和希腊民间宗教的多神论。常在叙事长诗中阐述自己的观点，是哲理诗的创始人之一，历史内容的叙事诗、哀歌等的作者。

〔257〕科摩斯，宴乐之神。他的形象是有翼少年，有西勒诺斯和厄洛斯们相随。与希腊农业祭祀仪式有关的节庆游行，伴随着歌唱、舞蹈，插科打诨。这类游乐狂欢传统的传播同约公元六世纪前对狄俄倪索斯（植物神、葡萄种植业和葡萄酿酒业的保护神）的崇拜有关。由于狄俄倪索斯的祭祀仪式是和古代的魔法化装仪式相联系，由此产生希腊的戏剧：悲剧和

喜剧。喜剧可能由科摩斯而得名。

〔258〕阿尔凯奥斯(前7世纪末—前6世纪前半期),古希腊抒情诗人,作品主要反映内战和饮酒行乐,对贺拉斯有一定影响。所谓阿尔凯奥斯诗体的创始人,亦称贺拉斯诗体,由两行不同格律结构的11音节、9音节和10音节的诗句组成。

〔259〕阿那克里翁(约前570—前478),古希腊抒情诗人。诗的节奏感强,培养人对生活乐趣的感官享受;以悲老忧死的情调为衬托。对阿那克里翁的模仿形成晚期希腊罗马、文艺复兴、启蒙运动时期的阿那克里翁诗体。

〔260〕斯捷西霍尔(前630—前550,真名为蒂西),古希腊诗人的别名,意谓"合唱的组织者"。斯捷西霍尔的合唱的抒情—叙事长诗只有片段流传了下来。参看《古代抒情诗》,第86—87页。

〔261〕阿里翁(前7—前6世纪),古希腊诗人,被认为是古代悲剧风格,酒神颂文学体裁的创始人,酒神颂在阿里翁之前只在口头流传过。他的作品未曾保留下来,关于他奇迹般得救的传说(被阿里翁歌声迷住了的海豚将他驮上了岸),曾给许多诗人以灵感,如普希金的诗篇《阿里翁》。

〔262〕这里指的是柏拉图关于抒情诗(诗人在例如酒神颂中以自我身份所做的表白)和以面部表情、模仿为基础的戏剧诗(悲剧、喜剧)的划分,见柏拉图的《理想国》。

〔263〕这里需要确切说明的是,亚里士多德起初把所有语言艺术种类都归结为模仿:"史诗和悲剧、喜剧和酒神颂以及大部分双管箫乐和竖琴乐,这一切实际上是模仿,只是有三点差别,即模仿所用的媒介不同,所取的对象不同,所采的方式不同。"(亚里士多德:《诗学》,罗念生译,人民文学出版社,1962年,第3页)亚里士多德把叙事诗歌(即非戏剧的诗歌)称为"用格律来模仿的诗歌",虽然这并不十分明确(同上书,第5页)。参看《亚里士多德与古代文学》,第112,152页。关于亚里士多德观点的矛盾可参看 А.Ф.洛谢夫:《古代美学史·亚里士多德与晚期古典文学》,莫斯科,1975年,第418—423页。

〔264〕斯维达,约十世纪的拜占庭文学的典籍、辞典,包括关于古代文学史方面的词条。

〔265〕萨蹄尔,古希腊神话中酒神的淫荡伴侣,长有山羊腿、胡子、角。他们游荡在森林中,和神女们一起跳着欢快的圆舞。在现代语中,сатир 已成为醉汉和色鬼的同义语(如普希金的诗《浮努斯和牧羊女》)。

〔266〕伊奥利亚人系古希腊主要部族之一,与多利克等其他部族均有各自的方言,相应也各有自的诗歌种类和体裁。独唱方式是与合唱方式相对立的一种诗歌吟唱方式。

〔267〕亚·尼·维谢洛夫斯基在此引用亚里士多德的《政治学》,据最新俄译本,此处应译作:"当找到许多一样值得尊敬的人们的时候,那么在拒绝服从一人专政的政权之后,他们便开始寻求某种共同的统治方式,并建立起政体。"(亚里士多德:《文集》四卷本,莫斯科,1984年,第4卷,第479页,С.А.热别列夫译)

〔268〕泛雅典娜节,纪念雅典娜诞辰(7—8月)的主要庆节。泛雅典娜节每年在祭月的最后几天(8月)举行(称"小泛雅典娜节"),或每四年,即每届奥林匹克竞技会的第三年,举行一次"大泛雅典娜节",届时举行行吟诗人赛诗会,还有歌手和乐师在音乐堂进行比赛,优胜者可获得花冠、双耳瓶等奖品。最隆重的项目是在祭月28日(雅典娜诞辰)举行的庆祝游行,长老们手持橄榄枝,并把雅典姑娘们绣成的新袍子献给雅典娜神像。节庆的最后活动是举行大祭祀和大宴会。

〔269〕党派的(源于拉丁文 pars——部分),在这里指不像古老叙事诗的时代那样符合社会的整体利益,而只符合它的某一部分等级的利益的诗歌。

〔270〕泰奥格尼斯,古希腊抒情诗人,著有许多具有道德教诲、自传性和爱情内容的哀歌。署他名字的哀歌体双行诗诗集有两册,但其中只有一部分是他的作品。第一册的内容主要是道德规劝,时而夹杂一些庄重的曲调和攻击民主派得胜的言辞;第二册是情诗。亚·尼·维谢洛夫斯基提及他的以下诗句:

  你别想海葱会长出风信子或玫瑰;
  也别想奴隶会生出自由民孩子。
    ——《古希腊诗人》,B. B. 魏列萨耶夫译,第312页。

〔271〕阿尔基洛科斯(公元前7世纪下半叶),古希腊抒情诗人。师承荷马传统,但并不崇尚史诗中的理想人物,而是塑造有血有肉的新人形象,作品充满激情,文笔辛辣。这里所引诗句的另一译法是:"进来,你这个出身高贵的人。"参看《古希腊诗人》,B. B. 魏列萨耶夫译,第225页。

〔272〕阿尔凯奥斯(前7世纪末—前6世纪前半期),古希腊抒情诗人。这里引用他的如下诗句:"君王说:'人是财富'。穷人没有荣誉可言,一贫如洗的人没有尊严可言。"参看 ВЯЧ. BC. 伊凡诺夫译:《古代抒情诗》,第54页。

〔273〕引自阿尔基洛科斯的如下片段诗句:

  一切听命于神的意志吧——
  神灵常常安排苦命的人,
  在受尽世上苦难之后,
  又使他重新站起来,
  而站起来的又被打翻在地,
  使他面额触地。
    ——《古代抒情诗》,Γ. 采列捷利译,第118页。

〔274〕所引诗句的新译文如下:

克洛尼得斯(即宙斯),你的心肠怎能允许你使那些不法之徒同那些遵循正义的人们享有同样的命运,使那些心灵正直的人同那些在非正义的勾当中度过一生的高傲自大的人在你面前平分秋色?

——《古代抒情诗》,B. B. 魏列萨耶夫译,第 149 页。

只有一位幸福之神为人们留了下来——希望。

所有其他奥林波斯山上的神灵都遗弃了凡人,远走高飞。

——同上书,C. 阿普特译,第 171 页。

[275] 西蒙尼德·阿莫尔格斯基,公元前八世纪的古希腊诗人。这里指他的内容丰富的作品《宙斯起初编排了不同的妇女风尚》。参看《古代抒情诗》,第 122—124 页。

[276] 得墨忒耳(德美特),希腊神话中丰产和农业女神,职司谷物的成熟。敬奉土地是古代从事农业的各族人民的共同特点。得墨忒耳原先只管土地的丰饶,后来才成为农业的保护神,又被尊为立法女神,还成为婚姻和家庭的保护神。

[277] 萨福(前 7—前 6 世纪),古希腊女诗人,其抒情诗的主题是爱情、少女之间的温情和少女的美貌等。亚·尼·维谢洛夫斯基在这里谈到在同一时代的诗歌中共存着反对男女平等性质的倾向和赞美与颂扬妇女(她的美貌,她的情感)的高尚和文雅的激情,这正是萨福诗歌的特色。

[278] 推翻前言的诗,唱反调的诗歌。整首诗歌没有保存下来,这里指以下片段:

传说没有说实话:

你没有登上船只的甲板,

你没有漂流过海来到特洛伊。

——《古代抒情诗》,第 86 页。

在这首歌之前的一部作品《海伦》中,正如亚·尼·维谢洛夫斯基所指出的,斯捷西霍尔把关于海伦的神话描叙得如同史诗中一样,把她表现为一个罪人。但是在一系列希腊地区,海伦被崇拜为美丽之神。根据传说,海伦被斯捷西霍尔的诗歌所激怒,把他的眼睛弄瞎了,而为了平息她的愤怒和弥补自己的罪过,斯捷西霍尔写了自己忏悔的诗歌——《唱反调的歌曲》,其中海伦已经被描写成一位忠实的妻子,而当时被运往特洛伊的只是她的幻影。

[279] 这里指的是由斯捷西霍尔首创,随后又被其他一些诗人所采用的对于合唱诗歌的形式上的改善——即三部分布局或三段结构;诗歌不再像以前那样由单一的诗节组成,而是由两段对称的诗节,加上结尾的称作 эпод 或副歌(припев)所组成。斯捷西霍尔的叙事诗《格里昂颂》和《费瓦颂》就是这样构成的。参看 B. H. 雅尔霍:《远古时期的希腊文学》,载《世界文学史》,第 1 卷,第 340 页。

[280] 指阿尔凯奥斯的《夏日》:

朋友们,喉咙干得冒烟——

拿酒来!

天狗星在发狂。

夏日炎炎,酷热难熬;

大地在燃烧,在渴望……

——《古代抒情诗》,ВЯЧ. ВС. 伊凡诺夫译,第 51—52 页。

〔281〕所指原诗为:

就像长满莽莽野林的驴背,

它耸立在那里。

不起眼的边陲,冷漠而凄凉,

同那西里斯浪涛拍岸的地方

毫不相像。

……由于激情而颤抖,像乌鸦一样。

——《古希腊诗人》,В. В. 魏列萨耶夫译,第 210,214 页。

〔282〕所指诗句为:

缪斯使我熟悉自己的艺术,

给我带来了荣誉;

我说,在未来也不会忘记我们

——《古希腊诗人》,В. В. 魏列萨耶夫译,第 243 页。如今认为这些诗句并非萨福所作。

〔283〕参看《古希腊诗人》,В. В. 魏列萨耶夫译,第 300,307 页。

〔284〕阿尔凯奥斯的《致萨福》如下:

披着紫罗兰色鬈发,贞洁的萨福,

露出温柔的微笑! 我很想

悄悄地对你说些什么,

只是鼓不起勇气:羞怯困惑着我。

——《古代抒情诗》,В. В. 魏列萨耶夫译,第 36 页。

〔285〕萨福的《致阿尔凯奥斯》如下:

当你的隐秘思念并无什么邪念,

舌头也未藏匿什么污言秽语,

那时从自如的口舌中将直言不讳地

倾吐出神圣而正义的话语。

——同上书,В. В. 魏列萨耶夫译,第 70 页。

〔286〕见《古希腊诗人》,В. В. 魏列萨耶夫译,第 254 页;《布朗诗集》见注〔133〕。

〔287〕婚礼歌,庆贺婚礼的诗或曲。公元前八至前六世纪时古希腊罗马诗歌中形成的一种特定的体裁。

444

〔288〕忒奥克里托斯,公元前四世纪末至前三世纪上半叶的古希腊诗人。创立了田园诗体裁,他笔下的田园风光质朴,自然,毫无修饰。忒奥克里托斯的田园诗开创了欧洲"牧歌"文学传统。

〔289〕卡图卢斯(约前87—约前54),古罗马诗人。他的爱情诗以坦诚直言和感情真挚著称。

〔290〕许墨奈俄斯,希腊和罗马神话中司婚姻之神,其形象常被描绘为一个满身花环、手执火炬的裸体少年。

〔291〕原诗文如下:

嗨,把天花板架高些——

哦,许墨奈俄斯!

高些,木匠师傅们,再高些!

哦,许墨奈俄斯!

新郎走进来,就像阿瑞斯,

比最高的男子汉还要高大!

——《古代抒情诗》,В.В.魏列萨耶夫译,第68页。

〔292〕原诗文如下:

我的童贞,我的童贞,

你离我去了何方?

如今永远,如今永远

不会再回到你的身旁。

——同上书,В.В.魏列萨耶夫译,第68页。

〔293〕公民青年,古希腊自由民出身的青年。雅典和斯巴达为训练十八到二十岁自由民出身的青年服兵役和担任文职而建立公民学校,青年从公民学校毕业后即享有完全公民权。

〔294〕苏格拉底(前469—前399),古希腊哲学家,古代最伟大的思想家和圣贤之一,他提出以提示性问题探求真理的方法,其学说都是用与学生对话的口述方法阐明的,主要见之于他的学生色诺芬和柏拉图的著作。

〔295〕见《古代抒情诗》,В.В.魏列萨耶夫译,第56页。

〔296〕指《阿佛洛狄忒颂》,见《古代抒情诗》,ВЯЧ.ВС.伊凡诺夫译,第55—56页。

〔297〕塞勒涅,希腊神话中的月神;普勒阿得斯,希腊神话中阿特拉斯的七个女儿。宙斯为了搭救她们免被俄里翁追踪,将她们变成星座。

〔298〕见《古代抒情诗》,ВЯЧ.ВС.伊凡诺夫译,第66页。

〔299〕参看R.克格尔:《至中世纪终结时的德国文学史》,斯特拉斯堡,1894年,第1卷,第55—57页;A.吉安卢:《中世纪法国诗歌的起源》,巴黎,1889年。

445

〔300〕依据十一世纪的教会传说，在举行祈祷仪式时，来自基奥利比格村镇的一位跳舞青年受到了惩罚。这一传说的拉丁文诗文具有德国表演抒情叙事歌曲的影响的痕迹。参看 E. 施腊德尔：《科尔比克的舞者。十一世纪的宗教传奇剧》/《教会史》，1897 年，第 17 卷，第 94 页起。

〔301〕施腊德尔（1836—1908），德国语言学家和历史学家。著有亚述学和古代东方史著作（巴比伦文化的起源等）。德国亚述学奠基人。

〔302〕关于田园诗可参看第 4 篇注〔29〕，对唱赛歌体是普罗旺斯赛歌体的法国分支，由两位诗人的对话构成。

〔303〕传奇叙事诗的抒情叙事体裁最初作为抒情性质的轮舞曲而产生于中世纪罗曼语系的文学中，在其存在过程中发生了显著变化。浪漫曲，西班牙民间诗歌体裁，自十六世纪起成为文学体裁。

〔304〕涅伊德哈尔特·封·罗伊因塔利（1180—1240），德国诗人，骑士爱情歌手，所谓"乡村骑士爱情诗歌"的创始人。这种诗歌借鉴了"春季节庆"的农民歌谣形式。参看《行吟诗人诗歌。骑士爱情歌手诗歌。云游僧诗歌》，第 350—355，545 页。

〔305〕《鲁奥德里布》，在十一世纪巴伐利亚人手稿中保存下来的第一部用拉丁文写的骑士冒险诗体小说，取名于主人公的姓名。这是拉丁文化与民间文化因素结合的一个范例。参见《鲁奥德里布》，载《十至二十世纪中世纪拉丁文学的经典作品》，莫斯科，1972 年，第 128—145 页；亚·尼·维谢洛夫斯基曾写过关于这部小说的德文版（1882）的书评。参看《国民教育部通报》，1883 年 7 月，第 228 期，第 112—123 页。

〔306〕丘林别尔格·封，十二世纪最早的德国骑士爱情歌手之一，他在维也纳宫殿中的创作盛期 1150—1170 年间。亚·尼·维谢洛夫斯基指的是丘林别尔格的一首短诗：

要了解女人和隼鹰就只管给诱饵！
你驯服了它们，它们就会向你飞来。
一旦新娘适合骑士的口味，新娘就会妙不可言，
只要一想起她，我的心儿就会歌唱。

——《行吟诗人诗歌。骑士爱情歌手诗歌。云游僧诗歌》，第 187 页。

〔307〕所提及诗句的俄译文见《行吟诗人诗歌。骑士爱情歌手诗歌。云游僧诗歌》，第 186—187 页。

〔308〕基特马尔·封·阿伊斯特，十二世纪德国骑士爱情歌手，大概于七十年代服务于奥地利亨利二世的宫廷。他的创作倾向于民间传统，而不是行吟诗人的传统。有许多不同时期的作品归于他的名下，故此亚·尼·维谢洛夫斯基在确定他的著作权问题上十分谨慎。这里指的是《在绿草地之间》一诗，见上书第 198 页。

〔309〕同上书，第 185 页，B. 米库舍维奇译。

〔310〕丘林别尔格的诗歌《拿来我的盔甲!》,同上书,第 186 页,B. 米库舍维奇译。

〔311〕梅因洛赫·封·谢弗林根,接近民间传统的德国骑士爱情歌手;城市长官封·雷根斯布尔格,骑士爱情歌手,爱情诗歌的作者,其诗歌大多以女性名义写作,其形式渊源于古代德国诗歌。同上书,第 188—194 页。

〔312〕晨曲,又称破晓歌,黎明之歌,普罗旺斯行吟诗人接近民间传统的一种诗歌体裁。在骑士爱情诗歌中类似的体裁还有《白昼之歌》。晨曲的内容反映骑士爱情的规范和礼节,再现骑士与情人在幽会之后于清晨分别的情景。下面列举的是基特马尔·封·阿伊斯特作为第一首流传下来的骑士爱情诗中的晨曲的作者所写的《快醒来,心上人》。见上书,第 201 页,И. 格里茨科娃译。

〔313〕瓦尔特·封·德尔·福格威德(约 1170—约 1230),奥地利—德国游吟诗人。他的诗歌代表德国中世纪抒情诗的高峰。他著有风景诗、爱情诗、讽刺性格言诗。戈特弗里德·封·涅伊芬,德国游吟诗人,传世作品既有崇高风格的骑士诗,也有接近民间歌谣的诗歌,他在其中作为涅伊德哈尔特的追随者而出现。

〔314〕参看 A. 贝格尔:《宫廷抒情诗的民间基础》,《哲学史》杂志,1887 年,第 19 辑。

〔315〕在普罗旺斯行吟诗人和德国骑士爱情歌手的诗歌中,诗歌的假定性与生活关系的现实性的相互关系问题引起了学者们的密切关注。参看 B. M. 日尔蒙斯基:《作为比较文艺学研究对象的中世纪文学》/《比较文艺学》,第 171 页;P. A. 弗里德曼:《行吟诗人的爱情抒情诗及其阐释》,莫斯科,1965 年;B. Ф. 希什马辽夫:《文集:法国文学》,莫斯科—列宁格勒,1965 年,第 182—183 页。

〔316〕亨利·封·麦勒克,奥地利修道士,在《论神职人员的生活》《记住死亡》等讽刺诗中表现了奥地利社会各阶层的腐败生活。

〔317〕参看 A. 申巴赫:《宫廷抒情诗的开端》,格拉茨,1898 年。

〔318〕《生理学家》,见本书第 2 篇注〔37〕。

〔319〕奥维德(前 43—17),罗马诗人。参看奥维德:《变形记》,莫斯科,1977 年;《忧伤哀歌·来自蓬特的书简》,М. Л. 加斯巴洛夫、C. A. 奥舍罗夫编,莫斯科,1978 年。奥维德在这里被视为爱情—色情性质的作品的作者,诸如《爱情哀歌》《岁时记》《爱的艺术》《爱的医疗》等,其特点是对爱情主题的精细研究。参看奥维德:《哀歌与小型叙事诗》,C. B. 舍尔温斯基译并作序,莫斯科,1973 年。

〔320〕原诗译文如下:

  我恭顺地选择爱情,
  为的是同上苍联姻;
  爱情——神圣的引路人,
  向往天堂永不变心。

>……爱情带来上帝的恩惠，
>
>爱情唾弃虚情假意的人。
>
>——瓦尔特·封·德尔·福格威德：《诗选》，B. 米库舍维奇译，第82页。

〔321〕原诗译文如下：

>但愿他这样来爱一个人，
>
>使周围的人都为之动容，
>
>如果同她得不到幸福——别放在心上，
>
>同别人他会忘掉忧伤。
>
>——同上书，B. 列维克译，第226页。

〔322〕同上书，B. 米库舍维奇译，第42—44页。

〔323〕原诗译文如下：

>如果夫人温文尔雅，端庄稳重，
>
>穿着雅致，雍华高贵，
>
>如果她守身如玉，纯朴谦逊，
>
>如果侍从选择得恰当得体的话……
>
>——同上书，B. 列维克译，第64页。

〔324〕正如 Д. Л. 恰甫昌尼德泽所指出的，封·德尔·福格威德比他的同时代人更固执、更生动地运用第一人称的抒情自白，这就为围绕着他的诗歌随意编造一些足以构成小说情节的事件提供了依据。例如，德意志民主共和国的现代作家在创作关于瓦尔特·封·德尔·福格威德的小说时就选择了这一途径。参看 E. 希尔舍尔：《晨星，或瓦尔特·封·德尔·福格威德的四种转变》，柏林，1976年；Д. Л. 恰甫昌尼德译：《骑士时代衰落时期的行吟诗人》，《福格威德诗选》，第273—274页。

〔325〕亚·尼·维谢洛夫斯基曾写过论述这些问题的论著《关于个性发展的历史：妇女与古老的爱情理论》（初次发表于《谈话》杂志，1872年，第2辑，第3册），参看亚·尼·维谢洛夫斯基：《文选》，第70—116页。

〔326〕乌尔利希·封·利希滕施泰因（1200—1275），德国骑士爱情歌手，此处指他的诗体自传《侍奉心上人》(1255)。

〔327〕傅华萨(约1337—1404后)，法国编年史家与诗人。先在英王宫廷供职，后来又为法国大封建主效力。所著《见闻录》反映了1327—1400年间的历史事件，颂扬英、法骑士的功绩。并著有许多回旋诗、叙事诗、田园诗等。

〔328〕查理·奥尔良(1394—1465)，法国诗人，公爵，被英国俘虏达二十五年，在那里写传统的中世纪抒情诗。在他归国以后，他在布鲁亚的城堡成为了文学生活的活跃中心。在

那里弗朗索瓦·维庸(1431—1474)按照查理·奥尔良授意的主题,写成了著名的《布鲁亚诗歌比赛的叙事诗》(参看《文艺复兴时期的欧洲诗人》,莫斯科,1974年,第285—286页,И. 爱伦堡译)。参看亚·尼·维谢洛夫斯基的学生 В. Ф. 希什马辽夫的著作:《阅读法国语言史的书》,莫斯科—列宁格勒,1955年。值得注意的是,这种诗歌竞赛(见注〔228〕)的文本成为源于古代传统、影响深远的巧合的范例:"为在布鲁亚举行的诗歌比赛而写的叙事诗,其中包括维庸所写的叙事诗奠定基础的诗句'我渴死在小溪旁'同另一首起源更早的拜占庭诗歌的诗句'我渴得要命,却为丰富的水源而感到惊讶'不谋而合,这一点是不容置疑的。其渊源也许在于我们至今尚不了解的某种中世纪传统,也许起源于古代。在抽象的含义层次上恢复原型是可能的,但是把它纳入可能有许多分支的某一个传统之中,却是极富猜测性的。"(参看 ВЯЧ. ВС. 伊凡诺夫:《论修复作为文本综合体的文学的可能性》,载《文本结构研究》,第62页)在把查理·奥尔良的《渗透失望之歌》同维庸的诗歌按照讽刺的特征进行对比时,Й. 霍津加把它们解释成"透过眼泪的笑",而对于所提及的维庸的诗歌的相应诗句("我透过眼泪微笑")却指出其源于《圣经》("笑中夹杂着忧伤,而乐极则往往生悲")。参看 Й. 霍津加:《中世纪之秋》,莫斯科,1988年,第341页。

〔329〕卡图卢斯(约前87—约前54),古罗马诗人。他的爱情诗以坦诚直言和感情真挚著称。参看《卡图卢斯诗选》,С. В. 舍尔温斯基、М. Л. 加斯帕洛夫编选,莫斯科,1986年。

〔330〕斯万涅季亚,格鲁吉亚的历史地区,在高加索山主脉的西南坡。分为上斯万涅季亚和下斯万涅季亚。十九世纪初并入俄国。

〔331〕斯万人,格鲁吉亚人的民族集团,居住在大高加索山脉南坡,操斯万语,属高加索语系卡特维尔诸语言。

〔332〕在《在库巴拉节仪式中的杂婚、结拜兄弟与认干亲》一文中(载《国民教育部》杂志,1894年,2月号,第241页),亚·尼·维谢洛夫斯基比较研究了在法国和俄国的史诗中的结拜兄弟习俗的反映。

〔333〕《席拉尔·德·鲁西朵》,十二世纪法国文学中由吉约姆·奥兰治这一人物联结起来的一系列英雄叙事长诗中的一部。(参看《吉约姆·奥兰治之歌》,Ю. Б. 科尔涅耶夫、А. Д. 米哈伊洛夫编选,莫斯科,1985年)独立封侯席拉尔同国王抗争,在叙事长诗中传颂了他的英雄事迹。

〔334〕约翰·加德拉乌勃(或约翰尼斯·海德拉乌勃),晚期骑士爱情歌手之一,估计居住于苏黎世。

〔335〕但丁的自传体中篇小说《新生》,参看但丁:《小型作品选》,И. Н. 戈列尼舍夫-库图佐夫编,莫斯科,1968年,第7—53页。亚·尼·维谢洛夫斯基指但丁所描述的他同贝雅特丽齐于1274年的第一次见面(但丁生于1265年):"在我诞生之后,当天体在自己的循环运行中第九次回到其出发点之时,在我眼前第一次出现了容光焕发的贵夫人,她主宰了我的思

念,我并不知道如何称呼她,许多人则称她为贝雅特丽齐,即赐福于人者。"

〔336〕这里所指的名歌手系指德国中世纪手工业行会阶层出身的十二位公认的诗人歌唱家(H.萨克斯、福尔茨、福格尔等),他们代替了骑士爱情歌手。在其歌咏乐派中掌握了一种典范性表演手法,演唱宗教教义歌曲(十四至十五世纪),后又演唱世俗歌曲(十六世纪宗教改革运动时期)。亨利·弗拉因洛勃(约1250—1318),游吟歌手,德国手工业行会阶层的歌咏体抒情诗的奠基人,爱情歌曲、哀歌、圣母玛丽亚赞美诗的作者(由此而来笔名:фрауенлоб——圣母的赞颂者,真名为亨利·封·迈森);雷根博根——用德中上部地区语言所写的格言诗作者,关于他生平的资料不实,多系传说。他的一些作品的著作权也并不都可信,只有相当一小部分归于他名下的诗歌可以确认是出于名歌手雷根博根之手。然而,众所周知,他曾于1300年参加同弗拉因洛勃的诗歌比赛。亚·尼·维谢洛夫斯基提及的他们之间的"学究式争论"具有中世纪传统的和普及的命题(什么更好——"妇人"还是"夫人"?),实质上归结为自然与文明的对立。可对照瓦尔特·封·德尔·福格威德的如下诗篇:

"妇人"——对于妇女来说最好的名称,
对于她们并没有什么理由可以认为,
似乎生为贵夫人就更荣耀一些。
如果她为当一名妇人而感到羞耻——
那么男人就会对她说:只要听从一切,
就不会再感到羞耻。
夫人们并不是妇人们,我斗胆这样讲。
但在妇女之中——又怎能有非妇女存在?
"夫人"——这是双重含义的词。
这一赞美之词转眼之间就能变为
辱骂之词。
"妇人"——这是一顶能为脸面增辉的皇冠。
——瓦尔特·封·德尔·福格威德:《诗选》,B.列维克译,第76—77页。

〔337〕弗朗索瓦·维庸(1431—1474),伟大的法国诗人,技艺高超的诗歌巨匠。他在诗歌表现的真挚性方面超越了自己的时代,卓越地反映了该时代的生动的多重声音。著有长诗《小遗言集》(1456)和《大遗言集》(1462)等,诗中死的主题同大胆颂扬尘世的欢乐,讥讽禁欲主义、伪善行为交织在一起。参看弗朗索瓦·维庸:《诗选》,Ф.孟德尔松、И.爱伦堡译,莫斯科,1963年;《文艺复兴时期的欧洲诗人》,第281—288页。

〔338〕德国市民阶层的歌咏体抒情诗,最早产生于教会所属的"歌咏协会",后来形成于手工业行会阶层。歌咏体抒情诗人按照声乐规则练习歌咏,只有能够进行独立创作的人才能成为名歌手。歌咏体抒情诗的创始人是亨利·弗拉因洛勃(见注〔336〕),其最著名的代

450

表人物则是甘斯·萨克斯(见注〔84〕),他在戏剧体裁的创作方面也卓有建树。歌咏体抒情诗于十三世纪下半期产生于德国之后,又传播到奥地利、波希米亚等地区,其传统相当富于生命力,最后一所声乐学校关闭于十九世纪。

〔339〕温柔的新体,十三世纪意大利的诗歌流派,它继承了普罗旺斯骑士爱情抒情诗歌颂对于天使般的恋人的崇高爱情的传统。这一流派的奠基人圭尼泽利(1230 与 1240 之间—1276)著有歌颂爱情、赞扬人类的雅歌和十四行诗。他称但丁为父亲,指出:"我也称他为父/还有比我更出色地如此甜美地歌颂过爱情的人。"但丁曾这样表达新诗派的实质:

当我呼吸爱情的时候,

我全神贯注;

她只需对我提示一个词,

我就挥毫直书。

——但丁:《神曲》。

圭尼泽利及"温柔的新体"的理论的音乐也在《神曲》中,尤其是在但丁的早期作品《新生》中回响,其中一首十四行诗借用圭尼泽利诗体的名为《智者》的诗作引子:

爱情与高尚心灵本属一体,

诗人在自己的坎佐纳歌中如此说,

就像遵循智者的教导,

理智与灵魂在精神领域内不可分一样。

——但丁:《短篇作品选》,第 26 页。

〔340〕劳拉,彼特拉克的一组爱情抒情诗的女主人公(《抒情诗集》);诗人于 1327 年首次见到她,多年一直献诗歌颂赞美她(最后一版于 1373—1374 年)。

〔341〕皮格玛利翁,希腊神话中的传奇雕塑家,塞浦路斯国王,他钟情于自己雕塑的一座象牙少女像伽兰忒亚。阿佛洛狄忒应作为她的祭司的皮格玛利翁的祈求,赋予这座雕像以生命,于是伽兰忒亚成了皮格玛利翁的妻子。这一神话题材为后来一些文艺作品所借用,如萧伯纳的喜剧《皮格玛利翁》(1913),便具有相似的情节喻义(创作者钟情于自己创作的作品)。

〔342〕参看 Ю. М. 阿利汉诺娃:《诗论·古代印度戏剧·古代印度文化》,莫斯科,1975 年。

〔343〕见注〔184〕。

〔344〕模拟剧,原义模拟,指具有自然主义性质的场景短剧,常在街头演出,古代民间戏剧的一种体裁。模拟剧的文学形式源于公元前五世纪。

〔345〕关于"熊剧",关于它的最新研究成果同亚·尼·维谢洛夫斯基的观点的比较,可参看 Вяч. Вс. 伊凡诺夫:《苏联符号学史纲》,第 6—8 页;Е. А. 克列伊诺维奇:《克特人的猎

451

熊节》,载《克特人研究文集:神话学·人种学·文本》,莫斯科,1969年,第6—112页;ВЯЧ.
ВС.伊凡诺夫、В. Н.托波罗夫:词条《熊》,载《世界各国人民的神话》,第2卷,第128—130
页;ВЯЧ. ВС.伊凡诺夫、Т. В.加姆克列利德泽:《印欧语与印欧人种》,第2卷,第497—
499页。

〔346〕吉利亚克人,尼夫赫人的旧称,居住于远东阿穆尔河下游和库页岛上的民族,操尼
夫赫语。尼夫赫人中间盛行对熊的图腾崇拜。

〔347〕虾夷族,日本北海道岛上的少数民族,约两万人(1977),日本岛屿本地土族的残
余。虾夷族对熊的图腾崇拜以在家里饲养熊的仪式为特色。

〔348〕奥斯佳克人,沃古尔人、汉特人和曼西人的旧称。居住于西西伯利亚的鄂毕——
乌尔戈民族。

〔349〕弗拉弗洛尼亚节,在阿提刻盛行的与属于阿耳忒弥斯的熊的祭祀有关的节庆。在
阿提刻,阿耳忒弥斯·布饶洛尼亚的祭司们披熊皮,跳熊舞祭祀。

〔350〕见注〔5〕。

〔351〕厄琉西斯秘密祭典,纪念丰产和农业女神得墨忒耳和珀耳塞福涅的农业节庆的中
心,位于阿提刻西部。这里举行著名的厄琉西斯秘密大祭典——希腊最古老的农业节庆,其
目的在于祈求提高土地的肥沃和农业的丰收。它的情节基础是有关得墨忒耳寻找被藏到冥
国的女儿珀耳塞福涅。雅典举行厄琉西斯农事节庆的时间一次在秋天(这时,珀耳塞福涅被
劫以及她同哈得斯结婚,象征粮食登场),一次在春天(这时,珀耳塞福涅回到大地以及她同
狄俄倪索斯结婚)。庆祝活动包括参加密教典礼和各种神秘仪式。允许参加秘密祭典的,只
有那些加入密教者,而且要经过一系列考验和净洗。厄琉西斯祭典渊源于迈锡尼时代(公元
前十四至前十二世纪),在许多世纪中延续下来,有关其存在的史料可见宗教作家德尔图良
(约160—220后)的著作。

〔352〕法洛福耳,在敬奉丰收神,尤其是狄俄倪索斯的游行队伍中手执男性生殖器像的
参加者。他们游行时演唱着所谓生殖器崇拜歌曲,其中必然包含戏谑、玩笑、猥亵的成分,这
成分也就构成了后来喜剧的基础(见亚里士多德的《诗学》1449a)。法洛福耳游行的情景可
从阿里斯托芬的喜剧《阿哈奈人》(前425)的序曲中想见。参看O. M.弗列登别尔格:《神话
与古代文学》,第282—300页。

〔353〕参看 П. А.格林采尔:《古代印度叙事诗:起源与类型》,莫斯科,1974年。

〔354〕毗湿奴,湿婆的妻子,印度神话中的主神之一。

〔355〕《摩罗维迦与火友王》,古印度诗人与剧作家迦梨陀娑(约五世纪)的剧本,其创作
同民间文学和史诗传统有密切联系。

〔356〕湿婆,印度神话中体现世界上创造与破坏的力量之神,也是"舞蹈之王"等。其像
威武严厉,往往被描绘成舞姿翩翩的人或陷入沉思之中的苦行者,有时也被象征性地描绘为

林伽(男性生殖器)的形象。

〔357〕因陀罗,吠陀教中最受崇拜的神,引导者,神王,雷神,天空的主宰。玛鲁特,吠陀和印度神话中的主管暴风雨、风、雷电的神祇。参看 B. H. 托波罗夫:《玛鲁特》,载《世界各国人民的神话》,第 2 卷,第 121—122 页;《梨俱吠陀》,《颂歌选》。

〔358〕奥尔登堡·赫尔曼(1854—1920),德国梵文学者,研究吠陀和佛教的著作的作者。

〔359〕依据最新研究的成果,在《梨俱吠陀》的颂歌中存在相当远古类型的对话体辩论式或口舌角斗的情况下(参看 Б. Я. 基奥佩尔:《吠陀神话研究》,莫斯科,1986 年),仅有古代印度吠陀祭祀剧的个别因素接近悲剧。但是在古代印度戏剧的进一步发展中,却正是这些特征趋于消亡,因为悲剧作为体裁在印度并未形成。(参看 ВЯЧ. BC. 伊凡诺夫:《早期戏剧的空间结构和舞台空间的不对称》,《剧院空间:学术会议资料》,莫斯科,1979 年,第 14 页)

〔360〕在古代印度戏剧中,低贱种姓的代表人物采用印度中部地区方言的口语,而高贵种姓的代表人物则采用梵文——古代印度语言的文学形式。

〔361〕参看《印度的戏剧与剧院》,莫斯科,1961 年。剧(Nātaka)源于"Natha"词根,除了舞蹈之外,还有表演之意。因此,印度戏剧实际上是音乐、舞蹈表演融为一体的戏曲。

〔362〕牧神节,古罗马纪念牧人和牲畜的保护神路耳枯斯的节庆(每年 2 月 15 日开始春季放牧前举行)。在节庆期间,奉献祭品(公母山羊)时要遵循一种独特的宗教仪式:身披山羊皮的祭司,围上用兽皮做的围裙,手执皮条,奔出神庙(牧神洞),绕帕拉丁岗跑一圈,逢人便抽。这种仪式有驱魔避邪、保护羊群免遭狼群袭击的含义。节庆没有什么变动地延续至五世纪。按照 A. M. 佐洛达列夫的猜测,牧神节仪式可以看作是胞族的两个组织的差异以及古代对狼的崇拜的反映。参看 ВЯЧ. BC. 伊凡诺夫:《罗马与印欧神话的类型学的和历史比较的研究》,载《符号系统研究论集》,塔尔图,1969 年,第 3 期,第 54,58—61 页。

〔363〕阿姆巴尔瓦里,罗马清理土地的农业节庆,每年农耕工作开始前的 5 月 29 日举行;在节庆期间,照例要奉献每年的祭品——小牛、小羊和小猪。维吉尔在《农事诗》中曾描写了节庆的情景。参看维吉尔:《埃涅阿斯纪 牧歌·农事诗》,第 84 页。

〔364〕萨图拉,古罗马的文学体裁(公元前二世纪),遵循希腊化时期的辞藻华丽、驳杂的原则,包括诗文互换。

〔365〕丰收曲,古罗马民间庆典中演出的滑稽对口曲,其特点是插科打诨,抨击讽刺。

〔366〕伊特拉斯坎人,古代意大利最古老的民族,公元前一千年居住在亚平宁半岛西北部(古伊特拉斯坎,今托斯卡纳区),早在罗马文明之前便创造发达的古代文明,并对罗马文明产生巨大影响。公元前七世纪末联合为十二城邦同盟;公元前六世纪中叶占领坎帕尼亚,公元前五至前三世纪被罗马征服。

〔367〕奥斯克人,亦称奥皮克人。意大利古代部落集团的总称(包括萨宾人、萨姆尼特

人、卢坎人等），公元前两千年末期居住在南意大利及中意大利部分地区，操奥斯克语的各种方言。

〔368〕幕间剧，在话剧或歌剧的两幕之间加演的一种较短的、大多是喜剧性质（往往包括音乐演出）的戏剧节日。即兴剧，古罗马民间即兴表演的戏剧，剧中人物都是戴面具的定型人物。后为意大利即兴喜剧所吸收。公元前一世纪也指一种文学体裁。（见注〔184〕〔344〕）。

〔369〕奥古斯都（前63—14），公元前27年以前名屋大维，公元前27年起为罗马皇帝。凯撒之甥孙及养子。公元前31年在亚克兴打败罗马统帅安东尼及女王克娄巴特拉，从而结束了凯撒死后的古罗马内战局面。

〔370〕利维乌斯（前59—17），奥古斯都时代的罗马历史学家。著有《罗马建城以来的历史》（142册，保存下来的35册叙述公元前293年以前和公元前218—前168年的重大事件），书中力图恢复祖先们的习俗传统。

〔371〕来自塔兰托的李维乌斯·安德罗尼库斯（约前280—前204），古罗马诗人、剧作家。他的剧本是希腊喜剧和悲剧的自由译文。见注〔227〕。

〔372〕特里布，古罗马用语，表示部落，相当于古希腊的"菲拉"。据传说，古罗马最早有三个特里布（部落），每个特里布有一百个氏族，并组成罗马父系制社区；后期则指罗马行政地区和选区，每个区在特里布大会上都有一票。亚·尼·维谢洛夫斯基在这里用以表示奥古斯丁、利尔内利·涅波特、昆体良、利维乌斯的著作的渊源。

〔373〕赫耳墨斯，古希腊神话中的畜牧之神，牧人的庇护者，又是使节、商人的庇护神，商业和盈利之神。作为畜群的护神，他常被描绘成肩负羊羔的牧人。

〔374〕得尔福，古希腊城市，位于弗西斯西南部，全希腊的宗教中心，建有阿波罗神庙及其神托所，全希腊性的皮菲亚运动会常在此举行。

〔375〕皮同，希腊神话中的巨蟒，地神该亚之子。阿波罗为建立神示所的地址来到了皮同所守卫的山谷，斩杀巨蟒，就在该地建立了得尔福神示所。亦见注〔120〕。

〔376〕塞墨勒，希腊神话中的公主，宙斯的情人，狄俄倪索斯的母亲。好吃醋的赫拉唆使怀孕的塞墨勒要求宙斯以真神面目出现，不料却被宙斯显真身时的雷电烧成灰烬。宙斯救出母腹中的胎儿，缝进自己的髀肉，足月后分娩出狄俄倪索斯。狄俄倪索斯长大后，从冥国接出自己的母亲，使她移居奥林波斯山上，成为长生不老的居民。

〔377〕哈里拉，得尔福的节庆，以传说中的女孩，孤儿哈里拉的名字命名。哈里拉在饥馑中向国王乞讨面包。国王拒绝了她，并用皮鞭击打她的脸，她就上吊自杀了。在饥荒与瘟疫加剧之后，人们去祈求神的喻示，神喻者指示每八年要举行一次纪念哈里拉的节庆。在节庆期间，给外地人和得尔福的公民分发面粉和蔬菜，而国王则用鞋子击打哈里拉的木偶像，然后狄俄倪索斯的祭司把它送到被假定为哈里拉死亡的地点。据认为，哈里拉在仪典中起着

象征丰收的作用。

〔378〕有关阿多尼斯的神话,见注〔107〕。

〔379〕奥尔赫斯特拉表演场地,古希腊剧院建筑的基本部分,周围为半圆形观众席,合唱团和演员在此演出。

〔380〕见注〔121〕〔277〕〔350〕。

〔381〕见注〔101〕。

〔382〕参看 M. M. 巴赫金:《弗朗苏阿·拉伯雷的创作与中世纪及文艺复兴时期的民间文化》,莫斯科,1965 年。

〔383〕俄瑞斯忒斯,希腊神话中阿伽门农和克吕泰涅斯特拉的儿子。阿伽门农被妻子及其情夫所谋杀。俄瑞斯忒斯为了报杀父之仇,在阿波罗的神谕指引下,杀了母亲及其情人。古代复仇女神追究他的弑母罪,案件提交由受敬重的雅典长老组成的阿瑞斯山法庭审判,最后在雅典娜投了决定性的一票之后,才做出了宣判他无罪的决定。这一富于戏剧性的情节在埃斯库罗斯的三部曲《俄瑞斯忒亚》和欧里庇得斯的悲剧《俄瑞斯忒斯》等作品中都有反映。

〔384〕复仇女神,希腊神话中的复仇女神。依据赫西奥德在《神谱》中所叙述的神话传说,她们是地神该亚的孩子,是从受重伤的乌剌诺斯滴到地上的血里出生的。另一神话则说她们是倪克斯和厄瑞玻斯的女儿。(参看埃斯库罗斯:《欧墨尼得斯》;A. Ф. 洛谢夫:《世界各国人民的神话》,第 2 卷,第 667 页)

〔385〕菲德拉,据希腊神话,菲德拉是国王弥诺斯和帕西淮的女儿,太阳神赫利俄斯的孙女,阿里阿德涅的姊妹,成为雅典国王忒修斯的第二个妻子。他的第一次婚姻所生的儿子希波吕托斯蔑视爱情,是处女神阿耳忒弥斯的崇拜者,从而引起了爱神阿佛洛狄忒的嫉恨。她对希波吕托斯的复仇和惩罚表现为唆使他继母菲德拉向其继子求爱,遭到拒绝后自杀身亡。这一神话情节构成了欧里庇得斯写的悲剧《希波吕托斯》和塞内加写的悲剧《菲德拉》的基础,拉辛、席勒、茨维塔耶娃都曾以此为题材写作品。菲德拉的悲剧以及亚·尼·维谢洛夫斯基所提及的对于她的同情均由于她同时是对继子的激情的体现者,又是这一授意于天命的情感的牺牲品。

〔386〕摩伊赖,希腊神话中掌握人的命运的女神,宙斯和忒弥斯的女儿。起初据说每个人都有自己的命运女神。后来命运女神的数目减到三个:阿特洛波斯、克罗托和拉刻西斯。人的一生都同她们有关。命运女神被想象成纺织人的生命之线的老太婆。克罗托纺生命之线;拉刻西斯使生命之线通过各种命运的波折;阿特洛波斯剪断生命之线,使生命终结。

〔387〕俄狄浦斯,据希腊神话,忒拜国王拉伊俄斯和伊俄卡斯忒的儿子。其父听到预言说,自己将死于亲生子之手,在俄狄浦斯出生后,命令把他扔去喂野兽。俄狄浦斯获救长大后,在不知真情的情况下,杀死了亲生父亲,成了忒拜国王,并娶了亲生母亲为妻,并在这一

乱伦婚姻中生了儿子厄忒俄克勒斯和波吕尼刻斯,女儿安提戈涅和伊斯墨涅。当俄狄浦斯后来了解自己弑父娶母的罪孽后,弄瞎了自己的双眼,放逐科罗诺斯。荷马长诗中多处叙及这一神话情节,索福克勒斯据此神话改编成两部悲剧《俄狄浦斯王》《俄狄浦斯在科罗诺斯》。参看 С.С. 阿维林采夫:《关于俄狄浦斯神话的象征意义的阐释》,《古代与现代》,莫斯科,1972 年,第 90—102 页;В. Я. 普洛普:《从民间文学角度看俄狄浦斯》,《民间文学与现实》,莫斯科,1976 年,第 258—299 页。

安提戈涅,俄狄浦斯和伊俄卡斯忒的女儿。她在父亲被放逐科罗诺斯时自愿随同前往;父死后回到忒拜,因不顾当忒拜国王的舅父克瑞翁的禁令,埋葬了哥哥波吕尼刻斯尸首,而被活活地砌在国王陵墓中,自杀而死。在索福克勒斯所写悲剧《俄狄浦斯在科罗诺斯》和《安提戈涅》中,她的形象被刻画成骨肉情深、恪尽忠职、英勇刚毅的化身。

普罗米修斯,希腊神话中提坦神之一,他的功绩不只是窃取天火,而且还赋予人以生命(据奥维德的《变形记》所说),教会人们造船等各种技艺。为了惩治普罗米修斯反抗众神、拯救人类的行为,宙斯下令把他锁在高加索的悬崖上,受雄鹰啄食肝脏之苦。参看埃斯库罗斯:《被缚的普罗米修斯》;А. Ф. 洛谢夫:《普罗米修斯》,载《世界各国人民的神话》,第 2 卷,第 337—340 页;《象征问题与现实主义艺术》,莫斯科,1976 年,第 226—306 页。

〔388〕埃斯库罗斯的悲剧《珀耳塞斯人》(前 472),描写珀耳塞斯人在克塞耳克斯的统率下对埃尔拉达的侵犯。埃斯库罗斯把珀耳塞斯人的失败解释为对他们所造成的罪孽的必然惩罚,解释为丧失理智(阿忒使克塞库罗斯发狂)和傲慢的后果,希腊人的民主社会制度优越于珀耳塞斯人的专制制度的结果。参看埃斯库罗斯:《珀耳塞斯人》,《埃斯库罗斯悲剧集》,第 83—123 页,С. 阿普特译。

〔389〕尼采(1844—1900),德国杰出哲学家、语文学家、作家。他在自己关于古代研究的著作中,同亚·尼·维谢洛夫斯基一样,参考了泰纳的民俗学研究论著(《原始文化》,1871 年)。维谢洛夫斯基在这里引用了尼采的论著《悲剧从音乐精神中的诞生》(1872 年,参看俄译本《尼采全集》,莫斯科,1912 年,第 1 卷),在其中奠定了关于存在两种文化类型——狄俄倪索斯型和阿波罗型的思想。

〔390〕萨蒂尔,最低级的林神,司丰收的精灵,狄俄倪索斯的随从。他们往往被描绘成半人半羊形状,长着山羊耳朵,拖着山羊(或马)尾巴,头发散乱,鼻子扁平而上翘。见注〔265〕。

〔391〕迈那得斯,起初参加狄俄倪索斯游行队伍的都是女人,她们头戴常春冠,身披兽皮,手执酒神杖,吵吵闹闹,疯疯癫癫,故称作酒神的狂女迈那得斯,或者叫作酒神巴萨桑斯的狂女。基阿达,菲阿达——一般按照地区原则对于参加酒神狄俄倪索斯祭祀的朝拜者的统称。

〔392〕美惠女神,希腊—罗马神话中的丰饶女神,后来则是专司美貌与欢乐的女神,女性

优美的化身。美惠女神被认为是宙斯和欧律诺墨(或赫拉)的女儿。美惠女神往往陪伴赫尔墨斯、阿佛洛狄忒、狄俄倪索斯等神祇。

〔393〕吕枯耳戈斯,色雷西亚国王,德律阿斯的儿子,狄俄倪索斯的敌人。据希腊神话,吕枯耳戈斯把狄俄倪索斯及其随从逐出国境。为此宙斯弄瞎他的眼睛,缩短他的寿命。

〔394〕忒提斯——海中女神。忒提斯作为涅桑斯的长女,带领海中神女们合唱,给众神出力,协助过狄俄倪索斯躲避吕枯耳戈斯的追逐迫害等。

〔395〕珀耳修斯,阿耳戈斯传说中的英雄。阿耳戈斯国王得知女儿达那厄日后所生的一个男孩会推翻其统治并把他杀死,于是下令把达那厄关入地窖,但是宙斯化作黄金雨进入其中,使她怀孕而生下珀耳修斯。珀耳修斯长大后,历尽磨难,屡建奇迹,其中包括智取女妖戈耳工——墨杜萨的头颅——任何人一见她的头就会变成石头。依据传说,珀耳修斯敌视狄俄倪索斯,并阻挠对他的崇拜的传播。

〔396〕欧里庇得斯(约前485—前406),古希腊剧作家,近九十部戏剧作品的作者,其中保存下来有十七部依据各种神话情节改编的悲剧。参看欧里庇得斯:《悲剧》,И. 安年斯基、С. 阿普特译;Н. 波德泽姆斯卡娅注译,莫斯科,1980 年,第1—2 卷。这里指欧里庇得斯晚年在马其顿(前405)在地域性纪念狄俄倪索斯的仪式的印象下所写的悲剧《酒神的伴侣们》。该剧的情节是对忒拜的狄俄倪索斯祭祀的戏剧性肯定。关于这方面的仪式可参看 Д. Д. 弗雷泽的《金枝》,第362—368 页。

〔397〕刻瑞斯,希腊神话中做恶事的精灵,倪克斯(夜)的孩子们,在荷马史诗中是死的化身。民间宗教赋予他们极其可怕的特点,认为他们是诸恶的化身。见注〔102〕。

〔398〕玛涅斯,原先是罗马宗教中的冥界神祇,后来是被神化了的护佑本家族的先灵。纪念玛涅斯时,亲属奉献祭品(用水、酒、牛奶,或黑羊、黑猪、黑牛的血行奠酒仪式),而在远古时代,则是杀人献祭。见注〔101〕。

〔399〕扎格柔斯,俄耳浦斯教徒称呼狄俄倪索斯的名字之一。

〔400〕彭透斯,希腊神话中的忒拜国王,狄俄倪索斯的表兄弟(他的母亲阿高厄和狄俄倪索斯的母亲塞墨勒是亲姐妹)。他反对狄俄倪索斯的崇拜,谴责他的随从们放荡,并试图禁止妇女们参加狄俄倪索斯的节庆。为此彭透斯付出了生命的代价,狄俄倪索斯让忒拜的妇女发狂,其中包括彭透斯的母亲。她们把彭透斯当成野兽,在酒神节的狂欢节中把他撕成了碎片。这一情节反映在奥维德的《变形记》,埃斯库罗斯未流传下来的悲剧《彭透斯》,以及提及的欧里庇得斯的悲剧《酒神的伴侣们》(见注〔396〕)中。彭透斯的故事同有关确立对外来的(来自小亚细亚,色雷斯)狂热神灵的崇拜,以及在希腊所受到的敌视的神话有联系。参看《世界各国人民的神话》,第2 卷,第300 页;О. М. 弗列登别尔格:《神话与古代文学》,第315,330—334 页。

〔401〕列纳伊节(伊奥尼亚人关于酒神节的称呼),在伊奥尼亚各城市纪念伊俄倪索斯

的盛大冬季节庆。在雅典自公元前442年起在列纳伊节期间纷纷排演喜剧,而自公元前433年起则上演悲剧。

〔402〕阿德剌斯托斯,希腊神话英雄,阿耳戈斯国王,讨伐忒拜的统帅。他发动了七雄攻忒拜(见埃斯库罗斯的悲剧《七雄攻忒拜》),七位英雄中唯有他因乘神马而幸免于难。十年后,阿德剌斯托斯又率领后辈英雄再征忒拜,终于取得胜利。阿德剌斯托斯是同对于自发的甚至狂热的力量的崇拜联系在一起的,后来他的崇拜为对狄俄倪索斯的崇拜所排挤。(参看 A. A. 塔霍-戈基:《阿德剌斯托斯》,载《世界各国人民的神话》,第1卷,第49页)阿德剌斯托斯在他曾任国王的西库翁受到崇拜,关于对他的崇拜与对狄俄倪索斯的崇拜之间的关系,希罗多德曾论述说:"在西库翁人对于阿德剌斯托斯所表示的许多其他崇敬之中,还赞颂他关于演出悲剧合唱的'热情'。他们便是这样取代狄俄倪索斯而崇敬阿德剌斯托斯。"(希罗多德:《历史》九卷,列宁格勒,1972年,第257页)

〔403〕拉佐斯,古希腊诗人与音乐家,生活于雅典喜帕恰斯宫廷,颂歌和酒神颂的作者。他被认为是这类诗歌的竞赛对唱的始作俑者。

〔404〕安菲斯捷里节,雅典纪念狄俄倪索斯神的节庆,由举行节庆的月份安菲斯捷里翁(2至3月)而得名,节庆延续二天。或是全部节庆,或是节庆的最后一天是追悼亡灵,因为认为他们在这期间会出现于活人之间。举行类似追悼仪式的日子成为聚餐狂饮、送花、安排游行、竞技和类似未来的闹剧那样的放纵狂欢的时日。"这不是赞颂,而是漫骂和举行各种灯火仪式的日子"(见 O. M. 弗列登别尔格:《神话与古代文学》,第142页)。

〔405〕见注〔257〕。

〔406〕见注〔352〕。

〔407〕执政官,雅典的九位最高官员之一(其他城市也有)。执政官制度的诞生表明贵族对于国王权力的逐步限制。执政官的职权是各种各样的(审判的,宗教仪式的,等等)。

〔408〕见注〔102〕〔397〕。

〔409〕见注〔101〕〔398〕。

〔410〕见亚里士多德:《诗学》/《亚里士多德与古代文学》,第117—118页。

亚·尼·维谢洛夫斯基把希腊语"埃克扎耳赫"翻译为"起头部分";而 M. Л. 加斯帕洛夫则在上述最新译本中建议译作"起唱部分"。

〔411〕萨堤洛斯剧,大概是从纪念狄俄倪索斯的祭祀礼仪中形成的演出——作为祭品的山羊在这一祭典中受到崇敬。萨堤洛斯意即羊人——狄俄倪索斯的长着山羊腿和角、披着毛皮的随从们,丰产的精灵,其象征是男性生殖器。亚里士多德认为,悲剧是从萨堤洛斯剧发展来的,但并非立即获得"其重要性"(亚里士多德:《诗学》1149a,罗念生译的中译本第15页)。公元前五世纪在阿提刻萨堤洛斯剧曾是剧院演出的不可或缺的部分——在它之前演出三部悲剧,这样三部剧便成为四部剧了。萨堤洛斯剧的职能大概是使观众看了严肃悲剧

后的印象得到放松。流传至今的萨堤洛斯剧有欧里庇得斯的《库克罗普斯》(《独目巨人》)和索福克勒斯的《善于追踪者》等。对于悲剧产生于萨堤洛斯剧的观点的批评,可参看 H. B. 勃拉金斯卡娅:《维亚切斯拉夫·伊凡诺夫论悲剧与礼仪》,《民间文学与早期文学文献中的古代礼仪》,第 303—324 页。

[412]菲斯皮斯(或菲斯皮德),公元前六世纪古希腊悲剧诗人。他被认为是从合唱队中分化出来的第一个演员,悲剧在雅典的狄俄倪索斯大祭典节庆(前 534—前 533)的首次演出和面具的采用也都归功于他。关于他的遗产实际上没有什么保留了下来,所知道只有其中的片段(例如,悲剧《彭透斯》的片段,见注[400])。菲斯皮斯自己上演自己编写的悲剧,而且是其中唯一的演员。他赋予悲剧这样一种形式,其中的角色从合唱队的组成中分离出来,这就在他的同时代人中间引起一股仿效的热潮。

[413]《阿伽门农》《奠酒人》,埃斯库罗斯的悲剧三部曲《奥瑞斯忒亚》(前 458)的前两部。亚·尼·维谢洛夫斯基在这里指埃斯库罗斯对戏剧结构所做的重大变革,通过减少合唱部分,增加演员的对白部分,欧里庇得斯在这一道路上走得更远。

[414]见注[227]。

[415]索福克勒斯(约前 496—前 406),古希腊剧作家,许多剧本的作者,其中有七部悲剧流传了下来。索福克勒斯的创新之一是亚·尼·维谢洛夫斯基所提及的创造有三个演员参加的场景(例如,在《埃阿斯》中)。

[416]斯塔西姆(希腊文——站立者),古希腊戏剧的固定部分——合唱队在站立状态下唱的诗歌。戏剧从序幕开始,接着是出场歌(字面意义是出入场的通道)——合唱队在进入半圆形剧场时所唱的歌曲;附加曲(附加诗)——在合唱队的歌曲中附加的对话;斯塔西姆正是在附加曲之间演出的;终曲(退场)——合唱队在退出半圆形剧场时所唱的歌曲。参看亚里士多德:《诗学》1452b14—b25/《亚里士多德与古代文学》,第 130 页。

[417]B. M. 日尔蒙斯基的逐字译文(见《历史诗学》,第 609 页)在出版的最新俄译本《珀耳塞斯》中,头语重复丧失了,故不宜在此引证。参看埃斯库罗斯:《珀耳塞斯》,《埃斯库罗斯悲剧集》,第 102—103 页,C. 阿普特译。

[418]埃斯库罗斯:《阿伽门农》,《埃斯库罗斯悲剧集》,第 221—222 页,C. 阿普特译。

[419]贺拉斯(前 65—前 8),古罗马诗人,其《致皮萨诺》(致鲁齐·皮萨诺及其儿子们)收入他的《书札》第二卷(前 13),其中包含他对诗歌、戏剧和诗人的理论见解。后来的语法学家们称这部作品为《诗艺》,它成为了后来古典主义的理论基础。参看贺拉斯:《致皮萨诺》,载《颂歌·长短句抒情诗·讽刺诗·书札》,第 383—395 页,M. Л. 加斯帕洛夫译。

[420]奥古斯特·威廉·施莱格尔(1767—1845),德国文学史家、诗人、浪漫主义理论家,属于德国耶拿浪漫派,把他们的艺术同古代的艺术对立起来。参看施莱格尔:《文学与艺术教程》(片段),载《美学史》,莫斯科,1967 年,第 3 卷。亚·尼·维谢洛夫斯基在这里引用

的是 A. 施莱格尔的德文版《关于戏剧和文学的演讲录》，1809—1811 年。

〔421〕见注〔389〕。

〔422〕见注〔383〕。

〔423〕赫托尼克(希腊文——大地)神话属于神话发展的最古老的时期，相当于母权制时期。在赫托尼克神话中处于中心地位的是作为生气勃勃的和养育的基础的大地，从地下生长出来的植物，同它直接相连的动物(例如，蛇)、物体(石头)，地下世界也相应地获得了特殊的意义。例如，关于得墨忒耳(见注〔276〕)、珀耳塞福涅(见注〔121〕)和普路同(冥国主宰者)的神话便具有赫托尼克的特性，在较晚期的神话中(例如，蛇作为雅典娜的标志等)，也可以发现这一最古老的神话层面的回声。参看 А. Ф. 洛谢夫：《古希腊神话》，载《世界各国人民的神话》，第 1 卷，第 326—329,334—335 页。

〔424〕见注〔5〕。

〔425〕见亚里士多德：《诗学》1449a11/《亚里士多德与古代文学》，第 117—118 页。

〔426〕见注〔257〕。

〔427〕阿里斯托芬(约前 445—约前 385)，古希腊喜剧家，古代阿提克喜剧的主要代表人物，有"喜剧之父"之称。《云》是他流传下来的喜剧作品之一。参看阿里斯托芬：《喜剧集》两卷本，莫斯科，1983 年，第 1 卷，第 183—187 页。

巴拉巴扎，古代阿基克喜剧的核心部分，在没有剧中人物出场的情况下由合唱声部向观众吟唱。按照波吕多刻斯的传说，完整的巴拉巴扎由七部分构成：科姆玛齐——序幕，抑抑扬格——主要部分，普尼戈斯——巴拉巴扎第一部分的终曲，分节诗——合唱的抒情曲，埃皮尔列玛——对于下一分节诗的补充朗诵，下一分节诗——与分节诗相衔接的诗节，下一埃皮尔列玛——对于下一分节诗的补充朗诵，与埃皮列玛相对照。参看 С. И. 拉德齐格：《古希腊文学史》，第 281—282 页。参看第 4 篇注〔16〕。

〔428〕指阿里斯托芬的喜剧的巴拉巴扎《云》中所包含的竞赛(见注〔229〕)，反映了农民斯瑞西阿得斯与哲学家苏格拉底的相互不理解和冲突。在这里，就像一般在古代阿基克喜剧中一样，口角辩论构成了喜剧情节的核心。参看阿里斯托芬：《云》，《阿里斯托芬喜剧集》，第 1 卷，第 205—212 页，A. 皮奥特罗夫斯基译。

〔429〕弗列登别尔格执另一种见解："神话创造意识具有完整的、不可分割的性质，如果需要谈及它的语言的、物质的、有效的外形的话，那么这并不意味着每一个这种形式都是脱离其他形式而独立地运转的。相反，它们是平行发展的。口头的神话改编成戏剧上演，真正有效地'口语化了'……所有这些神话形式在语义上是如此一致，以致产生不可分割的印象。维谢洛夫斯基把它们这一看起来如此的特性当作了它们所固有的混合性。但是它们的全部特殊性就在于它们是完全不同的，在渊源上也是独立自主的。它们的基本特征可以从原始思维把一切生命现象都视为同一的，并把自己的观念在彼此多变的形式中加以重复这

一点中得到解释。仅把一个混成一团的混合演出视为起源，就会违反神话创造意识的特性，这种意识在各种不同形式中重复着同一种东西，并不把它们用因果关系联系起来。"（见 O. M. 弗列登别尔格：《神话与古代文学》，第75—76页）

〔430〕维吉尔（前70—前19），古罗马诗人。见第2篇注〔42〕。

〔431〕品达罗斯（前518—前438），古希腊抒情诗人。见第3篇注〔32〕。

〔432〕塞涅卡（约前4—65），古罗马作家、哲学家、剧作家。斯多葛派的代表。著有哲学道德著作《致卢齐利乌斯的书信》、论文和悲剧《俄狄浦斯》《美狄亚》以及其他戏剧。参看塞涅卡：《悲剧》，莫斯科，1983年。

〔433〕高乃依（1606—1684），法国剧作家，古典主义的代表，许多取材于古代的悲剧的作者（《美狄亚》《俄狄浦斯》等）。参看《法国古典主义戏剧》，莫斯科，1970年。

〔434〕在思考创立"未来的诗学"的必要性和途径时，亚·尼·维谢洛夫斯基在其一系列其他著作中指出了把美作为艺术的唯一内容的学说的局限性，形成了比德国古典唯心主义所提出的更为广泛的美学体系（见注〔188〕）。他为论证这一理论体系所引证的上述例证——莎士比亚，浪漫主义者，民间艺术——远远超出了古典美学关于美的框架。如果说后者所依据的是属于远古时代的书面文献的语文学研究的话，那么在文艺学中的浪漫主义转折则表现出对于口头民间创作、收集和出版有关作品的大量尝试的浓厚兴趣（参看，例如：R. 韦勒克：《1750—1950年的近代批评史》，1955—1965年，第4卷）。维谢洛夫斯基把文学看作是生动的有机过程，因而强调指出"旧风格的诗学"由于仍旧停留在以希腊与罗马经典作家的材料为依据的古典基础上而不能令人满意，因此建立"新的建构——新的诗学"便是必然的了，因为"陈旧的皮囊已不够装新的、不断喷涌而出的酒了"。参看维谢洛夫斯基的《历史诗学》未发表的篇章，《俄罗斯文学》，1959年，第2期，第180—181页。

〔435〕箴言，见第4篇注〔31〕。指思想含义上的现成套语，仪式诗歌思维的陈词俗语，属于类型的而非个性的领域，并根据可能性而在口头民间创作中得到准确的复制。参看 П. Т. 勃加特迈夫、Р. О. 雅科勃松：《作为一种创作特殊形式的民间创作》，载《民间艺术理论问题》，第369—383页；Т. Л. 佩尔米亚科夫：《从谚语到故事：关于套语的一般理论的札记》，莫斯科，1970年；Вяч. Вс. 伊凡诺夫：《论语言、文本与文化的动态研究的相互关系》，载论文集《文本结构的研究》，第5—26页。

〔436〕在古代关于具有预言天赋的先知诗人的观念经常同盲人歌手的形象联系在一起：他善于"透视"和领悟蕴藏于世世代代深层的、隐蔽的、神秘的东西的能力从他缺乏只能摄取事物外在的、暂时的表面的东西的生理视力中得到解释。歌手的盲目——"这是在许多不同民族那里，其中包括在俄国民间史诗中都可以遇到的引人注目的细节。在南部斯拉夫人中间所谓'尤纳茨'歌曲的歌手甚至有'盲人歌手'的固定称呼，这就直接揭示了这一概念的来源。要知道即使荷马本人在传统上也被认为是一位盲人歌手"（С. И. 拉德齐格：《古希腊

461

文学史》,第38页),这同"古代美索不达米亚的习俗,那里的歌手和乐师通常都是盲人",也是相吻合的。(参看 Вяч. Вс. 伊凡诺夫:《赫梯人与胡里特人的文学》,载《世界文学史》,第1卷,第121页)。还可参看 С. С. 阿维林采夫:《关于俄狄浦斯神话的象征意义的阐释》,《古代与现代》,第100—102页。

[437]阿舒格(Ашуги,起源于阿拉伯与突厥语 ашик——钟情的),高加索、突厥演唱叙事传说、诗歌的诗人——歌手。

[438]卡尔-奥格拉,民间叙事诗文献中的英雄人物,既为高加索诸民族文学所熟悉(在这里他的名字被理解为"盲人之子"),也为中亚细亚诸民族的文学所熟悉(在这里这一名字的意思是"坟墓之子"),其形成不早于十二世纪。按照所谓西方的说法(亚美尼亚、格鲁吉亚、土耳其的说法可追溯至阿塞拜疆的史诗《基奥尔-奥格雷》),主人公是一位民间复仇者和即兴诗人,他的诗歌包含在关于他的功绩的散文叙事之中。东方的变文(乌兹别克、土库曼、哈萨克、塔吉克)则大部分为诗体,在英雄形象中也有差异——他在此系一位显赫的君王。参看 Х. 科罗格雷:《史诗〈戈罗格雷〉与〈古鲁格里〉的发表的文本学特点》,见《民间文学·史诗的出版》,莫斯科,1977年。

[439]贡古里,为歌曲演唱伴奏的一种高加索乐器。

[440]可与亚·尼·维谢洛夫斯基在关于史诗的历史的讲义中对这一问题的考察进行比较。见《历史诗学》,第476—492页。

[441]参看《陇歌》,第1卷,第35—43页;《卡勒瓦拉》,Л. 别里斯基译。

[442]参看《旧埃达》,第9—15,30—40,45—49页,А. И. 科尔松译。

[443]德摩道科斯(德莫多克),著名盲人歌手,荷马的《奥德修纪》的主人公。在国王阿尔基努斯举行的盛宴上,他歌颂了阿瑞斯和阿佛洛狄忒的爱情,以及特洛伊战争中英雄们的丰功伟绩。歌手是盲人这一事实并不偶然,显然同他的天赋有联系。荷马说,"他从神灵那儿获得了歌唱的天赋/一种神奇的天赋,使他能歌唱一切,在他身上心灵苏醒了";"缪斯在他降生时赋予了恶与善:/使他双目失明,却为此而赐予他甜美的歌喉"(荷马:《奥德修纪》,第11卷,44—45,63—64行,В. 茹科夫斯基译,第123—124页)。见注[435]。

[444]阿尔基努斯,史诗《奥德修纪》中斯刻里亚岛上淮阿喀亚人之王,波塞冬的孙子;是一个英明、好客、气度豁达的统治者。他殷勤地款待了被海浪抛到岛上的奥德修斯,并帮助他重返故乡。他也帮助过伊阿宋和美狄亚。他在克基拉岛受崇拜。

[445]伊阿摩斯族,奥林匹亚的祭司氏族,其始祖伊阿摩斯系阿波罗之子,波塞冬的孙子,预言家。他由阿耳狄亚国王埃皮托斯抚养成人。他在少年时代按照阿波罗的指示来到奥林匹亚。他在那里开始根据飞鸟的鸣叫声和祭牲外皮的焚化情况进行占卜。

[446]科斯学派,在古希腊诗歌中居于科斯岛上的诗人集体,他们在创作中尤为注重情欲题材。这一诗派的领袖被认为是菲列特(约前340—前280),在他身上诗歌才华与渊博学

识结合在一起。菲列特对他同时代的诗人们产生了显著的影响。在科斯岛上在这一时代进行创作的有格耳梅西安纳克特、阿斯克列皮阿德、列昂尼德·塔林茨基,大概忒奥克里托斯（前4世纪末—前3世纪上半叶）也出生于此。

〔447〕希俄斯岛的说唱艺人,在希俄斯岛祖传的串编歌唱艺人群体,他们以吟唱荷马史诗为职业,闻名于公元前六世纪。他们在喜庆节日、酒宴、比赛时用清唱方式演唱史诗。与即兴说唱艺人不同,他们不即兴编唱歌曲,而把根据记录所背熟的片段串编起来。

〔448〕吟唱叙事诗的歌手,荷马即这样的歌手。参见第1篇注〔39〕。

〔449〕政体,国家制度,公民权利的综合,古代理论家有时称趋于民主的制度为政体。例如,亚里士多德认为政体似乎是寡头政治与民主制度的混合体:"那些倾向于民主的国家制度通常称作政体,而那些更倾向于寡头政治的国家制度一般称作贵族政体。"（亚里士多德:《政治学》1293b35/《亚里士多德文集》,第4卷,第502页）

〔450〕斐弥俄斯,伊塔刻岛"以歌唱闻名"的歌手,荷马史诗《奥德修纪》中的主人公,他在珀涅罗珀的求婚者比赛射箭的宴会上献艺,但在奥德修斯杀死所有求婚者后,却保全了性命。（《奥德修纪》,第22卷,330—353行）

〔451〕斐尔（又名斐里得）,克尔特人的预言家和诗人,史诗传统的保持者,兼有魔法师、种族传统的历史学家和行家等职能。

〔452〕见注〔159〕。

〔453〕《维德西德》不晚于七世纪产生的最古老的德国诗歌文献,其主要主人公是一位歌手,传统的体现者（维德西德的词意是四海为家的流浪者）。

〔454〕埃尔马那利赫,四世纪东哥特国王,在黑海北部沿岸统治部族联盟。公元375年部族联盟被匈奴打败后自杀。在传说中被描写成一位暴君,成为其妻埃阿赫希里德丧命的罪魁祸首。在《维德西德》中"哥特王国的统治者"则表现为歌手的恩人与保护者。（参看《维德西德》,载《古代英国诗歌》,莫斯科,1982年,第19,22页,B. T.吉洪米诺夫译）

〔455〕阿伽门农,阿尔戈斯和迈锡尼国王,率领阿开亚人远征特洛伊的最高统帅。他取胜返国后被其妻子及情夫所杀。

〔456〕克吕泰涅斯特拉,阿伽门农之妻。阿伽门农出征时派宫廷歌手监视克吕泰涅斯特拉,不料歌手反被阴险的埃癸斯托斯收买,助他诱惑并成为克吕泰涅斯特拉的情夫。谋杀阿伽门农后,克吕泰涅斯特拉和埃癸斯托斯统治了迈锡尼达七年之久。见本篇注〔383〕。

〔457〕弗里斯人,居住于弗里斯岛的德国和荷兰民族,操弗里斯语。

〔458〕格罗德加尔,丹麦国王,贝奥武甫拯救其王国于危亡之际,战胜了怪兽格林德里。阉人歌手,亦称女高音式男歌唱演员。幼小时即行阉割,以保持童声音色,这种歌手具有不亚于正常男歌手的音量与拖音能力。

〔459〕参看杰奥尔:《古代英国诗歌》,第11—14页,B. T.吉洪米诺夫译。

463

〔460〕克洛维一世(约446—511),萨利克法兰克国王(481年起),出身于墨洛温家族,侵占了几乎全部高卢,从而开创了法兰克王国。

〔461〕狄奥多里克(约454—526),公元493年起为东哥特王。当政时期,东哥特人占领了意大利,并在493年建立自己的王国。推行使东哥特贵族和意大利罗马贵族接近的政策。

〔462〕巴维尔·基阿孔(约720—799),利用口头传统写成的《伦巴德人的历史》(至744年)一书的作者。这一著作的片段可参看《四至九世纪的中世纪拉丁文学的经典作品》,第245—256页,Т. И. 库兹涅佐娃译。

〔463〕得鲁伊德神话传说,印欧语种族,克尔特人的神话传说。他们于公元前一世纪下半期居住于不列颠诸岛,现代欧洲的中部与西部地区,并创造了三个重大的文化圈之一——克尔特文化,它在公元前长达最后五个世纪之间存在于欧洲,与希腊和西徐亚文化并驾齐驱。得鲁伊德,古代克尔特人对大祭司的称呼,主管献祭,也兼有预言、医疗、司法、教育等职能。据希腊历史学家斯特拉波(前64/63—23)所述,克尔特人的祭司阶层分为三个范围或等级——游吟歌手、斐里得(见本篇〔450〕)和得鲁伊德,而且后者享有最高荣誉,具有无可争议的道德权威,学识渊博(从事自然、哲学的研究)。最新词源学研究把得鲁伊德这一名称同"最富于智慧的"这一概念联系在一起。432年开始的爱尔兰的基督教化必然同得鲁伊德文化发生冲突,而彻底战胜它(至少在其以往的制度形式方面)则属于560—561年间。参看加里弗里德·蒙穆特斯基:《克勒特族的历史·梅尔林的生活》,莫斯科,1984年;J. 福瑞斯:《宗教与文化》,巴黎,1963年;S. 彼戈特:《督伊德教僧侣》,伦敦,1968年。

〔464〕游吟歌手,克尔特族的史诗传统的体现者,叙事作品的民间演唱者,帝王和封建领主的宫廷举行宴庆的不可少的参与者。既然游吟歌手不是预言家和诗人,而只是演唱者,他们在克尔特族的祭司阶层中的地位是相当低下的。在中世纪职业的游吟歌手寄食于爱尔兰、苏格兰和威尔士封建领主们的宫廷里。他们的存在并没有同五世纪开始的爱尔兰的基督教化发生冲突,从那时起形成了游吟诗人流派,一直延续至十七世纪。游吟歌手的诗歌传统引起了前浪漫主义和浪漫主义的诗人们的兴趣,这反映在许多赝制品和仿制品的涌现。参看В. П. 卡雷金:《远古爱尔兰诗歌的语言》,莫斯科,1986年。参见本篇注〔450〕〔462〕。

〔465〕北欧海盗,八世纪末至十一世纪中到欧洲各国进行海上贸易与抢劫商船的斯堪的纳维亚海盗。在罗斯称他们为瓦兰人,在西欧称他们为诺曼人。九世纪曾占领英国东北部,十世纪占领法国北部(诺曼底),还到过北美洲。

〔466〕吟唱诗人,九至十三世纪挪威和冰岛的诗人。撰写挪威和其他国家古代军事将领的颂歌和谴责诗。他们的作品在十三世纪的文献中只保留一些残篇(斯诺里·斯图鲁松的新埃达和萨迦)。这些作品是可靠的历史资料。最著名的吟唱诗人是十世纪的冰岛人埃伊特·斯卡特拉·格里姆松。

〔467〕见本篇注〔177〕。

〔468〕格马尔,编年史《盎格鲁人的历史》(约1150)的作者。

〔469〕瓦斯,十二世纪法国诗人,编年史家,诗体《关于勃鲁特的小说》的作者。这是加里弗里德·蒙穆特斯基的拉丁文编年史的转述。参看 А. Д. 米哈伊洛夫:《法国骑士小说》,第15—16,29,38—42 页等。

〔470〕москолудить(口语),逗笑取乐;скиники(来自希腊文——戏台),戏子、演员。

〔471〕大卫,公元前十一世纪末至前约950年以色列犹太国国王。大卫于扫罗死后被推举为犹太王,统一了以色列各部落的领土,建立王国,定都耶路撒冷。据圣经故事传说,大卫于少年时曾打败巨人歌利亚。圣经赞美诗集的作者,圣经中不止一次提到他为弦乐器的演奏者,歌手。

〔472〕《关于所罗门与莫罗利甫的故事》,古代犹太伪经,在中世纪受到教会的谴责。亚·尼·维谢洛夫斯基细致地分析研究了西欧和斯拉夫关于这一传说的各种变文,并于1872年通过了以《斯拉夫人关于所罗门和基托弗拉斯的故事与西方关于莫罗利甫和马林的传奇》为题的博士论文答辩。参看亚·尼·维谢洛夫斯基:《文集》,第8卷,第2册,圣彼得堡,1921年。(参阅 Ф. И. 布斯拉耶夫的书评,载《关于第16届乌瓦罗夫伯爵奖金的授奖总结》)圣彼得堡,1874年,第24—66页。

〔473〕参见 А. А. 别尔金:《俄国江湖艺人》,莫斯科,1975年。

〔474〕见本篇注〔463〕。

〔475〕见本篇注〔464〕。

〔476〕参看《爱尔兰传说与故事》(Н. 舍列舍夫斯卡娅译,莫斯科,1960年);《爱尔兰萨迦》(А. А. 斯米尔诺夫译及注释,莫斯科—列宁格勒,1961年)。

〔477〕布格提出一种理论,认为古代斯堪的纳维亚诗歌起源于古代的和基督教的文献。参看 S. 布格《关于北欧神话和英雄传说的起源》,慕尼黑,1889年。

〔478〕见第1篇注〔40〕。

〔479〕正如 М. И. 斯捷勃林-卡缅斯基所指出的,吟唱诗人("скальд")一词在古代爱尔兰语中的运用完全不同于"诗人"一词在现代语言中的运用:它只是意味着"某些诗句的作者"。值得注意的是,在古代爱尔兰语中并没有具有"作者"或"编著"的含义的词,就是说著作权只适用于诗歌(而且是说唱的诗歌),而不适用于散文。参看 М. И. 斯捷勃林-卡缅斯基:《行吟诗歌》,载《行吟诗人的诗歌》,第90—91页。

〔480〕见第3篇注〔41〕。

〔481〕见第3篇注〔32〕。

〔482〕正是吟唱诗人的诗歌标志着"在有意识的著作权发展中的初始阶段",亚·尼·维谢洛夫斯基称这一阶段为"由歌手向诗人的过渡",而这一过渡却往往被文学史家的观察所忽略,因为它属于有文字之前的时代。在这一含义上,吟唱诗人的诗歌对于研究者是极有

465

价值的,因为它既是个体创作的,又是在有文字记载之前的(远古诗歌创作于九世纪上半期,在有文字记载之前四个世纪)。"由歌手到诗人"的过渡阶段的实质在于,"作者的自我意识尚未扩展到整个作品",而仅涉及它的形式。由此而产生它的夸大其词,这表明诗人力图从传统的清规戒律中解脱出来,其结果就导致了从不自觉的著作权意识到自觉的著作权意识的飞跃。参看 М. И. 斯捷勃林-卡缅斯基:《古代斯堪的纳维亚的文学》,莫斯科,1979 年,第 9—21 页。

〔483〕见第 1 篇注〔40〕。

〔484〕闪米特诸语言,闪—含语系或亚非语系的语族,包括北阿拉伯或东部语支,中北部或西北部语支,中南语支,南部语支等。

〔485〕鲁恩文字,在古代斯堪的纳维亚铭刻的字母总和,不晚于公元前二世纪产生于某个德国种族,并以南部欧洲某种语言的字母表为基础。学术界关于鲁恩文字产生的地点和时间尚无定论。区分早期鲁恩文字(由二十四个鲁恩符号组成)和后期鲁恩文字(由十六个鲁恩符号组成),并于九世纪取代了前期鲁恩文字。参看 М. И. 斯捷勃林-卡缅斯基:《古代斯堪的纳维文学》,莫斯科,1979 年,第 9—21 页。

〔486〕科博利德,德国神话中的地精、家神。

〔487〕亚·尼·维谢洛夫斯基是根据散文体的新埃达来转述关于诗歌的神圣起源的神话的。参看《新埃达》,第 56—98 页,还可参看 Е. М. 梅列金斯基:《诗歌之蜜》,载《世界各国人民的神话》,第 2 卷,第 127—128 页。

〔488〕Бодн 这一姓氏的词源不详。сон 这一姓氏的词源是血。参看 М. И. 斯捷勃林-卡缅斯基:《行吟诗歌》,载《行吟诗人的诗歌》,第 87 页。

〔489〕如今达成共识,认为拉丁文的 rates(预言者、预言家、充满灵感的歌手、诗人)来源于在古代印度语表示"诗人的灵感"一词的同一词根,这也就是古代德国奥金神祇的姓氏的起源(同俄语 вития = 诗人比较)。

〔490〕见本篇注〔463〕。

〔491〕安菲翁,宙斯和忒拜公主安提俄珀的儿子,仄托斯的孪生兄弟。两兄弟以膂力超人著称,此外安菲翁还是演奏竖琴的圣手,当两兄弟决定在忒拜四周修筑城墙时,石头随着神奇的琴声自动将城墙砌成。见荷马史诗《奥德修纪》。

〔492〕俄耳甫斯,神话中的佛律癸亚歌手。流传甚广的神话说,俄耳甫斯发明了音乐和作诗法,他的歌声能使树木弯枝,顽石移步,野兽俯首。关于此传说,品达罗斯在其《品达罗斯颂歌》,埃斯库罗斯在其《阿伽门农》(1629—1630),欧里庇得斯在其《酒神的伴侣》中均曾提及。

〔493〕尼康得尔(前 3—前 2 世纪),希腊诗人、语法学家与医生,一些未能流传下来的历史神话长诗的作者,这些长诗可能成为维吉尔与奥维德创作的范本。他的长诗《变形记》的

散文体片段转述保存于语法家安东宁·利别拉尔(二世纪)的文献中。

〔494〕庇厄里亚姑娘是九个少女,她们是庇厄洛斯的女儿,试图同缪斯比赛歌唱艺术,结果输了。为了惩罚她们的傲慢,缪斯把她们变成了喜鹊。参看奥维德的《变形记》。

赫利孔山——希腊中部的山脉,按照希腊神话,缪斯们就住在这山上。

波塞冬——希腊神话中的海神,主宰天空的宙斯和主宰冥国的哈得斯的兄弟。

珀伽索斯——希腊神话中的神马,波塞冬与女妖墨杜萨之子。在神话中它是一匹有翼的马。有一次缪斯女神们正在赛歌,赫利孔山听得心旷神怡,渐渐上升,直逼天庭,这时珀伽索斯遵照波塞冬的命令把它踩回到地上,马泉就是这样形成的。转义:"跨上神马珀伽索斯"就是成为诗人;神马珀伽索斯就是诗人灵感的象征。

〔495〕参见《乌斯涅赫之子的流亡》,《从库阿伦格所偷的牛》,莫斯科,1983 年,第 19 页。

〔496〕《库德龙娜》,P. B. 弗连凯利编译,莫斯科,1983 年,第 68 页。这部十三世纪的"德国的奥德修斯"(B. 格林)有几种版本:一些研究者认为史诗的诞生地是北部德国,显然亚·尼·维谢洛夫斯基也持此观点,则把史诗的女主人公的名字称作古德龙娜,而另一些研究者则认为史诗是在奥地利——巴伐利亚领域产生的,因而称之为库德龙娜。这也涉及维谢洛夫斯基所涉及的歌手戈兰特,在最新的俄译本中这一"丹麦战士,英名远扬的英雄"称作霍兰特。

〔497〕萨特阔,古斯里琴手和歌手,诺夫戈罗德壮士歌中的主人公。

〔498〕这里指十三世纪的冰岛民间史诗《博西之歌》,属于《古代史诗》系列,同其他民族的民间文学和文学具有一些共同的题材。例如,这首民间史诗就具有同俄国关于瓦西里·布斯拉耶夫的壮士歌相似之处。参看《冰岛民间史诗·爱尔兰史诗》,莫斯科,1973 年;E. M. 梅列金斯基:《冰岛民间史诗》,第 2 卷,第 477 页;B. Я. 普洛普:《俄国英雄史诗》,第 442—465,590—592 页。

〔499〕维普涅,躺在大地上的唱圣歌的巨人歌手,咒语的行家里手,卡累利阿——芬兰史诗《卡勒瓦拉》的主人公之一。

〔500〕魏涅梅茵,古代民间史诗《卡勒瓦拉》的主要英雄人物,歌手与念咒语者。波希奥拉——黑暗的北方王国。参看 B. Я. 叶甫谢耶夫:《卡累利阿——芬兰史诗的历史基础》,莫斯科—列宁格勒,1957—1960 年,第 1—2 卷;B. Я. 普洛普:《从民间文学角度看〈卡勒瓦拉〉》,《民间文学与现实生活》,第 303—317 页。

〔501〕参看《卡勒瓦拉史诗》,塔林,1961 年;《爱沙尼亚民间文学》,塔林,1980 年。

〔502〕列伊赫,德国中世纪抒情曲的体裁,往往在舞蹈过程中演奏。列伊赫的特征是节奏不对称,力求独创和不落俗套。埃丽弗,德国神话中的精灵,有时分为光明的精灵(空气精灵)和黑暗的精灵(地精)。根据中世纪的鬼神论,埃丽弗的音乐使听者着迷,使所有有生之物和无生之物都手舞足蹈。

〔503〕卡利俄珀,希腊神话中九位缪斯的最长者,居第九位,宙斯和谟涅摩绪涅的女儿。从名字来判断,她原是司赞歌的女神。她被认为同阿波罗(见注〔120〕)结合,生下了俄耳甫斯(见注〔47〕)和利诺斯(见注〔47〕)。

〔504〕福玻斯,阿波罗的别名之一,希腊语意思是"光辉灿烂的"(见注〔120〕)。

〔505〕斐弥俄斯,伊塔刻岛的歌手,在《奥德修纪》中受到赞扬。

〔506〕索玛,古代印度神话中的神奇饮料,也是这一饮料的神灵。参看 B. H. 托波罗夫:《世界各国人民的神话》,第 2 卷,第 462—463 页。

〔507〕印度神话中的神祇:阿耆尼——字义为火,吠陀教中的火神(见第 3 篇注〔19〕);苏拉——令人醉的饮料,酒神;因陀罗——天神之王,能随意变形(见第 3 篇注〔8〕);毗湿奴——太阳神,为婆罗门教和印度教中三大主神之一(另两位是梵天与湿婆)。参看 B. Γ. 埃尔明:《印度神话》,载《世界各国人民的神话》,第 1 卷,第 535—543 页;B. H. 托波罗夫:《吠陀教的神话》,同上书,第 220—226 页。

〔508〕见第 3 篇注〔8〕。

〔509〕马泉,在缪斯的居住地赫利孔山脉顶峰的泉水,相传是神马珀伽索斯用马蹄踩出的,泉水具有启发诗人诗兴的神效。卡斯塔利亚圣泉——阿波罗和缪斯的圣山帕耳那索斯山上的水泉,来到得尔福朝圣者都用圣泉之水净身。在现代语中卡斯塔利亚圣泉的含义是"灵感的源泉"。

〔510〕罗曼(5 世纪末—约公元 560),拜占庭宗教诗人,与宗教歌曲相关的赞美诗的作者(有 1000 多首,其中著名的 85 首)。参看 C. C. 阿维林采夫:《早期拜占庭文学的诗学》,莫斯科,1977 年,第 210—220,232—234 页。

〔511〕凯德蒙,七世纪的盎格鲁-撒克逊的诗人,写有宗教题材的诗歌。有关这位英国第一个基督教诗人的故事见于英国第一位历史学家、极可尊敬的伯达(674—734)所著《英国教会史》,第 4 卷,第 24 章。依据仅存的资料(可能是传说),在威特比的寺院里有一位不识字的僧侣凯德蒙,"由于神的特殊恩惠,他养成了用英语写极其流畅的宗教题材的虔诚诗歌的习惯……他并不是从别人那里了解到作诗的技巧的,也不是别人教会的,而是在神灵的恩赐下才获得这种才能的"。参看伯达:《英国教会史》,《四至九世纪的中世纪拉丁语文学经典作品》,第 217—219 页;《古代英国诗歌》,第 27—28 页。

〔512〕叶夫菲米·伊别尔(955—1028),格鲁吉亚作家,书籍专家。

〔513〕马赫敦·库利(约 1730—18 世纪),土库曼古典文学的奠基人。参看 B. M. 日尔蒙斯基:有关歌手使命的传说,《比较文艺学》,第 263,397—407 页。

〔514〕女妖,南斯拉夫神话中的女妖,她们长着双翅和蹄子,力求帮助受难者,能医治疾病,也会杀人,如果激怒了她们的话。

〔515〕科律班忒斯,库柏勒的祭司们,他们的祖先科律巴斯是伊阿西翁和库柏勒的儿子。

〔516〕参看 A. H. 叶古诺夫的新俄译本:"谁如果缺乏缪斯激发的狂热,他跨入创作之门时,充满一种自信,以为他只有依赖技艺而成为一名相当不错的诗人,其实他还远未达到完美:狂热者的创作将压倒理智思考者的创作。"(柏拉图:《斐德若篇》,载《柏拉图文集》,莫斯科,1970 年,第 2 卷,第 180 页)还可参看朱光潜中译本:"若是没有这种诗神的迷狂,无论谁去敲诗歌的门,他和他的作品都永远站在诗歌的门外,尽管他自己妄想单凭诗的艺术就可以成为一个诗人。他的神志清醒的诗遇到迷狂的诗就黯然无光了。"(见柏拉图:《文艺对话集》,朱光潜译,人民文学出版社,1980 年,第 118 页)

〔517〕见《柏拉图文集》三卷本,莫斯科,1968 年,第 1 卷,第 138—139 页。参看中译本:柏拉图的《文艺对话集》,朱光潜译,人民文学出版社,1980 年,第 7—8 页。

〔518〕A. K. 托尔斯泰:《盲人》,见《A. K. 托尔斯泰全集》,列宁格勒,1984 年,第 1 卷,第 217 页。

〔519〕见注〔451〕。

〔520〕A. C. 普希金:《驳丘赫尔别凯在〈谟涅摩绪涅〉上刊登的文章》,见《普希金全集》,列宁格勒,1978 年,第 7 卷,第 29—30 页。

〔521〕A. C. 普希金:《〈鲍里斯·戈都诺夫〉序言草稿》,同上书,第 114 页。

〔522〕转房制,又称寡妇内嫁制。寡妇必须或有权嫁给自己先夫的弟兄的习俗,盛行于氏族制度时期的许多民族中。在阶级社会中还有保留(如在高加索和中亚地区以及犹太人等民族中)。

〔523〕W. 克鲁克:《珀涅罗珀的浪潮》,福克-洛尔,1898 年 9 月,第 2 期,第 97 页。

〔524〕参看 A. A. 波捷勃尼亚:《美学与诗学》,第 364—375 页;Ю. M. 洛特曼:《诗歌文本的分析》,列宁格勒,1972 年,第 23—33 页。

〔525〕惠特曼(1812—1892),美国诗人,缺乏格律和不押韵的自由诗的大师。参看惠特曼:《选集》,《草叶集·散文》,莫斯科,1970 年。

〔526〕舍列尔,见第 1 篇注〔13〕;第 2 篇注〔5〕。

〔527〕帕尔纳斯派,十九世纪后期三十年间的法国诗歌团体,其成员有何塞·马里亚·埃雷迪亚、苏利·普吕多姆、勒孔特·德·李勒等。其早期创作的代表人物是 Л. 魏尔伦、C. 马拉美。1866 年诗歌丛刊《当代帕尔纳斯》出版后成立。主张"为艺术而艺术",坚持艺术自身的价值,反对屈从资产阶级趣味和功利性的观念。因此帕尔纳斯派力求形成可以同造型艺术相媲美的语言艺术的特殊语言。按照他们的观点,艺术的绝对美妨碍它具有实用性,也不利于艺术家主观情感的表现。参看何塞·埃雷迪亚:《战利品》,莫斯科,1973 年。

〔528〕布尔热(1852—1935),法国作家,著有具有帕尔纳斯派风格的诗歌、评论随笔(《现代心理特写》,1883 年;《现代心理新特写》,1885 年),以及长篇小说《门徒》(1889)等。

〔529〕高尔期亚(约前 483—约前 336),古希腊智者派哲学家,著名修辞学家和智者。他

469

认为风格是修辞学中最主要的问题,主张采用诗的辞藻,讲究对偶。所谓"浅绿色的、没有血色的事件"指尚未成熟的事件。

[530] 格尔柏:《作为艺术的语言》,布隆堡,1871—1874年,第2卷。

[531] 参看《民众心理研究》,1866年,第4卷,第465—480页;同上书,1869年,第6卷,第285—352页。

[532] 斯宾塞(1820—1903),英国哲学家和社会学家,实证论创始人之一。参见第三篇注[17]。此处引述他的如下论著:《文体哲学》,见斯宾塞:《科学、政治和思辨的随笔小品集》,伦敦,1891年,第5卷,第2册。

[533] 关于把节省原则由实际语言转用于诗歌语言的问题,可参看 В. Б. 什克洛夫斯基:《作为手法的艺术》,《诗歌语言理论文集》,1917年,第2版;《散文理论》,第7—23页。在3. 弗洛伊德的论著中早就提出了对于斯宾塞的观点的批判,认为他对于节省精力的理解是幼稚的和烦琐的(参看弗洛伊德:《机智及其与无意识的关系》,莫斯科,1925年,第210—211页)。Л. С. 维戈茨基也接近这一评价,他写道:"按照维谢洛夫斯基的见解,诗人在以尽可能少的用词告诉我们尽可能多的思想时所做出的节约,在我们看来是微不足道的。甚至可以指出,情况正好相反:如果我们把无论哪个悲剧的内容,就像剧院的剧情简介所做的那样,尽量节省地和简要地加以转述的话,我们在维谢洛夫斯基所说的那种幼稚意义上所获得的节约,就会大得不可计量。我们将会看到,相反,当诗人人为地使剧情节外生枝,引起我们的好奇,玩弄我们的悬念,迫使我们的注意力一分为二的时候,他是很不节省地消耗着我们的精力的。"(Л. С. 维戈茨基:《艺术心理学》,第256—257页)

[534] 拟声词,以诗歌语言手段模拟现实生活中各种音响,利用音响与含义之间的联系而产生一定效果的词组(如"喔喔啼""喵喵叫"之类)。

[535] 提喻法,换喻的一种,或称举隅法。以局部(小的)喻整体,或反之。

[536] 换喻,两词因意义相关联而以一词代替另一词使用〔如用"шляпа"(帽子)代替"человек в шляпе"(戴帽子的人)等〕。

[537] 比喻,以一个事物喻另一事物,以揭示其新的特性。

[538] 隐喻,根据所对比的两个成分的共同特征,把某一事物(现象)的特征转移到另一事物上的一种辞格,隐蔽的比喻;最富于表现力的诗歌手法之一,形成于神话意识(被认识的世界与认识的人之间具有不可分割性)的瓦解过程中。

[539] 省略元音,在词组的结合部,从两个元音中省略一个。

[540] 华彩乐段,结束音乐作品的和谐或曲调优美的乐句。或者器乐协奏曲中技巧高深的插入独奏段落,一种基于主题的自由发挥。华彩乐段最早是由演奏者编写或即兴演奏的。

[541] 参看 Б. В. 托马舍夫斯基:《诗与语言·语文学随笔》,莫斯科—列宁格勒,1959年;В. М. 日尔蒙斯基:《诗论》,列宁格勒,1975年;М. Л. 加斯帕洛夫:《俄国诗歌史略·节律

学,韵律学,诗韵,诗节结构学》,莫斯科,1984年。

〔542〕倒装,语言学术语,指改变句中词和词组的惯常次序,用以强调句中某个成分,或赋予句子特殊的意义。

〔543〕卡尔杜齐(1835—1907),意大利诗人、社会活动家。见第3篇注〔14〕。

〔544〕列夫·托尔斯泰:《什么是艺术?》,《托尔斯泰全集》,莫斯科,1951年,第30卷,第27—195页。

〔545〕可以同A.A.波捷勃尼亚关于词的内在形式的学说作一比较。学者区分词的两种内涵——客观的,最接近于词源学的,永远只包含着一种特征;和主观的,其中可能包含许多特征。"前者是符号,可以为我们取代后者的象征。依据经验可以确认,当我们在谈话中说出一个具有明确词源学含义的词时,我们除了这一含义,在思想上通常不会有其他含义;例如,云彩,对于我们来说只是一种'笼罩着东西'。词的第一种内涵是一种形式,我们的意识通过这种形式而领悟思想的内涵。因此,如果排除第二种,主观的,正如我们立即就会看到的,也是唯一的内涵的话,那么在词中所剩下的就只有字音,也就是外在形式和词源学的含义,这种含义也是形式,不过是内在的。词的**内在形式**是思想内涵对于意识的关系;它指出,人是怎样体会到他本身的思想。"(A.A.波捷勃尼亚:《思维与语言》/《美学与诗学》,第114—115页)

〔546〕费希纳(1801—1887),德国物理学家、心理学家、唯心主义哲学家、作家。他把物质视为心理的反面,认为宇宙是具有精神活力的。费希纳推测心理现象与物理现象之间的依赖关系是可以用数量测试的,并提出了心理物理学作为一门科学的及其合乎规律的相互关系的思想。他的论著为实验心理学奠定了基础。

〔547〕辅音重复,重复相同的辅音,使诗句具有语音上、调律上特殊的表现力。如 шипенье пенистых бокалов и пунша пламень голубой(А.С.普希金)。

〔548〕动物区系,栖息在特定地域内的各种动物的总体。动物区系在动物进化过程中形成,而区系内的动物则有各不相同的起源。

〔549〕植物区系,现在或在过去某地质时期内,某一地域中历史地形成的所有植物种类。

〔550〕箴言,指一些思想含义上的现成套语。一种接近谚语的格言体裁。见第4篇注〔31〕,本篇注〔435〕。

〔551〕共通语,有亲缘关系的部族或民族间的交际语言,在最通用的语言或方言基础上吸取其他语言或方言的特点而形成。上古希腊语即公元前四世纪在古希腊雅典方言(带伊奥尼亚方言成分)基础上形成的民族共通语。参看《超方言语言形式的类型》,莫斯科,1981年;Ю.С.马斯洛夫:《语言学导论》,莫斯科,1987年,第189页。

〔552〕雅科勃·格林(1785—1863),德国语文学家,民俗学中神话学派的创始人之一;霍夫曼·封·法勒斯莱本(1798—1874),德国诗人、语言学家。研究过德国民歌的历史;格

贝尔(1760—1826),德国作家,他的创作受到民间文学的源泉的培育,具有民主主义、启蒙主义性质。

〔553〕参看奥·别克尔:《上黑森州民歌》,马堡,1885年。

阿道尔夫·冯·豪芬(1863—1930),日耳曼学学者,波希米亚民俗的研究者。参看豪芬:《德国波希米亚民俗学》,1896年。

〔554〕尚弗廖里(1821—1889),法国作家,认为文学的任务是描写社会的下层阶级。

〔555〕亚·尼·维谢洛夫斯基依据杰出的语言学家,青年语言学派 A.列斯金与 K.勃鲁格曼的研究结论。青年语言学派是十九至二十世纪初欧洲的语言学流派。他们认为语言是个人的心理生理活动,并用某些偶然原因来解释语言的变化。他们重视研究活的语言发展规律,认为它们来自先天。该学派的特点是研究单个语言现象,而缺乏语言体系的概念,对历史比较语言学做出了贡献。参看 A.列斯金、K.勃鲁克曼:《普鲁斯和俄罗斯文学中的立陶宛民歌和民间童话》,斯特拉斯堡,1882年,第84页。

〔556〕阿尔尼姆(1781—1831),德国浪漫主义作家。著有长篇小说、短篇小说和民歌集《男童的神奇号角》(1806—1808,与 C.布伦坦诺共同编辑出版)。参看阿尔尼姆:《论民间诗歌》,《德国浪漫主义者的美学》,А. Д. 米哈伊洛夫编,莫斯科,1987年,第376—406页;《德国浪漫主义者的诗歌》,А. Д. 米哈伊洛夫编,莫斯科,1985年。

〔557〕亚历山大诗体,源于歌颂马其顿王亚历山大的法国古诗。法语十二音节诗或俄语抑扬格的六韵脚诗,偶句押韵;是古典主义文学中大型作品的基本格式。《生理学家》,见第2篇注〔37〕。

〔558〕那耳喀索斯,自我陶醉的象征,希腊神话中的美少年,河神刻菲索斯和水泽神女利里俄珀的儿子。他看见水中自己的倒影,顾影自怜,相思而死。众神把他化为水仙花。该传说见奥维德的《变形记》(第3卷,第341—510行)。珀琉斯,希腊神话中阿喀琉斯之父,与他有关的传说故事部分地编入《安德洛玛刻》(545—765)与《希波吕托斯》中。

〔559〕瓦尔特·封·德尔·福格威德(约1170—约1230),奥地利—德国游吟诗人。他的风景诗、爱情诗、讽刺性格言诗,抨击封建主的内讧和罗马教皇。此处引诗译文如下:

> 我坐着,微皱眉头,
> 把腿跷起,架在另一条腿上。
> 手托着腮,
> 在沉思这样的问题:
> 应当如何活在世上?
> 但是有谁能解决这些课题?
> 我们需要获得三种福利,
> 任何一种都不能缺少。

头两种是:财富和荣誉,

而第三种则是神灵的恩惠——

我们应当把它看得重于其他福祉。

我想把三者合为一体,

但遗憾的是人没有这样的福气,

把荣誉,神圣的恩惠,

还有财富,顺便提一下,

都一人尽情独享。

——瓦尔特·封·德尔·福格威德:《诗选》,B.列维克译,第84页。

[560]贝尔纳尔德·德·温达多尔恩,十二世纪普罗旺斯诗人,他的创作是游吟诗人的诗学的最忠实的范例之一。参看贝尔纳尔德·德·温达多尔恩:《诗歌选》,B.邓尼克编,莫斯科,1979年。

[561]格列边哥萨克,逃亡农民和顿河哥萨克的后裔,十六世纪迁往北高加索(松扎河与阿克萨什河流域)。自十八世纪初编为独立的非正规军(后改为团)。1832年并入高加索哥萨克常备军;1860年编入捷列克哥萨克军。

[562]洛赫维茨卡娅·米拉·亚历山德洛芙娜(1869—1905),俄国女诗人。所引诗句,参见《十九世纪俄国诗歌》,莫斯科,1974年,第2卷,第634页。

[563]阿提斯的即兴诗,古希腊约公元前二世纪由宴会参加者轮流演出的一种即兴诗歌。见第4篇注[25]。

[564]忒奥克里托斯,古希腊诗人。见注[117]。

[565]该诗译文如下:

小鸟儿,我的心爱女友的欢乐,

她抱在怀里,逗它玩耍,

当它要求时,伸出手指尖。

鼓励它更大胆地啄食,

在我追求的美人儿需要

同某种宠物消遣取乐的时刻。

为了稍微消愁解闷,

更确切地说,为了缓解如火如荼的激情,

如果我也能够由你消遣取乐,

从而平息那忧心如焚的心灵的惊慌的话!

——卡杜尔:《诗歌集》,C.B.舍尔温斯基译,第5页。

[566]见注[319]。

〔567〕阿达姆·密茨凯维奇(1798—1855),波兰浪漫主义诗人,民族解放运动活动家。著有《诗歌集》第1卷(1822);长诗《格拉席娜》(1823);《先人祭》第2,4部(1823);《康拉德·华伦格德》(1828);《先人祭》,第三部(1832);长诗《塔杜施先生》(1834)等。参看密茨凯维奇:《文集》五卷本,莫斯科,1948—1954年;《诗歌·叙事诗》,Б.Ф.斯塔赫耶夫编,莫斯科,1979年。

〔568〕见注〔304〕。

〔569〕可以同俄国诗人萨沙·乔尔内(1880—1932)在《美第奇卡》一诗中对这一讽刺性模拟进行比较。参看萨沙·乔尔内:《诗选》,列宁格勒,1960年。

〔570〕阿那克里翁(约前570—前478),古希腊抒情诗人。诗的节奏感强,培养人对生活乐趣的感官享受;以悲老忧死的情调为衬托。对阿那克里翁的模仿形成晚期希腊罗马、文艺复兴、启蒙运动时期的阿那克里翁诗体。

〔571〕朗戈斯,古希腊作家,著有爱情长篇小说《达夫尼斯和赫洛亚》。他把田园诗的传统运用到散文中,对十六至十八世纪欧洲文学田园诗的题材产生一定影响。

〔572〕《鲁奥得里布》,见注〔305〕。

〔573〕马尔提阿利斯(约40—约104),古罗马诗人。著有铭辞15卷,语言生动,风趣幽默。参看马尔提阿利斯:《铭辞》,Ф.А.彼特罗夫斯基编,莫斯科,1968年。

〔574〕弗列伊克,德国十三世纪游吟诗人——骑士爱情歌手的笔名(原意为"自由思想者")。见第2篇注〔24〕,第5篇注〔39〕。

〔575〕R.科勒尔:《短论集》三卷本,魏玛,1896—1900年,第293页起。

〔576〕埃特纳火山,活火山,位于意大利西西里岛;海拔3340米,为欧洲最高的火山,时有熔岩流出;1669年曾大喷发。

〔577〕Г.海涅:《表白》,见《海涅文集》六卷本,1980年,莫斯科,第1卷,第190—191页,А.Д.米哈伊洛夫译。

〔578〕普罗佩提乌斯(约前50—前15),古罗马诗人。四部哀歌的作者。所作的充满忧郁凄凉情调的爱情诗对哀歌体的发展有一定影响。参看《卡杜尔,基布尔,普罗佩提乌斯诗选》,莫斯科,1963年,第247—456页。

〔579〕参看K.列维-斯特劳斯:《结构人类学》,Вяч.Вс.伊凡诺夫编译,莫斯科,1985年;Е.М.梅列金斯基:《乌鸦》,载《世界各国人民的神话》,第1卷,第245—247页。

〔580〕汤豪舍(约1205—1270),德国游吟歌手。在十四世纪形成了关于他居住在德国女神霍里达的岩洞里,以及关于他参加歌手比赛的传说(《瓦尔特布尔格战争》)。这些传说使浪漫主义者尤感兴趣。这些传说反映在蒂克(1778—1853)的故事《忠实的埃克卡尔特与汤豪舍》,诺瓦斯(1772—1801)的长篇小说《亨利希·封·奥夫特丁根》(1802),霍夫曼的短篇小说《歌手们的竞赛》(1821),尤其是瓦格纳的歌剧《汤豪舍,或歌手们在瓦尔特布格的

竞赛》(1845)等作品中。

〔581〕末世论，关于世界和人的最终命运的宗教学说，分为个人末世和世界末日，前者讲单个人死后的灵魂的阴世生活，后者讲宇宙和历史的目的的及其结束。见注〔98〕。

〔582〕萨巴女皇，圣经中的人物，萨巴王国的传奇统治者，她为了考验所罗门王的智慧而来到耶路撒冷。

〔583〕参看 Н. Л. 安德列耶夫：《按照阿尔纳体系排列的故事情节索引》，列宁格勒，1929 年。

〔584〕А. И. 索波列夫斯基(1856/57—1929)，俄国语文学家，1900 年起为彼得堡科学院院士。俄语史研究的奠基者之一。著有俄国古文字学，古文献学，地名学，民族志，古俄罗斯艺术史及口头诗歌史、乌克兰语和白俄罗斯语等方面的论著。

〔585〕维尔纳·封·捷格尔恩泽(1190—1250)，德国诗人，瓦尔特·封·德尔·福格威德的学生，具有政治、宗教和道德内容的格言诗的作者。游吟歌手把他视为十二位大师之一。

〔586〕彼耶尔·德拉·维尼亚，国王弗里德里希二世(1194—1250)的顾问，在但丁的《神曲》中曾提到他：

　　我是握着腓特烈的心的
　　两把钥匙的人，
　　我那样柔和地转动这两把钥匙
　　去锁和开他的心……
　　——但丁：《神曲·地狱篇》，第 13 章，田德望译，人民文学出版社，1994 年，第 92 页。

这一形象借鉴自先知伊萨依的书，但丁用来表现大臣对皇帝的影响，他能左右皇帝的愤怒和恩惠。

〔587〕晨曲，又称破晓曲，黎明之歌，普罗旺斯行吟诗人惯用的一种诗歌体裁。见本篇注〔312〕。参看亚·尼·维谢洛夫斯基的学生 В. Ф. 希什马辽夫的有关论著：《关于诗歌文体与形式的随笔》，《晨曲》，载《科学院通报》，1907 年，第 12 卷，第 3 册，第 257—296 页。

〔588〕阿菲涅(2—3 世纪)，希腊作家。见注〔49〕。

〔589〕见本篇注〔308〕〔312〕。

〔590〕乔叟(1340?—1400)，英国诗人。《坎特伯雷故事集》是最早用英国文学语言写的经典作品之一，书中描写了社会各阶层的生活。乔叟极力使典型人物的语言个性化，使每个人物的语言都符合他的性格和身份。还著有叙事诗《特罗伊拉斯和克莱西德》。乔叟的充满人道主义的作品为英国文学的现实主义传统奠定了基础。

〔591〕参看《莎士比亚全集》八卷本，莫斯科，1958 年，第 3 卷，第 87—88 页。

〔592〕舍恩(1826—1900),俄国和白俄罗斯民间创作研究家、民族志学者。作品有《俄罗斯民歌》(1870)、《白俄罗斯民歌》(1874)、《西北边疆俄罗斯居民习俗和语言研究材料汇编》(1—3卷,1887—1902)。

〔593〕《莎士比亚全集》八卷本,莫斯科,1958年,第3卷,第261页。

〔594〕埃里安·克拉夫基(约170—约230),罗马作家(用希腊语写作),作为哲学家属于所谓第二代诡辩学家。参看埃里安:《杂谈故事》,С. В. 波里亚科娃译注,莫斯科—列宁格勒,1963年;小普林尼(约62—约114),罗马作家、演说家。公元100年曾任执政官,公元111—113年任比提尼亚和庞特的帝国总督。传世的著作有《书信》十卷和赞扬图拉真皇帝的《颂辞》。参看小普林尼:《书信》,莫斯科,1982年。关于奥维德见注〔319〕。

〔595〕巴西尔(约330—379),拜占庭教会活动家、神学家、柏拉图派哲学家,教父学最著名的代表人物之一,小亚细亚凯撒里亚主教,曾反对阿里乌派。在中世纪广为流传的《周六说》中阐述了基督教宇宙说的原则。参看《神甫的创造》,第5—11卷,莫斯科,1843—1915年。格列高利(约330—约390),又名博戈斯洛夫,希腊诗人、散文作家、宗教活动家、思想家,教父学派代表人物,小亚细亚尼斯城主教。将柏拉图辩证法运用于神学。写有自传体长诗《我的一生》《我的命运》和《我灵魂的痛苦》。参看格列高利:《创世记》,莫斯科,1844—1868年,第1—6卷;《四至九世纪拜占庭文学文献》,第70—80页,С. С. 阿维林采夫译。圣耶罗宁(340—420),基督教神学家、作家,拉丁文圣经的译者。耶罗宁的作家才能同他的渊博的经典知识相结合。参看《伟人传记》片段,载《四至九世纪中世纪拉丁文学文献》,第36—47页;С. С. 阿维林采夫:《早期拜占庭文学的诗学》。

〔596〕乌兰德(1787—1862),德国诗人、小说家、文学史家。详见注〔201〕。

〔597〕В. М. 日尔蒙斯基曾指出,亚·尼·维谢洛夫斯基具有过高评价文学传统、世代形成的诗歌"格式"的作用的倾向,这导致他在论证诗歌发展的历史规律性的时候,忽视诗人的个人任意性和偶然性的因素。参看В. М. 日尔蒙斯基:《亚·尼·维谢洛夫斯基的〈历史诗学〉中未发表的篇章》,《俄罗斯文学》,1959年,第2期,第179页。

〔598〕Л. Я. 金兹布尔格对此曾评论说,虽然扩展到整个文学的传统性占优势的理论是被夸大了的和有争议的,但它对于许多世纪的诗歌语言史,尤其是对抒情诗语言史来说,无疑是重要的。因此,在支持亚·尼·维谢洛夫斯基的这一论点时,研究者指出了源远流长的格式对于诗歌语言所具有的决定性意义,这些格式深深扎根于仪式思维、民间创作,由一种诗歌体系历史地发展到另一种诗歌体系,代代相传,延绵不绝。参看Л. Я. 金兹布尔格:《论抒情诗》,第2版,列宁格勒,1974年,第12—13页;М. Б. 梅伊拉赫:《游吟抒情诗人的语言》,莫斯科,1975年,第72—130页。

〔599〕参看,例如关于浮士德博士的传说(见第1篇注〔51〕);Е. Г. 勃劳翁:《唐璜典型的文学史》,圣彼得堡,1889年;И. М. 努西诺夫:《唐璜形象的历史》,载《文学人物的历史》,莫

斯科,1958 年;L. 温斯顿:《唐璜的演变》,斯坦福,1959 年。

〔600〕《马太福音》4,1—11,《路加福音》4,1—13;参看 C. C. 阿维林采夫:《耶稣基督》,载《世界各国人民的神话》,第 2 卷,第 490—504 页。

〔601〕A. C. 普希金:《色雷斯哀歌:维克托尔·捷普里亚科夫的诗歌》,1836 年,《普希金全集》十卷本,第 7 卷,第 287 页。

在写作本章时,亚·尼·维谢洛夫斯基正在为写有关普希金的论著收集资料。这些研究唯一公开发表的成果是为纪念普希金一百周年诞辰所写的文章《普希金——民族诗人》(1899)(见亚·尼·维谢洛夫斯基:《论文选》,第 501—514 页),在报刊上引起了肯定的反响:"我们学术界的光荣与骄傲,我们少数具有欧洲声誉的学者之一亚·尼·维谢洛夫斯基院士关于普希金的论述是特别令人高兴的事。他从民间创作、迁徙的传说和原始文化的历史,从'阿尔贝蒂的别墅'、薄伽丘和意大利文学转到普希金,并像以往在各个领域一贯所研究的那样,说出了自己有分量的、深刻的见解。"(《教育通报》,1899 年,第 2 辑,第 19—25 页)

〔602〕引自 B. A. 茹科夫斯基于 1847 年 2 月 6(18)日致 H. B. 果戈理的信。参看 B. A. 茹科夫斯基:《文集》四卷本,莫斯科—列宁格勒,1960 年,第 4 卷,第 542 页。亚·尼·维谢洛夫斯基于晚年转向研究 B. A. 茹科夫斯基的创作,俄国感伤主义的诗学。这些研究的成果是以下论著:亚·尼·维谢洛夫斯基:《B. A. 茹科夫斯基,情感与心灵想象的诗歌》,圣彼得堡,1904 年。值得注意的是,以上所引用的茹科夫斯基的论述在该书中以转述的形式得到反映,表明了亚·尼·维谢洛夫斯基关于"自己的"与"别人的"之间的辩证关系的理解:"对于我们来说,重要的是茹科夫斯基通过别人的东西不仅提供了自己的,而且表现了整个自我。"(同上书,第 469 页)

〔603〕根据最新的研究成果,"民间创作的诗歌体裁并不同散文体裁相对立,而只是同它们不形成对比关系,因为人们并不把它们视为同一种艺术的两种不同变体,而是视作不同的艺术——歌唱艺术与说话艺术"。与亚·尼·维谢洛夫斯基在此提出的问题有关的看法,可参看 IO. M. 洛特曼的《诗歌文本的分析》中的《诗歌与散文》,第 1 章,第 23—33 页。

〔604〕萨迦,古代冰岛的散文叙事作品。所谓家族(或冰岛人)萨迦,作者已无从查考,反映了一定的史实和生活习俗,注重心理描写,叙事朴实无华。还有描写挪威国王的萨迦(其中有斯诺里·斯图鲁松作的《挪威王列传》,或译《海姆斯克拉林》)和描写冰岛主教和英雄的萨迦。

〔605〕见注〔240〕。

〔606〕散文历史家,早期希腊历史学家,原意为"故事的作者"。他们的文本与基克拉泽斯叙事诗的区别仅仅在于叙述的散文形式,因为即使散文历史家的作品内容仍然大部分源于神话(关于世界的起源,城市的奠基等等)。

〔607〕见注〔236〕。

〔608〕应当估计到一方面散文和诗歌，另一方面诗与散文的相互关系的不同特性，而最重要的是这些关系的历史变化。在从"吟唱的"一类中分离出来的时候，诗歌本身也是一种混合的组成，从其中后来又分离出诗体的诗歌与艺术散文。参看 Б. М. 埃亨鲍姆：《普希金走向散文的道路》/《论散文》，列宁格勒，1969 年，第 214—230 页；Б. М. 埃亨鲍姆关于诗歌与散文的报告：《关于符号系统的论文集》，第 5 辑，塔尔图，1971 年；Ю. Н. 特尼扬诺夫：《论文学演变》/《诗学·文学史·电影》，莫斯科，1977 年。"严格地讲，在文学现象的相互关系之外，不可能对它们进行考察研究。例如，散文与诗歌的问题就是如此。我们默认有格律的散文是散文，而没有格律的自由诗是诗，却不考虑在另一种文学体系中我们将处于相当尴尬的境地。问题在于，散文与诗歌是相互关联的，散文与诗歌的职能是相互依赖的……但是散文在分化，演变，与此同时诗也在演变。一个相关联的类型的分化引起另一个，或者说得更确切些，同另一个相关联的类型的分化是联系在一起的"（见上书，第 276 页）。参看 А. А. 波捷勃尼亚：《关于文学理论的札记》/《美学与诗学》，第 364—375 页。

〔609〕高尔地亚（约前 483—前 375），古希腊智者派哲学家与演说家，他的口头创作经常成为亚里士多德的理论体系所引证的例证的源泉，同时也成为其攻击的对象。例如，在涉及诗歌语言与散文的分野时，亚里士多德说："由于诗人们似乎是靠风格而获得名声的（尽管他们的话没有什么内容），所以散文的风格起初带上诗的色彩，例如高尔地亚的风格。甚至直到如今，大多数没有教养的人还认为这种演说家的话最漂亮不过。其实不然，因为散文的风格不同于诗的风格。"（亚里士多德：《修辞学》，罗念生译，三联书店，1996 年，第 149 页）《亚里士多德与古代文学》，第 170,176—178 页。

〔610〕亚洲体，公元前三世纪古希腊、古罗马修辞学中的文学思潮，正如其名称所表示的，同崇尚亚洲的风气有关。亚洲体的特点是华丽的文体修辞、转喻（对比、反衬，等等）。

〔611〕尤弗伊斯体，十六世纪后四分之一世纪英国文学中流行的一种文风。源于英国作家 J. 黎里的长篇小说主人公的名字，意为"得天独厚的人"。这种文体用词典雅、绮丽，使用大量借代、排比、对偶和比喻等修辞手段（如莎士比亚的《错误的喜剧》）。

〔612〕典雅文体，法国相当于意大利的马林体，西班牙的贡戈拉体的典雅文体，形成于巴洛克风格时代（于十七世纪三十至四十年代达到繁荣阶段），尤其盛行于上流社会的文学沙龙。主要特点为矫揉造作，比喻奇巧，文字游戏，以及将主人公理想化等。

附　录

历史诗学的任务

1、**历史诗学的任务**:从诗歌的历史演变中抽象出诗歌创作的规律和抽象出评价它的各种现象的标准——以取代至今占统治地位的抽象定义和片面的假定的判决。

2、**从对象和心理过程的角度对诗歌下定义**。

(1)**美构成诗歌＝艺术的对象吗**？它是自然界内在的,还是我们的感觉的范畴？美作为感性的——令人愉悦的事物;它的某些范畴的共同性(节奏,对称,曲线,一定色彩,黄金分割律,等等)与它们的民族的和历史的运用之丰富多样(对比与不谐调;色彩的历史——直至对灰暗色调的迷恋;对古代愉悦的标准的体验与新的标准的增长;自然界理想的历史);趣味的演变问题。

(2)**美**:承认它的自然的内在性,还是把它理解为经过艺术改造的具体感性的——令人愉悦的东西:艺术(绘画,雕塑)提供使它与照相相区别的那种额外的东西;我们也可以说,在不引起模仿观念的艺术中,也有这种额外的东西。它是什么呢？

(3)**丑**,**难看的**,**平庸的**——作为艺术的对象而对我们产生美感。**审美既包括美的,也包括丑的**[1]。

(4)我们把**审美**理解为我们对于外部世界的对象的**感受**活动,这一活动在大量分散的印象和我们称之为科学的对于现象的分析研究之间起着中介作用。我们在审美活动中从音响和光线的印象世界中抽象出**对象的内在形象、它们的形态，色彩，类型，声音**，作为一种与我们分离的，反映对象世界的东西。它们假定性地反映这一切：对象是从我们觉得**典型**的方面，有力而生动地刻画出来的；这种典型特征赋予它一定的完整性，就像一个**个性**一样；围绕着这一中心而把一系列接近联想聚集在一起。

假定性的典型性：审美典型＝内在形象—非科学的；随之而来的是审美的语言类型：**词根词**的内涵分析，就像**修饰语**的丰富多样一样，揭示了**典型**的感受的丰富多样，这些感受保存于民间历史传统之中，通过同样一些联想的途径而得到发展——对于这些内在形象和联想组合的**体验**引起了关于它们**演变**的条件和规律的问题。

形象或形象联想在人类传统中保持得越是长久，我们便越有理由判断它们的审美性。

（5）对光线、形态与声音的内在形象的**审美感受**——以及这些形象的嬉戏变幻，这种嬉戏变幻适应于我们心理的特殊能力：**艺术创作**。它在诗歌领域的素材有：**语言，形象，母题，典型，情节**——与演变的问题[2]……

情节诗学

导 论

情节的诗学及其任务

在我看来,历史诗学的任务——在于确定传统在个人创作过程中的作用与界限[1]。由于这一传统涉及文体与节律、形象性与最简单的诗歌形式的公式化等诸因素,它在某个时期曾经充当了综合心理以及同它相适应的原始时期人类公共生活的习俗条件的表现。这种心理和条件的单维性说明了它们在那些从未彼此接触的种族中间的诗歌表现的单维性。这样便形成了一系列的格式和模式,其中有不少得以在后来较晚的流通中保留了下来,如果它们符合新的使用条件的话,就像原始词汇中的某些词扩展了它们的现实含义,以便表达抽象的概念一样。全部问题在于格式的容量、适用性:格式就像词汇一样得以保留下来,但它所唤起的观念和感觉却别具一格;按照已改变了的情感和思想的内涵,它提示了许多起初并未直接提供的东西;它进行了概括集中,成为了这一内涵的象征。但是它也可能适应新的需求水平而变化[2](同词汇的类比也到此为止),在日趋复杂的同时,为了在同样一些格式中表达这种复杂性而吸取素材,而这些格式也同它一起经历了类似的变形。这一领域内的创新往往只是经过重新组合的旧的遗迹而已。我在别的场合曾经这样表述过,我们的诗歌语言只是一种遗留物[3];我可以把诗歌创作的基本形式也列入语言之列。

　　这一观点是否能扩展运用于诗歌情节素材呢?在这一领域内是否可以提出关于囊括现实日常生活各种状态的典型模式的问题呢?这些模式是相同的或相似的,因为它们到处都是同样一些印象的表现;这些模式作为现成的格式而代代相传,它们能充实新的情绪而活跃起来,成为象征,并在上述文体创新的含义上,引起新现象吗?现代叙事文学及其复杂的情节性和照相式的再现现实,看来排除了提出类似问题的可能性;但是,当它对于未来的后代成为同样的一种远景,就像从史前期到中世纪的古代对于我们来说一样遥远的时候,当时代的综合,这一伟大的简化者,越过各种现象的复杂性,把它们压缩成为深入内部的点点滴滴时,它们之间的线索便同我们今天所发现的情况联结在一起了。当我们回顾遥远的诗歌历程时,模式化和重复性现象便会在全过程中建立起来[4]。

　　"情节性"一词需要下一个最近的定义。像戈齐[5]、席勒和不久前波利季*在这方面所做的那样,历数有多少如此屈指可数(!)的情节培育了古代的和我们现代的戏剧,是不够的;按照各种不同的异文来编排故事或童话的"类别表"的经验也是不够的[6];应当事先议定,情节指的是什么,并把母题同作为母题的综合的情节加以区别。我认为**母题**是一种格式,它在社会生活的初期回答自然界到处对人所提出的种种问题,或者把现实生活中一些特别鲜明的、看来重要的或者重复出现的印象固定下来[7]。母题的特征——它的形象的单项的模式化;初级的神话和民间故事的不可进一步分割的诸因素便是这样的母题[8]:如谁偷走了太阳(日食),鸟从天上带来了电火;鲑鱼的尾巴被截断:它被夹伤了,等等;乌云不下雨,水源干枯了:敌对势力把水源埋上,把滋润灌溉的渠道封闭起来了,必须战胜敌人;同野兽的联姻;变

---

* G.波利季:《三十六种戏剧情景》,巴黎,1899年。

形;凶狠的老太婆折磨美丽的姑娘,或者有人把她抢走了,只能用暴力或计谋夺回她,等等[9]。这类母题可能是在各种不同的氏族环境中独立自主地形成的;它们的同类性或相似性不能用借鉴来解释,而只能用生活习俗条件以及其中所积淀的心理过程的同类性来说明[10]。

最简单的一类母题可能用公式 a + b 来表示:凶狠的老太婆不喜欢美丽的姑娘——于是给她出了一道危及生命的难题。公式的每一部分都可能变形,尤其是 b 可能增长;难题可以是两个,三个(民间喜爱的数字)或更多;在壮士的征途上将会有险阻,但它们也可能有好几个。这样母题便成长为**情节**[11],就像以对比法为基础的抒情风格的模式可能增长,发展其中这个或那个成分一样[12]。但是情节的公式化有一半已经是自觉的,例如,难题和险阻的选择和顺序已不再受母题内容所设定的题材的必然制约,并具有了一定的自由;故事情节在一定意义上说,已经是一种创作活动。可以设想,在独立自主地完成的情况下,由母题到情节的发展可能到处产生同样的结果,也就是说,可能彼此独立地出现相似的情节作为相似的母题的一种自然的演变。但是,可以设想的情节公式化的自觉性也指出了它的局限性,这种局限性可以在母题"难题"与"险阻"的发展中查明:在相互更替的难题和险阻中,如果其中任何一个受前一个铺垫准备的程度越少,它们之间的内在联系越是薄弱,以至于,例如,其中的每一个都可以处于任何排列顺序的话,那么就越有把握可以断定,如果我们在不同的氏族环境中遇到具有同样偶然的排列顺序的模式 $b(a + bb'b^2$ 等等)的话,这样的类似便不能无条件地归功于相似的心理过程了;如果这样的 b 有十二个之多,那么按照杰科勃斯*的统计,其独立自主形成的概率相当于 1∶479,001,599——于是我们有理由谈论谁是从谁那里借鉴来的。

情节——这是一些复杂的模式,在其形象性中,通过日常生活交

---

* 见福尔克·劳尔,第 3 卷,第 76 页。

替出现的形式,概括了人类生活和心理的某些活动[13]。对于**行为**的肯定的或否定的**评价**,已经结合于概括之中。我认为对于情节性的年代顺序而言,这后一情况非常重要:例如,如果说像普绪刻与阿摩尔与梅柳辛这样的主题反映了同一个图腾崇拜的联盟的成员之间禁止联姻的古老禁忌的话,那么阿普列尤斯的作品以及类似的故事则以和解的结局收场,这表明日常生活的演变已经取消了某个时候曾富有生气的习俗:由此而来的是故事模式的改变[14]。

情节的模式化顺理成章地导致人物、类型的模式化。

尽管我们现代的童话故事经历了各种混合与积淀,它对于我们仍然是这种生活创造的最好范例,然而当注意力扩展到了非人类的,但人化了的自然界的现象时,同样的一些模式和类型也曾经服务于神话的创造。民间故事与神话之间的大致相似并不能用它们之间的渊源联系来加以解释,况且民间故事似乎是缺乏血肉的神话,不过是处于另一种安排好的素材与手法与模式的统一体之中而已[15]。这个由生活习俗与神话的形象概括组成的世界培育和引导了一代又一代人在走向历史的道路上迈进。历史上氏族的分化是以其他氏族在相互接触或斗争之中的存在和分离为前提的;在发展的这一阶段上形成了歌颂功绩和英雄的叙事诗,但是诗歌是通过这样一些形象和模式化的情境构成的三棱镜来掌握现实的功绩事实与英雄人物的面貌的,而幻想已经习惯于借助这样一些形式来进行创作了。

于是民间故事和神话的母题和情节的相似性便扩展到了史诗;但是也发生了新的混淆不清:为了把激动人民情感的事件的鲜明特征纳入自己的框架,陈旧的模式不得不变形,并以这种样式投入今后的运转,而这对于后代的诗学却成为了必须遵守的准则。例如,龙塞斯瓦列斯战役的失败可能成为许多法国英雄叙事诗中"失败"的模式,而罗兰的形象则可能成为刻画一般英雄人物的模式[16]。

并不是所有继承下来的情节都会发生这样的更新;另外一些情节则可能永远被遗忘了,因为它们不能为表现新涌现的精神兴趣服务,而其他一些被遗忘的情节则可能重新出现。这种旧情节的回归比通常人们所想的更为经常；当它们整批出现的时候，便引起了有关这种需求的起因的问题。人似乎涌现出了充沛的新感受和新愿望，他在寻找宣泄的出路，而在那些通常为他的创作服务的形式中却又找不到适合的形式，因为它们同他自己贯注其中的一定内容结合得如此紧密，以致无法把它们同这一内容分开，使之适应于新的内容。这时他便诉诸这样一些形象和母题，在其中很久以前曾注入过他的思想与情感，如今它们虽已僵化，却并不妨碍他在这些陈旧的形式上刻画上自己新的印记。歌德曾劝艾克曼采用已经培育过艺术家的想象力的一些情节；例如，有不少人写过有关伊菲姬尼亚的题材，可是产生的作品各不相同，因为每个作家都从各自的角度来观察和处理同一题材[17]。众所周知，浪漫主义者更新了多么大量的古老题材。梅特林克的《珀利阿得斯与梅里桑达》又一次使人们重新体验到了弗朗切斯基与巴奥罗的悲剧的力量[18]。

  我们迄今把情节性的发展看成似乎是在一个氏族的个体范围之内所完成的。这纯粹是理论上的虚构，我们需要借此来阐明某些一般性的问题。但实际上我们并不知道任何一个孤立存在的氏族，就是说，我们可以确凿地认定，没有一个氏族从未同其他氏族发生过任何接触。

  当我们把情节性演变的模式转移到氏族之间的接触和文化交流范围的环境中时，首先要提出下列问题：母题的自然的模式化是否到处都在向情节的模式化过渡？在故事情节性的基础上，这一问题看来只能得到否定的答复。野蛮人的生活习俗故事并没有任何类型化的题材，也没有我们民间故事的严格结构布局，也不具备我们民间故事的素材；这是一系列模糊不清的现实的或幻想的惊险故事，其中缺乏有机的联系和那种赋予整体以形式的骨架，这种骨架可以透过把故事的一种异文与另一种异文区别开来的种种细节而清晰地显示出来。异文是以基本的文本或口述故事在形式上的偏离为前提的，因为没有一定的形式不可能产生异文。在这些不定型的故事素材之中，你会遇到我们所熟悉的各种模式化题材，各种欧洲的、印度的、波斯的故事的情节性。这是迁徙的民间故事。

总之，并不是所有氏族都达到了故事情节性的模式化程度，即达到了这样一种最单纯的结构，它为后来已经不是机械地进行的创作开拓了道路。在不定型的故事素材中，模式化的民间故事仍然是一块空白，它并未湮没于大量共同的素材之中。由此得出结论：在与这些故事并列，但不存在缺乏形式和布局的故事的地方，发展达到了模式化，如果没有创造故事的话，那么诗歌情节也可以从一种环境移植到另一种环境，适应新的周围环境，并被应用于它的风俗习惯。例如，中世纪传播到我们这里的东方故事正好适应了教会所培植的歧视妇女的陋习[19]，而另一些东方故事则断断续续地培育了流浪艺人的幻想。这种引进吸收往往是别具一格的：我们的久克·斯捷潘诺维奇[20]不是打着伞，而是打着向日葵，而这看来并没有使歌手们感到困惑。古怪的异国情调被保留了下来，就像进口商品上的商标一样，而令人喜爱的正是它那种稀奇古怪、神秘莫测。

但是，如果在发生冲突的民族文化环境中，有一种民族文化在对生活的理解和提出理想方面超越了另一种民族文化，并适应这一水准而创造出诗歌表现的新模式的话，那么它对比较落后的环境就会产生极富感染力的影响：它所表现的情节性也会同理想性的内容一起被吸收。这在盛行基督教及其清心寡欲的苦行修炼类型的时期是如此，而在较少的程度上也表现于，当法国骑士制度及其世界观风行于欧洲时，却带来了布列塔尼小说的模式化；在意大利则表现为对于古代的经典，对于它的美和文学典范的崇拜；稍晚一些时候，在英国和德国则是对民间古老题材的爱好。每当思想与诗歌双重权力并存的时代来临之际，吸收的工作便盛行起来。例如，同薄伽丘和法国伪古典主义者相比，在《特洛伊的小说》[21]中对于古典情节的吸收则大相径庭。考察这些借鉴吸收的过程，探讨它们的技术，理清那些在不同程度上为了新的创造而交汇在一起的迎合潮流[22]——这是分析的有趣任务。各种交汇在一起的因素的组合越是单纯，则越是容易条分缕析，创新的过程也越是明晰易辨，而对于结果的统计也越有把握。这样就可能形成适用于分析更复杂的关系的某些研究方法，并为描述性的情节史增添某些规律性——即承认它的形式因素的制约性和演化，这些因素是适应社会理想的更替而形成的。

第一章
母题与情节

在何等程度上和抱着什么目的，可以在历史诗学中提出关于诗歌情节的历史的问题呢？答案来自以下对比：诗歌文体的历史，这种文体积淀于典型的形象——象征、母题、用语、对比与比喻的综合体之中，它们的**重复性**或**共同性**可以解释为：或者（1）由于它们所表现的**心理过程**的一致性；或者（2）由于**历史**的影响（例如，在中世纪欧洲抒情诗中的古典的影响，《生理学家》中的形象，等等）。诗人运用他所必须采用的这一文体修辞词汇（暂时还不是编纂的）；他的独创性在这一领域内或者局限于发展（另一同位语：暗示性）某一既定的母题，或者局限于发展它们的组合；风格创新在被运用于传统固定下来的画面时，才逐步得到认同。

这些观点也可以运用于考察诗歌**情节**与**母题**；它们表现出从神话到史诗，到民间故事、地方萨迦和小说所具有的**共同性**和**重复性**的同样一些特征。在这里也可以涉及典型模式和情境方面的词汇，想象力已习惯于从其中找到适合表现某一内容的模式和情境[23]。有人曾经试图编纂这样的词汇（对于民间故事来说，有封·汉、福尔克·劳尔的社团；对于戏剧来说，有波利季，等等），却没有符合要求，而不遵循这些要求则正是在解决关于叙事题材的起源和重复性问题时出现失误和分歧的原因所在。这一要求是:**把关于母题的问题与关于情节的问题区别开来**[24]。

(1)我把**母题**理解为最简单的叙事单位,它形象地回答了原始思维或日常生活观察所提出的各种不同问题。在人类发展的最初阶段,在人们**生活习俗的和心理的条件**相似或相同的情况下,这些母题能够自主地产生,并表现出相似的特点。可以举出以下例证:1、所谓关于起源的传说:把太阳想象为眼睛;太阳与月亮——为兄妹,夫妻;关于日出与日落,关于月亮上的斑影、月食等等的神话;2、**生活习俗情境**:抢走姑娘——妻子(民间婚礼的插曲),分手离别(在民间故事里),等等。

(2)我把**情节**理解为把各种不同的情境——母题编织起来的题材。例如:1、关于太阳的故事(以及它的母亲的故事;希腊人和马来人关于太阳——食人者的传说);2、关于抢婚的故事。母题的组合越复杂(就像诗歌中文体因素的组合一样),它们便越是缺乏逻辑性,而组成的母题越多,便越难以推测,例如,在两个分属不同氏族的民间故事彼此相似的情况下,它们是否在相同的观念和生活习俗的基础上,通过心理的自生途径而产生。在这种情况下,便可能提出一个氏族所形成的情节被另一氏族**在某个历史时期所移植**的问题[25]。

母题与**情节**都进入历史的运转:这是表现日益增长的理想内容的形式。在适应这一需求时,**情节不断变化**:在情节中掺进某些母题,或者情节彼此组合在一起(故事与叙事模式):关于伊阿宋的神话[26]及其故事因素:1、佛里克索斯和赫拉逃避后母的迫害和金毛羊[27]=关于同样的逃避和在同样一些条件下的故事;助一臂之力的野兽;2、在关于伊阿宋的神话和故事中的艰险任务和姑娘的帮助;由于对处于中心地位的典型人物或诸典型人物(浮士德)具有另一种理解而形成了新的描写。这就决定了个体诗人对待传统的类型化情节的态度:他的**创作**。

我并不想以此说明,诗歌活动只有通过类型化情节的重复或新的组合,才能得到表现。有一些荒诞不经的情节是由于某些偶然的奇闻逸事的启示而形成的,并以其故事情节或主要人物而引人入胜。举例如下:1、具有类型化特征的卡玛翁民间故事——与地方传说。类型(本地的或外来的)对于具有荒诞不经性质的萨迦的影响:野蛮人的故事没有一定形式;类型化故事则赋予它们以一定的形式,于是它们也就湮没于这一刻板公式之中了(例如,佩罗编写的故事[28]对于英国民间故事所产生的影响)。地方传说是在外来的、具有相似的内容并有一定类型的故事传说的影响下形成的(显然,关于"审判"的故事在某个时候曾同普斯科夫的苏多姆山相衔接,否则难以解释所罗门的审判会安排在这一地域)。2、现代小说不是类型化的,重心不在故事情节,而在典型人物,但是具有惊险情节的小说(所谓冒险小说——原文为法文)则是运用继承下来的模式写成的[29]。

注　释

一、历史诗学的任务

　　本文首次发表于《亚·尼·维谢洛夫斯基文集》,圣彼得堡,1913年,第2卷,第1辑,第9—10页。后来发表于《历史诗学》,第498—499页。

　　这一文本——《诗歌情节史》教程(1900)的简要理论导言——由B. Ф. 希什马辽夫(1875—1957)所发现,他在自己的导师亚·尼·维谢洛夫斯基逝世之后,毕生都在整理研究其遗产(参看《B. Ф. 希什马辽夫》/E. A. 列费罗斯卡娅,Г. B. 斯捷潘诺夫作序;E. B. 扎伊金撰写传记、资料索引。莫斯科,1957年;《苏联科学院文献资料库所藏B. Ф. 希什马辽夫的手稿遗产》,莫斯科—列宁格勒,1965年)。B. Ф. 希什马辽夫把这一文本发表于《情节诗学》,第一章的注释中,作为作者关于诗歌与诗学问题的一般思考的小结。这些论点是亚·尼·维谢洛夫斯基于生命的晚年所形成的,其中包含着关于对诗学任务的新的视角和学者准备在今后研究工作中所遵循的方向的提示:"把对于艺术创作本身的分析作为研究的目标。"(Б. М. 恩格尔加尔特:《亚历山大·尼古拉耶维奇·维谢洛夫斯基》,第208页)在采用演化的视角研究文学文本的情况下,"艺术作品的个人根源"问题往往从诗学研究的视野中消失了,对于这一方法的简单化弊病的理解可能成为了学者革新探索的动机(同上书,第202页)。改变历史诗学结构纲领的原因的另一种说法可能是亚·尼·维谢洛夫斯基的科学探索本身具有的逻辑:从文学创作发展的最初阶段开始,那时神话、传说、传统的作用,或者"同一性的"诗学与"美学"的作用还相当显著(见Ю. М. 洛特曼:《艺术文本的结构》,莫斯科,1970年),直到文学过程较晚的成熟时期,而对于这一时期来说,个人因素的作用的增长则成为了典型的特征。这可能决定了把诗学研究的重心由文化历史的范围转移到创作心理学及其内在的审美规律的研究方向上来。

〔1〕亚·尼·维谢洛夫斯基在一篇专论中详细探讨了美学和艺术理论的一般问题,其中包括美与丑的范畴,该文在学者生前保留有手稿,后来由 В. М. 日尔蒙斯基以《亚·尼·维谢洛夫斯基的〈历史诗学〉的未发表的章节》为题发表于《俄罗斯文学》杂志(1959年,第2期,第180—189页;第3期,第89—121页)。

〔2〕亚·尼·维谢洛夫斯基在建构这一理论纲要时,依据 К. 格罗斯的《美学导论》(1861—1946年;俄译本译者 А. Я. 古列维奇,基辅—哈尔科夫,1899年)。亚·尼·维谢洛夫斯基探索的总的精神在这里得到了提纲式的反映,这些探索表现出力求综合考察"诗歌的全部具体材料",以及它们发展变化、相互联系的历史存在的倾向。应当指出,亚·尼·维谢洛夫斯基所指出的这一研究前景受到了当代我国学者们应有的高度评价。例如,С. С. 阿韦林采夫指出:"只有通过对于各种彼此更替的诗学进行具体研究,才能开拓解决亚·尼·维谢洛夫斯基早在出色的草稿中所提出的任务——建立总体历史诗学的道路。"(С. С. 阿韦林采夫:《古希腊诗学与世界文学》/《古希腊文学的诗学》,莫斯科,1981年,第3页)

二、情节诗学

首次发表于《文集》,第2卷,第1辑,第13—148页;后来发表于

《历史诗学》,第 493—596 页;《诗学》,第 623—629 页(导言与第一章)。根据《历史诗学》,第 493—501 页:导言与第一章。

这一极其珍贵而有意义的著作的未完成手稿属于亚·尼·维谢洛夫斯基学术活动的晚期,生前未曾发表。В.Ф.希什马辽夫承担了编辑出版工作,他在亚·尼·维谢洛夫斯基的文集的该卷中整理出版了有关情节诗学的大部分手稿材料。这一版本未收入的关于情节诗学的手稿的两个片段由 М.П.阿历克谢耶夫出版〔见《亚·尼·维谢洛夫斯基院士:〈历史诗学〉片段》/《列宁格勒大学学报》(语文版),第 64 期,第 8 辑,列宁格勒,1941 年,第 5—16 页〕,对 В.Ф.希什马辽夫的版本作了补充。

这一著作中所涉及的问题在亚·尼·维谢洛夫斯基多年来的教学和科研活动中一直吸引着他的注意力。在 1870 年开设的总体文学史课程的导言中,在关于叙事诗的历史的课程(1884)中关于情节和稳固的母题的借鉴的论述,或者在《历史诗学导论》论著(1893)中关于作为情节与母题的形成与演变的基础的现实事实的论述,都说明了这一点。

从九十年代末开始,亚·尼·维谢洛夫斯基在大学里开设有关情节的历史诗学的专题讲座。这些讲座的记录没有保留下来,只知道在 1897—1898 年讲座称作《历史诗学(情节诗学)》;在 1898—1899 年称作《历史诗学(情节史,它们的发展和在诗歌理想化中更替的条件)》;在 1899—1900 年称作《诗歌情节的历史;对神话学、人类学、民俗学的理论的分析和借鉴的假说。情节的周期更替的条件》;在 1902—1903 年称作《情节诗学》(参看 М.П.阿列克谢耶夫:《关于〈情节诗学〉的片段》,第 17—29 页)。从 В.Ф.希什马辽夫与 М.П.阿列克谢耶夫所发表的,以及本书所部分发表的亚·尼·维谢洛夫斯基的手稿遗产中有关情节诗学的片段中,可以了解到这些讲座的内容和特点。

学者在新语文学协会中关于这一课题所做的一系列报告,在《俄罗斯》报上曾有报道(1901年,第624,648,716期,参看 М. П. 阿列克谢耶夫:《关于〈情节诗学〉的片段》,第18页)。

亚·尼·维谢洛夫斯基在诗学问题的研究中把注意力正是集中于情节学的研究,为此他在生命的晚年曾设想写一本关于这一问题的专著(参看 B. M. 恩格尔加尔特:《亚历山大·尼古拉耶维奇·维谢洛夫斯基》,第199页)。

按照本版本的编辑原则,在发表本文时仅限于那些构成该著作的理论核心的片段。省略了那些考察亚·尼·维谢洛夫斯基同时代各种关于情节的形成和传播的理论的章节;以及关于情节的生活习俗基础("史前生活习俗",即古代世界观的和社会的制度,如图腾制、母权制与父权制,尤为详细地考察了"父子之争"的情节,这一情节在亚·尼·维谢洛夫斯基的一系列其他论著中已经吸引了他的注意力——在这里包含了关于这一情节的进一步研究的扼要提纲);"从情节的生活习俗意义问题的角度"考察情节(例如,从民俗学角度考察弟弟的作用问题);历史意识的形成(关于发明的传说,关于盗火,铁匠的神话的分析研究,在后来几十年的研究中得到了证实)等章节,还有第4—11章的笔记,其中亚·尼·维谢洛夫斯基试图简要地阐述建立把情节作为每一个具体时代的世界观的产物的理论纲要。

〔1〕在《历史诗学》的导论中,亚·尼·维谢洛夫斯基写道:"个人诗歌活动的自由受到传统的限制;研究了这一传统之后,我们可能更接近于判明个人创作的界限与实质。"为此他把自己的研究分作"两半":诗歌传统(按照他的构思,这里包括诗歌形式的分化、文体的历史、情节的历史与理想的历史)与诗人的个性。参看《亚·尼·维谢洛夫斯基的〈历史诗学〉未发表的章节》(B. M. 日尔蒙斯基编辑出版《俄罗斯文学》,1959年,第3期,第121页)。

〔2〕В. Б. 什克洛夫斯基在对我国学术界中"人类学派"最杰出的代表亚·尼·维谢洛夫斯基做出应有的评价的同时,从形式学派的观点对他的一些具体提法进行了反驳(在这里值得注意的是,正像在学术界新的几代代表人物的论著中对于亚·尼·维谢洛夫斯基的某些论点提出争议一样,对于学者的理论体系进行批判性思考这一事实本身就表明了这一理论体系对后来的文学理论思想发展的富于生气的参与)。例如,他断言,新形式的出现不是为了表达新的内容,而是为了取代那些已经失去其艺术性的旧形式。参看 В. Б. 什克洛夫斯

基:《散文理论》,第24—28页。

〔3〕遗留物,某一时代的整体瓦解后遗留下来的残片、痕迹。所谓"文化遗留",指的是一系列的原始文化、仪式、习俗、信仰观念等等(见第5篇注〔69〕)。关于亚·尼·维谢洛夫斯基早在《文学史作为一门学科的方法与任务》的课程讲授中所谈到的这些思想观点,Д. С. 利哈乔夫指出,阐明文学中形成一定的格式、形象等的原因——这是一般诗学的最有意义的任务之一。如果说亚·尼·维谢洛夫斯基倾向于认为这些格式的传统性受到文学创作一定的保守性的制约的话,那么Д. С. 利哈乔夫则在这里看到了一定的审美体系,应当加以研究,包括研究它逐渐衰亡,并由其他体系取代的原因。(参看Д. С. 利哈乔夫:《古代俄罗斯文学的诗学》,列宁格勒,1968年,第99—100页)

〔4〕亚·尼·维谢洛夫斯基的这一论断不断引起研究者的兴趣与争论。参看В. Я. 普洛普:《民间故事形态学》,第106页及以后。К. 列维-斯特劳斯认为,亚·尼·维谢洛夫斯基的这些论断是极其深刻的,但是还不足以揭示"分类是在什么基础上进行的,如果在其一致性的界限之外,产生理解文学创作的不同种类的本质和基础的愿望的话"(列维-斯特劳斯:《结构与形式》/《国外关于民间文学的符号学研究》,第24页)。维谢洛夫斯基的这些观点得到了最新研究成果的支持(参看П. А. 格林采尔:《古典印度诗学的基本范畴》,莫斯科,1987年,第45页以后)。М. Л. 加斯帕洛夫在引证亚·尼·维谢洛夫斯基的这一论断时指出,通常这一论断是在这样的借口下受到排斥的,即它没有估计到个人创作过程的特殊性:"这样世界诗歌便似乎被分割成了两部分,对于其中古代诗歌的部分,历史诗学研究的纲领是适用的,而对于另一部分,近代和现代的诗歌则似乎是不适用的。无法同意这样的论点。"根据М. Л. 加斯帕洛夫的看法,历史诗学要求研究者既要善于深入考察其他文化的诗歌体系,并从内部来观察它们,也要善于从外部来考察本国文化的诗歌体系:"这几乎更加艰难,因为训练我们避免每个时代和文化都常犯的那种精神上的自我中心主义。为了使诗学成为历史的,就需要用历史的冷静态度来看待自己所处的时代;维谢洛夫斯基善于做到这一点。"(М. Л. 加斯帕洛夫:《历史诗学与比较诗论》/《历史诗学:研究的总结与前景》,第192,195页)同时可参看Ю. М. 洛特曼:《艺术文本的结构》,莫斯科,1970年。

〔5〕戈齐(1720—1806),意大利剧作家。为舞台创作了具有民间格调与即兴喜剧特点的童话故事:《三个橙子的爱情》(1761)、《鹿王》(1762)、《杜兰朵公主》(一译《图兰多特公主》,1762)等;还著有西班牙式的悲喜剧,以及关于在威尼斯的舞台生活回忆录《徒劳无益的回忆录》(1797)。

〔6〕可参看比较下列民间故事的系统分类:А. 阿尔奈:《神话人物索引》,赫尔辛基,1910年;Н. П. 安德列耶夫:《按照阿尔奈体系所编排的故事情节索引》,列宁格勒,1929年;《民间故事类型:分类及参考文献》,S. 汤普逊译注,第2版,赫尔辛基,1964年。

〔7〕从亚·尼·维谢洛夫斯基把母题看作是对于自然界向人提出的问题的回答,或看作

是现实生活印象的定型化这一阐释出发,O. M. 弗列登别尔格(《情节与体裁的诗学》)走得更远,深入到产生母题的意识方面。研究者在情节中发现世界观体系,在体裁和情节模式中发现古老的世界观材料。"如果在维谢洛夫斯基看来,母题和情节是自觉地编造形象的病源的古代人民的诗意好奇心的产物的话,那么在弗列登别尔格看来,情节则具有不由自主的性质,直接在其结构中表现了原始的形象的(神话的)观念"。H. B. 勃拉金斯卡娅:《O. M. 弗列登别尔格关于文学母题的分析》/《塔尔图大学学报》,第 746 期。《符号学。第 20 辑》。《关于符号系统的论著》,塔尔图,1987 年,第 118 页。

[8]在这里重要的是注意到 Б. 托马舍夫斯基关于作品的"不可分割的"题材成分——母题所做的评述:在历史诗学中,在对"迁徙的"情节(例如,在民间故事的研究中)的比较研究中,"母题"这一术语同理论诗学中所运用的术语有根本区别。在比较研究中,把在各种不同作品中所遇到的,并整个地从一个情节结构过渡到另一个情节结构的题材的统一性(例如,"抢走未婚妻")称作母题。"是否可以把它们分解为更细小的母题,这在比较诗学中并不重要。重要的只是,在所研究的该体裁的界限之内,这些'母题'一直是在完整的状态下遇到的。因此,在比较研究中代替'可以分解的'一词,可以说历史地没有分解的,即在从一部作品迁徙到另一部作品时保持了它的统一性。况且,许多比较诗学的母题在理论诗学中也保持了它作为母题的意义"(Б. 托马舍夫斯基:《文学理论:诗学》,第 136—137 页)。显然,维谢洛夫斯基把他所研究的一系列母题视为"不可进一步分解的"阐释之所以引起了批评反应,正是由于学者沉湎于比较研究领域所致。

[9]研究者们提出了各种不同的单位来作为神话和故事最细小的、不可进一步分解的因素。A. 阿尔奈提出"类型",K. 列维-斯特劳斯提出"神话素"("мифемы")(参看 K. 列维-斯特劳斯:《神话的结构》/《结构人类学》,ВЯЧ. BC. 伊凡诺夫编,莫斯科,1985,第 187 页);A. 邓迪斯提出"母题素"(мотивемы)(参看 A. 邓迪斯:《从礼仪到史诗·民间故事的整体结构研究》/《美国民间文学杂志》,1962 年,第 75 期,第 95—105 页。有关他的其他研究建议可参看《民间文学研究通报》,赫尔辛基,1964 年,第 195 期)。

B. Я. 普洛普对亚·尼·维谢洛夫斯基关于"母题"的阐释提出了批评,认为他关于母题和情节的学说只是一般原则,而对于这些术语的具体阐释如今已不适用了。"按照维谢洛夫斯基的说法,母题是叙事的不可分解的单位。但是,他作为例证所举的一些母题却分解了。因此,与维谢洛夫斯基相反,我们应当肯定,母题不是单一成分的,不是不可分解的。最后不可分解的单位本身并不是合乎逻辑的或艺术性的整体。在同意维谢洛夫斯所说的对于描写来说,部分要比整体更原始(而在维谢洛夫斯基看来,母题在起源上也比情节更原始)的情况下,我们随后应当解决采用不同于维谢洛夫斯基的做法的方法,来分解出某些原始的因素的任务"(B. Я. 普洛普:《民间故事形态学》,第 18 页)。普洛普提出把人物的功能作为故事中不可进一步分解的单位,它的最基本的元素,并发现了这些功能的线性排列顺序。他在该论著中所运用的研究民间故事的结构形态学的方法自然具有共时性的性质，而维谢洛夫斯基的研究则是历时性的、起源学的。В. Я. 普洛普在继他的结构形态学著作之后发表的著作中完成了这一类任务（《神怪故事的历史根源》(1946）一书的最初版本原来作为《民间故事的形态学》的最后一章，但在出版时被删除了）。这一时期还有其他一些论著把历时性角度和共时性角度结合了起来，其中包括论述民间故事的演变的论文（В. Я. 普洛普：《民间创作与现实生活》，第153—173页）。在近几十年来的学术界，例如在结构诗学的研究中，出现了把这两种研究方法结合起来，相互补充，而不是截然划清界限的倾向。

〔10〕母题自生说是作为移植说的对立面而提出来的，其始作俑者是德国语文学家泰奥多尔·本菲（1809—1881）。他于1859年在出版《五卷书》（梵文叙事文学典籍，约公元3—4世纪）时，提出全世界的故事情节具有统一的渊源（印度的）的思想。亚·尼·维谢洛夫斯基在谈到他对这一理论所持的态度时，曾在致А. Н. 贝平的信中提及他的学位论文《斯拉夫人关于所罗门和基托弗拉斯的故事》："这本书的倾向（它也决定了我后来的某些其他著作）经常被称作是本菲式的，而我并不否认这一影响，但其所占的成分则远不及更为古老的制约——普洛普的书——利勃列赫的著作和您的论述俄国小说的学位论文的影响。当出现了佛教的假说时，对于我来说，研究的途径已不限于迁徙的故事小说一个领域，而是出于这样一种观点，即把历史上的种族及其创作看作是各种影响、思潮与融合的综合体，研究者如果想在它们背后更深处寻找原始未开化的和独特发展的种族，并在发现它并不处于出发的源头，而是历史进程的结果时，不至于感到困惑不解的话，就必须理清这些因素。"（А. Н. 贝平：《俄国民俗学史》，圣彼得堡，1891年，第2卷，第427页）关于移植说、自生说，以及亚·尼·维谢洛夫斯基对其所持的态度的更详细的评述，可参看И. К. 戈尔斯基：《亚历山大·维谢洛夫斯基与当代》，第156—181页。斯洛伐克文艺学家Д. 久里申从现代比较文学研究的观点思考维谢洛夫斯基的这些思想，认为"在母题范围内的相似可以从类型学的角度加以阐释，而在情节上的吻合，则在大多数情况下只能从起源学加以阐释"（Д. 久里申：《比较文学研究理论》，第42页。他关于维谢洛夫斯基的理论体系的评价及所做的修正、补充还可参看上书第41—43，188—190页）。

〔11〕在从形式学派的观点批评母题的起源说时，В. Б. 什克洛夫斯基仍然吸取了亚·尼·维谢洛夫斯基关于区分母题与情节的思想，他在其著作中指出，对于情节手法本身的研究，对于研究"艺术作为手法"的倾向来说，有多么重要（参看В. Б. 什克洛夫斯基：《散文理论》，第22，24—26，42—43页）。按照Е. М. 梅列金斯基的见解，亚·尼·维谢洛夫斯基所提出的母题与情节的理论需要作一些修正，既然母题并不是叙事的最后"原子"，它与情节之间的界限如今也并不像在维谢洛夫斯基所处的时代那样泾渭分明，而迁徙在确定情节中所起的作用又被维谢洛夫斯基多少夸大了。（参看Е. М. 梅列金斯基：《叙事诗与小说的历史诗学导论》，第7页）参看Б. Н. 普季洛夫：《作为情节构成因素的母题》/《民间创作的类型学

研究：纪念 В. Я. 普洛普的文集》，第 141—155 页。

〔12〕在发挥亚·尼·维谢洛夫斯基关于心理对比法的思想时，В. С. 巴耶夫斯基认为它已远远超出了诗歌构造、形象塑造的功能范围而具有了情节构造的功能（参看 В. С. 巴耶夫斯基：《心理比较法问题》，第 71 页）。

〔13〕参看 Ю. М. 洛特曼所说："情节是思考生活的有力工具。只是由于形成了艺术的叙事形式的结果，人才学会了区分现实的情节方面，即把事件的混沌不分的流程分解为某些分散的单位，并把它们联结起来，使之具有某种意义（即进行语义学的阐释）和把它们组成有次序的链条（即进行组合体系的阐释）。一方面，分解事件—情节的分散单位—并赋予它们一定含义，另一方面，又使其具有一定的时间的、因果的或其他别的条理性，这就构成了情节的本质。"（Ю. М. 洛特曼：《情节起源的类型学阐释》/《文化类型学研究文集》，塔尔图，1973 年，第 40 页）

〔14〕参看第 2 篇注〔73〕及 А. Ф. 洛谢夫：《普绪刻》，载《世界各国人民的神话》，第 2 卷，第 344—345 页。

梅柳辛，中世纪的传说和来自阿拉斯的让恩的古代法国小说《梅柳辛的故事》（1394）中的女主人公，女蛇妖。在后继者 Э. 隆格的论著中也考察了作为这类传说的基础的同族禁婚习俗。参看 J. 席勒：《宫廷抒情诗的起源》，莱比锡，1895 年。从后来的一些科学研究的观点来看，亚·尼·维谢洛夫斯基的一系列起源学的阐释是有争议的，有时是简单化的。其中也涉及有关阿摩尔与普绪刻与梅柳辛的情节，而维谢洛夫斯基在其中看到了"从外婚制到内婚制，再到图腾母权制家庭的过渡的反映，而其实在这些故事和关于野兽妻子或丈夫的范围广泛的一组情节中不过反映了图腾同族婚姻的禁忌而已"（Е. М. 梅列金斯基：《亚·尼·维谢洛夫斯基的〈历史诗学〉与叙事文学的起源问题》，第 40—41 页；В. Б. 什克洛夫斯基：《散文理论》，第 24 页以后；К. 列维-斯特劳斯：《结构人类学》，第 138—145 页）。

〔15〕现代学术界继续在讨论神话与民间故事的相互关系，它们之间存在的渊源联系的课题，以及它们形成的时间顺序问题。В. Я. 普洛普认为，民间故事起源于神话，或者换一种说法，衰亡的神话内容转化为民间故事（В. Я. 普洛普：《民间故事形态学》，第 90—96 页；《神怪故事的历史根源》，列宁格勒，1986 年，第 27—30 页）。Е. М. 梅列金斯基持神话第一性，民间故事第二性的类似观点，认为"维谢洛夫斯基关于情节起源的许多解释之所以不确切和存在弱点，其原因在于忽略了在生活习俗与民间故事之间经常有神话相隔，而民间故事最初是从神话发展而来的"。这一由神话到民间故事的转变伴随着神话的非礼仪化、非讥讽化，以及注意力由宇宙到社会的转移（Е. М. 梅列金斯基：《亚·尼·维谢洛夫斯基的〈历史诗学〉与叙事文学的起源问题》，第 41 页）。К. 列维-斯特劳斯则从另一角度来探讨这一问题，他看不出"有任何严肃的根据，足以把民间故事与神话分割开来"，因为"神话与民间故事改造的是同一个实体，但各自采用不同的方式。它们的关系并不是先来后到，原始与开化之间

的关系,而毋宁说是一种补充的关系。民间故事——这是小型的神话"(K.列维-斯特劳斯:《结构与形式》/《外国关于民间创作的符号学研究》,第19,21页;还有他的论著:《神话是怎样衰亡的》,第77—88页)。显然,这一观点最接近于以上所指出的维谢洛夫斯基关于民间故事与神话之间的相似的解释,即这种相似在于"另一种安排好的素材与手法与模式的统一体"。维谢洛夫斯基的一些其他著作也对他在这一问题上所持的立场作了补充说明(例如:《关于中世纪史诗的比较研究的札记和质疑·关于意大利民间故事》,第1—4卷/《国民教育部杂志》,1868年,第5辑;参看他的《文集》,莫斯科—列宁格勒,1938年,第16卷),其中建议把故事形式区分为基本的(接近于神话)和次要的(直接属于民间故事的历史)。正如В.И.叶列米纳所强调指出的,这一问题的提法超越了那个时代的学术水平几十年。后来В.Я.普洛普与许多同时代人不同,意识到了亚·尼·维谢洛夫斯基的理论对于研究民间故事的演变所具有的意义和前景。在继续沿着这一方向进行工作的同时,В.Я.普洛普提出了研究两种形式中每一种的具体方法,这样他便超越了维谢洛夫斯基。(В.И.叶列米纳:《В.Я.普洛普的〈神怪故事的历史根源〉一书及其对于当代民间故事研究的意义》/《神怪故事的历史根源》,第13—15页)。在继承亚·尼·维谢洛夫斯基的传统的一系列研究中,都考察了神话与民间创作的相互关系问题:И.М.特龙斯基:《古代神话与现代故事》/С.Ф.奥里登布尔格:《学术社会活动五十周年纪念》,列宁格勒,1934年,第523—534页;И.И.托尔斯泰:《民间创作论文集》,列宁格勒,1966年。

[16]这里包含关于叙事文学发展的阶段性,力图在叙事诗学中发现艺术意识的不同阶段的重要指示,其中包含了未来的历史类型学理论的前提(参看Б.Н.普季洛夫:《俄国和南斯拉夫人的英雄史诗》,列宁格勒,1971年,第6—7页)。

龙塞斯瓦列斯,西班牙西比利牛斯与法国交界处的村镇与峡谷。公元778年8月15日阿拉伯人的盟友巴斯克人在该地附近消灭了查理大帝率领的法兰克军队的后卫。罗兰在战斗中牺牲,后来成为法国史诗中的英雄。《罗兰之歌》就是描述该战役的著名英雄史诗。

[17]指歌德与爱克曼于1823年9月18日进行的谈话(参看И.П.爱克曼:《歌德谈话录》,朱光潜译,人民文学出版社,1978年,第8页)。

[18]女主人公对于丈夫的兄弟的悲剧性爱情的母题把反映在但丁的《神曲》中的流行于十三世纪的关于弗朗切斯基·达·里米尼与巴奥罗·玛拉杰斯特的故事同比利时剧作家与诗人莫里斯·梅特林克(1862—1949)的剧本《珀利阿得斯与梅里桑达》(1892)的情节结合在一起。在提到浪漫主义者时,亚·尼·维谢洛夫斯基可能指的是Л.乌兰德,他曾取材于弗朗切斯基与巴奥罗的故事,这一故事也曾激发Г.邓南遮(1863—1938)和罗西尼(1792—1868)的创作灵感。珀利阿得斯与梅里桑达的故事情节也曾为K.德彪西(1862—1918)与A.勋伯格(1874—1951)等人所利用。

[19]歧视妇女的陋习,一种基于把妇女视为罪恶之源的观念的陋习。

〔20〕久克·斯捷潘诺维奇，俄国同名壮士歌的主人公，富裕贵族的儿子，按照某些研究者的看法，是一位来自外国的壮士。参看《基尔夏·丹尼洛夫所收集的古代俄罗斯诗歌》，第 20—24 页。有关情节的异文与研究的概况，可参看 В. Я. 普洛普：《俄国英雄史诗》，第 477—507，592—595 页。

〔21〕《特洛伊的小说》（约 1160），法国"骑士叙事诗"，由亨利二世的宫廷历史学家——别努阿·德·圣-莫尔执笔，以荷马史诗《伊利昂纪》的中世纪拉丁文转述为基础写成。除了这部诗体经典之外，在十三世纪法国文学中还存在用散文体改编的古代情节的同名之作。参看 А. Д. 米哈伊洛夫：《法国骑士小说》，第 43—46，264 页。

〔22〕亚·尼·维谢洛夫斯基不止一次地回到这样的思想，认为移植说与自生说并不相互排斥，而是彼此补充，因为吸收外来影响不可能在接受的环境中没有对于它的倾向性，没有所谓迎合潮流。这一论点在现代比较文艺学中被认为是卓有成效的，并被视为把"文学之间的相互适应区分为渊源性联系与类型学的相似……"的分类法的根据，而"正是在这一领域内，维谢洛夫斯基得以超越'纯粹'的移植说的界限，克服它的局限性，并指引比较研究向诗学问题方面发展"。参看 Д. 久里申：《比较文学理论研究》，第 42—43 页。

〔23〕亚·尼·维谢洛夫斯基在这里预告了二十世纪这样一些学术思潮，诸如民俗学中的芬兰学派（参看 В. М. 日尔蒙斯基：《民间英雄史诗》，莫斯科—列宁格勒，1962 年，第 330—372 页）和结构主义（参看 Ю. М. 洛特曼：《结构主义诗学讲义》，塔尔图，1964 年；《符号体系论文集》，塔尔图，1964 年）。

〔24〕自维谢洛夫斯基以来，民俗学界都承认这一区别所具有的意义。（参看 Б. Н. 普季洛夫：《英雄史诗与现实生活》，列宁格勒，1988 年，第 139 页）

В. Я. 普洛普关于这一假设写道："如果关于故事的学术研究更好地掌握了维谢洛夫斯基关于'把关于母题的问题与关于情节的问题区别开来'的遗训的话，那么有许多模糊不清之处也许就被澄清了。"（В. Я. 普洛普：《民间故事形态学》，第 18 页）在普洛普之后的结构民俗学中，关于这一区别的问题继续引起热烈讨论。Е. М. 梅列金斯基认为必须建立母题与情节的范畴的真正结构，建议把母题的结构视为围绕着事件——谓语组织起来的微型情节。（参看 Е. М. 梅列金斯基：《亚·尼·维谢洛夫斯基的〈历史诗学〉与叙事文学的起源问题》，第 46 页）

〔25〕参看 В. М. 日尔蒙斯基：《关于国际故事情节问题》/《比较文艺学》，第 336—343 页。

〔26〕伊阿宋，希腊神话中的英雄人物，他领导了阿耳戈船的英雄们历经千难万险，取得金羊毛，回航希腊。他的形象吸引了许多诗人、剧作家和作曲家。

〔27〕佛里克索斯和赫拉，佛里克索斯为阿塔玛斯和云女神涅斐勒的儿子，赫拉的兄弟。他与赫拉为逃避后母伊诺的迫害，骑上长着金羊毛的公羊出走。赫拉从羊背上跌落到欧亚

之间的海峡中淹死。佛里克索斯终于到达科尔喀斯,在此杀金毛羊作为祭品祭献宙斯。

〔28〕佩罗(1628—1703),法国作家。他的对话体论文集《古今对比》(1—4集,1688—1697),反对古典主义的陈规。他对民间创作深感兴趣,从中汲取素材,编写了驰名于世的《鹅妈妈的故事》(1697),收入《穿鞋子的猫》《蓝胡子》《灰姑娘》等童话故事。

〔29〕可参看 M. M. 巴赫金的有关论著:《陀思妥耶夫斯基的诗学问题》,莫斯科,1972年;《话语创作美学》,C. T. 鲍恰洛夫编辑,莫斯科,1979年。